Pour Valentin et Victor, mes fils,
qui apprendront vite
que la vie est une question de choix...

« Un héros, s'il n'est pas là où l'on a besoin de sa vaillance, n'est qu'un mensonge ou une illusion. »

Marcel AYMÉ, *Le Passe-Muraille*

« Qu'il est fou de perdre la vie pour des idées,
Des idées comme ça, qui viennent et qui font,
Trois petits tours, trois petits morts, et puis s'en vont. »

Georges BRASSENS, « Les deux oncles »

Libération
(14 mai 1946)

LE COLLABORATEUR GUILLAUME BERKELEY CONDAMNÉ À MORT

Après un procès à rebondissements, le jury a condamné le traître franco-anglais à la peine capitale.

« À bas le collabo ! », *« Mort au traître »*, *« Ordure ! »*, *« Salaud »*...

C'est ainsi que le public du Palais de justice de Paris a accueilli le verdict prononcé hier, à 15 h 58, après un procès houleux et très tendu ayant duré trois jours.

Blême mais impassible, Guillaume Berkeley n'a pas semblé affecté par la nouvelle. Il faut dire que, vu son parcours, la sensibilité ne paraît pas la première de ses qualités.

Pour ce joli jeune homme de vingt-cinq ans, rien n'augurait pourtant une telle débâcle.

Un jeune homme si prometteur. Né dans la petite île Anglo-Normande de Malderney en 1921, Guillaume Berkeley est une des figures les plus étranges de la collaboration franco-allemande. Destiné à reprendre les terres familiales (par une curieuse tradition féodale, sa famille est *propriétaire* de l'île), ce fils de hobereaux a pourtant décidé de quitter le giron maternel à dix-huit ans. Arrivé à Paris à l'automne 1939, au début de la guerre, Berkeley s'est introduit avec une parfaite aisance dans les milieux artistiques de la capitale. Ses dons pour le dessin et l'écriture ont aussitôt charmé le Paris intellectuel. Parmi ses amis, connaissances et parfois protecteurs, on remarque les noms de Jean Cocteau, Jean Marais, Pablo Picasso, Louis Aragon, Jean Renoir, Sacha Guitry, Darius Milhaud et tant d'autres. Mais tout s'est étrangement brisé à l'arrivée des Allemands.

Un « modèle » de collaboration. Comment ce jeune insulaire est-il devenu journaliste à l'infâme *Je suis partout* ? Comment a-t-il travaillé pour l'ambassade d'Allemagne à Paris ? Comment s'est-il retrouvé intime de Hermann Göring ? Comment s'est-il acoquiné avec la Gestapo française ? Comment a-t-il plongé dans les trafics les plus sombres et les plus meurtriers de l'Occupation ? Comment – suivant Pétain, Laval, Céline, pour ne citer qu'eux – a-t-il fait partie des exilés de Sigmaringen ?

À toutes ces questions, les réponses restent bien floues.

Il a même semblé presque impossible au commissaire du gouvernement Lindon d'éclairer ce que la presse a fini par surnommer *« le mystère Guillaume Berkeley »*.

Quant à maître Alexis Bloch, l'avocat de Berkeley, il s'est enlisé dans une plaidoirie sans conviction.

Avouons à sa décharge que les témoignages surprises du résistant Rufus Schrammelstein et de Pauline Berkeley, ancienne maîtresse et propre belle-sœur de l'accusé, ont eu un effet désastreux sur le jury.

Des révélations atroces. Après avoir réquisitionné l'appartement de son protecteur (un juif contraint à l'exil), Guillaume Berkeley y aurait planifié la déportation de nombreuses familles opprimées..., dont il captait tous les biens, à la façon d'un Dr Petiot.

De tels « états de service » laissaient augurer peu de clémence.

Le jury a donc tranché : après Brasillach, Laval, Luchaire, Brinon, Hérold-Paquis et tant d'autres, Guillaume Berkeley sera fusillé au fort de Montrouge, sous huitaine.

Si l'on ne saurait se réjouir d'une exécution, celle de Guillaume Berkeley peine à nous émouvoir. La vie de ce collaborateur n'aura pas duré vingt-cinq ans, mais son tribut de trahison et de lâcheté n'appelait aucune pitié. L'île de Malderney est en deuil, mais la France se porte déjà mieux : un nouveau traître va payer pour ses crimes.

Madeleine Jacob

1

MALDERNEY

L'avant-guerre

1er août 1949,
7 heures du matin

— C'est votre premier voyage à Malderney ? crie le capitaine, ses mains noiraudes vissées au gouvernail.

L'inconnu ne répond pas. Debout à l'avant du ferry, enrobé dans un trench-coat râpé, coiffé d'une casquette en vieux tweed, il rappelle la proue d'un drakkar.

— Vous connaissez les îles anglo-normandes ? insiste le marin, en grattant son œil gauche où s'est logé un cocon d'écume.

L'homme ne daigne pas se retourner. Tout juste resserre-t-il son écharpe, permettant au capitaine d'entrevoir un cou décharné et presque à vif, bientôt caché par l'épaisse laine bleu nuit.

« Et vous n'avez pas trop chaud ? » s'apprête à demander encore le marin. Mais à quoi bon ? Voilà bientôt une demi-heure qu'ils ont quitté le port de Diélette, et l'unique passager n'a pas articulé la moindre syllabe. Lorsque le vieux Damien Fortin, capitaine du *Duc de Normandie*, le charmant petit ferry Diélette-Malderney, est arrivé au port, ce matin, l'homme était déjà assis sur le vieux banc rouge délavé, face au bateau. Posé entre deux valises rapiécées, il fixait l'horizon.

« Pas grand monde, pour un 1er août », a songé Fortin en hissant son vélo dans le bateau. Sa vieille maison du port ayant été bombardée en 1944, voilà cinq ans qu'il partage un immeuble communautaire construit à la diable dans les ruines de Flamanville, à deux kilomètres ; une chance que son bateau ait échappé au carnage, sinon c'était le chômage, comme pour tant de Normands depuis l'armistice.

Sans un mot, l'inconnu a acheté son billet, puis s'est tassé à l'avant du petit esquif, sur l'un des rares sièges vissés au plancher.

L'aube est prodigieuse de clarté. Une de ces aurores normandes, où les flots virent de turquoise en émeraude. Pas de vent, mais un souffle câlin, presque tendre, que dérangent à peine les cris des mouettes et les vibrations ratées du moteur. Ce petit ronronnement est bien poétique, bien discret, à côté des mugissements qui ont défiguré la côte, pendant la guerre.

« Interdit de littoral » – telle était la formule –, le capitaine Damien Fortin avait dû se reconvertir dans la limonade. Durant quatre ans, il a aidé son beau-frère au comptoir du Saint-Marcouf, l'unique auberge de Diélette, à deux rues du port. Jamais il n'avait servi autant de bière ! Nuit et jour, l'entresol miteux de cette vieille bâtisse résonnait des éclats de rire puis de peur de ces Allemands en uniforme, parfois courtois, souvent hautains, voire odieux, qui venaient vider leur bock avant de retourner « en bunker ». Pauvre côte normande, défigurée par ces pavés de béton posés sur la plage comme autant de cétacés en maraude ! En quelques mois, Fortin les avait vus naître du sable, dans leur germanique grisaille.

Comment pouvait-on vivre dans les prisons de ciment du mur de l'Atlantique ? À force de hanter ces abris de cauchemar, humides, sonores, malsains, comment ne pas devenir fou ? Comment ne pas se saouler à la bière, à la piquette de troufion ? Car il y avait aussi ces tonneaux de méchant vin du Rhin, que son beau-frère importait à bas prix d'Allemagne pour le revendre aux militaires. On dit qu'à la fin, il le coupait à l'eau de mer, comme faisaient les Romains. Les Boches n'y voyaient que du feu. Ils avaient besoin de se tordre les boyaux : la mixture y parvenait sans peine. De l'auberge au bunker on suivait les vomis de ces poucets nauséeux, qui regagnaient leurs cellules de misère, le cœur aux lèvres, songeant à quelque *Gretchen* de fantaisie laissée depuis trop longtemps dans les brumes d'une Germanie qui prenait eau de toute part.

— Mais moi, je flotte toujours..., marmonne Fortin pour lui-même, avec satisfaction.

Il s'avoue chaque jour étonné que la mer ait retrouvé son calme des premiers matins.

— Vous m'avez parlé ?

Le capitaine sursaute. L'inconnu ne s'est pas retourné, mais ce ne peut être que lui. Mêlée à la brise, la voix semblait s'élever des vagues léchant la coque.

Fortin en bredouille :

— Je... je... je disais qu'on a une belle matinée... et que la guerre est loin, maintenant...

— Parlez pour vous, siffle le passager après un silence. La guerre est partout, toujours ! Elle n'est pas morte, elle dort, comme cette eau, autour de nous...

À ces macabres imprécations, le bras de l'inconnu se dresse et s'allonge, désignant d'un grand geste le panorama alentour. Derrière eux, le cap de Flamanville se mêle au sillage avant de se fondre à l'horizon. Devant, une bosse semble indiquer une île, au milieu du néant. Ailleurs : la mer...

« Malderney n'est plus loin... », frissonne le capitaine, que les mots du passager ont mis mal à l'aise. Il s'en voudrait presque d'avoir lié conversation, comme si tout cela portait malheur. Comme si cet inconnu sans visage était l'un de ces fantômes infestant les légendes côtières. Et puis il a vu le poignet de l'homme : cette peau écarlate, telle une brûlure sans cicatrice. Superstitieux, le vieux capitaine lâche son gouvernail pour se signer avec maladresse, bien décidé à ne plus dire un mot.

Hélas, le spectre est lancé. Se penchant au bastingage, la silhouette entame un étrange monologue, dont Fortin n'est pas sûr de tout saisir :

— Vous pensez vraiment que la guerre est finie, capitaine ? pérore maintenant l'homme au trench-coat fiché à la proue. Les communistes ont pris le relais des nazis. L'Allemagne est coupée en deux ; les légions de Mao sont en train de convertir la Chine ; et lorsqu'on ose critiquer les Soviets, ça donne le procès Kravchenko de cet hiver...

Contrastant avec l'immobilité de la silhouette, le ton se fait agressif :

— Et cette crapule de Thorez qui déclare dans *L'Humanité* que la France ne fera jamais la guerre à l'URSS, même s'ils nous envahissent, ce n'est pas de la collaboration, ça ?! Cette ordure est notre nouveau *Gauleiter*, à la solde d'un dictateur bien plus retors, bien plus insidieux qu'Adolf... Vous pensez que Staline vaut mieux qu'Hitler, vous ?

Fortin ne trouve rien à répondre. Comment avouer qu'il n'a pas ouvert un journal depuis 1945, espérant noyer ses souvenirs dans la vision apaisante de la mer ? Tant de cadavres ont flotté ici. Tant de corps éventrés, mutilés, décapités, ramenés sur la plage par le ressac. Ce n'était plus de l'eau, mais du sang. Une bouillie de tripes et d'écume, qui venait vomir sur la grève. Alors les maux du monde, le capitaine Fortin préfère les oublier, les mettre au cachot, comme tous ces collabos que la France a justement châtiés. A-t-il collaboré, lui, Fortin ? Sûrement pas ! Il a vécu, comme tout le monde. Et si les Allemands étaient les seuls clients de l'auberge, c'est que les vrais villageois avaient déserté, quittant leur maison, leur ferme, pour s'enfoncer dans les terres. Qui d'autre a eu le cran de rester, après tout ? Sans compter qu'à la fin, son beau-frère et lui ne se gênaient pas pour mettre de l'eau de Javel ou de la lessive dans la bière. Les Boches n'en étaient que plus malades. Certaines bévues stratégiques du Débarquement ont sans doute eu pour cause les problèmes intestinaux de quelques troufions. Ça aussi, c'était de la résistance ! D'ailleurs, personne n'est allé mettre en doute la parole des deux cafetiers. Dès 44 et la libération du Cotentin, ils ont été les premiers à régenter le village. Il fallait de l'ordre dans tout ça ; et ce n'était pas beau à voir.

À nouveau les images affluent dans la mémoire de Damien Fortin, se superposant à la silhouette de Malderney, qui grossit à l'horizon. Chevelures tondues, exécutions sommaires, foule haineuse. Et lui qui a laissé faire tout ça...

Allez, allez, c'est du passé. *De l'histoire*... Aujourd'hui, la mer est redevenue l'Éden, oublions le reste.

Las, l'inconnu devient intarissable. De son curieux accent – ni français, ni anglais, ni allemand, ni russe –, voilà justement qu'il évoque les règlements de comptes de la Libération :

— Vous avez vu qu'il y a trois semaines, on a dressé le bilan « officiel » de l'épuration ?

S'aidant de ses mains gantées, le passager récite comme une comptine :

— 155 000 affaires, 28 000 acquittements...

Fortin fait une grimace dégoûtée. Il vient à nouveau d'apercevoir le poignet de l'homme : violacé, presque purulent. Pris d'un haut-le-cœur, il bombe le torse et fixe la côte de Malderney, qui n'est plus qu'à un demi-mille. Pour noyer son malaise, il pense à ce film vu la semaine dernière au cinéma de Carteret : *Jour de fête*, les joyeuses équipées d'un facteur dans cette France qu'on aimerait tant retrouver. Mais l'autre parle trop fort, avec trop de hargne.

— 7 000 condamnations à mort, 791 exécutions... Et les autres, alors ? Tous les autres, les millions d'autres, ces nations d'assassins ?... Ils se terrent, ils attendent, car l'oubli va arriver. On finit toujours par oublier : c'est facile, trop facile...

Pour la première fois, le passager se tourne vers le capitaine, qui tressaille mais n'aperçoit qu'une ombre sous la visière de la casquette.

— Si lâche...

Au même instant, une bourrasque enveloppe le bateau. Tandis qu'ils atteignent les premiers récifs de Malderney, le vent jette le marin contre son gouvernail, qu'il saisit comme une bouée. Mais ce coup de tabac n'est qu'un détail.

Fortin ne peut détacher ses yeux de l'homme face à lui. Arrachée par le vent, sa casquette de tweed disparaît dans les vagues.

— La guerre est loin d'être finie..., assène le sinistre passager, offrant au marin son atroce faciès.

Le capitaine découvre une oreille craquelée, les reliefs d'un nez, des grappes de cheveux clairsemés et un œil luisant de haine, de ressentiment, d'humiliation, de dégoût.

— Pour moi, rumine-t-il, la guerre ne fait que commencer...

*

— Malderney..., chuchote l'inconnu en tirant de sa valise une nouvelle casquette de tweed, copie conforme de la noyée.

La voilà bientôt sur sa tête, jetant une ombre pudique sur ce visage indigne de la douceur du petit port anglo-normand.

— Au revoir, fait l'homme au trench-coat, qui tangue encore un peu sur les pavés de la jetée.

S'appuyant au tronc de l'improbable palmier planté face aux bateaux, il saisit sa valise avec fermeté et n'accorde aucun regard alentour, tel un automate obéissant à une mission. Son pas est de plus en plus ferme.

Le voilà bientôt à l'angle de la rue de la Seigneurie, une courte artère pavée qui serpente entre deux maisons de granit avant de se transformer en chemin de campagne pour se perdre dans les champs.

Soulagé, le capitaine Fortin regarde l'étranger s'éloigner vers les terres, comme s'estompe un orage. Pris de remords, il place ses mains en porte-voix et dit, sans réelle conviction :

— Vous êtes sûr que vous savez où vous allez, monsieur ?

— Je trouverai bien..., rétorque l'inconnu sans se retourner, déjà engagé dans le sentier qui quitte le minuscule port et s'enfonce entre les hautes herbes, les fougères et les ajoncs.

L'homme accélère le pas afin de ne plus entendre la voix du marin, lequel ne prend pas la peine de chuchoter pour confier à un groupe de jeunes insulaires accroupis contre la coque d'un petit voilier :

— Je ne suis pas mécontent de m'en débarrasser de ce gars-là... Mais méfiez-vous... Il a l'air de savoir où il va et ce qu'il veut...

S'il sait où il va ? Bien entendu. Ce qu'il veut ? Voilà si longtemps qu'il cherche à comprendre. Il arrive au terme du voyage et il le sait. Il a suffisamment marché, suffisamment payé de sa chair, de sa sueur, de son sang, pour contempler le chemin parcouru.

Haletant sur cette côte qui lui semble infinie, il pose sa valise et se retourne.

— Malderney, répète-t-il d'une voix tremblante d'émotion, tu n'as pas changé...

Sous ses yeux, l'île est intacte, comme si rien n'avait pu l'atteindre, ni la guerre, ni les haines humaines.

Au-dessus de lui, des fous de Bassan sillonnent le ciel bleu cru tels les veilleurs d'une citadelle. De temps à autre, lorsque leurs ailes se frôlent, ils poussent un cri strident noyé par le vent et le ressac. Car la mer est partout, enserrant cette étrange île en demi-lune qui se replie sur une crique au centre de laquelle les vingt maisons du petit port, encadrées par ces palmiers anachroniques, ressemblent aux vestiges d'une cité engloutie.

D'ici, l'inconnu aperçoit encore la silhouette du capitaine, les quelques jeunes et les rares curieux venus voir ce qu'a bien pu leur amener le ferry ce matin. Mais il va continuer à monter et tout va s'estomper dans la lumière. Il va recommencer à gravir cette colline, car il sait où elle le mène.

Alors, tout sera différent. Pour eux et pour lui. Alors, il entrera dans un nouveau monde, *celui de l'après-guerre*. C'est pourquoi il faut, ne serait-ce qu'un instant, profiter de la pureté de ce paysage, sa pureté dernière. Son incommensurable perfection.

L'homme respire à s'en percer les poumons, ôte sa casquette, comme s'il n'avait plus honte de ses cicatrices, et s'essuie le front avant de mettre ses mains en visière. Le soleil du matin se pose sur son visage.

Au loin, on aperçoit la côte française, une langue de terre rose qui se fond avec la mer. De téméraires bateaux fendent les flots, sans doute inconscients des innombrables récifs qui infestent les alentours de Malderney et que Victor Hugo a surnommés « les assassins de la mer ». Les navires sont presque aussi rares de l'autre côté, dans la grande baie qui sépare l'île de ses sœurs : Jersey, Guernesey, Aurigny et Sercq. Toujours on oublie Malderney, la mal-aimée, celle que les Français nomment « l'île Malgoire » en souvenir de ce saint qui se tua contre ses rochers, premier martyr de la Manche. La plus secrète des îles Anglo-Normandes,

Malderney est aussi la plus dangereuse. On ne s'y aventure pas par hasard, on n'y vient pas sur un coup de tête.

« C'est une île qui se mérite », songe l'inconnu au milieu d'un petit bosquet de figuiers qui embaume la sève et le fruit mûr.

— Un paradis, dit-il à voix haute en cueillant une figue engloutie en deux bouchées, comme s'il n'avait pas mangé depuis cent ans.

Le fruit s'écrase entre ses dents, s'étalant sur sa langue. Ô saveur retrouvée, ouvrant la porte à tant de souvenirs, tant de vérités enfouies ! Des bourrasques venues du passé l'assaillent, et il doit s'asseoir sur sa valise de vieux cuir, qui gémit sous son poids. Il n'est pourtant pas bien lourd ! Les années de restrictions, de claustration, ont eu raison de son embonpoint. Pendant la guerre, tout le monde a pris l'habitude de resserrer chaque Noël sa ceinture d'un cran. Sans compter la nourriture de cellule, le brouet du camp, lorsqu'il y en avait. *Lorsqu'on l'autorisait à manger...*

« Oh, ce goût, ce goût... », songe-t-il en dévorant un second fruit. Adam retrouvant l'Éden, il sent les saveurs pénétrer son corps et se diffuser dans chaque veinule. Le moindre pore de sa peau respire l'air marin de Malderney, tandis que les parfums d'herbe coupée, de magnolias, de lauriers, de pins se mêlent en une petite symphonie. Et puis les couleurs. Les couleurs de Malderney... Chacune a son secret, toutes ont un sens qui leur est propre. Ô les variations infinies des tons marins. D'un côté, le vert émeraude de la crique, de la plage et du port. De l'autre, le bleu nuit des grands fonds, où plonge l'immense falaise de l'île dressée comme un rempart, face au couchant. Combien de légendes courent sur cette muraille de craie plantée dans la mer, aussi dangereuse que sublime, et à la beauté friable d'un sablé grignoté par le temps.

Alors l'inconnu s'étonne. « Et les maisons ? » pense-t-il sous un soleil de plus en plus chaud.

Autrefois, il y avait bien plus de constructions. Vieilles baraques de pêcheurs ou de paysans, ces petites bâtisses de granit trouaient les champs et les bois de la vaste colline formant Malderney. Aujourd'hui, elles ont toutes disparu. Ont-elles fait les frais des bombardements allemands puis alliés qui ont ravagé la Manche ? Ou bien la nature a-t-elle simplement retrouvé son empire, couvrant de fougères, de bruyère et de lande les vestiges de ce qui n'avait jamais été destiné qu'à disparaître ?

Arrivant au sommet de la colline, l'inconnu ne peut réprimer un frisson. Non, toutes les maisons n'ont pas disparu.

— *Elle* est toujours là...

Composé d'un plateau large et pelé, le faîte de l'île longe la falaise et plonge dans le vide. En son centre, un improbable château se dresse en équilibre sur l'abîme, comme une concrétion de roc ou une gargouille naturelle.

— La Seigneurie, dit l'inconnu, hésitant à avancer.

Mais s'il a fait tout ce chemin, survécu à tant de massacres, il ne peut s'arrêter maintenant. Impossible ! Pourtant, une force le cloue au sol, comme si la vision de l'édifice le muait en homme de pierre. Comme s'il devenait lui-même une de ces étranges statues qui ont toujours occupé le parc de la Seigneurie, figurant les personnages illustres de l'histoire maldernaise.

« Le roi Arthur, saint Hélier, saint Malgoire, Merlin, Guillaume le Conquérant, Cromwell, Charles II, Victor Hugo... », récite l'inconnu en apercevant, de l'autre côté du vieux muret, les sculptures de pierre fichées dans le sol, désormais couvertes de lichen et de guano. Sous l'érosion du vent, les déjections des macareux, on les reconnaît à peine. On dirait une humanité difforme, aux traits arrondis, comme une armée de lépreux. Sur l'épaule de Guillaume, des vanneaux font leur nid depuis des années. La face de Queen Elizabeth I est mangée de mousse, qui lui fait une barbe postiche. Quant au cou de Victor Hugo, il est tant gonflé qu'on dirait un goitre.

— Des monstres, ricane l'inconnu en poussant le portillon de métal qui grince sous la rouille.

En contrebas du chemin qui zigzague entre les statues, il aperçoit dans une flaque son propre reflet et détourne aussitôt le regard.

« Monstrueux, oui, c'est ça... »

Et il remet aussitôt sa casquette, comme si son visage difforme était indigne des lieux.

Brusquement, il fait chaud. Beaucoup trop. L'étouffement monte et il lui faut dégrafer son col, ôter son écharpe, dût-il exhiber son cou décharné, lacéré de cicatrices.

« Mais pas mon visage... pas ici... pas encore... »

Chaque chose doit arriver en son temps. Rien n'est jamais un hasard, à Malderney. Comme si l'île elle-même régentait des forces. Et son cœur vibrant, son ombilic, est ici : à la Seigneurie.

Le manoir a changé, lui aussi. Le parc a perdu ce lustre qui fascinait tant les visiteurs, avant-guerre. Les hautes herbes couvrent les exquises arabesques de buis et de gazon qui encadraient le verger, le potager, la roseraie, l'orangerie, le jardin d'hiver, la véranda et le petit kiosque à musique. Quant au bâtiment, il a subi le même sort que les statues. Ses formes anguleuses se sont arrondies. Ses échauguettes sont polies par le vent, ses cheminées ressemblent à des champignons, ses fenêtres paraissent désormais aussi minces que des meurtrières, tels les yeux mi-clos de quelque dragon endormi.

Au-dessus de la porte d'entrée, les armes de la famille Berkeley disparaissent sous le sel. Quant aux vitres, beaucoup sont brisées, lézardées, soufflées par la guerre.

La Seigneurie est pourtant là, face à la mer, avec sa morgue de douairière, ultime défi à l'érosion de la falaise.

— On dirait qu'elle va tomber, n'est-ce pas ?

Surpris, l'inconnu regarde alentour pour identifier cette voix triste et fluette qui a surgi de l'inquiétante masse verte. Il est pourtant seul dans le parc.

— C'est même le destin de cette maison : disparaître dans la mer, comme un navire de pierre...

— Où êtes-vous ? fait l'inconnu.

Pas de réponse... Pourtant, la voix reprend, semblant monter des statues, des vieux massifs de rhododendrons et d'azalées retournés à la jungle :

— Il n'y a pas qu'aux hommes que la guerre laisse des cicatrices.

Alors il la voit. Adossée au socle de Victor Hugo, une ombre est tournée vers le large.

Sans un mot, l'inconnu s'en approche. En lui, tout crie de détaler, de tourner les talons, de regagner le port et le bateau crasseux de ce marin trop bavard ; tout hurle de ne pas déterrer la hache, de ne pas ressusciter la haine des morts et des enfouis.

Trop tard.

Elle s'est retournée.

Un instant, l'inconnu ne comprend pas. Est-elle une statue ? Ce visage pierreux, ces traits creusés à la serpe. Ces cheveux gris pâle, clairsemés, sous lesquels se cache un crâne étrangement marqué. Enroulée dans un châle, cette vieillarde le scrute de ses yeux morts, comme une aveugle. Elle le voit pourtant, et lui sourit.

Alors il reconnaît son regard et peine à admettre la vision de cette harpie ridée.

« Elle vient d'avoir trente ans... », songe-t-il en s'avançant vers elle, le ventre noué.

— Bonjour, Pauline. Vous ne me reconnaissez pas mais je m'appelle Simon Bloch.

À ce nom, Pauline tressaille. Son regard rajeunit d'un demi-siècle et elle piaille d'une voix inquiète :

— Que me voulez-vous ?

— Je suis venu voir votre époux, Victor, le seigneur de Malderney...

*

— Simon Bloch... Je croyais que vous étiez mort dans les camps.

La phrase est dite d'un ton morne, horriblement badin et dénué de tout naturel. Du mauvais théâtre. Victor Berkeley n'a pas su parler autrement, tant la scène est tendue. Les mots se détachent de ses lèvres avant même qu'il les prononce.

— Moi aussi, je croyais être mort..., répond Bloch. Je l'ai même cru pendant des années... durant toute ma captivité en Pologne.

Il ne cherche pas à accroître le malaise. Il laisse juste s'installer un silence pesant et cotonneux, faisant tourner entre ses mains un verre de cidre de Jersey, qu'il place dans un rayon de soleil pour en admirer la belle couleur ambrée. Encore un goût du passé.

— Chaque soir, en m'endormant, je pense être mort..., reprend-il. Chaque matin me prouve le contraire... le «juif Bloch» a survécu... Les nazis ne l'ont pas tué... Du moins, *pas totalement*...

Son petit rire macabre et lucide résonne sous les boiseries du grand salon de la Seigneurie, accentuant la grimace de son triste rictus. Assise sur un fauteuil, Pauline détourne le regard, gênée. Elle peine pourtant à détacher ses yeux du visage de Bloch: depuis qu'il a posé trench-coat et casquette sur la patère de l'entrée, son aspect lui inspire un mélange de dégoût et de compassion. Comment peut-on avilir à ce point un être? Par quel affreux miracle de l'intelligence est-on conduit à déformer, à nier l'humanité d'autrui? À la modeler, comme le vent a fait des statues dans le parc?

— Je suis un mort vivant, ajoute Bloch d'une voix blanche, sans pathos, en souriant à ses hôtes de plus en plus embarrassés.

Le survivant se sait épié mais il joue le jeu. Depuis son retour au «monde réel», il connaît ces regards qui n'ont rien de méchant. Ils sont juste incrédules. Incrédules et amicaux, bien que la compassion s'y mêle souvent à cet attrait morbide et sécurisant pour la souffrance d'autrui.

— Encore un peu de cidre ? propose Pauline.

Bloch fait non de la tête et jouit un instant du silence, seulement troublé par le souffle de la mer, qui jaillit de la grande fenêtre.

— Cette pièce n'a pas changé, fait-il avec cet accent inimitable, que Victor aurait reconnu entre tous, celui de la *Mitteleuropa*.

Impassible, le jeune seigneur de Malderney a moins de scrupules que son épouse. Il dévisage Bloch avec l'expression figée de sa bonne face de Viking. Cette figure anguleuse, ces petites lunettes dorées, cette barbe de trois jours : n'étaient ses hideuses cicatrices, Simon Bloch n'a pas tant changé. Dès l'instant qu'il l'a identifié et reconnu sur le perron de la Seigneurie, le jovial Victor Berkeley s'est muré dans sa peur.

« Ce fantôme ne peut nous apporter que du malheur ! » ont paru dire ses yeux bleus, tandis que tous gagnaient le grand salon.

Voilà maintenant un bon quart d'heure qu'ils sont installés, et l'ambiance tourne au poisseux. Se moquant d'incommoder ses hôtes, Simon Bloch observe la pièce, jouissant de chaque détail. Il pose le calque de sa mémoire sur la réalité des lieux, puis compare. Ces immenses bibliothèques d'acajou, lourdes de livres que personne ne lit ; ces vieux canapés de cuir, lézardés et polis ; ces bibelots en escouades – ex-voto, cendriers, porcelaines, babioles ; cet immense portrait de Hélier Berkeley, premier lord du nom, sous la Renaissance ; et cette porte-fenêtre ouvrant sur le balcon, au-dessus de la mer.

Bloch revoit alors les deux frères, penchés à la margelle, contemplant l'océan, le visage tendu vers le large, pour en respirer le moindre embrun. Ah, Victor et Guillaume ! Leurs silhouettes si dissemblables, leur vertigineuse complicité. Seul leur « divorce » pouvait plonger Malderney dans le chaos. Restés unis, ils eussent sauvé l'âme de l'île. Ils l'auraient maintenue *hors de l'eau*. Mais la guerre a eu raison de l'esprit de famille. La guerre... et Pauline.

— Si j'ai survécu, reprend-il, beaucoup d'autres sont morts... Morts à cause d'assassins comme Guillaume Berkeley, votre frère...

Nouvelle gorgée de cidre.

Au nom de Guillaume, Pauline perd contenance. Elle fixe la pomme d'Adam de Bloch, qui joue les ludions alors qu'il finit bruyamment son verre et le lui tend, reprenant dans un claquement de langue :

— Des millions d'autres, précise-t-il avec un sourire courtois, tandis que Pauline laisse le goulot de la bouteille cogner le bord du gobelet.

— Dans cette maison, il y a des noms que nous ne prononçons pas ! tranche Victor, dont la dureté masque mal un chagrin profond. Une tristesse blessée, une rage d'orphelin.

— Qu'on ne prononce *plus*..., corrige Pauline presque malgré elle, avant de respirer par à-coups, comme si elle manquait d'air.

Bloch sourit à la fausse vieillarde, à qui le souvenir de Guillaume semble redonner des couleurs. Décontenancée, elle passe une main sur cette figure qui fut jolie et ne sait où poser son regard, maintenant que Bloch la dévisage, inversant les rôles.

— Vous étiez très proches, n'est-ce pas ?

Cette question est posée sans malice. Mais Pauline la reçoit comme une gifle.

— Guillaume est mort, siffle-t-elle, fixant sans ciller les lattes du vieux parquet. Mon passé aussi est enterré.

Relevant le visage, elle ajoute avec une morgue feinte et un peu ridicule :

— Je suis l'épouse de lord Victor Berkeley, seigneur de Malderney et chef de la Résistance anglo-normande.

Ce dernier, renfrogné sous sa tignasse blonde, a replié sur son fauteuil ses grandes jambes musclées, comme un chien battu qui se réfugie dans son panier. Bloch lui accorde un regard étrangement affectueux.

— La guerre a décidément tout détruit, dit-il calmement, même les liens les plus forts, les plus beaux...

— On dirait que vous regrettez cette crapule de Guillaume ! s'offusque Victor.

— Disons que je regrette votre harmonie, et mes plus beaux souvenirs d'avant-guerre.

— Si Guillaume était mon frère, si je l'ai aimé – se corrigeant, Victor décoche un regard flamboyant à sa femme –, si *nous* l'avons aimé, ce qu'il est devenu ne méritait plus notre amour. Alors que nos îles étaient la seule zone britannique occupée par les Allemands, mon frère a choisi la voie de la trahison. Trahison contre ses origines, son pays, sa famille – nouveau regard vers Pauline –, ses... *amours*.

Victor fabrique sa propre colère et bute sur les mots :

— Une fois à Paris, Guillaume a trempé dans les trafics les plus honteux, les plus meurtriers ! N'allez pas me dire que son procès et sa condamnation à mort étaient immérités ! Il y a heureusement une justice plus forte que les lois du sang et de la race... Et ce n'est pas vous qui allez me dire le contraire, *Simon Bloch*.

Bloch ne répond pas. Il garde même une troublante immobilité, à tel point que Victor a le sentiment de parler à un tableau ou à quelque miroir figé. Seule Pauline semble respirer dans cette pièce à l'ambiance morbide. Tirant un mouchoir de sa poche, elle essuie ses yeux rougis et murmure :

— Victor, je t'en supplie...

Mais son mari est lancé, comme s'emballe un moteur :

— Je suis même surpris qu'une fois gracié, mon ignoble frère ait mis tant d'années avant de retrouver sa lucidité.

— Vous voulez dire : avant de se faire justice lui-même ? grince Bloch, qui prend sur un guéridon un exemplaire du *Monde* daté du 1er mai dernier. En manchette, ce titre : « Condamné à perpétuité, le collaborateur anglo-français Guillaume Berkeley s'est suicidé au bagne de Clairvaux. »

Se dressant sur son siège, Pauline arrache le journal des mains de Bloch et le froisse sans un mot, avant de se rasseoir, comme si de rien n'était.

— Il paraît qu'il a été enterré dans la fosse commune de la prison, chuchote-t-elle. Sans cérémonie. Sans plaque. Sans rien...

Victor regarde sa femme avec aigreur, ne sachant si elle exprime de la gêne, de la colère, du dépit ou de la tristesse.

Se resservant lui-même une pleine goulée de cidre, le « seigneur » vide son verre d'un trait et conclut :

— Ce suicide est peut-être la seule bonne action qu'il ait commise de toute sa vie !

— Vous êtes dur, objecte Bloch, Guillaume n'a pas toujours été ainsi. Rappelez-vous les étés que nous passions tous ici, à Malderney. Ce ne sont pas des souvenirs merveilleux ?

— C'est vous qui êtes incroyable ! explose Victor Berkeley. Mon frère a contribué à la déportation de centaines d'hommes et de femmes ! Vous-même venez de dire que vous ne saviez toujours pas si vous étiez vivant ou mort...

— C'est vrai, c'est vrai, concède Simon Bloch, sans quitter ce calme étrange qui contraste tant avec la laideur de son visage.

Comme s'il était fier de son argument, Victor lâche à la façon d'une petite bombe :

— En un sens, vous n'êtes pas totalement étranger à toute cette histoire. C'est *vous* qui l'avez entraîné en France. C'est *vous* qui l'avez présenté au Tout-Paris. C'est vous qui en avez fait *l'autre* Guillaume : le champion du marché noir, la coqueluche du Paris collabo, l'ami de la Gestapo et des SS, le spoliateur, le délateur, l'assassin...

Bloch ne relève pas. Son regard se perd à nouveau au-delà du balcon, plongeant dans l'océan qu'incendie désormais un soleil au zénith.

Sa voix se mêle au cri d'un goéland :

— Guillaume était si doué... Comment a-t-il pu en arriver là ?

Malderney,
28 juillet 1936

— Victor ! Guillaume ! *Hurry up !* Votre beau-père est déjà à table !

Penchée au balconnet du grand salon, Virginia Berkeley voyait revenir ses deux fils avec un mélange d'agacement et d'affection. Se détachant de l'horizon crépusculaire, elle les aurait reconnus entre mille : le petit pas hésitant de Guillaume, maladroit et imprécis, avec sa tête noiraude et ses gestes gauches ; la grande foulée régulière du blond Victor, malgré cette claudication qu'il devait à un accident, l'année de ses huit ans.

— C'est à cette heure-ci que vous rentrez dîner ? reprit la dame de Malderney.

Nulle réponse, mais elle n'en attendait aucune.

Était-elle vraiment irritée de leur éternel retard ? surprise ? Peu importait : tant qu'ils restaient sous sa coupe, ses fils étaient tenus de lui obéir et d'accourir à sa moindre injonction, fussent-ils à l'autre bout de l'île, chassant le macareux ou traquant le phoque.

« Mes garçons, la piété filiale est la première des vertus ! » aimait-elle à répéter d'un ton sentencieux, dans le grand salon de la Seigneurie, les jours de semonces.

En fait de piété, par ce beau soir d'été, les adolescents jouaient les indifférents. Placides, ils longeaient la falaise sur le petit chemin menant à la Seigneurie. Les mains dans les poches de leur pantalon ravaudé, la chemise à nouveau déchirée par les ronciers de Malderney, les deux frères faisaient même mine de ne rien entendre.

— Guillaume ! Victor ! ! Je vais vraiment me mettre en colère !

— Laisse-la crier..., ironisa Victor en rattrapant son frère par l'épaule, car Guillaume avait instinctivement hâté le pas.

— C'est encore moi qui vais tout prendre, objecta le petit adolescent brun.

Victor éclata d'un bon gros rire, qui partit en écho et s'envola vers la mer.

— Parce qu'elle te fait toujours peur ?

Ce disant, il désigna la forte silhouette de leur mère, dont les cheveux blonds reflétaient le soleil couchant. Appuyée à la balustrade, elle scrutait l'horizon comme un gardien de phare.

— Peur ? Oui, un peu, je crois..., avoua Guillaume, les yeux vissés sur l'étrange bâtisse.

D'ici, la Seigneurie semblait un gigantesque chien prêt à bondir et à se jeter de la falaise, pour déchiqueter l'horizon de ses crocs de granit.

— Vous savez bien ce qui se passe, lorsque je me mets en colère ! fit encore Virginia d'un ton résolument furieux.

— Allons, concéda Victor en commençant à courir, soyons bons garçons.

— Toi alors, grommela Guillaume, tu ne sais jamais ce que tu veux...

— Si ! répondit son frère. Arriver avant toi !

Voilà aussitôt Victor détalant, ses vieux croquenots écrasant l'herbe sèche, les cailloux et les chardons.

Pris de court, Guillaume eut un instant de doute avant de réaliser que s'il ne rattrapait pas son aîné, c'est lui qui subirait encore les invectives maternelles. Chose injuste mais établie. « Que le meilleur gagne », dit l'adage. À Malderney, l'axiome était faussé. Il n'y avait qu'un « *meilleur* » : Victor Berkeley. Guillaume était l'éternel second, à jamais cadet. Il avait pourtant tout pour battre son frère (*lui* ne boitait pas) mais réagissait toujours en décalé. Il fallait à chaque fois le tirer de son monde intérieur où il aimait à se perdre : îles rêvées, tableaux excentriques, visions oniriques. Lorsque son regard se posait sur les choses, il les parait aussitôt de couleurs étranges, à l'image de ces peintures qu'il faisait de Malderney, devant l'admiration inquiète de sa mère.

« Je me demande parfois ce que tu as dans la tête », disait-elle au spectacle de ces toiles qui s'entassaient dans la chambre de Guillaume. Châteaux de contes de fées, cités imaginaires, constructions torturées, ces visions semblaient surgies des fantasmes de quelque architecte utopiste et dément, qui envisageait les maisons comme autant de structures organiques. Chez Guillaume Berkeley, les pierres pensaient, les fenêtres ouvraient les yeux, les cheminées respiraient, et ces tableaux faisaient la joie des habitants de Malderney, qui n'hésitaient pas à les troquer contre un panier d'œufs frais ou deux litres de cidre.

« Mon fils est un rapin », songeait Virginia Berkeley, sans toutefois rien en dire à Guillaume, car elle craignait de l'humilier. Face à ces « œuvres », elle gardait un silence courtois et souvent gêné. C'était là moins de l'incompréhension qu'une blessure plus intime chez la dame de Malderney. Paul Carteret, son père, tâtait lui aussi du pinceau. Guillaume était le portrait craché de son grand-père, le talent en plus. Depuis des années, le vieux Paul vivait en reclus dans une cahute de Guernesey, avec pour seuls compagnons des tubes de gouache et des flasques de whisky. Dans toutes les îles Anglo-Normandes, on raillait sous cape ce saoulard misanthrope, dont la fille était par alliance apparentée à la couronne d'Angleterre. Dans ses désirs les plus inavouables, Virginia rêvait qu'on retrouvât son père figé devant ses toiles, parti dans ces mondes qu'il ne parvenait même plus à peindre, mort d'un coma éthylique. Mais si maintenant Guillaume prenait la relève, s'il était le nouvel « artiste » de la famille, tout était à refaire...

Obsédée par les lois de l'hérédité, Virginia Berkeley guettait chez ses fils les marques d'un héritage physique et moral. Si Victor possédait la silhouette robuste et les blonds cheveux de Robin, son défunt père, homme au tempérament décidé, Guillaume avait la douce folie de sa branche maternelle, une nonchalance rêveuse, une irrésolution constitutive, une poésie confinant au morbide.

« Victor a hérité du meilleur de son père. J'ai passé à Guillaume le pire de moi-même », constatait-elle amèrement, sans pour autant l'avouer, sinon à Philip, son amant officiel depuis le veuvage. Et elle ne manqua pas de s'en faire la remarque, tandis que ses fils accouraient enfin sous le balcon de la Seigneurie : Victor, éclatant malgré sa patte folle ; Guillaume, haletant, à la traîne, les lunettes glissant sur son visage en sueur.

— Vous n'allez pas vous en tirer comme ça, grogna-t-elle sans réelle conviction, déjà résolue à passer l'éponge.

— Mais, maman, objecta Victor, nous ne sommes plus des enfants : j'ai seize ans et Guillaume en a quinze !

— À table ! conclut la mère, avant de fermer la porte-fenêtre pour gagner la salle à manger.

*

Une minute plus tard, la famille était attablée pour le repas du soir. La vaste *dining room* de la Seigneurie avait été pensée pour des fêtes et des banquets. Sur l'immense table de merisier, au milieu des lambris à miroirs et autres trophées de chasse, les quatre convives semblaient quelques passagers égarés sur le pont d'un paquebot fantôme.

Certains soirs – pour Noël, ou la Saint-Jean – ils se forçaient pourtant à jouer le jeu : Virginia présidait ; Philip lui faisait face, dix mètres plus loin ; de part et d'autre, Guillaume et Victor fermaient le cercle. Mais c'était là une coutume absurde. Malgré son rejet de ses origines paysannes, Virginia aimait les ambiances feutrées et la chaleur humaine. C'est pourquoi la famille se pelotonnait généralement en bout de table, près de cette cheminée qui les réchauffait pendant les humides journées de l'hiver marin.

Ainsi étaient-ils tous les quatre, rassemblés par cette jolie soirée de juillet. Voilà même un bon quart d'heure qu'ils dînaient en silence, conscients qu'il fallait briser la glace. Tenant à marquer le coup, Virginia jouait les douairières offusquées. Victor et Guillaume avaient le nez plongé dans leur assiette, chacun perdu dans ses rêves : Victor songeait à quelque demoiselle de l'île, qu'il irait trousser dans la bruyère ; Guillaume faisait des arabesques dans sa soupe de congre, y bâtissant une ville imaginaire. Quant à Philip, courte silhouette immobile comme une statue, il mangeait bruyamment.

Qui aurait pu penser que cette famille si banale, si convenue, régentait l'un des derniers États féodaux du monde moderne ? À l'instar de la voisine île de Sercq, Malderney avait gardé cette spécificité plus folklorique que politique. N'ayant de comptes à rendre qu'au duc de Normandie (c'est-à-dire au roi d'Angleterre), la famille Berkeley était littéralement *propriétaire* de son île... et de ses habitants ! Virginia était toutefois consciente des limites de son pouvoir. Dans l'île, tout le monde aimait la « dame de Malderney » et personne ne songeait à récuser son statut. C'est que jamais elle n'avait abusé de son pouvoir : le tribut annuel que lui versaient ses « serfs » était, par tradition, un poulet. Dont acte : chaque 21 décembre, tous montaient à la Seigneurie porter leur offrande au potentat et festoyer dans cette même salle à manger, qui brûlait alors de vie juste avant de plonger dans l'hiver.

Hors cela, les vrais féaux de Virginia étaient ses fils et Philip, son fidèle bailli et éternel soupirant.

— *Could I have the salad, please?* demanda-t-il dans un anglais exagérément châtié.

— Philip ! lança Virginia, qui s'irritait facilement.

Déjà les deux garçons échangeaient des regards amusés.

— *Pardon me?* s'étonna le Bailli, qui savait exactement la raison de cette colère.

— Pas d'anglais sous mon toit, surtout devant les enfants...

— Nous ne sommes plus des enfants, répliquèrent en chœur Victor et Guillaume, songeant que cette scène avait eu déjà lieu cent fois. Mais à Malderney, immuable, chacun jouait son rôle.

La grosse chevalière de Virginia cogna contre le bois de la table, son visage s'empourprant d'une vraie colère.

— Mais qui commande, ici ? Tant que vous vivrez à la Seigneurie, vous m'obéirez.

Se tournant vers Philip, elle ajouta :

— Ce qui vaut pour tout le monde...

Le Bailli baissa les yeux, sachant qu'il valait mieux agir ainsi plutôt qu'entrer dans des débats sans fin. La rhétorique de Virginia était aussi rompue que son obstination.

Désignant un grand portrait de Victor Hugo, à l'autre bout de la pièce, la dame de Malderney ajouta :

— La langue française est l'honneur de notre famille : montrons-nous dignes de nos ancêtres !

*

— Combien de temps va-t-elle nous parler de Victor Hugo ?

— Le temps que Philip parle le français...

— Pour ce qu'il a à dire...

— C'est vrai, autant qu'il se taise !

Et les deux frères éclatèrent de rire.

Assis depuis l'aurore au bord de la falaise, les pieds ballant dans le vide, Guillaume et Victor scrutaient l'horizon. La veille, après le dîner, tous deux étaient montés se coucher en se promettant d'être debout à l'aube, car «*Il*» devait arriver le lendemain. Et voilà trois heures qu'ils jouaient les vigies, devant une mer aussi calme que vide.

— Ne soyons pas trop sévères avec Philip, objecta Guillaume, il est parfois le seul à prendre notre défense...

— À prendre *ta* défense, corrigea Victor.

— Évidemment, maman ne te reproche jamais rien, puisque tu es le portrait craché de papa...

— Raison de plus pour que Philip refuse de me défendre, renchérit Victor avec une moue lasse, comme s'il répétait une conversation chaque jour recommencée.

Un instant, il fixa une ombre à l'horizon, mais ce n'était qu'un récif çà et là dégagé par la houle.

— Onze années après sa mort, reprit l'aîné, Philip est encore jaloux du souvenir de papa. Comme s'il avait peur d'un fantôme. Certains disent qu'il a détruit toutes les photos le représentant et qu'au village, on ne peut prononcer le nom de Robin Berkeley en sa présence...

Après un moment d'hésitation, Guillaume se hasarda à demander :

— Et toi, tu y penses parfois à papa ?

À cette question, le visage de Victor se ferma. Il tourna les yeux vers son cadet et prit un ton sentencieux :

— Notre père est mort, Guillaume. Contrairement à maman, je ne vis pas avec un cadavre.

— Mais Philip n'est pas un cadavre ! s'offusqua Guillaume, dont l'imagination s'emballait vite.

Il voyait déjà sa mère se réveillant dans son baldaquin à côté d'un corps putréfié, dont elle baisait le visage sans souci d'en arracher les lèvres et les paupières.

Victor éclata d'un rire attendri et passa un bras autour de l'épaule de son frère.

— Je te connais par cœur. Quand je fais une métaphore, tu la transformes en tableau. Arrête de vivre dans tes rêves... Philip est bien vivant. Lorsque je parle de cadavre, je veux dire que lorsque maman le regarde ou lui parle, c'est à papa qu'elle pense. Voilà tout...

— Et tu trouves ça normal ? demanda Guillaume d'un ton penaud, car malgré les injustices de sa mère, il n'aimait pas qu'on mît en doute son autorité.

— Qu'est-ce qui est normal, ici ? ironisa Victor. Nous sommes les seigneurs d'un des derniers États féodaux du monde ; nous sommes anglais mais parlons français par « fidélité littéraire », car Victor Hugo a culbuté l'arrière-grand-mère de maman... qui était sa femme de chambre ; nous régnons sur notre rocher sans avoir jamais eu le droit de quitter les îles Anglo-Normandes ; nous ne connaissons ni l'Angleterre, ni même la France, qui est à quelques kilomètres d'ici... Et le pire, c'est que nous trouvons ça normal !

Lorsque Victor partait dans ses grands discours – ce que Guillaume appelait ses « phrases de grandes personnes » –, le cadet avait coutume de se réfugier dans ses mondes imaginaires. Chaque syllabe ouvrait la porte d'un jardin caché, d'une grotte nouvelle. Mais là, Guillaume Berkeley écoutait. Il écoutait et comprenait.

« Victor a raison », songeait-il en fixant les lèvres charnues de son frère, ces lèvres adolescentes et déjà si adultes qui émoustillaient tant les femmes de Malderney, jeunes ou moins jeunes, honorées que le futur seigneur de l'île veuille bien y poser un baiser. « Il a raison, mais que peut-on changer à tout cela ? Maman nous a toujours promis de nous emmener à Londres, à Paris. Mais quand ?... »

Le regard de Guillaume se perdit dans le ciel du matin, étonné que la forme d'un nuage figurât une bouche entrouverte.

— Ce qui est moins « normal », poursuivit Victor en grattant un rocher, le lichen se logeant sous les ongles de ses longues et robustes mains, ce sont les mystères de Philip sur sa... *famille cachée*.

— Tu veux parler de sa fille ?

— Si tant est qu'elle existe... Voilà des années qu'on entend parler de cette Pauline, qui vivrait à New York dans une famille de milliardaires. Elle lui enverrait même des cartes postales plusieurs fois par an, mais je n'en ai jamais vu la couleur...

Victor disait vrai : Philip Le Sauvage, bailli et désormais prince consort de Malderney, aurait eu une aventure de jeunesse avec une belle Américaine qui venait ici chaque été, en vacances. De cette amourette était né un bébé. Voulant étouffer le scandale mais se refusant à abandonner l'enfant, la famille de la jeune femme n'était jamais revenue à Malderney. Mais depuis quelques années, Philip recevait d'étranges lettres d'outre-Atlantique, qu'il ne montrait à personne, même pas à Virginia (à sa grande colère). Si le « couple royal » n'en parlait jamais devant les garçons, ceux-ci avaient été mis au courant par les indiscrétions des femmes de chambre ou du jardinier, lesquels avaient surpris les querelles de Philip et Virginia.

— Pauvre Philip, souffla Victor, il n'a peut-être pas fait le meilleur choix en se... mettant avec maman.

— Mais ils s'aiment, non ? répliqua Guillaume, pour qui l'amour était une notion inquiétante et capiteuse, réservée à une élite en cravate et tenue de gala.

— Disons que ça arrange tout le monde : l'île est bien tenue, les gens sont contents, et maman doit se dire que nous avons un père de remplacement...

— Philip n'est pas notre père ! glapit Guillaume, qui commençait à en avoir assez de cette conversation. Il eût préféré scruter l'horizon pour guetter le ferry, comme les deux frères en avaient eu l'intention, depuis le réveil.

— Tu n'aimes pas parler de ces choses-là, hein ? gloussa Victor en pressant son frère entre ses bras musclés.

— Arrête ! tu me fais mal..., fit Guillaume, sans conviction, avant de s'abandonner à l'affection de Victor, près de qui il se sentait toujours protégé.

Guillaume n'avait aucun souvenir de Robin, mort quand il avait trois ans. Et il ne fallait pas compter sur a chaleur humaine de Philip Le Sauvage, froid administrateur introverti qui ne semblait réveiller ses sens qu'une fois dans le lit à baldaquin de Virginia – combien de nuits à entendre leurs gémissements impudiques ? Bref, Victor était pour son frère la seule autorité réelle, le seul modèle masculin. Les deux ans qui les séparaient, c'était comme une génération. Guillaume avait pour son frère un respect de principe, sincère et inconditionnel, et l'aîné protégeait son cadet en toute circonstance. Ils avaient bien compris que leur union faisait leur force. C'étaient même leurs différences – physiques, morales, artistiques – qui constituaient l'équilibre de leur fratrie. Ils étaient les deux moitiés d'un même corps. À eux deux, ils formaient une entité étrange et cohérente, bien plus complète que le mimétisme stérile d'un couple de jumeaux. Victor et Guillaume Berkeley accueillaient la vie main dans la main, avec une confiance inébranlable pour l'un, craintive pour l'autre, mais *ils se tenaient*. Et cela malgré les remontrances et injustices de Virginia, le fade attentisme de Philip ou les regards envieux et admiratifs des habitants de Malderney, qui aimaient ces deux frères comme des mascottes. À leur façon, ils étaient très populaires. On louait la force de l'un et l'imagination de l'autre. On ne manquait pas de les appeler «*young master*», sans crainte de les offusquer par l'emploi de la langue anglaise. Car cette obsession du français était une lubie strictement maternelle, «virginienne», aurait dit Victor. Tout comme le prénom de ce dernier, hommage direct à l'aïeul cavaleur. Mais on ne provoque pas le destin : Victor n'avait rien d'un littéraire, quand Guillaume pouvait improviser d'étonnants pastiches en un simple coup de plume.

En janvier dernier, pour la mort de Kipling, il avait inventé à l'intention de Victor un *Troisième livre de la jungle*, où le conte colonial virait au carnage cynique : Mowgli prenait les animaux en grippe et faisait raser la jungle, enfermant les bêtes dans un paquebot devenu zoo flottant, pour faire avec eux le tour du monde et les humilier aux quatre coins du globe.

De même, ses imitations d'Hugo, qu'il lisait à son frère en singeant le ton ampoulé de Virginia, les faisaient hoqueter de rire. *Les rumeurs de Caïn*, *L'apothéose des sphynges* ou *Pourquoi je suis moi-même* étaient autant de stances hilarantes dont ils se délectaient, la nuit venue, dans la chambre de l'un ou de l'autre. Très enfantin dans ses attitudes et ses réactions, Guillaume Berkeley devenait étrangement adulte dès qu'il était question d'art et de création. Profondément intuitif, il laissait parler ses mains, ses fantômes, et ce qui en ressortait était bien souvent mémorable.

N'était-ce pas précisément cela qui fascinait tant ce producteur parisien, qui depuis cinq ans passait tous ses étés à Malderney ? Guillaume et Victor savaient que cet homme jouerait un rôle important dans leur vie. Et ce n'était là ni un rêve d'enfant ni une intuition de bazar. Cet homme dont ils buvaient les paroles avec une joie parfois coupable (Virginia se méfiait de lui comme de la peste) leur promettait chaque année de les conduire à Paris pour, disait-il, les « ouvrir au monde réel ».

C'est bien pour cela qu'ils l'attendaient chaque été de pied ferme, assis comme ce matin-là au bord de la falaise, guettant le petit ferry du père Fortin qui amenait les visiteurs depuis le port de Diélette.

Plissant les yeux, Victor s'écria :

— Regarde, il arrive !

Le cœur de Guillaume battit aussitôt la chamade, il avait reconnu le ferry serpentant entre les nombreux récifs de la baie de Malderney. D'un mouvement maladroit, il se dressa sur ses jambes et manqua glisser de la falaise.

— Attention ! glapit son frère en le rattrapant pour le tirer loin du vide.

Tremblant de tous ses os, Guillaume rit nerveusement en désignant le bateau qui fendait les vagues :

— C'est... c'est... c'est lui...

Victor lança d'un ton jovial :

— Affirmatif, *young master* ! Notre été peut vraiment commencer : Simon Bloch arrive à Malderney.

*

— Monsieur Bloch ! Monsieur Bloch !

— Ah, voilà mes frères ennemis...

Dans son costume trois-pièces en lin crème, la cravate papillon élégamment dénouée et le panama surplombant à la diable sa longue figure, Simon Bloch venait de hisser sa valise sur le ponton du port. Les deux garçons accouraient vers le Parisien avec tant d'empressement que le capitaine Fortin éclata de rire :

— Ils sont toujours là les premiers, ces garnements !

Bloch lui décocha un sourire acide et rétorqua avec son accent indéfinissable :

— Paix, Charon ! Ces garçons n'ont rien de margoulins. Ils sont mes anges gardiens, mes pages...

Toujours perplexe devant le charabia de son passager, Fortin haussa les épaules et sauta dans son ferry en grommelant :

— Pour ce que j'en sais, moi...

Au même instant, le visage écarlate d'avoir descendu le chemin de la Seigneurie au grand galop, Victor et Guillaume Berkeley singèrent un joyeux garde-à-vous haletants.

— Présentez... armes ! brama Simon Bloch.

Les deux garçons se raidirent.

Bloch fit alors mine de les inspecter. Un instant, il tourna autour des deux frères, sans un mot.

L'aîné et le cadet tentaient de ne plus respirer, de jouer les statues de cire – regard immobile, pose figée – tandis que « l'officier » scrutait le moindre détail de leur tenue. C'était même une torture que de dompter leurs poumons, qui manquaient d'air tant ils avaient couru.

Guillaume fut le premier à craquer, secoué par une violente succession de hoquets, il éclata de rire. Ne pouvant tenir, Victor le suivit et se plia en deux, se tenant les côtes. Incapable de garder son sérieux, Simon Bloch succomba à son tour, retirant ses lunettes pour s'essuyer les yeux à l'aide de sa pochette, car de grosses larmes lui couvraient maintenant les pommettes, les joues, le menton.

— Ah, mes amis, mes amis ! dit-il en prenant les garçons aux épaules, que je suis heureux de vous retrouver !

Prêt à regagner le continent, le capitaine Fortin leva au ciel des yeux navrés, ne comprenant pas qu'on pût se livrer à de telles gamineries. Ce Simon Bloch était un être bien étrange. Un adulte ne jouait pas ainsi avec des jeunes gens, ça n'était pas sérieux ! Mais il payait comptant et n'oubliait jamais le pourboire, alors...

— Monsieur Bloch, on a tant de choses à vous raconter ! s'enthousiasma Guillaume.

— C'est surtout *vous* qui devez *nous* raconter votre année, corrigea Victor, qui saisit la valise du visiteur pour marcher en direction de l'hôtel, à trois rues du port.

Enchanté de sa petite cour, Simon Bloch remit ses lunettes et rajusta le col de sa veste, en fixant le soleil qui enflammait la mer.

— N'oubliez pas une chose, mes elfes : je suis ici pour cesser de penser aux maux du monde, pour me détacher du superflu et regagner l'essentiel...

À ce mot, il ébouriffa la brune chevelure de Guillaume, qui ronronna comme un chat puis recommença à sautiller.

— Victor a raison : que s'est-il passé, cette année, à Paris ? Quels films avez-vous produits ? Quel peintre avez-vous découvert ? Quelles pièces avez-vous montées ? Quel chanteur avez-vous lancé ? Comment va votre ami Cocteau ? Et le camarade Picasso ?...

Sous cette avalanche de questions, Simon Bloch mima un homme qui perd pied et s'appuya à la robuste carrure de Victor.

— Ami Guillaume, laisse-moi donc me faire à la terre ferme. Tu sais que je n'ai pas le pied marin et la houle était forte, ce matin...

— C'est vrai, laisse monsieur Bloch tranquille, il a un mois pour tout nous raconter..., dit Victor alors qu'ils arrivaient devant la petite auberge Saint-Hélier, une charmante bâtisse de granit en surplomb du port, où Simon Bloch louait la même chambre chaque été, depuis cinq ans.

Guillaume ne put retenir une moue boudeuse et un peu déçue, marmonnant :

— Mais c'est toi qui lui as demandé de nous raconter son année...

Victor ne répondit rien à cet enfantillage, sinon ce grand sourire affectueux auquel son frère avait toujours succombé.

L'auberge Saint-Hélier accueillit son visiteur comme le messie.

— *Mister Bloch ! Always on time !* gloussa Martha, la patronne, et elle extirpa de son comptoir sa grasse silhouette, faisant vibrer l'armada de bouteilles rangées au-dessus du bar.

Bloch était aux anges : ici, rien ne changeait. Cette salle basse qui sentait le tabac, l'apple brandy et le ragoût de poisson. Ces étagères lourdes de chopes, casseroles, assiettes ébréchées. Ces vieilles scènes marines, mal encadrées et généralement bancales, qui couvraient les murs du sol au plafond. Et puis Martha Collings, matrone haute en couleur, bibendum rosé au sourire carnivore, dont on disait qu'elle s'introduisait la nuit dans le lit de ses clients. Mais ayant un sommeil de plomb, il n'avait jamais pu vérifier la véracité de cette rumeur...

— *Hello, Mrs Collings*, dit le Parisien en lui donnant une accolade un peu gauche, tandis que Martha posait ses grosses pattes sur le costume de lin.

Apercevant les deux garçons, elle plissa les yeux et ajouta en français, d'un ton exagérément servile et avec un gros accent maldernais :

— Et vous êtes accompagné des *young masters*...

— Bonjour, Mrs Collings, dirent en chœur Victor et Guillaume, sans même s'arrêter devant l'aubergiste car ils connaissaient le chemin et gravissaient déjà le mauvais escalier conduisant aux chambres.

— Vous auriez la gentillesse de me mitonner un petit sandwich au crabe et de me le monter dans ma chambre, avec une tranche de *Guernsey gosh* ? demanda Bloch en emboîtant le pas des garçons. Je meurs de faim...

Le visage lumineux, la baleine se pencha sous son comptoir, dont elle tira une assiette où luisait déjà un épais sandwich.

— *I know you pretty well, Mister Bloch.*

— *Indeed*..., gloussa le visiteur.

— Je vous monte ça dans cinq minutes, avec une chope de cidre, *as usual* ?

Bloch poussa un profond soupir de satisfaction et conclut, avant d'ouvrir la porte de sa chambre :

— *Martha, you are an angel !*

*

— Eh bien, je vois que je n'ai plus rien à faire, s'exclama le Parisien d'un ton mi-figue, mi-raisin.

Sans un mot et avec un zèle appliqué, les deux frères avaient posé la valise du visiteur sur le gros édredon du lit-bateau, puis ils l'avaient ouverte comme on éventre un poisson. Un à un, Guillaume tendait les vêtements à Victor, qui les fixait à un cintre et les accrochait dans la penderie.

— On y est presque, dit Guillaume, qui atteignait le fond de la valise et le petit linge de Bloch.

Embarrassé par cette vision, le Parisien s'avança vers l'adolescent et ferma un peu violemment la valise, manquant coincer les doigts de Guillaume sous la grosse lanière de cuir.

— Je crois que je peux finir tout seul...

Les deux frères ne s'en émurent aucunement et gardèrent leur visage d'ange.

— On est si contents que vous soyez là, dit Victor en ouvrant la fenêtre, qui dominait les toits du petit port et offrait une jolie vue sur la baie de Malderney.

— Vous n'avez aucune intention de partir, c'est bien ça ? demanda Bloch, sans quitter son indéfinissable sourire.

D'un même geste, les deux frères hochèrent du menton avec fermeté mais sans arrogance.

— Ça fait un an qu'on vous attend, avoua Guillaume, on ne va pas vous laisser aussi facilement...

— Mais je suis là pour un mois, les enfants ! répliqua Bloch dans un grand éclat de rire.

Devant cette hilarité, les garçons retrouvèrent une expression étrangement sérieuse.

— Pour vous, c'est un mois avec nous ; pour nous, c'est onze mois sans vous..., dit Guillaume.

— Et nous ne sommes plus des enfants, ajouta Victor. J'ai seize ans, Guillaume en a quinze. Nous sommes là pour apprendre, monsieur Bloch...

Devant leur sérieux, le Parisien se retint de toute remarque ironique. S'il était conscient du rôle qu'il jouait dans leur vie, il ne le pensait pas si grand. Chaque été, Guillaume et Victor étaient ses factotums, ses cicérones, ses suivants. Leur fraîcheur, leur jeunesse, leur innocence le reposaient des tourbillons de cette vie parisienne à laquelle il se livrait onze mois durant. Mais on ne joue pas impunément avec les êtres. Voilà cinq étés qu'il les ensorcelait avec ses tableaux flamboyants de la vie en France. Ses comptes rendus de lectures, de concerts, de théâtre. Par une absurde volonté maternelle, Guillaume et Victor n'avaient jamais quitté Malderney. Il était donc normal qu'ils vécussent certaines choses par procuration. Bloch se demandait même si Virginia, qui lui montrait tant d'hostilité, ne le laissait pas faire avec ses fils comme on donne un os à ronger à un chien affamé. Les étés auprès de Simon Bloch rassasiaient les besoins de liberté des jeunes gens. Disons que cela avait marché pendant cinq ans. Mais maintenant qu'ils étaient adolescents – « Victor a même l'air d'un homme... », pensa Bloch en voyant sa silhouette se détacher sur le contre-jour de la fenêtre –, le jeu n'obéissait plus aux mêmes règles. Ce n'était d'ailleurs plus un jeu et les deux garçons n'étaient plus ses cobayes volontaires.

— L'été risque d'être intéressant..., fit Bloch pour lui-même, avant de s'asseoir dans l'unique fauteuil de la chambre, posé comme un prélat entre le lit et la petite table de pitchpin.

Il remarqua alors que Guillaume gardait un objet caché dans son dos.

— Toi, tu m'as volé quelque chose, dit-il avec douceur et il fit signe au jeune homme de montrer ce qu'il dissimulait.

Sans honte, l'adolescent rendit le livre à son propriétaire.

— Je l'ai trouvé dans votre valise, mais je n'avais pas l'intention de vous le prendre...

— Tant mieux, je compte le lire cet été, dit Bloch en caressant la couverture de cette première édition de *Mort à crédit*.

— L'auteur est une femme célèbre, en France ? demanda Guillaume.

Bloch ne put retenir un éclat de rire.

— Céline est un nom de plume. Cet homme est médecin à Paris, et il veut dissocier sa vie professionnelle de sa vie littéraire... Je ne t'ai pas parlé de *Voyage au bout de la nuit* ?

— C'est le livre que vous lisiez il y a deux ans, non ?

— *Mort à crédit* est la suite, semble-t-il.

— Et vous le connaissez bien, ce Céline ? demanda Guillaume avec des étoiles dans les yeux, toujours fasciné par les amitiés de Simon Bloch.

Ce dernier eut une réaction étrange. Ouvrant le livre à la page de garde, il le tendit à Guillaume et répondit d'une voix maussade :

— Je croyais bien le connaître, mais je ne sais pas... C'est peut-être un fou, un génie, un assassin, ou les trois à la fois...

Tandis que Guillaume prenait le roman, Victor s'avança et lut à voix haute, par-dessus l'épaule de son frère, peinant à déchiffrer l'écriture tremblée :

— « Pour Simon Bloch, ami fidèle, youtre royal, nègre grandiose ! seule âme fière et noble parmi les vermines de sa race ! avec la gratitude et l'amitié sincères et loyales et vibrantes de ton obligé, L.F. Céline. »

Relevant le visage, Victor avait une mine perplexe.

— Je ne comprends pas ce qu'il a voulu dire...

— Moi, je m'efforce de ne pas trop comprendre, répondit Bloch.

— Ça veut dire quoi « youtre » ? ajouta Guillaume, qui avait vu une ombre passer sur le visage de Simon Bloch, lequel se penchait sur les toits et tendait les bras vers le ciel, comme pour happer les nuages, les oiseaux, et cet air marin qui fouettait les sens de tous ceux qui arrivaient à Malderney.

— Je suis un peu fatigué, les amis, dit-il.

Guillaume et Victor respirèrent : il avait quitté ce bizarre rictus de bête traquée pour retrouver son beau visage impassible.

Au même instant, on frappa à la porte.

— Mister Bloch ! *Lunchtime* ! fit la voix de Martha.

— Aujourd'hui, je crois que je vais me reposer un peu, dit le Parisien en laissant entrer l'aubergiste, qui portait un grand plateau comportant bien plus qu'un simple sandwich au crabe. On se retrouve demain matin, comme d'habitude, sur la falaise ?

*

— Tu es tout seul ?

Assis face à l'océan, Guillaume se retourna et offrit à Simon Bloch son plus beau sourire.

— Victor n'a pas résisté : le vent est parfait et maman l'a autorisé à partir « en croisière ».

À quelques centaines de mètres du pied de la falaise, un petit voilier bravait la houle maldernaise. Accroupie dans son étroite coque de bois, la silhouette de Victor semblait faire corps avec le navire.

— Ton frère est très athlétique, dit Simon Bloch en recalant son panama malmené par les bourrasques.

— Il est surtout courageux, corrigea Guillaume d'une voix singulièrement désincarnée, et il posa à côté de lui, dans l'herbe, son carnet de croquis. Moi, la mer me fait peur, je n'ai pas son courage, je suis lâche.

Surpris par l'atonie de Guillaume, Bloch déplia sa pochette et s'y assit, pour ne pas salir son pantalon de toile beige.

— Lâche ? C'est ton frère qui t'a dit ça ?

L'adolescent haussa les épaules, sans quitter cet air détaché, comme s'il planait au-dessus de lui-même.

— Pas seulement. Tout le monde dit un peu ça, ici. Victor, maman, Philip, les gens... Mais je m'y suis fait...

Tournant vers Bloch un visage résolu, il finit par affecter ce désarmant sourire qu'il partageait avec son frère.

— Si tout le monde pense ça, c'est que ça doit être vrai, non ?

Pour la première fois, Guillaume voyait Simon Bloch désemparé. Lui qui avait toujours réponse à tout, trouvant une parade à la moindre controverse, était simplement sans voix, à court d'arguments.

Sans doute agacé de ne rien répliquer, le Parisien s'assombrit et ôta ses lunettes de soleil. Ses yeux noirs étaient soucieux et il se caressa doucement l'arête du nez, signe qu'il réfléchissait. Guillaume n'aurait su dire s'il était beau, mais Simon Bloch possédait une élégance naturelle qui tranchait avec l'aspect des habitants de Malderney. Qu'étaient les knickerbockers de

Philip Le Sauvage à côté de ses costumes si bien coupés qui soulignaient la silhouette et semblaient tirés de quelque film hollywoodien ? Et puis le profil de Simon Bloch. Ce nez fier et racé au centre d'un visage toujours pâle, que Bloch couvrait de crème tant il craignait les brûlures du soleil.

Ce matin-là, toutefois, Bloch avait rougi. Il était troublé par la remarque de Guillaume, qui n'avait pourtant rien de bien choquant. Ce n'était pas la première fois que le cadet avait cette saillie ; elle virait même à la coquetterie, parce qu'il la sortait à l'occasion, à l'école ou ailleurs. Ses professeurs et ses camarades de classe ou de village l'accueillaient d'un air perplexe mais passaient vite à autre chose, car tout le monde savait que le « *young master Guillaume* » était un être à part.

Ce statut, Simon Bloch avait été l'un des premiers à le déceler, passant ses étés à pousser l'enfant dans l'affûtage de ses dons. Mais à présent, quelque chose avait changé. Le regard de Guillaume n'était plus le même. Il y avait dans ses yeux marron, ses cheveux bruns, quelque chose d'étrangement déterminé et de presque fatal. Comme si tout était déjà noué. Comme si, quelque part, dans un ailleurs encore inconnaissable, des dés avaient été jetés. Et cet impalpable déterminisme mettait Bloch à ce point mal à l'aise qu'il sentit les effets d'une subite nausée et dut se redresser.

— Ça ne va pas ? demanda le cadet, redevenu le jeune adolescent rêveur de Malderney.

Reconnaissant « son » Guillaume, Bloch reprit sa respiration et la nausée se dissipa aussi vite qu'une dame blanche. Se rasseyant avec maladresse sur la pochette chiffonnée, il désigna le carnet de croquis.

— Tu me montres ?

Enchanté et toujours flatté que ses gribouillages intéressent un esprit aussi alerte que Simon Bloch, Guillaume lui tendit le carnet.

— Soyez honnête, dites-moi vraiment ce que vous en pensez.

— Tu vois que tu es courageux, et non *lâche*, gloussa Bloch. À Paris, bien des artistes refusent de m'inviter à leurs vernissages, car mes articles de la *Revue des Deux Mondes* peuvent briser une carrière en deux épithètes...

— Nous ne sommes pas à Paris, *hélas*..., dit Guillaume d'un ton rêveur.

— Dieu que tu es doué ! murmura bientôt Simon Bloch.

Malgré cette première critique – sincère, il le savait –, Guillaume s'obstina à garder la tête tournée vers la mer où la petite voile de Victor s'obstinait à longer la falaise sans attaquer le large. C'était pour lui un moment d'absolu ravissement. Il sentait les doigts de Bloch feuilleter une à une les pages de son carnet. Il entendait la respiration saccadée du Parisien, entrecoupée d'interjections laudatives qui n'avaient rien de forcé : « que c'est beau... », « comme c'est étrange... ». Il percevait la chaleur de cet homme, une chaleur faite de générosité, de curiosité, d'intelligence des êtres et des choses. Se tissait entre eux un lien aussi ténu qu'indestructible, fondé sur l'admiration et la confiance. Simon Bloch avait toujours dit que Guillaume Berkeley serait un grand artiste. Devant ces croquis hors du temps, à la fois enfantins et sans âge, il sentait combien ses intuitions étaient justes. Il éprouvait même ce petit frisson narcissique d'avoir été le Pygmalion de ce talent en friche, dont il guidait chaque été les pulsions. Car il s'agissait bien de pulsions, de force de vie, d'éclats charnels. Les dessins de Guillaume Berkeley avaient pour seule et unique référence l'île de Malderney. L'adolescent s'efforçait de la représenter de façon surréelle, coiffant l'île de constructions fantasmatiques, d'êtres inconnus. Et pourtant chaque détail, jusque dans sa folie, semblait d'une troublante cohérence. Comme s'il ne pouvait en être autrement. Comme s'il obéissait à une nécessité organique.

Arrivant au dessin intitulé « La Seigneurie », Bloch découvrit une apocalypse de verdure, où la maison se voyait enserrée de racines, de fougères, de lierre. Des fenêtres surgissaient des silhouettes étranglées par les lianes. On reconnaissait çà et là Virginia, Victor, Philip, Martha Collings et nombre d'habitants de Malderney. Guillaume s'était lui-même représenté, juché sur le toit de la bâtisse, comme si lui seul pensait échapper au carnage. Mais une liane, jaillie du vide de la falaise, s'apprêtait à le plonger dans l'abîme.

Carnages, boucheries, massacres, comment tant de violence pouvait-elle naître d'un esprit aussi doux ? Comment ces scènes, parfois insoutenables, pouvaient-elles être conçues par cet adolescent de quinze ans, courtois et servile, qui suivait son frère aîné avec la docilité d'un carlin ?

Il y avait tant de mystère chez Guillaume Berkeley, tant de données en germe, tant de questions attendant réponse, que Bloch avait une nette préférence pour cet étrange cadet. Bien sûr, la bonhomie et la vigueur de Victor l'enchantaient, mais il sentait chez Guillaume bien plus de force et de rage. Ce garçon se cherchait. Et il était si jeune.

Surpris du silence de son « critique », Guillaume Berkeley finit par se retourner.

— Alors ? demanda-t-il, feignant de n'avoir pas entendu les murmures de Bloch.

Contre toute attente, ce dernier fit la moue. Il semblait déçu.

— C'est pas mal... mais tu te répètes...

Guillaume n'en revenait pas.

— Comment ? s'écria-t-il. Mais à l'instant vous disiez que...

— Mais non, mais non ! coupa Bloch. Voilà pourquoi les artistes ne me veulent pas dans leurs expositions. Ils pensent que je vais me laisser aller à conserver mon premier sentiment. Une impression artistique, c'est comme le bon vin, ça se décante, ça doit respirer.

L'adolescent était sincèrement blessé. Déjà des larmes lui montaient aux yeux, et il s'en voulait de céder si facilement devant cet homme qu'il plaçait au-dessus des autres.

Pour Bloch, la dissimulation était aussi délicate. Il devait se dompter pour ne pas serrer Guillaume contre lui et lui promettre le plus beau des avenirs artistiques. Mais cela serait revenu à le gâcher. Cet enfant était encore jeune. Il devait affiner ses dons et ne surtout pas s'y complaire. Voilà pourquoi Simon Bloch répliqua d'un ton sentencieux :

— Je sais combien tu es doué, mais tu dois encore progresser. Tes dessins finissent par se ressembler. Montre-nous autre chose. Creuse encore plus loin...

— Mais montrer quoi ? se lamenta Guillaume. Je n'ai jamais quitté Malderney.

« C'est vrai », songea Bloch, qui se retint bien de le dire. Il préféra rétorquer :

— Tu rêves de Paris ? Tu es fasciné par les récits que je te fais de mon métier ?

Le jeune artiste secouait déjà la tête avec passion.

— Inspire-t'en pour tes dessins. Fais-en ta propre matière. Recrée-les à ta façon...

— Vous croyez ? demanda l'adolescent, dont l'œil s'allumait déjà à cette idée.

— Absolument, laisse-moi te raconter tout ce que j'ai produit cette année, comme ce *14 Juillet* de Romain Rolland, à l'Alhambra, avec un rideau de scène de Picasso ; laisse-moi te parler de mes nouveaux projets : *Électre*, de Giraudoux, au théâtre ; au cinéma, *La Grande Illusion* de mon ami Renoir et *Drôle de drame* de l'étrange Marcel Carné, qui est un peu comme toi : un rêveur à la fois discret et féroce... Laisse-moi te décrire la victoire du Front populaire, qui a permis à des gens comme moi, sans patrie réelle autre que la culture, d'acquérir une véritable liberté artistique...

À ce mot, son visage s'assombrit.

— N'en déplaise à ce cinglé de Céline, qui a pourtant été mon ami... N'en déplaise à la nouvelle Allemagne et à cet Hitler grotesque, qui croit piloter les âmes en les mettant au garde-à-vous...

Voilà maintenant que Bloch se taisait et qu'il détournait les yeux pour remettre ses lunettes de soleil.

— Tu as un talent réel et profond, Guillaume, reprit-il en posant son bras sur son épaule. C'est par l'art, le vrai, que nous arriverons à sauver le monde, tu comprends ?

Sans grande conviction, Guillaume hocha du chef en souriant à cet homme qui semblait tout à coup si bouleversé.

— Lorsque tu te sentiras prêt, continua-t-il en passant ses mains sur les cheveux de Guillaume, il faudra venir me rejoindre...

— À Paris ? demanda l'adolescent d'un ton électrique.

— Je ferai de toi un si grand artiste que toute la France sera à tes pieds !

*

— Ce Bloch est un inverti ! Je ne veux plus que vous passiez vos étés avec lui.

— Mais, maman..., tenta Victor.

— Je me suis renseignée, figurez-vous ! siffla-t-elle. Les gens qu'il fréquente à Paris ne sont pas du beau monde : des poètes, des artistes, des bohèmes...

— Vous le saviez depuis toujours, objecta Guillaume.

Virginia se contenta pourtant de le fixer de ses yeux bleus ardents, sans quitter sa pose de reine mère, dans le grand Chesterfield du salon.

— Ce monde qui n'est pas assez « beau » à votre goût, reprit le cadet avec moins d'assurance, s'appelle Jean Cocteau, Pablo Picasso, Sacha Guitry, Jean Renoir, Jacques Prévert...

En prononçant chaque nom, le visage de Guillaume gagnait en intensité. À vrai dire, il ne connaissait ces célébrités que par le truchement de Simon Bloch. Il aurait été bien incapable d'identifier leur portrait ou même, pour certains, leurs œuvres. Mais ces patronymes faisaient partie d'un panthéon intime qu'il avait bâti dans son imaginaire, un paradis dont Simon Bloch était le saint Pierre aux clés d'or. D'ailleurs, Virginia ne connaissait rien de tous ces gens, et elle s'en moquait. À chaque nom lancé par Guillaume comme une inutile fusée d'artifice, elle avait un haussement de sourcil pour marquer son indifférence.

— Je me fiche de ces noms, conclut-elle. Tout ce que je sais, c'est que dans ces milieux, la moralité est douteuse et pervertie.

Guillaume était navré : cette journée était décidément funèbre. L'été touchait à sa fin ; Simon Bloch était parti à l'aube regagner sa belle vie parisienne ; et voilà que sa mère remettait en cause de si laide façon les joies les plus fortes, les plus pures, de sa courte existence. Pendant un mois, à nouveau, le jeune homme avait découvert des artistes, des œuvres, des textes. Simon Bloch n'avait eu de cesse de guider son regard, de lui souffler des idées toutes simples, que Guillaume avait su transformer en matière créatrice. N'était-ce pas cela un mentor, un maître de vie ? Tant de beauté que Virginia réduisait à néant avec toute la force de son mépris, pour la bonne et simple raison qu'elle n'y connaissait *rien*. Rien du tout ! Elle conservait cette méfiance paysanne pour les choses de l'esprit, qui lui renvoyaient l'image de son propre père, ivre parmi ses pinceaux. Quelle misère ! Guillaume en aurait pleuré. Il en aurait arraché un à un les fils de l'immense tapis rouge et blanc qui courait sur le vieux parquet du grand salon de la Seigneurie. Mais ça n'aurait pas suffi. Il aurait pu faire pire, bien pire. À cette idée, Guillaume n'en était que plus malheureux. Comme s'il craignait que la colère, le dépit, le poussât à réaliser dans la vie ce qu'il illustrait avec tant de rage dans ses étranges dessins. Comme si une force était en germe dans ses doigts, dans sa cervelle. Une force qui devait être domptée pour rester en cage. Une force que Simon Bloch avait révélée à elle-même, pour mieux la canaliser. Oh, Simon Bloch, Simon Bloch ! Que de belles heures passées en sa compagnie, cet été, sur la falaise, dans la salle basse de l'auberge Saint-Hélier, sur les bancs du petit port. Il savait leur parler, à tous deux. Il comprenait la sensibilité de Guillaume autant que la force de Victor. L'aîné n'était pas jaloux de cette complicité, lui aussi avait ses moments de solitude avec Bloch, lorsqu'il l'emmenait en bateau ou qu'il escaladait une falaise pour chercher des œufs de guillemot.

Bloch était leur camarade de jeux, voilà tout. Et qu'il eût vingt ans de plus était un détail. Jamais il n'avait eu un geste déplacé, jamais un regard ambigu. Le traiter d'inverti ? Basse calomnie ! Cet homme vivait dans le présent, il venait ici pour se laver l'âme ; quel mal à cela ? Le seul mal était la souffrance qu'il leur faisait en ne restant pas plus longtemps à Malderney. Année après année, chacun de ses départs était plus douloureux. Les deux frères retombaient alors sur terre pour retrouver le doux mais pesant quotidien insulaire. C'est pourquoi les remontrances de Virginia étaient la gifle de trop. Une gifle que Guillaume vivait comme une trahison, un désaveu. Assis dans son coin, il se mordait la lèvre, à bout d'arguments.

Voyant son frère totalement désemparé sur cette petite chaise qu'il occupait depuis l'enfance, près de la cheminée, Victor vint à sa rescousse, sachant que ses objections seraient mieux acceptées par la dame de Malderney. Il prit même un malin plaisir à s'asseoir à côté d'elle, sur le canapé du salon, posant une main sur son bras.

— Maman, si j'ai bonne mémoire, grand-pa Hugo était un artiste, lui aussi...

— Victor, tu ne peux pas comparer ton arrière-grand-père avec ces saltimbanques du cinéma, du théâtre et de la peinture...

Victor sourit.

— Au temps d'Hugo, le cinéma n'existait pas. Mais pour ce qui est du théâtre, de la peinture, de la poésie, il a donné dans tous les arts...

Virginia eut un gloussement agacé. Du regard, elle chercha Philip, qui était assis en retrait, sur l'escabeau de la bibliothèque. Le Bailli faisait mine de compulser le volume A-C du grand dictionnaire de Pierre Larousse, en équilibre sur ses genoux. En fait, il ne perdait pas une miette de ce dialogue. Ces débats étaient assez fréquents, et le Bailli se contentait souvent d'observer une neutralité toute helvétique. Après tout, il n'était que le beau-père et intervenait quand le ton montait dans les aigus ou les larmes.

« C'est un plaisir de se sentir soutenu dans cette famille », songea « la seigneure » en repoussant sèchement la main de son fils.

— À vrai dire, reprit-elle, je me moque des relations « artistiques » de ce monsieur Bloch. C'est sa moralité qui me dérange...

Pour Guillaume, c'était trop :

— Parce que vous préférez les vieux écrivains qui engrossent leurs femmes de chambre ?

Virginia vira carmin.

— Guillaume, *how dare you* ?!!

— Tiens, elle parle anglais..., fit le Bailli. Vous l'avez vraiment échauffée, les garçons...

— Guillaume a raison, intervint Victor, Hugo est un très grand poète, mais ça ne l'a pas empêché de s'amuser...

Virginia allait répliquer mais son aîné ne lui en laissa pas le temps, jouant de ses yeux enjôleurs pour la rallier à sa cause :

— Et pour ce qui est de sa filiation, je vous rappelle que ses descendants ont toujours refusé de nous compter parmi leurs cousins ; comme grand-pa Hugo avait refusé de reconnaître notre grand-mère...

S'efforçant de retrouver son calme, Virginia déglutit et se resservit une tasse du thé qui attendait depuis une demi-heure sur le petit guéridon à dentelle jaunie.

— *Well*, vous aurez beau m'objecter ces arguments fielleux, je sais ce que je sais : Simon Bloch n'est pas une relation fréquentable et je voudrais... je *préférerais* que vous vous trouviez des camarades dans vos âges...

— Fort bien, mais qui ? glapit Victor en désignant les doux pâturages de l'île par la baie vitrée du salon. À part les quelques fils et filles de ferme que nous connaissons depuis toujours, il n'y a personne à Malderney. Et ce n'est pas lors de nos visites éclairs à Jersey, Guernesey, Aurigny ou Sercq que nous allons nous faire des amis...

— Quant au continent, grommela Guillaume, vous nous interdisez d'y aller...

Face à ce réquisitoire, Virginia tenta de s'amadouer. Elle s'efforça même de retrouver le sourire.

— Mes enfants, vous savez bien pourquoi je vous garde ici... Vous irez faire vos études à Paris. Vous connaîtrez le continent. Mais, croyez-moi, n'en déplaise aux fantaisies de ce monsieur Simon Bloch, le « grand monde » ne réserve que des déceptions et de l'amertume...

Virginia avait perdu de sa morgue. Elle était sincère, profondément sincère. Une sincérité à laquelle Guillaume ne pouvait être insensible. Devant cette mère soudainement perdue dans ses souvenirs, l'adolescent sentait se fissurer sa rancœur. Après tout, peut-être avait-elle raison. Peut-être Simon Bloch ne gagnait-il à être connu qu'à Malderney. Grace à lui, Guillaume n'avait du continent que le fumet, la substance ultime, et non les sanies.

— Et pour ce qui est de vous faire de nouveaux amis, poursuivit Virginia, qui retrouvait déjà sa pose hautaine, votre beau-père a une belle nouvelle à vous annoncer.

La dame de Malderney se figea alors dans un sourire étrange, comme si tout s'immobilisait.

Plongé dans son dictionnaire, le Bailli n'avait rien entendu et ruinait l'effet d'annonce de son épouse.

— Philip ! couina-t-elle, faisant sursauter la petite silhouette, qui perdit l'équilibre et glissa de l'escabeau.

Victor et Guillaume ne purent retenir un grand éclat de rire.

— *My dear*, dit Virginia, vous donnez un curieux exemple de l'autorité paternelle.

Le Bailli se releva en grommelant et épousseta son veston blanc de poussière.

— Jamais Robin ne se serait livré à semblables simagrées..., ajouta-t-elle pour tirer son second époux de sa léthargie.

Irrité par la comparaison, Philip Le Sauvage se raidit et prit conscience (trop tard) qu'il était au garde-à-vous devant sa femme.

— Repos, ironisa-t-elle. Annoncez plutôt aux garçons ce que vous m'avez dit ce matin...

Aussitôt, Philip pâlit et balbutia :

— Mais enfin Virginia... rien n'est sûr... je...

La dame de Malderney gifla à nouveau son canapé.

— Dites-leur qui va bientôt venir vivre chez nous...

Le Bailli se tourna vers les garçons. Chez cet homme généralement froid, ils avaient rarement vu un regard si vif et fuyant.

— Ma fille... Pauline...

Les deux garçons ne purent masquer leur déception. Voilà des années que le Bailli annonçait l'arrivée imminente de cette enfant fantôme.

La mère termina :

— D'ici quelques semaines, votre sœur Pauline va s'installer à la Seigneurie...

— Bien entendu, maman..., dirent en chœur les garçons d'une voix maussade, tandis qu'ils quittaient tristement le grand salon pour aller longer la falaise, sous la pluie.

*

À Malderney, les années passaient avec la douceur d'un rite ancestral. Les colères de Virginia, les silences de Philip, l'éternelle absence de Pauline et les rêves contrariés des deux frères, rien ne changeait.

L'automne venu, tandis que la lande prenait sa teinte rousse et que les chemins de bruyères tournaient à la boue, Victor et Guillaume Berkeley redevenaient les jeunes hobereaux de leur étrange enclave féodale. Dans l'unique salle de l'école maldernaise, ils occupaient les seuls sièges en velours, alors que les autres élèves se contentaient de méchantes chaises de bois, un rang derrière. Pas question pour les Berkeley d'apporter ce varech dont on bourrait le poêle en zinc et dont l'âcre odeur envahissait l'île pendant plus de six mois.

Revenant du village, sur le chemin de la Seigneurie, les deux frères trompaient leur ennui en chassant les écureuils, les hérissons, les fous de Bassan, parfois les bécasses avec un lance-pierres ou la vieille carabine de Philip Le Sauvage.

Aux premiers jours de l'hiver, après la fête du solstice, chacun se renfermait sur lui-même, attendant la fin de l'humidité. Contrairement à Jersey ou Guernesey, il ne se passait rien à Malderney. Pas d'épreuves de football, comme la coupe Muratti ; pas de fêtes de village, presque jamais de mariages. Le christianisme semblait même avoir oublié la petite île, dont l'unique église était désaffectée depuis des décennies. Malderney préférait vivre dans le souvenir des cultes druidiques qui avaient occupé l'île aux premiers âges du monde. Au hasard des champs, on trouvait en effet ces antiques pierres levées, où les plus vieux paysans allaient poser des offrandes en faveur des moissons ou de la pêche. C'est aussi là que Guillaume entraînait les quelques filles de ferme, pour des cérémonies qui n'avaient rien de pieux. Mais c'étaient là des joies printanières. En hiver, les champs étaient des étendues de terre molle et d'herbe glissante. On préférait la société de sa cheminée. Seule l'auberge Saint-Hélier accueillait les hommes de l'île, venus boire un dernier cidre au crépuscule, avant de rentrer au bercail manger un *Malderney Bean Crock*, lourde potée aux pieds de cochon, suivi d'un *wonders*, luisant beignet saupoudré de cannelle.

N'en déplaise à Virginia, le producteur parisien revint les deux étés suivants, en 1937 et en 1938, à Malderney, passant ses journées auprès de ces adolescents qui devenaient des hommes.

Guillaume et Victor n'écoutaient plus les mises en garde maternelles au sujet de la « vile influence » de Bloch. Il y avait surtout entre la mère et ses fils un accord tacite : s'ils acceptaient de rester encore un peu à Malderney, elle leur lâcherait la bride au sujet de Bloch. Quand bien même ils l'auraient voulu, ils n'auraient pu s'échapper de l'île. Aucun d'eux ne se serait risqué à emprunter un bateau pour rallier le continent, car les « assassins de la mer » veillaient. Quant à soudoyer le père Fortin, il n'y fallait pas songer. Guillaume et Victor avaient bien essayé, plusieurs fois. Ils en avaient été quittes avec chacun une bonne gifle.

— Vous me prenez pour un traître... Malderney est mon gagne-pain, je ne vais pas me mettre sa dame à dos ?!

Ils avaient également tenté de convaincre Simon Bloch de les emmener, sans succès.

— Un jour viendra où vous pourrez partir librement, soyez juste patients..., leur disait-il avec une conviction sans doute feinte.

Durant ces deux étés, il leur dressa comme toujours son tableau de la vie artistique et mondaine du grand Paris. À nouveau, les garçons recevaient ces nouvelles comme des brassées de fleurs aussi douces que frustrantes. Simon Bloch était un enchanteur : le prix Nobel de son confrère Martin du Gard, qu'il fréquentait dans un club gastronomique ; la mort de son ami Ravel, qu'il allait voir les derniers mois dans sa sombre maison de Montfort-l'Amaury ; l'Exposition internationale du surréalisme, dont il avait apporté le catalogue et qui enchanta Guillaume par ses extravagances ; la sortie du *Quai des Brumes*, qu'il avait produit pour Marcel Carné avec le couple Gabin-Morgan. Il leur parla également de ses dernières découvertes littéraires, telle *La Nausée* de Jean-Paul Sartre, un petit professeur de philosophie au regard désaxé, qui avait jeté avec son livre un joli pavé dans la mare.

— Encore un auteur fasciné par le pessimisme de Céline, leur expliqua-t-il amèrement, avant d'avouer combien le grand écrivain de *Voyage au bout de la nuit* l'avait déçu.

Incarnant la montée des fanatismes politiques dans l'Europe des années 30, Céline avait publié un pamphlet d'un antisémitisme furieux, *Bagatelles pour un massacre*.

— Moi dont la famille s'est convertie au catholicisme, j'ai presque envie de redevenir juif ! se lamenta-t-il la veille de son retour, en montrant à Guillaume un exemplaire de ce livre éruptif, que l'auteur lui avait dédicacé avec tant de désinvolture : *« Pour le Juif Simon Bloch, s'il accepte encore de rester mon ami après ces torrents de juste merde, son obligé, L.F. Céline »*.

— Prostituer à ce point son talent est une honte ! dit Bloch en prenant Guillaume par les épaules. Fais très attention, toi aussi. Les dons artistiques n'excusent rien. Au contraire, ils obligent ! Tu me suis ?

Guillaume fit oui de la tête, pas sûr de tout saisir. Mais Bloch semblait hanté par des visions :

— Le pape a beau publier des encycliques, le nazisme est en train de pourrir l'esprit de la vieille Europe. Depuis quelques mois, des cousins que je ne connaissais pas affluent d'Allemagne et viennent me demander du travail, un logement, un repas... Et la France fait la sourde oreille à tout ça, préférant faire tomber ses gouvernements les uns après les autres plutôt que régler une bonne fois pour toutes ce qui se passe de l'autre côté du Rhin... Et ce cinglé de Darquier qui a déclaré : « Que les juifs soient expulsés ou qu'ils soient massacrés... » Le monde devient fou !

Bloch s'emballait. Son regard devenait aussi sombre que les nuages qui s'amoncelaient au-dessus d'eux par ce lourd après-midi de la fin août 1938. Voulant changer de sujet, il gifla l'air comme on chasse une mauvaise pensée et dit :

— Après tout, tu vas devoir maintenant juger par toi-même. L'année prochaine, je t'emmène...

— Pour faire de moi un grand artiste, je sais..., enchaîna le jeune homme sur un ton maussade.

— Tu ne me crois pas ?

— J'ai dix-sept ans, monsieur Bloch. Je ne crois plus aux contes de fées...

Simon Bloch eut une grimace peinée mais affectueuse.

— Au contraire, ami Guillaume. Il *faut* y croire. Il faut garder l'espoir, quoi qu'il arrive, même au bord de la déroute, de la folie, de la mort.

Devant l'intensité subite de cette réponse, Guillaume se cabra.

— Qu'est-ce que vous voulez dire ?

— Rien..., répondit Simon Bloch en s'éloignant sur le chemin pour rallier l'auberge et finir sa valise. Mais je te promets que si l'année prochaine tu me le demandes, je t'emmène à Paris avec moi.

Sincère prophétie ou promesse de Gascon ? Guillaume n'en savait rien. Mais durant tout l'hiver il se rattacha à cet espoir, comme le souvenir de la bien-aimée stimule l'âme du croisé en route pour la Terre sainte.

*

À la mi-avril 1939, un événement inattendu vint bouleverser l'équilibre jusqu'alors immuable de la Seigneurie.

Tandis qu'ils remontaient calmement le chemin du village, parmi une nature qu'enjôlaient les premières chaleurs du printemps, Guillaume et Victor virent une ombre qui accourait vers eux, zigzaguant entre les statues du parc au risque de s'y cogner.

— Les garçons ! Les garçons !

Ils reconnurent la voix puis la silhouette de Philip Le Sauvage.

— Qu'est-ce qu'il tient à la main ? demanda Guillaume.

Victor plissa les yeux.

— On dirait un papier.

C'était une carte postale. Une carte postale représentant la statue de la Liberté, que le Bailli leur brandit comme un trophée.

— Ça y est ! C'est sûr ! exultait-il, Pauline arrive à Malderney.

Habitués à ses délires, les frères restèrent impassibles.

— Je vous promets, insista le Bailli. Les autres fois, Pauline me laissait entendre qu'elle viendrait «*un jour*», et Virginia en concluait qu'elle serait ici le mois suivant. Mais là, c'est différent. Très différent...

«*Dear father...*», lut-il à voix haute, puis il traduisit directement : «*J'ai pris mon billet pour Cherbourg. Je serai à Malderney le matin du 1*er *mai. Une fois installée, je vous expliquerai la raison de ce retour qui risque d'être définitif. Cher père, nous allons enfin vivre ensemble ! Je suis si impatiente de faire la connaissance de ma belle-mère et de mes nouveaux frères. Ma mère et mes grands-parents m'ont dit que Malderney avait* *besoin d'une héritière. Quelle joie d'arriver dans une île pour en devenir la reine...* »

Victor et Guillaume se regardèrent avec crainte.

Philip ne remarqua rien, trop heureux de sa carte postale. Déjà il descendait au village annoncer la grande nouvelle.

— Rendez-vous ce soir, glissa Victor.

— Dans ta chambre ?

— Non, dans la tienne. Je suis au-dessus des parents : ils ne doivent rien entendre...

*

Trois coups frappèrent à la porte.

— Entre..., chuchota Guillaume, en reposant sur sa table de nuit un volume de *L'Homme qui rit.*

— Tu lis ça, toi ? s'étonna Victor, qui se faufila jusqu'au petit lit-bateau de son frère.

Le jeune colosse y sauta comme un enfant, s'enfonçant dans l'édredon à motifs cachemire qui cracha une nuée de plumes.

— Aïe ! gémit Guillaume, les jambes écrasées. Tu n'as plus huit ans, tu es lourd. Nous ne sommes plus des gamins...

À cette remarque, Victor eut une moue dubitative. Appuyant son front contre la vitre, il contempla la nuit maldernaise, qu'éclairait la pleine lune. Du haut de cette tour, la Seigneurie était d'une blancheur spectrale, répondant à la pâleur funèbre des falaises. Tout semblait étrangement plaqué, désincarné, comme la voix de Victor, qui prit le ton d'une comptine :

— Si nous ne sommes plus des enfants, alors, que faisons-nous ici, à comploter contre nos parents ?

— Il ne s'agit pas de complot, corrigea Guillaume. Mais nous devons bien nous préparer à l'arrivée de cette étrangère, non ?

Victor acquiesça. N'était-ce pas lui qui avait eu l'idée de ce conciliabule ? Durant le dîner, tous deux avaient donné le change. Il avait fallu singer l'allégresse, partager l'enthousiasme de Philip. Même Virginia semblait en rajouter. Après tout, cette Pauline était pour elle une étrangère. Comment la dame de Malderney allait-elle accueillir cette inconnue qui se voyait déjà reine de l'île ? Mais ce soir-là l'ambiance n'était ni aux doutes, ni aux inquiétudes. Il fallait célébrer la grande nouvelle. On avait pour l'occasion servi de succulents ormeaux, que Virginia était descendue acheter au port. La soirée s'était rituellement terminée par une partie de whist drive, au coin du feu, dans le grand salon. Entre deux gorgées d'apple brandy, Philip avait mentionné la fin de cette guerre civile qui avait ravagé l'Espagne. Il avait également parlé de ce nouveau pape, à Rome, Pie XII, encore un Italien. Mais tout cela était si loin de Malderney, si futilement « *continental* ».

Puis chacun avait regagné ses appartements et Victor avait attendu un petit quart d'heure avant de se faufiler dans les sombres couloirs de la Seigneurie.

Bien qu'ils fussent dans la chambre de Guillaume, de l'autre côté de la Seigneurie, les deux garçons entendaient nettement les gémissements du couple royal.

— On aurait pu monter chez moi, plaisanta Victor. Avec le bruit qu'ils font, ils ne risquent pas de nous entendre.

Guillaume ne releva pas. Comme les bruyères et les statues, ces couinements nocturnes faisaient partie de Malderney. Scrutant un instant la lune comme on consulte un sablier, il demanda :

— Bon, alors, on fait quoi ?

— Rien.

— Comment ça, « rien » ?

— Il n'y a rien à faire. On ne sait rien de cette Pauline. Elle n'est peut-être pas si terrible. Attendons de la connaître...

Guillaume ne savait comment interpréter la décision de son frère.

Après tout, Victor avait sûrement raison. Il fallait agir en adultes, en personnes réfléchies et posées. Mais tous deux vivaient dans un monde dont les repères n'avaient pas changé depuis leur enfance, comme un vêtement étriqué qu'on persiste à porter, bien qu'on ait grandi. Soumise au bon vouloir de Virginia, la vie sur l'île était régie par une structure immuable dont les rôles avaient été distribués à la naissance des deux frères. Une étrange sainte famille, avec sa bonne mère, son saint père et ses divins enfants. Raison pour laquelle ils regimbaient si peu et ne s'échappaient pas de leur prison insulaire. Ne connaissant rien du monde extérieur, ils vivaient englués dans un doux conte de fées. Malderney était une île fictive, abstraite, en marge du siècle. Inconsciemment, les deux garçons avaient peur de se retrouver nez à nez avec le réel. Une peur que Virginia devinait chez ses fils, et dont elle jouait. Voilà pourquoi Simon Bloch était nécessaire à leur équilibre familial. Aussi « perverti » fût-il, il servait les desseins de « la seigneure » en canalisant les rêves d'évasion de Guillaume et Victor. Mais l'arrivée de Pauline risquait de tout changer. Elle n'était pas en villégiature. Elle s'installerait à Malderney, auréolée de sa vie new-yorkaise, des premières à Broadway, des fêtes sur Park Avenue ou à Southampton... Surtout, elle était un être plus banal, plus normal que Simon Bloch : une jeune fille de son temps. Une personne bien « dans » son âge, comme Guillaume et Victor auraient pu l'être, s'ils n'avaient pas été emprisonnés dans les douces geôles de l'île. En un mot, Pauline à la Seigneurie, c'était le XXe siècle conquérant le Moyen Âge. Et ça, bien qu'ils fussent incapables de le formuler, Victor et Guillaume le craignaient. C'est pourquoi ils tentaient de trouver une parade, une façon de faire front contre l'étrangère, comme un village reculé voit l'arrivée d'un inconnu.

— Cette fille ne doit pas nous séparer, décréta Guillaume le dos appuyé à la tête de lit.

— Ne t'inquiète pas, dit Victor, lui aussi lourd de pressentiments. Nous allons lui faire passer quelques... tests.

— Des tests ?

— Des épreuves...

— Comment ça ?

Victor regagnait déjà en assurance. Ses yeux se plissaient de malice.

— On ne s'improvise pas Maldernais sur un coup de tête. Notre île se mérite...

Guillaume gloussa devant la détermination de son frère. Voilà bien le Victor qu'il aimait et admirait : buté, frondeur, casse-cou, délicieusement immature et parfaitement déraisonnable.

— Nous allons simplement voir si cette Pauline est à la hauteur de notre famille... Et si ça se passe mal, je te parie qu'elle rentrera à New York par le premier bateau !

*

— Les garçons, accompagnez votre beau-père. Vous savez bien que Pauline arrive dans moins d'une heure...

Surgie d'une étroite meurtrière dans l'échauguette la plus septentrionale, la tête de Virginia ressemblait à une gargouille.

— On y va, maman, on y va..., maugréa Victor qui, tout comme son frère, singeait l'ennui d'un rendez-vous forcé.

L'un et l'autre firent mine de mettre mollement leurs godillots sur le perron de la Seigneurie, sans paraître voir le Bailli qui les attendait de l'autre côté du parc, près du muret de granit, en piaffant :

— *Boyyys, pleaaaase !*

— Voilà, voilà..., fit Guillaume, avec un clin d'œil vers son aîné.

À la vérité, les deux frères étaient rongés par la même impatience. Toute la nuit ils s'étaient délectés à mettre en place un savant plan de bataille, sorte de parcours du combattant dont Pauline pouvait ressortir victorieuse ou vaincue. Ils avaient imaginé la géographie maldernaise comme autant de stations d'un insulaire chemin de croix. Restait à savoir si l'étrangère aurait droit à la résurrection, ou si Malderney serait son Golgotha. Aux premières lueurs de l'aube, les deux frères s'étaient endormis l'un contre l'autre sur le petit lit de Guillaume, comme ces nuits de leur enfance où ils s'amusaient à essayer les innombrables chambres de la Seigneurie.

En cette fin de matinée, l'air était vif mais lourd d'humidité. L'herbe glissait sous leurs pas et le soleil trouait par éclats des nuages noir et blanc. La lumière anglo-normande baignait Malderney et l'on sentait que la pluie ne tarderait pas à tomber transformant l'île en quelque vieux mouton tiède, tremblotant et asthmatique.

— *Hurry up!* fit le Bailli, qui les devançait sur le chemin du village.

Philip Le Sauvage était fébrile. Son regard habituellement si ferme ne parvenait pas à se fixer sur les éléments, glissant de branche en tronc, de bruyère en bosquet, comme s'il tentait de tout voir, de tout retenir, craignant à chaque instant de perdre la mémoire.

Il allait revoir sa fille et il peinait à l'admettre. Au vrai il ne l'avait jamais vue. De Pauline, il ne connaissait que ce médaillon posé sur la cheminée de la chambre de Virginia : une petite fille de huit ans au sourire figé, les bras encombrés d'un bébé labrador. Hors ça, Pauline était pour lui une étrangère. Tout comme elle n'était, pour Victor et Guillaume, qu'un vague fantôme.

Les deux frères ne savaient rien d'elle, sinon que Philip avait « fauté » avec une jeune Américaine et que le fruit de cette passade était né de l'autre côté de l'océan, dans une riche famille new-yorkaise. Le reste était imprécis. À maintes reprises, Victor était allé chiper la rituelle carte postale que Pauline envoyait une fois l'an à son père. D'abord rédigées par la mère, puis de l'écriture très scolaire de la jeune fille, ces missives étaient d'une banalité navrante et rappelaient les lettres envoyées du front par les soldats, après le passage de la censure. Pauline n'y disait rien de pertinent et ne recourait qu'à des formules d'usage : « J'espère que vous allez bien... Je pense souvent à vous... Je vous souhaite un joyeux Noël... J'espère vous voir un jour... »

La voir ? Philip en rêvait depuis si longtemps ! Il aurait bien sûr pu faire le voyage à New York. Mais Virginia le lui avait jalousement interdit (« C'est elle ou moi », avait un soir entendu Victor, depuis sa chambre). La dame de Malderney était toutefois moins possessive que protectrice : se figurant le petit Bailli insulaire perdu sous les gratte-ciel, à la recherche d'une famille qui lui cachait son adresse (il n'avait pas le droit de lui écrire), elle imaginait à juste titre que Philip reviendrait bredouille et profondément blessé de cette traversée.

« Elle finira bien par venir un jour », lui répétait Virginia, lorsqu'il était pris d'une nostalgie bien naturelle pour cette fille inconnue. À ce sentiment se mêlait le souvenir encore brûlant de Joan, la mère de Pauline. Un souvenir contre lequel Virginia était sans armes, sinon en saoulant son époux de plaisir et de tâches administratives, comme elle en avait le secret.

Mais à présent, tout changeait. Philip Le Sauvage allait enfin connaître sa fille, son unique enfant.

Dévalant le chemin du port au risque de perdre l'équilibre, le Bailli fut brusquement frappé d'horreur.

— Regardez ! dit-il en s'immobilisant.

Les frères ne comprenaient pas. D'une main tremblante, Philip désignait la mer, derrière les petites maisons où s'achevait le sentier.

— Eh bien ? demanda Guillaume, mal à l'aise devant la terreur manifeste du Bailli.

— Vous avez vu la Vierge ou quoi ? ricana Victor en scrutant à son tour l'horizon.

Philip semblait défait, figé.

— Le... le ferry..., balbutia-t-il.

En effet, le petit bateau du père Fortin s'éloignait du port, attaquant le labyrinthe des récifs.

Les deux frères échangèrent un regard soulagé et sourirent à leur beau-père.

— Vous voulez dire que le bateau est arrivé ?

— Et que nous n'étions pas là pour l'accueillir ?

— Vite ! dit Philip pour toute réponse. Je n'ai pas le droit de faire attendre ma fille, pas aujourd'hui... plus jamais...

Les trois hommes déboulèrent sur le port, haletants, le visage en sueur, le cœur battant dans le cou, les yeux, les tympans.

— Pau... line ? ahana Philip.

Pas de réponse.

Devant eux, le petit port était aussi vide qu'un matin d'hiver. Seul le vent faisait tinter les cordages de trois malheureux bateaux, uniques orphelins de ce port désert.

— Là, regardez ! glapit Guillaume.

Au bout de l'embarcadère, une silhouette contemplait la mer. Une silhouette de jeune fille, délicatement posée sur le dock, entre deux grosses valises de cuir.

Philip sentit son cœur battre à tout rompre.

— Pauline ? cria-t-il en courant sur le quai.

La jeune fille se retourna.

Alors les deux garçons crurent que le vent s'emballait, que la mer se réveillait, que l'île se détachait de la terre.

Ce visage rose et nacré parsemé de taches de rousseur, ces yeux pétillants, ces fossettes au coin des joues, cette taille fine d'où saillait, sous l'imperméable élégamment cintré, une poitrine jeune et ferme, et puis ces cheveux, cascade blonde enserrée par un petit chapeau de pluie qui lui donnait un air canaille. La réalité de la chose leur tournait la tête : Pauline était une beauté.

Instantanément, quelque chose se cassa. Pour la première fois depuis bien longtemps, Victor se prit à fuir le regard de son frère. Il *devait* parler à cette créature, il *devait* l'approcher, capter son attention, lui prouver que lui seul, ici...

Non, non, non ! Ne rien formuler. Ne pas tenter de comprendre, d'analyser. Simplement voir cette beauté. La toucher. Et après ça, qu'advienne...

Guillaume, lui aussi, avait accéléré le pas, tentant d'essuyer contre son pantalon ses mains moites d'émotion pour mieux les tendre à cette apparition. L'intensité de ce moment était à son comble. Dans sa tête, tout se bousculait. Il s'imaginait montrant à cette jeune fille ses carnets de croquis, il se voyait faisant son portrait, tentant de reproduire le teint fruité de son visage, l'angle si doux de son menton. Dieu qu'il aurait voulu être seul, sur ce ponton. Seul avec elle...

Mais le plus bouleversé était bien sûr Philip. Il avançait vers sa fille avec une grâce précautionneuse, comme s'il avait voulu figer à jamais un moment qui compterait parmi les plus importants de sa vie. Il l'avait toujours su : Pauline était le portrait de sa mère. Elle était surtout l'illustration parfaite du souvenir qu'il avait gardé d'elle : sa vision sublimée, magnifiée, et rajeunie. Pauline avait l'âge de Joan quand Philip l'avait connue. Et la voilà ici, face à lui, surgie du passé avec la même fougue, la même fraîcheur.

Quant à la jeune femme, elle voyait s'avancer vers elle ces trois êtres si étranges, si différents les uns des autres, et n'en souriait que davantage.

— Bonjour..., dit-elle.

Tous trois s'arrêtèrent. La voix de Pauline était comme une petite musique suave, un timbre sensuel, étrangement chaud, dans une enveloppe si mutine. Un timbre de chanteuse de jazz, un rien langoureux.

Sans un mot, Philip la prit dans ses bras.

À ce geste, la jeune femme eut un mouvement de recul.

— Doucement, là... Vous êtes monsieur Gayet ?

Philip ne comprenait plus. Les garçons restaient interdits.

— *Daddy ?* fit une voix dans leur dos.

Tous trois se retournèrent.

De l'autre côté du quai, une silhouette sortait de la petite épicerie et s'avançait vers eux.

— Comme tu étais en retard, j'ai été acheter de quoi grignoter. Je vois que tu as fait connaissance avec Sybille. On s'est rencontrées sur le ferry. Elle vient passer quinze jours à Malderney, chez un certain monsieur Gayet, tu le connais ?

Philip était sans voix.

La jeune femme au ton déterminé et à la voix de crécelle s'approchait d'un pas alerte. Pourtant, Philip peinait à lui sourire ; tout allait trop vite.

— Tu n'es pas bavard, toi, au moins ! rit Pauline en posant sur la joue paternelle un baiser sonore et dénué de toute poésie.

— Je... euh... tu as fait un bon voyage ?

Sans répondre, Pauline se tourna vers Victor et Guillaume, qui la fixaient avec incrédulité.

— J'imagine que vous êtes mes nouveaux frères, n'est-ce pas ?

L'aîné croisa le regard du cadet. Dans les yeux de l'autre, chacun lut un mélange de déception et d'apaisement. Tout rentrait dans l'ordre, tout se passerait comme prévu : ils l'avaient échappé belle ! Pauline était aussi ingrate que péremptoire.

*

— De dos, elle ressemble vraiment à un homme, tu ne trouves pas ? chuchota Guillaume.

— Oui, fit Victor tout aussi discrètement, elle me rappelle le fils Coulrdige, tu sais, le tonnelier du port...

Guillaume éclata d'un rire si fort qu'il résonna entre les concrétions de granit rose couvertes de lichen et de guano.

— Tu as raison. Ces cheveux noirs filasse, ces épaules tombantes. Et puis ce corps maigre, si maigre...

— Heureusement qu'il y a les seins...

— Alors ça, je te les laisse. *Be my guest, brother !*

Nouvel éclat de rire dans ce boyau pierreux.

— Qu'est-ce que vous marmonnez encore, vous deux ? demanda Pauline sur le petit sentier rocheux qui aboutissait à une grotte où s'engouffrait la mer.

— On arrive, on arrive, grommela l'aîné en maudissant son Bailli de beau-père pour cet encombrant « péché de jeunesse ».

Pauline était à Malderney depuis deux semaines et les frères n'en pouvaient déjà plus. Dès son arrivée, elle avait provoqué en eux une exaspération de chaque instant. Non qu'elle fût particulièrement agressive ni désagréable. Elle était même très bien élevée, au sens le plus *social* du terme. Le problème était ailleurs. Ce qui les dérangeait, c'était moins ses propos qu'une attitude générale, un dédain muet et implicite, une sorte de permanente suffisance qui chemisait le moindre de ses gestes, comme un seul condiment peut suffire à gâter le goût d'un plat.

« Je suis new-yorkaise », avait-elle prévenu toute la famille, dès le premier jour, dans la salle à manger d'apparat où elle s'était installée sans un mot, comme si le service des grands soirs était une vaisselle de bistro. « À New York, on dit ceci, on dit cela... Jamais on ne se permettrait d'agir ainsi, de se comporter comme ça... » Et de faire le récit des bals auxquels elle avait assisté, la description des riches magnats qu'elle fréquentait : un tourbillon de lumière, de joie, de luxe et d'asphalte, à mille lieues du rythme maldernais.

Virginia lui avait prêté une oreille complaisante mais vite distraite, se contentant d'aimables « Ah bon ? *Really ?* ». La suzeraine était imprévisible. Ce qu'elle attendait de Pauline ? Difficile à deviner. Disons que cette récente « belle-fille » ne l'intéressait guère plus qu'une nouveauté saisonnière, qu'on oublie sitôt achetée. Et si elle avait paru à ce point intéressée par l'arrivée de la demoiselle, c'était en pure sympathie (dirait-on *amour* ?) pour Philip. Maintenant que Pauline était en place, l'Américaine n'avait qu'à se mouler à la vie maldernaise ; qu'elle y fût bien ou non importait peu à sa suzeraine. Dès l'instant que l'étrangère faisait allégeance, l'ordre était maintenu et le reste n'était que peccadille.

Pour Philip, bien entendu, c'était très différent. Vite remis de sa déconvenue du port, le Bailli ne pouvait qu'être charmé par cette fille tombée du ciel. Elle était chair de sa chair, tout de même ! Certes, Pauline ne ressemblait en rien à sa mère. Elle avait au contraire les cheveux sombres de Philip, son teint pâle, ses membres noueux et menus : d'un point de vue osseux, elle était une authentique Maldernaise. De Joan Kimbell elle avait toutefois hérité ce regard bleu turquoise d'une profondeur marine ainsi qu'une poitrine outrageusement généreuse, que la jeune femme masquait sous de gros pulls en angora ou en cachemire, mais qui ne manquait pas de susciter les regards en coin.

N'était ce physique que d'aucuns qualifiaient d'« improbable », faute de trouver une autre épithète, tous les gestes de Pauline trahissaient une éducation aristocratique : la façon de s'appuyer sur ses doigts, de bouger les mains, de cligner des yeux, de marcher. Il y avait d'ailleurs un contraste frappant entre son enveloppe rustique et ses manières de mondaine. Pauline n'était pas jolie, mais curieusement faite. Il y avait en elle quelque chose d'androgyne qui ne devait rien à ses cheveux coupés court, façon garçonne des années 20. Non, c'était autre chose. Une manière d'être et de parler, une pose. Un ensemble d'intentions, de sous-entendus, qui pouvait séduire autant que déplaire.

Une seconde amusés (la scène au port n'était pas sans piquant, d'autant que Victor avait vite lutiné la jolie Sybille), les garçons avaient déchanté. Il s'en était fallu d'un repas pour qu'ils prennent Pauline en grippe. Cette Américaine ? Une petite citadine snobinarde qui n'avait rien à faire à Malderney.

À la fin du premier dîner, où il n'avait été question que de *diner party* chez les Astor, de *Thanksgiving* avec les Rockefeller et autres bals masqués dans le palais des Guggenheim, Victor était sorti de son mutisme pour demander d'un ton glacial :

— Il y a une chose que je ne comprends pas : si tu étais si bien à New York, pourquoi être venue t'enterrer à Malderney ?

Un bref vent de panique traversa la table. Philip déglutit bruyamment, Virginia leva sur son fils des yeux embarrassés et Guillaume sentit que c'en était fini du papotage mondain.

— C'est bien simple, dit Pauline avec naturel. La fortune familiale a été durement atteinte par la crise, il y a bientôt dix ans, et nous n'avons jamais vraiment réussi à remonter la pente...

— La crise ? répéta Victor, qui se sentit aussitôt penaud et furieux de l'être.

— Je sais que vous vivez ici au Moyen Âge, reprit Pauline, sans quitter Victor de ses grands yeux turquoise. Mais il y a un monde au-delà de la Manche, tu sais ? En 1929, une grande crise économique a balayé les finances mondiales et ma famille s'en est trouvée presque ruinée. Mais peut-être que tu n'en as jamais entendu parler.

Victor ne disait plus rien, les pommettes en feu. Bien sûr qu'il avait entendu parler de cette crise : Bloch la mentionnait toujours, la considérant même comme un bienfait : « La crise a permis d'assainir bien des choses, bien des attitudes. » Mais il était trop tard pour se rattraper : l'aîné n'aurait pas dû affecter cet air benêt. Mieux valait la timide retenue de Guillaume, qui n'avait pas ouvert la bouche depuis le début du repas, sans doute plus fasciné par ces récits américains que ne l'était son grand frère.

Quant aux parents, ils se taisaient, comme s'ils devaient laisser la jeune génération s'approcher, se sentir, se flairer.

— Depuis dix ans, continua Pauline en s'adressant maintenant à toute la table, le capital familial s'est réduit à une peau de chagrin. Petit à petit, mes grands-parents ont vendu leurs actions, leurs appartements sur Madison et Park Avenue, leurs villas de Southampton et de la Hudson River. Il ne leur reste aujourd'hui que ce petit *basement* de la 63e Rue, où nous vivons tous les quatre depuis un an et demi. Enfin, quand je dis *tous les quatre*...

Son visage avait perdu de sa morgue, ses certitudes s'effondraient : Pauline évoquait là des souvenirs moins valorisants que les nuits au Waldorf Astoria. Mais elle était de ces petits soldats qui n'abandonnent jamais en cours de route, dussent-ils se mettre à nu devant l'ennemi.

— L'hiver dernier, ma mère a été internée dans une institution du Connecticut.

— Une institution ? répéta Guillaume, qui parlait pour la première fois du repas.

À ce mot, le corps de Philip sembla s'affaisser sur son siège, et son regard pâlit.

— Une maison de fous, si tu préfères..., reprit Pauline. Maman a toujours été dépressive, mais elle parvenait à masquer son état en courant de fête en fête. Maintenant que les Kimbell sont ruinés, plus personne ne les invite. Ne *nous* invite. Alors, la promiscuité familiale dans le petit appartement a vite eu raison de sa... raison.

Devant ce jeu de mots involontaire, elle eut un froncement de nez étrangement satisfait, comme si elle retrouvait son aisance mondaine.

La fin du récit n'avait pourtant rien d'un badinage. Sa voix prit même une dureté minérale, accentuée par le brillant de ses yeux, qui fixaient tour à tour chacun des convives, et plus particulièrement son père.

— Une fois maman internée, il a fallu s'occuper de moi. Une fille sans père, sans mère, sans fortune, sans beauté – du moins, selon les canons en vogue dans les beaux quartiers –, n'avait aucun espoir dans le New York de l'après-dépression.

Se resservant elle-même un verre de cidre, elle le vida d'une traite avant de reprendre :

— Plusieurs prétendants ont bien tenté leur chance, mais ils voulaient juste s'amuser un soir en assouvissant un... *fantasme*.

Et elle bomba le torse pour mettre en valeur son étrange poitrine, qui repoussa l'assiette contre le pied du verre dans un tintement musical.

Virginia rougit et Philip baissa les yeux. Mais nul ne savait que dire : Pauline racontait la stricte vérité et ils n'auraient osé lui donner une leçon de bienséance alors qu'elle ouvrait son cœur.

— Après trois fiançailles rompues, mes grands-parents ont décidé de me faire quitter New York. J'ai eu le choix entre une petite ville du Wisconsin, où j'aurais eu un poste de secrétaire, une pension ridicule et l'interdiction de revenir à Manhattan...

— ... ou bien Malderney, enchaîna Victor.

Pauline acquiesça et se tourna vers Philip, qui sourit avec embarras, intimidé par la seule présence de cette jeune fille dont il savait si peu de chose.

— Quitte à me mettre au vert, je me suis dit que ce serait l'occasion de faire connaissance avec cette famille que les Kimbell avaient toujours tenté d'ignorer, puisque j'étais le « fruit du péché »... Voilà comment je suis ici, chez vous, en exil dans mon *autre* famille...

— Et tu n'en veux pas à tes grands-parents ? demanda Guillaume, intrigué et assez admiratif devant la franchise de la jeune femme.

— Bien sûr que je leur en veux, dit-elle froidement, bien sûr que je les hais. Mais ils me le rendent bien, ils m'ont toujours détestée. Depuis ma naissance, je suis le ver qui a pourri de l'intérieur leur fille chérie. Je suis la cause d'un mensonge perpétuel auprès du Tout-New York, à qui il a bien fallu donner le change pour expliquer ma subite venue au monde. Vous n'imaginez pas les trésors de créativité dont mes augustes grands-parents, « Mr and Mrs Kimbell », ont été capables. Du roman ! Mais la crise et la dépression de maman ont mis à bas leur château de cartes. Alors, dès qu'ils ont pu se débarrasser de moi, ils l'ont fait. Franchement, je n'ai pas eu à me faire prier. Ça faisait longtemps que je voulais rencontrer ceux à qui on me reprochait tant de ressembler...

Philip et Virginia restaient muets. La dame de Malderney écoutait ce déballage avec une gêne silencieuse, elle qui détestait que l'on dévoilât ses sentiments. « Un travers américain, sans doute... » Quant à Philip, il était figé dans un mélange de compassion, de culpabilité et d'affection. Il devait se retenir pour ne pas se lever de son siège et serrer dans ses bras cette boule de souffrance et de frustrations. Mais Virginia l'eût mal pris, et qui sait comment Pauline eût réagi. C'est pourquoi il ne bougeait pas de son siège, se contentant de couver sa fille d'un œil qu'il aurait voulu câlin, mais qui ressemblait plus au regard d'un chien dont le maître hésite entre la caresse et le martinet. Virginia avait été très ferme : Pauline pouvait venir s'installer à la Seigneurie, mais elle ne tolérerait aucun favoritisme, aucune sensiblerie. Philip devait garder à l'endroit de sa fille naturelle la même distance qu'envers Guillaume et Victor. Devant le caractère trempé de la jeune Américaine, la suzeraine éprouvait d'ailleurs un certain soulagement : si elle exprimait trop ses sentiments, Pauline n'avait rien de geignard et n'allait pas pleurnicher dans ses jupes. Après tout, son sang maldernais allait peut-être ressortir de sa coquille américaine. Toujours est-il qu'elle appréciait cette acidité du regard qui regagnait ses yeux, tandis qu'elle venait d'achever sa confession.

Toisant les convives avec une moue ironique, Pauline reprit un ton mondain et leva son verre comme pour un toast :

— Et maintenant que me voilà à Malderney, je dois dire que je ne suis pas déçue du voyage. Je ne pensais pas tomber sur une famille digne des romans victoriens ou des contes gothiques !

Si Philip n'écoutait plus, perdu dans la contemplation de sa fille, Virginia trouva la remarque assez piquante, mais les deux frères la prirent comme une attaque. Sincèrement touchés par le récit de leur demi-sœur, ils détestèrent le regard de Pauline, qui les considérait maintenant comme une papesse en visite à la singerie. Qu'elle ait souffert, nul ne pouvait le nier. Mais pourquoi ce permanent mépris qui n'était plus irritant mais blessant ?

Après cette étrange confession, le repas se finit dans une ambiance maussade : un mélange de franchise et de dédain, d'honnêteté et de suffisance.

Dès lors, qu'ils fussent à la Seigneurie, au village, en promenade ou à table, il fallait toujours que Pauline fît des comparaisons. « À New York, on n'aurait pas fait ça... », « Ça me rappelle cette promenade, à Central Park ».

Lorsque Victor ou Guillaume n'en pouvaient plus, ils tentaient de lui rabattre le caquet en lâchant non sans cruauté :

— Oublie New York... Maintenant, tu es à Malderney, dans la boue, la pluie et le guano : tes racines, ta vraie famille, la seule qui ne t'ait pas *encore* reniée...

À cette agression, Pauline gardait calme et distance, rétorquant :

— Je sais, je sais. Mais ça prend du temps, vous savez. Le jour où vous quitterez ce trou paumé, vous comprendrez... D'ailleurs, comment se fait-il que vous ne soyez jamais sortis de votre petite île ? Vous êtes tous les deux des adultes, maintenant, non ?

Nouvelle pique de Pauline, qui savait comment contre-attaquer.

— Nous avons le temps, répliquait Victor en s'efforçant de paraître détaché.

— Rien ne presse, mentait à son tour Guillaume.

Pauline grimaçait.

— C'est vite dit, les garçons. Vous avez tant à rattraper. Ici, vous êtes coupés du monde. Vous ne lisez pas de journaux, vous n'écoutez pas la radio. Vous savez ce qui se passe, ailleurs, au moins ? Vous avez entendu parler d'Hitler, de Mussolini, de Staline, de Roosevelt, de Franco, des communistes ? Vous savez que l'Angleterre et la France essayent de brader l'Europe de l'Est pour avoir la paix ? Vous savez ce qui se passe au Japon, en Chine ?

À ces questions, Victor et Guillaume répondaient de façon maladroite, en s'appuyant sur les souvenirs de Bloch. Mais ils s'emmêlaient les pinceaux et mélangeaient tout.

— Vous me parlez de théâtre, de peinture, s'offusquait sincèrement Pauline. Je me fous de Picasso ! Je vous parle de politique internationale, de l'avenir d'un monde au bord de l'explosion.

« C'est nous qui sommes au bord de l'explosion », songeait alors Victor, en cherchant l'approbation de son frère, tout aussi ulcéré.

L'un et l'autre savaient que Pauline avait raison. Ils se tenaient délibérément hors du monde et du temps. Tous les journaux français et anglais parvenaient à Malderney (avec, certes, un jour de retard) ; et il y avait une TSF dans le bureau de Philip, à la Seigneurie. Mais ils n'avaient jamais ressenti le besoin de s'informer, c'était aussi simple que ça.

Ce rejet du monde extérieur tournait maintenant à l'aversion, car les frères l'identifiaient aux sermons de Pauline, qui n'avait de cesse de les enfoncer dans leur glèbe.

Paradoxalement, la jeune femme fut elle-même rapidement contaminée par le climat d'indolence qui régnait sur l'île. Dévorant la presse les premiers jours, elle lui avait bientôt préféré les promenades sur Malderney, comme si elle voulait maîtriser cet endroit, avoir l'illusion d'une forme de contrôle. C'était là une idée de Virginia :

« Faites découvrir l'île à votre sœur, leur avait demandé la dame de Malderney, le lendemain du premier dîner. Si Pauline est amenée à y vivre plus qu'une saison, elle doit en connaître les recoins les plus secrets. »

Avec un regard inquiétant, la suzeraine avait ajouté :

« Mais ne prenez pas de risques, n'est-ce pas ? Jamais ! »

— Pas de risques..., maugréa Victor, tandis qu'ils arrivaient en bas d'un petit chemin rocailleux, devant cette étrange piscine naturelle creusée dans la roche par l'érosion millénaire des marées et du vent.

— Pas de risques, répéta Guillaume, comme si c'était là un mot de passe.

— Encore des messes basses ? demanda Pauline.

Les deux frères se turent, avançant devant l'étrange trou d'eau, au milieu de cette grotte creusée dans la falaise.

— On appelle cet endroit la *Merlin Pool*, dit Victor en caressant les parois de la grotte.

— La « piscine de Merlin » ? le magicien ? Il a vécu à Malderney ? Et vous avez attendu deux semaines pour m'emmener ici ?

— On trouve sa trace dans toutes les îles de la Manche, mais aussi en Bretagne ou en Cornouailles, expliqua Guillaume, content de pouvoir montrer un peu de sa science. Dans la mythologie maldernaise, on l'associe à saint Malgoire, le fameux saint celte qui évangélisa les îles Anglo-Normandes et donna son nom à la nôtre... Il paraît qu'il venait ici baptiser les premiers chrétiens...

— En tout cas, c'est un endroit idéal pour tes bandes dessinées, j'imagine, rétorqua Pauline sans malice.

— Ce ne sont pas des bandes dessinées, tonna le cadet. Ce sont des dessins, des peintures, des aquarelles !

Guillaume était furieux et Pauline se rappela combien il était susceptible au sujet de ses dessins – à vrai dire excellents – qui couvraient ses cahiers. Ils lui rappelaient certaines illustrations vues dans les *comic books* américain, quel mal à cela ? Toujours est-il que Guillaume ne supportait pas l'analogie (avait-il jamais vu une bande dessinée, d'ailleurs ?). C'est pourquoi Pauline battit en retraite :

— Excuse-moi, tes « peintures » (elle accentua ce mot, renforçant l'agacement de Guillaume). Toujours est-il que cet endroit est incroyable, dit-elle en s'avançant au bord de la « piscine », dont la roche luisait sous les algues et l'humidité. C'est profond ?

Sans réfléchir, Victor poussa Pauline en cinglant :

— Juge par toi-même...

La jeune femme hurla, percevant le vide sous ses pieds. Elle sentit surtout une ceinture de muscles contre ses côtes et une violente poussée en arrière.

Alors qu'elle allait plonger dans l'eau glacée, Victor l'avait retenue.

Ils avaient maintenant trébuché aux pieds de Guillaume, qui regardait ce couple enlacé et étrangement assorti.

Pauline était blafarde. Tout son corps tremblait. Victor éclata de rire.

— Amusant, non ?

Prenant conscience qu'elle était dans les bras du jeune homme, contre son corps chaud, Pauline se dégagea avec des gestes compulsifs et se redressa maladroitement.

— Tu... tu... pourquoi as-tu fait ça ?

— Tu as eu peur ?

Pauline ne répondit pas. S'il y a bien une chose qu'elle ne supportait pas, c'était d'avouer ses faiblesses. La peur en faisait partie.

Guillaume suivait la scène avec une sorte de frayeur sacrée. Victor était d'une certaine manière venu à sa rescousse. Le mépris de Pauline l'avait blessé et son frère l'avait vengé, de façon violente et puérile. Il y avait pourtant autre chose, mais Guillaume n'aurait su dire quoi. Bien sûr, Pauline l'agaçait. Pourtant, il avait aperçu cette étrange lumière qui s'était allumée dans son regard, lorsqu'elle s'était vue plongeant dans le vide. Et pour la première fois, il avait décelé quelque chose d'incroyablement harmonieux dans le visage de la jeune femme. La peur la rendait belle, singulièrement lumineuse. Mais ça n'avait été qu'une impression fugitive, comme ces moments où, crayon en main, il croyait pouvoir atteindre la forme parfaite, l'expression idéale, qui bien vite lui échappait. Il lui fallait retrouver cette vision, coûte que coûte.

Tandis que Pauline époussetait son imperméable couvert d'une longue traînée d'algues, Guillaume demanda d'un ton énigmatique :

— Ce soir, c'est la pleine lune, vous voulez qu'on aille faire la promenade de la Coupée ?

Suivant la pensée de son frère, Victor sourit intérieurement et tourna vers Pauline un regard apitoyé.

— Après l'émotion que je viens de lui infliger, je pense que la Coupée ferait trop peur à notre nouvelle sœur.

Avec un haussement d'épaules, Pauline toisa les deux jeunes gens et demanda :

— La Coupée ? Très bien. À quelle heure ?

*

Onze heures venaient de sonner au clocheton de la Seigneurie. Juchée au sommet de la bâtisse, l'horloge dominait les toits. Cette vieille pendule fonctionnait par intermittence, au gré de l'humidité, des marées, de son humeur et, semblait-il, de la pleine lune. Car les onze coups avaient retenti au moment même où l'astre blafard surgissait d'une charpie de nuages, posant sa traînée laiteuse sur les flots et la falaise.

— Ça va être magnifique, murmura Victor.

L'aîné ouvrait la marche et avançait au milieu des statues qui, sous la lueur nocturne, semblaient de glace.

— J'espère que ce sera superbe, frissonna Pauline, car il fait un froid polaire.

— On sait, plaisanta Guillaume. À Central Park, il ne fait jamais aussi froid.

— Bien sûr que si ! rétorqua la jeune femme, mais là-bas on se couvre.

— Frileuse, en plus..., fit dédaigneusement Victor en poussant le portillon du parc pour gagner la lande.

Un à un, ils se faufilèrent hors des limites de la Seigneurie. Voyant les regards inquiets des deux frères qui scrutaient la fenêtre parentale, Pauline gloussa :

— J'ai l'impression d'avoir treize ans et de faire le mur...

— À Malderney, tout le monde a treize ans.

Guillaume avait prononcé cette phrase avec un aplomb morbide, comme une sentence. Pauline en frémit, et ce n'était plus de froid.

— En tous les cas, vous savez créer une ambiance, vous deux...

Tous se turent. Les trois silhouettes longèrent le petit sentier qui serpentait dans la lande jusqu'à la falaise. Le ciel étant couvert, il arrivait que la lune disparût derrière les nuages, plongeant l'île dans les ténèbres. Victor finit par tendre les deux mains, avançant de profil, comme les grands prêtres sur un cartouche égyptien.

— Tenons-nous les uns aux autres et restons bien droits !

Guillaume lui saisit une main et Pauline l'autre, de moins en moins rassurée.

S'en voulait-elle d'avoir suivi les deux frères en pleine nuit, au bord de la falaise ? Disons qu'elle se serait volontiers vue sous l'édredon de sa charmante petite chambre en alcôve, un bon feu de varech dans la cheminée, et les dernières nouvelles de Scott Fitzgerald pour s'endormir. Mais voilà, Pauline ne baissait jamais les armes. Aussi se retrouvait-elle à serpenter le long d'un gouffre, les mains écrasées par des pognes tièdes, qui semblaient prendre un malin plaisir à lui presser les phalanges.

Son instinct lui souffla alors un peu de diplomatie. Il était certaines choses qu'elle voulait leur dire depuis son arrivée, sans savoir quand ni comment. Ce moment suffisamment étrange lui parut tout à fait adapté.

— Vous savez, les garçons, je sais combien ça doit être difficile pour vous de me voir débarquer dans votre vie...

— Mmm..., fit une voix, sans que Pauline sût si c'était Victor ou Guillaume. (Qu'importe, elle continua :) Je sais également à quel point je peux être énervante, avec mes grands airs d'Américaine snob. Mais malgré son luxe, la vie n'a pas été très facile pour moi : pas de père, une mère à moitié folle, des grands-parents pour qui j'étais un fardeau...

Les garçons ne répondirent pas, continuant à avancer dans la nuit. Pauline sentit pourtant un certain relâchement dans leurs mains. Comme s'ils voulaient desserrer leur étreinte.

— Je sais aussi que vous faites beaucoup d'efforts pour vous occuper de moi depuis deux semaines. Si je suis un peu hostile, c'est que je n'ai pas l'habitude d'être autre chose que la demoiselle bien élevée assise sur son siège, en silence. Alors qu'ici, avec vous, même si vous agissez par devoir et avec réticence, c'est différent. J'ai l'impression... d'exister.

La jeune fille sentit les doigts de Victor s'assouplir dans les siens et crut même percevoir une caresse dans la main de Guillaume.

— Enfin voilà, je tenais à vous remercier de m'accueillir dans votre famille, alors que vous aviez toutes les raisons de ne pas me vouloir ici...

Les garçons s'arrêtèrent. Pauline était d'autant plus surprise de leur silence que l'obscurité l'empêchait de voir leur expression. Avaient-ils entendu ce qu'elle avait dit ? Allaient-ils lui répondre, ne serait-ce qu'un mot, un banal « il n'y a pas de quoi »... Seule la mer, au pied de la falaise, masquait le grand silence.

Si Guillaume et Victor avaient entendu ? Et comment ! Mais ni l'un ni l'autre n'avaient prévu cette issue. Alors qu'ils montaient au front, Pauline leur offrait la paix. En plein jour, ils eussent sans doute baissé les armes, car les regards auraient eu raison de leur détermination. Mais là, ils éprouvaient des sentiments contraires : tout en admettant que Pauline les avait touchés, ils voulaient aller au bout de cette petite « aventure nocturne ».

— Très bien, dit froidement Victor comme s'il fallait donner le change. Tu as bien fait de nous parler. Et je te remercie de ton honnêteté.

— De... de rien, bredouilla Pauline, glacée par l'impassibilité de l'aîné, dont l'immobilité la mettait mal à l'aise.

Mais ces frissons n'étaient rien à côté de ce qui l'attendait. Comme par enchantement, la lune resurgit théâtralement des nuages.

— C'est... c'est une plaisanterie ? bredouilla-t-elle en se reculant par instinct.

Victor secoua la tête.

— Non, c'est la Coupée.

Pauline restait sans voix. Il lui semblait tout à coup impensable de...

— Je crois que notre sœur a peur, fit Guillaume en tentant de donner à sa voix de ténor un timbre plus caverneux.

— Peur ? répliqua Victor. Mais non, tu sais bien que Pauline n'a jamais peur. À New York, les gratte-ciel sont autrement plus hauts que ça, voyons...

« Pas sûr », songea la jeune femme en tentant de s'avancer vers le bout du chemin, les mollets tremblants.

— Je... je crois que je devrais retirer tout ce que je viens de vous dire, tenta-t-elle d'ironiser. Vous ne m'accueillez pas près de vous, vous essayez de me supprimer !

Et elle partit d'un faux éclat de rire, mais son humour tombait à plat.

Devant elle, à une centaine de mètres, une portion de l'île s'était comme détachée de Malderney. Elle semblait une falaise plantée dans la mer. Quelque plateau de lande isolé, juché tel le penthouse d'un immense building. Mais la nature avait bien fait les choses, car une sorte de pont naturel, étroit et sinueux, s'était maintenu entre Malderney et cet étrange îlot. Un pont qui était une langue de falaise courant entre les deux îles, longeant l'abîme à même hauteur, et qui ne devait pas faire plus d'un mètre de large.

— Bienvenue à la Coupée, dit Victor en s'y engageant sans hésiter, comme s'il partait à travers champs.

Arrivé à mi-parcours, il se retourna.

— Qu'est-ce que vous attendez ?

— Que Pauline te suive, répondit Guillaume, plutôt embarrassé devant l'effarement manifeste de la jeune femme.

Après son « discours » sur le chemin, était-il encore nécessaire de lui faire subir cette ultime épreuve ? Il était peut-être temps de cesser les jeux et d'effectivement l'accueillir comme leur sœur.

Pauline se tourna alors vers le cadet, qui frissonna. *Elle* était revenue. Cette peur si jolie, que Guillaume avait découverte sur le visage de Pauline, l'après-midi à la « piscine » de Merlin. Une angoisse sourde, faite d'inquiétude et d'incrédulité. Guillaume sentit une étrange boule de plaisir nouer sa gorge.

— Vous ne pensez pas sincèrement m'entraîner là-dessus, n'est-ce pas ? chuchota-t-elle, comme si elle craignait que Victor l'entende.

— Tu n'es obligée à rien, mentit Guillaume, qui rêvait pourtant de voir s'accroître cette ravissante angoisse qui lui nimbait le visage.

Après un moment de doute, à se mâchouiller l'intérieur des joues, Pauline haussa les épaules en balbutiant :

— Après tout...

Guillaume n'en revenait pas : la jeune femme avançait maintenant sur la Coupée, le corps branlant, la respiration saccadée.

Dans la tête de Pauline, tout s'anesthésiait. « Ne pense à rien. Va tout droit, ferme-leur leur clapet. »

Guillaume l'observait avec une gourmandise grandissante et incontrôlable. Jamais il n'avait été traversé d'un tel frisson, qui couvrait toutes ses peurs, tous ses doutes. S'y mêlait même un désir flou, qu'il n'avait jamais éprouvé. La peur de Pauline n'avait pas disparu, loin de là. Si elle tentait de la cacher, elle saillait par tous les pores de sa peau. Et puis, il y avait ses yeux : ses iris irradiaient sous la lune comme ceux d'un chat. Un chat pris au piège. Un chat prêt à tirer ses griffes. Cette vision était grandiose, d'une sensualité jusqu'alors inconnue de Guillaume, qui sentit un feu dans son ventre.

Lorsque Pauline se fut avancée sur la Coupée, le cadet la perdit de vue car la lune se vêtit à nouveau de nuages. Dans son cœur, le manque fut immédiat. Il lui en fallait plus. Il devait revoir ce visage, cette beauté abyssale, aussi profonde que cette falaise en pleine nuit de printemps.

La lune resurgit. Sans réfléchir, Guillaume cria :

— Pauline ! Regarde-moi ! !

Surprise, la jeune femme se retourna. Son visage ne lui avait jamais paru aussi luisant, aussi beau.

Mais la vision eut la violence d'un éclair. Pauline venait de trébucher et de plonger dans le vide, sans un cri.

*

— Mais qu'est-ce qui t'a pris, bon Dieu ?

— Je... je ne sais pas... son visage...

— Quoi, son visage ?

— La lumière... je ne sais pas...

Debout sur la Coupée, en équilibre au-dessus du vide, Victor et Guillaume étaient comme des chiens sans maître. Dans leur tête explosaient les sons d'une musique infernale, et ils ne comprenaient pas ce qui les avait menés jusqu'ici. La lune étant à nouveau cachée par les nuages, ils ne voyaient plus rien.

— Pauline ? cria Victor en se mettant à genoux sur la Coupée pour se pencher dans le vide.

Pas de réponse.

Victor s'allongea sur le chemin et plongea la tête vers le précipice.

— PAULINE ??!!

L'abîme lui renvoya l'écho de son cri noyé d'écume.

— C'est atroce... C'est atroce..., répétait Guillaume. C'est abominable...

— Mais remue-toi, bon Dieu, grogna Victor, désemparé et impuissant. On ne peut pas rester comme ça ! Il faut descendre !

— Dans le vide ? En pleine nuit ? Pour glisser comme elle ? Tu es complètement fou ?

— C'est toi qui es fou ! Pourquoi l'as-tu appelée ?

Les yeux perdus, il tentait de voir à travers l'obscurité.

— Il faut descendre... je dois descendre..., reprit l'aîné avec moins de conviction, sachant bien que toute escalade serait aussi inutile que dangereuse.

La Coupée faisait au moins cinquante mètres de haut et plongeait dans un champ de récifs tranchants comme des rasoirs.

— Trop tard..., gémit le cadet. Elle est tombée... C'est ma faute... c'est moi qui l'ai appelée... je l'ai... tuée...

Guillaume se recroquevilla sur lui-même en sanglotant :

— Je l'ai tuée... Je l'ai tuée...

Pur instinct de protection, Victor se pencha sur son frère et le prit dans ses bras.

— Guillaume, dit-il d'une voix qu'il tentait de maîtriser, on ne peut pas rester là... Il faut aller chercher du secours. Tout va s'arranger...

Le cadet se dégagea, le visage en larmes.

— Qu'est-ce qui va s'arranger ? hoqueta-t-il. Elle est morte, Victor ! Elle a glissé dans le vide... Elle a dû s'écraser sur les rochers, s'empaler...

Après une seconde de silence, durant laquelle il reprenait sa respiration, Guillaume hurla :

— Et c'est moi qui l'ai poussée...

Victor donna à son frère une gifle sonnante. Ses yeux virent rouge, puis jaune, puis noir.

— Tu ne l'as pas poussée ! ragea l'aîné. Personne ne l'a poussée ! Elle a marché, elle a glissé, voilà tout...

— Mais qui va nous croire ? sanglota Guillaume en se frottant la joue.

— Dis plutôt : qui *ne va pas* nous croire ? Petit frère, dit-il d'un ton ferme et doux, nous ne sommes plus des *enfants*. Nous ne venons pas de faire une *bêtise*. Personne ne va nous *gronder*, nous *punir*.

Guillaume déglutit en hochant la tête et demanda :

— Tu es sûr ?

Victor s'efforça de sourire, dégageant le front de son frère comme on caresse celui d'un être cher, à l'heure du coucher.

— Nous sommes à Malderney, Guillaume. Nous sommes chez nous, dans *notre* monde. Cet endroit a beaucoup de défauts, mais il a le mérite d'obéir à nos lois. Ici, personne ne nous met en doute... Si demain matin, au réveil, nous disons ne pas savoir où se trouve Pauline, personne ne nous traitera de menteurs...

— C'est pourtant un mensonge..., bredouilla Guillaume.

— Nous n'en sommes plus là... Ce mensonge nous sauve la vie, ainsi que celle de Malderney... Imagine la réaction de maman si elle apprend que nous avons conduit Pauline ici... Imagine ce pauvre Philip...

À cette idée, Guillaume ne fut que plus épouvanté. La culpabilité le prenait par vagues, comme la houle qui s'écrasait contre la falaise, cinquante mètres sous leurs pieds, charriant sans doute le corps déchiqueté de Pauline.

— C'est ma faute, c'est ma faute, c'est ma faute..., ahanait-il en s'agrippant au torse de son frère, comme s'il voulait s'y fondre.

— Non, Guillaume, c'est *notre* faute. Et personne n'en saura jamais rien. Tu m'entends ? Personne !

La respiration encore haletante, Guillaume acquiesça.

— Bien, Victor...

— Est-ce que je t'ai jamais abandonné ? une seule fois ?

— Jamais, jamais..., répondit le cadet d'un œil luisant en s'efforçant maintenant de sourire.

— Ce que nous allons faire, c'est rentrer à la maison sans un bruit, nous coucher et tâcher de dormir. Et demain matin, nous jouerons les innocents.

— Tu crois ?

— Je ne crois pas : *je sais*...

La fermeté de Victor rassurait Guillaume. Il avait toujours eu sur lui cette étrange faculté anesthésiante, *cautérisante*. Avec le temps, peut-être parviendrait-il à se persuader que tout cela n'était qu'un rêve né de son imagination. Un de ses dessins...

Pour Victor, la chose était encore plus simple : il devait en être ainsi et pas autrement. Toute autre option relevait du suicide, et il y avait suffisamment de sang comme ça. Il rejetait donc la moindre alternative et marchait maintenant vers la terre ferme en tâchant de calmer sa respiration.

— Nous sommes frères, tu sais ? dit-il en passant son bras autour des épaules de Guillaume. Rien ne pourra jamais nous séparer...

— Rien, dit le cadet. Rien.

— Je vois que je suis vraiment de trop...

Les deux frères manquèrent tomber dans le vide. La terreur et le soulagement les prirent d'un même souffle, et ils se blottirent l'un contre l'autre, comme s'ils étaient face à un fantôme.

Pauline.

Elle était là, devant eux, assise au milieu du chemin qu'éclairait à nouveau la lune. Sa voix semblait surgir d'outre-tombe :

— Inséparables, les deux frères Berkeley, n'est-ce pas ? Surtout dans l'adversité…

Trempée, le visage balafré, les genoux écorchés, le corps tremblant, elle fixait les deux jeunes hommes avec un regard cinglant, où Guillaume retrouva aussitôt cette lueur qui le fascinait. Pauline semblait avoir gagné en force, en courage. Il comprit qu'elle avait atteint l'au-delà de la peur.

— Vous m'aidez à me relever ? demanda-t-elle d'un ton péremptoire.

Sans réfléchir, ils obéirent avec une singulière docilité. Chacun à sa façon, sans doute sous l'effet de la peur et de l'apaisement, comme s'éclaire un ciel après le plus violent des orages, Guillaume et Victor voyaient Pauline d'un œil nouveau. Malgré son visage en sang, ses vêtements en charpie, ses cheveux en bataille, sa démarche claudicante et ses mains tremblantes, ils trouvèrent chez la jeune femme une sorte de singulière harmonie, de logique intrinsèque, qui pouvait s'apparenter à une forme de beauté.

Puis, traversant la nuit blafarde, Victor, Guillaume et Pauline regagnèrent en silence la demeure familiale.

*

À la Seigneurie, la « résurrection » de Pauline ne laissa personne indifférent. Dès le lendemain matin, une ambiance étrange flotta entre les vieux murs de granit rose.

Découvrant ses bleus et ses blessures à l'heure du petit déjeuner, Philip fut effrayé :

— Ma chérie, qu'est-ce qu'il t'est arrivé ?

La jeune femme répondit avec un calme sénatorial :

— Hier soir je n'arrivais pas à dormir, alors je suis allée me promener. J'ai fini par me perdre et j'ai glissé...

Ce disant, elle fixa Guillaume, assis en face d'elle à la grande table. Celui-ci baissa les yeux dans son café au lait.

— Mais ça n'est rien du tout, reprit-elle en regardant maintenant Victor. Juste quelques égratignures...

L'aîné eut un sourire gêné et beurra nerveusement une tartine de pain noir.

— Tu ne connais pas encore Malderney, Pauline, la sermonna Virginia. Pour l'instant, ne t'y aventure jamais sans Victor ou Guillaume.

— Soyez sans crainte, je sais qu'ils veilleront sur moi...

Les deux frères rougirent si fort que Philip le remarqua.

— Quelque chose ne va pas, les garçons ?

— Les pauvres doivent se sentir coupables de ne pas avoir été là pour me secourir, cette nuit..., dit Pauline en humant un thé qui avait un étrange parfum de victoire.

Car il s'agissait bien de victoire. Cette aventure inattendue, inespérée, changeait les règles d'un jeu que Victor et Guillaume croyaient avoir inventées. C'était sous-estimer Pauline, la prendre pour une potiche sans âme, comme le pensaient ses grands-parents et la moitié du New York élégant. Mais Pauline Kimbell (elle avait pour l'instant refusé de changer de nom) n'était pas une greluche impressionnable qu'on pouvait presser en un tournemain. Elle avait même maintes ressources cachées, qu'elle exhibait lorsque le besoin s'en faisait sentir. Consciente de ne pas être une reine de beauté, elle savait pourtant l'effet qu'elle pouvait avoir sur les hommes. Il s'agissait de jouer avec les regards, l'intonation de la voix, un charme indéniable et certaines poses alanguies qui mettaient en valeur ses formes. L'étrangeté presque masculine de son visage pouvait même devenir un atout, car Pauline ne ressemblait à personne. Combien de fois, à New York, avait-elle attiré l'attention de messieurs intrigués, qui délaissaient leur épouse, leur compagne ou cavalière pour venir lui faire la conversation, s'étonnant de la présence d'une jeune femme si différente dans leur monde lisse et compassé.

À Malderney, Pauline entendait occuper cette « place ». Ce qui était à la fois plus facile et plus délicat. À New York, elle pouvait se noyer dans la foule et apparaître au moment propice. Là, dans l'atmosphère confinée de l'étrange famille Berkeley-Le Sauvage, il n'y avait jamais de pause. Tout était toujours vécu en groupe, sans temps morts, c'était la logique d'une vie insulaire. On ne pouvait s'échapper, se cacher, fuir ses propres fantômes. Il fallait chaque jour faire front, montrer bonne figure, ne jamais se laisser aller. Il fallait incarner le personnage qu'on entendait jouer, sans espoir d'entracte ni de rideau. Malderney était un théâtre permanent dont les comédiens finissaient par devenir leurs propres rôles. C'est pourquoi Pauline avait choisi celui de la piquante, de la vénéneuse.

Guillaume et Victor avaient voulu jouer avec elle ? Ils avaient pensé la terrifier ? Ils avaient même failli la tuer, fût-ce de façon accidentelle ? À son tour de s'amuser !

Pauline ne comptait pas réellement se venger (un sentiment qui lui avait toujours déplu), mais elle entendait donner le *la* à une nouvelle ère, tirer un peu les ficelles.

« Voyons voir maintenant si ces deux frères sont *vraiment* inséparables, se dit-elle après ce petit déjeuner, dont Guillaume et Victor s'échappèrent comme des plongeurs en apnée regagnent la surface. Je crois que je vais beaucoup m'amuser... »

Pauline avait perçu l'étrange mais indéniable effet qu'elle produisait sur le cadet ; elle était également consciente que, depuis sa chute, l'aîné la regardait différemment.

— Victor ! Guillaume ! Vous m'emmenez en balade ? Il paraît qu'il y a une falaise spectaculaire, de l'autre côté de l'île...

*

Dieu que la fin du printemps 1939 fut étrange, à Malderney !

Alors que le monde était en train de courir à sa perte, que l'Allemagne et l'Italie signaient leur pacte d'acier, qu'Hitler faisait à l'Europe chantage sur chantage, que Staline aiguisait ses canons, l'île n'avait jamais semblé autant coupée des réalités. La seule phrase qui revenait dans la bouche des Maldernais, tandis que l'air se réchauffait et que le soleil se couchait chaque jour un peu plus tard sur les falaises Anglo-Normandes, c'était un sempiternel : « Mais qu'est-ce qu'ils vont encore inventer, aujourd'hui ? »

De qui parlait-on ? De Victor et Guillaume. Depuis quelques semaines, les deux frères exerçaient une étrange danse du ventre, une sorte de numéro de claquettes, de compétition permanente. Eux que l'on avait toujours connu soudés, solidaires, respectant chacun son pré carré, ces inséparables qui s'épaulaient à chaque instant, quelles que fussent les circonstances, ces grands gamins semblaient désormais les seuls participants d'un concours dont personne ne connaissait vraiment l'enjeu.

Personne... sauf Pauline. Comme elle l'avait décidé, la jeune Américaine avait enrôlé les deux frères dans une pièce qu'ils n'étaient sans doute pas conscients de jouer.

Cela avait commencé par des « Guillaume, montre-moi à nouveau tes peintures », suivis de « Dieu que tu es doué... tu as tellement plus de talent que ton frère ». Ayant d'abord flatté le cadet, Pauline s'en prenait ensuite à l'aîné sur le ton de la flagornerie : « Victor, je sais que si ton frère ne t'avait pas retenu, tu serais descendu dans la falaise... Tu es si fort alors qu'il a l'air d'une mauviette... »

Si puériles qu'elles pussent sembler, ces flatteries avaient sur les deux frères un effet dévastateur, car Pauline y ajoutait des œillades discrètes, des mains posées sur le genou, des sourires sensuels, frottant, quand elle le pouvait, son torse contre le corps des deux garçons.

Et ça marchait redoutablement bien ! Pauline se félicitait même d'avoir mis leur équilibre sens dessus dessous, au point que l'île entière l'avait remarqué. Les deux paons étaient tant occupés à faire la roue qu'ils n'avaient pas conscience du ridicule de cette situation, que seul autorisait l'isolement insulaire. Ne vit-on pas Victor s'essayer à la peinture, s'improvisant rapin pour tenter, laborieusement, de faire le portrait de Pauline ?

Celle-ci n'eut pas à jouer les hypocrites pour donner son avis à un Victor ulcéré :

— Désolée, mais tu n'as pas les dons de ton frère.

De même, Guillaume voulut braver les vagues et entraîner Pauline dans une promenade en bateau, du côté des récifs. Consciente du danger, mais amusée de la témérité subite de l'artiste, Pauline lui dit :

— Vas-y, mais je te regarde depuis la plage...

Il s'en fallut de peu que Guillaume pérît noyé. Et Virginia entra dans une colère noire :

— Mais qu'est-ce qui t'a pris ? Tu es complètement fou !!!

Montant le voir dans sa chambre, où il soignait ses courbatures sous des cataplasmes, Pauline lui avoua d'un ton doux et fielleux :

— N'essaye pas de jouer les braves, Guillaume, et continue tes petits dessins. C'est ce que tu fais de mieux...

Les garçons auraient pu sortir de cette hypnose enfantine. Ils auraient pu comprendre dans quelle absurde compétition Pauline les entraînait, vers quel abîme de jalousie elle les poussait. Mais personne ne semblait vouloir les en tirer.

Pour Virginia et Philip, les garçons s'entendaient enfin avec Pauline. Pour le village, la chose était bien plus transparente, mais jamais les Maldernais ne se seraient aventurés à faire la moindre remarque aux *young masters*.

C'est pourquoi Victor et Guillaume s'enfonçaient chaque jour davantage dans cette relation abstraite, absurdement jalouse, qui guidait leurs journées et leurs pensées vers un seul but : impressionner Pauline.

Celle-ci était ravie, on s'en doute. Elle s'amusait même comme une petite folle. Après avoir subi la complicité suffocante et sentencieuse des deux frères lors de son arrivée, voilà qu'ils lui obéissaient au doigt et à l'œil, pour peu qu'elle leur laissât entrevoir un morceau de peau, un sourire, un espoir d'étreinte. Elle devait pour cela accorder çà et là quelques récompenses. Ce qui passait par un baiser très près de la lèvre pour Guillaume. Ou une main posée sur le ventre de Victor, laquelle glissait de façon inopinée et se retirait tout à coup, à l'aube d'une caresse. À chaque fois, les garçons rougissaient de contentement...

Pauline n'était toutefois pas dupe de son propre jeu. Elle savait que tout cela pouvait finir de façon dangereuse et douloureuse, même pour elle. Mais elle s'ennuyait tellement, à Malderney. Bien qu'elle s'en défendît en public, surtout devant son père, New York lui manquait, jusqu'à ses affreux grands-parents. Au début charmée par Malderney, elle s'y languissait, et seule la distraction des deux garçons la sortait d'une torpeur lénifiante. Bien sûr, il lui arrivait aussi de se dire qu'elle en faisait trop, qu'ils ne méritaient pas un tel traitement. D'ailleurs, elle n'était pas insensible à leur charme. À les voir s'escrimer à lui plaire, elle devait bien admettre que Guillaume était un artiste de vrai talent et que Victor avait tout d'un homme, viril et puissant. Plusieurs fois, elle se prit à rêver à eux, le soir, dans son bain, oubliant presque le jeu qu'elle les forçait à jouer. Elle pensait aux deux frères sans réellement les dissocier, ne gardant en tête que leurs qualités, qu'elle mêlait en une seule image, laquelle les aurait réunis sous une forme unique et indissociable. Elle se prenait même à la chérir, cette image ; à lui parler, comme une personne solitaire se crée des amis fictifs pour lutter contre son désespoir.

« Peut-être bien qu'ils sont inséparables, finalement », se disait-elle, allongée dans la grande baignoire, passant sur son corps, sur ses seins, un gant de toilette en éponge que Victor ou Guillaume eussent volontiers volé comme un trophée.

Inséparables ? En théorie, oui. Car désormais les garçons ne se parlaient plus. À table, chacun mangeait en silence. Et s'ils répondaient sans problèmes aux remarques de Virginia ou du Bailli, ils ne s'adressaient plus jamais la parole. Enfin, lorsque Pauline posait une question à la cantonade, sans spécifier d'un regard à qui elle s'adressait, les frères se fusillaient des yeux avant de répondre le premier, quitte à dire n'importe quoi.

« À Malderney, tout le monde a treize ans », avait dit Guillaume la nuit de la Coupée.

Depuis deux mois, cette saillie semblait incontestable. Pauline se demandait même comment cela finirait, car elle n'allait tout de même pas les pousser au duel. Elle n'avait pas des envies de meurtre, elle.

La solution s'imposa naturellement, au milieu de l'été.

— Les garçons, dit Virginia à l'heure de passer à table, vous savez qui arrive demain ?

Victor et Guillaume levèrent sur leur mère un regard soupçonneux.

— Votre ami Simon Bloch, dit-elle d'une voix pincée. Je pense que Pauline sera enchantée de le rencontrer, *don't you think* ?

— Simon Bloch, s'étonna la jeune Américaine, qui est-ce ?

*

— Eh bien, monsieur Bloch, on dirait que vos jeunes amis ne sont pas au rendez-vous, cette année..., dit le capitaine Fortin d'une voix narquoise, en posant les deux valises sur l'embarcadère.

Le Parisien ôta son panama, ses lunettes de soleil et s'épongea le front avec sa pochette de soie. Il faisait une chaleur accablante, même pour une fin juillet.

— En effet, concéda-t-il, c'est étrange...

Sur le port, personne, sinon l'habituelle vie du matin. La bonne odeur de varech et d'iode emplissait les poumons de Bloch. Des Maldernais traversaient l'esplanade, leurs paniers lourds de poisson, congres, petits crabes, car c'était jour de criée. Des enfants couraient en piaillant entre les mâts des bateaux, jouant à chat. Des regards aimables saluaient l'étranger, tout le monde le connaissait maintenant. Mais pas l'ombre d'un frère...

— Bah, dit Bloch d'un air faussement détaché, Guillaume et Victor auront eu un empêchement. Peut-être une obligation de leur mère, que sais-je...

Le capitaine eut un haussement d'épaules et redescendit dans son bateau, dont il frotta le gouvernail avec une vieille éponge en marmonnant :

— Il paraît qu'il y a du nouveau, à la Seigneurie...

Mais Bloch ne l'écoutait plus, regardant l'heure à son gousset en or.

— Écoutez, capitaine, il se peut que je ne reste pas tout l'été à Malderney et que je sois obligé de rentrer plus tôt à Paris...

— Mon ferry vient ici tous les deux jours, avec ou sans passager.

— Très bien.

— Vous ne vous plaisez donc plus à Malderney ?

— Ce n'est pas ça, mais vous n'êtes pas sans savoir qu'en Europe, en ce moment, les choses ne sont pas simples...

— Certes, hasarda le capitaine.

— Il se peut que je sois obligé de... quitter le continent.

— Pour aller où ? demanda Fortin par pure politesse.

À vrai dire, il se moquait de la vie de Bloch, mais puisque les deux frères n'étaient pas là, autant faire la conversation à l'un de ses plus vieux clients.

— En Amérique, ou peut-être en Argentine, je ne sais pas...

— Oula mais c'est loin, tout ça...

— J'irai aussi loin qu'il le faudra..., dit Bloch, les dents serrées.

— Voilà donc le fameux monsieur Bloch, fit une voix, de l'autre côté de la place.

Surpris, le Parisien remit lunettes et chapeau car le soleil était trop brillant pour voir qui le hélait ainsi.

— Mademoiselle ? dit-il en voyant avancer une jeune femme au regard luisant.

— Pauline. Pauline Kimbell.

Elle lui tendit une jolie petite main.

— Je suis la nouvelle sœur...

Bloch ne comprenait plus.

— La sœur ?

— *Notre* sœur.

Vingt mètres plus loin, marchant chacun d'un côté de la rue, Victor et Guillaume Berkeley s'avançaient sur le port.

— Ah, mes frères ennemis ! sourit le Parisien, bien heureux de retrouver son rituel.

— Vous ne croyez pas si bien dire, murmura Pauline en reculant pour laisser Bloch saluer les garçons.

Ceux-ci furent d'une étrange froideur. Le Parisien le sentit tout de suite. D'ordinaire, Victor prenait Bloch par les épaules, avant que Guillaume ne se jette dans ses bras. Mais ce jour-là, ils lui serrèrent poliment la main, avec un sourire aussi courtois que figé.

— Monsieur Bloch, fit Victor comme une réplique de théâtre, on est tellement contents de vous retrouver...

— Ça fait un an qu'on attend ça, vous savez ? enchaîna Guillaume avec une conviction de figurant.

— Si vous le dites, répondit le Français d'un air soucieux, sans parvenir à comprendre ce qui avait changé, chez ses deux amis.

Auraient-ils grandi, tout simplement ? Étaient-ils enfin entrés dans l'âge adulte, eux qui se comportaient encore en adolescents à l'âge où les Espagnols devaient choisir leur camp, où les Allemands et les Italiens intégraient l'armée, où les Russes étaient déjà ouvriers et pères de famille ? Avaient-ils pris conscience qu'il y avait un monde en dehors de Malderney ?...

« Non, ce n'est pas ça, comprit-il en voyant les regards fascinés des deux jeunes hommes vers celle qui se disait leur sœur. Ils sont entrés en guerre ; en guerre l'un contre l'autre... »

— Vous n'allez pas laisser monsieur Bloch porter ses valises, tout de même, s'écria Pauline avec un grand sourire pour le Parisien. Allons, les garçons, au boulot !

Sous le regard médusé de Simon, Victor et Guillaume s'exécutèrent. Chacun prit un sac et, sans un regard pour l'autre, trottina en direction de l'auberge Saint-Hélier.

— Vous, vous savez vous faire obéir, au moins..., dit Bloch d'un ton perplexe, devant ces deux êtres qu'il peinait à reconnaître. Vous avez autant d'autorité que Virginia, on dirait...

Pauline plissa les yeux de contentement.

— Ça leur fait tellement plaisir, fit-elle en prenant le bras du Parisien. Ils se réjouissaient tant de votre arrivée...

Victor et Guillaume attendaient face à la porte de l'auberge, comme deux mâtins. Voyant arriver Pauline au bras de Bloch, leurs visages pâlirent, car la demoiselle roucoulait.

— Il est charmant, votre ami. Il me rappelle certains messieurs que je fréquentais, à New York. C'est un *vrai* gentleman, lui.

Embarrassé par la tirade, qui lui rappelait certaines cocottes croisées à des premières parisiennes, Bloch laissa échapper un sourire gêné vers les deux frères, qui le regardaient sans une once d'affection.

« Ces pauvres garçons sont jaloux... jaloux à en crever... jaloux que c'en est ridicule... », réalisa le Parisien en se dégageant du bras de Pauline de façon un peu brusque.

— *Well*, quand je parlais d'un vrai gentleman, je ne suis plus si sûre..., ironisa la jeune femme, tandis que le Parisien récupérait ses valises et entrait dans l'auberge.

— Les garçons, dit celui-ci sur le perron, si vous voulez bavarder, vous savez où me trouver. Mais ça me ferait vraiment plaisir de vous voir *seuls*...

*

Pendant plusieurs jours, Simon Bloch n'eut pas de nouvelles de ses amis. Il en souffrait, mais le temps n'était plus à ces enfantillages. Il avait d'autres soucis en tête et ces querelles lui semblaient pitoyables à côté des vrais maux du monde. Assis toute la journée dans sa chambre de l'auberge Saint-Hélier, il dévorait la presse, noircissait des carnets de notes, établissait des listes.

— Vous êtes ici en vacances, monsieur Bloch, tentait de le raisonner Martha Collings lorsqu'elle lui montait ses repas sur de jolis plateaux à dentelles.

— Les vacances sont finies, répondait le Parisien en exhibant la une du *Times* ou du *Figaro*, qui traitaient toutes des mêmes sujets : les conséquences de la guerre d'Espagne – quatre cent mille morts, quatre cent mille prisonniers –, la montée des tensions en Europe, le bellicisme des uns, le pacifisme des autres...

Le 12 juillet, quelques jours avant l'arrivée de Bloch à Malderney, les Parisiens avaient célébré les cent cinquante ans du drapeau tricolore sur le parvis de l'Hôtel de Ville. Simon avait été invité à la tribune officielle en tant que personnalité parisienne. Alors qu'il montait sur les gradins, il avait été bousculé par deux jeunes hommes qui l'avaient retenu par le revers de la veste.

« Dis donc, le youpin, tu ne crois pas que tu es un Français, quand même ? »

La police avait aussitôt évacué les deux voyous, mais Bloch en avait gardé un goût amer pendant toute la cérémonie.

Le drapeau était le symbole de l'union nationale, de l'harmonie. Mais comment vivre dans un pays où les haines jaillissaient avec un naturel si violent ?

Surtout, Simon avait pensé à l'âge de ces deux imbéciles. Dix-huit, dix-neuf ans ? L'âge de Victor et Guillaume.

« Deviendraient-ils ainsi, s'ils quittaient leur paradis maritime, leur monde parallèle ? » avait-il songé, alors que les discours officiels se succédaient devant l'immense bâtiment néo-gothique.

Bloch comprenait que le monde était en train de perdre son innocence ; à moins que ce ne fût lui qui perdît la sienne.

Voilà pourquoi l'attitude des deux frères, depuis son arrivée à Malderney, lui semblait lourde de signification.

« Ils sont *sous influence* », se dit-il, accoudé à la fenêtre de sa chambre, en contemplant le calme intemporel de la baie de Malderney.

« Si une simple femme peut produire sur eux un tel effet, qu'en serait-il d'un système, d'un parti ?... »

À cette idée, il frissonna. Comme si Victor et Guillaume étaient sacrés, comme s'ils étaient la dernière part de pureté, d'innocence, d'un monde laid et perverti. Comme s'ils incarnaient ces bons penchants de l'être humain en qui Simon Bloch voulait désespérément croire : la fidélité, l'honnêteté, la loyauté, la générosité.

Les voir faillir à ces principes était un premier pas vers l'abîme. Pour le Parisien, Guillaume et Victor étaient la dernière lueur d'espoir dans un monde en déroute.

*

Trois jours après son arrivée, on frappa à la porte.

Bloch consulta son gousset : six heures du soir, ce devait être le *drink* rituel, un verre d'apple brandy que Simon sirotait à sa fenêtre en feuilletant un des vingt scénarios qu'il apportait chaque été.

— Entrez, Martha.

— Ce n'est pas Martha.

Le visage penaud de Guillaume apparut dans l'embrasure de la vieille porte de chêne.

— Entre, Guillaume, fit aussitôt Bloch, sans pouvoir masquer son sourire.

La simple vue du jeune homme lui redonnait de l'espoir.

Guillaume avança de cette démarche gauche que Simon aimait tant. Il tenait un plateau, où tremblait un verre trop rempli.

— Martha m'a demandé de vous monter ça...

— Merci, ami, dit Simon en prenant le verre d'apple brandy. Tu en boiras un peu avec moi ?

Il vida la moitié du verre dans le gobelet où il laissait sa brosse à dents et le tendit à Guillaume. Celui-ci rougit et baissa les yeux.

— Merci, monsieur Bloch...

Tous deux burent en silence. Puis Simon désigna une chaise à Guillaume et s'assit sur le bout de son lit.

— Tu veux me parler, peut-être ?

Le jeune homme haussa les épaules, fixant les lattes du plancher.

— Me parler de Pauline ?

À ce nom, le visage de Guillaume fut traversé de lumière, et il ne put retenir un éclair de jalousie, du simple fait que Bloch prononçât son nom.

— Oh là, je crois que tu es sacrément mordu !

— C'est comme ça qu'on dit ? demanda Guillaume en retrouvant sa douceur penaude.

— Il y a des milliers de mots. Des milliers de poèmes, de livres, de chansons, de films, d'opéras... pour décrire ce que tu vis en ce moment, ami Guillaume...

Le jeune homme eut un sourire las.

— Mais, dit-il, et Victor ?

Bloch se renversa en arrière sur son édredon et tenta de dédramatiser la situation :

— C'est le problème quand on vit en vase clos, Guillaume. À Paris, dans une grande ville, il y a tant de monde que chacun y trouve son compte. Ici, la concurrence est aussi féroce que l'offre est réduite...

Guillaume se raidit.

— Qu'êtes-vous en train d'essayer de me dire ?

Jamais Bloch ne l'avait vu si agressif, si immédiatement violent.

— S'énerver ne servira jamais tes intérêts, crois-moi. C'est précisément ce qu'elle cherche...

— Qui ça, Pauline ?

— Que lui avez-vous fait pour qu'elle s'amuse tant à vous monter l'un contre l'autre ?

Guillaume rougit à nouveau mais ne répondit pas.

— Bon, reprit Bloch, qui comprit qu'il devait jouer les accoucheurs. Si je résume bien : ton cœur balance entre Pauline et ton frère. Tu aimes l'un et l'autre, tu voudrais l'un et l'autre. Tu ne veux faire souffrir ni l'un ni l'autre, c'est ça ?

— J'imagine, répondit Guillaume, désemparé.

— Mais tu ne supportes pas l'idée que Pauline soit à ton frère plus qu'à toi, n'est-ce pas ?

Le regard du jeune homme s'obscurcit, et Bloch y vit une vraie rage. Guillaume hocha du chef, sans un mot.

— Dans ce cas-là, tenta le Parisien, comment as-tu pu les laisser seuls pour venir me voir ?

Brusquement, Guillaume se leva.

— Je savais que c'était une mauvaise idée. Je ne devrais jamais les laisser seuls. Jamais les...

— CALME-TOI !

Bloch avait crié, tentant de retrouver le ton de Virginia lorsqu'elle appelait les garçons à travers la lande et qu'ils étaient assis au bord de la falaise, avec leur ami parisien.

— Calme-toi et écoute-moi.

Guillaume se figea, comme s'il voulait calmer son cœur.

— Si c'est vraiment ce que tu veux, la seule manière de... *ferrer* cette jeune femme, c'est de la prendre à son propre jeu.

— Comment ça ?

Bloch eut une moue malicieuse et acheva d'une traite son verre d'apple brandy.

— Elle joue les Arlésiennes : fais-toi désirer. Elle donne des ordres : désobéis-lui. Elle t'appelle : ne réponds pas...

— Mais c'est comme l'offrir à Victor sur un plateau d'argent ! se défendit Guillaume.

— Le premier jour, peut-être. Mais elle va vite trouver insupportable ta rébellion. Elle va devenir jalouse...

— Jalouse ? Mais de qui ?

Bloch se frappa le torse à la façon d'un gorille, en éclatant de rire.

— Mais de moi, voyons.

— De vous ?

— À partir de maintenant, tu passes tout ton temps ici. Dès le matin, tu me rejoins et tu ne me quittes plus. Lorsqu'elle t'appelle, tu dis que tu es occupé. Et je te garantis qu'en moins d'une semaine elle viendra te supplier de revenir.

— Une semaine ? Mais c'est très long ?

— Tout est relatif. Et le jeu en vaut la chandelle, non ?

Un instant, Guillaume réfléchit avec intensité.

— Ça vous arrange, surtout, n'est-ce pas ? dit-il sans réelle agressivité.

— Disons que ça satisfait tout le monde. Pendant une semaine, je profite de mon disciple favori et Victor peut donner libre cours à sa passion pour votre « nouvelle sœur ». Une passion de courte durée, car la semaine suivante, c'est Pauline qui tombera dans tes bras. Et là, ce sera pour de bon, crois-en ma vieille expérience. Alors, qu'en dis-tu ?

À contrecœur, mais conscient qu'il jouait gagnant, Guillaume finit par murmurer :

— C'est entendu.

*

— Alors, les garçons, quel est notre programme, aujourd'hui ? demanda Pauline, le lendemain matin, à la table du petit déjeuner.

— Ce que tu veux, répondit servilement Victor, épiant aussitôt son frère.

Mais Guillaume se contenta de s'essuyer la bouche et lâcha :

— Ne comptez pas sur moi, j'ai à faire...

Surprise, Pauline fronça le nez et désigna la grande fenêtre qu'encadraient de lourds rideaux de velours pourpre : le soleil du matin illuminait la baie de Malderney, la mer était divinement calme et des mouettes dansaient au-dessus de la Seigneurie.

— Tu as vu ce temps de rêve ? Allons plutôt nous promener, tous les trois...

— Merci bien, dit Guillaume, mais monsieur Bloch m'attend.

Puis il quitta la salle à manger en s'efforçant de paraître naturel.

Sitôt dehors, il dut apaiser sa respiration et l'étrange tremblement qui saisissait ses muscles.

« Pourquoi ai-je fait ça ? » se disait-il en maudissant l'image de Bloch, qui l'avait poussé à ce reniement si factice. Déjà il rêvait de regagner la salle à manger tel un fils prodigue, prêt à toutes les vexations pourvu que Pauline veuille bien lui accorder un sourire.

« Non ! Si je fais ça, je suis vraiment la mauviette dont parle toujours Victor... »

Il parvint à un compromis : « J'y retourne, juste pour savoir... »

Il se faufila par le jardin jusque sous les fenêtres de la salle à manger. Comme il s'en doutait, Pauline et Victor étaient en pleine conversation.

— Tu es sûr que ton frère va bien ?

— Il est toujours comme ça quand Bloch arrive à Malderney, un petit chien.

« Salaud ! » faillit crier Guillaume en se mordant la langue. Car pour ce qui était de jouer les petits chiens... Toutefois, la réaction – prévisible – de Victor l'intéressait moins que celle de Pauline.

— Ça veut dire que nous allons passer la journée... tous les deux ? dit-elle d'un ton moins enthousiaste qu'étonné.

« Bloch ne m'a pas menti... », pensa Guillaume.

— Bien sûr ! répliqua Victor avec une joie un peu forcée. Je vais t'emmener là où on ne peut pas aller avec cette mauviette de Guillaume.

Ce dernier retint un nouveau grognement de rage, aussitôt apaisé par la réponse de Pauline :

— Moui moui, pourquoi pas. Mais ça va être étrange de faire ça sans ton frère...

— Comment ça, étrange ? Tu n'es pas contente d'être enfin seule avec moi ?

— Si, si, fit-elle sans passion. Allons-y...

« Allons-y », se répétait Guillaume en singeant l'indolence de Pauline, tandis qu'il dévalait le chemin du village. Comment avait-il pu mettre en doute l'intelligence de Simon Bloch ? Décidément, ce Parisien était son ange gardien.

*

— Je t'avais dit que ça marcherait, s'esclaffa Bloch, lorsque Guillaume lui eut raconté la scène dans la salle à manger.

Il était bientôt onze heures et tous deux arpentaient la petite plage, près du port, en quête d'un coin d'ombre où Bloch pourrait sortir ses livres et Guillaume ses carnets de croquis.

— Je ne suis pas producteur de théâtre ni de cinéma pour rien, ami. Je sais les mécaniques qui fonctionnent, surtout celles du cœur. Tu serais surpris de savoir combien elles sont simples, banales et désespérément prévisibles...

— Parce que je suis simple, banal et désespérément prévisible ? rétorqua Guillaume, la mine faussement offusquée.

Bloch éclata de rire et lui ébouriffa les cheveux en y mêlant un peu de sable.

— Mais non, camarade ! Tu es simplement humain, comme nous tous. Ce qui est très bon signe.

— Bon signe ?

— Ça veut dire que tu grandis, que tu mûris, que ton art va s'en ressentir. C'est excellent tout ça... D'ailleurs, montre-moi où tu en es.

Non sans réticences, Guillaume ouvrit son carnet sur ses genoux. Et l'espace d'un instant, il hésita à le refermer. Avait-il peur ? Craignait-il l'œil de ce redoutable critique ? Bloch s'y pencha. Le style de Guillaume avait effectivement évolué, depuis l'arrivée de Pauline. Tout occupé à *divertir* l'Américaine, il n'avait guère eu le temps de travailler. Mais les rares soirées où il s'était mis à la tâche, il avait laissé libre cours à une inspiration nouvelle, autrement forte et noire, qui ne reflétait plus les fantasmes de son imagination mais ses tourments d'amoureux éconduit.

— Tu as quitté ta veine adolescente, à ce que je vois... C'est bien, c'est bien...

Rassuré, Guillaume laissa le Parisien lui prendre son carnet et en feuilleter les pages.

— Étonnant, en effet... J'aime cette nouvelle... *période.*

Finis les villes imaginaires et les jardins enchantés. Guillaume peignait désormais des taches de couleur, des rayures, des barres, qui figuraient des silhouettes, des constructions, des animaux, des ombres inachevées, comme autant de sentiments inaboutis, de sensations castrées.

— Je vois que tu as cessé tes gribouillages de gamin...

— Comment ça, « gribouillages » ?

— Tu connais mes critiques. Je dis ce que je pense.

Guillaume maugréa sans rien articuler et se recula sur le sable, pour ne plus voir ce que Bloch disséquait avec une concentration appliquée.

— Ouais, ouais, ouais..., conclut-il, et il referma le carnet pour le rendre à son propriétaire.

Puis il déplia son mouchoir, le mit sous sa nuque et s'allongea sur le sable avec un soupir de satisfaction.

— C'est tout ? glapit Guillaume au bout de cinq minutes effroyablement longues.

— Non, dit Bloch avec un sourire malicieux, ça n'est que le début...

— Le début ?

— Ce sentiment de manque, d'inachèvement, de dialogue avorté, c'est précisément ce que va ressentir Pauline, chaque jour un peu plus...

Étonné que Bloch le mène sur ce terrain, Guillaume répliqua :

— Ah bon ?

Mais il ne put s'empêcher de demander :

— Mais mes dessins, qu'en pensez-vous ?

— C'est parfait ! Tu penses à autre chose. Ton art t'importe déjà plus qu'elle. Alors que c'est elle qui va bientôt oublier son petit jeu de rôle et ne plus penser qu'à toi...

Guillaume restait perplexe. N'était-ce pas Bloch qui jouait avec lui, maintenant ? Qui était le plus manipulateur, sur cette île ? le plus fin, le plus subtil ?

Lisant le désarroi dans les yeux de son disciple, le Parisien se redressa et reprit le carnet des mains de Guillaume.

— Bon, oublions un instant cette péronnelle et laisse-moi te dire en quoi ton art a évolué, vers où il faut qu'il aille et les directions que tu ne dois pas prendre... Car plutôt que de jouer les Céladon, n'oublie jamais que tu es un artiste, Guillaume Berkeley, un vrai !

*

Tout habile qu'il était, Simon Bloch avait sous-estimé la résistance de Pauline Kimbell : la jeune Américaine ne tint pas une semaine, mais près d'un mois. Un mois étrange, singulier, harassant, imprévisible et lourd de conséquences. Un mois qui devait à jamais changer la vie des deux frères, de leur sœur et de leur mentor. Un mois qui allait également modifier le cours de la planète. Car le monde bougeait, loin de Malderney. Il chauffait, il bouillait. Et si Bloch tentait de fuir cette réalité en jouant les Pygmalion, il était toujours rattrapé par la réalité. Chaque matin, les journaux que lui apportait Martha, jouxtant thé et toasts, semblaient les messagers d'un sombre avenir.

— Le monde se prépare à la guerre, tu sais ? expliquait-il à Guillaume, lorsque celui-ci le rejoignait, laissant Victor dans les bras d'une Pauline de plus en plus distante.

Mais le garçon n'avait cure des maux du monde, tout obsédé qu'il était par son jeu de dupes.

— Tu crois que Guillaume me fuit ? demandait Pauline à Victor, que cette question horripilait et blessait.

— Qu'est-ce que ça peut faire ? Nous nous amusons bien, tous les deux, non ?

— Oui oui. Nous nous amusons... comme des enfants...

Plusieurs fois, Guillaume avait aperçu son frère tenter de voler un baiser à la jeune fille, une étreinte. Toujours Pauline le rembarrait. D'abord en riant, puis de moins en moins avenante.

— Mais tu es fou, Victor. Nous sommes frère et sœur...

— Frère et sœur, frère et sœur..., maugréait-il. Nous n'avons pas une goutte de sang en commun...

— Tais-toi ! concluait-elle, sans appel. Je t'interdis de recommencer. Jamais ton frère ne se serait permis de...

— Oh, et puis arrête avec mon frère ! Il n'est pas là, mon frère ! Il se moque de toi, mon frère ! Tout ce qu'il veut, c'est être avec Simon Bloch... S'il te manque tant que ça, va donc le chercher, va donc lui dire que sans lui tu t'ennuies !

Devant ces crises de colère et de jalousie, Pauline finissait par déposer les armes. Elle posait un baiser sur la joue de Victor et prenait son bras.

— Nous n'allons pas nous disputer pour ces bêtises. Il fait si beau, aujourd'hui. Emmène-moi plutôt à la Coupée...

Épiant ces échanges mouvementés, Guillaume ne pouvait que s'en féliciter. Tout juste trouvait-il le temps bien long, mais il avait compris que s'il voulait que Pauline revînt vers lui, il ne devait en aucun cas forcer la musique. Il prenait donc son mal en patience, imaginant la scène finale de cette étrange tragi-comédie. Il vivait dans un tel monde d'espoir et de fantasme qu'il avait du mal à prendre au sérieux l'abattement de Bloch, lorsque celui-ci lui dressait le tableau sinistre de la situation internationale :

— Tu n'as pas idée de ce qui se passe dans le monde, ami. Je t'assure que la guerre est à deux pas...

— La guerre ?

Ça lui semblait si loin, la guerre. Si abstrait. Des images dans les journaux, des articles de dictionnaires. Quelques tracts politiques pour emballer les poissons, à la criée.

La guerre, c'était quoi ? Les moustaches de Chamberlain, d'Hitler et de Staline ? Les faces rougeaudes de Mussolini et de Daladier ? Soyons sérieux : la guerre était un croquemitaine qu'on agitait pour effrayer les enfants. Un cauchemar salvateur pour garder le peuple en paix. Quelque chose d'effrayant qu'on se serait bien gardé d'approcher, comme la Coupée.

Pourtant, Bloch semblait sûr de lui :

— Je ne sais pas où ni quand, mais elle est aux portes, crois-moi. Et pour les gens de mon... espèce, elle risque d'être fatale.

Régulièrement, Simon Bloch lui dressait le tableau atroce des mesures antisémites promulguées en Allemagne. Des mesures si folles, si absurdes, qu'elles paraissaient irréelles. Des hommes, des femmes, des enfants, étaient peu à peu exclus de toute vie civile.

— Les juifs allemands qui parviennent à s'échapper continuent d'affluer vers la France. Mais les Français commencent à se rebeller. L'opinion les rejette de plus en plus. Si tu savais le nombre de journaux qui publient des articles antisémites. J'ai toujours été pour la liberté d'expression, mais quand ça tourne à l'appel au meurtre... Les pouvoirs publics ont d'ailleurs été contraints d'agir : l'éditeur Robert Denoël a retiré de la vente les pamphlets de mon ex-ami Céline. Quant à l'hebdomadaire *Je suis partout*, le plus violent de tous, il a tout bonnement été interdit !

Guillaume constatait l'inquiétude sincère de Bloch et parfois la terreur de son mentor. Pour le jeune Maldernais, la question juive, comme celle des protestants, des catholiques ou des musulmans, relevait de la pure abstraction. Il ne devait pas en être de même chez les « continentaux », car Simon Bloch semblait réellement craindre pour sa vie.

— Si le vent tourne mal, disait-il en vérifiant par réflexe que personne ne l'écoutait, j'ai des cousins à New York et d'autres à Buenos Aires.

— Vous partiriez ?

— Sans hésiter.

— Mais alors, nous ? Mais alors, Malderney ?

Devant l'inconscience de Guillaume, Bloch balançait entre attendrissement et affliction.

— Guillaume, il est temps que tu te réveilles ! Elle est bien jolie ton amourette de vacances, mais elle risque d'être pilonnée par les stukas !

— Pardon ?

— Si les nazis envahissent la France, comme cela risque d'arriver, ils ne tarderont pas à attaquer l'Angleterre. Et tu imagines bien la situation stratégique des îles Anglo-Normandes.

Non, Guillaume ne l'imaginait pas. Il n'en avait même aucune idée. Disons qu'il ne s'était jamais posé la question, qu'il n'avait jamais envisagé le problème dans ce sens.

— Et nous ? et la Seigneurie ?

— Balayés..., fit Bloch d'un grand geste sinistre, comme on nettoie une table d'un revers de la main.

*

Simon Bloch parviendrait-il à tirer Guillaume de son doux rêve sentimental ? Rien n'était moins sûr. Sans compter que le Parisien ne le désirait sans doute pas vraiment.

En ces temps de morosité et de crainte sourde, Guillaume était sa poche d'oxygène, sa minute de liberté. La petite pastorale qui se jouait à Malderney le divertissait et l'entraînait ailleurs. Et puis, Guillaume avait retrouvé son avidité, son besoin de culture, de beauté, d'art. Une gourmandise qui enchantait Simon, comme ce jour de la fin août où Guillaume avait fouiné dans les affaires de son mentor.

Trouvant un volume au titre étrange, *Au château d'Argol*, d'un certain Julien Gracq, il avait demandé :

— C'est bien ?

— Je trouve, oui. Disons que tout le monde en fait grand cas et qu'on se l'arrache depuis cet hiver, à Paris...

« Paris », s'était dit le jeune homme en prenant le livre pour le feuilleter. Quand connaîtrait-il cette ville ? Avait-il vraiment envie de la découvrir, maintenant que Pauline était entrée dans sa vie ? Ou bien n'était-ce pas à son bras, main dans la main, qu'il rêvait d'arpenter pour la première fois la place de la Concorde, les Champs-Élysées, les rues de Montparnasse, de Montmartre, du Quartier latin ? Cette ville n'était-elle pas celle des amoureux, de l'escapade romantique, des baisers volés sur les quais de Seine ? Et non le théâtre de ces affrontements politiques maussades que Bloch lui décrivait par le menu. Heureusement qu'en dehors de ses craintes politiques, le producteur continuait son passionnant métier. L'hiver dernier, il avait produit le nouveau film de Marcel Carné, *Le jour se lève*.

— Une histoire d'amour qui finit mal, comme toutes les histoires d'amour.

Guillaume ne savait comment interpréter la remarque.

— L'amour fait forcément souffrir, monsieur Bloch ?

— Je ne sais pas, répondit le Parisien après une longue minute de silence.

Guillaume se dit qu'il était temps d'aborder un sujet qu'il n'avait jamais osé effleurer :

— Mais vous, vous n'avez jamais voulu vous marier ?

Simon eut un petit sourire triste et laissa ses yeux flotter dans les nuages.

— Oh, le mariage...

— Eh bien ?

— Disons que ça n'est pas vraiment fait pour des gens comme moi.

— Vous voulez dire les juifs ?

Bloch ne put se retenir de pouffer.

— Quoi ? J'ai dit quelque chose d'idiot ?

— Mais non, ami, l'apaisa Bloch en lui caressant la joue. Quand je parle des gens comme moi, je veux dire les... *artistes*, tu vois ?

— Les artistes ne se marient pas ?

Bloch prit une profonde inspiration et exhala longuement.

— Pas tous, ami, pas tous...

Frottant son visage dont les yeux s'étaient éclairés, il murmura :

— Ce serait si simple...

— Qu'est-ce qui serait si simple, monsieur Bloch ?

Surpris, Simon et Guillaume tournèrent leur regard et mirent leur main en visière. Une silhouette s'avançait vers eux, sur le sable, ses souliers à la main, comme un funambule.

— Tiens donc, fit le Parisien, content de cette diversion, la jeune Pauline...

— Pas si jeune que ça, dit-elle en s'asseyant près d'eux avec des grâces de chatte. Je ne suis plus une petite fille, moi...

— Vous savez bien qu'à Malderney on garde son âme d'enfant, mademoiselle Kimbell...

La jeune femme lui répondit par un petit claquement de langue.

Guillaume était pour le moins indécis. Que devait-il faire ? C'est la première fois que Pauline revoyait Bloch, depuis son arrivée sur l'île.

— Où... où est Victor ? finit par demander Guillaume en s'efforçant de ne pas montrer son trouble.

— Il voulait aller faire du bateau mais ça m'ennuyait, répondit-elle en s'allongeant sur le sable, bombant le torse sous le soleil. Je me suis dit que j'avais envie de te voir – le cœur de Guillaume battit la chamade mais elle se reprit –, de *vous* voir...

Le jeune homme peina à ne pas grimacer. D'autant que Pauline, du bout de son pied nu, s'amusa à jouer avec le mollet de Bloch.

— J'adore votre pantalon, Simon Bloch. Où l'avez-vous acheté ?

— Vous pouvez m'appeler Simon.

Bloch voyait si clair dans le jeu de la jeune femme qu'il se demandait ce que les deux garçons pouvaient trouver à cette créature aux formes certes avantageuses, mais au visage plutôt ingrat, malgré des yeux luisants et une bouche cannibale.

— Les hormones sont une chose étrange, dit-il à mi-voix, avant de se retourner vers Guillaume. Alors, que penses-tu du livre de Gracq ?

Le jeune homme était de plus en plus perplexe devant cette situation inédite. Son regard faisait la navette entre Pauline et Bloch, indécis. Il finit pourtant par balbutier :

— Euh... eh bien... je n'ai fait que le feuilleter mais ça m'a l'air étrange... Une atmosphère presque surréelle... Ces lieux indéfinis... On ne sait pas exactement à quelle époque on se trouve...

— Ça ne te rappelle pas Malderney, par certains points ?

— Si, un peu.

— Et le style, qu'en penses-tu ?

— Pour ce que j'en ai lu, il m'a semblé très travaillé. Ça ne ressemble à rien de ce que vous m'avez fait lire jusqu'alors...

— Tu vois que tu sais faire une critique, toi aussi, rit Bloch en flattant l'épaule de son disciple.

— Si je vous ennuie, dites-le tout de suite...

Étalée sur le sable, Pauline fixait le ciel derrière de grosses lunettes de soleil, d'un air boudeur.

Guillaume allait répondre, mais Bloch posa une main sur sa bouche.

— Ce Gracq n'est pas un écrivain professionnel, reprit le Parisien, comme si de rien n'était. Il paraît qu'il est professeur...

— Professeur de quoi ? demanda Guillaume, qui avait compris son jeu et épiait Pauline du coin de l'œil.

Insensiblement, la jeune femme s'était tournée vers eux, les lèvres pincées.

— Professeur de géographie dans un lycée à Paris.

— Mes grands-parents allaient à Paris tous les ans, interrompit Pauline avec une certaine maladresse. Ils descendaient au Meurice...

— Il paraît que Gracq écrit déjà un nouveau roman, dans la même veine, continua Bloch à l'attention de Guillaume.

— Il sortira quand ?

— Là, tu m'en demandes trop...

Pauline poussa un soupir d'exaspération.

— Ça va durer encore longtemps votre petit jeu ? glapit-elle en se redressant sur ses coudes. Qu'est-ce que vous cherchez ? À m'ignorer ? À faire comme si je n'existais pas ? Parce que vous croyez que vous existez, peut-être ?

Bloch eut aussitôt un geste pour empêcher Guillaume de parler.

— Ma chère Pauline, fit le Parisien d'un ton outrageusement sentencieux, lorsque nous estimerons que vous pourrez participer à notre conversation, nous ferons appel à vous. D'ici là, profitez du soleil mais n'oubliez pas de mettre de la crème, il pourrait brûler ce décolleté dont vous prenez tant soin...

Pauline était bouche bée. Même Guillaume sentait disparaître son assurance. Bloch en faisait trop. Il allait ruiner tout ce qu'ils avaient savamment mis en place, depuis près d'un mois.

— Mais... mais... mais..., balbutiait Pauline. Mais je rêve ? Il se prend pour qui le... le Simon Bloch ?

— Attention à ce que vous allez dire, Pauline..., avertit le Parisien, qui oscillait entre sourire narquois et regard sombre.

— Comment ça, faire attention à ce que je vais dire ! Je vais me gêner peut-être !

Croisant un instant le regard de Guillaume, comme par défi, elle reprit :

— Il se prend pour qui, le juif ?

— Pauline ! cria Guillaume.

— En effet, *Pauline...*, dit Bloch avec un calme glacial. Vous allez trop loin.

— Mais peu m'importe. Je ne vais pas me laisser dicter ma conduire par un youpin qui...

Elle poussa un hurlement.

Sur la plage, les gens se retournèrent.

— Tu... tu m'as giflée ?

Guillaume hochait la tête de gauche à droite, sans pouvoir nier ni s'excuser.

— Tu viens de me frapper, reprit-elle en se relevant avec gaucherie, époussetant sa robe pleine de sable.

— Pauline..., dit Guillaume, alors que la jeune femme s'éloignait en courant, le visage baigné de larmes.

Il se retourna avec rage vers un Bloch impassible, qui suivait des yeux la silhouette de Pauline dans les bruyères.

— Vous avez vu ce que vous avez fait ?

Sans s'émouvoir, le Parisien dit d'une voix étrangement nostalgique :

— Dis-moi plutôt merci, mon ami. Tu viens de gagner son cœur...

*

— Gagner son cœur ! Gagner son cœur ! rageait Guillaume en faisant les cent pas dans sa chambre. Je n'ai rien gagné du tout, oui !

Seconde après seconde, il se repassait la scène, sur la plage. Les insultes de Pauline, la gifle, le désarroi qui avait suivi. Après cette explosion de violence, il n'avait pas voulu rester. Tout lui semblait faux, atrocement désaccordé.

« Vous avez tout gâché », avait-il reproché à son mentor, qui l'avait regardé s'éloigner avec envie, en murmurant :

« Oh que non. Si tu savais... »

Le dîner qui suivit fut une merveille d'hypocrisie et de morosité.

— Ta joue droite est plus bronzée que ta joue gauche, ma chérie, fit remarquer Philip, sans malice.

La jeune femme haussa les épaules en évitant de croiser le regard de Guillaume et dit à mi-voix :

— C'est du fond de teint. J'en ai mis trop...

Le repas s'acheva dans le silence.

Au moment d'aller se coucher, Victor aborda Guillaume au pied de l'escalier conduisant à sa chambre.

— Tu frappes les femmes, maintenant ?

Que répondre ? Guillaume baissa les yeux et continua de monter.

— Une attitude de mauviette, de lâche, encore une fois, dit Victor en attrapant son frère par la manche de son pull-over.

— Laisse-moi...

Victor lâcha prise mais ajouta d'une voix sereine :

— Je voulais juste te remercier.

— Me remercier ?

Regard vengeur de Victor.

— Pauline m'a dit de ne pas bouger de ma chambre, ce soir. Qu'elle avait une petite surprise pour moi... Que je devais l'y attendre...

Avant que Guillaume n'ait le temps de réagir, son frère dévalait les marches pour regagner son aile de la Seigneurie.

À quoi bon le suivre ? Ce qui était mort était mort. Autant aller porter le deuil au calme et sans public. S'il avait perdu l'amour, il lui restait au moins la dignité.

Et voilà deux heures qu'il arpentait sa chambre, sans parvenir à dormir ni même à fixer son esprit.

Il en voulait à Bloch. Atrocement. Mais cela aussi il se le reprochait. Le Parisien pensait l'aider. Il croyait vraiment attirer Pauline jusqu'à lui. D'ailleurs, n'était-elle pas venue, cet après-midi ? C'était parfait. Absolument parfait.

— *Trop* parfait..., murmura Guillaume en se penchant au balcon de sa chambre, vers une de ces nuits où la nature respirait d'un même souffle, comme si les bruyères, les oiseaux, les statues, les falaises, la mer et les étoiles étaient les parties d'un même tout.

Pourquoi Bloch avait-il joué ce petit jeu ? Pourquoi avait-il ainsi provoqué Pauline, les conduisant à l'irréparable ? N'était-ce pas lui qui l'avait manipulée ? Ne faisait-il pas tout cela pour le phagocyter, le garder pour lui seul ? N'était-il pas le vrai jaloux de cette histoire ? À bien y regarder, Bloch était le triste vainqueur de cette aventure, qui conduisait une Pauline amère dans le lit d'un pis-aller nommé Victor, alors que lui se lamentait seul à son balcon et que le Parisien devait remâcher le tout en comprenant qu'il avait perdu à jamais la confiance de son disciple.

— Quel gâchis... quel gâchis..., répétait Guilaume.

— Pourquoi parles-tu de gâchis, Guillaume ? fit Pauline en posant une main sur sa nuque.

Le jeune homme ne pouvait y croire.

Elle était là, à côté de lui, en chemise de nuit, appuyée à la même balustrade, respirant la même nuit.

— Il n'y a pas de gâchis, reprit-elle à mi-voix en approchant son visage. Les gâchis n'existent pas... Il faut juste profiter de l'instant, du pur instant...

Le baiser fut bref, intense, moite et sucré. Puis elle saisit la main de Guillaume et l'entraîna vers le lit.

— Viens.

*

Le ravissement.

Guillaume ne trouvait pas d'autre mot. Il était *ravi* à lui-même, entraîné dans un autre monde, plus beau, plus doux. Et tellement plus vrai. Tellement plus sensuel, plus organique. Dans cet autre monde, il entendait les oiseaux chanter, l'herbe pousser, les pierres bouger. Dans cet autre monde, le soleil n'était pas un cercle étincelant mais une vraie boule de feu dont les flammes léchaient le ciel, enflammant les nuages. Oh, cet incendie ! Cette incandescence ! Le corps de Pauline, alangui, livré aux premières lueurs du jour qui filtrait par la fenêtre. Cette épaule posée contre la sienne. Ces cheveux en bataille qui fleuraient la sueur, le sel et le plaisir. Ces seins lourds et fermes, blottis contre ses bras. Et puis son visage...

Jamais il ne l'avait vue si apaisée, si entière. Elle était tout à lui, perdue dans le sommeil. Guillaume, lui, préférait le rêve éveillé. L'extase immobile d'un réveil enchanteur. Cet instant parfait valait toutes les nuits d'amour, toute cette sensualité débridée où elle l'avait plongé, des heures durant, avant de s'effondrer sur les draps humides, ivre de fatigue et de plaisir.

Pauline était à lui, à jamais.

— Tu ne dors pas ? dit-elle dans un demi-sommeil, sans ouvrir les yeux.

Il lui caressa délicatement le front, laissant ses doigts glisser sur l'arête du nez, la commissure des lèvres, le menton, avant de remonter vers les pommettes et se perdre en arabesques dans les cheveux.

— Je ne dors pas, je rêve.

Pauline sourit et se recroquevilla sur elle-même avec un grognement animal qui signifiait confort et satisfaction.

— De quoi rêves-tu ?

— À ton avis ?

— Je ne sais pas, minauda-t-elle.

Puis sa main caressa le torse glabre de Guillaume, avant de descendre vers le ventre. Le jeune homme eut un léger mouvement de recul.

— Depuis quand tu as peur de moi ? C'est à cause du jour ?

Le soleil s'était totalement levé, posant ses rayons sur les deux corps nus.

— Tu préfères la nuit, n'est-ce pas ? reprit Pauline en saisissant les draps pour les recouvrir.

Dans cette atmosphère trouble et cotonneuse, elle se coucha sur lui et lui mordit les seins avec des gestes de rongeur.

— Aïe, rit Guillaume.

Mais déjà elle posait sa langue sur son torse, son nombril, le haut du pubis.

— C'était une très belle nuit, tu sais, dit Guillaume, un peu gauchement.

Pauline ne répondit pas. Sous les draps, ses lèvres enserraient avec douceur le sexe de Guillaume.

L'instant retrouvait sa perfection. C'était même plus beau que cette nuit, où tout était allé si vite, avec tant de frénésie.

Là, il y avait une sorte d'harmonie, de syntonie parfaite. Rien ne déparait : tout était en place, avec l'absolue rigueur d'une toile de maître. Et ce petit supplément d'âme que d'aucuns appellent le talent, le génie, ou tout simplement le *cœur*.

Pauline fut la première à crier. Projetée de l'autre côté de la pièce, elle boula comme un lapin et se cogna contre la commode dans un bruit mat.

— Traînée !

Guillaume vécut tout au ralenti : cette main qui avançait vers son visage, avec une lenteur terrible. Ces doigts qui se fermaient, comme une araignée. Ces phalanges qui lui cognaient le nez, le front, la mâchoire.

Ce goût de sang dans la bouche. Ces coulées rouges, depuis ses narines. Ces débris de molaires, qu'il cracha sur les draps en une glaire vermillon. Et puis la voix de Guillaume : caverneuse, abyssale, comme si tout son corps n'était plus qu'une bouche et un poing.

— Salaud ! Traître ! Je croyais que tu étais mon frère...

Et puis des coups, encore des coups, tandis que Pauline le suppliait en sanglotant :

— Arrête, tu vas le tuer !

Des coups de genou, des coups de pied, de talon, de coude. Le corps entier de Victor voulait absorber celui de Guillaume, lui faire quitter forme humaine et qu'il ne soit plus qu'un réceptacle de violence, de haine, de jalousie, d'humiliation, de rancœur, de dégoût. De dépit, surtout.

Lorsque Virginia déboula dans la chambre, attirée par les cris, elle eut un mouvement de recul.

— Guillaume ! hurla-t-elle.

Mais son fils ne bougea pas. Nu, roulé en boule sur le parquet, le cœur battant, les membres tremblants, le visage écarlate, il apercevait sa mère par la fente de ses yeux gonflés. Il distinguait aussi Victor, raide contre la grande armoire, le regard vide, comme un condamné attendant le peloton. Il vit enfin le visage effaré de Philip, qui se précipita vers sa fille.

— Ma chérie, tout va bien, tout est fini...

Comment Guillaume eut-il la force de se relever ? Comment eut-il le courage de pousser son frère et de prendre au hasard des vêtements dans l'armoire ? Comment put-il habiller ce corps meurtri, bleui, devant l'air interdit de sa famille ? Comment put-il quitter sans un mot, sans un regard, sans même un regret, la Seigneurie pour boiter jusqu'au port ? Nul ne le sait.

Dans sa chambre, Bloch n'avait rien entendu du vacarme.

Voilà une heure qu'il lisait et relisait l'article du *Figaro* annonçant le pacte le plus terrifiant du XXe siècle, comme si Satan et Belzébuth s'étaient alliés. L'avant-veille, le 23 août, à Moscou, nazis et communistes avaient signé un accord de non-agression. Une indifférence cordiale et stratégique pompeusement baptisée « pacte germano-soviétique ». Si redoutables fussent-ils, les communistes étaient le dernier rempart contre la peste brune. Et voilà que Staline autorisait les nazis à faire comme bon ils l'entendaient, pourvu qu'ils évitent le conflit d'intérêts.

Froissant le journal dans ses mains, Bloch était anéanti.

« Qu'est-ce que je fais, maintenant ? » se demandait-il.

Il était à ce point plongé dans ses pensées qu'il entendit à peine la porte de sa chambre s'ouvrir en craquant.

Le visage ensanglanté de Guillaume le tira de sa torpeur.

— Mon Dieu ! Que s'est-il passé ?

— Emmenez-moi à Paris, supplia le jeune homme, les lèvres tuméfiées. Je ne veux plus jamais revenir à Malderney ! JAMAIS ! !

1er août 1949,
8 heures du soir

— Malgré la guerre qui menaçait, comment refuser à Guillaume ce que je lui proposais depuis tant d'années ? Il faut dire que vous l'aviez sacrément amoché...

Gardant un calme hostile, Victor répond :

— C'était le sort d'un traître, ce qu'il avait toujours été, ce qu'il allait devenir. Et puis ce jour-là, Guillaume l'avait bien cherché.

Croisant le regard de sa femme, il corrige :

— *Vous* l'aviez bien cherché...

— Tu veux vraiment déterrer ces vieilles histoires ? rétorque Pauline sur un ton de reproche.

Victor hausse les épaules mais ne trouve rien à répondre et tourne son visage vers la fenêtre. Dehors, le soleil a commencé de décliner. Des stries orange courent sur les bibliothèques, les vieux tableaux, dorant les meubles d'acajou d'un vernis chaud et fugace. Le profil de Victor se découpe dans la lumière, et Bloch constate combien il a changé. Ces traits durcis, ces rides, ces cheveux grisonnants. Même son assurance, sa morgue semblent avoir pâli. Le nouveau seigneur de Malderney a une allure de vaincu.

« Il a vingt-neuf ans et en paraît presque cinquante », songe Bloch en lançant des regards en coin à Pauline, qui semble tout aussi marquée par le temps : un air absent, des postures de vieillarde, une tristesse permanente, comme un deuil mal assumé.

« Quant à Pauline, elle paraît sans âge... »

Qu'ils sont loin, les jeunes écervelés de Malderney et leurs peines de cœur. Qu'elle est loin, cette jalousie enfantine. Qu'il semble surtout pitoyable, leur affrontement d'un matin d'été, à côté des carnages vécus depuis dix ans. Mais peut-on établir une hiérarchie dans la douleur ? Y a-t-il des maux, des haines, plus graves que d'autres ? Plus implacables ? Au bout du compte, chacun se retrouve seul face à la souffrance et à la mort. Que ce soit dans un lit d'hôpital ou dans un camp.

Consultant son bracelet-montre métallique de l'armée américaine avec une grimace agacée, Victor remarque :

— Bloch, vous savez sans doute que le ferry ne repasse pas avant demain matin ?

— Bien sûr, fait l'homme au visage défiguré en se frottant nerveusement le nez, comme s'il fallait maintenant aborder un sujet délicat.

Victor prend un air pincé et allume une à une chaque lampe de la pièce.

— Vous savez également que l'auberge Saint-Hélier a été bombardée...

— Ah bon ?

— Il n'y a donc plus d'hôtel à Malderney...

— C'est dommage.

— N'allez pas me dire que vous ne comptiez pas sur notre hospitalité ?

Bloch se mord un instant les lèvres et dit sur le ton d'un aveu :

— En souvenir du bon vieux temps...

— Tu parles d'un bon vieux temps, grommelle Victor en prenant le sac de Bloch au pied du canapé. Allez, venez. Après tout ce que vous avez vécu, je ne vais pas vous laisser dormir dehors, quand même...

— Où comptes-tu mettre monsieur Bloch ? demande Pauline d'une voix fluette en trottinant derrière les deux hommes.

Victor se retourne et lui offre un regard à la fois narquois, cruel et nostalgique.

— Où veux-tu que je le mette ? Dans l'ancienne chambre de Guillaume. Ça s'impose, non ?

*

Tandis qu'ils gravissent tous les trois l'escalier de la tour aux marches de pierre usées, Victor finit par demander :

— Dites-moi, Bloch, vous n'avez pas fait tout ce chemin par pure nostalgie, quand même ?

L'étranger ne répond pas et hausse les sourcils avec une expression indéfinissable.

Ouvrant la porte de la chambre, le maître des lieux insiste :

— Je sais que Malderney avait du charme, mais ce n'est plus aujourd'hui qu'une île sinistrée, abandonnée des touristes. Une île oubliée...

« Comme cette chambre », songe Bloch en tentant de masquer son trouble. Lourde de toiles d'araignées, de flocons de poussière, la pièce semble ne pas avoir bougé depuis des siècles.

— Désolé, dit Victor, mais en ce moment nous n'avons pas d'autres chambres d'amis.

— Si encore on avait des amis..., murmure Pauline en s'avançant vers le lit pour vérifier qu'il est fait.

Les draps étaient protégés de la poussière mais sont jaunis par les ans.

— Ne vous inquiétez pas, fait le maître des lieux. Ils ont été changés depuis que ma femme et feu mon frère y ont joué aux osselets.

À ce souvenir, les yeux de Pauline s'ourlent de rouge mais elle ne dit rien et finit par détourner le visage.

— Vous savez, tente de plaisanter Bloch, pendant la guerre j'ai eu droit à des couches bien moins accueillantes...

Nouveau silence, où chacun ne sait que dire, que faire, figé par l'épaisseur de l'atmosphère.

Victor finit par s'asseoir sur le lit – nouveau brouillard de poussière.

— Bon, maintenant que vous avez un toit pour dormir, expliquez-nous pourquoi vous êtes ici.

— Mais, Victor, laisse-le, voyons ! dit Pauline avec un regard gêné vers Bloch.

Celui-ci a un geste de paix et ouvre son petit sac sur le lit.

— Votre mari a raison, Pauline. Je ne suis pas ici par hasard.

Ce disant, il tire un gros carnet à couverture cartonnée, sur lequel une main a calligraphié : *« Mémoires de guerre, 1939-1949 »*.

Pauline pâlit et Victor essaye d'arracher le carnet à Bloch. Mais celui-ci le colle contre son torse, comme une mère serre un enfant qu'on tente de lui voler.

Ils ont reconnu l'écriture de Guillaume.

— Avant de se suicider, reprend Bloch, Guillaume avait appris que je n'étais pas mort dans les camps et que j'étais revenu à Paris. Avec la complicité de certains gardes de la prison centrale de Clairvaux, il est parvenu à me faire passer ce document ainsi qu'une lettre...

— Et cette lettre, vous l'avez ? demande Victor, tout à coup soupçonneux.

— Non. Je l'ai détruite. Elle pouvait m'attirer des ennuis avec l'administration de Clairvaux.

— Comment est-ce qu'on doit vous croire ? grommelle Victor.

— Parce que je suis un homme de confiance.

Victor serre les dents mais ne dit rien. Tout comme Pauline, qui est restée muette, le visage blafard, fixant le carnet avec une frayeur silencieuse.

— Dans cette lettre, poursuit Bloch, il me donnait pour mission de venir vous voir et de vous faire lecture de ce manuscrit, comme d'un testament.

— De nous le lire ? s'étonne Victor.

— Vous voulez dire : *à voix haute* ? dit Pauline.

Bloch cligne les yeux en ajoutant :

— J'ai suffisamment fréquenté de comédiens pour savoir comment faire...

Victor et Pauline restent interdits.

— Vous allez nous lire tout ce document ?

— Nous avons la nuit devant nous, n'est-ce pas ?

— Ne vous donnez pas cette peine et laissez-le-nous, dit Pauline, de plus en plus mal à l'aise. Nous le lirons tranquillement, chacun à notre tour.

Bloch secoue la tête de gauche à droite.

— C'est précisément ce que Guillaume voulait éviter... comme vous avez évité de répondre aux nombreuses lettres qu'il vous a envoyées de prison... Vous ne les avez sans doute jamais lues...

— Les lettres ? glapit Pauline. Quelles lettres ?

Elle pose sur son mari un visage offusqué.

— Vous êtes content de vous, Bloch ? grogne Victor. Vous avez eu ce que vous vouliez ? En fait, vous n'avez pas changé : dix ans plus tard, dans la même pièce, presque jour pour jour, vous avez à nouveau réussi à mettre Guillaume entre Pauline et moi.

— Par-delà la mort..., ajoute son épouse d'une voix défaite. C'est bon, monsieur Bloch, nous vous écoutons...

2

PARIS

La guerre

Centrale de Clairvaux,
Soir du 20 mars 1949

Je suis bagnard. Sur ma défroque de coton, avec mon numéro matricule – 1724 –, on a cousu le « P » des condamnés à perpétuité. Je suis enfermé pour douze heures, comme chaque soir, dans une cage grillagée, ma « cage à poules » qui fait deux mètres sur deux. Dans mon dortoir, il y a vingt-trois autres cages semblables, toutes occupées. Le locataire de la sept, Sylvain Balivet, est en train de raconter à son voisin comment il a relevé les cadavres de son père et de son frère cadet, tués par une torpille américaine dans le bombardement de Marseille, en mai 1944 : « J'ai senti quelque chose d'élastique sous un enduit de gravats. C'était un buste de femme, coupé net à la hauteur du bassin. À côté, j'ai reconnu un de mes camarades, transpercé par un éclat de poutre. En dessous, j'ai trouvé mon père décapité, et les morceaux de mon frère un peu plus loin. » Sylvain Balivet avait vingt et un ans. Il préparait une licence de droit et l'École coloniale. Il ne lisait pas de journaux, il n'appartenait à aucun clan politique. C'était un grand gaillard, bien bâti, calme, habitué à ruminer ses idées. Le 17 juillet 1944, à Paris, il est entré dans la Milice. Il n'avait aucun doute sur l'issue de la guerre, mais cela ne comptait plus pour lui. La Milice l'a envoyé avec un fusil en Bourgogne. Le repli sur l'Allemagne a été ordonné. Il a suivi, il est devenu SS à la division Charlemagne, il a brûlé ses cartouches en Poméranie, contre l'avalanche russe, il a fait cinq cents kilomètres de retraite à pied. Les Américains l'ont ramassé. Un juge de Dijon lui a collé dix ans de travaux forcés.

Sylvain Balivet : un destin. Une *trajectoire*...

La mienne est tout aussi triste, tout aussi erratique.

J'ai vingt-huit ans et suis déjà un vieillard. J'ai détruit ce que j'avais de plus beau : l'amour d'un frère, l'amour d'une femme. C'est pourquoi je mérite cette mort que les juges m'ont refusée ; c'est pourquoi je vais me faire justice moi-même. Très vite.

Mais avant, j'entends écrire la vérité. *Ma* vérité.

Ce texte n'est ni une apologie, ni un plaidoyer. Je n'excuse ni n'accuse.

Je raconte. C'est mon dernier luxe.

1

Le 1er septembre 1939, à 4 h 30 du matin, les armées d'Hitler ont envahi la Pologne. Ce même matin, un couple étrange descendait avec fébrilité du Cherbourg-Paris de 7 h 08. Deux hommes assez semblables : le teint pâle, le cheveu sombre, des lunettes d'or posées sur un nez assez massif. On aurait pu les croire frères, n'était leur différence d'âge et de vêture. Le plus âgé portait un complet de lin blanc froissé, car il avait dû dormir tout habillé. Le second, jeune homme au visage tuméfié, suait dans un tricot de grosse laine, qu'il semblait avoir enfilé à la diable, sans songer qu'il faisait si chaud à Paris.

Traînant deux épaisses valises de cuir, ils ont remonté le quai de la gare Saint-Lazare en toussant dans la fumée des locomotives. L'un et l'autre semblaient perdus.

— C'est donc vrai ? disait le plus âgé des deux, apostrophant le moindre passant et tous les chefs de gare.

— Quoi donc, monsieur ?

— La guerre ? La guerre est déclarée ?

— Qu'est-ce que vous voulez qu'on en sache ? répondaient la plupart des badauds, irrités par l'importun. Faites comme tout le monde : achetez les journaux !

Mais l'événement ayant eu lieu à l'aube, aucune gazette ne s'en faisait encore l'écho. Il était pourtant sur toutes les lèvres, relayé par les premières radios du matin.

« Les nazis attaquent ! Les nazis attaquent ! »

Cette nouvelle aurait dû me terroriser, me renvoyer aussitôt à Malderney, mais elle n'était rien à côté de la gifle que j'ai reçue en quittant la gare. Une gifle qui sentait le pavé, la fumée de charbon, l'essence et le crottin.

— Paris ! ai-je dit dans un souffle, bouche bée, tandis que Bloch prenait mon bras pour dévaler les escaliers menant à la rue de Châteaudun.

En me poussant dans un taxi, il a hurlé au chauffeur :

— 22, quai de Conti ! Vite ! Je dois passer des coups de téléphone !

*

Le voyage avait été plus long que prévu. Devant affronter un fort courant contraire, la traversée avec le bateau du capitaine Fortin avait pris une demi-journée alors qu'elle n'aurait dû durer que deux petites heures.

« Désolé, s'était-il excusé en poussant son moteur à fond, mais je crois que les éléments sont contre nous. La mer ne veut pas que vous quittiez Malderney... »

Il évitait de croiser mon regard, préférant sans doute songer à la liasse de billets que Bloch lui avait remise en échange de sa complicité.

Le dédommagement était de taille, mais les flots semblaient bien s'opposer à mon départ. La Manche reflétait avec une troublante précision mes tourments intérieurs. Avais-je raison de partir ? Pouvais-je abandonner ma famille, ma patrie, mes amours ? N'était-ce pas là une ultime lâcheté ? Qu'allais-je faire dans ce pays où je ne connaissais rien ni personne ? Pouvais-je vraiment avoir confiance en ce Simon Bloch, à qui je remettais toute ma vie, présente et future ? Et cette île qui s'éloignait si lentement ! Cette côte que je voyais disparaître, se fondre à l'horizon, se couler dans la mer, comme j'aurais voulu que disparaissent les souvenirs de cet affreux matin.

Tous mes muscles me lançaient. Les bleus couvraient mes bras, mon torse, mes jambes. Quant à mon visage, Bloch avait beau y avoir posé glaçons et pansements, il me faisait ressembler à un boxeur après le match.

C'est peut-être pour ça que Fortin n'avait rien dit. Je ressemblais si peu au « *young master Guillaume* » que le capitaine parvenait à dissocier l'image du fils de Virginia Berkeley et le triste éclopé qui fixait le sillage du navire, contemplant un paradis qu'il avait enfin décidé de fuir.

Arrivé à Diélette, nous avons joué de malchance : l'autocar pour Cherbourg était parti depuis une demi-heure et le prochain ne serait pas là avant trois jours.

— C'est trop bête ! a ragé Bloch en pétrissant son panama.

Je le sentais prêt à m'en vouloir. Si la Manche avait été à ce point agitée, c'est qu'elle refusait de perdre un de ses enfants chéris, non ?

Mais pour moi, le supplice était double. Non seulement je venais d'abandonner le pays de mon enfance, mais je ne pouvais même pas m'absorber dans la découverte d'une nouvelle vie, puisqu'il nous fallait attendre encore trois jours à Diélette. Aucune automobile n'était disponible dans le petit port et les taxis de Cherbourg refusaient de venir jusqu'à nous.

— Ce n'est pas grave, a tenté de nous dire le capitaine Fortin, vous n'avez qu'à dormir chez mon beau-frère...

C'est ainsi que nous sommes descendus au Saint-Marcouf, seule auberge de Diélette, un bouge nauséeux où Bloch et moi avons dû partager le même lit. Ironie suprême : l'unique fenêtre de la chambre donnait sur la mer et, aux heures les plus claires, on distinguait nettement les falaises de Malderney, à l'horizon.

« Le sort ne manque pas d'humour », me disais-je en passant du baume sur mes ecchymoses.

À dire vrai, cet arrêt forcé aura été une utile convalescence. Il m'aura permis d'apaiser des douleurs qu'un long voyage en train eût sans doute aggravées.

Mais la présence de Simon Bloch, dans ce vieux lit campagnard, était une expérience troublante. N'allez pas vous méprendre sur mes propos : jamais le Parisien n'a eu le moindre geste déplacé. Le soir, après m'avoir souhaité bonne nuit, il se calait dans son coin du lit et se tournait vers le mur. Moi, je fixais l'autre côté de la pièce, vers la fenêtre. Mais je ne pouvais oublier les réquisitoires de ma mère au sujet de Bloch et de son « inversion ». D'ailleurs, je ne pouvais rien oublier. *Rien.* Durant trois nuits, tandis que Bloch ronflait d'un souffle sonore et régulier, je me repassais *ad libitum* mes dernières heures à Malderney. Mon ventre était noué de douleur, de chagrin, de jalousie et de désir. Parfois, en silence, sans réveiller Bloch, je me caressais. Je pensais ainsi calmer mes furies, mais ça ne faisait que rendre mes souvenirs plus vifs. Ainsi avais-je définitivement abandonné Pauline à Victor, fuyant la plus belle des nuits d'amour. Si ce n'était que ça... J'avais aussi à jamais perdu ce frère tant aimé, ce protecteur de toujours, mon double, mon complice, l'ami, le confident, le père parfois. À sa façon, Pauline me l'avait volé. En quittant Malderney, je renonçais de fait à tous mes droits. Comment ma mère allait-elle vivre mon départ ? Impassiblement, j'imagine. Immuable Virginia... Mais je savais qu'au fond d'elle-même, elle allait en souffrir. Dieu qu'elle me manquait, brusquement, cette mère injuste et froide. Combien j'aurais voulu voir sa silhouette apparaître à l'horizon de l'île, depuis cette fenêtre d'auberge. Une silhouette me faisant signe de revenir, me disant que tout était pardonné, que tout allait recommencer, comme avant, à jamais.

Mais non. Impossible de faire machine arrière. J'avais déterré la hache et la guerre ne s'arrêterait plus.

Quand nous avons fini par quitter Diélette, j'ai senti mes remords s'apaiser. Et quand je me suis retrouvé dans le Cherbourg-Paris, la nouveauté était si excitante que j'en ai oublié pour un temps mes doutes et mes tourments.

Jamais je n'étais monté dans un train. J'étais comme un gamin devant un nouveau jouet, voulant tout essayer, tout découvrir : le wagon-restaurant, les couchettes, la locomotive... Les autres passagers étaient à ce point surpris qu'ils me considéraient avec des regards de plus en plus offusqués.

— Ce n'est qu'un enfant, vous savez ? a dit Bloch en me reconduisant de force dans notre compartiment, quand je suis allé pour la troisième fois déranger le contrôleur.

Mais je n'étais pas un enfant, et c'est cela qui intriguait les voyageurs. Ces dernières semaines m'avaient fait grandir très vite. J'étais un jeune homme de dix-huit ans, certes frêle et couvert de bleus (autre source d'étonnement dans le train), mais bien bâti et le regard fier.

Le voyage a eu aussi quelques avanies, et nous avons dû attendre de longues heures aux gares de Caen, d'Évreux, de Vernon et de Mantes.

Dans notre compartiment, Bloch faisait tout pour me changer les idées, car il voyait que plus le train traînait, plus mes fantômes revenaient.

— Tu as pris la bonne décision, ami. Paris est ton avenir, je te le jure...

Mais lui-même semblait exagérer ses effets, bien trop préoccupé qu'il était de la marche du monde. À chacun des nombreux arrêts, il descendait acheter la presse et découvrait, atterré, les conséquences de ce fameux pacte germano-soviétique.

Franchement, j'avais du mal à m'y intéresser. Quand mes remords insulaires me laissaient en paix, j'étais absorbé par l'absolue nouveauté de ma vie. Le spectacle qui défilait sous mes yeux, par la fenêtre, était pour moi une surprise permanente : ces champs, ces vergers, ces gares de campagne, ces villages. Il me fallait tout voir, comprendre, assimiler. J'en avais le tournis et j'approchais la nausée, car mon esprit balançait constamment entre mes tourments d'exilé et mes rêves de conquérant.

Et quand, à l'aube du 1er septembre, le contrôleur est passé dans les couloirs en criant : « Paris ! Paris ! Arrivée dans trente minutes ! », je me suis réveillé en sursaut, prenant conscience que pour la première fois j'avais dormi d'une traite sans rêver de Malderney.

2

Lorsque Simon Bloch m'a fait découvrir son immeuble du quai de Conti, je suis resté sans voix devant une telle caverne. Ali Baba lui-même en eût été jaloux, les opulences de ce petit palais faisaient passer la Seigneurie pour un temple calviniste.

Étiré sur les deux derniers étages d'un magnifique hôtel particulier XVIIe attenant à l'Institut de France, ce repaire m'a paru aussi vaste qu'un château.

— C'est... extraordinaire ! ai-je dit en gravissant le noble escalier à tommettes.

— Tu n'as encore rien vu...

La joie de m'introduire dans son royaume semblait apaiser les craintes politiques de Bloch ; pour un temps, du moins. Ses yeux brillaient lorsqu'il a déverrouillé la complexe serrure de sa haute porte blindée, qui s'est entrebâillée avec un bruit d'orage.

— Bienvenue au Walhalla, jeune Maldernais...

J'étais soufflé.

— Vous ne m'aviez pas dit que vous habitiez un musée, monsieur Bloch.

— Musée, c'est un bien grand mot. Mais j'ai quelques trésors...

Faisant craquer le somptueux parquet Versailles, je me suis avancé comme un voleur dans une chambre forte. Extravagant ! Les pièces s'enchaînaient, chacune décorée dans un goût et un style différents. Malgré des meubles d'un raffinement absolu, des tissus et des rideaux somptueux, des tapis vertigineux, ce sont les murs qui aimantaient le regard.

« Oui, c'est *vraiment* un musée... »

Le hall d'entrée était réservé aux scènes de chasse, avec hallali, traque de loups et autres curées ; et le petit salon aux primitifs flamands et italiens. Le grand salon accueillait Poussin et Chardin, et la bibliothèque, Ingres et David. Quant aux sombres et labyrinthiques couloirs de l'appartement, ils étaient « éclairés » (le mot est de Bloch !) par des Claude Gelée et des Turner ; les chambres, elles, se partageaient le reste de la collection : il y avait « la Renoir », « la Corot », « la Monet », « la Cézanne »... Simon Bloch s'était réservé « la Picasso », une pièce lumineuse et haute de plafond. Pour ma part, j'ai eu droit à « la Bondieuserie », une étrange bonbonnière en soupente, au second étage, dont les murs de guingois étaient couverts de mille et une représentations chrétiennes, allant de l'ex-voto au chemin de croix, de la miniature hagiographique à une superbe collection de crucifix en ivoire.

— C'est mon petit confessionnal, a ri Bloch en posant ma valise sur un prie-Dieu en velours rouge et bois d'ébène, au pied d'un vaste lit qui avait appartenu à un cardinal romain ayant failli devenir pape en 1867. Pieuse literie !

Enfin, ouvrant la fenêtre en œil-de-bœuf, il a ajouté :

— Et puis c'est la plus jolie vue de l'appartement...

Attiré comme un phalène par la lumière, je me suis avancé vers l'ouverture ovale à croisillons et suis resté bouche bée.

Était-il plus parfaite vue de Paris ? Je me serais cru dans une des cartes postales que m'envoyait Bloch chaque hiver. Ou plongé dans une gravure du Larousse, odeurs et sons en plus.

— Le Louvre, le pont des Arts, le Pont-Neuf, la pointe de la Cité, Notre-Dame..., ai-je récité, bon élève.

— Pas si dépaysé que ça, je vois...

— Je mets juste un nom sur des lieux dont je rêve depuis toujours, monsieur Bloch.

Mon hôte s'est approché et a posé une main affectueuse sur mon épaule. Contemplant avec moi cette vue admirable, il a dit d'une voix douce :

— À partir de maintenant, tu es sous mon toit, Guillaume. Donc tu obéis à mes règles.

Je n'ai pu m'empêcher de me raidir mais il a continué, impassible :

— Désormais il n'y a plus de « monsieur Bloch » ni de « vous ». Tu m'appelles Simon et tu me tutoies, d'accord ?

Un peu décontenancé – sous mes allures de gamin, j'étais formé par l'étiquette rigoureuse de la dame de Malderney –, j'ai opiné :

— Oui, mons... Oui, Simon.

— Bien, ami.

Sentant qu'il fallait montrer un peu de zèle, je me suis reculé jusqu'au lit et m'y suis assis. L'immense édredon rouge m'a enserré comme des sables mouvants.

— Simon, j'ai une question à v... à te poser.

L'œil brillant, Bloch m'a regardé avec curiosité.

— Je t'écoute, jeune disciple...

— En fait, j'ai *deux* questions.

— Vas-y.

— La première concerne cette collection dont tu ne m'avais jamais parlé : d'où vient-elle ?

— Et la seconde question ?

Un peu décontenancé par son regard inquisiteur, j'ai désigné les bondieuseries autour de moi.

— Tout ça, ce n'est pas très juif, je me trompe ?

Bloch a gloussé puis s'est enfoncé dans un fauteuil pourpre avec un bâillement très plébéien (la nuit en train avait été mouvementée et le lit du Saint-Marcouf de qualité bien villageoise).

— Lorsque mes parents ont quitté Vienne, en 1905, j'avais quatre ans. Ils étaient marchands de tableaux dans la capitale austro-hongroise et ils ont voulu changer d'air. C'est pourquoi ils ont ouvert, 104, rue du Faubourg-Saint-Honoré, la galerie Elias & Rachel Bloch.

— Tout ça, c'est à eux ? ai-je demandé.

— Oh non ! Ce n'est que ma petite partie de la collection.

— Ta « petite partie » ? Mais où sont-ils, tes parents ?

Une ombre a traversé son regard.

— Mes parents ont toujours eu la bougeotte. En 1925, ils estimaient avoir fait le tour de Paris et il leur fallait encore plus grand : ils ont ouvert une galerie Elias & Rachel Bloch au croisement de Madison Avenue et de la 56e Rue.

— À New York ?

— Oui.

— Et tu ne les as pas suivis ?

Bloch a eu un petit haussement d'épaules nostalgique et presque embarrassé.

— J'ai failli, mais j'aimais trop Paris. N'en déplaise à mon vieux sang nomade, c'est ici que sont mes racines.

— Tu as donc gardé la galerie parisienne ?

— Mes parents auraient bien voulu, mais je n'ai jamais eu l'âme d'un marchand d'art. Ce qui me passionnait, c'était le spectacle vivant : la scène, les studios, le théâtre, le cinéma...

Son regard s'est illuminé, comme si un projecteur venait de l'éclairer en pleine face.

— Mes parents ayant eu l'intelligence et la générosité de me laisser libre choix, j'ai vendu la galerie, une partie des œuvres, gardé les tableaux que je préférais... et je me suis lancé dans le spectacle.

— Comme ça, au culot ?

— Pas vraiment. Mes parents étaient très proches du vieux Auguste Renoir, et je me suis toujours bien entendu avec son fils, Jean.

— Qui t'a fait faire tes premiers pas dans le cinéma ? ai-je dit en m'étonnant que Bloch n'ait jusqu'alors jamais évoqué ni sa famille ni son enfance.

J'ai alors pris conscience que je ne le lui avais jamais demandé, trop empressé de lui parler de moi, de mes dessins, de mes projets, de mes rêves.

— Tu as tout compris, Guillaume. J'ai d'abord joué les assistants, pensant que j'avais moi aussi la fibre artistique. Et puis j'ai vite compris que la production était davantage dans mes cordes...

Non sans une certaine fatuité, Bloch a alors dressé la liste des films qu'il avait produits ou coproduits, et dont les affiches sous verre couvraient les murs des six salles de bains de l'appartement :

— *Boudu*, *La Chienne*, *Golgotha*, *Pépé le Moko*, *Fanny*, *L'Habit vert*, *Les Rois du sport*, *La Bête humaine*, *La Belle Équipe*, *La Kermesse héroïque*, *La Grande Illusion*, *Drôle de drame*, *Quai des Brumes*, *Le jour se lève*..., joli tableau, non ?

— Et le prochain ?

À cette question, Bloch parut embarrassé.

— Jean Renoir a absolument voulu faire une sorte de fable sociale, qui sort dans quelques jours et qu'il a intitulée *La Règle du jeu*. Je n'en ai vu qu'un premier montage mais ça risque de déplaire à tout le monde...

— Toi, tu l'aimes ?

— Oui..., a-t-il hésité. Je crois...

— C'est raté ?

— Impossible à dire. Je pense que les Français vont mettre du temps avant de digérer cette vision d'eux-mêmes...

Après cette trêve que constituait la découverte de l'appartement, Simon semblait reprendre un visage inquiet, tout du moins paraissait-il soucieux de l'avenir de ce film. Il semblait aussi anxieux que sur le quai de la gare, deux heures plus tôt.

— Ce film, cette guerre... Tout est si flou, si opaque...

— Tu as vraiment peur ? C'est si grave que ça ?

— Mon pauvre Guillaume, a-t-il dit avec une grimace impuissante, j'ai beau te promettre la Ville lumière, tu n'arrives vraiment pas au meilleur moment. Ici, tout peut sauter d'un instant à l'autre. Quant au sort des juifs...

— Justement, l'ai-je coupé en désignant les vierges, les ostensoirs et autres reliquaires qui encombraient ma chambre.

— Oh ça, ce n'est qu'une facétie. Un clin d'œil. Par souci d'assimilation, mes parents se sont convertis et m'ont élevé dans la religion catholique. J'ai été baptisé, j'ai fait ma communion, ma confirmation. Petit, j'allais même me confesser une fois par semaine à Saint-Philippe-du-Roule, près de la galerie.

Je ne comprenais plus ses craintes.

— Alors, les nazis ne peuvent rien contre toi...

Simon a étouffé une expression dédaigneuse et presque cruelle ; je ne savais si elle était destinée à moi ou à lui.

— « Tu auras beau tout faire, Simon. Juif tu es, juif tu resteras. » Voilà ce que m'a dit mon père, avant de partir pour New York. Il avait l'intuition qu'un jour ou l'autre, le vent tournerait.

— Pourquoi ne pas aller les rejoindre ?

— J'y pense, figure-toi. Mais maintenant que tu es là, je ne peux pas t'abandonner.

Je ne savais quoi répondre. Fallait-il dire merci ? Objecter « Mais non, il ne faut pas rester pour moi » ? Proposer « Emmène-moi à New York, dans ce cas » ?

Je me suis contenté de rester muet, répétant en moi-même le seul mot qui importait vraiment en cette première journée de septembre 1939 : « Paris, Paris, Paris... »

3

« Paris m'appartient ! » ai-je dès lors scandé chaque matin de ce début septembre, en quittant à sept heures l'immeuble de Simon. Je ne revenais pas avant la tombée de la nuit, vidé, courbatu, les pieds en sang, écœuré par ma boulimie de jeune homme qui pense avoir dix vies à rattraper. J'avais tant à apprendre, tant à comprendre.

Ces journées aussi remplies qu'un magasin d'antiquaire commençaient toujours par un café-crème. Descendant la rue Bonaparte, j'allais m'asseoir à la terrasse des Deux-Magots, où les serveurs ont fini par me connaître.

— Tiens, c'est l'Angliche..., disaient-ils en me voyant arriver rasé de frais, un costume prêté par Simon sur le dos, pour dévorer un croissant encore chaud.

Je restais là deux bonnes heures, à la seule fin d'entendre monter les bruits et les rumeurs de la ville. Quel brouhaha ! Outre les voitures, les bicyclettes et les camions qui parcouraient à grand fracas le boulevard Saint-Germain (à Malderney, le seul véhicule motorisé était un vieux cyclomoteur appartenant au facteur), ce sont les voix des gens qui me fascinaient. Car il y avait tant de monde sur ces trottoirs, comme si l'humanité entière s'était donné rendez-vous au pied de l'église Saint-Germain-des-Prés, où campait un vieux garde suisse. Messieurs en complet-veston, femmes à chapeau et voilette, jeunes gens en pantalon court de flanelle, les genoux lacérés de bleus et de cicatrices, demoiselles en jupe longue, le regard baissé sur leurs sandalettes de cuir, tenant la main d'une gouvernante ou d'un majordome en livrée qui les conduisait à l'école. Curés en soutane affrontant la rue le dos courbé, les doigts vissés à leur missel. Boulangers rougeauds, le tricot de peau trempé de sueur, respirant l'air sur le pas de leur boutique, épiciers en tablier bleu, artisans de tout poil, souvent ambulants – vitriers, rémouleurs, rempailleurs, simples chiffonniers –, qui parcouraient la chaussée en offrant leur savoir-faire. Maraîchers se rendant aux Halles, la charrette lourde de primeurs, traînée par une carne sans âge. Équarisseurs colossaux descendus de Vaugirard, apportant aux mêmes Halles leurs carcasses de bœuf, de veau, de cheval, prêts à vider un litre de rouge d'une seule gorgée. Et puis ces crieurs de journaux, titis aux tenues informes, cigarette au bec, qui battaient le pavé pour vendre *L'Intransigeant*, *L'Aurore*, *Gringoire*, *Le Figaro*, *L'Humanité*, *Le Cri du peuple* et tant d'autres journaux qui, chacun à sa façon – exultante ou affligée –, n'avaient qu'un titre à la une : « La guerre ! »

Car c'était la guerre. Pour de bon.

Deux jours après mon arrivée, l'Angleterre déclarait la guerre à l'Allemagne, entraînant derrière elle tout le Commonwealth : Inde, Canada, Australie, Afrique du Sud et Nouvelle-Zélande.

L'après-midi même, tandis que le clocher de Notre-Dame sonnait cinq heures (j'étais alors monté contempler la vue depuis la cathédrale, encore plus impressionnante que celle de ma chambre), la France est à son tour entrée dans le jeu.

« La France en guerre contre l'Allemagne ! » ont hurlé les crieurs, dès le lendemain matin, par un 4 septembre qui sentait encore l'été malgré les marronniers grillés et les platanes brunis.

Dans les rues, c'était la panique. Les gens se parlaient, les inconnus s'apostrophaient, inquiets, terrifiés, ou juste surpris :

— Vous avez entendu ? C'est donc la guerre ?

— Il paraît qu'elle va être encore plus longue que la précédente...

— Ça ne va pas recommencer, s'est lamenté un quadragénaire à béquille à l'angle de l'avenue George-V et des Champs-Élysées, devant le restaurant Fouquet's où j'avais tenté d'apercevoir quelques vedettes de cinéma.

Il a exhibé sa jambe gauche.

— La droite est restée à Verdun, en 17 ; et je n'ai pas l'intention de perdre celle-ci...

— Soyez sans crainte, l'a rassuré un militaire qui descendait la célèbre avenue au bras d'une élégante, notre armée est la plus forte du monde, nous ne ferons qu'une bouchée de ces Fritz. Et si certains parviennent à percer la ligne Maginot, ils seront coincés. Ils ne pourront pas aller plus loin...

Le militaire avait l'air si sûr de lui que le petit attroupement qui s'était formé sur le trottoir a semblé rassuré. Seul l'infirme, agrippé à sa béquille, faisait grise mine.

— Dieu vous entende, mon colonel..., a-t-il maugréé en levant vers le ciel un œil perplexe, car le temps tournait à l'orage.

Le colonel a haussé les épaules avec désinvolture, offrant un sourire charmeur à sa cavalière avant de répondre, comme une boutade :

— Dieu est français, soldat !

Tout le monde ne partageait pas hélas l'optimisme de cet officier.

— Je te l'avais annoncé, Guillaume, c'est une vraie catastrophe ! m'a dit Simon le soir de la funeste nouvelle, tandis que je revenais d'une immense promenade qui m'avait conduit de l'Institut au bois de Boulogne, de Longchamp à Montmartre, du Sacré-Cœur au Père-Lachaise et de la Nation à la Cité... Une promenade qui s'est achevée sous la pluie, car l'orage avait fini par éclater, déchirant le ciel parisien d'éclairs presque aussi effrayants que ceux de la Manche.

Trempé, vidé, je me suis effondré dans le canapé du salon, ôtant mes chaussures pour laisser respirer des pieds aussi douloureux que des brûlures à vif.

Simon était assis à son petit bureau d'acajou, de l'autre côté de la pièce, près de la fenêtre giflée par les gouttes. Plusieurs journaux ouverts devant lui, il observait les passants qui fuyaient la pluie, sur le quai.

— Il va falloir être discret, ami. Si tu n'étais pas étranger, tu serais bon pour la mobilisation générale. Mais n'attirons pas trop l'attention sur toi, car tu pourrais être renvoyé en Angleterre pour être aussitôt sous les drapeaux...

— Soldat ? Moi ? me suis-je récrié.

Simon a tourné vers moi un visage soucieux, celui qu'il prenait pour m'expliquer des vérités, pour « élever mon âme », comme il disait avec ironie.

— En France comme en Angleterre, beaucoup d'hommes entre seize et cinquante ans vont être appelés sous les drapeaux. Surtout s'ils n'ont pas de famille à charge, comme toi...

À dire vrai, l'idée de devoir porter un uniforme était une bagatelle à côté de la perspective d'un retour à Malderney. Chaque jour, depuis mon arrivée, je me forçais à enfouir les images de Pauline, de Victor, de ce dernier matin, dans une cuve hermétiquement fermée. Bien sûr que je pensais à eux ; bien sûr que ma maison, ma famille, ma vie insulaire me manquaient. Mais tout était vite emporté par le souffle parisien, comme on se lance volontairement dans un cyclone, quitte à y disparaître. La vie était devant moi et je m'appliquais à la réinventer chaque matin. Alors ce n'était pas une fichue guerre qui allait mettre à bas un château si douloureusement mis en place. Tout ça pour quoi ? Parce que j'étais jeune et célibataire ?

— Ou comme toi, ai-je rétorqué à Simon, qui était lui aussi sans attaches.

— C'est bien le problème, a-t-il murmuré. Une adolescence tuberculeuse me dégage de toute obligation militaire, mais je ne tiens pas à faire de vagues. La discrétion est une règle d'or, crois-moi !

Bloch et moi avons dès lors décidé de faire profil bas.

— J'ai dit que je te présenterais au Tout-Paris et je tiendrai ma promesse, m'a-t-il assuré, après que nous avons eu dévoré un poulet chasseur préparé par Léone, une vieille gouvernante angoumoise qui venait tous les jours. Mais durant quelques semaines, restons discrets. Histoire de voir où tout cela nous mène.

— Nous ?

— La France, le monde...

Forcément déçu, j'ai tâché de masquer ma déconvenue. Mais j'avais confiance en Bloch : s'il préconisait la prudence, c'est qu'elle était nécessaire. J'ai donc décidé de profiter des quelques semaines à venir pour poursuivre mon exploration parisienne et devenir incollable sur la géographie de la capitale. Si la France était en guerre, Paris serait mon combat, mon idéal ; si je n'étais pas sous les drapeaux, le soldat Guillaume allait monter à l'assaut de ce monstre qu'il guignait depuis sa plus tendre enfance.

J'ai donc repris mes vagabondages, avec une science de plus en plus exacte, aidé par un volume exquis qui venait de paraître : *Le Piéton de Paris* de Léon-Paul Fargue.

Bientôt, les animaux du Jardin des Plantes n'ont plus eu de secrets pour moi, les gardiens du Louvre m'appelaient par mon prénom et les marchands des Halles Baltard me hélaient avec entrain :

— Tiens, v'là le p'tit...

Bloch était très occupé par ses affaires. Il ne me disait jamais vraiment lesquelles, et j'avais vite compris qu'il ne voulait pas que j'en demande davantage. Aussi ne prenais-je pas toujours la peine de rentrer dîner. Il m'arrivait même de me retrouver, vers minuit, au milieu des carcasses des Halles, à bavarder avec les bouchers.

— Et vous, la guerre, ça ne vous inquiète pas ?

— Qu'est-ce qu'on peut y faire ? Si faut y aller, on ira. Si faut rester, on reste. C'est pas le boulot qui manque.

Avec un argot bien à eux, ils parlaient du débarquement anglais en France, le 12 septembre ; du débarquement russe en Pologne orientale, quelques jours plus tard. Aucun boucher n'évoquait en revanche la mort de Freud, à Londres, qui a tant frappé Simon, à la fin septembre. La mort d'un psychanalyste juif, dans les brumes anglaises, était sans doute trop loin de leurs préoccupations, qui finissaient toujours par retomber sur « la barbaque ».

Tout cela se terminait inévitablement par une soupe à l'oignon, un onglet ou une « tentation de saint Antoine », à la terrasse du Rocher de Cancale. C'était mon plat favori : pied, groin, queue et oreille de cochon grillés, avec des frites et de la sauce béarnaise.

Lorsque je n'étais pas aux Halles ou baguenaudant de Belleville à la Butte-aux-Cailles, j'étais au cinéma. Les salles des Champs-Élysées m'étaient toutes familières, et il n'était pas un jour que je n'aille au Normandie, au Marignan, au Colisée...

C'est ainsi que j'ai vu la fameuse *Règle du jeu* de Renoir, un après-midi de la mi-octobre. Bloch était sans doute tellement pris par ses affaires qu'il avait oublié de m'en signaler la sortie. Je suis donc allé par moi-même découvrir ce film qui semblait tant le préoccuper.

Très franchement, je n'ai rien compris. Et je n'étais pas le seul. Les gens quittaient la salle les uns après les autres. Moi, je suis resté malgré mon ennui. Ce ballet de bourgeois et de domestiques m'a laissé sur ma faim, même si l'ambiance féodale de cette maison de campagne, avec ces seigneurs et ces vassaux, n'était pas sans me rappeler Malderney, provoquant en moi un brin de nostalgie. Mais le dénouement mélodramatique et les chassés-croisés amoureux ne m'ont guère touché. Je suis sorti perplexe. Mes voisins l'étaient encore plus.

— C'est une honte ! s'est offusqué un homme dans la soixantaine, plusieurs décorations militaires à la boutonnière. (Il parlait à sa femme, qui ne répondait pas mais se contentait d'opiner docilement.) Une honte de nous montrer un pareil badinage en temps de guerre ! Ce Renoir est bien un suppôt du « Front crapulaire» et de tous ces blumistes. Encore un film produit par des juifs !

«Absolument ! Le producteur s'appelle Simon Bloch... », ai-je failli répliquer, mais je me suis retenu, car le visage du grincheux n'était guère avenant.

— Cette scène n'est qu'un exemple de l'agressivité qui monte dans Paris..., m'a expliqué Simon, le soir même, quand je lui ai raconté l'aventure. La guerre effraye tout le monde, et ils veulent en refourguer la responsabilité au Front populaire, à Léon Blum...

— Et aux juifs..., ai-je complété.

— L'amalgame est tentant.

Après un long silence pesant, il a levé vers moi un visage éclairé d'une lumière nouvelle.

— Oh et puis j'en ai assez de me terrer, d'attendre que l'inévitable se passe. C'est peut-être la guerre, mais Paris reste une fête, non ?

Ne sachant où il voulait en venir, je lui ai souri avec perplexité.

Il a éclaté de rire.

— Ne fais pas cette tête, *young master*. Voilà plus d'un mois que je te laisse seul à la merci de Paris et des vieux grigous comme ce type, au cinéma. Avant que tous ces salopards ne déteignent sur toi, il est temps de reprendre ton éducation en main.

— Enfin ! ai-je dit, n'osant croire à ma bonne fortune.

— Oui, enfin ! Demain après-midi, ne rentre pas après cinq heures, tu pourras aider Léone à préparer son lièvre à la royale. Quant à moi, je vais enfin te présenter *quelques amis*...

4

Le premier ami de Simon est arrivé à huit heures pile, tambourinant à la porte :

— *Polizei !* Ouvrez !

Tandis que Léone se précipitait dans l'entrée, Simon a embrassé son appartement d'un vaste regard : ces tableaux admirables, d'une variété inouïe ; ce salon raffiné, chaleureux, délicat, où brûlaient çà et là des bougies ; le feu dans toutes les cheminées ; *Le Clavier bien tempéré* de Bach par Schnabel, en musique de fond ; la table d'apparat dressée dans la salle à manger, avec ses exquises porcelaines, ses couverts de vermeil et ses verres de cristal ; la bonne odeur du lièvre à la royale qui flottait, si lourde, si française, dans l'appartement ; et la vue, par la fenêtre : le Louvre, la Seine, Notre-Dame, Paris dans toute sa prodigieuse, son arrogante majesté.

— C'est étrange, a dit Bloch d'une voix aussi douce que tragique, mais je sens que c'est la fin d'un monde...

— La fin de quel monde, *amigo* ? a rugi un petit homme trapu et au regard enflammé en se précipitant sur Bloch pour le serrer dans ses bras.

Il avait beau faire deux têtes de moins que Simon, il l'a soulevé du sol en éclatant de rire.

— Tu ne grossis pas, toi !

Puis il l'a relâché, avant de se jeter sur le bar pour se servir un grand verre de whisky. Simon regardait affectueusement cet homme frénétique, qui devait frôler la soixantaine, avec son front immense et ses cheveux d'ange.

— Tu permets que je te présente ? a dit Bloch.

Aussitôt, l'homme s'est redressé, fondant sur moi pour me tendre une pogne redoutablement forte. J'ai tout de suite remarqué ses ongles noirs et ses phalanges maculées de taches colorées.

— Enchanté. Pablo Picasso.

À ce nom, j'ai sursauté.

— Je fais souvent cet effet-là... et vous êtes ?

J'ai balbutié :

— Euh... Guillaume Berkeley...

Picasso a lancé à Simon un coup d'œil égrillard.

— Un nouveau... *protégé*, peut-être ?

Bloch l'a mouché d'un regard incisif.

— Guillaume est comme de ma famille. Un neveu, un filleul, mettons...

— Bien, bien, a dit Picasso avec nonchalance, car je ne l'intéressais déjà plus.

Son visage était maintenant tourné vers les toiles du salon, et il a dit à Bloch d'un ton rêveur :

— Tes parents vont bien ?

— Je l'espère.

— Je pense souvent à eux, tu sais ?

— Je sais...

M'apportant un verre de whisky (j'ai trouvé le breuvage bien trop fort mais j'ai fait mine de l'avaler avec plaisir : comment exiger de l'apple-brandy à Saint-Germain-des-Prés ?), Bloch m'a expliqué que ses parents avaient été pour beaucoup dans la carrière de Pablo, à Paris. Ce sont même eux qui lui avaient trouvé son atelier à quelques pas d'ici, rue des Grands-Augustins.

— Ils m'ont aussi dégotté de fabuleux clients à New York ! Et maintenant, je suis riche ! Riche comme un marchand de chiens ! dit Picasso en explosant d'un grand rire satisfait.

Constatant la tenue miteuse du peintre, et (j'imagine) le fait qu'il était venu les mains vides, « en voisin », Simon n'a pu s'empêcher de grincer :

— Maintenant que tu es milliardaire, j'espère que tu fais des dons au parti, camarade...

Picasso a gardé le sourire et répondu avec flegme et aplomb :

— Tu plaisantes ? Les femmes me coûtent trop cher... Et puis, pas de politique ce soir, Simon, par pitié.

— Pablo a raison, pas de politique, de grâce ! a dit un nouvel invité en entrant dans le salon avec une sorte de panache suranné.

Cet homme très grand, presque chauve, au regard instantanément charmeur, était au bras d'une créature comme je n'en avais jamais vu qu'au cinéma : noire, des jambes immenses, une crinière léonine, un corps d'ébène engoncé dans un fourreau crème, des lèvres rouge vif et des yeux parfaitement vides. Elle aurait pu être là comme ailleurs, et s'en moquait.

— Tu ne m'avais pas dit que tu venais... accompagné, Pierre, a maugréé Bloch en posant sur la grande Africaine un regard plus agacé qu'accueillant.

Étrangement, celle-ci n'a pas eu un coup d'œil pour Bloch. Traversant la salle d'une foulée animale, elle s'est avancée vers moi, a posé une paume brûlante sur ma main et a dit avec un accent indéfinissable :

— Vous m'offrez un verre, beau jeune homme ?

Tout le monde a éclaté de rire. Même Simon, que mon visage paniqué et impuissant a déridé.

— Je vous présente Coco, a dit son cavalier avec morgue. Elle travaille au Lido et c'est soir de relâche...

Picasso a semblé peiné.

— Une danseuse ? Dommage..., a dit le peintre en s'approchant pour lui flatter la croupe.

Avec une grâce presque immatérielle, Coco s'est retournée et lui a donné une gifle symbolique, se contentant de lui caresser le visage, au ralenti.

— Bas les pattes, nabot.

Picasso a perdu un peu de sa contenance.

— L'empire français réserve encore quelques trésors, a exulté ledit Pierre en se servant à son tour une pleine rasade de whisky. Puis il a cogné son verre contre celui de Coco, avant de poser un baiser sur ses lèvres écarlates et d'ajouter : Buvons à la France nègre !

Moi, j'étais sidéré. Tout allait trop vite pour que je puisse reprendre pied. Le peintre le plus célèbre de son temps, souffleté par une danseuse de cabaret noire, alors qu'un dandy trinquait avec cynisme aux gloires de l'empire. Bloch ne m'avait pas menti : ce dîner allait être instructif, à mille lieues des mornes soirées maldernaises. Comment avais-je pu remettre aussi longtemps mon départ pour Paris ? Brusquement, tout me paraissait si excitant, si follement déraisonnable. Cette désinvolture, cette élégance. J'étais dans le saint des saints et cette simple idée me montait à la tête autant que le whisky. Un instant, mes jambes m'ont abandonné et j'ai dû m'asseoir sur le canapé, pris d'un vertige soudain.

— Ça ne va pas ? m'a demandé Coco en se lovant contre moi.

— Désolé, Pablo, a ricané Pierre, mais je crois que ce soir Coco veut de la chair fraîche. *Y'a bon !*

Malgré ma vue rendue floue par l'alcool et mon petit coup de fatigue, j'ai alors vu apparaître un couple dans l'encadrement de la porte, tandis que Léone prenait leurs manteaux.

— Ah, tu as invité Drieu..., a dit l'homme au visage singulièrement doux, qui s'est approché de Bloch au bras d'une femme belle et sévère.

Ses lèvres fines se sont posées sur les joues de mon hôte, avant que celui-ci ne baise la main de la femme.

— Bonjour, Elsa.

— Bonjour, Simon, a-t-elle répondu d'un ton glacial, avec des regards assassins dirigés vers Pierre et sa courtisane. (Puis elle a ajouté d'un ton venimeux :) Je croyais que c'était un dîner *intime*.

Elle a pourtant gratifié l'assemblée d'un vaste sourire et a tendu sa main à Pierre, dans un geste très masculin.

— Bonjour, Drieu.

— Tu m'as toujours appelé Pierre, Elsa, a répondu Drieu sans serrer la main de la femme, qui est restée plantée au milieu du salon dans cette position ridicule.

Moi, j'essayais de comprendre ce qui se passait, car Simon semblait tellement pris par les dissensions entre ses invités qu'il oubliait de me les présenter. Louis Aragon et Elsa Triolet étaient deux écrivains très en vogue, engagés à la gauche de la gauche, tandis que Pierre Drieu la Rochelle, lui aussi écrivain et ami de vingt ans d'Aragon, avait fait un violent virage à droite. Était-ce la raison de leur animosité, ou bien y avait-il plutôt là-dessous quelque histoire de femmes, comme le regard qu'Elsa portait à Coco pouvait le laisser penser ? Je n'en savais rien et me contentais d'écouter, comme un petit enfant qui n'a le droit de prendre la parole que lorsqu'on la lui donne.

Heureusement, Simon n'a pas tardé à me présenter, ce qui a semble-t-il fait diversion.

— Un nouveau protégé ? a lui aussi demandé Aragon en me serrant la main, provoquant l'ire de Bloch.

— Bon, ça suffit ! Je vous dis que Guillaume est mon neveu.

— De toute façon, il est déjà pris, a renchéri Drieu en désignant Coco, qui ne me lâchait plus d'une semelle.

Tout le monde s'est efforcé de rire, et l'atmosphère s'est peu à peu allégée. Elle s'est totalement détendue à l'arrivée des deux derniers invités : Jean Marais et Jean Cocteau.

Immédiatement chaleureux, Cocteau m'a embrassé comme du bon pain, évitant toutefois la remarque sur le « protégé » qui commençait à devenir embarrassante. Tous s'imaginaient sans doute que j'étais le giton de Simon, mais démentir les faits en public aurait été encore plus grotesque.

— Vous êtes le jeune homme des îles, c'est ça ? Voilà des années que Simon me parle de vous. Il paraît que vous avez beaucoup de talent. Il faudra me montrer vos dessins.

Enfin quelqu'un qui me parlait vraiment. Ce Cocteau allait me plaire !

Avec son long visage raffiné, sa voix haut perchée et ses allures de danseur, Jean Marais était quant à lui un être exquis. Nous nous sommes tout de suite très bien entendus.

— Mettons la jeunesse ensemble, a dit Simon en nous plaçant côte à côte, à table.

Jean et moi avons passé un dîner délicieux, et presque en francs-tireurs, ce qui m'a rappelé ces soirées où maman et Philip recevaient quelque personnalité de l'île, sous mes regards ennuyés et ceux de Victor. Car c'est bien à lui que me faisait penser Jean. Bien sûr, ils ne se ressemblaient physiquement en rien. Mais il y avait chez Marais une bienveillance de grand frère qui allait m'être précieuse dans mes premiers mois à Paris. À vingt-six ans, Jean n'était que de huit ans mon aîné. Il était donc cette figure fraternelle dont j'allais avoir besoin pour tracer ma route dans la vie parisienne, alors que Bloch, plus âgé et plus préoccupé, avait bien d'autres choses à faire. Et puis, il y avait chez Marais une générosité, une curiosité de l'autre, qui m'ont tout de suite charmé.

Pendant la moitié du dîner, il m'a fait parler de mon enfance, de Malderney, de ma famille. Pressentant qu'il y avait là des souvenirs douloureux, il faisait marche arrière dès qu'il me sentait moins à l'aise.

— Je vois que tu as des fantômes, joli Guillaume, m'a-t-il dit en me resservant une louche du sublime lièvre à la royale de Léone, mais nous en avons tous.

Et il a posé une main très douce sur ma cuisse, sous la table. À ce geste, je n'ai pas tressailli ni eu la moindre réaction agressive. Je me suis contenté de prendre sa main avec la même délicatesse pour l'écarter. Avec un petit haussement d'épaules impuissant, je lui ai souri en ajoutant sincèrement :

— Je suis désolé...

En authentique gentleman, Marais a répondu à mon sourire et a reposé les mains sur la table.

— Au contraire, j'aime les choses claires. Et je crois qu'on va bien s'entendre, toi et moi. Comme deux *vrais* amis.

Jean disait vrai. Nous n'avons cessé de bavarder, couvés par les regards satisfaits de Simon qui, bien qu'assis entre un Picasso volubile et un Cocteau sautillant, craignait que je me sente délaissé.

Je croisais également le visage impassible de Coco, qui s'ennuyait à mourir entre Drieu et Aragon. Il faut dire qu'entre ces deux-là tout sonnait faux. Ils avaient beau être des amis de vingt ans, ils semblaient éviter les sujets sérieux sur lesquels ils savaient qu'ils seraient en violent désaccord et se contentaient d'un badinage stérile. Il n'était question que de magouillages éditoriaux, de coucheries littéraires et autres ragots parisiens. J'en éprouvai même une certaine déception : je n'avais jamais pensé que d'aussi grands esprits puissent ainsi perdre leur temps à des bavardages aussi plats qu'inconsistants.

Lorsque j'en ai fait part à Jean, il m'a confié à voix basse :

— C'est parce qu'ils évitent de parler de politique...

— Pourquoi ne pas en parler ?

— Tu veux que le dîner tourne au massacre ?

— Ce sont des gens bien élevés, non ?

— Cocteau me répète toujours que « la politique est le contraire de l'éducation », me dit-il en échangeant un sourire affectueux avec lui.

— Ça m'intéresserait quand même de voir ça, ai-je dit sans savoir comment lancer la chose.

Marais s'est redressé sur sa chaise et a plié sa serviette, comme si le dîner était fini.

— C'est très simple, m'a-t-il dit, puis il s'est penché à mon oreille pour me murmurer une stratégie de combat.

— Et là ! Et là ! Pas de messes basses ! a bramé Drieu, passablement aviné, de l'autre côté de la table, en posant un baiser sonore dans le cou d'une Coco aussi raide qu'un gisant. Qu'est-ce que vous vous racontez, les deux, là-bas ?

Sous la table, Marais m'a donné un petit coup de coude signifiant : « Vas-y ! »

— Jean me demandait ce que je pensais du pacte germano-soviétique...

Le silence est tombé comme une enclume. Picasso triturait nerveusement ses couverts. Elsa Triolet a vidé d'un trait son verre de pommard. Aragon est devenu livide, tentant de s'absorber dans les reliquats de lièvre qui occupaient encore son assiette. Seul Cocteau a pris un air rusé, faisant un clin d'œil à Marais dont il avait compris la gaminerie. Simon, en revanche, m'a scruté d'un air accablé, comme si je venais de vomir mon repas sur les convives.

— C'est... c'est à nos deux communistes chéris qu'il faut demander ça, a hoqueté Drieu en levant son verre en direction des Aragon, qui ont blêmi. Il paraît que leur appartement de la rue de la Sourdière a été perquisitionné par la police, la semaine dernière.

Sans un mot, Elsa Triolet s'est levée de son siège sans pour autant quitter la table.

— Pierre, s'il te plaît, a-t-elle dit à Drieu, que cette supplique a encore plus excité.

— Il faut savoir ce que vous voulez. Depuis que vos amis de Moscou sont alliés des nazis, vous êtes dans le même camp : vous voulez la mort de la France, non ?

Puis il a éclaté de rire en tentant un nouveau baiser à Coco, qui l'a repoussé d'un geste sec, l'envoyant vers Picasso, lequel s'est écarté. Drieu a valsé en arrière, se retrouvant sur le tapis, les quatre fers en l'air, encore plus hilare.

— Louis, partons, a dit Elsa en évitant tous les regards de la table, y compris celui de Bloch, qui restait coi et impuissant.

Plus navré que blessé, Aragon a fini par quitter la table en souriant mollement à Simon.

— Désolé, mais je crois qu'on va rater le dessert.

— Il t'attend au Kremlin, le dessert ! a glapi Drieu, toujours à terre. Dans la villa de ce planqué de Thorez, qui vous a tous abandonnés !

Nouveau hurlement de rire, tandis qu'Aragon aidait Elsa à enfiler l'imperméable que leur tendait une Léone ébahie.

Il y avait de quoi être surpris. Moi, j'étais tout bonnement passionné. Ces beaux esprits, ces grands noms, ces glorieuses signatures, qui se chamaillaient comme des gamins. On se serait cru dans une cour de récréation, une querelle pour un sac de billes.

En se redressant avec maladresse, Drieu s'est agrippé à la nappe, renversant la moitié des verres et provoquant le recul de tous les convives.

— Et voilà, a-t-il balbutié en désignant le désastre, voilà la gueule de la France. Une France au bord du gouffre, au bord du grand merdier !

Le claquement de la porte derrière le couple Aragon n'a fait qu'attiser la hargne de Drieu :

— Une France vérolée par les communistes, les blumistes, et tous ces juifs...

— Pierre ! a tonné Simon en se relevant si violemment que son siège s'est brisé sur le sol.

Le visage de Bloch était défait. Il semblait la proie d'une déception profonde, intime. Une déception douloureuse mais qu'au fond de lui-même il attendait, il l'avait prévue. Après tout, c'est lui qui avait convié ces gens à la même table, il devait bien savoir... Un instant, il a croisé mon regard, l'air de dire : « Ça aussi, c'est Paris », mais Drieu a repris son verre en même temps que sa diatribe.

— Désolé, mon Simon, a-t-il dit en titubant vers le bar, vidant la carafe de whisky dans son verre et sur le pauvre tapis d'Aubusson. Je sais que tu n'y es pour rien, que tu es une exception, mais depuis Dreyfus, tous ces youpins ont ruiné la France...

— Pas de ce mot chez moi !!! a hurlé Simon en marchant d'un pas menaçant vers l'alcoolique, qui a répliqué d'un ton haineux :

— Quel mot ? « La France » ? Tu as peur d'écorcher tes oreilles rabbiniques sur...

Drieu n'a pas pu finir sa phrase. Le visage en furie, Simon s'est jeté sur lui, hirsute, hagard, lui couvrant le torse de coups en répétant :

— Tu comprends ce qui se passe ? Tu comprends ce qui se passe ?

Autour de la table, tout le monde s'est regardé, interdit. Que fallait-il faire ? La montée avait été si subite qu'on restait tous figés, comme si nul n'osait interrompre une cérémonie sacrée.

C'est finalement Léone, outrée de notre passivité, qui a séparé les deux pugilistes à grands coups de balai.

— Monsieur Simon ! Enfin ! Si vos parents vous voyaient...

Haletant, les vêtements déchirés, Bloch et Drieu se sont chacun effondrés sur un fauteuil du salon.

— Voilà où mènent les discussions politiques, Guillaume, m'a soufflé Marais à l'oreille, en se levant pour marcher vers Drieu.

— Allez, mon fasciste, Jean, Pablo et moi, on va te ramener à la maison.

Le saoulard s'est laissé hisser jusqu'à l'entrée par l'écrivain, le peintre et le comédien.

— Sans rancune, mon juif..., a-t-il grogné, avant que Léone ne ferme sur eux la porte.

Le silence qui a suivi a été bien étrange, seulement perturbé par les bruits de Léone, qui ramassait les débris et desservait la table en grommelant :

— Vous et votre politique !

Simon est longtemps resté sur le fauteuil, l'œil vide, épuisé.

Moi, je tentais, comme durant tout le dîner, de digérer et d'essayer de comprendre ce qui se passait. Je n'allais pas avouer à Bloch que j'avais vécu une soirée formidable. Mais c'était vrai. Follement vrai. J'ai juste tenté de mimer l'affliction.

Simon a finalement boitillé jusqu'à sa chambre.

— Bienvenue en France, mon petit.

Je l'ai regardé s'éloigner dans le sombre couloir, l'échine courbée, le visage hâve, avec un étrange frisson. Il avait l'atroce résignation d'une bête allant à l'abattoir. Simon Bloch était-il vraiment en danger ? Je n'en savais rien. Disons que je ne le savais pas encore. J'étais trop excité par ma soirée pour chercher à voir plus loin que ces quelques heures de délire.

J'ai alors eu soif. Très soif.

Léone ayant tout rangé, il ne restait plus sur la petite tablette que la carafe de whisky et quelques verres.

Je m'en suis approché, en laissant mon regard se perdre par la fenêtre. Dieu que Paris était beau. N'en déplaise à Bloch, à Drieu et aux autres : qu'elle était belle, la France !

Immuable, la voix a surgi du silence, et j'ai vu la noire silhouette, comme une statue prend vie quand nul ne la contemple :

— Alors, beau jeune homme, ce verre, vous me l'offrez ?

5

« La drôle de guerre. » C'est ainsi que l'écrivain Dorgelès, dans un article du journal *Gringoire*, a résumé l'automne 39 et l'hiver 40. D'un côté, les soldats français embusqués derrière la ligne Maginot ; en face, les soldats allemands à l'ombre de leur ligne Siegfried où, disait la chanson, nous irions bientôt « pendre notre linge ». Et puis rien. Pas un geste. C'était drôle, en effet ; à la fois cocasse et absurde : ces chiens de faïence en uniforme qui se fixaient, sans un mot.

— Avec ça, comment veux-tu que je la prenne au sérieux, ta guerre ? ai-je dit à Jean Marais, tandis que l'on sortait un soir d'un cocktail chez Francis Carco à l'occasion du prix Goncourt remis à Philippe Hériat pour son livre *Les Enfants gâtés*.

— Ce n'est pas « ma » guerre, Guillaume, a aussitôt corrigé le comédien. C'est aussi la tienne, que tu le veuilles ou non.

— Non, ai-je dit avec forfanterie, sous l'effet du champagne. Dans ce conflit, j'ai décidé de rester neutre, comme les États-Unis...

— Tu es sujet britannique. Un jour ou l'autre, il faudra que tu repartes chez toi.

— Je ne suis ni anglais, ni français, ni allemand, ni russe, ni rien de tout ça, ai-je dit d'une voix un peu trop forte, au point d'effrayer un couple qui passait sur le trottoir d'en face en maugréant : Dire qu'il y en a qui s'amusent, quand nos soldats sont au front...

Levant la coupe de champagne que j'avais oublié de reposer, je leur ai fait une sorte de révérence comique en ajoutant :

— Moi, je suis maldernais.

— Comme tu veux, Guillaume, a dit Marais en me prenant le bras avec un sourire un rien condescendant, avant de me raccompagner quai de Conti.

Malgré sa gentillesse, Jean avait ce petit côté moralisateur sans doute dû au fait qu'il vivait avec un homme plus âgé. Il répétait le schéma : disciple de

Cocteau, il devenait mon maître. Ce qui faisait de lui un excellent chaperon.

Simon Bloch s'est d'ailleurs félicité de cette amitié naissante.

— Je pensais que le calamiteux dîner Drieu-Aragon allait te dégoûter à jamais de Paris, mais si tu es piloté par le gentil Marais, tu m'en vois soulagé...

Soulagé de quoi ? De m'avoir montré le versant médiocre des beaux esprits parisiens ? leur étroitesse d'esprit, leur petitesse morale ? Et alors ? Il fallait bien apprendre. Et j'apprenais. Tous les matins. De toutes les façons. À toute heure du jour et de la nuit.

Ma liaison avec Coco ne dura que deux bonnes semaines. Puis la dame a succombé aux billets d'un riche marchand de biens, qui venait la voir depuis des mois, assis seul à la meilleure table du Lido, lui faisant livrer des brassées de roses à l'issue de chaque revue. Elle me congédia avec le sourire :

— Sans rancune, petit homme, mais je dois penser à mes vieux jours...

De rancune, il n'était pas question. Nous étions libres et sans attaches. Paris était vraiment une fête.

À Coco ont succédé Jacqueline, Denise, Monique. Puis vinrent Danièle, Corinne, Suzy, Simone, Michèle et quelques autres. Je me souviens de leurs prénoms, de leurs regards, de leurs silhouettes dans l'obscurité d'un club, de quelque bar de Montparnasse ou des Champs-Élysées. Je me souviens également de leur nuque, de leurs hanches, de leurs seins, de leur corps au petit matin, dans ma soupente du quai de Conti, sous les yeux morts des christs d'ivoire et des vierges boliviennes. Je n'ai en revanche aucun souvenir de leur métier, si jamais elles en avaient un. N'en déplaise à Jean Marais, avec ces folles gigolettes nous ne parlions pas plus travail que politique. C'était à chaque fois des joies d'un soir, qui n'avaient d'autre ambition que le pur plaisir de l'instant. Paris était un champagne dont elles m'offraient les bulles.

Si cette période débridée a donné une bonne paire de claques à ma timidité de « fils de famille cadet-insulaire-féodal » (c'est ainsi que je me présentais, provoquant un immédiat « Expliquez-nous... »), je me suis découvert une qualité dont je me croyais jusqu'alors totalement dépourvu : le charme. Eh oui, contre toute attente, Guillaume Berkeley avait du charme. Le second né de la dame de Malderney, le frère de Victor le flamboyant, le rêveur un peu gauche qui errait sur les falaises, le dessinateur introverti au troublant coup de crayon, faisait aux gens un effet étrange, comme si une attraction immédiate les jetait dans mes filets. Étaient-ce mes évocations d'une enfance maritime ? mon regard décalé ? mes réflexions souvent hors de propos ? Toujours est-il que je plaisais, voilà tout.

En quelques semaines, lorsque Simon Bloch m'a eu acheté des costumes élégants, et que je me suis résigné à entrer dans une pièce la tête haute, sans me croire nécessairement inférieur aux autres, la magie a opéré. Guillaume Berkeley est vite devenu la nouvelle coqueluche qu'on était enchanté d'exhiber à un dîner, à une première, à un cocktail.

— Je ne sais pas ce que tu fais aux gens, petit Guillaume, mais ils *t'adorent*, m'a dit Cocteau un soir que nous dînions avec Bloch et Marais chez Maxim's. Et je crois que je comprends ce qu'ils veulent dire...

J'ai vu dans le regard de l'écrivain un regret fugitif, bientôt mouché par un geste tout aussi fugace de Jean Marais.

Je l'ai déjà dit : ces messieurs n'ont jamais eu le moindre mouvement ambigu à mon égard. Ils avaient bien compris que les femmes étaient au centre de toutes mes préoccupations. C'est bien simple : elles étaient mon alpha et mon oméga. Si j'allais aux premières de théâtre ou de cinéma, c'était pour me glisser aux fêtes qui suivaient. Si je courais les boîtes de nuit, les restaurants, les bars, les cabarets, c'était dans l'espoir de rencontrer quelque nouveau papillon à épingler sur ma feuille de liège. Comme il avait changé, l'adolescent maldernais. J'avais rallié Paris pour découvrir les arts, mais mes objectifs avaient quelque peu dévié.

Devais-je m'en inquiéter ? Je prenais bien garde de ne me jamais poser cette question.

Simon s'est finalement chargé de m'en faire le reproche, un jour glacial de la fin janvier 40, tandis que j'émergeais dans son salon, en pyjama, à trois heures de l'après-midi.

Assis à son bureau, plongé dans un journal qui titrait sur la déchéance des élus communistes et les marécages politiques dans lesquels s'enfonçait le ministre Daladier face à la « drôle de guerre », il m'a dit avec une expression plus lasse que vraiment sévère :

— Guillaume, je suis conscient que tu rattrapes ici des années de continence, mais tu ne peux pas mener éternellement cette vie de patachon.

Presque étonné de ce reproche, j'ai haussé les épaules sans vraiment savoir quoi répondre.

— Je ne t'ai pas fait venir à Paris pour que tu en écumes les boîtes de nuit, a-t-il repris. Tu es un artiste, ne l'oublie pas.

Nouveau haussement d'épaules. Soudain, j'ai réalisé que je n'avais pas touché un crayon depuis mon arrivée à Paris. Mais j'ai vite remisé cette culpabilité dans un placard de ma conscience, en songeant à ce qui m'attendait, là-haut, dans mon charmant lit d'exilé. D'ailleurs...

— Guillaume ? a fait une petite voix, depuis l'escalier menant à ma chambre.

Mine navrée de Bloch.

— Qu'est-ce que c'est encore que ça ?

Bruit de pas menus sur le parquet. Une silhouette est apparue sur le pas de la porte.

— Guillaume ? Tu es là ? Oh, pardon...

La jeune femme est devenue tomate. Dans un mouvement aussi charmant que maladroit, elle a pris un coussin du canapé pour couvrir son corps entièrement nu.

Bloch a levé les yeux au ciel et pudiquement tourné son visage vers la fenêtre. Dehors, il commençait à neiger.

— Guillaume, tu diras à tes amies de ne pas prendre mon sofa pour une nuisette.

— Je... je suis désolée..., a balbutié la jeune femme.

Mais elle s'est aussitôt reprise et, bombant le torse sous son coussin, elle a marché d'un pas décidé vers Bloch pour lui tendre la main.

— Bonjour, monsieur. Je m'appelle Ginette Boulin. Vous êtes le père de Guillaume ?

La scène était si cocasse, si incongrue, que je n'ai pu retenir un grand éclat de rire. Simon lui-même a fini par se dérider, répondant au salut de Ginette avec une voix amadouée :

— Je suis le parrain de Guillaume. Sentez-vous ici chez vous.

Rougissante à nouveau, elle a posé un regard embarrassé sur le coussin plaqué contre son corps et ajouté :

— Je crois que c'est déjà fait...

Ginette a été ma première véritable aventure parisienne. Pour la première fois, le sentiment se mêlait au plaisir.

Étudiante au Conservatoire dans la classe de Jouvet, je l'ai rencontrée durant une des innombrables fêtes de comédiens où m'emmenait Jean. Petite, rousse, le visage moucheté de son, un corps menu aux formes arrondies et enjôleuses, Ginette Boulin n'avait rien de bien original (si l'on songe à Coco), mais sa façon de boire du champagne avec une paille m'a tout de suite plu.

– On ne perd aucune bulle, m'a-t-elle dit, lorsque je me suis approché d'elle pour m'étonner de cette technique. (Puis elle m'a tendu son verre avec un œil luisant.) Essayez donc !

Le soir même, elle a découvert mes reliquaires et mes ostensoirs.

Ginette était sans doute une starlette, une petite comédienne ambitieuse qui rêvait de cinéma plus que de théâtre (elle avait déjà eu un petit rôle dans *Entrée des artistes*), mais elle avait une fraîcheur, une sincérité, une spontanéité qui m'ont tout de suite séduit. Après les langueurs très professionnelles de Coco et une certaine routine (qui ne s'était étirée que sur deux mois !), j'avais l'impression de rencontrer quelqu'un de naturel et, à vrai dire, de mon âge. Ginette n'était ni une vamp ni une trentenaire en mal d'affection. Comme moi, elle avait dix-neuf ans et voulait mordre Paris à pleines dents.

C'est bien ce que nous avons fait, des semaines durant, jonglant de fête en fête dans ce Paris étrange qui semblait prêt à brûler de plaisirs pour oublier l'inévitable : la guerre qui menaçait, la catastrophe qui grondait.

— Tu es sûr que tu ne devrais pas rentrer chez toi ? m'a dit un soir Ginette, tandis que nous marchions le long du canal Saint-Martin, près de cet Hôtel du Nord où son maître Jouvet et la gouailleuse Arletty avaient joué les apaches.

— Chez moi, tu veux dire quai de Conti ?

— Non, tête de linotte. Là-bas. Dans ton île. Chez les Angliches.

Je me suis alors senti étrangement démuni.

— Tu sais bien que je passe toujours entre les gouttes, ai-je dit en forçant ma désinvolture (une attitude qui, je ne le savais pas encore, me coûterait un jour la liberté !). Parce que tu veux me voir partir, c'est ça ?

Cette dernière phrase avait été dite avec aigreur et un fond d'agressivité.

— Mais non. Je veux juste que les poulets ne débarquent pas un matin dans ta chambre pour t'accuser de désertion. (Affectant un air enjôleur, elle a ajouté :) Je ne voudrais pas être à poil devant des cognes, quand même..., puis elle a pris ma main et l'a plaquée entre ses cuisses : Parce que ça, ça n'est qu'à toi...

Électrisé, je lui ai saisi le bras, assez violemment, et nous nous sommes abrités à l'ombre d'un des petits ponts du canal.

— Mais tu es fou ! Qu'est-ce que tu fais ? a-t-elle ri, avant de ronronner.

Ce que nous avons fait ? L'amour, tout simplement. Car brusquement je n'avais plus que ce mot en tête : l'amour, l'amour, l'amour. J'aimais Ginette. Brutalement, sans chercher à comprendre, comme quelque chose qui vous tombe dessus et s'impose à vous.

Tandis qu'elle rassemblait ses affaires éparpillées sur le quai, je lui ai dit avec un petit gloussement de plaisir :

— Je t'aime.

Elle n'a pas réagi, scrutant le sol.

— Où est mon parapluie, zut...

— Je t'aime, Ginette.

Toujours pas de réaction.

— Oh ! ce parapluie.

— Tu m'as entendu ?

Sans se redresser, elle m'a répondu :

— Oui, je t'ai entendu, mon chéri. Bien sûr. Ne dis pas de bêtises.

— De bêtises ?

— Tiens, le voilà, mon parapluie !

Puis elle s'est redressée avec un sourire ravi et m'a embrassé le bout du nez en sautillant jusqu'à l'autre côté du pont, comme un cabri.

— Tu m'aimes. Je t'aime. On s'aime. Tout le monde s'aime. C'est comme une chanson, non ?

Alors elle s'est mise à chanter, imitant Yvonne Printemps :

— Je t'aiiiiimeeee... quand meêêêêêêmeeee...

J'ai couru vers elle et lui ai pris le bras avec violence, la faisant taire.

— Je ne plaisantais pas, Ginette !

Elle a perdu toute douceur et s'est dégagée, l'œil mauvais.

— Moi, si ! Alors, si tu veux que je t'aime un jour, ne m'en parle plus. Compris ?

Puis elle a sauté sans m'attendre dans un taxi en maraude sur le quai de Jemmapes.

J'ai passé une nuit épouvantable, comme si le monde s'effondrait. À quoi tenait mon bonheur : à des illusions, des sentiments à peine ébauchés et avoués ? J'avais brusquement l'impression qu'on me renvoyait ma jeunesse au visage, mon inexpérience. À quoi bon être la coqueluche de Simon Bloch, le protégé de Cocteau et Marais, l'ami du Tout-Paris, si les caprices d'une grisette faisaient de moi une loque ?

Je me suis finalement endormi à l'aube, dans des draps froissés que je respirais en pleurnichant, car ils sentaient encore le parfum de Ginette.

Le soir suivant, nous devions nous retrouver à une première au Normandie. J'étais persuadé que Ginette ne viendrait pas, mais elle m'a sauté dessus dans la file d'attente qui s'étirait devant le cinéma.

— Mon petit amour ! Que je suis heureuse de te voir. Tiens, c'est pour toi, ajouta-t-elle, glissant dans ma main une boîte entourée d'un ruban.

Sous les regards curieux des passants, je l'ai ouverte.

C'était un petit cœur en argent.

— Normalement, c'est un truc de filles et tu ne vas pas le porter autour du cou, mais tu pourras le mettre dans ton porte-monnaie, comme une amulette, hein ?

Je n'ai pas su comment réagir, peinant à croire à ma bonne fortune.

— Je me doutais que tu ne t'y attendrais pas, mais à ce point-là..., a ri Ginette, un peu jaune.

— Mais... pourquoi ce cadeau ?

— C'est ma façon à moi de m'excuser pour hier soir... et de te faire passer un message...

De peur qu'elle fasse machine arrière, je l'ai serrée contre moi, le cœur battant.

J'ai commencé à dire « Je t'... » mais elle a posé un doigt sur mes lèvres.

— Chut... le film va commencer...

Aimais-je Ginette ? Sans doute pas. Disons qu'elle avait ouvert une partie de mon âme que je m'étais efforcé de fermer depuis mon départ de Malderney. Un pays de ma mémoire qui avait pour seule et unique habitante Pauline Kimbell, amante d'une nuit, amante d'une vie.

En y repensant aujourd'hui, dans le silence nauséeux de ma cage à poules, je crois bien que Ginette me rappelait Pauline tout en me la faisant oublier. Elle était le dernier pansement sur une plaie encore douloureuse. Elle symbolisait un nouveau départ, une renaissance. De là à l'aimer, je ne saurais dire. Mais je m'en persuadais, comme l'infirme se persuade de sa foi en entrant dans la grotte miraculeuse et ressort sur ses deux jambes.

Il est hélas des douleurs qui s'apaisent mais ne passent jamais. C'est pour cela que je ne pouvais oublier Malderney. J'avais beau me saouler de plaisirs, de femmes, de spectacles, les images de ma jeunesse ne cessaient de me hanter.

Ces souvenirs n'ont été que plus vivaces au début du printemps 1940, lorsque deux lettres sont arrivées quai de Conti.

— J'ai d'abord hésité à te les donner, m'a dit Bloch en me tendant les deux enveloppes. Mais tu es adulte et tu as le droit de faire des choix...

Sur la première, j'ai reconnu l'écriture de ma mère. J'ai ouvert, le ventre noué.

Fidèle à elle-même, maman s'y montrait ferme et distante : « Mon garçon, ton devoir est de rentrer parmi les tiens, au sein de ta famille qui ne t'a jamais oublié... », etc.

Malgré ses phrases très formelles – je connaissais ma mère –, je devinais une vraie douleur : celle de la perte d'un fils. Et lorsque j'ai lu les derniers mots « Je t'aime, maman », je n'ai pu retenir le tremblement qui s'était emparé de mes mains.

— Tout va bien ? m'a demandé Simon, rivé à son bureau en train de faire des comptes domestiques, car depuis quelques jours, le rationnement d'un certain nombre de denrées et de produits était entré en vigueur.

— Oui, oui, ai-je balbutié.

« Je t'aime »...

Jamais ma mère ne me l'avait dit. Quant à signer « maman », c'était une grande première.

Ces quelques mots n'étaient-ils pas un appel au secours ? Ils faisaient bien plus que tenter d'éveiller mon sens du devoir : c'était un appel du sang, du cœur.

La seconde lettre était de Victor. Elle m'a encore plus bouleversé. Mon frère s'y mettait à nu, s'excusant pour son attitude, sa violence, évoquant mille et un souvenirs de notre enfance, rappelant notre complicité de chaque instant, de toujours.

J'avais beau tenter de m'en convaincre, le charmant Jean Marais n'était pas un nouveau Victor, juste un délicieux compagnon de bamboche. Alors que dans cette lettre aux mots simples, affectueux et un peu balourds – tout lui, en somme –, Victor m'offrait la paix et à nouveau son amour fraternel.

Lui aussi avait signé « Je t'aime » et là, je n'ai pu empêcher mes larmes de couler.

— Tu es vraiment sûr que ça va ? m'a demandé Simon, en venant s'asseoir à côté de moi, sur le canapé.

Ma tête allait de gauche à droite.

— Je ne sais pas... je ne sais plus...

Il a voulu prendre les lettres mais je les ai violemment froissées contre moi, avant de les jeter dans la cheminée, pour aussitôt regretter ce geste.

Sous mes yeux, elles ont disparu en fumée.

Aurais-je été capable de les relire sans pleurer ? Sans immédiatement me précipiter gare Saint-Lazare et m'engouffrer dans le premier train pour Cherbourg ?

Inconsciemment, c'est sans doute ce que je voulais éviter. Brûler ces lettres revenait à détruire mes doutes et mes hésitations. J'étais à Paris et comptais y rester.

On ne revient pas sur son passé ; on ne revit pas son enfance, sa jeunesse. J'imaginais déjà ce qui se serait passé : accueilli à Malderney comme le fils prodigue, j'aurais été un objet de curiosité, assailli de questions pendant quelques semaines, quelques mois ; puis, insensiblement, la vie aurait repris son cours, chacun retrouvant son rôle : l'implacable Virginia, le pâle Philip, le fier Victor, le discret Guillaume...

Et puis Pauline... Pourquoi ne m'avait-elle pas écrit, elle ? Elle aurait pu se fendre d'une lettre, de quelques mots. Elle aurait pu avoir un geste. Mais peut-être était-elle repartie aux États-Unis ? Peut-être avait-elle fait comme sa mère, fui Malderney ? Comment savoir ce qu'elle était devenue, puisque ni Virginia ni Victor n'en faisaient mention ? Entendaient-ils nier ce qui s'était passé ? On ne peut pas refaire l'histoire. Ce qui a eu lieu a eu lieu...

J'ai alors réalisé que la simple mention du nom de Pauline faisait toujours battre mon cœur. Qu'elle fût à Malderney ou qu'elle en fût partie ne changeait rien. Y retourner n'aurait fait que rouvrir une plaie à peine refermée. Et maman aurait beau me dire « je t'aime », Victor me redonner sa confiance, cela ne changeait rien :

Malderney avait été à jamais empoisonnée par Pauline.

— Tu as des hésitations, à ce que je vois ? a encore insisté Simon.

— Non non. Je reste ici. Avec toi. À Paris.

La porte d'entrée a alors sonné.

— Bonjour tout le monde, a gazouillé Ginette, toujours théâtrale, en entrant dans le salon, posant un baiser courtois sur la joue de Simon avant de m'enlacer de façon impudique.

Mes doutes se sont vite envolés au contact du corps chaud de Ginette.

Bloch m'a scruté avec circonspection.

— Tu te rappelles que ce soir nous dînons avec Claude Huairveux ? Il est éditeur et se dit très intéressé par tes dessins.

— Oh ben non ! s'est écriée Ginette, la mine boudeuse. Tu avais promis de venir avec moi à la fête de Danielle Darrieux, chez Laurent, tête de linotte ! J'ai réservé une table avec Claude Dauphin et Corinne Luchaire, et il paraît que Charles Trénet va passer...

Bloch n'a rien dit, se contentant de resserrer la ceinture de sa veste d'intérieur, avant de prendre un exemplaire de *Match* qui traînait sur son bureau.

— Tu as bien compris que c'était l'heure des choix, Guillaume, a-t-il dit en jetant le magazine sur le canapé, entre Ginette et moi.

Sur la couverture, un soldat à béret faisait le salut militaire : un certain Joseph Darnand, présenté comme un héros.

Ginette me dévorait du regard, l'air de dire « Si tu m'aimes, tu sais quoi faire... ».

Moi, j'étais pétri de doutes. Les deux lettres avaient bien affaibli mes convictions, et je ne savais plus où j'allais.

— Si tu restes à Paris, ce n'est pas pour faire la java. Enfin, je l'espère...

— Bien sûr que non, ai-je balbutié piteusement, cherchant par réflexe la main de Ginette, qui s'est aussitôt retirée.

— Je ne te force en rien, mais nous sommes à une époque cruciale. Tiens, écoute ce qu'a dit Paul Reynaud, hier, à la Chambre.

— J'écoute...

Bloch a saisi *L'Aurore* sur son bureau et a lu d'une voix de stentor :

— « La France est engagée dans la guerre totale... Vaincre c'est tout sauver. Succomber c'est perdre tout. »

— Tu veux quoi, Simon ? me suis-je défendu comme un enfant acculé à sa bêtise. Que je parte à l'armée ?

Bloch a pris un air las.

— Je ne veux rien en particulier. Je veux juste que tu saches où tu vas.

— Pour l'instant, il va avec moi ! a grogné Ginette en m'agrippant le bras pour me pousser vers la porte.

Indécis, irrésolu, titubant, presque nauséeux, je l'ai suivie.

6

Conscient que je ne pouvais pas toujours snober mon hôte, je l'accompagnais de temps à autre dans des expositions ou à des spectacles. Il a même réussi à m'entraîner à la ronflante première de la très soporifique *Médée* de Darius Milhaud, à l'Opéra de Paris, le 8 mai 1940.

Soyons honnête : si j'avais accepté d'aller écouter ce pensum, c'était moins pour faire plaisir à Simon que pour espionner Ginette.

Depuis deux semaines, mon « amoureuse » se comportait étrangement : je la sentais distante, imprécise, lointaine.

— Elle doit avoir quelqu'un d'autre, m'a suggéré Marais, s'en voulant aussitôt, tant il m'a vu verdir. Mais je peux tout aussi bien me tromper, a-t-il tenté de corriger en me prenant la main comme on le fait à un malade.

Il ne se trompait pas...

Pendant plusieurs jours, j'ai fait une petite enquête aux conclusions accablantes : lorsqu'elle n'était pas avec moi, Ginette sortait au bras d'un certain Perico Yepes, improbable milliardaire vénézuélien qui possédait un hôtel à Neuilly, une villa à Biarritz, un palais à Nice et des milliers d'hectares dans l'Orénoque.

Je m'efforçais toutefois de n'en rien dire à Ginette, qui gardait pour moi des trésors de tendresse, de sensualité et d'inventivité. Ainsi, mi-avril, pour « célébrer » – c'était son mot – l'invasion de la Norvège par les Allemands, la jeune comédienne a organisé pour moi un dîner lapon, à L'Aquavit, un petit restaurant scandinave de la rue Dauphine. L'échoppe ayant des chambres à l'étage, nous avons fini la nuit dans une parodie de chalet nordique, sur un lit de bois couvert de peaux de renne. Quant à la chaleur norvégienne, Ginette semblait n'en ignorer aucune des subtilités.

À ces petits jeux, Ginette Boulin était experte. L'idée de devoir la « partager » n'en était que plus intolérable, d'autant qu'elle avait fini par me donner du « mon amour » et du « je t'aime » à grand renfort d'étreintes théâtrales et de baisers en public. Diablesse !

Ayant appris par mes informateurs – essentiellement Sylviane, la concierge de Ginette, dans son immeuble de l'avenue Rapp – que ma cavalière devait aller à la première la plus mondaine du printemps, au Palais Garnier, je n'ai montré aucune réticence à y accompagner Bloch.

— Je pensais que tu allais encore me laisser tomber, a dit Simon, content mais quelque peu soupçonneux, dans le hall du quai de Conti, en vérifiant que mon nœud papillon était bien droit.

— J'aime aussi passer des soirées avec toi, ai-je menti, m'en voulant aussitôt de cette hypocrisie, et j'ai ajouté – nouveau mensonge, car Milhaud m'a toujours semblé pompeux et surfait : Et puis, c'est un compositeur qui m'intéresse.

— Je te présenterai Darius après le spectacle. C'est un homme charmant. Je crois que Cocteau lui a déjà parlé de toi.

— Formidable ! ai-je dit avec un enthousiasme factice, tandis que nous traversions le pont des Arts pour rallier l'Opéra à pied.

Il faisait un temps doux et soyeux. Un de ces printemps parisiens où marronniers et platanes rivalisent d'éclat, où le soleil ne brûle pas la Seine mais la caresse, où les Parisiens posent un regard incrédule et émerveillé sur leur ville, se rappelant qu'elle est la plus belle du monde. L'espace d'un instant, on aurait pu croire la planète en paix, que nulle part ne grondait la guerre, alors qu'elle semblait prête à nous exploser au visage, telle une bombe à retardement. Mais ce soir-là, pendant quelques secondes étirées à l'infini, une grâce immatérielle, impalpable, flottait dans les rues de Paris avec la tendresse d'un premier matin.

Devant le bâtiment de Charles Garnier, c'était une volière de messieurs en habit et de femmes en robe longue. Comme pour toute première, on se congratulait, on se courbait, on s'épiait.

— Et voilà mes petits Bloch ! a couiné Cocteau en fondant sur nous, tandis que nous passions les portes de l'Opéra.

Il était sans Marais, qui jouait à la même heure au Vieux-Colombier.

Le hall bruissait d'un grand vacarme mondain. Chacun semblait gonflé de sa propre importance, guettant les figures célèbres dans le seul espoir d'être reconnu comme tel. Jacques Rouché, le directeur, faisait des courbettes aux personnalités. On disait que Paul Reynaud allait peut-être venir. Quelle soirée !

— J'adore Darius, mais il paraît que c'est à pleurer d'ennui, a badiné Cocteau en prenant mon bras.

— Non non, me suis-je défendu, ça m'intéresse beaucoup.

— Je sais ce qui t'intéresse, moi..., a susurré Simon, le visage glacial, en fixant un couple qui montait devant nous le grand escalier pour accéder au parterre.

Difficile de savoir si Bloch était plus excédé par mon mensonge ou par la légèreté de Ginette.

Moi, j'ai senti mes tempes rougir, le sang battre dans mes paupières et un de mes vertiges grotesques commencer de m'envahir.

— Et là ! a fait Cocteau en me retenant car j'avais failli valser en arrière. Ce petit est bien trop sensible. *Médée* va l'achever...

— Tu parles d'un grand sensible..., a grommelé Bloch en me soutenant jusqu'à nos sièges, n'hésitant pas à me pincer les bras pour marquer sa désapprobation.

Ironie du sort, nous étions placés juste derrière le couple, au milieu du parterre.

Je me suis même retrouvé assis derrière « mon » Vénézuélien, dont je pouvais voir la rase et moite nuque de quinquagénaire replet, engoncée dans un faux col trempé de sueur.

À ses côtés – devant Simon –, Ginette redoublait d'attentions, de petits gestes tendres, de coups d'éventail. Un peu ridicule dans sa robe de grande dame, elle semblait une soubrette déguisée en duchesse. Mais son charisme excusait tous les excès.

Elle s'est montrée admirablement comédienne lorsque, faisant la girouette pour voir qui était présent, elle nous a découverts derrière elle. Croisant brusquement mon regard furieux et accusateur (« Mon amour, ce soir je vais rester avenue Rapp, je prépare une audition... »), elle a lancé :

— Simon, comment vas-tu ?

Rendu muet par son aplomb, Bloch a serré la main gantée que lui tendait la jeune femme, à genoux sur le siège devant lui. Jamais elle ne l'avait tutoyé.

J'étais sans voix et j'ai cru perdre ma mâchoire quand elle s'est penchée vers Cocteau pour l'embrasser joyeusement.

— Et mon Jean, qui est là aussi.

Le Vénézuélien a fini par se retourner, peinant à faire pivoter son gros corps.

— Messié..., a-t-il dit, l'air soupçonneux et assez rustre.

Mais lorsque Ginette a dit : « Le célèbre producteur Simon Bloch, et Jean Cocteau, qu'on ne présente pas », le milliardaire est devenu tout miel, tendant une pogne velue à mes deux voisins.

— Perico Yepes, hommé d'affairrres.

Comprenant que je devais faire partie du petit groupe, il s'est tourné vers moi et m'a serré la main d'un air distrait.

— Et voici Guillaume, l'ami de monsieur Bloch, a dit Ginette en me fusillant d'un regard suppliant.

Au mot « ami », Yepes a esquissé un sourire coquin puis toisé Simon et Jean.

« Ah, Paris ! » a-t-il dû se dire, avant de se retourner pour poser ses gros doigts sur la cuisse de Ginette, songeant à la chronique mondaine qu'il ferait, lorsqu'il rentrerait au pays.

Moi, j'étais accablé, incapable du moindre geste, le corps pris dans la poix.

Cocteau a bien tenté de rétablir la vérité mais, d'un geste sec, Bloch lui a signifié de n'en rien faire.

J'avais voulu jouer, j'avais perdu. En un sens, le coup était régulier.

— Je ne vais pas te faire de reproches, tu t'es puni toi-même, m'a soufflé Simon, tandis que la lumière s'estompait pour accueillir le chef d'orchestre.

Autant dire que je n'ai pas écouté une note de *Médée*.

À l'entracte, quelques mondains se sont précipités vers Cocteau, dans l'attente d'un bon mot.

— Dire que depuis un mois un décret du garde des Sceaux condamne à mort toute entreprise de démoralisation de la nation ou de l'armée. Milhaud, au bûcher !

Je n'ai pas trouvé la force de sourire, bien trop occupé à suivre les arabesques de Ginette, qui voletait au bras de son Yepes dans le grand foyer de l'Opéra.

C'est dans ce même foyer qu'a eu lieu le dîner de gala, à l'issue de la représentation.

Autant dire que j'y étais un fantôme. À trois tables de la nôtre, Ginette et son *gaucho* jouaient les décadents. Sous les regards offusqués des huit autres convives, elle le gavait de grappes de raisin, qu'elle lui glissait directement dans la bouche.

— Il y en a qui s'amusent..., a ironisé Cocteau, assis à côté de moi.

— S'il te plaît, ne dis rien..., ai-je répliqué, tentant de garder le regard vissé à mon assiette, sans pouvoir me retenir de les épier.

— Tu en auras d'autres, petit. Tellement d'autres, avec ton charme...

Je n'ai rien trouvé à répondre. À quoi bon objecter : « Mais jamais une comme Ginette, elle est différente des autres. » C'était faux et je le savais déjà.

— Il n'est pas très bavard, ton ami, a dit Darius Milhaud à Simon, à l'heure du dessert (de voluptueux nègres en chemise apportés par un ballet de maîtres d'hôtel en livrée, sous les ors et lambris de l'Opéra).

Obnubilé par Ginette, je n'avais même pas remarqué que nous étions à la table d'honneur, avec le compositeur, le metteur en scène Charles Dullin et le chef d'orchestre Philippe Gaubert. L'amour rend ridiculement aveugle !

— Guillaume est très timide..., a grommelé Simon. Il est toujours ailleurs...

— Je le comprends, a répliqué Milhaud avec un sourire sur sa bonne grosse face ronde et rougeaude. En ce moment, faire la fête est un péché capital...

— Tu es chrétien, maintenant ?

— Tout comme toi, Simon Bloch, a souri tristement Milhaud. Regarde-les tous, qui viennent me faire des courbettes, des compliments, des éloges..., alors qu'ils n'en pensent pas un mot. Il suffit d'un claquement de doigts pour que tout bascule et qu'ils nous jettent aux lions...

— Tu crois vraiment ?

— Quelque chose me dit que cette « drôle de guerre » n'est qu'une sinistre parodie, un divertissement atrocement français. La guerre, la vraie, va commencer...

— Tu as des informations ?

Milhaud a secoué la tête de gauche à droite.

— Des intuitions, seulement. Mais elles me trompent rarement, hélas...

Prenant le bras de Bloch, il a baissé d'un ton et s'est penché vers son oreille.

— La France n'est plus notre terre d'accueil, Simon. Les juifs vont devoir partir, *tous*...

Moi, j'écoutais ce dialogue d'une oreille honteusement distraite, bien plus inquiet des simagrées de Ginette qui, assise sur les genoux du Périco, gloussait comme une dinde.

Brusquement, grand brouhaha dans le foyer. Une silhouette s'est faufilée entre les tables sous les applaudissements incongrus d'une assistance qui avait bu plus que de raison.

Nous avons vu alors un petit homme fatigué, qui semblait avoir mis son habit en catastrophe, se précipiter sur le compositeur.

— Qui est-ce ? ai-je demandé à Cocteau.

— Paul Reynaud, le président du Conseil.

— Cher Darius Milhaud, a-t-il dit en donnant au musicien une accolade un peu ridicule, la vie politique ne m'a pas laissé le temps d'assister à votre *Médée*. Toutefois, au nom de la patrie, je tenais à vous dire personnellement combien votre pays est fier de vous.

Après une nouvelle accolade, il a ajouté :

— Darius Milhaud, vous êtes l'honneur de la France.

Enivrée, légère et inconséquente, l'assistance a redoublé de vivats en criant : « Vive Milhaud ! Bravo Darius ! »

Assez ému mais le teint étrangement pâle, le compositeur s'est levé et a salué cette foule qui le fêtait avec tant d'allégresse. Entre deux sourires à son public, il croisait le regard de Bloch et serrait les lèvres, faisant de la tête un imperceptible « non ».

Deux jours plus tard, les nazis ont envahi la Belgique, la Hollande et le Luxembourg.

7

— Non, je ne partirai pas.

— Mais Guillaume, c'est de la folie ! Les Allemands sont déjà à Abbeville. Dans quelques jours, ils seront à Paris. Tout ça n'est plus un jeu !

— Je sais que ce n'est pas un jeu ! Quand vas-tu cesser de me traiter comme un enfant ?

— Quand tu te comporteras en adulte, bon Dieu ! m'a assené Simon, furieux, en ouvrant le coffre-fort que cachait le double fond de son bureau, dans le salon.

Il y a pris des billets de banque, des bijoux et quelques lingots, qu'il a jetés pêle-mêle dans une sacoche de cuir semblable à celles des médecins.

— Tu agis comme un gosse ! Comme un gosse ! a-t-il dit en posant un regard désolé sur tous les tableaux au mur. Si seulement je pouvais tout emporter... Il paraît qu'ils vident les musées, qu'ils détruisent tout sur leur passage, comme les barbares...

Moi, je n'ai pas bougé. Assis dans le canapé, je me rongeais compulsivement les ongles, bien décidé à ne pas céder. Simon croyait peut-être que je n'avais pas réfléchi à tout cela ? que ce problème ne m'avait pas empêché de dormir, depuis notre soirée à l'Opéra ? Il me pensait trop aveuglé par Ginette pour ne pas saisir la réalité d'une guerre en marche ? J'étais jeune et amoureux, certes ; mais je n'étais ni idiot ni inconscient.

Bien sûr que tout cela m'inquiétait. Bien sûr que j'avais peur de rester dans une ville que les hordes teutonnes menaçaient chaque jour un peu plus. Une ville dont les habitants s'enfuyaient, par camions entiers, entassant leurs meubles, leurs bibelots, leurs lits, sur des charrettes, des toits de voiture, parfois de simples bicyclettes.

Je me suis approché de la fenêtre pour contempler l'extravagant embouteillage, en bas, sur le quai. Pères de famille paniqués tentant de rassembler leurs enfants ; vieillards juchés sur des matelas, eux-mêmes sanglés contre des commodes ou des armoires entassées sur des remorques, chevaux de trait s'improvisant caravanes, suivis par des enfants en pleurs qui croyaient perdre leurs parents à chaque coin de rue. C'était la panique, la peur brute, irrationnelle, qui voit le monde disparaître dans une nuée d'incertitude et de douleur.

« Quel contraste avec le calme de l'appartement », me suis-je dit, pris d'un profond sentiment de sécurité en contemplant les admirables tableaux sur les murs.

Simon avait peut-être raison : j'étais comme ces petits enfants qui croient défier les cauchemars en se cachant sous leurs draps. À l'abri de ces cavernes de tissu, ils sont invisibles et ne craignent plus rien. Mais ce sentiment était si fort, si arrêté, qu'il a achevé de me convaincre.

— Désolé, mais je ne bouge pas d'ici...

Simon n'a même pas répondu, continuant de zigzaguer dans son appartement, en quête d'objets petits et précieux qui puissent encore tenir dans son sac déjà bien rempli.

Il ressentait une peur intime que je n'étais pas sûr de vraiment partager. La menace allemande était bien entendu effrayante, mais elle était aussi redoutablement excitante. Comme on se précipite pour contempler un incendie ou les effets d'un raz de marée. Jamais je n'aurais osé avouer à Bloch mon envie de rester par pure curiosité, pour voir la tête qu'ils avaient ces fameux Boches, vérifier qu'ils étaient bien les diables qu'on disait. Simon en était sûr : une fois les nazis à Paris, ils lui régleraient son sort ainsi que celui de ses coreligionnaires. Moi, ça me paraissait absurde. Je restais persuadé que Simon cédait à la panique, tout comme cette foule hurlante, en larmes, en sueur, qui bouchait les artères de Paris en ce printemps.

— Tu devrais m'accompagner, Guillaume, a encore dit Bloch. J'ai réussi à avoir deux places dans un avion privé, à Villacoublay. À Perpignan, des gens au-dessus de tout soupçon vont nous faire passer par les montagnes. Ça aussi c'est l'aventure, tu sais.

Enthousiasme bien factice ! Ça n'avait rien d'amusant : prendre un avion alors que la Luftwaffe menaçait le ciel français. Traverser des montagnes immenses pour retomber dans le pays de Franco qui, bien que neutre, ne semblait guère plus avenant que celui d'Hitler. Et après ? Traverser l'Atlantique avec des milliers de réfugiés ? à la merci des sous-marins ? Charmante aventure, vraiment !

Bloch s'est affalé sur le sofa, le visage écarlate malgré son inquiétude. Puis il s'est tourné vers moi, tentant de retrouver un ton et une expression apaisés :

— Je ne t'oblige pas à me suivre en Amérique. Viens avec moi jusqu'aux Pyrénées, au moins... Après, tu verras. Si l'Espagne te tente, nous continuerons ensemble. Et puis, une fois au Portugal, rien ne t'empêche de prendre un bateau pour Malderney...

Là, c'était trop. Je n'ai pu me retenir d'éclater :

— Non mais tu te fous de moi !

Il s'est reculé, surpris par cette explosion de violence qui me ressemblait peu. J'étais vraiment en colère. Me lancer ce nom, me renvoyer mon enfance au visage, ma jeunesse sous cloche, mes entraves, ma lamentable aventure avec Pauline, le duel avec ce frère qui me manquait tant ! Comment osait-il ? Il savait combien Malderney m'avait fait souffrir, combien il m'avait fallu de temps pour me libérer de son emprise. Et voilà que celui qui me reprochait d'être prisonnier de mon enfance voulait m'y renvoyer : suprême torture par l'espérance.

Bloch a pâli, car il a vu mon visage se durcir. À ce moment-là plus qu'à tout autre, je devais agir en adulte, paraître adulte, être sûr de mon choix, ne plus éternellement hésiter.

— Simon, ai-je dit d'une voix glaciale, tu m'as fait miroiter Paris pendant des années ; tu m'as promis monts et merveilles ; tu m'as attiré chez toi comme un ami, tu m'y as accueilli comme un fils, tu m'y as traité aussi bien que toi-même ; et maintenant, tu me congédies comme un domestique ?

Bloch était abasourdi.

— Je... je préfère te croire fou, perdu dans tes amourettes... plutôt qu'ingrat à ce point...

Je n'ai rien répondu, soutenant son regard dont les yeux s'ourlaient de rouge.

— Ce n'est plus toi, Guillaume... Ce n'est plus le Guillaume Berkeley que j'ai connu...

— Absolument. C'est le vrai Guillaume qui apparaît enfin, non plus le singe savant, l'animal de foire...

— Le *vrai* Guillaume ? a dit Bloch en se levant pour enfiler son imperméable. Je ne suis pas sûr de vouloir le connaître...

Puis il a saisi son sac et marché d'un pas vif jusqu'à l'entrée.

Soudain, j'ai senti fléchir toutes mes certitudes.

— Attends ! ai-je crié d'une voix qui était celle du Guillaume que Simon devait aimer, car il s'est retourné avec un visage atrocement nostalgique.

Courant vers lui, j'ai dit d'une voix penaude :

— Souhaite-moi au moins bonne chance...

Sans un mot, il m'a serré contre lui. Longtemps.

Incapable de parler, car les mots mouraient dans ma gorge, j'ai laissé mes lèvres articuler contre son oreille :

— Je suis désolé, je suis désolé.

— Prends soin de toi, mon petit. Les ogres vont entrer dans Paris et tu es si gentil, si faible. Ils ne vont pas te manger, ils vont faire pire : te persuader que tu es des leurs...

Après cette phrase troublante, Bloch s'est reculé, saisissant mes épaules entre ses mains tremblantes. Puis il a appuyé son front contre le mien en murmurant :

— Mais puisque tu l'as choisi, sois ici chez toi.

Enfin, avec une délicatesse d'ange gardien, il a effleuré ma bouche du bout des lèvres.

— Adieu, mon petit.

Puis il s'est engouffré dans l'escalier.

8

Contrairement à Simon, Ginette a su trouver les mots justes pour me pousser à l'exode.

Le lendemain du départ de Bloch, j'ai quitté le quai de Conti aux aurores pour retrouver ma «petite» chez elle, avenue Rapp.

«Viens avec moi, m'avait-elle supplié la veille. Je pars demain matin à l'aube chez ma tante Geneviève, en Anjou. Les Allemands font 80 kilomètres par jour... Pourquoi prendre des risques inutiles ?»

Je serais toutefois malhonnête si je ne précisais pas que la proposition de Ginette avait eu lieu *avant* le départ de Bloch.

Ce pauvre Simon avait raison : gamin j'étais, gamin je resterais. Un moutard cachottier, menteur, égoïste, mais tellement, *tellement* amoureux ! Tellement fou de bonheur lorsque, au lendemain de la funeste soirée Milhaud, Ginette m'avait rejoint à la terrasse des Deux-Magots, où je prenais mon café-crème du petit jour. J'étais épuisé, tout me semblait insipide et les angoisses politiques glissaient sur moi comme l'eau sur un poisson.

Soudain, une ombre s'était assise en face de moi. Une ombre souriante, lumineuse, qui portait sur son chapeau, dans les plis de sa robe à fleurs, toutes les promesses du printemps.

— Mon amour, je suis désolée...

J'étais tellement surpris de la voir là, elle qui ne se levait jamais avant midi que je n'avais pas pu articuler un mot.

— Je sais que tu m'as déjà pardonné, mais laisse-moi au moins t'expliquer.

Bien sûr que je lui avais pardonné ; il m'avait suffi de voir son nez froncé, ses taches de rousseur, son regard pétillant, pour que s'efface toute humiliation. Elle n'avait pas à se lancer dans ces explications filandreuses dont je ne voulais rien savoir :

— Perico travaille avec mon père... Papa m'a demandé de le sortir... un gros contrat est en jeu...

— Et pour la petite demoiselle, ce sera ? l'avait interrompue le serveur.

Bouille joviale de ma Ginette.

— Une *triple* orange pressée avec plein de glace !

Puis elle était repartie dans son plaidoyer :

— J'ai dû en rajouter... Papa avait tellement insisté... mais je te promets qu'il ne s'est rien passé... Un vieux dégoûtant, pouah ! Pas comme toi !...

Et avec ça des caresses, des baisers dans le cou, une chaise qui se rapproche de la mienne et une main qui remonte doucement sur ma cuisse.

Auriez-vous résisté ? Pas moi. Ce n'est pas dans ma nature. Le temps d'un crème et d'une orange pressée, et j'aimais à nouveau Ginette plus que tout au monde.

C'est grâce à elle que j'avais été si ferme avec Simon. Elle seule m'avait soufflé la force de lui dire non, de l'abandonner à sa course folle vers un exil aussi lointain qu'incertain. Elle seule m'avait convaincu de rester en France.

Pouvais-je dire à Bloch : « Ne t'embête pas pour moi, Ginette s'occupe de tout... » ? Ç'aurait été pire qu'une désertion : une trahison pure et simple. Surtout, je craignais qu'il ne trouve les mots justes pour la décrire telle qu'elle était réellement : « Cette petite se moque de toi ; elle te fait tourner en bourrique. Comment peux-tu encore lui faire confiance ? »

Voilà bien ce que je ne voulais pas entendre et c'est précisément ce que Simon m'aurait dit.

Un pieux mensonge était plus clair, plus net, moins douloureux. Chacun partait avec ses déconvenues et ses illusions.

J'ai donc longé la Seine, par ce frais matin du jeudi 16 mai 1940. Il faisait déjà doux. Curieusement, la terreur de la veille semblait s'être apaisée. Je crois surtout que, passé le premier moment de panique, beaucoup de gens avaient décidé de rester. Après tout, les Allemands étaient encore à plusieurs centaines de kilomètres de Paris. En regardant les fenêtres des immeubles, sur les quais, j'ai croisé de nombreux regards qui, comme le mien, scrutaient le ciel avec cette question : « Et aujourd'hui, que va-t-il se passer ? » Car les gens ne savaient pas. Ils ne savaient plus rien. Le gouvernement jouait à la roulette russe ; les Allemands surgissaient des ténèbres comme une armée de cafards ; la presse (du moins ce que j'en savais) était muselée ; il était donc impossible d'avoir un peu de recul sur les événements. Fallait-il partir ? rester ? attendre ?

Une première vague – Bloch en faisait partie – avait choisi de fuir. D'autres Parisiens, plus circonspects, avaient décidé d'attendre. Moi, j'avais opté pour la balade en province, oubliant presque la raison de cette excursion tant j'étais heureux de la faire au bras de Ginette.

« Tu verras, m'avait-elle dit, au printemps, l'Anjou est une région bénie des dieux. »

« C'est moi qui suis béni des dieux », ai-je songé en longeant la Légion d'honneur, avec cet étrange sentiment de force et de protection mêlées, qui semblait me servir de bouclier depuis mon arrivée à Paris. Comme si les éléments ne pouvaient pas m'atteindre ; comme si, quelles que fussent les circonstances, je pouvais toujours rebondir et me tirer d'affaire. Qu'on se sent fort, quand on est amoureux. Et Dieu qu'on est sot !

Passant devant le ministère des Affaires étrangères, j'ai vu monter une grande colonne de fumée noire. Elle s'élevait dans le ciel parisien tel le gigantesque serpent de quelque fakir invisible.

Devant les grilles du Quai d'Orsay, un policier en faction faisait les cent pas, comme s'il était le gardien de ce curieux incendie.

— Que se passe-t-il ? ai-je demandé d'un ton badin.

Le policier s'est arrêté et m'a scruté avec méfiance. Puis je l'ai vu tourner la tête vers la fumée et perdre tous ses moyens.

« Ce type est mort de peur... », me suis-je dit.

Sortant de ma poche un paquet de Balto – je ne fumais pas mais j'avais toujours des cigarettes sur moi, conseil de Cocteau, j'en ai tendu une au policier. Il s'est aussitôt déridé.

— Je ne suis pas censé fumer pendant le service..., a-t-il dit tandis que j'allumais sa cigarette. Je ne suis pas non plus censé vous dire ce qui se passe, mais au point où en est la France... avec tous ces parachutistes cachés dans Paris... cette cinquième colonne qui nous espionne...

Baissant d'un ton, il s'est approché de moi, m'envoyant une haleine lourde de calva et de tabac.

— Le ministère des Affaires étrangères brûle *tout*.

— Tout quoi ?

— Les archives secrètes, tout ce qu'ils gardent depuis des années.

Le visage de plus en plus pâle, il a repris après une longue bouffée :

— Il paraît que si certains documents tombent aux mains des Allemands, ils ne vont pas envahir Paris : ils vont raser la ville...

J'ai vu la peur panique sur son visage, lorsqu'il m'a désigné la place de la Concorde, en face de nous.

— C'est par là qu'ils vont arriver, vous savez ? a-t-il bredouillé.

« Et vous êtes en première ligne », me suis-je retenu d'ajouter, me contentant d'un très neutre : Bon courage ! en lui glissant trois cigarettes dans sa poche.

— Merci, jeune homme ! Dieu vous garde !

Je ne sais pas si Dieu comptait me garder, mais la prophétie du policier a instillé dans mon esprit une sorte de doute sournois, estompant la joie presque insolente qui était la mienne depuis le réveil. Rien ne tournait rond et je commençais à m'en apercevoir.

Arrivant enfin devant l'immeuble de Ginette, au croisement Bosquet-Rapp, je me suis ressaisi. « N'aie crainte, *young master*, ta bonne étoile est là qui veille... »

Devant le porche, une grosse Citroën harnachée de valises était garée à moitié sur le trottoir.

— En voiture tout le monde ! ai-je murmuré, me rappelant que nous devions faire le voyage avec une famille habitant le même immeuble.

Adossée à l'automobile, une grosse femme en blouse bavardait avec celui qui semblait être le conducteur. À sa voix, j'ai reconnu Sylviane, la concierge.

— C'est vous qui avez raison, m'sieur Garnier, il faut partir... Vous avez entendu ce qu'il a dit, Paul Reynaud, à l'Assemblée ?

Trop occupé à sangler ce qui semblait être un matelas roulé comme une crêpe, l'interlocuteur s'est contenté de hausser les épaules.

Sylviane a poursuivi d'une voix de crécelle :

— Je vous le répète comme je l'ai entendu à la TSF, m'sieur Garnier. Voilà ce qu'il a dit, le Paul Reynaud : « Nos vies comptent pour rien. Une seule chose compte, maintenir la France ! »

Et elle a éclaté d'un rire sinistre.

— Il me fait bien marrer, votre Paul Reynaud.

— Ce n'est pas le mien, a grommelé le conducteur, qui, penché sur le moteur, vérifiait maintenant le niveau d'huile.

— « Nos vies comptent pour rien... » La sienne peut-être. Et celle de tous ses copains juifs et francs-maçons du gouvernement.

— Sylviane, je vous en prie..., a dit le conducteur en claquant le capot.

La concierge n'a pas tenu compte de la remarque, et elle a enchaîné du même ton traînant :

— Mais ma vie à moi, celle d'une bonne Française, merci bien : elle compte.

Me voyant arriver, elle a pris l'air étonné.

— Tiens, m'sieur Guillaume, qu'est-ce que vous faites là ?

Bien plus que sa philosophie politique, sa question m'a glacé.

— Comment ça, ce que je fais là ? Je viens voir Ginette.

— Ah ben je comprends plus, moi. Ma'moiselle Ginette, elle est partie il y a une demi-heure, déjà.

— P... partie ?

— Le gros monsieur avec l'accent et la Rolls blanche est passé la prendre au moment où j'ouvrais ma loge... Tenez, regardez ce qu'il m'a donné, le rastaquouère.

Les yeux luisants, elle a sorti de sa blouse un pendentif figurant un petit cœur.

— C'est pour me porter bonheur, qu'il m'a dit... Voilà un monsieur qui sait vivre !

9

Contre toute attente, l'abandon de Ginette m'a soulagé. À l'abattement inévitable de la première surprise – cette gigolette ne respectait donc rien ni personne – a succédé une sorte d'apathie cotonneuse, comme si je ne touchais plus vraiment terre.

— Faut pas vous en faire, m'sieur Guillaume. Faut pas être trop malheureux, a dit la concierge pour tenter de me consoler, tandis que la Citroën de la famille

Garnier s'ébrouait pour rallier Montparnasse, puis la porte d'Orléans, la banlieue, les routes de France, et enfin quelque ferme loin des combats...

« Faut pas être trop malheureux. » Mais je n'étais pas malheureux. Au vrai, je n'étais même pas peiné. Je me sentais délesté, incroyablement allégé.

En regagnant à pied le quai de Conti, j'ai eu le sentiment que mon talon effleurait le pavé parisien, sans vraiment le toucher. Comme si j'étais destiné à ne jamais laisser de traces, à traverser le monde à la manière d'un elfe, de façon évanescente, parfois invisible et résolument magique.

Affranchi de Malderney, de Simon Bloch et de l'incorrigible Ginette, j'avais l'étrange sensation d'être un nouveau moi-même, né d'une saine table rase qui m'avait enfin lavé l'âme. Cela ne veut pas dire que Malderney était oubliée, que le souvenir de Bloch n'attisait pas ma culpabilité, que l'image de Ginette ne réveillait pas en moi aigreurs et désirs. Je n'ai jamais été un surhomme et ces impressions restaient sous cloche. Tout du moins étaient-elles anesthésiées par une formidable sensation de liberté. La liberté d'être seul, singulièrement en paix avec moi-même. La liberté d'avoir soldé tous mes comptes, réglé toutes mes ardoises. La liberté d'être désormais maître de tous mes choix, fussent-ils mauvais.

Durant quatre semaines, cet état d'esprit enivrant et délicieusement narcissique ne m'a pas quitté. Il faut dire que je ne faisais rien pour l'évacuer. Pendant un mois je n'ai vu aucun de mes amis. J'ai fait mon retour au désert dans un Paris qui ressemblait de plus en plus à une ville fantôme. Une cité engloutie, vestige de quelque Atlantide, dont je me suis imaginé le premier et dernier homme. Quelle aventure ! Une aventure dont j'avais décidé de profiter jusqu'à la dernière goutte. Il est des heures où l'histoire intime et celle du monde se conjuguent avec une effrayante syntonie : du 16 mai au 13 juin 1940, telle a bien été ma vie. Moi, le petit insulaire, le permanent exilé, l'amoureux éconduit, l'Angliche à café-crème ; moi, Guillaume Berkeley, j'ai incarné ce Paris en transit.

Chaque matin je découvrais un nouveau magasin clos, un nouveau restaurant dont l'écriteau « Fermé pour cause de guerre » me semblait à la fois tragique et pitoyable. Épiceries, merceries, voire certains cafés, drogueries, quincaillers..., tous les commerces mettaient peu à peu la clé sous la porte, oubliant parfois une valise sur le trottoir, un meuble, un cageot de fruits qui mûrissaient au soleil du printemps, bientôt picorés par les pigeons, les moineaux, ou pris par de simples passants.

Pour me nourrir, je traversais la Seine et m'enfonçais dans les grandes Halles centrales. Les bouchers et maraîchers qui venaient encore alimenter le « Ventre de Paris » faisaient grise mine, eux aussi.

— Les gens sont partis, y a plus de commandes, m'a dit Roger, colossal tripier avec qui j'avais coutume de bavarder, de temps à autre, pendant qu'il faisait griller un rognon ou une oreille sur un petit réchaud à gaz qu'il gardait sous une bâche. Qu'est-ce qu'on va foutre de tout ça ?

« Tout ça », c'était cette avalanche de nourriture sans consommateurs. Viande, légumes, fruits, poissons, fromages, épices, champignons, autant de denrées qui n'allaient pas tarder à pourrir sur place, transformant les Halles en une gigantesque nécropole alimentaire. Tout commençait à se décomposer, empuantissant le quartier d'une odeur qui m'était plutôt agréable, parce qu'elle me rappelait les fragrances du varech, à Malderney, les jours de grande chaleur. Il n'y avait donc qu'une solution : manger les stocks.

Si je songe aujourd'hui à la disette qui suivra, aux vertiges du marché noir, aux prix extravagants qu'atteindront le moindre saucisson, la plus petite bavette, je me dis qu'on vivait là un âge d'or. « Ah, si l'on pouvait arrêter les aiguilles ! » aurait chanté Berthe Sylva.

Improvisant des banquets, les commerçants des Halles faisaient de gigantesques grillades, d'immenses ratatouilles, des festins rabelaisiens. La fumée des rôtissoires s'élevait dans le ciel parisien, tel un gigantesque nuage aux fumets d'épices, de bûcher et de putréfaction.

— On ne va pas laisser perdre tout ça, quand même ! se justifiaient-ils en se remplissant la panse à l'ombre de l'église Saint-Eustache, sans doute conscients que viendrait bientôt le temps de la famine.

Moi, j'en ai grassement profité. Pendant presque un mois, chaque jour, j'ai pris tous mes repas aux Halles, où l'on m'accueillait avec ce sourire dont on gratifie les alliés.

— Tu sais que 230 000 Angliches et 115 000 Français ont été évacués à Dunkerque ? m'a dit Roger, les premiers jours de juin.

Non, je ne le savais pas. Ce que je savais, c'est que les Allemands continuaient à approcher...

Chaque jour avait son cortège de mauvaises nouvelles, et mes amis bouchers me tenaient lieu de gazette :

— On dit que leurs SS ont massacré des civils dans le Pas-de-Calais...

— Il paraît qu'ils ont entamé une percée dans les Ardennes.

Rien de bien encourageant...

La nuit du 3 juin, je n'ai pas eu à marcher jusqu'aux Halles pour me tenir au courant des événements.

Alors que je butinais les intimités d'une Ginette qui ne m'habitait plus qu'en rêve, j'ai été réveillé en sursaut par un vacarme épouvantable. Il était deux heures du matin et on y voyait comme en plein jour !

L'effroi instinctif s'est alors mêlé d'excitation : des raids allemands bombardaient Paris.

Tout autre que moi se fût caché dans une cave, une station de métro, le moindre abri souterrain. Moi, le plus naturellement du monde, j'ai ouvert mon œil-de-bœuf et me suis faufilé sur le toit de zinc, avec une agilité de matou.

Plusieurs fois déjà j'avais ainsi joué les funambules, notamment lorsque Ginette voulait « m'embrasser sous la lune ». Mais cette nuit-là j'étais seul. Il n'y avait ni lune, ni étoiles, ni Ginette, ni rien de tout ce décorum romantique et assez niais auquel je m'étonnais de plus en plus d'avoir succombé.

Ce que je contemplais était tellement plus beau, tellement plus fort que mes émois d'adolescent fiévreux. Ces stries luisantes, dans le ciel noir. Ces lueurs, à l'horizon. Ces teintes orange, pourpres, parme, qui tachaient la nuit. Et puis ce bruit, ce vacarme atrocement mécanique et pourtant si wagnérien, comme si j'assistais à un prodigieux opéra d'acier.

Étais-je inconscient ? sous influence ? Quand j'y pense aujourd'hui, mon détachement m'effraie et je me demande comment un homme normalement constitué peut observer un carnage avec une telle impassibilité et une telle gourmandise. Oui, c'était bien cela : de la gourmandise. Un étrange appétit de bruit, de fureur, comme on espère un orage pour nettoyer l'air. Avec le recul, je me dis que ma destinée était déjà marquée du sceau de l'infamie. Dès cet instant, accroupi sur un toit de zinc comme un enfant au spectacle, j'ai mérité le sort qui m'a conduit de la gloire au cachot.

D'aucuns seraient allés se terrer, je l'ai dit. D'autres auraient tenté de comprendre, de réveiller les voisins, pour savoir si tout le monde allait bien, si personne n'avait besoin d'aide. D'autres, plus téméraires, auraient couru en direction des points d'impact pour savoir s'ils pouvaient se rendre utiles, sauver des vies, réconforter, aider.

Eh bien moi, savez-vous ce que j'ai fait ? Trouvant un petit carnet de croquis et un vieux crayon de bois dans ma poche de robe de chambre, je les ai sortis. Puis j'ai dessiné. Des heures durant. Jusqu'à l'aube. Jusqu'à ce que les stukas refassent route vers le nord, laissant Paris hagard, incrédule, car le mot « guerre » prenait tout à coup son abominable signification.

Le silence de l'aurore m'a surpris, groggy, le corps encore tendu, comme si tout convergeait vers la pointe de mon crayon. Et c'est avec une stupeur sincère que j'ai regardé les sept dessins que m'avait « dictés » la nuit. Sept visions d'un Paris de fin du monde, sept apocalypses, sept croquis uniques, comme je n'en avais jamais réalisé jusqu'alors, puisant dans les tréfonds d'une inspiration que seul le raid allemand avait su faire naître.

Étaient-ils bons, ces dessins ? Étaient-ils *artistiquement valables* ? Je n'aurais su le dire. Mais j'étais certain qu'il y avait quelque chose de vrai dans ces traits acérés, ces lignes sombres, presque opaques, ces trouées de lumière, de fureur, où l'on distinguait çà et là un bout de corps, un débris d'immeuble, un vestige. Bref, j'étais sûr que ces dessins d'un genre nouveau pour moi avaient quelque valeur. J'en étais d'autant plus certain que, les ayant réalisés dans un état de quasi-hypnose, j'avais sur eux un recul inconnu auparavant. C'était les dessins de quelqu'un d'autre. L'ancien Guillaume découvrait les œuvres du nouveau. Restait maintenant à savoir lequel des deux allait dominer.

— C'est pas mal, tes gribouillages, m'a dit Roger en essuyant ses mains rouges de sang sur son tablier avant de prendre mon carnet dans ses gros doigts noueux. Je n'y connais rien en art, l'Angliche, mais quelque chose me dit que tu as un don !

Certes, le tripier n'écrivait pas dans la *Revue des Deux Mondes*, mais, ne comptant nullement montrer mes dessins, son appréciation me tint lieu de viatique.

— Ces bombardements ont peut-être fait 254 morts, a-t-il ajouté avec un soupçon d'inquiétude, mais toi, ça t'a donné un drôle de talent...

« 254 morts = du talent. » L'équation était malsaine mais imparable. J'avais la conscience aiguë de vivre un moment capital dans l'histoire française. Un moment que seul un regard artistique et extérieur pouvait arriver à capter. Un vrai Parisien se serait sans doute attaché aux détails ; il se serait noyé dans une trop grande application, une nécessaire compassion, une inévitable identification, un trop vaste souci du sens, du message. Moi, touriste qui n'était à Paris que depuis dix mois, j'avais un œil non pas vierge mais propre à accueillir le plus étrange comme le plus banal. Je ne craignais pas les clichés, puisque j'en faisais de la matière intime, puisque je les malaxais pour en faire « du » Berkeley. C'est pourquoi je passais maintenant mes journées à arpenter Paris, carnet en main, avec une passion de reporter improvisé, de photographe, pour immortaliser ces secondes si denses et si lourdes. Je ne suis pas seulement allé sur les lieux des bombardements, dans les décombres. J'ai aussi gagné les quartiers épargnés, pour tenter d'en fixer quelques moments de vie, croquant ces gens qui tentaient de continuer à exister, malgré la peur et les menaces qui pesaient sur eux.

*

Lorsque je dis que cette étrange extase ne s'est jamais brisée pendant un mois, c'est un peu faux. Disons que j'écris là ma vérité et, depuis quelques années, je me suis tant habitué au mensonge, au double jeu, qu'il est chez moi une seconde nature.

Je serais donc malhonnête si je ne mentionnais pas la soirée du 13 juin 1940 qui, sans m'avoir tiré de cette curieuse léthargie créatrice, m'a fait l'effet d'une douche froide.

Je revenais d'un festin aux Grandes Halles, dont on disait qu'il serait le dernier.

— Les Boches ont dépassé Reims, petit Angliche. Les Italiens ont envahi le sud de la France. Reynaud et tout le gouvernement ont fui à Bordeaux. Weygand a ordonné la retraite des armées. Il paraît même que Paris a été déclaré ville ouverte..., a énuméré Roger en m'apportant une andouillette fumante sur une assiette de carton. Profites-en, c'est peut-être la dernière. (Puis, l'œil rigolard, il a ajouté :) L'andouillette du condamné.

Vivions-nous les derniers instants de cette guerre étrangement *drôle* ? C'est possible. Tout du moins les Parisiens étaient-ils décidés à vraiment partir, car les rues s'étaient depuis cinq ou six jours à nouveau emplies de fuyards improvisés. Autant dire que mon crayon n'en était que plus aiguisé.

C'est pourtant sans véritable crainte que je suis rentré quai de Conti, le soir du 13 juin.

J'étais en train d'ouvrir la porte de l'appartement quand un désagréable crissement a retenti, sur le palier, derrière moi.

— J'ai quelque chose pour vous...

Je me suis retourné pour voir la trogne du docteur Couturier, un pédiatre à la retraite qui ne quittait jamais son appartement et que j'avais dû croiser trois fois depuis mon installation quai de Conti. À dire vrai, je le croyais parti. Mais sa robe de chambre râpée et son éternel pyjama jaune à cordelette m'ont prouvé le contraire.

— Le facteur a déposé ça pour vous..., m'a-t-il dit d'une voix aigre en me tendant une enveloppe au timbre inconnu. Comme la concierge est partie en Bretagne, tout le monde me prend pour le gardien...

— Merci, ai-je dit en prenant l'enveloppe froissée par ses vieux doigts arthritiques.

Je n'ai pu retenir un sursaut en identifiant le cachet de Lisbonne et l'élégante écriture de Simon.

— Mauvaises nouvelles ? a demandé le docteur avec une sorte d'amabilité froide, comme s'il espérait pouvoir agrémenter sa solitude d'un peu de compassion.

La lettre était datée du 1er juin et Simon avait dû la faire venir par avion privé. Les mots étaient aussi brefs que simples :

Mon Guillaume,

Je prends le bateau pour New York demain matin et je voulais te souhaiter une dernière fois bonne chance, comme un père à son fils.

Je te serre sur mon cœur.

Simon.

L'espace d'un instant, j'ai senti la terre se dérober sous mes pieds.

— Hé là ! a glapi le docteur Couturier en me soutenant.

Je me suis redressé maladroitement, déglutissant avec peine.

Dans la lettre de Simon, rien de bien nouveau, rien de bien pénible. J'avais juste été saisi d'un immense frisson de nostalgie, comme le dernier regard que l'on pose sur un lieu, une personne, en sachant qu'on ne le reverra jamais.

Une fois de plus, j'avais le sentiment intime de dire adieu à ma jeunesse. Qu'est-ce que Simon aurait bien pu penser de mes dessins ? de mes nuits d'orgie aux Halles ? de cette étrange existence entre-deux, à mi-chemin entre la réalité et le fantasme, la France et l'Allemagne, la guerre et la paix ?

Malgré son absence, je ne pouvais évacuer son visage de ma mémoire, comme s'il était toujours penché sur mon épaule, prêt à juger tous mes faits et gestes. Pourtant, Simon n'était plus là. Il avait fui, j'étais resté. Le monde avait changé.

— Alors ? C'est grave ? a insisté le docteur.

Je me suis reculé d'un pas, assez discourtoisement, comme on le fait dans la rue, devant un démarcheur ou un importun.

Moins déçu par mon attitude que par le fait que je range la lettre, Couturier a retrouvé sa mine sinistre pour dire d'un ton de reproche :

— Vous semblez être très demandé, jeune homme. Votre téléphone sonne depuis cet après-midi. À intervalles quasi réguliers : toutes les heures.

Tirant un vieux gousset rouillé de son pyjama, il a ajouté :

— Tenez, ça ne va pas tarder.

Telle l'horlogerie d'un tour d'illusionniste, la sonnerie du téléphone a retenti dans l'appartement.

Comme il n'avait pas sonné depuis des semaines, je me suis précipité vers l'appareil tout en me disant : « Pourquoi répondre ? Ça ne t'apportera rien de bien... »

Pendant une bonne minute, j'ai fixé le poste de bakélite, qui ne cessait de vrombir. Ça ne pouvait pas être Simon, il était sur le bateau. Quant à Ginette, elle n'avait rien à gagner à me rappeler. Alors qui ? Cocteau ? Marais ? Ils avaient tous pris le large sur la Côte d'Azur.

Je n'avais vraiment aucune raison de décrocher.

Malgré tout, dévoré de curiosité, j'ai saisi l'écouteur.

— Allô ?...

Pour seule réponse, un grésillement.

— Allô ?

Toujours rien, mais les échos de ma propre voix.

— Je ne vous entends pas. Il y a quelqu'un ?

— Guillaume ?

Décharge électrique.

Cette voix. Je ne pouvais pas y croire.

— Victor ? ai-je dit en m'asseyant sur le parquet.

— Je t'entends très mal, Guillaume. Ça fait des heures que j'essaye d'appeler.

— J'étais sorti, je suis désolé, ai-je répondu, réalisant avec effroi que j'en étais déjà à me justifier.

« Raccroche ! me disait une petite voix. Inutile d'en savoir plus... »

Mais mes doigts restaient crispés sur le récepteur, qui n'en finissait pas de crachoter dans mes oreilles.

— Guillaume, tu dois revenir, c'est la guerre..., a repris Victor d'une voix rendue étrangement atone par le brouillard sonore.

— Je reste à Paris, ai-je dit après une grande respiration, comme si je me préparais à l'apnée. C'est ici que je vis, maintenant.

Nouveau silence, comme si mes mots devaient lentement se frayer un chemin entre Paris et Malderney. Un silence qui n'en était que plus douloureux, car les questions m'assaillaient. Pourquoi Victor m'appelait-il, après ces mois de silence et ces lettres auxquelles je n'avais pas répondu ? Y avait-il quelque chose de plus grave, de plus urgent, pour qu'il décide de téléphoner ?

La réponse à toutes ces questions est venue en trois mots, tout simples mais radicaux :

— Maman va mal...

J'ai senti le téléphone glisser dans mes doigts.

— Co... comment ?

L'explication de Victor a duré de longues minutes, car la communication était toujours brouillée. Un raid allemand avait bombardé Malderney. Ils n'avaient pas touché la Seigneurie mais ma mère était justement allée donner des instructions au port. Un éclat d'obus lui avait perforé le sternum ; elle était alitée depuis une semaine ; son état était stable mais préoccupant.

— Elle veut te voir, Guillaume.

Déjà mes certitudes vacillaient. Les images de mon enfance revenaient en force, estompant avec une effrayante facilité les dix mois que je venais de passer à Paris. Ma mère pouvait mourir : devais-je rester insensible à son dernier appel ? Quel fils aurait laissé partir sa mère, sans lui donner un dernier baiser ?

— Elle veut te pardonner, a ajouté Victor. Et moi aussi je veux te pardonner...

Sans cette dernière phrase, je pense que je serais parti. Sincèrement. J'aurais ravalé ma fierté pour sauter dans un train, quitte à finir à la rame, au milieu des « assassins de la mer ». Mais Victor venait de sonner le glas de mes « bonnes résolutions ».

— Me *pardonner* ? ai-je dit, abasourdi. Vous voulez me *pardonner* ?!

— Oui, Guillaume. Nous sommes tous prêts à oublier ce que tu nous as fait...

Je n'arrivais pas à le croire ! C'était le monde à l'envers, la réalité inversée. Ma mère m'avait méprisé, mon frère m'avait roué de coups, tous m'avaient trahi, et ils étaient maintenant les offensés ? Tout était donc pareil, un système immuable. Malderney ne changerait jamais.

Saisi d'un sanglot incontrôlable, j'ai enfoui mon visage dans mon tricot.

— Guillaume, tu es là ?

— Non, ai-je hoqueté.

— Comment ça, non ?

— Je ne viens pas...

Nouveau silence.

Tout à coup, la réception est devenue excellente, et j'ai eu le sentiment que Victor m'appelait d'un immeuble voisin.

— Lâche, a-t-il dit avec une haine froide. Lâche, comme toujours...

Sans le savoir, Victor venait de me donner les dernières armes pour remporter cette victoire à la Pyrrhus.

J'ai raccroché le téléphone et me suis jeté sur mon lit, étouffant dans l'oreiller des sanglots qui m'ont conduit jusqu'au sommeil.

Et je n'avais même pas demandé de nouvelles de Pauline !

*

Le lendemain matin, je me suis réveillé à l'aube, avec une étrange gueule de bois. La conversation de la veille m'est revenue à la mémoire, mais sans violence.

Une nuit de sommeil avait suffi pour m'apaiser : j'avais bel et bien grandi.

Quand bien même, il était trop tard pour partir.

Depuis la rue provenait ce cri, terrifié :

— Les Allemands sont entrés dans Paris !!

10

Les colonnes de la Wehrmacht ont fait une entrée en douceur, presque discrète, arrivant par la porte de la Villette, au nord-est de Paris.

Je me suis toujours demandé s'ils étaient passés devant les abattoirs, s'ils avaient salué les équarisseurs avec un regard sobre et complice, comme on identifie un collègue à sa vêture.

Je ne sais d'ailleurs pas s'ils ont croisé qui que ce fût, dans ce Paris du premier jour de l'Occupation. Car il n'y avait personne dans les rues, sinon des silhouettes hagardes, quelques visages hébétés, qui contemplaient depuis leurs fenêtres ces colonnes vert-de-gris, avant de fermer, remplis d'effroi, leurs volets.

Pendant une poignée d'heures, tandis que je sillonnais Paris, crayon en main, pour observer ces fascinantes rangées de soldats impassibles, j'ai eu l'étrange sentiment que nous n'étions que deux : l'Allemagne et moi. Car ces milliers de troupiers ne semblaient faire qu'un : un même regard bleu et sans passion, une même foulée virile mais sans éclat, comme s'ils voulaient se fondre dans le mouvement naturel de ce matin de printemps. Oui, l'Allemagne et moi formions un couple bâtard et incongru, que j'étais bien entendu le seul à déceler. D'un côté, le jeune homme avide de visions, d'images, de scènes atypiques, propres à exciter son inspiration graphique ; de l'autre, un fascinant mille-pattes qui s'automutilait, chaque partie d'un même corps prenant son indépendance tout en obéissant à un seul cerveau. Et les tronçons de cet insecte métallique se faufilaient sur les places, dans les avenues, les ruelles, avec cette même absence de joie, cette intrigante inexpressivité qui pouvait être du respect comme du mépris.

Cherchaient-ils à toiser les vaincus ou évitaient-ils de les humilier avec une bonhomie, une joie gaillardes pourtant de mise après une victoire si éclatante ? Difficile à savoir. Disons qu'il y avait chez eux une retenue à la fois protestante et militaire qui se méfie des excès et ne révère que l'ordre.

Écrire ces mots pourrait me reconduire aux assises, mais durant ces incroyables journées de juin, j'étais le plus heureux des hommes. Dès que j'entendais une colonne approcher dans une nouvelle rue, sous un angle non encore exploité, mon cœur battait. Comme un photographe doit saisir l'instant parfait, je me postais pour dégainer le crayon. Impavides, les soldats passaient devant moi, poursuivant cet étrange cheminement dont je ne comprenais pas le sens. J'étais alors pris d'une excitation irrépressible, comme enivré. Voilà longtemps que je ne m'étais senti aussi vivant, aussi plein de moi-même. Après tout, je n'étais pas français. Cet abattement national n'était pas le mien.

Cet effondrement ne me concernait pas réellement. J'étais comme un touriste arrivé dans un pays la veille d'un coup d'État. Avec le recul de l'étranger, je profitais de ce drame en esthète ; pour moi, ce n'était pas une catastrophe, mais un tableau. Un grand film en couleurs, où l'on m'autorisait à jouer les figurants. Un immense jeu de l'oie étiré dans le labyrinthe parisien. Il y avait quelque chose de ludique à tout cela. Un jeu macabre, peut-être ; cruel, même, mais qu'importe ? Je le prenais ainsi. Bloch avait comme toujours vu juste : je restais indécrottablement gamin, mais il n'était plus là pour m'en faire le reproche. D'ailleurs, personne n'était là. Paris était désert. Plus une seule voiture, les Allemands les ayant interdites. Plus un camion, plus un autobus.

En quelques heures, quelques jours, j'ai vu naître une nouvelle ville.

Bientôt, les murs se sont couverts de drapeaux à croix gammée. Tous les hôtels ont été réquisitionnés, s'improvisant quartier général militaire ou simple campement pour les troupes. Des panneaux en lettres gothiques ont bientôt doublé leurs cousins parisiens. Au-dessous des directions « Opéra » ou « République », on lisait maintenant « *Kommandantur* » ou « *Soldatenkino* ».

Et puis il y avait la cérémonie des pendules. Pendant les quelques jours qu'a duré ce grand emménagement, j'y ai assisté au moins dix fois. Ce qui m'a soufflé un de mes meilleurs dessins. Lorsque les colonnes passaient devant une pendule de rue au sommet d'un pylône de métal, les soldats s'arrêtaient net. Aux cris précis d'un adjudant, trois militaires sortaient du rang comme les étoiles se distinguent du corps de ballet. Avec une curieuse adresse et une troublante synchronie (s'étaient-ils entraînés en Allemagne pour ça ?), ils se faisaient la courte échelle. Le plus léger était ainsi soulevé jusqu'au cadran, qu'il avançait d'une heure.

— C'est l'heure de Berlin..., m'a expliqué un épicier de la rue Saint-Antoine, quand j'ai observé la chose pour la première fois.

— Paris change de fuseau horaire ? me suis-je étonné, alors que les soldats regagnaient le rang, faisant un étrange salut bras tendu à la pendule, comme si elle incarnait quelque divinité.

— Paris change de tout, mon petit monsieur, a rétorqué le commerçant d'un air énigmatique, en truffant sa vitrine de bières allemandes. Il va falloir s'y faire. J'espère juste que ces messieurs ont soif.

Les soldats n'ont pas eu un regard pour l'épicier.

— Pas pour l'instant, ai-je dit en lui achetant moi-même une bière fraîche, car je marchais depuis des heures.

— Ils y viendront, ils y viendront, a répliqué le commerçant avec une moue confiante, en suivant des yeux les soldats qui s'éloignaient vers la Bastille.

*

Jour après jour, les Parisiens ont lentement réapparu. Où étaient-ils donc passés, durant ces premières heures allemandes ? Comme des animaux pointant le museau hors de leur terrier, pour vérifier que l'orage est fini, ils sont peu à peu remontés à la surface, livides et incrédules.

— Vous êtes allé dehors ? m'a demandé le docteur Couturier, effaré, le soir du 14 juin, alors que je remontais l'escalier du quai de Conti, les pieds en sang.

— Vous pouvez y aller aussi, vous savez. Ils ne fusillent pas, ils prennent leurs quartiers.

Ce disant, je me suis approché de sa porte entrebâillée pour lui montrer quelques croquis.

Il lui a suffi d'en voir deux pour me fixer avec une expression outrée, avant de me claquer la porte au nez sur ces mots :

— Vous devriez avoir honte, jeune homme !

Le lendemain soir, tandis que je revenais d'une autre journée d'exploration, j'ai trouvé Couturier assis devant le porche de l'immeuble, sur un petit siège descendu de chez lui. Les yeux mi-clos, tel un chat devant l'âtre, il regardait le soleil se coucher sur les toits de Paris.

— Vous voyez que vous êtes encore en vie, docteur, ai-je ironisé.

Comme si je l'avais surpris nu sous sa douche, le vieil homme a haussé les épaules sans répondre.

Cette gêne, cet étrange embarras, je l'ai ressentie partout dans Paris. Les citadins s'attendaient-ils à être tous exterminés par les soldats ? L'effondrement de la France, de son armée, de son gouvernement n'était-il pas suffisant ? Pensaient-ils que les Allemands allaient tout bonnement les tuer, en bloc, et jeter leurs corps dans la Seine ?

Mais non, ils étaient tous en vie, indécis, mal à l'aise, ne sachant quoi penser. La situation était plus complexe, plus inédite qu'un banal et commode massacre général : Paris n'était pas *détruit*, Paris était *occupé*.

C'est assis à la terrasse des Deux-Magots, le 17 juin, que j'en ai vraiment pris conscience.

La moitié de l'assistance était composée de soldats allemands, joviaux, autoritaires, mais courtois ; l'autre moitié réunissait des Parisiens (plutôt des Parisiennes, d'ailleurs, leurs maris étant souvent prisonniers de fraîche date), qui parlaient bas, craignant qu'on entende leurs bavardages.

En ce matin de printemps, les Français n'avaient qu'un nom à la bouche : Pétain.

Pétain le vainqueur, Pétain le sauveur, Notre Pétain qui êtes aux cieux.

— C'est qui ce Pétain ? ai-je demandé à mon serveur habituel, dont le plateau était lourd de demis pression à destination d'une tablée de quinze soldats.

— Tu te fous de moi, l'Angliche ? a-t-il répliqué, sincèrement ébahi.

Il s'est même retourné vers ces collègues et a braillé :

— Hé, les gars, l'Angliche y connaît pas le Maréchal !

L'ensemble de la terrasse m'a aussitôt, si j'ose utiliser cette expression, fusillé du regard, et je me suis senti rougir. Habitué à me cacher derrière mon crayon et mon carnet, je déteste être sous le feu des projecteurs. Une partie des convives m'a scruté, l'air rigolard ; l'autre semblait offusquée par cette ignorance presque blasphématoire, comme si j'entrais dans Saint-Sulpice avec un cornet de frites. Les Boches, quant à eux, ne pipaient mot et s'en moquaient.

— Le vainqueur de Verdun. Le sauveur de la France, ça te dit rien à toi ?

Il a fallu un bon moment pour que le serveur, qui ployait sous son plateau, m'explique que Philippe Pétain était une gloire de la Première Guerre mondiale, l'une des figures les plus respectées du pays, une sorte de grand-père de la nation.

— Et il a accepté de remplacer cette couille-molle de Reynaud, qui a démissionné hier de la présidence du Conseil.

À cet instant, une rumeur a balayé la terrasse. Tout le monde s'est mis à dire « chut ». Une dame qui goûtait seule avec ses enfants s'est tournée vers les soldats allemands en mettant son index sur ses lèvres avant de désigner une TSF, que le directeur du café venait de poser au milieu des tables.

Alors j'ai entendu :

« Français, à l'appel de M. le président de la République, j'assume à partir d'aujourd'hui la direction du gouvernement de la France... »

La dévotion des auditeurs m'a semblé aussi sincère que cette voix m'a paru chevrotante, sans verdeur ni expression.

« Sûr de la confiance du peuple tout entier, je fais à la France le don de ma personne pour atténuer son malheur. »

Tous les regards étaient tournés vers le gros poste de bois verni, sur lequel le patron avait posé deux mains respectueuses, se tenant debout derrière, raide comme un soldat.

« C'est le cœur serré que je vous dis, aujourd'hui, qu'il faut cesser le combat. »

Aux Deux-Magots, le soulagement est devenu palpable. Les mains se serraient, les doigts se mêlaient.

Tous les regards m'ont semblé humides, émus aux larmes.

J'ai surtout vu pointer un sourire global, unanime ; ce n'était pas de la joie, non, mais cette petite touche de couleur qui apparaît dans la nuit et qu'on appelle l'espoir. La scène était si intense qu'elle m'a bientôt retourné. Sans en être conscient, j'ai posé mon bras sur celui du serveur et l'ai regardé comme on souhaite « Confiance ! ». Il m'a souri en hochant du chef.

J'ai eu la vision subite de ces milliers, de ces millions de foyers, dans toute la France, où des familles entières étaient réunies devant la TSF. Une ferveur étrange m'a gagné le ventre, le torse, rougissant à nouveau mes joues. Mais là, personne n'a songé à se moquer de moi. Plus personne ne riait. Il n'y avait plus d'individus. Nous formions un groupe, un tout, une sorte de bloc étrangement placide et confiant, en face des tables de soldats qui ne s'étaient rendu compte de rien. C'était incroyable !

Cette dévotion s'est pourtant estompée aussi vite qu'elle était apparue.

En une seconde, la vie a repris, les visages ont retrouvé leurs tracas, les verres ont recommencé à tinter, les serveurs à râler, mais il y avait dans le regard parisien un reflet nouveau. Un reflet qui avait un visage paisible, un reflet qui portait moustache et képi, un reflet qui disait qu'aux sacrifices succéderait bientôt la renaissance.

*

La scène aux Deux-Magots avait été si forte, si dérangeante, si paralysante, qu'il m'a fallu presque une nuit de marche pour me tirer de la torpeur. Car c'était bien un envoûtement collectif qui nous avait touchés. Sur le moment j'avais trouvé ça doux, comme une drogue apaisant les douleurs. Mais à présent que j'avais retrouvé mes esprits et que je battais le pavé de Paris, en quête d'une « scène à faire », j'ai compris combien cette ferveur était perverse.

Elle était précisément celle qui conduit les foules à remettre leur destin entre les mains du plus éloquent. Avec la noblesse de son âge, ce Pétain semblait sorti d'un chapeau de magicien, coup de théâtre inattendu et presque trop parfait.

Je n'aurais su dire exactement quoi, mais dans ce sacrifice que le vieux soldat faisait de lui-même à sa patrie, quelque chose clochait. Comme un orchestre symphonique qu'un seul trombone parvient à fausser. Mais une fois de plus ce n'étaient là que des intuitions. Mes connaissances politiques et historiques étaient bien pauvres et jamais je ne serais allé mettre publiquement en doute ce grand mouvement de ferveur nationale. Mes pressentiments ne regardaient que moi, et dans cette dévotion immédiate, aveugle, j'étais sûr de retrouver la même docilité de fait que dans le regard de ces soldats, que j'ai passé une dernière nuit à observer. Ils étaient certes les vainqueurs, et nous (je dis « nous » en tant que Parisien d'adoption) les vaincus, mais un étrange mimétisme m'a semblé apparaître. Après tout, bien qu'ennemis en politique, Allemands et Français étaient frères en humanité, non ?

« Mais les Français ont encore du chemin à faire avant d'atteindre cette perfection formelle », me suis-je dit à l'aube du 18 juin, à l'angle de la place de la

Concorde, tandis qu'une énième colonne de *feldgrau* descendait les Champs-Élysées.

Il était cinq heures du matin, et ces hommes avaient les joues roses, le teint frais, le regard clair. Ils ne semblaient pas connaître le mot « fatigue ». Dormaient-elles jamais, ces cohortes de jumeaux à cheveux de paille ? Étaient-elles formées d'automates destinés à nous donner l'illusion de leur discipline, alors que les vrais soldats ronflaient dans leur lit ou bien ripaillaient dans les restaurants qu'ils avaient réquisitionnés ?

Non, ils sont bien vivants, ai-je fini par admettre, alors que la colonne me dépassait, coulant avec une parfaite harmonie vers le Crillon, avant de s'engager dans la rue Royale, le bruit de leurs pas s'estompant dans le petit matin.

Puis un silence ahurissant a repris possession des lieux, presque insoutenable.

Mes premiers souvenirs de Paris étaient un prodigieux fracas de voitures, de klaxons, de cris. Un vacarme mécanique et animal. Une rumeur permanente qui montait de tous les quartiers de la ville pour se mêler dans cet incomparable magma sonore qu'on appelle la voix de Paris. Mais là, en cet instant précis, la voix s'était tue.

Plus un son. Même pas l'écho d'un camion militaire, au loin ; ni même un bruit de bottes, de l'autre côté de la Seine. Non, rien.

Alors je les ai entendus. D'abord fondus au silence, puis se distinguant les uns des autres, au point de trouver chacun son individualité, sa musique : au-dessus de moi, dans les verts marronniers des Champs-Élysées, les oiseaux saluaient le lever du jour. Pépiements, gazouillis, roucoulements, tous les volatiles semblaient s'être donné rendez-vous ici, autour de moi, pour rendre hommage au soleil qui a lentement commencé de monter, là-bas, derrière le Louvre et la Cité.

Un étrange sentiment de tendresse, de perfection fugace mais si intense, m'a traversé. J'ai eu la certitude que ce moment ne se reproduirait jamais, et avant même qu'il ne s'achève, j'en avais déjà la nostalgie. Un regret étouffant, incontrôlable, qui m'a fait saisir le tronc d'un marronnier pour y poser mon oreille, ma joue, mes lèvres. Durant une seconde, Paris m'a souri dans toute sa lumière, toute sa musique, toute sa sève, de toute son âme. Puis l'ivresse s'est envolée, sans que je comprenne vraiment ce qui s'était passé.

Il me faut une fois de plus le recul du cachot pour parvenir à mettre en mots l'indicible. C'est la première fois que je repense à cette seconde d'éternité. Il y a neuf ans, je l'ai aussitôt renfermée en moi, comme on cache un trésor, préférant le voir disparaître à jamais plutôt que de devoir le partager. Un bonheur égoïste, comme toute vraie joie.

Mais ce ravissement n'aurait pas pu durer plus longtemps. Voilà bientôt qu'un nouveau bruit de bottes retentissait, effrayant les oiseaux qui se sont envolés vers les Tuileries.

Je me suis retourné, étonné de ne voir aucune colonne de soldats. Le bruit était pourtant bien là. Il s'accompagnait maintenant d'un chant. Un chant en allemand :

« Eins, zwei ! Eins, zwei ! Eins, zwei ! »

J'ai alors aperçu la silhouette. Elle n'était encore qu'au niveau du Rond-Point, mais elle descendait les Champs-Élysées, s'appliquant à suivre le tracé de la ligne centrale, au beau milieu de la chaussée.

«*Eins, zwei! Eins, zwei! Eins, zwei!*»

Comment un seul homme pouvait-il faire autant de bruit? Car c'était bien un homme, j'en étais sûr.

J'étais moins offusqué par son vacarme qu'intrigué par son petit numéro en solitaire. Pour qui faisait-il ce numéro? Ce n'était pas un soldat, ni même un Allemand. Débraillé, dans un smoking souillé, le torse dépoitraillé, il lançait la jambe en criant, toujours plus fort son «*Eins, zwei! Eins, zwei! Eins, zwei!*»...

Dans la main droite, j'ai remarqué qu'il tenait ce qui m'a semblé être une matraque.

«Il est peut-être dangereux», me suis-je dit, avant de constater qu'il s'agissait d'une bouteille de champagne vide.

M'apercevant, l'ivrogne a obliqué vers moi, continuant son pas de l'oie, l'œil fixe, avant de s'immobiliser et de lancer au loin sa bouteille pour mieux tendre le bras au ciel.

Tandis que le verre explosait sur le pavé de la Concorde, il a hurlé un «*Heeeeeil!*» tonitruant.

J'étais si abasourdi que je me suis contenté de le fixer d'un visage perplexe et sûrement bien niais.

— Saluuut, bel inconnuuu, a-t-il chantonné en perdant raideur et ivresse pour me sourire avec un charme ravageur. Toi aussi, tu célèbres la défaite?

11

— Je m'appelle Marco, Marco Dupin, m'a-t-il dit en emplissant avec délicatesse ma coupe d'un champagne frappé aux bulles étonnamment fines. Tu as déjà bu du Krug ?

— Vous êtes... tu es sûr qu'on a le droit ?

— On a tous les droits, puisqu'il n'y en a plus, a-t-il plaisanté en effleurant ma coupe avec la sienne, arborant ce sourire qui allait me causer tant de tort.

Nous étions à la terrasse du Colisée, un des grands cafés des Champs-Élysées. Marco Dupin m'y avait presque poussé de force, arguant qu'« une telle rencontre, ça ne se célèbre pas à l'eau plate ! ». Songeant « après tout, à époque folle, geste fou », j'avais suivi cet étrange séducteur qui avait trente ans et en paraissait cinquante. En fait, Dupin n'avait pas d'âge. Disons qu'il avait celui qu'on lui donnait, s'y conformant avec un courtois mimétisme. Très grand, les yeux gris, une couronne de cheveux corbeau enserrant une calvitie luisante, il m'a tout de suite paru d'une sensualité radicale. Ce n'était pourtant rien : un mouvement des lèvres, la longueur excessive des cils, ce nez massif dont les narines étaient toujours en éveil. Chaque détail d'un physique pourtant banal contribuait à forger une personnalité unique, comme je n'en avais jamais rencontré jusqu'alors. Ajoutez à cela une élégance naturelle, des gestes racés, étrangement harmonieux malgré sa trop grande taille, ses trop longs bras. Je le saurais bientôt à mes dépens, celui qu'on nommait Marco Dupin était le charme incarné. Un charme vénéneux...

Comme tant d'établissements parisiens, Le Colisée était abandonné. Omettant d'en fermer les portes, et même de rentrer les chaises, serveurs, patron et clients avaient pris la poudre d'escampette, laissant même sur les tables de zinc pièces et billets pour des additions jamais encaissées.

— Voilà un lieu digne de nos noces aurorales, avait décrété Dupin en me désignant une petite table au milieu de la terrasse, avant de s'avancer avec flair et flegme derrière le bar, guignant les armoires frigorifiques.

Tandis que je commençais à me dire « Mais qu'est-ce que je fais là... ? », le dandy était revenu avec deux bouteilles de Krug glacé, dont le premier bouchon avait bientôt volé jusqu'au milieu de la chaussée, dans un son de canonnade.

— Et vive la grosse Bertha !

Et nous voilà tous deux, seuls êtres vivants sur la plus célèbre avenue du monde, déserte et jonchée de papiers gras, portant des toasts incongrus à la vie, à l'amour, aux arbres, au soleil, à la pluie, à l'alcool...

— À la nourriture ! a tonné Dupin en désignant le Fouquet's, tout aussi vide, plus haut sur les Champs-Élysées.

— Au cinéma ! ai-je hasardé en saluant la célèbre salle Marignan, face à nous, où s'étalaient des affiches éclatantes.

— À l'Allemagne ! a renchéri Dupin.

Là, je n'ai pas suivi.

— Tu crois vraiment ?

— C'est grâce à elle qu'on s'est rencontrés, non ? a-t-il dit comme une démonstration imparable. (Puis, posant une main sèche sur la mienne, il a ajouté :) Et ensemble, nous allons faire de grandes choses !

J'aurais pu être mal à l'aise mais ce petit jeu m'amusait. Marco Dupin était suffisamment fin pour comprendre qu'il ne m'attirait pas. Plus intuitif qu'un chien de chasse, il décelait aussi bien ses semblables que les vertus convertibles ou les causes perdues. J'étais de ces dernières.

— De grandes choses ? ai-je répété d'une voix rendue pâteuse par l'alcool et la fatigue. Quelles grandes choses ?

— Oh, mais tu vas vite en besogne, bel inconnu. Comment veux-tu que je sache vers quel fier destin nous pousse le hasard, si je ne connais même pas ton nom ?

— Berkeley.

— Comme le restaurant ?

— Non, comme moi, Guillaume.

— Guillaume Berkeley, Guillaume Berkeley, a-t-il scandé d'un ton pénétré en levant son verre pour le faire tourner dans un rayon du jeune soleil. Guillaume Berkeley. Ça sonne bien, dis donc... Tu ne serais pas un peu artiste, toi, par hasard ?

J'ai aussitôt opiné, perdant toute ironie mondaine pour sortir mon petit carnet.

Dupin a violemment reculé son siège avec un sourire effrayé, comme une chaisière devant un claque.

— Voilà déjà qu'il veut me vendre ses cartes postales, le coquin... Range ça, malheureux ! Tu ne sais pas à qui tu as affaire...

Il a pris mon carnet de croquis et, sans l'ouvrir, comme s'il manipulait un obus, l'a remis dans ma poche.

— De la décence, jeune homme. Et surtout, de la prudence.

Me désignant l'Arc de triomphe, en haut de l'avenue, il a ajouté de façon énigmatique, à voix basse :

— Certains pourraient en prendre ombrage...

J'étais moins vexé que déconcerté. Mes dessins ne l'intéressaient pas, grand bien lui fasse. Mais pourquoi ce petit jeu, comme s'il cherchait toujours à surprendre, à choisir une voie parallèle ? Il lui semblait même impossible de dire clairement les choses, encore une caractéristique que j'apprendrais vite à connaître et à contourner : la simplicité et le naturel lui étaient généralement insoutenables.

— Dis-moi plutôt qui tu es, Guillaume Berkeley. Raconte-moi ta vie, tes joies, tes rages, tes désirs, tes fantasmes, même. Tout !

Le menton appuyé sur ses phalanges, les yeux plissés, Dupin jouait maintenant les examinateurs.

Sans doute assoupli par l'alcool, j'ai demandé :

— Tu veux vraiment tout savoir ? même le pire ?

Dupin s'est délicatement léché les babines.

— *Surtout* le pire.

Alors j'ai raconté ma vie. Du début à la fin, c'est-à-dire ce moment-là, à la terrasse du Colisée. J'ai raconté Malderney, j'ai raconté ma mère, j'ai raconté Victor, j'ai raconté Bloch, j'ai raconté Pauline. Oubliant que je m'adressais à un inconnu de plus en plus impassible, j'ai dû me figurer que je parlais à un miroir, à une statue, que je relisais un journal intime, et je me suis livré comme jamais je ne l'avais fait jusqu'alors. Tout y est passé : les détails les plus infimes comme les plus crus, les scènes les plus glorieuses comme les moins valorisantes, mon amour pour Victor et notre lamentable duel, ma passion pour Pauline et la fuite à laquelle celle-ci m'avait conduit. Je lui ai aussi raconté Paris, ma découverte du monde, le dîner Drieu-Aragon, ma complicité avec Jean Marais, les vertiges bien stériles où m'avait poussé Ginette Boulin. Je lui ai enfin décrit mon dernier mois, seul, quai de Conti. Ma fringale créatrice, mes nuits aux Halles, mon étrange détachement face aux événements, que je voulais bien qualifier d'« objectivité nouvelle ». Pour illustrer mon propos, j'ai ressorti le carnet de croquis et Dupin n'a pas fait mine de renâcler. Le dandy y a posé un œil acide mais impénétrable, où je n'ai su lire quoi que ce fût. Mais je ne cherchais ni son assentiment ni ses critiques. Je ne cherchais rien, en fait, sinon à remonter le fil de ces presque vingt années que, pour la première fois, je racontais. Étrange sensation de dresser le bilan, d'arriver à une étape de ma vie, comme si tout pouvait changer en un geste, en un sourire, là, maintenant, tout de suite.

Je n'étais plus face à un homme, mais devant une pythie, un sphinx, qui pouvait m'indiquer la bonne direction comme la mauvaise. Tout était question de perception, de point de vue et de flair. De morale aussi ? Comment savoir ? Ça voulait dire quoi, la morale, en ce matin du 18 juin 1940, alors que des hommes qui se disaient au-delà du bien et du mal étaient venus porter la bonne parole du feu, de la souffrance et de la haine, à un peuple trop abattu pour les repousser ? Ma vie avait-elle été *morale*, depuis cette enfance hors du monde, aux valeurs féodales, surannées, où l'on me persuadait que j'incarnais une race de seigneurs tout en me rappelant que je n'étais qu'un sous-fifre ? Avais-je eu un comportement moral, en faisant la noce avec Ginette, en laissant partir Bloch, en contemplant la beauté de ce désastre, l'esthétisme grandiose et étouffant de cette nation en miettes ?

Non, de morale il n'était plus question, si jamais il en avait été question un jour. Seule comptait la force de vie, la pulsion d'exister qui me poussait chaque matin à prendre mon crayon, mon carnet, à fixer sur le papier ces instants de réalité, ces moments de présent pur. Je crois que j'étais vraiment un artiste.

— Je le crois aussi, a dit Dupin en consultant la montre en or qu'il portait au poignet gauche. C'est amusant, tu as réussi à te raconter en moins de trente minutes...

Je n'en revenais pas. Durant cette demi-heure, le temps s'était dilaté, comme si j'avais revécu ma vie entière, seconde après seconde. Et il n'était que six heures et demie du matin.

J'avais tant parlé, étanchant ma soif de ce champagne grisant, que la tête a commencé à me tourner. Dupin s'en est aussitôt rendu compte et a attrapé une corbeille de pain sur une table voisine.

— Mange, petit. Tu viens de vider vingt ans de trop-plein, il faut me remplir tout ça.

J'ai dévoré compulsivement ces morceaux de baguette rassis, qui m'ont semblé le plus doux des mets.

Dupin a souri avec affection.

— C'est qu'il a faim, Guillaume Berkeley. Quand nous vivrons ensemble, je ferai en sorte qu'il y ait toujours un encas pour toi.

Je me suis étranglé, le quignon restant coincé dans ma gorge.

— Là, là, a fait Dupin en me tapant doucement dans le dos, ça fait toujours cet effet quand je m'invite chez les gens. Mais tu verras, on s'y fait. D'ici quelques semaines, tu ne pourras plus te passer de moi.

Son culot me renversait.

— Chez moi ? Quelques semaines ? Mais je...

J'étais sans voix. Son calme, sa franchise totale. Sans le savoir, avant même de donner ma réponse, j'avais déjà accepté.

— Je te paierai, bien entendu...

Il a happé quelques billets sur les tables voisines.

— Tiens, c'est un premier acompte.

Puis il a fait mine de fouiller dans ses poches et a eu un petit rire flûté.

— Ah oui, j'oubliais, je n'ai plus un centime. Je suis pauvre comme Job, ce qui est bien naturel, venant de moi, non ?...

Je ne comprenais décidément rien. Avec Dupin, il y avait toujours un double fond, un sens caché, un clin d'œil.

— Où habites-tu ? ai-je fini par demander.

— Où habitais-je, tu veux dire... Eh bien, disons que le charmant petit havre d'Auteuil où j'avais posé mes bagages ressemble maintenant à ça.

Du revers de la main, il a envoyé son verre s'écraser sur le trottoir.

— Pardon ?

— Quand tu étais sur ton toit, à regarder les avions, moi je les voyais de très près...

— Ta maison a été bombardée ?

— Euphémisme...

Balayant du bras trois tables voisines, il a explosé d'une joie étrange.

— Boum ! Badaboum ! Finie la maison ! Prestidigitation teutonne ! Magie boche ! Disparue !

Se rasseyant lourdement sur son siège, il a frotté son visage qui m'a semblé brutalement fatigué et aussi vieux que le monde.

— Mais je crois que moi aussi il faut que je commence par le début... Un peu d'autoflagellation ne fait jamais de mal.

Avec une ironie glaciale et une rigueur tout aussi troublante, Marco Dupin m'a en quelques traits corrosifs dressé son autoportrait.

Markus Goldbrot est né à Courbevoie, en 1910, dans l'arrière-salle d'une petite échoppe de la banlieue parisienne. Ses parents étaient tailleurs pour la riche clientèle de Neuilly et il a passé son enfance entre des mètres de tissus et des aiguilles. Seul garçon parmi trois sœurs, il était un enfant exquis, doux, jovial, chéri de ses parents et du quartier, où on le surnommait « le petit ange » (« malgré mes cheveux noirs... »). Rarement enfant avait semblé si heureux de vivre, si serein. À la puberté, la découverte de ses orientations homosexuelles l'a plongé dans un étrange désarroi. Encore candide, il s'en est ouvert à l'une de ses sœurs, qui a aussitôt filé tout répéter aux parents.

— Ma vie est devenue un enfer, racontait Dupin, le regard sombre et perdu dans ses souvenirs. Sans que je comprenne pourquoi ni comment, le petit ange a viré petit diable malgré lui. Mes parents ont commencé à m'humilier devant les clients, m'infligeant un bourrage de crâne ignoble pour me « sortir ces vices de l'âme ».

En pleine adolescence, Markus a atrocement souffert de cet ostracisme. Il est même devenu le bouc émissaire de la petite communauté juive de Courbevoie, qui l'a mis au banc des siens, alors que son père en était une des figures de proue.

— Je n'en pouvais plus. J'ai fini par me tirer. Je venais d'avoir seize ans...

— Pour aller où ?

Petite grimace fataliste.

— Dans ce qu'on pourrait appeler des quartiers « artistiques ».

Par « artistiques », Dupin entendait « interlopes ». Très vite, dans des bars « spécialisés », il a fait la connaissance de plusieurs personnalités que sa verve et son charme ont d'abord intriguées et bientôt fascinées.

— C'est comme ça que j'ai rencontré Cocteau. En 1927.

— Tu le connais, toi aussi ?

— Pour ce qui est de le connaître, j'en ai fait le tour complet..., a-t-il dit avec aigreur, expliquant que l'écrivain l'avait vite pris sous son aile et, comme il l'a fait pour tant de jeunes gens en friche, avait décidé de le « pygmalioniser ».

« Pendant près de six ans, Jean m'a littéralement éduqué, a poursuivi Dupin avec une grimace de dépit. Il m'a appris à écrire, à rire, à aimer, à haïr... Il m'a aidé à publier mon premier livre, *L'Intuition du massacre*, qu'il a lui-même remis à Bernard Grasset et qui a été salué par toute la presse, en 1932. Même par Souday !

Petite moue ironique.

— Quand on est la *madame* Cocteau du moment, on ne récolte que des éloges...

Son regard s'est brisé.

— Et puis, comme il en a toujours eu l'habitude, Jean m'a rejeté là où il m'avait trouvé : sur le pavé...

— Mais pourquoi ?

— Cocteau est un homme qui se lasse, Guillaume Berkeley, tu le sauras assez tôt. Et puis il avait rencontré... l'autre.

Par *l'autre*, j'ai compris qu'il parlait de Marais. Il ne voulait même pas prononcer son nom. Je me suis alors souvenu que, pendant mon propre récit, à la simple mention de Marais, Dupin avait blêmi, crispant ses doigts à briser sa flûte.

Réalisant qu'il n'était qu'un jouet, celui qui avait francisé son nom en Marco Dupin (« l'idée d'arborer le nom de mon père me donnait la nausée ! ») n'en avait éprouvé que plus de dégoût pour le genre humain.

— J'ai alors choisi d'entrer en cynisme comme on entre en religion.

Ayant perdu toutes ses illusions, il a préféré devenir un être brillant et profiteur, bien décidé à faire de sa vie une anti-démonstration de talent. Génie de l'opportunisme et de l'esprit coucou, il a dès lors vécu d'expédients, faisant un peu tous les métiers, publiant à droite et à gauche, vivant de son charme et de ses charmes. Il s'amourachait régulièrement de jeunes gens qu'il jetait comme on l'avait jeté.

— J'ai été à bonne école. Avec le recul, c'est Cocteau qui a raison : il ne faut jamais s'attacher. L'abandon est une nécessité ; la trahison, un devoir civique. Car elle permet de s'habituer à la mort...

Marco Dupin avait perdu toute bonhomie, toute couleur. Il a alors enfoncé son visage entre ses bras croisés sur la table, lâchant un bruit rauque d'animal malade.

— Aaaah, bon Dieu ! Ça fait longtemps que je n'avais pas creusé aussi profond.

Secouant la tête comme on réprime un frisson, il s'est donné une petite gifle en grinçant :

— Et je déteste ça !

Avant que je ne m'en rende compte, il avait retrouvé son piquant et son charme impassible. Il a même sorti de sous la table une troisième bouteille, qu'il a débouchée avec volubilité.

— Blague dans le coin, tu veux bien m'héberger, puisque ton Bloch m'a l'air de t'avoir laissé un sacré appartement ?

J'ai accepté sans l'ombre d'une hésitation.

Pressant d'une main le bout de son nez tout en écartant de l'autre son oreille gauche, il a ajouté d'une voix éraillée :

— Bloch, Goldbrot, on est tous un peu cousins, non ?

Ses yeux assassins m'ont un instant fait frémir, un instant qui a duré suffisamment longtemps pour qu'une étrange lourdeur s'insinue à la terrasse du café.

J'ai alors compris : nous n'étions plus seuls.

Nos regards ont été attirés vers un petit convoi de voitures noires, qui descendaient les Champs-Élysées. Quatre Mercedes décapotables roulaient presque au pas. Conducteurs et passagers ressemblaient à des automates, chacun fixant la route devant lui, comme s'il leur était interdit de tourner la tête. Seuls deux d'entre eux paraissaient en vie. Sur la banquette arrière de la troisième voiture, un homme jeune en tenue de ville désignait un à un les immeubles de l'avenue à son voisin, lui-même sanglé dans un uniforme et un imperméable. Contrastant avec la volubilité du cicérone, le militaire posait sur Paris un œil morne et déçu.

Arrivant devant Le Colisée, le convoi n'a ni ralenti ni accéléré. En nous apercevant, le militaire a d'ailleurs semblé retrouver un semblant de vie, comme s'il était heureux de ne plus traverser une ville morte. Son œil turquoise s'est éclairé et je l'ai reconnu.

La fameuse mèche était cachée par une casquette mais sa petite moustache brune était aussi carrée que dans les journaux. Avec un geste saccadé, il a replié son avant-bras pour nous adresser un salut sec et sans âme, en articulant un mot que le moteur des Mercedes a rendu inaudible.

Tandis que j'étais tétanisé de contempler le diable en personne, Dupin a levé sa coupe vers le dictateur en criant d'un ton atrocement jovial :

— *Mazel tov !*

12

Quatre jours plus tard, le 22 juin, l'armistice était signé à Compiègne, dans cet étrange wagon où les Allemands s'étaient déculottés devant les vainqueurs de 1918.

Pour la France, bilan saumâtre : cent mille soldats fauchés, deux millions de prisonniers, les trois cinquièmes du territoire – essentiellement le Nord et l'Ouest – occupés par les Allemands, le reste sous autorité française mais en bonne entente avec nos nouveaux « cousins de province ».

— À chacun son occupation, a gloussé Dupin en se laissant tomber sur le lit défait de Bloch, au milieu des vêtements qui traînaient çà et là dans la pièce. Moi, j'adore *occuper* cette chambre, tu es bien sûr que tu ne veux pas changer ?

— Ça fait presque un an que je dors avec mes bondieuseries, je m'y suis habitué...

Marco a mimé un frisson très théâtral.

— Dormir sous les yeux de cet épouvantable donneur de leçons, clouté et barbu... brrrr ! Moi, ça me flanquerait des cauchemars...

— À chacun sa croix, ai-je dit en désignant le mini-musée Picasso que constituait la chambre de Bloch.

Dupin n'avait pas hésité. Lorsque je lui avais fait visiter l'appartement, il avait aussitôt choisi la « chambre du maître ».

« Moins pour ses murs que pour sa literie, avait-il expliqué en appuyant les mains sur le matelas, pour en tester les ressorts. Je ne compte pas toujours dormir seul, tu comprends ? » Décrochant un des tableaux avec désinvolture, il avait ajouté : « Il faudra qu'on passe le voir, un de ces quatre, l'ami Pablo. »

Il avait alors regardé, par la fenêtre, dans la direction du quai des Grands-Augustins, où le peintre avait son atelier. Dans la rue, une famille de petits-bourgeois en chapeau et voilette voyait passer une colonne de soldats avec un mélange de crainte et d'admiration.

«Je suis sûr qu'il va très bien s'accommoder des Allemands, le filou. Il va jouer les artistes dans sa tour d'ivoire et, à l'heure des règlements de comptes, il ne récoltera que des médailles.»

Le cynisme de Dupin aurait dû me révulser, pourtant il m'amusait. Certes, Marco frôlait souvent les limites du supportable, mais durant sa «confession» au Colisée, j'avais vu ce que cachait cette ironie cinglante et presque suicidaire : une souffrance profonde, jamais domptée. Rarement la haine de soi, de l'image qu'on a de soi-même, m'avait semblé à ce point exacerbée. Dupin se détestait, se vomissait, se conchiait ; mais il le faisait avec grâce et humour.

Ce que d'aucuns – notamment Cocteau, qu'il n'avait de cesse de mépriser, trouvant toujours une occasion pour attiser sa rancœur – prenaient pour une pause mondaine lui venait en réalité de sa blessure intime. Sa haine viscérale des juifs ne reflétait aucun racisme paradoxal mais n'était en somme que la manifestation du rejet de ses parents, du milieu où il était né, où il avait été si heureux, et d'où on l'avait jeté.

— Les Juifs, peuple élu, grognait-il souvent, comme une macabre maxime. Élu pour la malédiction.

— Tu répètes toujours ça, lui ai-je dit, tandis que nous écoutions, dubitatifs, l'un des premiers discours de Pétain, à la TSF du grand salon.

Fidèle à son atonie chevrotante, le Maréchal brocardait «les mensonges qui vous ont fait tant de mal», lui préférant les valeurs réelles de la terre, « qui ne ment pas »...

— « La terre ne ment pas. » Ça sonne bien, n'est-ce pas ? a lancé Marco, un verre de champagne à la main. (Il avait découvert la cave laissée par Simon : une mine d'or !) « La terre ne ment pas », ça sent son Barrès, son terroir, son angélus de Millet. Une France saine, épurée de ses bacilles, épurée des gens comme moi...

— Tu rapportes toujours tout à toi.

— Parce que *nous* sommes partout, Guillaume Berkeley, a rétorqué Marco, manquant verser son verre tant il s'enflammait pour ses théories. Tu crois que Pétain écrit ses discours ? Celui-là a été rédigé par le tout à fait juif Emmanuel Berl, à qui j'avais donné quelques textes entre 32 et 37 quand il dirigeait le journal *Marianne*...

Je n'étais pas convaincu.

— Qu'est-ce que ça prouve ?

— Que nous travaillons à notre propre perte. Que, depuis cinq mille ans, nous passons notre temps à nous autodétruire.

Marco Dupin avait beau dénoncer cette prétendue malédiction, il en était une parfaite illustration.

— Mais je suis trop restrictif en me limitant à ma chapelle. Il n'y a pas que les juifs, sur terre. L'homme est mauvais en soi. Depuis qu'un soupçon d'intelligence est né chez cet aimable bipède, il a décidé de détruire le monde. Mais c'est une mort lente, et moi j'ai décidé d'en accélérer le terme, avec mes modestes moyens.

Que pouvais-je répondre à ça ? Mes « mais non, Marco », « voyons, tu exagères », « tu vois tout en noir», etc., se heurtaient toujours à la même fin de non-recevoir: «Tu es trop jeune pour comprendre; tu n'as pas vécu ce que j'ai vécu... L'homme ne mérite qu'une chose: la mort globale.»

Convaincu que l'homme est mauvais jusqu'à ses tréfonds, Marco Dupin s'efforçait d'en être l'exemple vivant, à la façon d'un martyr.

«Le martyre, n'est-ce pas là le destin de mon peuple?» m'expliquait-il, sans que je parvienne à le prendre vraiment au sérieux, car il ajoutait toujours une pirouette, un bon mot, incapable de lutter contre son besoin de plaire.

Tout le drame de Marco Dupin était là. Personne ne le prenait au sérieux. On ne voyait en lui qu'un délicieux don Juan un peu pervers, alors qu'il voulait montrer par ses idées et ses actes la profonde bassesse de l'être humain.

Marco gardait caché en lui un vague instinct de survie. Sinon, il ne serait pas venu camper «chez moi», investissant l'appartement de Bloch pour son plus grand confort.

Vous vous demanderez peut-être comment je subsistais, sans travailler, dans ce début d'Occupation. Disons que Simon m'avait laissé un petit pécule en billets de banque et en bijoux («Revends-les s'il le faut, mais ne te fais pas rouler...»), et qu'il avait toujours eu de colossales réserves alimentaires. Réserves que Marco entamait dangereusement, surtout lorsqu'il ramenait quelques mignons à souper, au beau milieu de la nuit.

Il faut dire que ça défilait, quai de Conti! Dupin essayait de se faire discret, d'accueillir ces messieurs lorsque j'étais moi-même sorti ou dans mes appartements, mais j'ai plus souvent qu'à mon tour croisé une faune incroyablement hétéroclite, couvée du regard par un Marco Dupin auquel la robe de chambre de Bloch seyait admirablement : apache de la Bastille, père de famille égaré, pilier de cabaret chic, inconnu croisé dans les buissons du Champ-de-Mars, et même quelques soldats allemands.

— Mes favoris, précisait Marco, lorsqu'il me faisait le tableau de ses conquêtes... J'adore leur raideur. Leur côté luthérien. Et puis, dès que j'éteins, c'est la nuit de cristal !

Voulait-il faire naître en moi le désir ? Je ne l'ai jamais pensé. S'il était très clairement attiré par moi, il ne se serait jamais permis la moindre ambiguïté.

— Et moi ? lui ai-je demandé un matin, tandis qu'un jeune Aryen venait de quitter l'appartement, les yeux écarquillés, car il avait découvert les merveilles au mur.

— Et toi, quoi ?

— Je ne t'ai jamais attiré ?

— Toi, c'est différent...

— Différent ?

— Disons que ça ne se pose pas en ces termes.

— Tu biaises, Marco. J'ai exactement l'âge de tes... conquêtes.

Il m'a saisi la main avec une sécheresse presque militaire.

— Prends-le comme tu veux, mais pour moi tu incarnes l'idée que tout n'est peut-être pas perdu.

— Tu veux dire, la guerre ?

Il a secoué la tête de gauche à droite.

— Non, pas seulement, tout.

— Tout quoi ?

— Le reste. La générosité. Le respect. Ce qu'on désigne par cet affreux mot d'« humanité ».

— Tu te moques de moi, n'est-ce pas ?

Je savais qu'il n'en était rien, qu'il était parfaitement sincère, mais il a profité de cette diversion :

— Bien entendu que je me moque de toi. Si je ne te touche pas, c'est que je tiens trop à mon nouvel hôtel pour me permettre un geste déplacé.

— Je te reconnais bien là, ai-je répliqué, mi-figue, mi-raisin, sachant ce que cachait sa parade.

Étrange personnage que ce dandy nihiliste, juif antisémite, flamboyant et pathétique, généreux et suicidaire. L'ai-je aimé ? J'entends par là : ai-je eu de l'amitié pour lui ? Je ne sais pas. De l'affection, sans doute ; une forme de tendresse lasse et amusée. Mais du respect, de l'admiration, je n'ai jamais su.

Près de dix ans après notre première rencontre, Marco Dupin reste un impénétrable mystère.

Un mystère qui m'a coûté très cher...

*

L'été installait sur Paris une torpeur renforcée par la présence de nos nouveaux occupants, et chaque jour apportait son chapelet de nouvelles. Généralement mauvaises.

On parlait d'un certain colonel de Gaulle, improvisé général pour les besoins de la cause, qui aurait déclaré, depuis la radio londonienne, qu'il fallait continuer le combat.

— Avec qui ? Avec quoi ? a grincé Marco en désignant la mine effarée des Parisiens, qui n'en finissaient pas d'observer ces inconnus en uniforme impeccable, à la terrasse de *leurs* cafés, dans les salles de *leurs* cinémas, offrant parfois le bras à *leurs* femmes. La France n'a plus d'armée, deux millions de soldats sont entassés dans des trains en partance pour l'Allemagne. Et le nouveau gouvernement fait tout pour apaiser des tensions que ce « Gaulle » s'échine à attiser, tranquillement installé en Angleterre. C'est trop commode !...

Curieusement, la politique était le seul sujet où Marco perdait son ironie. Il en oubliait même son nihilisme, s'offusquant de certains faits.

— Et puis, désolé de te dire ça, Guillaume, mais tes compatriotes...

À cette remarque accusatrice, je n'ai pu m'empêcher de rougir...

Dupin faisait allusion à la tragédie de Mers El-Kébir. Le 3 juillet dernier, mes « compatriotes » avaient coulé toute la flotte française dans cette rade algérienne afin qu'elle ne tombe pas aux mains des Allemands. Bilan : 1380 morts ou disparus.

À vrai dire, sur le moment, ça ne m'avait rien fait. Mais quand j'avais croisé les regards haineux de mes voisins ; quand j'avais entendu le « Vous devriez avoir honte ! » du docteur Couturier, sur le palier de l'appartement ; quand Félix, mon serveur attitré aux Deux-Magots, avait refusé de me servir, au son d'un goguenard « Ici on n'accueille plus les Angliches », avant de se plier en quatre pour régaler une table d'officiers allemands, j'avais forcément réfléchi.

La France n'avait-elle pas déjà suffisamment souffert, pour qu'on lui assène ce coup de grâce ? Ne fallait-il pas tenter de trouver un terrain d'entente avec ces Allemands, qui se comportaient certes en vainqueurs, mais faisaient leur possible pour ne pas se montrer histrions ? Bien sûr, je n'étais pas français. Je raisonnais en touriste qui ne veut qu'une chose : être bien accueilli lorsqu'il voyage ! J'étais un étranger à Paris... au même titre que ces milliers d'Allemands.

Mais, en apprenant l'attitude de mes compatriotes, je me suis senti brutalement plus Parisien que tous les titis réunis ; j'ai même eu envie de demander ma naturalisation.

Comment les choses se passaient-elles, à Malderney ? Les Allemands avaient-ils envahi les îles Anglo-Normandes ? Ou bien ma mère, si elle vivait encore, était-elle toujours à la tête de sa Seigneurie, dernier État indépendant des mers européennes ? À vrai dire, je ne me posais plus la question. J'avais trop vécu, depuis un an, pour m'abîmer dans des regrets. Et puis, le blocus des informations était là pour m'empêcher d'en savoir plus au sujet de ma famille et de mon pays. J'étais en France, je devais m'efforcer de penser « en Français ».

*

« C'est sous le triple signe du travail, de la famille et de la patrie que nous devons aller vers l'ordre nouveau », a déclaré Pierre Laval au Conseil des ministres, le 8 juillet.

Deux jours plus tard, au Grand Casino de Vichy, 570 députés (sur 667) ont voté les pleins pouvoirs au vieux Pétain. Le soir même, Laval employait pour la première fois le mot « collaboration ».

Oui, tout changeait...

— Un gâteux sur le trône, qui yoyote « Travail, Famille, Patrie », on va bien s'amuser dans la nouvelle France, n'a pu s'empêcher de marmonner Marco, tandis que nous étions allongés sur les berges de la Seine, au pied du pont des Arts, en maillot de bain, après une traversée du fleuve à la nage. Tu vas voir ce qu'ils vont faire des juifs, maintenant...

Dupin était insondable. Il haïssait autant les tortionnaires de Mers El-Kébir que les bâtisseurs de la nouvelle France.

— Oublie un peu tout ça..., ai-je dit. C'est le 14 Juillet, aujourd'hui. C'est votre fête nationale.

— « Ma » fête ?... Je te rappelle qu'il y a cinquante ans mes grands-parents étaient peaussiers à Vilnius...

Je n'ai rien répondu, préférant jouir de cette belle journée.

Autour de nous, des dizaines de badauds profitaient aussi du franc soleil d'été. Des familles piqueniquaient à l'ombre des platanes. Des élégantes aux lunettes de soleil à monture blanche s'abritaient sous des ombrelles. De jeunes athlètes multipliaient plongeons et traversées. L'un d'eux était, paraît-il, arrivé du quai de Bercy en moins de vingt minutes.

— Oui, mais c'est un Allemand, a grimacé un de mes voisins de « plage ».

— Et alors ? s'est insurgée sa voisine, ils ont le droit de se baigner eux aussi !

L'autre a haussé les épaules en gardant son ton amer :

— Moi, je ne baigne pas dans la même eau que ces gens-là...

Au même instant, trois jeunes gens torse nu ont demandé à s'asseoir près de ce vibrant germanophobe.

— Fous bermettez, monsieur ?

Entendant leur accent allemand, l'homme a blêmi et s'est aussitôt reculé, obséquieux.

— Je vous en prie. Faites comme chez vous...

Sur le quai, tout le monde a éclaté de rire.

— « Douce France », a fredonné Marco, qui avait suivi la scène avec une froide tristesse.

Dépliant un journal, il a repris son monologue :

— Hitler et Staline sont les seuls à avoir compris : tuez-les tous, après on fera le tri. D'ailleurs, ce n'est pas pour rien s'ils sont alliés... Tiens, écoute donc ce que je lis dans *L'Humanité* clandestine : « Les conversations amicales entre travailleurs parisiens et soldats allemands se multiplient. Nous en sommes heureux. Apprenons à nous connaître. » Ah, ils ont de l'humour, les communistes...

— Marco !

— Oui ?

— Je bronze...

— C'est bon. Je me tais...

*

Était-ce l'effet de l'été, de la suave anesthésie offerte par les grandes vacances ? J'avais vraiment l'impression que la collaboration s'installait avec douceur. Bien sûr, les Parisiens rechignaient, renâclaient, piaffaient, râlaient, mais telle est leur nature. Après la gifle de la défaite, je sentais en eux comme un soulagement sourd. Ils ne s'attendaient pas à cela. Dans leur regard gouaillait un « c'est pas si pire, après tout », qui reflétait bien l'état d'esprit général.

Était-il le même chez les intellectuels, les artistes ? À l'époque je n'aurais su le dire, car j'avais perdu tout contact avec les amis de Bloch. Certains étaient encore en province, comme Marais et Cocteau ; d'autres aux abonnés absents, comme Aragon ; quant à Drieu, je n'avais aucune envie de le revoir. Pour ce qui est des quelques comédiens rencontrés pendant mes nuits de bamboche avec Ginette, ils me semblaient aussi insouciants que moi. Lorsqu'il m'arrivait de croiser Claude Dauphin, Danielle Darrieux ou Suzy Delair dans un cabaret ou un restaurant, nous parlions de tout sauf de la guerre.

La seule opinion que nous ayons fini par recueillir est celle d'un vieil homme aux airs de pasteur inverti, que nous avons croisé à la fin juillet, à la terrasse du Flore.

— Mais c'est le petit Marco, a dit cet étrange personnage qui portait une houppelande malgré la chaleur.

Un instant, j'ai vu Dupin hésiter. Allait-il continuer son chemin ? s'arrêter ?

— Ne fais pas comme si tu ne m'avais pas vu, a lancé la houppelande. Viens plutôt dire bonjour à un vieil ami.

— Bonjour, André, a dit Marco d'une voix sévère.

André m'a désigné avec un certain dédain.

— Une nouvelle acquisition ?

Dupin s'est braqué.

— Il m'arrive d'avoir de simples amis, André !

— L'amitié est toujours le début de quelque chose, a gloussé le vieil homme en me tendant une main longue et élégante.

— Bonjour, jeune homme. André Gide.

Je me disais bien que ce visage...

Nous avons passé une bonne heure à la table de l'auteur de *Paludes*. Un rien pontifiant, il a évoqué la création des Chantiers de jeunesse, sorte de scoutisme vichyssois sous l'égide du Maréchal. Il s'est également inquiété de la loi du 22 juillet sur la révision des naturalisations.

— Tu ne crains rien, tu es sûr ?

— J'espère bien que je crains quelque chose ! a crâné Marco. Sur 15 000 dénaturalisations, ils ont déjà « traité » 6 000 juifs. (Grimace de dépit.) Pour l'instant, ils ne s'occupent que des immigrés de fraîche date. Mais je fais confiance au gouvernement pour vite remonter dans les générations. Je jubile rien qu'à l'idée de voir mes parents, incarnation des « bons Français », perdre tout droit civique...

Gide n'a rien dit, scrutant Marco derrière ses lunettes rondes en écaille d'un air où se mêlaient tendresse et pitié.

— Tu leur en veux toujours autant, n'est-ce pas ?

— Jusqu'à leur mort... et la mienne.

— Tu as raison : à la mort ! a dit Gide en levant son verre de condrieu pour trinquer avec Marco et moi, qui gardais mon calme pour écouter cet étrange dialogue.

Voyant alors passer cinq jeunes soldats aussi blonds que le soleil, Gide a baissé d'un ton pour nous avouer :

— Franchement, je m'accommoderais assez volontiers de contraintes. Et j'accepterais une dictature qui, seule, je le crains, nous sauverait de la décomposition...

— Je croyais pourtant que tu aimais la pourriture, André, a murmuré Marco, qui suivait lui aussi le pas rythmé des soldats.

— Seulement pour le dessert.

*

L'été s'est fini plus vite que prévu. Cet étrange statu quo, que nous n'osions appeler «état de grâce», s'est doucement émoussé, tandis que grondaient les orages du 15 août. Tout tournait au vinaigre : de Gaulle était condamné à mort par contumace ; les Allemands annexaient l'Alsace et la Moselle, enrôlant dans leurs rangs des étrangers qui ne parlaient pas leur langue ; les sociétés secrètes se voyaient interdites ; un certain Otto Abetz était nommé ambassadeur du Reich à Paris, ordonnant aussitôt une saisie des collections des musées...

— Tu vas voir qu'ils vont finir par débarquer ici, mon colon ! a dit Marco en me désignant les Corot, les Manet, les Renoir, les Ingres, et tout ce qui faisait notre quotidien.

Moi, j'étais assis au bureau de Bloch, là où je l'avais si souvent vu faire les comptes domestiques. Pour la première fois, je m'étais attelé à cette tâche que je n'aurais jamais dû ajourner.

— J'ai bien peur de devancer leurs désirs et de devoir aller leur en vendre un ou deux, ai-je dit, la tête noire de chiffres.

— Qu'est-ce que tu veux dire, Guillaume ?

— Je veux dire qu'on est au début du mois de septembre et qu'on n'a plus un sou.

— Comment ça ?

— Bloch m'avait laissé de quoi subsister seul, pas avec un don Juan et ses... conquêtes.

Marco s'est renfrogné :

— C'est bon, j'ai compris, je lève le camp.

Il avait baissé les paupières, singeant le chien battu.

— Pas la peine de jouer les martyrs, Marco. Avec ou sans toi, je n'ai plus d'argent. Du tout.

Je me suis levé pour décrocher une charmante miniature de Boucher, au-dessus du bureau.

— On pourrait commencer par celui-là, non ?

J'ai vu Dupin perdre son sang-froid.

— Guillaume Berkeley, remets tout de suite ce tableau là où il était.

— Mais...

— Repose-le !

Il ne plaisantait pas. Son visage avait pâli.

— Autant je méprise le genre humain, autant je respecterai toujours ce qu'il a produit de plus beau, de plus grand. Et si tu commences à monnayer ces... trésors, je vais réellement quitter cet endroit.

Impayable Marco, voilà maintenant qu'il mettait son départ dans la balance, après m'avoir annoncé son nouvel exil.

— Très bien, ai-je dit, déjà fatigué de ses simagrées. Mais le problème est le même. Que tu partes ou pas, j'ai besoin d'argent.

Marchant vers la fenêtre, Marco a regardé sa montre et scruté la vue, sur le quai. Quel calme, quel silence !

Il n'était pas neuf heures du soir mais personne n'arpentait plus les rues. Seuls deux soldats allemands prenaient le frais en cette fin d'été, appuyés à la margelle du pont des Arts, en offrant des cigarettes à deux très jeunes femmes qui ont semblé enchantées de les accepter.

— J'ai peut-être une idée, a dit Dupin.

— Une idée de quoi ? de travail ?

— Si curieux que cela puisse paraître : oui. De travail. Tu fais quelque chose demain soir ?

— Pas que je sache.

— Alors, je vais t'emmener chez Dodo.

— Dodo ?

— Une amie. Une amie qui a des relations. Telle que je la connais, elle va sûrement nous trouver un métier. Un *vrai* métier.

13

— Dodo, ma beauté !

— Marco, ma crapule !

Tous deux se sont tombés dans les bras, sous les regards discrets des entraîneuses et de leurs clients.

— Ça fait combien de temps ? a dit Dodo, qui a serré les joues de Marco dans ses pognes de bouchère.

— Je ne sais pas. Un an ? quinze mois ?

— Autant que ça ? s'est-elle étonnée en tirant une bouffée de son gros cigare. Dieu que tu as dû me tromper pendant tout ce temps...

— Tu n'as pas idée, ma cochonne !

Ils ont éclaté d'un franc rire gaulois, sous le regard complaisant des quelques silhouettes affalées dans les canapés roses molletonnés.

Moi, j'étais sans voix. Depuis mon arrivée à Paris, un an plus tôt, presque jour pour jour, j'en avais vu des lieux de perdition. Bars de nuit, cabarets, bistros « à étages », restaurants avec « salons particuliers ». Ginette m'avait même emmené au One Two Two, le fameux claque du 122 de la rue de Provence, lorsque je lui avais avoué n'être jamais entré dans ce genre d'établissement. Nous n'y étions restés que dix minutes : voyant combien l'endroit m'émoustillait, la démone m'avait reconduit de force quai de Conti en me faisant d'injustes reproches.

Mais je ne pensais pas qu'un endroit comme Chez Dodo la Menteuse pût exister. Cela tenait de la taverne médiévale et du lupanar d'Ancien Régime. Si la décoration était celle de tous les bordels parisiens – froufrous, rideaux épais, tableaux licencieux détournant des scènes de Watteau en orgie campagnarde –, il se dégageait de ce lieu quelque chose d'unique, d'étrangement pénétrant, qui tenait moins au mobilier et à la faune qu'à l'ambiance générale. Quelque chose d'ontologiquement décadent et perverti, comme si on gagnait l'autre côté d'une réalité déjà bien douteuse.

Installé dans un étroit immeuble de la rue des Martyrs, au pied de Montmartre, Chez Dodo la Menteuse était le repaire de tout ce que l'épithète « interlope » peut englober : marlous, bandits, caïds, apaches, uranistes, tribades, petites frappes, vieux ténors de la cambriole ou nouvelles gloires des « affaires ». À côté de cette cour des Miracles – au coude à coude, pourrait-on dire –, on croisait également nobliaux en rupture de ban, femmes du monde en quête du grand frisson, politiciens à couvert et autres célébrités masquées... Une effarante ménagerie où il fallait montrer patte blanche, car la petite porte peinte en rouge vif du 65, rue des Martyrs était gardée par un Sénégalais aussi court que trapu, qui encadrait avec une perfection quasi arithmétique l'entrée de ce pandémonium. La patronne l'avait, paraît-il, rencontré aux Jeux olympiques, lorsqu'elle était encore une vedette de l'athlétisme.

La patronne : parlons-en ! Comment la décrire ? Une tour. Mieux, un silo. Un bon mètre quatre-vingt-dix, une taille qu'elle avait renoncé à contenir, toujours sanglée dans un étrange costume d'équitation, avec bottes de cheval, veste de peau cintrée, foulard autour du cou, une cravache dans la main gauche, un cigare dans la droite.

— Tu ne me présentes pas ? a-t-elle dit à Marco, alors que je restais en retrait, incrédule.

— Ça, c'est Guillaume, mon nouveau « logeur ».

Dodo a fait une petite moue nostalgique, crachant la fumée de son cigare.

— Il est loin le temps où tu créchais ici pour te faire un peu d'argent de poche. J'en connais qui le regrettent...

Un instant, j'ai vu Marco perdre son flegme.

— Il y a des périodes que je préfère couvrir d'un voile pudique...

— Même toi ? a grincé Dodo, avant de me tendre son énorme main gantée. Bonsoir, donc, messire Guillaume. Et bienvenue dans mon empire. Je m'appelle Dominique Kifairt, mais ici tout le monde m'appelle Dodo.

— Bonsoir... Dodo.

J'ai serré cette poigne presque métallique, tandis que Dodo plantait ses yeux dans les miens.

Curieusement, je n'y ai lu aucune agressivité, encore moins de perversité. Dans une face carrée, très masculine, à la mâchoire quasi prognathe, ce regard gris était d'une étonnante douceur, avec des reflets presque raffinés et évanescents. J'apprendrais bientôt que Dominique Kifairt n'était en rien une fleur du pavé. Fille de riches propriétaires viticoles d'Albi, elle avait fui sa famille à vingt ans après un mariage forcé et un enfant mort-né.

Dotée d'une constitution hors normes, elle était devenue championne dans plusieurs disciplines sportives et avait rapporté de nombreuses médailles à la France aux Jeux olympiques des années 1900. Ses tendances saphiques (elle avait un temps été la maîtresse de la romancière Colette, qui l'appelait « mon socle ») l'avaient rendue indésirable auprès des comités sportifs. Ayant gagné beaucoup d'argent, elle avait investi dans l'immobilier et acheté quelques immeubles au pied de la butte Montmartre. C'est ainsi qu'elle avait ouvert sa « maison de rendez-vous », au lendemain de l'autre guerre. Depuis, Chez Dodo la Menteuse était devenu un des hauts lieux du Paris interlope. De nombreuses légendes couraient dans ces couloirs tendus de velours mauve, dans ces chambrettes aux papiers peints fleuris et passés, sous ces édredons gonflés de plumes et de secrets d'alcôve. On dit qu'en 1936, en plein Front populaire, le président du Conseil Léon Blum et le député de droite extrême Xavier Vallat se seraient croisés à l'orée de la même chambre. Raides et dignes dans leur peignoir, ils se seraient courtoisement ignorés.

L'histoire est-elle vraie ? Impossible à dire. On surnommait Dodo « la Menteuse » par antiphrase, car elle avait la réputation d'être d'une honnêteté redoutable. De nombreuses personnalités en avaient fait les frais et craignaient depuis ses indiscrétions. On disait également qu'elle avait maints « contrats » sur la tête. Plus d'une célébrité la rêvait morte et enterrée. Mais Dodo avait encore plus de protecteurs que d'ennemis, tant elle avait la réputation de fournir les meilleurs « services » de Paris.

Bref, Dodo était un personnage unique. Elle aurait pu me révulser, mais elle m'a plutôt plu. Cette espèce de bonhomie travaillée, ce mélange de féminité et d'accent viril. Cette autorité de fait, comme si elle était l'impératrice en ses murs. Tout cela a dû réveiller en moi quelques souvenirs maternels qui me l'ont rendue étrangement familière. Si la dame de Malderney avait appris ça, elle en aurait avalé sa couronne.

— Et qu'est-ce qu'il boit le Guillaume ? m'a-t-elle dit en me donnant une tape amicale dans le dos. On a tout, ici.

— Tout ? ai-je répété, jouant les soupçonneux. Même de l'apple brandy ?

Elle m'a rendu mon clin d'œil circonspect, demandant :

— Jersey ? Guernesey ?

— Malderney.

— Oh ! La plus secrète. La plus sauvage. La plus indépendante. J'ai toujours raté le ferry pour y aller, moi qui rêvais de voir cette fameuse Coupée. Mais j'ai passé plusieurs étés à Guernesey.

Je n'en revenais pas ! C'était bien la première fois que quelqu'un connaissait Malderney. Dodo et moi allions bien nous entendre.

La bordelière a dû penser la même chose, car elle s'est tournée vers Marco avec un sourire polisson.

— Il est bien, ton petit. Ramène-m'en plus souvent des comme ça...

— Ça tombe bien qu'il te plaise, car lui et moi avons justement un service à te demander.

— Je me disais bien..., s'est-elle figée, tout à coup méfiante, en me tendant – à ma grande stupéfaction ! – un verre d'apple brandy.

— Comme tu le sais, les temps sont durs, a commencé Marco en désignant une table de l'autre côté du bar où, sous un grand portrait du Maréchal, cinq officiers allemands buvaient du champagne dans les chaussures de trois entraîneuses.

— *Prooooo... sit !*

Dodo a souri.

— Ça dépend pour qui.

— Disons qu'on a besoin d'argent. Et rapidement.

Dodo s'est adossée à son bar et nous a scrutés tous deux comme un censeur cherche à percer deux potaches.

— De façon... *honnête* ?

Marco a hésité un instant, grimaçant avant de croiser mon regard. Puis il a répondu :

— Ce serait mieux, oui...

— Laisse-moi réfléchir, a dit la patronne.

Devant nous est passé un gradé teuton, qu'une demoiselle entièrement nue entraînait dans un petit escalier en colimaçon avec des gloussements de pipistrelle.

— S'il veut le grand huit, n'oublie pas les suppléments, Simone, lui a dit Dodo à voix basse.

— Bien madame, a répondu l'odalisque, tandis que le militaire la suivait, le nez au niveau de son fessier.

— Et on prend les Reichmarks.

— Oui madame...

— Pour toi les affaires tournent, a remarqué Dupin en regardant trois nouveaux clients que leurs correspondantes montaient câlinement en chambre.

— Ça a toujours tourné, ma crapule. Mais laisse-moi réfléchir.

Elle a alors avisé quatre hommes assis en retrait, dans l'ombre, à côté d'une entraîneuse qui ne semblait pas les intéresser et qui jetait des regards désespérés à ses consœurs.

— Tiens, ça serait peut-être pas mal. Tu vois les quatre types, là-bas ?

Marco a plissé les yeux.

— Oui. Eh bien ?

— Celui du milieu, le grand maigre avec des lunettes, c'est un vieux client, Robert Denoël.

— L'éditeur ?

— Ouais. Les Allemands l'ont à la bonne et il paraît qu'il lance une nouvelle collection mais qu'il manque de plumes.

— De plumes, pas d'auteurs ?

— Il cherche des nègres, quoi.

— Je suis plus juif que nègre, a grimacé Marco, qui avait suffisamment souffert de ne publier qu'un seul livre pour jouer les écrivains fantômes. C'est tout ce que tu as à me proposer ?

— Ça paye bien, tu sais.

— Si j'écris, je publie sous mon nom. J'ai encore un vieux fond de fierté.

— Comme tu veux, a dit Dodo, avant de reprendre son tour d'horizon.

Puis elle a désigné un rideau fermé, dans la partie la plus obscure de la salle.

— Il y aurait bien évidemment ça, mais si tu veux que ça reste honnête...

— Explique-toi...

Dodo avait perdu sa bonhomie et nous regardait avec un air étrangement protecteur.

— Tu as déjà entendu parler de monsieur R. ?

— Monsieur R. ? C'est quoi ça ? a demandé Marco.

Dodo a blêmi et lui a aussitôt mis une main sur la bouche.

— Tais-toi, malheureux ! Il y a des noms qu'on ne prononce pas à voix haute, même ici.

— Bon bon... Et il fait quoi, ton... *monsieur R.*

— Un peu de tout... et il a l'habitude de régler ses affaires ici, trois soirs par semaine, dans mon « salon particulier ».

— Tu n'as pas l'air de l'aimer, ce monsieur R.

— Franchement, ce type me fait peur.
— Peur ? Toi ?
— Tu sais bien que je ne mens jamais. C'est pourquoi je vous déconseille d'aller le voir. Ce type, c'est comme le diable. Il va vous offrir des merveilles, mais en échange il va...
— Voler notre âme ? ai-je enchaîné.
Elle a cligné des yeux en signe d'assentiment.
J'ai aussitôt senti Marco tout excité. Son nihilisme prenait le dessus et il était prêt à foncer droit dans l'arène. C'est pourquoi je l'ai contré en demandant :
— Vous nous présentez ce monsieur Denoël ? J'ai toujours eu envie d'écrire des livres.
Marco a étouffé un grognement agacé mais a pris un air résigné. Quant à Dodo, elle m'a souri avec cette même douceur maternelle.
— Sage décision. Suivez-moi...

14

— Alors comme ça, ces messieurs veulent écrire ?
L'éditeur nous scrutait derrière ses lunettes rondes, sans même nous proposer un siège.
— Mes deux amis ont beaucoup de talent, Robert, a insisté Dodo, qui adorait jouer les entremetteuses. (Tournant un instant les yeux vers le grand portrait de Pétain, au centre de la salle, elle a précisé :) Et puis, ce sont des amis de la... nouvelle France.

Je n'ai pu me retenir de grimacer – je n'étais ami de rien du tout ; j'avais juste besoin d'argent –, ce qu'a semblé remarquer l'un des trois hommes assis près de Denoël. L'éditeur est resté de marbre.

— La nouvelle France, je m'en moque, Dodo. Je suis belge et je publie des livres...

Je sentais Marco de plus en plus mal à l'aise. Il ne disait rien, mais les trois autres hommes du groupe le scrutaient avec une désagréable insistance.

— Mais je te connais, toi, a fini par dire le plus grand d'entre eux, un homme au visage émacié, les yeux bleus, le cheveu noir et gras, vêtu d'une étrange canadienne.

Dupin a grimacé, l'air de dire « ça devait arriver ».

— Moi aussi je vous connais, vous êtes Louis-Ferdinand Céline.

Ce nom a résonné dans ma tête comme un coup de gong. J'ai revu la mine affligée de Bloch devant les atroces pamphlets écrits par cet homme dont il avait tant admiré les romans. Je me suis rappelé ses dédicaces si abruptes, si agressives. Et voilà que l'écrivain le plus violemment antisémite de France passait Dupin à la question. Tout me soufflait de fuir ce guêpier, mais Marco ne bougeait pas, toisant Céline avec un œil qu'il s'efforçait de garder neutre. Ce dernier a enchaîné :

— T'as été la lopette de Cocteau, hein ?

— On peut dire ça comme ça, a grommelé Marco.

Céline semblait trouver la rencontre incongrue et amusante. Se tournant vers Denoël, il s'est lancé dans une explication rendue chaotique par le champagne :

— Je le connais, ce type. Encore un giton que la Coctaille a laissé sur le carreau. Il a même publié un livre, en 1935-1936. C'est tonton Jean qui devait tenir le crayon, j'imagine...

— Non, j'ai toujours écrit seul, a dit Dupin à mi-voix.

— Et on a sa petite fierté, en plus !

J'étais désolé pour Marco, je ne l'avais jamais vu perdre ainsi ses moyens. Où étaient passés son nihilisme, sa désinvolture ? À tout autre il se serait vanté : « Bien sûr que je n'écris pas, voyons. C'est la moindre des choses, la base de toute imposture. » Mais là, devant ce monstre d'écriture dont même les plus farouches ennemis reconnaissaient le génie, il semblait un petit enfant pris en faute, un peu honteux, un peu gêné, ne sachant à quelle sauce ses parents allaient le manger, parce qu'il avait ouvert l'armoire aux confitures.

— Et puis t'es juif, si je me souviens ?

Un vent glacé est passé dans le petit groupe. Les quatre hommes l'ont alors scruté avec un mélange de dégoût et de joie mauvaise. Moi, je persistais à me dire qu'il était vraiment temps de partir. J'ai donné une petite tape dans le dos de Dupin, ce qu'a aussitôt remarqué Céline.

— Ton pote commence à avoir la trouille, mon youpin...

J'ai verdi, me reculant instinctivement, comme si j'avais eu un geste déplacé. Mais les quatre hommes n'avaient rien à faire de moi. C'est Marco qui les intéressait. Leurs yeux perçants, leurs sourires figés. Et puis ce silence. Un silence *médical*. Je me voyais volontiers descendant la butte pour rallier mon quai de Conti. Après tout, du boulot, on finirait bien par en trouver. Et puis je pouvais toujours monnayer un ou deux tableaux, n'en déplaise à Marco. Tout plutôt que voir ce triste faon encerclé par des chasseurs. Curieusement, cette situation a semblé le regonfler, comme si on lui offrait une dernière chance de reprendre l'avantage.

— Oui, a-t-il dit de son ton mondain, on peut dire que je suis juif...

— Eh ben, bravo Dodo, a bramé Céline d'un ton encore plus graveleux, je vois que tu accueilles du beau monde. Si maintenant y faut trinquer avec des youpes...

— Ta gueule, Ferdinand ! l'a mouché Dodo, avant de désigner Marco et de préciser, comme à contrecœur : Laisse-le plutôt t'en parler, des « youpes »...

— Voilà qui est facile, a dit Marco d'un ton acide.

J'ai alors eu le sentiment d'assister à un numéro d'acrobatie. Une de ces performances qui vous coupent le souffle, où l'on se dit « il ne va pas y arriver, il va se casser les jambes, il va s'écraser ». Un funambule sans filet. Un alpiniste à mains nues.

Enfoncés dans leur siège, les quatre types n'en revenaient pas. Denoël fixait Marco, les yeux en soucoupes derrière ses lunettes. Céline peinait à masquer un sourire de plus en plus jubilatoire. Les deux autres, plus timides, étaient comme fascinés par les propos de mon ami. Quant à leur entraîneuse, qui semblait compter les moutons depuis un bon moment, elle est ressortie de son apathie pour observer Dupin avec stupéfaction.

Seule Dodo gardait sa froideur. Je sentais en elle un mélange de satisfaction (celle de voir Marco s'en tirer avec les honneurs), de tristesse (ces honneurs risquaient de creuser sa tombe) et de culpabilité (c'était elle qui l'avait lancé sur cette pente redoutablement glissante). J'apprendrais plus tard qu'elle l'avait connu à la brève époque de sa gloire littéraire, assistant à sa chute dans l'opinion et à la naissance de cet antisémitisme viscéral dont il faisait ce soir-là un morceau d'éloquence et de bravoure.

Moi, je restais bouche bée. À la fois effrayé par des propos que je n'avais jamais entendus si virulents, et admiratif devant la verve redoutable de mon « ami ». Dieu qu'il était brillant... et atroce !

Je serais bien incapable de reproduire ici ce flot d'invectives, ces cataractes de haine brute, tripale, intime, fourmillante. Même rédigés du fin fond de ma cage à poules, il ferait se rouvrir aussitôt les portes du tribunal de Nuremberg ! C'était un atroce festival de *youtre*, *youpin*, *youdi*, *youpinet*, *yapacouille*. Mais tout cela était argumenté, étayé, avec une mauvaise foi hallucinante et un brio d'autant plus redoutable. En un quart d'heure, Marco Dupin a expliqué pourquoi le peuple juif était nuisible au genre humain et comment il devait être éradiqué. Et lorsqu'il a eu fini sa conférence, sur un atroce mais définitif : « Et croyez-moi, je sais de quoi je parle. Je suis né dans cette vermine qui n'a jamais cessé de couler dans mes veines. Foi de Markus Goldbrot ! », un long silence s'est installé dans la partie de la pièce où avait retenti le terrible monologue. Par contraste, les autres clients semblaient faire un bruit d'enfer, alors que ce n'était que gloussements et suaves caresses.

Une sorte de stupeur sacrée était tombée sur nous.

— Ma foi, a fini par dire Denoël, vous m'impressionnez, monsieur Goldbrot.

— Je préfère quand même Dupin, a-t-il répondu, croisant le regard de Dodo, qui semblait hésiter entre le désarroi et la tendresse.

« Mais jusqu'où es-tu prêt à aller, Marco ? » demandaient les yeux gris de la bordelière.

Jusqu'au bout, apparemment, car Denoël était enthousiaste.

— Mon cher Céline, cet exalté nous a prouvé en un quart d'heure que vos *Bagatelles pour un massacre* ne sont que du lait de poule...

Enchanté de pouvoir se montrer beau joueur, l'écrivain s'est dressé pour s'avancer vers Marco.

— Greffière, a-t-il hurlé à l'entraîneuse qui a sursauté, prenez note : qu'il soit dit qu'en ce soir du 4 septembre 1940, l'écrivain Céline aura embrassé un youtre comme son propre frère !

Puis il a pris Marco dans ses bras de géant et l'a serré contre sa canadienne qui sentait la pisse de chat.

— C'est le juif le plus antijuif qui soit ! a-t-il repris. Qu'est-ce t'en penses, mon Georges ?

Ledit Georges – visage mou derrière des lunettes – s'est à son tour levé pour marcher jusqu'à Marco. Avec des gestes de médecin colonial, il a saisi le visage de Dupin entre ses doigts précis, comme pour prendre des mesures.

— Étonnant. Cet homme n'est pas un simulateur. Nous avons devant nous un superbe spécimen de juif ashkénaze.

Palpant les lobes d'un Marco totalement décontenancé par cette visite médicale improvisée, il a demandé :

— Pays Baltes, j'imagine ?

— Euh, Vilnius, oui...

Le médecin s'est retourné vers ses amis avec un sourire satisfait.

— Ils sont si faciles à repérer.

— Le docteur Montandon est une autorité, nous a expliqué Denoël, tandis que le médecin revenait prendre place à ses côtés. Il va diriger une nouvelle collection d'ouvrages intitulée « Le Juif et la France ».

— J'ai commencé à écrire le premier volume, a pontifié Montandon, *Comment reconnaître le Juif*. À la fois pratique et ludique...

J'ai un instant cru que cet homme plaisantait, qu'il était d'un cynisme complet ; mais non : le docteur Montandon était absolument dépourvu d'humour. L'Occupation ne faisait que commencer mais je serais bientôt amené à constater que l'antisémitisme faisait perdre leur second degré aux esprits les plus fins, aux intelligences les plus affûtées. Jusqu'où la jalousie humaine et la paranoïa pouvaient-elles aller pour dévoyer à ce point les esprits ? Il y avait chez Marco une pose suicidaire qu'on pouvait comprendre, analyser. Mais chez les autres ? Chez *tous* les autres, dont mes quatre vis-à-vis offraient un échantillon parfait ? Tous ces gens étaient donc fous ? Voilà qui aurait été simple, commode, *explicable*. Mais non. Ces hommes étaient rigoureux, appliqués et dénués de la moindre folie. Ils étaient simplement en train de plonger dans une réalité nouvelle, où certains hommes n'avaient plus les mêmes *fonctions* que leurs semblables. Une humanité à deux vitesses, comme aux âges antiques.

La proposition qu'a alors faite Marco m'a coupé le souffle. Même Dodo en a glapi d'indignation.

— Je connais mes coreligionnaires mieux que quiconque. Laissez-moi écrire *Un Juif par lui-même*. Si vous m'en donnez les moyens, je vous le ponds en deux semaines...

Là, il allait trop loin ! Tandis que je lui administrais un nouveau coup de genou, les quatre hommes semblaient enchantés de cette idée.

— Excellent ! a dit Denoël. Si votre livre est prêt à temps, on le sort le même jour que celui de Georges et ça fera un de ces « événements littéraires » dont la presse parisienne raffole.

— Et pour l'argent ?

— Voyez comme ils sont âpres au gain, a gloussé Denoël avec une affabilité condescendante. N'ayez crainte, pour cette collection j'ai des subsides de l'État. Vous ne mourrez pas dans la misère...

« Si tant est qu'il reste en vie », me suis-je dit en posant sur Marco un regard effaré, tant il semblait exsangue.

Comment décrire son visage ? Il était à la fois épuisé et heureux ; une joie tragique animait ses yeux. Il allait écrire, oui : *écrire*. Une passion qui lui dévorait l'âme depuis ses échecs à répétition. Je comprenais très précisément ce qui se passait dans son esprit. Il était prêt à tout pour publier. Peut-être même pensait-il les tromper tous et, sous couvert d'antisémitisme, rédiger un livre à la gloire du peuple d'Israël ? Marco était capable de tout, et c'est bien ce qui m'effrayait. Se livrer à des diatribes nihilistes était une chose, tout comme son antisémitisme mondain et ses innombrables théories fumeuses, mais les écrire, les publier, les *signer* ? Marco Dupin n'était-il pas en train de creuser sa propre tombe ?

— Pourquoi ne pas te tirer tout de suite une balle dans la tête ? lui ai-je demandé, lorsque nous avons quitté le cabaret pour retrouver, groggy et incrédules, comme au sortir d'un rêve, le monde réel.

— Ne joue pas les puritains, Guillaume. Toi aussi, tu as mordu à l'hameçon.

Il disait vrai. Au fond de ma poche, j'ai serré une petite carte de visite.

— Tu aurais pu la refuser, cette carte. Moi au moins je bosse pour des Français...

Je n'ai rien trouvé à répondre. Disons à ma décharge que la fin de la « présentation » s'est passée si vite. C'est souvent comme ça, je crois, les choix. On opte pour un camp ou pour un autre sur un coup de tête, une rencontre, un hasard. Allais-je moi aussi me jeter dans la gueule du loup ? Il n'avait pourtant pas l'air bien méchant, cet Allemand cravaté, qui m'avait demandé avec un fort accent germanique :

« Et vous, jeune homme, qu'est-ce qui vous intéresse ? »

Un peu paniqué d'être tout à coup l'objet de l'attention générale, j'avais bredouillé :

« Euh, eh bien je... j'aime l'art... la peinture...

— Vous êtes artiste ? » avait repris l'Allemand.

Les mains tremblantes, j'avais aussitôt sorti mon carnet de croquis et le lui avais tendu. Qu'avais-je à perdre ? J'étais venu ici pour ça, après tout. Et je ne vendais pas mon âme, au moins.

Les trois autres types s'étaient penchés sur l'épaule de l'Allemand, tandis qu'il tournait lentement les pages.

Nouveau silence.

Marco m'avait regardé avec un petit air gêné, comme s'il savait combien il était allé trop loin. Mais j'étais alors trop soucieux de l'avis de ces gens pour exprimer quoi que ce fût.

« C'est épatant, avait dit Céline en me faisant un clin d'œil. On dirait les bombardements de Londres, en ce moment...

— C'était à Paris, en juin... »

Avisant mon nom sur la couverture, Denoël avait demandé :

« Vous êtes anglais ?

— Je viens des îles Anglo-Normandes...

— Vous n'avez pas d'accent.

— Ma langue maternelle est le français. Ma mère est une arrière-petite-fille de Victor Hugo.

— Manquait plus que ça ! » avait ricané Céline, avant de se lancer dans un lourd pastiche des *Contemplations*, à la grande joie de Denoël et Montandon.

L'Allemand ne leur prêtait aucune attention, continuant de tourner les pages de mon carnet. Je ne pouvais détacher mes yeux de ses petits doigts boudinés, dont les ongles semblaient presque manucurés. Mon cœur battait de plus en plus vite. Comment tout cela allait-il tourner ?

« Parfait, avait-il simplement dit en glissant une carte de visite dans le carnet avant de me le rendre. Venez me voir demain matin à l'ambassade d'Allemagne, je suis rattaché aux services d'Otto Abetz. Il se peut que nous ayons du travail pour vous... »

15

Tu parles d'une ambassade ! Cet hôtel particulier était transformé en entrepôt, on se serait cru en plein déménagement. Voilà plusieurs jours que la rue de Lille était bloquée par d'immenses camions, qui n'en finissaient pas de décharger meubles, chaises, lits, tableaux, bustes ; et puis ces milliers de cartons siglés de cette même croix gammée qui éclaboussait le fronton du vieil immeuble.

« *Achtung !* » et « *Verzeihung !* » étaient les deux mots qu'on entendait le plus.

De la cour d'honneur jusqu'aux soupentes, le vénérable hôtel particulier de la rue de Lille était une fourmilière où se croisaient, se saluaient, se télescopaient gros bras en bleu de travail, peintres pressés, escouades de maçons, soldats caracolants, secrétaires à jupe raide et autres bureaucrates suspicieux.

— Mais non, ça c'est pour l'Institut allemand, 54, rue Saint-Dominique, chez le Dr Epting !

Un tourbillon où l'agressivité n'était pas absente, mais empreint de cette franche énergie propre aux vainqueurs. Sans conteste, l'Allemagne prenait ses quartiers.

Sitôt passé le contrôle dans la rue, au pied du grand porche – un soldat m'avait d'abord scruté avec étonnement, puis, lisant la carte de visite, s'était raidi en un «*Heil Hitler!*» assourdi –, je suis entré dans la cour pour me retrouver nez à nez avec le Führer !

En tenue de ville, l'air sévère mais toutefois bonhomme, Hitler me scrutait d'un œil vide. J'étais d'autant plus saisi d'effroi que le dictateur ne bougeait pas.

«*Achtung!*» a crié un des déménageurs en soulevant le grand portrait en pied pour monter l'escalier principal, tandis que les pupilles du Führer n'en finissaient pas de me foudroyer.

L'illusion était si frappante que je suis resté un long moment interdit, au milieu de la belle cour pavée, comme une statue un soir de vernissage.

«Qu'est-ce que je fous là ? me suis-je dit. Dans quoi est-ce que je m'engage ?»

Depuis le réveil, les angoisses me taraudaient. Autant celle de travailler pour les Allemands que la simple idée de me présenter, la bouche en cœur, dans un bâtiment aussi officiel. Ma timidité montait comme le mercure un jour de canicule, et je ne parvenais plus à m'arracher du sol.

Un dossier sous le bras, une jeune femme s'est approchée et, tout sourires, m'a demandé quelque chose en allemand.

Ne comprenant rien, je me suis contenté de regarder sa tenue semi-militaire – jupe noire et veste à galons –, l'air impuissant.

— Vous avez besoin d'aide, sans doute ? a-t-elle répété en français, avec le même sourire diplomatique.

— Oui, je crois, lui ai-je dit en tendant le bristol, où un titre militaire en lettres gothiques était surplombé d'un aigle enserrant une croix gammée.

La vue de la petite carte a eu sur la secrétaire le même effet que sur le soldat en faction : elle s'est raidie, a perdu toute morgue et m'a fait signe de la suivre.

— S'il vous plaît.

Je me suis aussitôt retrouvé dans l'ambassade d'Allemagne, zigzaguant entre les fournisseurs, les soldats, les corps de métiers. À la gauche du grand hall, des traiteurs installaient des verres à pied et ouvraient des caisses de champagne. De l'autre côté, des peintres repeignaient un grand pan de mur. Au milieu, des ouvriers s'efforçaient d'accrocher le grand portrait d'Hitler qui m'avait accueilli.

— Il y a de l'activité chez vous, ai-je chuchoté sans chercher à faire de l'humour, car ma timidité n'avait en rien diminué et le silence de la jeune femme me mettait plutôt mal à l'aise.

— *Ja, ja...*, a-t-elle répondu d'un ton neutre en attaquant le grand escalier.

Personne ne prêtait attention à personne. J'aurais aussi bien pu venir seul, me servir une coupe de champagne, griffonner un mot doux sur le mur, ajouter une barbiche au chancelier, nul n'aurait rien remarqué. Chacun était occupé à sa tâche, avec application et discipline.

— *Bitte*, a fait la jeune femme, voyant que je ralentissais le pas, fasciné par la contemplation de cet étrange spectacle. On ne fait pas attendre Monsieur l'ambassadeur...

— C'est lui que je viens voir ? L'ambassadeur lui-même ?

— *Jawohl.* Il est dans son bureau..., a-t-elle répondu sans s'émouvoir, tout en ouvrant une haute porte lambrissée et dorée à l'or fin.

Sans que j'aie eu le temps de respirer, je me suis retrouvé à l'orée d'une immense galerie, au bout de laquelle trônait un bureau, devant une fenêtre ouverte sur un jardin. Appuyés au rebord, deux ombres, de dos, discutaient à voix basse en regardant les arbres. Personne ne s'étant aperçu de ma présence, ma première réaction a été de me retourner pour fuir à toutes jambes. Mais la porte ne s'ouvrait que de l'extérieur.

Pris de panique, j'ai commencé à secouer la poignée avec un bruit de moins en moins diplomatique. Dans ma tête, tout s'accélérait. J'étais un lapin coincé devant le furet. Une souris prisonnière de la tapette.

— *Hello Mister Berkeley*, a dit une voix avec un parfait accent oxfordien.

Une sueur froide a glissé sur ma nuque. Que pouvais-je faire, sinon me retourner ? Je devais arrêter mes enfantillages.

Les deux hommes n'avaient pas bougé de la fenêtre, mais ils me regardaient avec amusement en faisant des commentaires à voix basse. J'ai aussitôt reconnu mon Allemand de la veille et la plupart de mes angoisses se sont évaporées.

— Je... euh... bonjour..., ai-je dit, tandis que l'Allemand, constatant mon effroi, répliquait d'un ton guilleret :

— Mais approchez, approchez... C'est une ambassade, ici, pas un poste de police...

Le second homme a ri doucement. Ce devait être Otto Abetz. Un visage doux et sensuel, avec quelque chose de décadent caché sous les paupières. Si je puis m'exprimer ainsi, il n'avait pas l'air « très allemand ». C'est pourtant vers lui que je me suis dirigé, non sans gaucherie.

— Bonjour, monsieur l'ambassadeur...

Il m'a scruté avec des yeux ahuris, tandis que l'Allemand éclatait de rire en disant :

— J'ai toujours dit que tu aurais dû te lancer dans la diplomatie, Jean...

Celui que je prenais pour l'ambassadeur m'a tendu une main cordiale.

— Bonjour. Je m'appelle Jean Luchaire.

Honteux de ma bévue, j'ai bafouillé :

— Le... le... le père de Corinne ?

— Vous connaissez ma fille ?

— Qui ne la connaît pas ? C'est une vedette, a rebondi l'Allemand, qui n'était autre... qu'Otto Abetz lui-même !

— Nous avons des amis en commun, ai-je encore balbutié en me souvenant de nuits passées avec cette jeune actrice, Jean Marais et Ginette.

Mais je me moquais bien de cinéma, à cet instant ! Je me moquais bien de ce Jean Luchaire, qui était une éminence grise de la presse parisienne. Je me suis tourné vers Abetz, incapable de dire quoi que ce fût.

Impassible, avec son visage si commun (un de ces physiques passe-partout responsables de ma bévue car j'avais pourtant vu des photos de lui dans la presse), il m'a fait signe de m'asseoir.

— Expliquez-nous un peu qui vous êtes, monsieur Berkeley...

— Eh bien...

Pendant un bon quart d'heure, sous l'œil amusé des deux hommes qui étaient restés debout, appuyés au bureau, je me suis raconté...

Disons que j'ai donné une version édulcorée de mes vingt dernières années : une enfance à Malderney, une vie coupée du monde, et finalement l'envie de partir, de voir Paris, de devenir un artiste dans la capitale des arts. Je n'ai mentionné ni Pauline, ni Bloch, ni Ginette, ni même Dupin (Abetz savait déjà pour Marco). Et puis j'ai sorti mon carnet de croquis, qui a littéralement enthousiasmé Luchaire.

— Mais il est très doué ce petit ! Vous ne voudriez pas faire des dessins dans la presse ?

Cette proposition m'a évidemment enchanté.

— Avec joie !

Voir mes dessins publiés dans les journaux, quelle gifle pour tous ceux qui se moquaient de mes croquis depuis des années. Et quelle revanche sur le sort !

Hélas, Abetz a fait preuve d'une autorité que je ne lui connaissais pas encore, donnant un petit coup sec sur son bureau.

— Chasse gardée, ami Jean. Désormais, ce jeune homme travaille pour l'Allemagne !

J'ai tâché de masquer ma déconvenue, mais Luchaire a profité de l'instant où Abetz se plongeait dans ses dossiers pour mettre une carte dans la poche de ma veste et mimer le geste du téléphone en me faisant un clin d'œil.

J'allais lui répondre de la même mimique complice mais Abetz a posé sous mon nez un formulaire bilingue.

— Qu'est-ce que vous complotez, tous les deux ? a-t-il demandé en me tendant un stylo. Remplissez plutôt ça, *Mister Berkeley*...

— Qu'est-ce que c'est ?

— Un détail, a fait Abetz d'un ton dégagé. Une demande de naturalisation.

— Pour devenir français ?

Je ne savais comment prendre cette nouvelle, qui m'a brusquement effrayé.

— Vous vous doutez bien que je ne peux pas employer un ennemi du Reich.

Je ne savais quoi répondre. Depuis Mers El-Kébir, j'avais une vraie hargne contre les Anglais. Et puis j'étais maldernais, pas britannique. Mais de là à renoncer purement et simplement à ma nationalité, à mon passé, à mes racines... N'était-ce pas faire une grande croix sur Malderney, sur ma famille, sur mon enfance, sur Victor, sur Pauline, sur tout ce qui m'avait nourri et porté pendant vingt années ? En un sens, c'était une table rase dont je rêvais depuis toujours. Mais à présent les doutes m'assaillaient. Avais-je le choix, cependant ?

« Non », ai-je compris en voyant combien les yeux d'Abetz me scrutaient, comme s'il guettait la faute, l'hésitation, pour mieux me moucher. Très honnêtement, j'ai eu peur. Disons que ma timidité m'a paralysé et qu'une étrange culpabilité a figé mes poumons : ces gens m'avaient accueilli, ils me proposaient du travail, je ne pouvais décemment pas leur faire faux bond pour une simple question de passeport.

Voilà, c'est aussi simple que ça : je n'ai pas osé dire non. J'étais trop bien élevé pour refuser. L'éducation est une vertu assassine.

J'ai donc rempli le formulaire sous l'œil des deux hommes.

— Bienvenue en France, a murmuré Luchaire.

Abetz a sorti un nouveau dossier et s'est assis face à moi, dans son grand fauteuil.

— Parlons maintenant de votre travail, monsieur l'artiste...

16

« Monsieur l'artiste ! monsieur l'artiste ! » voilà comment l'habile Abetz m'avait ferré : par la flatterie.

Ah, il avait bon dos l'ambassadeur. Elle avait bon dos ma « mission artistique ». On ne m'y reprendrait pas à faire affaire avec les filous de la rue de Lille !

Moi qui me voyais déjà dessinant, peignant, taillant mes crayons, mélangeant mes couleurs ; moi qui jouais par avance les rapins parisiens avec des petites bouffées de fierté. Rien du tout ! *Nichts*, comme disaient mes « patrons » !

Ça, pour ce qui est de la peinture, il y en avait ! Et du beau monde, en plus : depuis les hiéroglyphes jusqu'à David, de Vinci à Ingres, de Rubens à Poussin, de Véronèse à Watteau, toute la petite famille était là. Difficile d'imaginer un aussi fier tableau de chasse. Remarquez, c'est normal : le Louvre est l'un des musées les plus riches et les plus beaux du monde. Mais qu'est-ce que mon art, mon bien modeste petit don, avait à faire ici ? Strictement rien.

Ma mission était d'arpenter à longueur de journée les couloirs de ce labyrinthe artistique, carnet et stylo en main. Non pour faire des croquis, mais pour dresser des listes.

Le Reich allemand avait une conception de l'art bien à lui. D'un côté, il tendait à proscrire tout ce qui lui semblait « dégénéré », c'est-à-dire, en gros, les débuts de l'abstraction et ce qui s'était fait (de bon ou de mauvais) depuis l'aube du XXe siècle. De l'autre, les nazis entendaient récupérer pour leurs musées ce qu'ils considéraient comme des grandes œuvres du « patrimoine aryen ». Franchement, je n'ai jamais vraiment compris cette notion, qui englobait à vrai dire tout ce que les musées pouvaient avoir de mieux. Enfin, certains caciques du régime avaient la coquetterie de vouloir garder pour leur plaisir personnel quelques pièces maîtresses. Bref, mon activité consistait à noter dans un carnet les œuvres susceptibles d'entrer dans telle ou telle catégorie.

La chose peut sembler simple, elle ne l'était pas. Car, fidèles à leur obsession des statistiques et des tableaux de chiffres, les nazis voulaient qu'à l'instar des musées allemands, un pourcentage bien précis des œuvres d'art entre dans leurs catégories respectives. 10 % d'œuvres dégénérées, 5 % de chefs-d'œuvre « réquisitionnés », 5 % de chefs-d'œuvre « empruntés ». Mais avec le Louvre, comment faire ?

La plupart des artistes récents n'y étant pas représentés, il me fallait improviser des raisons pour que telle toile ou telle statue fût considérée comme appartenant à l'*entartete Kunst*. Je me suis ainsi retrouvé à scruter des œuvres à sujets bibliques, donc juifs, pour remplir malgré tout mes cases vides. Un *Jugement de Salomon* par-ci, un *Passage de la mer Rouge* par-là ; dans une galerie, c'était *Sodome et Gomorrhe*, dans un couloir, *Abraham arrêté par l'ange*... Bien conscient que ma mission était moralement abjecte, je m'efforçais de pointer les œuvres de petits maîtres, les « fonds de cale », comme aurait dit le père Fortin. Toute une série de toiles de seconde zone, mal exposées, mal éclairées. D'une certaine manière, si j'étais vraiment cynique, je pourrais dire que j'ai épuré le musée de maintes scories non point raciales mais esthétiques, ne gardant que la crème de l'art.

Mais le cynisme n'a jamais été mon fort car la culpabilité et le principe de réalité m'ont heureusement toujours rattrapé. Franchement, dresser ces listes me faisait mal au cœur. Bien que français de très fraîche date – j'ai effectivement eu ma carte d'identité en trois jours ! –, j'avais chaque matin le sentiment de trahir ma patrie. Lorsque je quittais le quai de Conti pour traverser la Seine par le pont des Arts et m'engouffrer dans l'immense musée, j'avais le ventre noué. Non content de me procurer une parfaite frustration créatrice, j'avais le sentiment affreux d'être en train de brader un patrimoine auquel je venais seulement d'accéder. Était-ce pour cela que j'avais changé de pays, de culture, de monde ? Pour tout expédier en wagons plombés à Berlin ? À croire que je n'étais pas devenu français, mais allemand... Lorsque je croisais des militaires teutons, ceux-ci jetaient par réflexe un œil sur le petit insigne à mon revers et m'adressaient un geste amical, comme si je travaillais à leur gloire. Car c'était bien ça, non ? J'allais remplir leurs musées, comme les armées napoléoniennes avaient joyeusement vidé l'Égypte de maints trésors. Mais je n'étais ni empereur, ni grognard. Juste un petit peintre contrarié réduit aux basses œuvres pour subsister ; des basses œuvres fort bien payées, d'ailleurs, et avec de nombreux passe-droits – notamment une abondance de ces cartes de rationnement imposées depuis la mi-septembre.

J'aurais bien sûr pu m'en moquer ; faire, comme tous ces Allemands, consciencieusement ma besogne, sans états d'âme, par pur respect de l'ordre donné et de la tâche à accomplir. Mais le regard des vieux gardiens du Louvre résumait à lui seul tout ce que ce « travail » pouvait avoir d'infamant.

— 'jour, m'sieur Berkeley, me disaient-ils, l'œil craintif et haineux, comme si je m'apprêtais à violer leur grand-mère en conservant une froideur de bureaucrate.

Chacun me voyait arriver dans « sa » salle avec un visage effrayé. « Qu'est-ce qu'il va encore nous prendre, aujourd'hui ? »

En silence, ils suivaient mes circonvolutions d'un tableau à un autre, le parquet du musée craquant sous mes souliers, tandis que leur respiration de plus en plus lourde accompagnait mes stations.

Certains montaient parfois à l'assaut :

— Oh non, pas celui-là, m'sieur Berkeley.

N'ayant pas le cœur à les rembarrer, je me faisais un point d'honneur à écouter leurs plaidoiries, fussent-elles d'une parfaite mauvaise foi.

— Les Allemands méritent mieux que ça, disaient les plus hypocrites.

D'autres étaient tout simplement sincères :

— Vous ne pouvez pas me le prendre, ça fait vingt-sept ans qu'on vit ensemble...

Enfin, il y avait les procureurs. Ayant bien compris que jamais je n'irais les dénoncer, ils en profitaient :

— Vous devriez avoir honte, monsieur ! Ce que vous faites est un scandale. On devrait vous déchoir de votre nationalité...

Si un soldat arrivait pendant une de ces « scènes », il me demandait :

— Tout va bien ?

Et je répondais invariablement « oui, oui », sans m'attirer la moindre sympathie chez le gardien, dont le regard semblait ajouter « Et puis lâche, en plus... ».

Étais-je lâche ? Je ne le crois pas. J'ai même réussi à sauver certaines œuvres, comme la *Joconde* que Göring avait mise sur sa liste d'œuvres prioritaires pour sa propriété de Karinhall !

Il m'a fallu plaider la cause de Vinci auprès des services de l'ambassade, expliquant que l'opinion publique française, et même allemande, ne comprendrait pas que l'œuvre la plus emblématique du Louvre fût expédiée dans une maison privée. J'ai ainsi pu sauver de nombreuses merveilles... au détriment de tant d'autres.

En écrivant cela, je me fais l'effet de ces condamnés de l'épuration, qui justifiaient leurs bassesses en rétorquant : « Mais j'ai aussi sauvé des gens. » J'apprendrais un jour qu'il n'y a pas d'arithmétique humaine. Une vie est une vie ; une mort, une mort.

Bref, ce métier, qui ne devait d'ailleurs durer que quelques mois, me déplaisait souverainement. Sans doute aurais-je dû rappeler Luchaire, comme il me l'avait si aimablement conseillé. Grâce à sa place de plus en plus prégnante dans la presse française, il m'aurait aussitôt trouvé une activité autrement digne de mes quelques talents. Qui sait, peut-être m'aurait-il envoyé à Lascaux, dans cette extraordinaire grotte préhistorique que des adolescents avaient découverte en Dordogne, à la mi-septembre ? Mais je n'en ai pas eu le courage, craignant la réaction d'un Otto Abetz que je n'avais jamais revu depuis notre entretien à l'ambassade.

Je n'étais qu'un sous-fifre, tout juste bon à dresser des listes.

Marco Dupin en était lui-même réduit à ce genre de besogne. Certes, Denoël lui avait commandé ce *Juif par lui-même* dont il avait fini le premier jet en neuf jours, épuisé et incroyablement satisfait (« Tu ne peux pas savoir le bien que ça fait de se vider toute cette merde du cœur », m'a-t-il dit en déboulant un matin dans ma chambre, le visage hâve, les traits creusés, et une expression d'intime satisfaction dans le regard), mais l'à-valoir accordé par l'éditeur était une misère à côté des besoins de mon ami. Il a donc lui aussi proposé ses services à Abetz, qui lui a confié une mission assez proche de la mienne.

Une liste, bientôt baptisée «liste Otto», devait être publiée, réunissant les ouvrages prohibés par les nouvelles autorités. Les motifs d'interdiction étaient généralement la judaïté des auteurs ou des sujets. On y trouvait également tous les écrivains antinazis, tels Thomas Mann ou Stefan Zweig. La Russie étant pour l'instant alliée du Reich, les ouvrages anticommunistes étaient eux aussi prohibés, comme le *Retour d'URSS* d'André Gide. Plus étrange était l'interdiction qui frappait *Madame Bovary*, dont le caractère scandaleux n'avait jamais été établi ! Mais l'interdiction la plus absurde était celle du célèbre *Mein Kampf*, le *manifeste* politique d'Hitler.

— C'est parce qu'il y vomit la France presque autant que les juifs, m'a expliqué Marco en me lisant certains passages de l'indigeste bréviaire. Alors, dans un esprit de *collaboration*, toutes les phrases de tonton Adolf doivent partir en fumée...

Marco Dupin semblait plutôt s'amuser à rédiger ces listes. Il épluchait les catalogues d'éditeurs et remplissait ses cases.

— Tu règles des comptes, j'imagine..., lui ai-je dit un soir de la fin septembre, alors que la publication de la liste était prévue pour le 28 et qu'il devait encore la peaufiner.

— Absolument pas, m'a-t-il répondu avec ce qui m'a semblé être de l'honnêteté, voire de l'étonnement, comme si je l'avais blessé. Ce serait trop facile. Je suis au-delà de la haine pour tous ces écrivains. S'il y a une personne que je déteste, c'est bien moi. J'ai d'ailleurs mis à l'index mon unique roman, *L'Intuition du massacre*. Je suis un auteur juif, non ? De toute façon, je n'en ai jamais vendu que 457 exemplaires. Alors, autant faire un feu de joie...

Imprévisible Dupin, qui s'est même échiné – coquetterie ? plaisir du paradoxe ? – à défendre bec et ongles certaines œuvres de Cocteau, d'Aragon et de tant d'autres auteurs qui l'avaient si mal traité avant-guerre et le mépriseraient pour avoir accepté de rédiger cette liste.

— Il fallait bien quelqu'un pour la faire, autant que ce soit moi : au moins je sauve les meubles, je suis un martyr, non ? En cela, je n'en suis que plus juif. CQFD : je mérite mon sort, quel qu'il soit.

Absurde rhétorique ! Mais Marco en était sincèrement convaincu. Cette même conviction lui a fait répondre aux questions des services administratifs venus à la maison faire le premier recensement des juifs de la zone occupée.

— Et vous ? m'a dit le préposé, après avoir fermé le dossier « Marco Dupin », d'un air neutre et appliqué.

— Guillaume est plus français que nous tous, a dit Dupin avec une joie sinistre. Si jamais quelqu'un survit à cette guerre, croyez-moi, ce sera lui !

17

Robert Denoël était homme de parole : la sortie des deux premiers volumes de la collection « Les Juifs et la France » fut accompagné d'un événement littéraire :

une fête chez Dodo. Je devrais dire un bal, une nouba, une orgie. Cette réception a rassemblé des centaines de personnes déjà amaigries par les restrictions, et enchantées de venir se goinfrer aux frais de l'éditeur belge.

C'était le soir du 4 novembre 1940. Pour l'occasion, la grande salle de Chez Dodo avait été entièrement tapissée de hauts et grotesques dessins signés par le caricaturiste Ralph Soupault. Avec des couleurs criardes, on y voyait un catalogue des tares traditionnellement attribuées aux enfants d'Israël : l'avarice, le vol, la jalousie, la trahison, etc. Sur chaque planche, l'illustrateur avait représenté un même petit personnage au physique anguleux, paupières lourdes et profil d'oiseau maigre. Personne n'a eu de difficultés à reconnaître Marco Dupin, qui était bien à l'image de son titre : *Un juif par lui-même*.

Des piles du livre étaient posées sur les tables basses, et chacun se servait.

— Prenez et mangez-en tous ! ricanait Marco en dédicaçant les volumes debout, au milieu de la foule.

Mon ami était extatique, plein d'une jubilation atroce. Dodo à un bras, Denoël à l'autre, il jouait également les amphitryons, posté à l'entrée, le sourire plus charmeur que jamais.

« Comme c'est gentil d'être venu », « Que ça me fait plaisir de vous voir », « J'espère que vous allez passer une bonne soirée »...

À ces apostrophes, les convives répondaient par un visage figé, embarrassé ou simplement amusé. Les quelques Allemands présents semblaient quant à eux navrés par ces pitreries « si françaises ». Le Reich avait-il vraiment raison de collaborer avec ces clowns, comme le Führer et Pétain l'avaient décidé voici deux semaines, à Montoire ? Ne valait-il pas mieux réduire ces pantins en esclavage et faire du *Gross Paris* un immense bordel pour les troupes germaines, à l'image des stupres de l'Antiquité ? Car il y avait bien ce soir-là un fumet de décadence.

Chaque invité semblait venir ici comme on se complaît à flairer la merde entre deux bouquets de roses. Difficile de savoir où étaient les limites de l'hypocrisie. Impossible d'augurer si Marco signait là son acte de décès ou sa prime de survie.

— Moi aussi, ça me dégoûte d'être là, a dit un petit être en smoking, les cheveux gominés, en déposant sa cape au vestiaire.

Il s'adressait à un homme adipeux, qui restait dans le hall et semblait rechigner à entrer.

— Tu es sûr que tu veux venir à cette mascarade ? Si antisémite soit-il, ce Dupin incarne tout ce qu'on déteste.

Le gominé gardait un sourire narquois pour scruter l'assistance en busard.

— Certes, mais il l'admet, le revendique et en fait profession, a-t-il dit en prenant un des volumes sur une table. Rien que pour ça, je suis curieux de le voir de près. La servitude volontaire est une qualité qui tend à se perdre...

— Tu as peut-être raison, a dit le gros en s'enfonçant dans la foule vers le buffet. En attendant, moi, j'ai faim...

« Comme tout le monde ! » ai-je songé en voyant ces nuées de fourmis affamées qui se jetaient sur les myriades de canapés, petits fours, gougères et autres zakouskis que leur offraient des nymphes torse nu, une étoile de David dessinée entre les seins.

Une main s'est soudain abattue sur mon épaule.

— Tiens, mais c'est mon petit génie du crayon !

Je me suis retourné : la mine joviale de Jean Luchaire me souriait avec bonhomie.

— B... bonjour, monsieur Luchaire.

— Alors, vous êtes content de travailler pour Otto ?

Sans oser répondre non, j'ai baissé les yeux, marmonnant :

— C'est... intéressant...

Avec un geste presque paternel, il a redressé mon menton du bout de l'index puis a passé son bras autour de mes épaules.

— Pas de ça avec moi, Guillaume. Je sais que vous perdez votre temps à l'ambassade... Toutes ces listes, c'est grotesque !

Était-ce un test ? Abetz était son meilleur ami. Je n'ai rien répondu. Luchaire a alors sorti de sa poche un exemplaire du journal qu'il venait de lancer, trois jours plus tôt.

— *Les Nouveaux Temps* ont besoin de talents comme le vôtre. Dès que votre *travail* sera fini, venez me voir, d'accord ?

Ne sachant quelle attitude adopter, je me suis contenté d'un prudent signe de tête, bientôt interrompu par l'arrivée d'une nymphe grisée de champagne.

— Mais c'est Guillaume ? a dit la jeune femme en me souriant avec surprise, avant de sauter au cou de Luchaire.

— J'avais oublié que vous connaissiez ma fille.

— Bonjour Corinne, ai-je dit à cette ravissante demoiselle, qui était déjà vedette de cinéma avant-guerre et que j'avais connue dans le giron de Jean Marais.

— Fais attention, a-t-elle éclaté de rire en donnant à son père de faux coups de poing dans le ventre, ce jeune homme est un dangereux Anglais.

Puis elle est partie d'un gloussement suraigu avant de vider la coupe de champagne paternelle.

— Paris est une fête..., a murmuré Luchaire en suivant des yeux la démarche chaloupée de sa fille jusqu'au bar.

Un grand crissement électrique a alors retenti dans la salle. Tout le monde a grincé des dents, tandis qu'une voix a surgi de quelques haut-parleurs cachés derrière les tentures :

— Excusez-moi pour vos tympans ! a fait Marco d'un ton jovial.

Les lumières se sont éteintes et un projecteur s'est plaqué sur une petite estrade, au bout du grand salon. Marco et un journaliste inconnu étaient assis de chaque côté d'un guéridon.

« Qu'est-ce qu'il va encore nous faire ? » me suis-je dit, un nœud dans le ventre, toujours inquiet devant les improvisations de Dupin.

La foule s'est avancée vers l'auteur, s'amassant autour de la petite estrade. Ébloui par le projecteur, un Dupin au visage de Pierrot a mis sa main en visière pour saluer les invités les plus proches.

— Monsieur Goldbrot dit Dupin, a commencé le journaliste dans un gros microphone, quelques mots au sujet de votre livre et de l'actualité...

— Vous voulez dire que mon livre *fait* l'actualité ! a aussitôt plaisanté Marco dans un silence glacial.

Un instant décontenancé par ce bide, Dupin a épongé son front et tenté de garder le sourire, puis a repris :

— Je vous écoute, monsieur l'intervieweur...

Le journaliste ne quittait pas des yeux sa petite feuille de questions, comme un inspecteur de police devant sa machine à écrire.

— Monsieur Goldbrot dit Dupin, que pensez-vous de la nouvelle loi sur le statut des juifs promulguée voici un mois, et qui stipule qu'« est regardée comme juif toute personne issue de trois grands-parents de race juive ou de deux grands-parents de la même race, si son conjoint lui-même est juif... » ?

— Que voulez-vous que je vous dise ? Cette loi me définit d'un point de vue juridique. Mais si vous voulez savoir qui je suis vraiment, c'est là-dedans qu'il faut chercher...

Et Marco a brandi son livre devant l'assistance, qui est restée de marbre. J'ai juste entendu quelques gloussements et une voix aigre fuser : « Ce type est prêt à tout... »

Tel un bouffon de cour, Marco semblait bien décidé à jouer sa comédie jusqu'au bout. Moi, je ne bougeais pas.

Son livre, je n'avais pu en lire que le prologue, qui était déjà un tissu de haine et d'autoflagellation. Je n'avais même pas eu à avouer mon dégoût à Marco.

« Je sais ce que tu penses, m'avait-il dit en reprenant les épreuves que j'avais laissées traîner sur la table du salon, chez Bloch. Mais tu as encore trop d'espoir dans la vie ou le monde pour me comprendre...

— Pourquoi ne pas simplement te suicider ? » avais-je rétorqué.

Marco avait pris un air sincèrement déçu.

« Tu ne saisis donc vraiment rien, Guillaume ? Ma mort serait une goutte d'eau dans l'océan. Je sais que je suis un raté, mais s'il me reste un tant soit peu de talent, qu'il soit au moins utile à une juste cause... Ce livre me tuera peut-être, mais tout du moins serai-je la victime expiatoire d'un holocauste bien plus ambitieux... Car j'ai de l'ambition pour les miens, tu m'entends ?

— Je sais, avais-je répondu, toujours accablé par ce charabia, "la mort globale"...

— Absolument !

— Va plutôt foutre un coup de fusil à tes parents, ça réglerait la plupart de tes problèmes...

— Tu raisonnes comme Freud, avait ricané Marco, sans perdre son calme ironique. Tu es peut-être un peu juif, toi aussi, après tout ! »

Cette ironie funambulesque, Marco la pratiquait maintenant en public, devant une assistance qui n'avait pour lui que mépris, dégoût ou fascination honteuse.

— Monsieur Dupin, a repris le journaliste, depuis le 4 octobre, le Maréchal a autorisé l'internement des juifs étrangers...

— Il était temps ! Je fais quant à moi hélas partie de cette portion de juifs assimilés qui échappe pour l'instant à toutes ces nouvelles et justes mesures...

— Vous seriez donc prêt à vous rendre de vous-même à la police ?

— Vous êtes fou ? Je suis trop lâche pour ça. J'attends qu'on vienne m'arrêter chez moi, c'est bien plus humiliant...

Devant les potacheries de Dupin, l'assistance restait silencieuse. J'ai croisé les regards inquiets de Denoël et Dodo. Le premier craignait pour ses ventes, la seconde pour la réputation de sa maison. Moi, je ne savais plus quoi penser. En un sens, Marco était en parfaite cohérence avec lui-même. Mais je crois qu'il s'attendait à plus de chaleur de la part du public. Il réalisait combien l'humour est mal partagé, même le plus noir. Décontenancés, tragiquement sérieux, tous le prenaient au premier degré.

La même petite voix aigre a alors brisé le silence :

— Un animal... un animal de foire...

Marco ne s'est pourtant pas démonté :

— Permettez-moi de vous rappeler la déclaration de Jacques Helbronner, président du Consistoire et proche du maréchal Pétain, qui a parlé au sujet de ces mesures de « normal antisémitisme »...

À cette remarque, l'assistance s'est un brin réveillée, hochant du chef avec satisfaction.

— Je n'ai jamais vu personne creuser sa tombe avec autant de bonne volonté, a repris la voix aigre dans mon dos.

Je me suis retourné pour reconnaître le petit homme en smoking et aux cheveux gominés. Adossé à un pilier, il bavardait avec le docteur Georges Montandon, l'autre star de la soirée, auteur du *Comment reconnaître le juif.*

— Pourquoi tu ne prends pas un peu la parole, Georges ? lui a demandé son voisin.

Le docteur a haussé les épaules.

— Que veux-tu que je dise ? Ce type est l'illustration parfaite de mon livre... Et puis, je suis médecin, pas chansonnier...

Il a alors repéré mon visage.

— Tiens, mais c'est le jeune Anglais, a-t-il dit en me faisant signe d'approcher.

Le smoking a pris l'air surpris.

— Un Anglais ? Ici ? Ce soir ?

Par un étrange réflexe, j'ai sorti ma nouvelle carte d'identité que j'ai tendue aux deux hommes, comme s'il s'agissait d'un contrôle de police.

— Contresignée par Abetz lui-même, a dit le smoking avec un mélange d'admiration et de cynisme.

— Ce qu'on appelle du sang neuf, a ajouté Montandon en m'observant comme s'il s'apprêtait à mesurer l'écart entre mes narines et la courbure de mes lobes.

Le smoking m'a rendu ma carte avec un sourire singulièrement lumineux, demandant d'une voix bien plus affable :

— Je suis sûr qu'on s'est déjà croisés... Vous n'allez pas au cinéma ?

— Si, comme tout le monde.

En faisant cette réponse idiote, j'ai tout à coup réalisé que son visage était effectivement associé à ces séances de cinéma, où j'allais presque quotidiennement éponger mon ennui et apaiser mes mollets épuisés par les couloirs du Louvre.

Il m'a enfin tendu la main.

— Bonjour, je suis Lucien Rebatet.

— Le critique de cinéma ?

— Vous voyez qu'on se connaît.

— Vous ne signez pas sous le nom de François Vinneuil ?

— On se connaît *vraiment*...

— Simon Bloch me parlait souvent de vos critiques, avant-guerre.

— Simon qui ?

— Peu importe...

Sous l'œil d'un Montandon de plus en plus dépassé, nous avons entamé une grande conversation sur les mérites du cinéma américain comparés à ceux des films français. Ce type avait tout vu et possédait un goût très sûr, parfois englué dans ses opinions politiques.

— Chaplin avait du génie, mais son inspiration judaïque l'a toujours rattrapé. *Les Temps modernes* possèdent des moments de pure poésie, et puis ça sombre dans le communisme le plus idiot !

— Oui, mais il y a *Le Cirque*...

— Ah, *Le Cirque* ! Chef-d'œuvre ! Chef-d'œuvre !

Conscient qu'il était hors concours, vexé, Montandon s'est éclipsé dans un haussement d'épaules.

— Regarde-le, a gloussé Rebatet qui déjà me tutoyait, ce type a dû voir deux films dans sa vie et il ne sait même plus lesquels...

Au même instant, des applaudissements ont retenti. Une nouvelle harde de gourgandines traversait la salle en brandissant des jéroboams de champagne. Dupin était toujours sur l'estrade, de plus en plus blême. Il a un instant croisé mon regard, avec un air d'enfant qui comprend l'étendue de sa bêtise.

Je me suis contenté de le scruter avec tristesse, mais j'en avais assez.

— Il y a peut-être une séance sur les Grands Boulevards, ai-je dit à Rebatet.

Le journaliste a regardé sa montre.

— Tu as raison, il n'est que neuf heures. On peut encore attraper un film avant le couvre-feu !

18

— Je ne pensais pas que ce film durait aussi longtemps... Il va falloir être très prudent, mon garçon.

— Les cinémas ne se règlent pas sur le couvre-feu ?

— Ils s'entendent surtout avec les cabarets du quartier. Comme ça, les spectateurs sont obligés de s'y réfugier et d'y consommer toute la nuit !

— Couvre-feu ou pas, je préfère dormir chez moi...

— Et c'est très gentil de m'héberger. J'habite vraiment trop loin.

— C'est bien normal, monsieur Rebatet.

— Appelle-moi Lucien, bon sang !

Nos chuchotements se fondaient à l'obscurité. Pas une lumière, pas un lampadaire. Seules nos deux silhouettes se coulaient dans le black-out, car nous étions bel et bien sortis du cinéma après le début du couvre-feu.

— Les rues de Paris n'ont jamais été aussi sombres depuis le Moyen Âge, a chuchoté Rebatet, tandis que nous arrivions rue de l'Arbre-Sec, près de Saint-Germain-l'Auxerrois et du Louvre. On s'attend même à croiser l'ombre avinée de François Villon, avant de buter sur des brigands ou un gibet...

Étrange personnage que ce Lucien Rebatet ! À la fois charmant et effrayant, fantasque et étriqué, ce petit homme parlait très vite, avec un enthousiasme proche du fanatisme. Les jambes courtes, le pas saccadé, il battait le pavé comme s'il montait toujours au combat. Dans la queue du cinéma, il s'était lancé dans une vaste diatribe contre le gouvernement de Vichy :

« J'en reviens : des gâteux, des francs-maçons, des socialistes ! Qu'est-ce que tu veux faire avec tous ces bras cassés ? S'ils le pouvaient, ils lécheraient le cul de l'Angleterre et de De Gaulle qui espère jouer les marionnettistes depuis l'autre côté de la Manche ! »

Passant de la politique à l'art en un clin d'œil, durant tout le film, le journaliste avait alterné jurons et louanges, prenant des notes sur un petit calepin.

Deux voisins lui en avaient d'ailleurs fait la remarque : « Dis donc, Valentino, tu fais plus de bruit que le film ! » Rebatet avait grommelé entre ses dents : « Métèques ! » sans même leur accorder un regard.

Je ne comprenais d'ailleurs pas pourquoi il prenait tant de notes : la publication de son journal, *Je suis partout*, était interrompue depuis des mois. Mais cela semblait plus fort que lui. Il y avait chez Rebatet un côté mémorialiste qui doit tout retranscrire, tout se rappeler.

J'avais entendu parler de lui par Bloch, qui respectait son jugement esthétique mais redoutait ses penchants politiques : « Ce type est une bombe à retardement... Il pourra donner le meilleur comme le pire. »

Et depuis mon arrivée à Paris, son nom explosait dans les dîners avec autant d'acclamations que de haine, tant ses critiques assassines pouvaient lancer une réputation comme la détruire. Il ne me paraissait pourtant pas bien effrayant, ce petit bonhomme au physique si commun, qui portait le smoking avec une grâce de notaire. Mais ses yeux bouillaient de rage, de désirs, de frustrations, d'ambition et de passions en tous genres.

Même sous la nuit parisienne, alors que nous tentions de rester discrets pour ne pas attirer l'attention des rondes policières, je voyais ses pupilles luire dans l'obscurité. Elles étaient presque aussi brillantes que les étoiles au-dessus de nous.

— C'est extraordinaire ! a fait Rebatet en tournant le visage vers le ciel. Jamais on ne les a aussi bien vues...

En l'absence de toute lumière, de toute fumée, le ciel de novembre était d'une singulière clarté, chaque étoile semblant trouer un rideau noir.

— Et puis cette odeur ! Tu la sens, cette odeur de nature ? Pas de charbon alors qu'on est en novembre. Ça sent l'automne, les feuilles mortes, la mousse...

— Vous savez, j'ai été élevé sur une île. Ce sont plutôt les odeurs de la ville qui me surprennent.

Rebatet a pris l'air désarmé.

— Oui, mais toi tu es un pur. Un chaste fol, comme Parsifal. (Puis, oubliant le couvre-feu, il s'est mis à brailler :) *« Enthullet den Graaaaaaaallll ! »*

J'ai dû me précipiter sur lui et plaquer ma main sur sa bouche.

— Vous êtes complètement fou ? Je veux bien vous héberger, mais encore faut-il qu'on arrive jusque chez moi...

Rebatet était hilare.

— Les nazis ne vont pas nous coffrer parce qu'on chante du Wagner, quand même ! On peut leur reprocher beaucoup de choses, mais ces gens-là savent choisir leur musique...

Moi, je regardais alentour, craignant de voir surgir une colonne allemande ou une escouade de policiers français. Mais rien. Nous arrivions sur le quai, attaquant le Pont-Neuf.

— Tu vois qu'on est seuls au monde, chaste fol ! a plaidé Rebatet. Et puis, tutoie-moi, s'il te plaît. J'ai l'impression d'être un de ces vieux oncles dissipés qui enchantent les enfants et horripilent leurs parents. Je n'ai que trente-sept ans, tu sais...

Sans un mot, j'ai continué à avancer.

Depuis le Pont-Neuf, la vue était admirable. Éclairés par les étoiles, les bords de Seine se découpaient dans la nuit tel un décor de carton-pâte. Une immense toile peinte aux couleurs sombres, presque palpables, comme si on pouvait s'y engloutir. Seul le bruit de nos pas couvrait le doux clapotis du fleuve, sous nos pieds. Au loin, l'écho d'une colonne sur la rive droite nous rappelait que nous étions occupés. Paris restait bien cette étonnante ville fantôme dont j'avais découvert les premiers charmes pendant l'exode, lors de mes promenades infinies dans la ville désertée.

Mais désert, Paris ne l'était plus. Au contraire, la ville regorgeait d'énergie : une énergie contrariée, muselée ; un étalon furieux coincé dans un box qui ne peut même pas ruer tant il est entravé. Il y avait dans ces nuits urbaines une fausse quiétude. Chacun semblait tapi chez lui, attendant de bondir, avec crainte, méfiance, et une excitation grandissante. Ce sentiment allait croître avec les années et culminer en 1944. Mais pour l'instant, en cette nuit du 4 au 5 novembre 1940, il y avait dans l'air un mélange d'étonnement et de ravissement, de tristesse et d'espoir. Tout sentait à la fois la catastrophe et le renouveau. On était prisonnier d'une apocalypse tout en sachant que les possibles étaient un champ de plus en plus ouvert. Qu'allait-il se passer, qu'allions-nous devenir ? Nul ne le savait. Et beaucoup ne cherchaient pas à comprendre, à mettre en perspective. On vivait au jour le jour, en s'efforçant de se concentrer sur le plus simple, le plus quotidien, le plus *humain*, en somme. C'est pourquoi ce qui était avant guerre de simples distractions devenait d'authentiques plaisirs, car on en savait le prix et la rareté : un vrai café, un verre de vin, un sandwich, un film... Ce soir-là, dans la salle, les gens semblaient vivre le spectacle projeté sur l'écran, car ils ne pouvaient voyager autrement que sur cette surface plane, où des figurines en noir et blanc parlaient un langage châtié. Il n'y avait plus d'autre évasion possible, voilà pourquoi le cinéma allait prendre une place si grande dans la nouvelle France.

— Il paraît que les Boches ont pour projet de créer une société de production destinée à tourner des films français..., m'a dit Rebatet, tandis que nous arrivions de l'autre côté du Pont-Neuf au bout de la rue Dauphine, et commencions à longer l'hôtel de la Monnaie.

— Sûrement des films de propagande, ai-je répondu en me souvenant de quelques articles sur les films produits par le IIIe Reich.

— Pas forcément. Les nazis ne comprennent rien au cinéma artistique. Ils mettent de la politique partout. À mon avis, ils vont laisser les Français faire ce qu'ils veulent et je te parie qu'on va avoir des chefs-d'œuvre inespérés...

Après un instant de réflexion, il a ajouté d'un ton maussade :

— À condition de se séparer de tous ces juifs qui encombrent l'industrie du cinéma. D'ailleurs, il faut que j'en parle à Denoël. Ça irait très bien dans sa collection...

J'ai aussitôt senti une petite boule me monter à la gorge en pensant à Simon Bloch, qui avait produit tant de bons films. Je n'avais pas dit à Rebatet qu'il allait dormir chez un de ses « ennemis ». À quoi bon ? Moins par lâcheté que par simple lassitude, je n'avais rien précisé. Je vivais avec ce paradoxe ambulant nommé Marco Dupin ; en matière d'antisémitisme, j'étais servi. Mais Lucien Rebatet était bien représentatif d'une certaine frange de la population française dont j'allais rencontrer de plus en plus de spécimens. Si talentueux et intelligents fussent-ils, ces gens étaient tous les mêmes ! L'antisémitisme leur brûlait les yeux, les sens, toute forme de réflexion. Chez Rebatet, il était élevé au rang d'impératif catégorique, mettant à bas toutes ses démonstrations, si brillantes fussent-elles. Je ne pouvais pas savoir que nous partagerions un jour la même déroute, la même débâcle, les mêmes tribunaux, les mêmes geôles. Car il est à Clairvaux, lui aussi. Tandis que je rédige ces mots, il est lui-même enfermé dans une cage à poules, à quelques mètres de moi, obsédé par un roman de jeunesse qu'il n'en finit pas de griffonner, nuit après nuit.

— Tu habites vraiment quai de Conti ? m'a demandé Rebatet avec une ironie soupçonneuse, alors que nous arrivions près de l'Institut. Pour un insulaire tout juste débarqué de tes rochers, tu te débrouilles bien...

— Je connais du monde, ai-je répondu d'un ton neutre.

— Vous autres, Anglais...

— Je suis français comme vous, monsieur Rebatet !

— Appelle-moi Lucien, je te dis. Et puis cesse de...

Rebatet s'est figé au milieu de sa phrase. Trois ombres venaient de surgir d'un porche, à deux immeubles du mien.

Trois ombres en uniforme allemand...

« Merde ! » ai-je songé, pendant que Rebatet se décomposait, suant à grosses gouttes en commençant à baragouiner en allemand :

— *Entschuldigung... ich... ich... ich bin... euh... Freund von Otto Abetz...*

Mais les soldats ne lui ont pas accordé un regard. Tous trois m'ont braqué une lampe torche sur le visage avant de me fixer avec un poil d'incrédulité.

— Wilhelm Berkeley ? a demandé le plus grand.

Je n'allais pas jouer au plus fin et j'ai répondu, moins terrorisé que surpris, car tout allait si vite :

— *Ja.*

Sans chercher à faire une phrase, il a indiqué sa montre avant de me montrer la nuit au-dessus de nous en grommelant :

— Coufre-feu ! !

— *Ja, ich weiss...*

Les trois soldats ont éclaté de rire, car Rebatet venait de partir en courant, sans un mot, disparaissant au coin de la rue Mazarine.

— Poltron..., a articulé le plus grand des militaires, et il a tiré de sa poche une grosse enveloppe à croix gammée.

Je me suis senti geler sur place. M'avait-on dénoncé ? Était-ce la preuve d'une quelconque trahison ?

Mais le soldat s'est contenté de me la tendre avant de se reculer et de me saluer avec un étrange :

— *Gute Nacht, Herr Berkeley !*

Puis les trois ombres ont disparu dans la nuit.

Je suis resté longtemps immobile, incapable de bouger. Le silence de Paris pénétrait chaque pore de ma peau, comme si lui seul pouvait me redonner vie. Ces militaires surgis tels des fantômes ; Rebatet qui avait détalé aussi vite qu'un lapin, loin de ses grandes phrases bravaches ; et puis cette lettre que je tenais entre les mains, au pied de mon vieil immeuble.

J'ai fini par la décacheter avec une lenteur infinie. Elle sentait la vieille cire, comme certaines des lettres que maman recevait, lorsque j'étais enfant, à Malderney.

J'ai posé mon nez contre l'enveloppe, retardant le moment de la lire comme si je devais aspirer une bouffée de nostalgie avant de replonger dans le monde réel.

Puis j'ai déplié la lettre.

J'ai tressailli : elle était signée Otto Abetz.

Quelques mots, aussi simples que mystérieux.

Cher Guillaume,

J'ai besoin de vous pour une mission de la plus haute importance. Rendez-vous demain matin, à huit heures précises, à l'entrée du musée du Jeu de paume.

Je vous y attendrai personnellement.

19

— Bonjour, Guillaume. Merci d'être à l'heure...

— Je vous en prie, Monsieur l'ambassadeur.

Debout sur le perron du Jeu de paume, Otto Abetz était livide. Ses mains tremblaient, il s'épongeait le front et son regard furetait de part et d'autre, comme s'il guignait quelque franc-tireur embusqué dans une fontaine de la place de la Concorde ou derrière un arbre des Tuileries.

— En quoi avez-vous besoin de moi ? ai-je fini par demander.

Mais Abetz n'a pas répondu, continuant de scruter la place avec une angoisse de gardien de phare un soir de tempête.

Son inquiétude manifeste a bientôt contaminé mon esprit encore embrumé. Je n'avais pas fermé l'œil. Marco avait dû passer la nuit chez Dodo et j'étais resté accroupi sur mon lit, incapable de trouver le repos. La rencontre avec les trois soldats m'avait terrifié. Sur le moment, tout était allé trop vite ; mais ensuite les questions s'étaient engouffrées dans mon esprit, défigurées par l'insomnie : que me voulait-on ? Étais-je en danger ? Pourquoi Abetz avait-il besoin de moi ?

À voir ses traits défaits, devant le musée, j'ai compris que l'ambassadeur avait lui aussi peu dormi. Avais-je raison d'être venu au rendez-vous ? N'aurait-il pas été plus sage de rester chez moi ? Je crois que je n'avais pas vraiment le choix.

« On ne pose pas de lapins au Reich... », me suis-je dit en voyant une vaste meute de grosses Mercedes noires décapotées envahir la place de la Concorde, depuis la rue Royale.

Abetz s'est raidi, et trois soldats nous ont rejoints sur le perron pour se mettre au garde-à-vous.

Un piéton et quelques bicyclettes venaient d'être stoppés au bout du pont de la Concorde, car des *Feldgrau* empêchaient l'accès à l'immense esplanade.

Tous regardaient la scène avec une curiosité inquiète.

— On dirait un rallye..., a remarqué un des cyclistes, aussitôt intercepté par un soldat car il risquait de briser la majesté de l'étrange cérémonie.

Jamais je n'avais vu tant de voitures. Comme un ballet, elles venaient se garer en épis, l'une après l'autre, dans un silence religieux, face aux grilles des Tuileries. Les chauffeurs prenaient toutefois soin de laisser une place vide au centre, devant le perron où nous nous tenions, gelés. Car il faisait froid, en ce matin du 5 novembre. Une pluie fine a même commencé à perler, et les militaires, obligés de garder leurs voitures à ciel ouvert, ont tous bombé le torse sous la bruine d'Île-de-France.

Moi, j'ai tiré un petit parapluie et l'ai ouvert, en retrait.

Abetz m'a fusillé du regard.

— Rangez ça tout de suite, a-t-il grogné entre ses dents, sans même se retourner vers moi. *Il* va être furieux !

— Mais qui attendez-vous ?

— Et de grâce, taisez-vous !

Il ne plaisantait pas...

Repliant mon parapluie avec de plus en plus de soupçons, je n'ai rien osé ajouter. Abetz semblait bel et bien terrifié. Et son angoisse était communicative. Le froid sanglait mes chevilles, mes mollets, se mêlant à une inquiétude grandissante. Dans quoi m'étais-je encore embarqué ? Et qui était ce mystérieux visiteur ?

À cet instant, une Mercedes d'un blanc séraphique est apparue sur la Concorde. Avec une allure pontificale, elle s'est avancée vers nous, se garant à la place d'honneur.

Abetz a commencé à trembler.

Mon ventre s'est aussitôt noué, car j'ai reconnu le colosse, sur la banquette arrière. Vêtu d'un costume aussi blanc que son automobile, l'homme était enrobé dans une cape de velours rose et pourpre sur laquelle on avait brodé des glands d'or. Surplombant un visage poupin, son chef était couvert par un de ces immenses bérets informes, comme en portaient les princes florentins et les peintres de la Renaissance. Sa main droite était plongée dans un petit panier lourd de pierres précieuses, qu'il manipulait avec nonchalance. Quant à la gauche, couverte d'extravagants joyaux, elle caressait un affreux carlin qui ne se gênait pas pour lui mordiller les phalanges.

Ce spectacle était fou ! Fou et certainement dangereux... Si j'avais pu prendre mes jambes à mon cou, j'aurais disparu aussi vite qu'un spectre au petit jour. Mais j'ai senti le talon d'Abetz cogner le mien, car il devinait mes pensées et m'adjurait de garder la pose.

— Pourquoi suis-je ici ? ai-je réussi à murmurer entre mes dents.

Pour toute réponse, une goutte de sueur née de la nuque de l'ambassadeur a auréolé son col. Abetz fixait le monstre blanc avec une raideur de statue.

Lorsque son chauffeur – en livrée et perruque poudrée ! – est venu lui ouvrir la portière, le maréchal du Reich a posé sur le pavé parisien d'incroyables bottes en cuir blanc, qui rappelaient celles d'un seigneur médiéval.

Puis Hermann Göring a tourné vers nous sa face rougeaude en bramant :

— *Otto ! Mein Freund !*

— *Herr Reichsmarschall*, a répondu Abetz en descendant au pied du perron pour s'incliner.

Le chef de l'aviation allemande lui a donné sa bénédiction en posant une main baguée sur son front. La scène était grotesque mais parfaitement terrifiante. Car il n'y avait aucun humour dans cette attitude. Une mégalomanie de roi nègre.

Abetz lui a fait signe de le précéder dans le petit escalier... et je me suis retrouvé nez à nez avec l'un des caciques du IIIe Reich !

Un instant surpris, Göring m'a montré du doigt avec une grimace de mécontentement et Abetz lui a expliqué quelque chose en allemand.

— *Ach soooo !* a gloussé le maréchal en retrouvant le sourire.

Me caressant les cheveux comme il aurait flatté son carlin, il a vite détourné les yeux pour entrer dans le musée.

J'ai fondu sur Abetz.

— Qu'est-ce que je fais ici ? Qu'est-ce que vous voulez de moi ?

L'ambassadeur semblait retrouver son calme. Il a même esquissé un sourire.

— N'ayez pas peur, Guillaume, a-t-il chuchoté en vérifiant que Göring ne l'entendait pas. Le Reichsmarschall a juste besoin de vos lumières.

— Mes *lumières* ?

— Il nous a annoncé sa visite hier soir à minuit et ça nous a pris de cours. Nos listes en sont à leurs balbutiements et nous n'avons pu trouver ni spécialiste germanophone, ni interprète. Mais Herr Göring parle anglais...

Je ne comprenais toujours rien.

— Mais des spécialistes de quoi ?

Avec lenteur, Göring s'est retourné vers nous et j'ai compris que c'était moi qu'il fixait. Claquant des doigts, il a désigné le bout de sa botte comme on dit « Aux pieds ».

Je suis resté une seconde interdit, mais Abetz m'a donné un petit coup dans la colonne vertébrale et je n'ai eu d'autre choix que d'obéir.

Le sourire de Göring était atrocement cannibale.

20

— Vous savez que le roi et la reine d'Angleterre ont été retirés de votre musée Grévin ? À la place, on va mettre une statue de moi et une du Führer...

Hermann Göring parlait un anglais châtié et très oxfordien. Sa large bouche affectait des pincements qu'il devait penser *so british* mais qui étaient juste un peu ridicules.

Voilà quatre bonnes heures que nous arpentions les couloirs du Jeu de paume, pour cette étonnante « exposition privée » de chefs-d'œuvre réquisitionnés dans les musées français et entreposés ici.

D'abord terrifié, je m'étais fait à la présence de l'ogre allemand, qui était maintenant d'une courtoisie un peu rêche.

Nombreux sont ceux qui auraient payé cher pour être dans ma situation : en tête à tête avec le chef de la Luftwaffe. À vrai dire, je ne le réalisais pas vraiment. L'ensemble était si inattendu, si extravagant, que je me contentais d'obéir et de jouer le rôle qu'Abetz m'avait demandé d'incarner : le spécialiste en peinture. Quelle farce ! J'évitais de songer à tous les grands critiques qui avaient pondu tant de brillantes analyses sur l'histoire de l'art pictural. Voilà que j'étais bombardé docteur ès peinture, ce qui en disait long sur l'efficacité balbutiante des services de la rue de Lille.

« Si le Führer savait ça ! » me suis-je dit avec un humour presque involontaire, lorsque j'ai compris ce qu'on attendait de moi.

« Et si Bloch savait ça... », ai-je songé avec nettement plus de honte. Mon pauvre Simon, exilé et perdu ! Non seulement je vivais au milieu de ses chefs-d'œuvre que je m'étais bien gardé de déclarer aux autorités, comme j'aurais dû le faire depuis la mi-juillet, mais voilà que je m'improvisais le cicérone d'un monsieur Jourdain teuton.

L'ironie était glaçante.

Hermann Göring et moi marchions tous deux, de galerie en galerie. Quelques mètres derrière nous, une petite troupe s'efforçait de rester silencieuse et recueillie mais bruissait de murmures. Autour d'Otto Abetz, j'avais aussitôt reconnu le très élégant Jean Luchaire et le futur ambassadeur Fernand de Brinon, avec ses airs de Shylock. Il y avait également de nombreux officiers allemands, dont Otto von Stüplnagel, le nouveau commandant militaire de la France qui siégeait à l'hôtel Majestic depuis quelques jours.

Tout officiels qu'ils étaient, Göring ne leur accordait pas un regard. Les yeux brillants, il dévorait les murs en prenant des notes sur un petit carnet relié de maroquin rouge.

— *Wunderbar !... Wunderschön !...* étaient les exclamations qui ponctuaient mes bien modestes explications, dans un anglais que je m'efforçais de garder très simple.

— Et celui-ci ? m'a demandé le Reichsmarschall en désignant un tableau d'Ingres, représentant une très jeune fille à l'air mutin.

En creusant dans ma mémoire (heureusement que j'avais pour habitude de feuilleter le petit Larousse avant de me coucher !), j'ai fait un bref laïus sur Ingres, son trait si précis, son incroyable délicatesse, sa sensualité...

— Très bien, a dit Göring en notant le nom du tableau dans son carnet. Celui-là ira dans ma bibliothèque, à Karinhall. Il pourrait plaire à Rosenberg mais je lui laisse les scènes bibliques. Quant au Führer, il ne veut que des natures mortes...

Et nous voilà bientôt devant un croquis de Vinci représentant une machine à la mécanique mystérieuse.

— *Ach ! Leonardo ! Mein lieber Leonardo...*

Écœuré de devoir imaginer tous ces chefs-d'œuvre sur les murs des appartements et des maisons de ces barbares, j'ai livré quelques informations sur les inventions du père de la *Joconde*.

— Leonardo est le peintre favori de ma femme..., a fait Göring. Et comme je ne peux pas lui rapporter la *Joconde*, je vais quand même prendre celui-ci...

— Très bien, ai-je dit.

À cet instant, Stüplnagel s'est avancé à pas de loup, le visage rouge de timidité, et a balbutié quelques mots en allemand dont j'ai compris le sens : Göring était censé choisir des tableaux pour lui-même, mais aussi pour Hitler, Rosenberg, Goebbels, Himmler,

Ribbentrop et Borman. Il avait jusqu'alors tout gardé pour lui !

Avec une grimace agacée mais conciliante, le Reichsmarschall a renvoyé Stüplnagel d'un signe de la main, puis il s'est penché vers moi.

— Il semblerait que je sois trop gourmand, a-t-il chuchoté à mon oreille, comme un gros garçon fomentant une bêtise. (Puis il a saisi son immense bedaine de ses deux mains baguées en expliquant :) C'est juste que j'aime la vie, les bonnes choses, les plaisirs ! Tous mes petits camarades, à Berlin, sont obsédés par la politique et leurs idéaux. Moi, je suis un homme heureux...

Et il disait vrai, son visage bouffi rayonnait d'autosatisfaction.

— Vous êtes heureux, vous ? m'a-t-il demandé en me donnant une tape étrangement amicale sur le dos.

— Je ne sais pas, ai-je répondu, surpris du tour que prenait notre conversation, tandis que le reste de l'assistance commençait à nous observer avec une curiosité de conspirateur.

— Regardez-les tous, a fait Göring en baissant encore d'un ton, ils brûlent de savoir ce que je vous raconte. Ils vendraient père et mère pour être à votre place. Ils sont persuadés que je vous confie les derniers projets du Führer ou que je vous propose un poste à la chancellerie, avec voiture de fonction, hôtel réquisitionné et armée de secrétaires...

Il a éclaté de rire, et j'ai grimacé un sourire, de plus en plus étonné par cet échange.

— Des médiocres, des ambitieux, des comploteurs...

Désignant les sublimes toiles, autour de nous, il a continué à voix haute :

— Il n'y a que le plaisir qui compte, mon ami. Les joies du corps et de l'esprit. Dieu n'a pas créé les sens pour que nous les niions avec une aigreur de calviniste. Il faut vivre, mon petit ! Vivre et profiter de tout. Vivre et jouir sans entraves.

Voilà maintenant que Göring tonnait dans le musée, s'agrippant à moi avec une affection débordante. Je sentais son haleine lourde de schnaps et j'avais contre mon nez ses grosses joues striées de veinules éclatées et de vaisseaux saturés. La scène était si effarante que j'étais incapable de réagir, ni même de parler.

Mais Göring n'attendait aucune réponse. Il était en roue libre, et je figurais quelque miroir narcissique, où l'ogre se mirait avec un amour débordant pour lui-même.

— Moi je vis dans la jouissance, dans la contemplation. Ingres, David, Géricault, Delacroix, Vinci, Véronèse sont mon jardin, mes bacchantes.

Il s'est approché des murs et, sous nos regards interloqués, a commencé à enlacer les toiles comme autant de folles maîtresses.

— Quelle vie ! Quelle beauté !

J'hésitais entre le fou rire et la terreur. Était-ce donc ça, les grands vainqueurs de l'Europe nouvelle ? Il y avait de quoi être embarrassé ! Les autres restaient à l'orée de la pièce, fuyant d'un regard gêné le spectacle de cet Hérode en plein délire. J'ai vu Luchaire prendre subrepticement quelques notes, aussitôt mouché par Abetz, qui d'un seul regard lui a intimé l'ordre de tout enfouir dans le coin le plus sombre de sa mémoire. Un simple entrefilet dans *Les Nouveaux Temps* et le beau Luchaire serait expédié dans un stalag !

Moi, je m'emplissais les yeux et me suis promis d'en faire le dessin sitôt revenu à la maison. Mais j'étais loin d'être rentré au quai de Conti !

Retrouvant sa raideur, le maréchal s'est épongé le front à l'aide d'un mouchoir en dentelle qu'il a laissé tomber par terre avant de se rapprocher de moi avec la même pupille affamée.

— Vous aimez le turbot, jeune homme ?

J'étais décontenancé.

— Le quoi ?

— Le turbot ?

— Vous voulez dire : le poisson ?

Göring a levé les yeux au ciel, comme un vieil oncle irascible.

— Le turbot n'est pas une salade, que je sache...

— Euh, oui. J'en ai souvent mangé chez mes parents, à...

— Eh bien, vous en aurez pour le déjeuner, aujourd'hui même... avec de la sauce hollandaise !

Un petit bruissement offusqué a retenti derrière nous. Toisant le reste de la troupe, Göring a posé son bras autour de mes épaules et crié à l'attention d'Abetz :

— Otto, vous avez bien réservé une table chez Maxim's ?

— *Jawohl, Herr Reichsmarschall !*

— Allons-y, je meurs de faim !

Me poussant devant lui à la façon d'un jouet, il a ajouté d'un ton provocateur :

— Ce jeune homme sera mon invité : il est nettement plus intéressant que vous autres, c'est pourquoi je le veux à ma droite !

21

L'hospitalité du maréchal Göring avait ses limites. Sitôt entré chez Maxim's, le chef de l'aviation allemande s'est vu entouré d'un essaim de jeunes femmes à qui il a joyeusement proposé les sièges à ses côtés.

Il n'a même plus eu un seul regard pour moi, et le reste de la troupe m'a fait payer ma bien éphémère faveur en me reléguant à l'autre bout de la grande table de banquet, qui occupait tout le rez-de-chaussée du célèbre restaurant.

Je préférais ça. Qu'aurais-je raconté à ce monstre blanc ? Comme le soleil, les puissants brûlent. Assis dans mon coin de table, je pouvais passer – relativement – inaperçu. Et le spectacle était saisissant !

J'étais déjà venu chez Maxim's avec Bloch et Cocteau, et, malgré cette société franco-allemande, le restaurant gardait son charme unique. Dans l'ambiance feutrée de ce palais de la Belle Époque, militaires et civils s'attablaient, entourés par un ballet de maîtres d'hôtel que régentait le redoutable Albert Blaser, chef de salle chez Maxim's depuis des décennies.

— Que désirez-vous boire, Herr Göring ? a-t-il demandé à l'ogre nazi, d'un ton à la fois cauteleux et méprisant.

— Champagne ! a braillé le Reichsmarschall en claquant dans ses mains, à la façon d'un bey au harem.

Albert Blaser a esquissé une petite grimace à l'adresse de ses sbires, et tous les verres ont aussitôt été remplis d'un nectar à bulles si fines qu'on les sentait à peine.

— Vous avez failli vous faire des ennemis, cher Guillaume, a ricané Luchaire, qui était assis non loin de moi.

— Je n'ai jamais demandé à être ici...

— Nous vivons une époque où il est prudent d'obéir.

Sur cette phrase énigmatique, il s'est retourné vers sa voisine de droite, dont il a baisé les doigts en murmurant : « Et vous, Maud, m'obéirez-vous ? » Celle-ci a glissé une main sous la table et le directeur des *Nouveaux Temps* a rougi de contentement. La scène était d'autant plus étrange que l'autre voisin de ladite Maud, un officier allemand, semblait bénéficier des mêmes faveurs avec une satisfaction égale.

D'abord éberlué par cette vision, j'ai fini par détourner les yeux, réalisant à quel point tout cela était indécent. Mais ma présence ici n'était-elle pas en soi un comble d'indécence ? Une question que je me gardais bien de me poser, car elle aurait suffi à remettre en cause toute ma vie depuis mon départ de Malderney. Je suivais une trajectoire de plus en plus dangereuse, de plus en plus aléatoire. Mes choix étaient souvent dictés par le hasard des rencontres, la conjonction de ma destinée et des faits historiques. Mais je cherchais rarement à lutter contre le courant et préférais me laisser porter, sans pour autant couler. Garder un œil critique, voilà l'essentiel. Ne pas oublier que j'étais un artiste, d'une race qui peut figer ces heures uniques d'un simple coup de crayon. D'ailleurs, je ne m'en privais pas. Souvent, le soir, rentrant quai de Conti, comme d'autres tiennent leur journal je couvrais les pages des grandes heures de mes journées. Scènes au Louvre, au restaurant, au cabaret, dans la rue : mes dessins devenaient l'illustration, au jour le jour, de la vie dans le nouveau Paris. Une ville de cyclistes, de citadins débrouillards, de magasins vides, de regards inquiets, de nouveaux profiteurs, de soldats ébahis, d'officiers affairés, de grisettes affamées. Un Paris où l'on ne cessait de regarder sa montre, de craindre l'heure du couvre-feu, de guigner les vélos taxis, les fiacres, pour ne pas faire de vagues. Un Paris qui vivait, pensait, respirait, par procuration. Un Paris dont le cœur battait ailleurs, quelque part dans les brumes de l'Est, alors qu'il était enfoui en lui-même, hibernant à la veille d'un long hiver qui allait durer quatre ans. Un Paris qui avait de plus en plus faim, tandis que ses nouveaux maîtres se gobergeaient avec des fureurs de satrape.

Sous mes yeux, les plats défilaient de façon ininterrompue. Göring mangeait comme un porc, plongeant ses mains dans la sauce, s'essuyant sur un uniforme qui n'avait plus rien d'immaculé. Ses grandes dents rieuses et coupantes déchiquetaient la viande, le poisson, les pommes soufflées, en projetant des éclats sur ses voisines qui s'efforçaient de garder le sourire. Tel un volcan en pleine éruption, le Reichsmarschall gobait ses huîtres avec un bruit de siphon, mélangeant champagne, romanée-conti, pétrus et condrieu dans un même verre, comme s'il s'agissait du plus raffiné des cocktails. Il portait des toasts à ses bacchantes, n'hésitant pas à déposer des miettes dans leur décolleté pour aller y fouiner comme un chien de meute.

— Goethe, Schiller, Hölderlin, Beethoven, Bach, Göring, l'Allemagne, quoi..., a persiflé un grand homme élégant, à ma gauche, le timbre nasillard, en picorant son foie gras avec des mains presque aussi baguées que celles du Reichsmarschall.

— En attendant, on mange ! a répliqué son voisin, un chauve rougeaud à l'accent méridional. Et moi j'ai faim.

— Toujours aussi pragmatique, mon cher Jules.

— Sans compter qu'ils vont payer l'addition.

— C'est donc ça... Ttt ttt ttt, incorrigible !

À mon arrivée dans la salle, ces deux hommes occupaient une table en face à face, en retrait de notre banquet. J'avais entendu Albert Blaser expliquer aux officiers qu'il s'agissait des deux meilleurs clients de la maison, et qu'il était impossible de les éconduire.

— Faites-les déjeuner avec nous, alors, avait conclu Abetz en reconnaissant les deux hommes qu'il avait déjà reçus lors de cocktails, rue de Lille.

Il m'a fallu un certain temps avant d'identifier ces deux célébrités, que j'avais pourtant vues de nombreuses fois au cinéma. J'avais pu m'en rendre compte en fréquentant les amis de Jean Marais : au naturel, les vedettes sont souvent d'une transparente banalité. Et si Sacha Guitry gardait ses poses théâtrales, Raimu avait l'air d'un voyageur de commerce en visite chez ses commanditaires.

— Vous m'avez l'air bien perdu, jeune homme, m'a dit Guitry avec un sourire courtois et amusé.

— Je me demande ce que je fais ici..., ai-je répondu d'une voix pâteuse, car l'étrangeté de ma situation me poussait à vider verre sur verre.

— Croyez-vous qu'il est dans son élément, *lui* ? m'a-t-il rétorqué en désignant Göring, de plus en plus orgiaque à l'autre bout de la grande table.

Le nazi avait maintenant ouvert veste et chemise, exhibant un torse pâle, glabre et adipeux.

— Té, ça me coupe l'appétit, a grommelé Raimu en posant sa serviette sur la table avec un dégoût appuyé. Sans compter que le foie gras n'est pas frais.

Après un instant d'hésitation, le comédien a discrètement hélé le chef de salle, qui passait près de nous :

— Albert, je vous aime beaucoup, mais ce qu'on mange ici, c'est de la merde !

Le maître d'hôtel est resté impassible, scrutant le moindre détail de l'assemblée.

— Peut-être, monsieur Raimu, mais on en trouve encore...

Raimu a haussé les épaules en bougonnant :

— Heureusement que c'est gratuit.

— Ne vous faites pas plus rustique que vous ne l'êtes, mon cher Jules, a susurré Guitry, qui n'en finissait pas d'observer la salle avec un regard narquois. Nous vivons un moment historique, Jules : emplissez vos yeux, nourrissez votre mémoire. Ces gens sont pour l'instant les maîtres, mais ils feront un jour partie de l'histoire. Peut-être, dans quelques années, serez-vous amené à interpréter un personnage comme ce Göring, qui sait ?

— Ce porc ? s'est offusqué Raimu à voix basse.

— Nous assistons à l'avènement des porcs. Sachons nous en accommoder, car je doute que cela s'arrange avec le temps.

— Co... comment voyez-vous l'avenir, monsieur Guitry ? ai-je fini par demander, comme si je m'entendais parler à travers un filtre.

Le vin, la nourriture, la chaleur, le bruit, tout me montait maintenant à la tête, et je me sentais de plus en plus vacillant. C'est pourquoi je tentais de nouer conversation, pour lutter contre la nausée.

— Noir, jeune homme, très noir...

Guitry avait perdu toute son ironie. Il fixait d'un regard peiné la silhouette de Göring, bâfrant et paillard, de l'autre côté de la table.

— L'entente est pour l'instant cordiale, mais ça ne durera pas. Les Français n'aiment pas qu'on campe dans leurs jardins. Et tout cela va irrémédiablement se déliter... Nous sommes à l'aube d'un grand massacre, jeune homme. Après l'avènement des porcs viendra l'heure du loup...

— Des phrases, Sacha, toujours de belles phrases, des couillonnades, oui, a gloussé Raimu, qui avait retrouvé sa bonne humeur car le turbot était parfaitement cuit.

Guitry l'a observé un instant avec une nostalgie affectueuse, puis il s'est tourné vers moi, qui ne le distinguait plus qu'à travers une sorte de gaze brumeuse.

— Notre pays est vaincu, mais il ne sert à rien de jouer les martyrs... Si je peux vous donner un conseil, jeune homme, il tient en quelques mots : ce n'est pas parce que la situation est dramatique qu'il faut la vivre comme un drame...

La fin de sa phrase s'est dissipée dans le brouillard.

Pris d'une violente nausée, je me suis extirpé de mon siège pour tituber jusqu'aux lavabos.

J'ai juste entendu les rires teutons et la remarque de Raimu : « Quand je vous dis que c'est de la merde », avant de rendre tripes et boyaux dans une jolie cuvette de céramique.

22

Sans doute suis-je une petite nature mais ce tourbillon était souvent écœurant. Attention : je ne me pose pas en arbitre de moralité et ne porte aucun jugement éthique – je serais bien hypocrite ! Mais cette existence vibrionnante était un véritable cyclone qui me propulsait de soirée en cocktail, d'inauguration en vernissage, de café en restaurant, comme si la réalité de la situation m'était toujours épargnée. Bien sûr, je souffrais des restrictions. Bien sûr, il me fallait (parfois) faire la queue devant les magasins. Évidemment que je mangeais plus de rutabagas que de pommes soufflées, moins de pois gourmands que de salsifis. Mais ma position auprès de l'ambassade, mes utiles relations et les réseaux mondains de Marco dans le Paris occupé nous protégeaient d'une façon que j'allais mettre du temps à comprendre.

Et puis j'avais ce permanent besoin de me plonger dans le présent, de ne rien mettre en perspective, pour éviter de regretter mon paradis insulaire. Le passé était un temps mort, l'avenir un temps incertain, seul comptait le présent, temps de la vie, de la surprise, de l'inconnu et du plaisir.

— Tu n'as jamais envie de rentrer là-bas ? me demandait parfois Marco, avec une pointe de perversité, car il savait que j'essayais toujours de museler mes nostalgies.

— Mon enfance et ma jeunesse sont celles d'un étranger. Je ne suis plus le même. Je suis Guillaume Berkeley, citoyen français...

— Je ne sais pas si tu le penses vraiment, mais tu es bon comédien, rétorquait généralement Marco, sans quitter son air dubitatif.

Ses doutes étaient fondés, bien entendu. Car si Malderney était muselée par ma conscience, mes rêves se chargeaient de m'en rappeler les trésors et les drames. Combien de fois me réveillais-je en larmes, après une querelle avec Victor ? Combien de songes suaves, entre les bras de Pauline ? Combien de promenades sur la Coupée, auprès d'une Virginia à jamais juvénile, semblable aux premiers souvenirs que j'avais de ma mère ? Je ne cherche pas à me justifier, car il est bien trop tard. Mais une partie de ma conduite, pendant le début de ces années noires, a été dictée par ce besoin d'éradiquer de ma mémoire tout souvenir de Malderney. Je me suis plongé dans les actions les plus contradictoires, les plus paradoxales, pour effacer toute envie de retourner en arrière, pour atteindre un point de non-retour, fût-il suicidaire. Stérile obstination ? Acharnement puéril ? Je ne pouvais souffrir l'idée de rentrer à Malderney, les yeux baissés, comme si j'étais le seul fautif de l'affaire.

Tous m'avaient poussé à partir, chacun à sa façon. Ils avaient mis en place pour moi une destinée que je n'avais pas réclamée, mais qu'il fallait bien épouser. Je n'étais que le jouet du sort et m'y complaisais avec docilité. Ce n'est pourtant pas faute d'avoir essayé de me faire revenir.

Un soir, à la mi-novembre, Marco m'attendait dans le salon avec une lettre froissée.

— C'est arrivé pour toi..., m'a-t-il dit en tendant l'enveloppe. Je ne sais pas par quel miracle c'est parvenu jusqu'ici, mais je crois bien que ça vient d'Angleterre...

Comment ce message de Victor avait-il passé les barrières de l'eau, de la nouvelle frontière allemande, d'une poste censurée, d'un Paris sous scellés ? Je ne le savais pas et m'en moquais. Seul comptait ce morceau de papier souillé, plié, abîmé, que je tenais entre mes mains.

Un long moment, j'ai hésité. Dans la cheminée ronflait un bon feu, alimenté par les stères de bois que Marco négociait directement avec l'occupant. Je me suis aussitôt approché de l'âtre, prêt à y jeter cette lettre qui ne pouvait m'apporter que de l'amertume.

— Tu regretteras bien plus de ne pas savoir..., a dit Marco sans aucune ironie.

Il m'observait avec une tendresse sincère, m'offrant pour une fois, une rare fois, une vision de sa personnalité réelle : celle d'un ami attentif et protecteur.

Sans vraiment réfléchir, j'ai ouvert.

« J'aurais dû la brûler... », me suis-je aussitôt dit, jetant sur Marco un air inutilement agressif, comme si je lui en voulais de ma déconvenue et de ce que je prenais pour de la lâcheté.

Cette lettre ne m'apprenait rien que je ne sache déjà. En quelques mots, Victor me suppliait de rentrer. Mais, en bas de la page, deux mots m'ont fendu le cœur : « Reviens ! Maman. »

Son écriture chancelante était presque méconnaissable. J'ai senti une boule atroce me nouer le ventre. Tout mon corps s'est mis à trembler. Les images de ma mère malade, au fond de son lit, guettant par la fenêtre le petit ferry, m'ont assailli l'esprit.

Méritait-elle mon silence ? Ne devais-je pas repartir aussitôt, ne serait-ce qu'une journée ? Profiter de mes nouvelles relations pour négocier un voyage éclair ? Devant la situation, je suis sûr qu'Abetz m'aurait accordé de nombreux passe-droits.

Mais c'était déjà une concession à l'ancien Guillaume, à l'éternel cadet, à celui qui était mort noyé au large de Malderney, quand le nouveau Guillaume, conquérant et adulte, accostait sur le continent.

D'un mouvement fébrile, j'ai froissé la lettre et l'ai jetée au feu. Le papier s'est recroquevillé avec un bruit strident et j'ai vu ma mère se consumer au milieu des flammes.

— Sortons ! ai-je ordonné à Marco, la bouche sèche.

*

Pour oublier ces regrets d'enfance, je me suis jeté dans Paris qui regorgeait heureusement d'activités. L'automne 40 bruissait de nouveautés et de résurrections. Chez Gallimard, Marco m'a entraîné au cocktail de lancement de la *NRF*, prestigieuse revue en sommeil depuis de nombreux mois. Son nouveau directeur était le bouillant Drieu la Rochelle, que je n'avais pas recroisé depuis ses grotesques débordements d'octobre 1939, mais qui s'est tout de suite souvenu de moi.

— Mais c'est le petit protégé de Simon Bloch ! Tu es abonné aux juifs, ma parole ! a-t-il gloussé en me voyant arriver dans le hall de chez Gallimard à côté de Marco Dupin.

Tous deux se connaissaient depuis longtemps et se détestaient cordialement, malgré leur commun nihilisme.

— Et vous à la couleur, ai-je répondu en saluant la cavalière de Drieu, une grande Tonkinoise sans doute dénichée dans quelque bordel parisien, tout comme il avait débauché Coco, un an plus tôt.

— Le charme colonial, a-t-il plaisanté en palpant la demoiselle sans douceur. Une bénédiction qui ne durera pas éternellement...

Je n'ai pas répliqué, car cet homme me déplaisait souverainement. Coco m'avait avoué certains de ses fantasmes, qui étaient ceux d'un impuissant notoire se vengeant de ses carences avec une cruauté virile et raffinée. Marco et moi sommes donc partis vers le buffet, où l'on croisait toujours les mêmes hirondelles et pique-assiettes. Pour certains journalistes et mondains, ces réceptions étaient un vrai garde-manger. D'aucuns n'hésitaient pas à venir avec de grands imperméables qu'ils rechignaient à laisser au vestiaire, pour mieux en garnir la doublure de victuailles de toutes sortes. J'ai un jour vu Claude Roy dissimuler trois bouteilles de champagne ! C'était je crois chez Grasset, pour le lancement de la collection « À la recherche de la France », équivalent moins agressif de la série lancée par Denoël.

Mais le fond importait ici moins que la forme. On se ruait à ces raouts pour faire ses provisions, et tout cela s'opérait de façon très naturelle, avec une complicité tacite. Les mains baladeuses sur les grandes nappes blanches, on emplissait ses poches en discutant à mi-voix des dernières nouvelles : la dissolution des syndicats par Vichy, la loi sur l'organisation corporative de l'agriculture, le remplacement de Laval par Flandin, tandis que l'ancien garde des Sceaux était assigné à résidence dans sa maison de Chateldon, avant d'être libéré sur l'intervention d'Otto Abetz...

Ce dernier était vraiment le roi de Paris, et ses réceptions étaient les plus courues. Une faune mondaine s'y précipitait, et j'y retrouvais les visages maintenant familiers de Guitry, Cocteau, Marais, Corinne Luchaire, Charles Trénet, Édith Piaf, Maurice Chevalier, Paul Morand, Jacques Chardonne, Marcel

Jouhandeau, Suzy Delair, Danielle Darrieux, et ces essaims de journalistes qui jouaient les mouches du coche pour glaner des informations avec le risque de les voir aussitôt censurées.

J'ai plusieurs fois recroisé Lucien Rebatet, parfaitement distant, qui s'en voulait sans doute d'avoir joué les couards devant les trois soldats allemands. Je ne le lui en tenais guère rigueur, ce dont il devait prendre ombrage, car une franche animosité eût été plus simple pour lui. Il se contentait donc de me snober, sans pour autant être désagréable, car je n'avais raconté à personne notre petite aventure et il l'avait compris.

À ces soirées, nous croisions aussi de nombreuses jeunes femmes en quête d'amis ou de protecteurs, dont l'avidité me rappelait les roueries de la fourbe Ginette. Mais tout était de bonne guerre et, dans cette ville où les prix montaient en flèche et où soixante et onze pour cent du budget des habitants étaient consacrés à la seule alimentation, on ne pouvait jeter la pierre à personne. Toutes les combines étaient bonnes pour se remplir l'escarcelle et, si possible, en faire profiter les amis. Le marché noir était une industrie en pleine éclosion. Le nom de ce mystérieux Monsieur R. dont nous avait parlé Dodo à notre première rencontre était sur toutes les lèvres. Personne ne connaissait son visage, il noyautait toutes les informations à son sujet, nulle photo de lui ne circulait, mais il avait commencé de bâtir un empire en trafiquant aussi bien avec les Allemands qu'avec les Français. On racontait déjà qu'il recevait chez lui aussi bien les pontes du IIIe Reich que les divas de l'Opéra, les ministres de Vichy ou les truands de Belleville. Il avait droit de vie et de mort, comme un souverain parallèle, et gare à ceux qui croisaient son chemin lorsqu'ils n'y étaient pas invités. Mais on disait tant de choses sur ce Monsieur R. que d'aucuns commençaient à voir en lui quelque croque-mitaine inventé par la rumeur publique ; ne serait-il pas un personnage mythique créé de toutes pièces par les services allemands pour garantir le calme et l'ordre dans la nuit parisienne ?

Des nuits dont Marco et moi abusions dangereusement, car nos fonds n'étaient pas illimités.

À force de dîner chez Ramponneau ou à la Reine Pédauque, à force de manger les steaks hors de prix du Catalan, en face de chez Picasso ; à force de finir nos soirées au Tabarin, au Palace, chez Shéhérazade, chez Carrère..., nous avons vite asséché nos ressources.

À la mi-décembre, l'avance accordée par Denoël et les forfaits qu'Abetz nous avait attribués pour dresser nos fameuses listes étaient presque épuisés. Mon travail s'était achevé quelques jours plus tôt et je n'avais aucune perspective pour assurer notre « train de vie » dans les semaines à venir.

Relevant le nez de mes comptes, je m'en suis ouvert à Marco, qui n'a pas semblé outre mesure angoissé.

— Ne t'inquiète pas, ami..., a-t-il dit en jetant la dernière bûche dans la cheminée.

— Après ça, il n'y a plus de bois, ai-je remarqué. Et comme le charbon est introuvable, on va passer l'hiver à grelotter...

Marco a éclaté de rire en désignant les murs du salon.

— Tu vas encore me dire qu'il faut vendre un des tableaux ?

— J'y pense, en effet...

— Et comment crois-tu que les autorités vont réagir quand tu vas leur avouer que tu n'as jamais déclaré ces œuvres d'art, alors que les biens artistiques appartenant à des fortunes juives sont désormais automatiquement réquisitionnés ?... Tu appelleras ton ami Göring, peut-être ?

Je n'ai rien trouvé à répondre.

Dupin a alors tiré deux cartons de sa poche intérieure, avec un petit visage narquois.

— Markus Goldbrot a heureusement plus d'un tour dans son sac, petit Guillaume. J'ai réussi à nous faire inviter à la cérémonie la plus courue de l'année, demain matin.

— Qu'est-ce que c'est ?

Il m'a tendu les cartons, comme toujours siglés d'une croix gammée. On y voyait un curieux portrait de Napoléon.

— Dans sa grande munificence, le Führer a accepté le retour des cendres de l'Aiglon, près du cercueil de son père, dans la chapelle des Invalides. Tout Paris sera là. Je doute qu'on en reparte sans un petit boulot...

Avec un clin d'œil grivois et totalement déplacé, Marco a ajouté :

— Il paraît que Pétain et Hitler eux-mêmes vont faire le déplacement...

23

Le lendemain matin, une surprise éblouissante nous attendait : il avait neigé. La ville était nappée d'une épaisse couche blanche, qui atteignait bien cinquante centimètres. Sur le balconnet de l'appartement, un couple de pigeons ébahis, grelottant, restait planté dans la neige, incrédule. Le square du Vert-Galant, à la pointe de l'île de la Cité, était une proue laiteuse s'avançant dans le fleuve telle une épée d'archange. L'espace de quelques heures, la température avait spectaculairement chuté, et le ciel parisien semblait figé dans le demi-jour, que menaçaient des nuages gris pâle.

— Le premier hiver de l'Occupation, a dit Marco en fouillant dans les affaires de Bloch pour nous trouver deux gros manteaux de fourrure qui nous donnaient des airs de cocottes. Pour une journée napoléonienne, c'est parfait : on se croirait à la retraite de Russie !

Puis il a regardé sa montre :

— Nous allons être en retard, la cérémonie est à neuf heures.

Je serais volontiers resté dans mon lit, à l'image de ces jours de tempête, à Malderney, où je me cachais sous mes draps comme dans un igloo. Mais Dupin était persuadé que cette manifestation allait servir nos intérêts.

Nous voilà donc dans l'escalier, croisant le docteur Couturier, comme toujours soupçonneux, à l'embrasure de sa porte.

— Faites attention, il paraît que cette neige n'est pas naturelle et qu'elle vient directement d'Allemagne...

Marco et moi avons éclaté de rire, mais nos pelisses n'étaient pas superflues. Dehors, le froid était polaire. Ouvrant le porche de l'immeuble, le souffle glacial a mordu nos joues, nos fronts, nos pommettes. N'ayant pas trouvé de gants, nous avons plongé nos mains dans les grandes poches des manteaux.

Marco contemplait cette vision digne d'un Brueghel.

— Avec la pénurie d'essence, l'absence de bois de chauffage et l'interdiction de tout véhicule motorisé, ça risque de durer longtemps.

Du bout de la chaussure, j'ai testé la solidité de cette jeune neige.

— Du béton...

Même la Seine avait commencé à geler. Sous le pont des Arts, de gros blocs de glace flottaient au gré d'un courant indécis, se disloquant contre les poutrelles ou les parois des berges.

— Je n'ai jamais vu Paris comme ça, a dit Dupin. La ville dégage si peu de chaleur qu'elle est en train de se transformer en iceberg.

— Tu n'exagères pas un petit peu ?

— Si. Toujours. Mais c'est magnifique. Tu ne veux pas y aller à pied ?

— Aux Invalides ?

— Ce n'est pas loin...

— En temps normal, non. Mais avec cette patinoire.

— Justement, a dit Marco en prenant son élan pour glisser sur la chaussée, non sans une certaine grâce. Si on ne tombe pas, on ira encore plus vite qu'en métro !

— Soit...

Longeant les quais d'un pas malhabile, bien plus soucieux de nos chaussures que du somptueux spectacle de cette cité blafarde, nous avons parcouru cette immense patinoire qui n'épargnait personne. Les cyclistes marchaient à côté de leur petite reine, agrippés au guidon. Les vélos taxis refusaient les clients qu'ils jugeaient trop lourds. Des groupes d'enfants se livraient à des batailles de boules de neige, se roulant sur les trottoirs dans de grands hoquets joyeux, les genoux écarlates sous leurs shorts de grosse flanelle. Devant les magasins, les gens qui faisaient parfois la queue depuis cinq heures se réchauffaient en tapant dans leurs mains et en se serrant les uns les autres. Même les colonnes allemandes attaquaient la chaussée d'un pas hésitant, comme un château de cartes à l'aube d'un séisme.

Seule figure impassible de ce tourbillon hivernal, l'auguste face du maréchal Pétain surveillait nos galipettes avec son œil de douce ganache.

Je ne sais pas pourquoi, mais il a fallu ce matin d'hiver pour que je remarque à quel point il était omniprésent, le Maréchal ! Était-ce la couleur des affiches sur les murs ? le ton des portraits dans les vitrines ? Je ne sais pas. Mais son képi, sa moustache et ses yeux bleus étaient l'étrange leitmotiv qui ponctuait notre maladroite progression jusqu'aux Invalides.

Je l'avais prévu : nous sommes arrivés en retard. Obligés de calculer chacun de nos mouvements, nous avons débouché place de Breteuil à neuf heures passées de trente minutes.

— L'hiver paralyse tout, a plaidé Marco en tentant de calmer le tremblement de ses mains pour tirer les deux cartons de son manteau. Tu vois bien que la cérémonie n'est pas encore commencée...

Le dôme des Invalides semblait un pain de glace. Devant les grandes grilles, une foule de curieux se pressait, posant mille et une questions sans réponses :

— Qu'est-ce qui se passe ?

— C'est pour un enterrement ?

— C'est à cause de Napoléon ?

Deux rangées de soldats allemands portant de lourds flambeaux faisaient une haie d'honneur aux invités, depuis la place jusqu'à l'entrée de l'église. Il fallait pour cela montrer patte blanche et exhiber nos cartons.

— Ne poussez pas, s'il vous plaît ! a dit un invité, écrasé contre nous par les badauds, devant les grilles.

J'ai aussitôt reconnu Lucien Rebatet. Nez à nez, nous avons bien dû nous saluer. De mauvaise grâce, il m'a tendu une main embarrassée, mais a fini par me sourire.

— Désolé pour l'autre nuit, camarade. J'ai agi comme une lopette...

— J'aurais peut-être fait pareil, ai-je concédé. Nous vivons une époque où chacun doit sauver sa peau.

À cette remarque qui valait absolution, il a retrouvé son regard brillant et m'a dit :

— On peut se voir après la cérémonie ? J'ai une proposition à te faire...

— Honnête ? a demandé Marco d'une voix égrillarde, car il avait entendu notre échange.

Reconnaissant Dupin, Rebatet a pris l'air dégoûté et s'est approché de mon oreille.

— Méfie-toi de lui et n'oublie pas *ce* qu'il est... À tout à l'heure...

Puis il a été happé par un petit groupe au centre duquel un géant brun à lunettes évoluait comme un tribun de l'époque romaine.

Marco l'a salué avec une révérence théâtrale en lui disant :

— Monseigneur, je suis à vos pieds...

Le géant l'a regardé avec dédain en maugréant : « Bouffon », et il s'est avancé en direction du tombeau.

— Tu as reconnu ce grand porc ? m'a demandé Dupin, tandis que nous emboîtions le pas au petit groupe jusqu'à l'église et que je voyais l'énorme carrure du colosse en uniforme brun.

— Non, qui est-ce ?

— C'est Jacques Doriot. Un homme qui a tout compris. Il est passé du communisme au nazisme en un coup de chapeau, bouclant la boucle. Il y a décidément du beau monde, ce matin...

Je m'intéressais si peu à la vie politique que je n'avais pas tout de suite identifié celui que l'on surnommait « le grand Jacques ». Cet ancien élu communiste de Saint-Denis était à la pointe de la collaboration parisienne, espérant devenir une sorte de dictateur français, rêvant même d'éclipser les fadeurs vichystes pour leur préférer une attitude pure, dure, jusqu'au-boutiste.

Sous le dôme, une foule compacte piétinait autour du tombeau de l'Empereur. Par le jeu d'un placement aléatoire, je me suis retrouvé debout à côté de Guitry, qui m'a souri sous son grand chapeau de feutre.

— Tiens donc. Vous aimez les nourritures indigestes décidément ! me dit-il.

Je l'ai salué, cherchant un bon mot (comment répondre autrement à Sacha Guitry ?), mais j'ai grimacé en silence, à court d'idées.

L'ambiance était funèbre. Moins à cause des circonstances que de la suspicion qui courait de groupe en groupe, dans cette église hautaine et sans charme. Là, tous se haïssaient, s'épiaient, rivalisaient de médisance et de veulerie.

Non loin de moi, j'ai entendu Doriot dire à Rebatet :

— C'est ce salaud qui empoisonnait tout et voulait nous foutre ses maçons dans les jambes. Mais on va s'occuper de lui...

Il fixait un petit homme trapu, de l'autre côté du tombeau, qui l'observait avec autant d'animosité.

— C'est Marcel Déat, m'a chuchoté Dupin. Le plus grand rival de Doriot. Encore un fer de lance de la pensée socialiste séduit par les sirènes fascistes... Ces normaliens sont incorrigibles !

Nous avons attendu très longtemps. Engourdis par le froid et l'humidité de l'église, les invités parlaient de moins en moins fort. Je ne lisais plus dans leurs yeux ces regards de comploteur mais une expression lasse et déçue.

On venait d'apprendre que les deux invités de marque ne viendraient pas. Pétain était bloqué à Vichy par la neige. Quant à Hitler, il n'avait, semble-t-il, jamais été question qu'il vînt ici. C'est donc avec un bien morne intérêt que nous avons fini par voir arriver « l'Aiglon ».

Soutenu par dix soldats allemands, un gigantesque cercueil s'est avancé dans l'église, jusqu'au tombeau de l'Empereur dont on avait pour l'occasion ouvert le caveau.

— Tout ça pour des cendres ? n'a pu se retenir de dire Marco.

— Du charbon aurait été plus approprié, a ajouté Guitry, gelé, en frottant ses mains l'une contre l'autre.

Après quelques roulements de tambours, cette cérémonie qui nous faisait l'effet d'un pétard mouillé a pris mollement fin.

Les porteurs du cercueil ont sauté dans un camion de troupe. Les soldats à flambeaux ont disparu sur l'avenue de Breteuil. Et notre assemblée s'est vue refoulée vers la place, que la plupart des curieux avaient fini par déserter, lassés de piaffer dans le froid de ce matin d'hiver.

À la grande horloge, il était onze heures passées. Et l'ambiance était si étrange, tout à coup.

Officiels et quidams se sont observés, indécis et circonspects. Chacun semblait dire : « C'est tout ? Et maintenant, que fait-on ? » Tous paraissaient avoir presque oublié leurs rivalités, leur hargne, devant l'inanité de cette cérémonie annoncée comme le premier phare de l'hiver.

— Hitler s'est bien foutu de nous, a grommelé Rebatet en arrivant près de moi. Je peux te parler ?

Voyant que Marco allait nous suivre, il a dit :

— Bas les pattes, toi !

Dupin m'a demandé sans se montrer vexé :

— On se retrouve à la maison ?

Puis il a repris sa marche funambulesque sur des trottoirs encore plus glissants.

— Un vrai petit couple, dis donc ! a ricané Rebatet.

— C'est quoi, votre proposition ? l'ai-je coupé, sentant qu'il allait partir dans une nouvelle diatribe contre Dupin.

Relevant le col de son manteau car la neige recommençait à tomber, Rebatet a plissé les yeux et fait une moue mystérieuse.

— Le journalisme, ça t'intéresse ?

— Bien entendu, ai-je répondu, m'en voulant aussitôt de cet enthousiasme qui me dévoilait sans doute trop.

Il a posé une main amicale sur mon épaule.

— *Je suis partout*, l'hebdomadaire pour lequel j'ai travaillé toute l'avant-guerre, doit reparaître en février prochain...

Il a laissé passer un ange, pour jauger ma réaction. Mais je m'efforçais de rester impassible.

— Ça te dit de faire partie de l'aventure ?

Mes yeux brillants ont dû parler pour moi, car je n'ai même pas eu à répondre.

— Rendez-vous demain matin dans nos nouveaux locaux de la rue de Rivoli. Je te présenterai à l'équipe. On a besoin de talents et de regards neufs. Dès maintenant, on va engranger des papiers, des idées de sujet, tout ce qui peut servir à notre cause...

— Votre... cause ?

— Crois-moi, m'a dit Rebatet en croisant les bras pour lutter contre le froid, ce journal de copains peut devenir l'organe de presse le plus influent de la nouvelle France !

24

Je suis partout était une pépinière de faux génies et de vrais imprécateurs, d'imposteurs patentés et de talents fourvoyés, de virtuoses du verbe et de délateurs en tout genre, d'amis vigoureux et de traîtres en puissance. Un bouillon unique, étrangement harmonieux malgré les dissensions, qui vibrait d'une camaraderie fébrile et souvent méfiante. Régnait là une ambiance potache et assassine, où l'on maniait les mots comme autant de baïonnettes, bien conscients d'être du côté des vainqueurs. Tous ces gens avaient du talent, parfois plus que cela, mais ils le prostituaient à une idéologie informe, mouvante, jamais claire, qui évoluait au gré des avanies d'un monde en guerre quotidienne.

De tout cela, j'allais me rendre compte petit à petit, au contact de ces individus qui se croyaient investis d'une mission politique, lorsqu'elle n'était pas sacrée.

Dès ma découverte de la rédaction, j'ai tout de suite senti une atmosphère de complot permanent et de suspicion. À cela se mêlait une sorte d'ambiance presque ludique, car tous étaient jeunes et ressemblaient à des gamins diaboliques ayant trouvé le moyen de fabriquer de la dynamite.

La première rencontre n'a pourtant pas été une partie de plaisir.

— Tu nous balances ce type dans les pattes, Lucien, alors qu'on ne sait rien de lui ? a grogné l'irascible dessinateur Ralph Soupault, après que Rebatet m'eut présenté à toute l'équipe, dans la grande salle de réunion du journal, rue de Rivoli.

Le caricaturiste de *Je suis partout* ne tolérait apparemment guère la compétition.

— Je réponds de lui, a plaidé Rebatet.

Puis, scrutant les autres membres de l'équipe autour de la table, il a demandé :

— Vous me faites confiance, non ?

Pas de réponse.

Voilà une heure que nous étions là et ces messieurs, célèbres pour leurs virulentes épithètes, gardaient des mines de carpe.

Moi, je ne parlais guère plus, me contentant de les fixer l'un après l'autre en me rappelant leur nom car Lucien me les avait un à un présentés :

« Le gros avec son sandwich qui semble toujours prêt à faire un bon mot, c'est Alain Laubreaux, le critique théâtral. À côté de lui, cet homme maigre au visage émacié se nomme Pierre-Antoine Cousteau, il s'occupe de la politique internationale. Le petit jeune en bout de table, c'est Claude Roy, le benjamin de l'équipe, le chouchou... Celui-là se nomme Charles Lesca, celui-ci Claude Jeantet... »

Pour ce qui est des autres noms, j'avais déjà oublié.

Sur le mur de cette salle neutre et sans âme, le portrait d'un garçon aux yeux rêveurs derrière ses grosses lunettes rondes semblait veiller sur l'assemblée avec une douceur de crucifix.

— Si Robert était là, il saurait quelle décision prendre, a remarqué Cousteau en désignant la photo.

Tous se sont retournés vers le portrait. Robert Brasillach était l'âme du journal, mais il était encore prisonnier en Allemagne. Sans lui, la rédaction semblait avancer à tâtons, comme aveuglée.

Dès Malderney, j'avais beaucoup entendu parler de ce Brasillach. Bloch admirait ses dons de critique et de romancier, mais me faisait les mêmes remarques qu'à propos de Rebatet : « Encore un brillant sujet happé par le mirage fasciste... »

— Robert choisirait d'engager ce petit, a répliqué Lucien. J'en suis presque certain...

Soupault a semblé s'assouplir :

— Soit, mais fais-lui faire des articles. Je ne veux pas voir ses... dessins.

Il jeta un œil dédaigneux sur mon carnet de croquis qui traînait encore au milieu de la table et que chacun avait feuilleté de mauvaise grâce, agacé de bien devoir en admettre les qualités.

Lucien s'est retourné vers moi.

— Tu sais écrire, camarade ?

— Euh, je pense, oui...

Ouvrant un grand dossier lourd d'idées de sujet, Cousteau a tranché :

— Eh bien, nous allons tester tes compétences, Guillaume Berkeley...

*

Je ne sais pas si Guillaume Berkeley savait écrire, mais il savait « pisser de la copie ». En quelques semaines, je me suis même découvert une facilité d'écriture que je ne me soupçonnais pas. Il suffisait qu'on me propose une idée, un sujet, une critique, un compte rendu, et les mots coulaient de mes doigts comme une musique évidente. Je me sentais encore plus libre que pour les dessins. Chaque phrase était un croquis en soi. Le pouvoir des métaphores, des comparaisons, s'avérait une satisfaction grisante que ne m'avait jamais procurée mon petit crayon de bois. J'étais en train de découvrir que l'écriture m'était une respiration aussi naturelle que le dessin.

— Tu vois, a triomphé Rebatet face à Cousteau en lui tendant quatre feuillets que j'avais pondus en une heure au sujet de la mort de Bergson. Ce matin, Guillaume ne savait rien de ce vieux philosophe rabbinique !

— Je rends les armes, a avoué Cousteau avec un grand sourire carnassier, avant de me serrer vigoureusement la main. Bienvenue dans l'équipe, Guillaume Berkeley !

Lors, tous m'ont accueilli avec une générosité braillarde et sincère. Moi qui étais toujours en quête de grands frères, je m'étais trouvé là une nouvelle famille, composite et fantasque.

— Méfie-toi quand même de ces gens, m'a prévenu Marco, à qui j'ai claironné que *Je suis partout* m'engageait en qualité de « journaliste culturel ». Si les choses tournent mal, ils seront les premiers à te dénoncer comme un Anglais vivant en couple avec un juif !

— C'est bien à toi de dire ça, le juif antisémite.

— Moi, je sais de quoi je parle. Et je n'ai jamais cherché à t'entraîner dans mon nihilisme...

J'étais bien décidé à ne pas me laisser contaminer par la mauvaise foi et le spleen de Marco (la nuit précédente, un de ses amants de passage était parti sans un mot, et il peinait à admettre sa propre souffrance).

— En attendant, j'ai un vrai salaire et de nombreux avantages, comme des cartes d'alimentation en plus, qui vont nous permettre de vivre très confortablement...

Assis à moitié nu sur le canapé du salon, Marco restait circonspect :

— Le journal ne ressort qu'en février et ils te salarient dès maintenant ?

— Quand je te dis que ces gens sont des envoyés du paradis !

Effectivement, nous en étions encore à préparer la résurrection du journal, mais il fallait engranger des papiers, ce que Cousteau appelait de la « viande froide ». Cet exercice m'a permis de faire mes armes dans tous les domaines du journalisme culturel. En l'espace de deux mois, de la mi-décembre au 7 février, j'ai soumis ma plume à des sujets incroyablement divers.

Cousteau et Rebatet m'ont fait faire un papier d'humeur sur le « plébiscite du silence » demandé *via* la BBC par de Gaulle pour le 1er janvier 1941. Le « Général » exhortait les Français à rester chez eux pendant une heure, sans un mot, comme une immense protestation muette. Si je trouvais l'idée assez poétique, j'ai filé la métaphore du poisson mort, de la traîtrise britannique et du silence assassin, mettant mes origines au placard pour pratiquer une anglophobie qui n'était pour moi qu'un exercice de style.

Lucien et PAC (acronyme et surnom de Cousteau) ont semblé assez contents de la chose. Mais Rebatet, souvent mesquin, s'est à son tour livré à l'exercice sur le même sujet, rédigeant un torrent de boue hilarant et féroce qui mettait en valeur la pâleur de ma chronique.

— L'invective est mon jardin, Guillaume. Mais ça viendra, ça viendra...

Après la nécro de Bergson, j'ai dû écrire celle de James Joyce, mort à Zurich le 13 janvier. Pour la plupart des membres de l'équipe, il n'était qu'un « abscons charabieur » (Laubreaux), mais Lucien le plaçait très haut dans son estime.

— Vous n'y comprenez rien ! Avec Proust et Céline, c'est l'un des plus grands !

Moi, j'avais feuilleté *Ulysse*, que j'avais trouvé illisible. En matière de pavé, je préférais *Moby Dick*, que j'avais lu en anglais à Malderney et dont on m'avait demandé de critiquer la traduction nouvelle faite par Jean Giono. Alors que les arabesques incompréhensibles de Joyce...

— Ça aussi, ça viendra, m'a rassuré Rebatet. En attendant, raconte-nous sa vie.

En deux heures, la nécrologie partait au marbre.

Cette rapidité était grisante : l'efficacité d'une équipe rodée, rompue à l'exercice, qui se faisait confiance en dépit des rivalités.

Malgré l'esprit de corps, chacun avait sa chapelle. Certains haïssaient le Maréchal, d'autres lui cherchaient des excuses. Les Allemands trouvaient bien des grâces à leurs yeux, mais la pompe teutonne les faisait doucement rigoler. Il y avait également les partisans de Doriot et de Déat. Ce dernier venait de fonder le Rassemblement national populaire, tentant de séduire certaines plumes de *JSP*, pour venir parler à des meetings publics.

D'une manière générale, les journalistes de *Je suis partout* étaient quotidiennement sollicités et courtisés. Pas une première où ils n'eussent les meilleures places ; pas un vernissage où on ne leur réservât un « cadeau de la maison ». Laubreaux était la terreur des directeurs de théâtre, et Rebatet (sous le nom de Vinneuil) donnait des insomnies à tout le cinéma français. J'ai compris à quel point le journalisme pouvait être une arme de combat, aussi violente – et parfois plus – qu'un couteau ou un fusil.

Dès la sortie du journal, le 7 février, mon nom a été connu des lecteurs et j'ai acquis d'emblée une sorte d'étrange notoriété, un respect de principe.

Envoyé en reportage en zone libre sur le tournage de *L'Assassinat du Père Noël*, de Christian Jaque, j'ai eu droit à des honneurs étranges. Harry Baur, le comédien principal, a même dû me laisser sa chambre d'hôtel pour partager celle du cinéaste, le temps de ma visite.

De même, la sortie du *Juif Süss* de Veit Harlan a été précédée d'une projection privée uniquement pour l'équipe de *Je suis partout*. Nous nous sommes retrouvés seuls dans l'immense salle du Marignan. Et lorsque les lumières se sont rallumées, toute la rédaction ronflait tandis que Rebatet, écumant, notait dans son calepin de quoi assassiner ce pensum académique qui « déshonore le vieil antisémitisme européen ».

La haine des juifs était le cheval de bataille de Lucien, qui perdait toute mesure, tout esprit critique, dès qu'il abordait ce sujet. La création d'un Commissariat général aux questions juives, à la fin mars, l'a laissé perplexe.

— Ils ont mis à sa tête ce vieux borgne de Xavier Vallat. Je n'en vois pas l'utilité.

En revanche, la sortie des *Beaux draps* de Céline l'a fait hennir de joie.

— Ferdinand retrouve le ton des *Bagatelles* et de *L'École des cadavres* ! Voilà un homme qui pourrait diriger le Commissariat !

À dire vrai, j'étais le seul à avoir reçu le livre dédicacé, à la rédaction. « Pour Guillaume Berkeley, qui a fait du chemin depuis notre première rencontre. En souvenir de Simon Bloch. » Mais Lucien – vexé – me l'avait aussitôt chipé.

Honnêtement, la dédicace était trop ironique pour que j'éprouve la moindre envie de faire le compte rendu de ce livre. Quand bien même, Céline était la chasse gardée de Lucien, tout comme le *Tristan et Isolde* à l'Opéra, par Karajan, au printemps, ou l'exposition Wagner, à Meudon.

Je ne me vexais pas pour autant, car le travail ne manquait guère et je jonglais d'un sujet à l'autre avec une fougue toujours renouvelée. Le journalisme semblait fait pour moi : rapide, sautillant, incisif, il permettait de ne pas trop se poser de questions et de glisser sur le présent comme j'aimais tant à le faire depuis mon installation à Paris.

Une fois de plus, j'aurais pu m'arrêter une seconde, mettre en perspective ces kilomètres de mots que j'alignais dans le journal, réfléchir au rôle qui devenait le mien. Mais, dès que ces pensées me venaient en tête, je les chassais à l'aide d'un nouvel article à écrire, d'une nouvelle morasse à corriger.

Je ne faisais pas de politique, après tout. Hormis mon essai de chronique sur le 1er janvier silencieux, je n'écrivais jamais sur l'actualité. D'ailleurs j'en aurais été incapable. Tout m'égarait. Comment *L'Humanité* pouvait-elle condamner les gaullistes et les tenants de la France libre, comme elle l'avait fait en mars ? De même, les discussions infinies de mes camarades de rédaction au sujet de la vie publique me restaient souvent hermétiques, et les raffinements stratégiques de Brinon, Abetz, Laval, Pétain, sans compter ceux des Allemands, me semblaient aussi obscurs que les livres de James Joyce. Non, je me contentais de jouer les journalistes culturels, dociles et complaisants, grisé par la musique de mes propres mots, fussent-ils à double sens. Si les propos de Lucien, de PAC, de Laubreaux, me faisaient parfois frissonner par leur violence et leur caractère implacable (mais n'était-ce pas là le propre de la liberté d'expression ?), je ne me permettais jamais la moindre attaque frontale ni personnelle. D'aucuns m'en faisaient parfois le reproche :

« Ton papier est bien mais sois plus saignant, plus mordant. Rappelle-nous d'où vient le bonhomme. Il y a sûrement de la perversion judaïque dans tout ça... »

Comme je l'avais fait avec ma mère, je répondais oui oui mais ne changeais pas une ligne à mes papiers que je portais moi-même aux typographes.

La rédaction ne disait rien, trop satisfaite de ses propres prouesses pour me reprocher ma prudente fadeur.

À la fin de l'hiver, le retour de Robert Brasillach a achevé de souder l'équipe. Ce jeune homme grassouillet promenait autour de lui une ambiance rêveuse et poétique que contredisait la violence de ses articles. L'équipe entière l'admirait tout en jalousant ses talents et sa fécondité littéraire. Il avait un peu plus de trente ans et déjà presque autant de livres à son actif !

— Voilà donc notre nouveau petit prodige, a-t-il dit en me rencontrant pour la première fois.

Derrière ses grosses lunettes rondes, il m'a regardé d'un air à la fois timide et coquin.

— Attention qu'il ne te mette pas la main dans la culotte, celui-là ! m'a prévenu Marco. Je l'ai souvent croisé, avant-guerre. Lorsqu'il assumera sa sexualité, ce petit normalien cul serré deviendra une vraie bite humaine !

Mais je peinais à voir en Robert autre chose qu'un fort en thème. Il était toujours fourré avec son beau-frère, l'universitaire Maurice Bardèche, qui semblait bien plus que le mari de sa sœur.

Lorsque je me suis étonné auprès de Lucien que Robert et Maurice passent leur temps à se prendre les mains et à se parler à l'oreille, il m'a répondu d'un ton cinglant :

— Ces deux-là sont des amis de toujours. Comme des frères. Je t'interdis la moindre remarque !

« Des pédales, comme moi, oui... », a gloussé Dupin, à qui j'ai fait le compte rendu de l'affaire.

Malgré ses réticences, Marco s'amusait beaucoup de ma nouvelle vie. Il n'avait plus besoin d'écumer salons et cocktails pour connaître les dernières rumeurs en cours, et passait le plus clair de son temps quai de Conti, sautant d'un giton à l'autre avec une nonchalance de plus en plus lasse.

— De toute façon, je suis en train de virer *persona non grata*...

En effet, malgré son statut si particulier, Marco Dupin devenait un indésirable du nouveau régime. Ses travaux pour Denoël et d'autres éditeurs (il écrivait comme nègre des livres antisémites pour des auteurs dits « aryens ») ne le protégeaient plus vraiment. Il n'était plus invité nulle part et, lorsque je l'emmenais avec moi à des premières ou à des vernissages, il se voyait souvent refuser l'entrée.

« Je récolte ce que j'ai semé..., me disait-il, sans aucune amertume. Tout cela est bien normal... »

Mais je lisais dans ses yeux quelque chose de nouveau qui s'apparentait à de la peur. De la vraie peur, mêlée d'un torve plaisir.

Est-ce pour cela qu'il s'absentait souvent de Paris ? Il lui arrivait de disparaître pendant presque une semaine.

« Je loue un petit pavillon, à Romainville. C'est plus facile pour recevoir mes... amis. À Paris, plus personne ne veut me suivre. »

C'est pendant une de ces « absences » qu'a eu lieu *l'événement du 7 mai*.

Marco était parti depuis trois jours et ne devait pas rentrer avant le dimanche soir.

J'étais allongé dans le salon, content de ne pas avoir de sortie. Je devais accompagner Laubreaux au théâtre voir une nouvelle pièce de Cocteau – qu'il allait comme d'habitude éreinter – mais je m'étais senti paresseux.

« Vas-y tout seul, tu me raconteras... »

J'avais également laissé Lucien aller à un petit raoût dans la toute nouvelle librairie franco-allemande Rive gauche, ouverte place de la Sorbonne.

« C'est à deux pas de chez toi, Guillaume...

— Je sais, mais j'ai envie de profiter du calme... »

Je me suis donc fait un petit plateau de victuailles obtenues par Lesca, qui avait ses entrées dans le marché noir (pain frais, beurre, œuf à la coque) et me suis allongé sur le canapé du salon. Dehors, le printemps s'installait. Une brise fleurie entrait par la fenêtre. On n'entendait aucun bruit, sinon quelques bicyclettes apeurées de rater le couvre-feu et le pas cadencé de colonnes militaires. Les oiseaux, en revanche, régnaient sur leur royaume. Une troupe de mouettes se battait au-dessus de la Seine pour un poisson happé sous le Pont-Neuf, tandis que les pigeons tournoyaient autour des saules pleureurs du Vert-Galant. Mais le jour tombait et les oiseaux étaient remplacés par des chauves-souris, qui giflaient l'air de mai pour gober les premiers moustiques.

Je me suis levé pour me pencher à la fenêtre. Dans un arbre, sur le quai, j'ai eu la surprise d'entendre une petite chouette pousser son « piii-huiiit » comme en pleine campagne. Puis elle a émis un son plus strident, plus métallique, que je n'ai pas su identifier.

« Bizarre, ai-je songé. Quel oiseau peut... »

Le bruit a repris.

Mais ce n'était pas un oiseau. Derrière moi, dans l'entrée, on sonnait à la porte.

Levant les yeux au ciel, j'ai maudit l'univers en me demandant lequel de mes camarades de presse venait me tirer du grand calme pour m'entraîner dans quelque festivité du *Paris bei Nacht*.

J'ai commencé à déverrouiller l'épaisse porte de chêne en maugréant :

— J'espère que vous avez de bonnes raisons pour débarquer ici parce que...

La fin de ma phrase s'est noyée dans un hoquet.

Je ne pouvais pas y croire. Je ne *voulais* pas y croire.

Il était là, face à moi, sur le palier, essuyant ses grosses chaussures crottées sur le paillasson.

Les images ont alors afflué à ma mémoire comme remonte une nausée.

Comment était-ce possible ?

Comment était-il parvenu jusqu'à Paris ?

Il m'a fait un sourire timide, en signe de paix, puis m'a tendu la main.

— Bonjour, Guillaume...

Après un long moment de silence, j'ai ouvert la porte pour laisser entrer le visiteur en murmurant, surpris de m'entendre dire ces mots :

— Bonjour, Victor...

25

— Comment es-tu arrivé jusqu'ici ?

— Tu n'es pas le seul à avoir des relations, petit frère..., a-t-il répondu en observant une à une chaque toile du salon de Bloch.

Puis, sans que je l'invite à le faire, il s'est servi un grand verre de whisky au petit bar d'acajou.

— Fais comme chez toi..., ai-je ironisé.

— Parce que je suis *chez toi*, peut-être ? a-t-il rétorqué en marchant jusqu'à la fenêtre que j'avais laissée ouverte. Voilà donc Paris...

Pendant un long moment, nous n'avons pas parlé. Il restait appuyé au rebord de la fenêtre, penché sous la brise printanière, contemplant l'ombre dentelée du pont des Arts qui se mirait dans une Seine noire et striée d'éclairs argentés. Habillé de vêtements de toile beige d'une saleté repoussante, mon frère semblait enfin reprendre son souffle comme après une course infinie.

Et moi, respirais-je ? Difficile à dire. Huit ans plus tard, il m'est encore impossible de décrire précisément quel était mon état lors de ces « retrouvailles ».

Je ne savais plus si je rêvais ou si je dormais, comme lors d'une de ces transes comateuses qui suivent les grandes opérations chirurgicales. Quittais-je la réalité ou venais-je de retomber à pieds joints dans le réel ? J'étais à la frontière de deux mondes, de deux époques, de deux pensées : l'enfance d'un côté, l'âge d'homme de l'autre, frontière symbolisée par le grand tapis du salon, qui marquait une limite colorée entre le territoire de Victor et le mien.

— Bloch ne nous avait pas menti, Paris est un miracle..., a-t-il dit sans se retourner.

Sa voix avait changé. Quelque chose de plus grave, de plus mûr. Nous ne nous étions pas vus depuis près de deux ans – il en avait tout juste vingt et un –, et Victor Berkeley n'était plus le même. La force tranquille qui émanait toujours de son corps, de ses mouvements, semblait vaciller. Lorsqu'il s'est retourné, je me suis forcé à regarder son visage, à fixer ses yeux. Ses grands iris bleus étaient les mêmes, sa belle tête blonde et carrée gardait une allure de seigneur, mais une brisure infime changeait la donne, comme on retrouve une photographie au fond d'un tiroir.

— J'ai vieilli, n'est-ce pas ?

J'ai haussé les épaules, sentant remonter de vieux réflexes, l'écho de souvenirs enfantins. Victor avait toujours su comment m'impressionner. Il lui suffisait d'un simple regard pour m'intimer des ordres, sans violence mais avec une persuasion implacable. Un grand frère, quoi.

Ce soir-là, c'était différent. Il ne cherchait pas à m'imposer quoi que ce fût. Il tentait de comprendre qui il avait en face de lui. Étais-je toujours le petit

Guillaume, le doux cadet aux dons multiples, le pataud rapin qui le suivait comme une ombre ? Ou bien quelqu'un d'autre ? Je l'ai vite lu dans ses yeux : il n'en savait encore rien. Alors que nous pouvions autrefois nous jauger en un regard, trop de temps avait passé. Il en faudrait plus pour nous réapprivoiser, si seulement le jeu en valait la chandelle.

Mais Victor n'avait pas fait tout ce chemin juste pour voir ma tête. Il y avait autre chose, restait à savoir quoi...

De sa démarche toujours claudicante, il est allé s'affaler sur le canapé en me dévisageant.

— Toi, tu n'as pas vieilli. Tu as... tu as *changé*... Comme si tu vivais dans un autre corps.

— Ça fait bientôt deux ans, Victor.

— Dis plutôt deux siècles. Nous ne sommes plus dans la même réalité, petit frère. Nous n'avons plus rien en commun...

— En ce cas, pourquoi es-tu venu ?

— L'esprit de famille, je pense.

— Tu viens de dire que nous étions désormais étrangers en tout.

— Il nous reste encore quelque chose, a-t-il dit en fouillant dans sa poche. Du moins, il nous *restait*...

Il m'a alors tendu un morceau de tissu, et je l'ai vu fuir mon regard car ses yeux venaient de s'embuer.

En saisissant le foulard, j'ai manqué vaciller. Une boule acide s'est figée dans mon ventre, pour remonter lentement jusqu'à ma gorge. La douceur de cette laine, ces motifs rouges et bleus. Et puis son parfum, son parfum !

Toute mon enfance s'est brutalement engouffrée dans ce petit carré de tissu, que j'avais si souvent vu autour du cou de ma mère, pour protéger une gorge qu'elle avait toujours eu fragile. Là, à cet instant précis, je ne voyais plus de Virginia que des images belles et sereines : son sourire, lorsqu'elle venait me border dans ma chambre de la tour ; son visage heureux, lorsque Victor et moi courions sur la lande pour rallier la Seigneurie en longeant la falaise ; sa silhouette noble et hautaine, quand nous l'accompagnions de ferme en ferme pour saluer les Maldernais. Et son odeur. Un mélange de chèvrefeuille, de rose et d'air marin qui imprégnait ses cheveux, ses vêtements. Une odeur que ce foulard avait conservée, comme un trésor.

— Elle l'a porté jusqu'au dernier moment, m'a dit Victor d'une voix étranglée. Et c'est moi qui le lui ai retiré, quand...

Il n'a pas pu finir sa phrase. Il s'est recroquevillé sur lui-même dans un chagrin muet, le corps tremblant, la bouche entrouverte, les yeux secs d'avoir sans doute trop pleuré.

Pendant un instant j'ai cru pouvoir lutter contre cette réalité. J'ai cru pouvoir rester de mon côté de la barrière, dans mon nouveau monde, ma nouvelle vie. Mais bien vite le bouclier s'est fissuré. J'ai prononcé le mot « maman » et toute ma belle armure a disparu.

Une stupeur brute, incontrôlable, m'a fait perdre l'équilibre. Une sorte d'hébétude, comme un coup de massue. J'étais au-delà du chagrin, bien trop assommé pour pleurer. Les larmes sont déjà un chemin vers la sortie : j'étais encore sous le choc. « Ma mère est morte. »

C'était donc vrai ! Aussi réel que le velours soyeux de ce canapé, aussi réel que la présence apaisante de ces toiles de maître, aussi réel que ce grand frère éploré qui tentait de reprendre ses esprits. Mais le seul fait de me voir, de me savoir à ses côtés, attisait son chagrin d'orphelin.

Voilà ce que nous étions. Sans père ni mère. Seuls au monde. J'aurais beau me trouver une nouvelle famille, des parents de fortune, des pères de substitution, je ne pouvais nier la réalité la plus organique qui fût : mes deux parents étaient morts et ma seule famille était désormais mon frère.

— Victor..., ai-je dit d'une voix tremblante en m'asseyant à côté de lui.

Puis, comme si je prenais le relais, je l'ai vu retrouver ses esprits tandis que le chagrin me saisissait telle une bourrasque.

Serrant le foulard entre mes mains, j'ai laissé couler mes larmes et me suis blotti dans ses bras.

— Si tu savais, si tu savais..., ai-je dit, sans chercher à finir ma phrase.

Qu'aurais-je pu ajouter, d'ailleurs ? Si tu savais combien je regrette d'être parti ? Cela aurait été un mensonge. Si tu savais combien vous m'avez manqué ? Voilà des mois que je ne pensais presque plus à eux, m'étant conditionné à nier mon enfance malderniase comme on rejette l'alcool ou l'opium après avoir frôlé la mort.

— Je sais. Je sais..., répondit Victor en caressant mon front avec la même douceur que maman, lorsque je me réveillais d'un cauchemar.

Tout à coup, il n'y avait plus entre nous aucune rancœur, aucune rivalité, aucun sous-entendu. Nous étions les deux fils d'une même mère, que nous pleurions avec la même sincérité nue. En y repensant, plus tard, j'en viendrai même à m'étonner d'avoir été aussi frappé par la disparition d'une mère qui avait toujours été si dure avec moi, si injuste, si peu aimante. Mais les liens du sang, les lois biologiques, sont les plus forts. Qu'importent les humiliations, les mensonges, les frustrations. Maman était morte et ces larmes étaient ma façon de lui dire adieu.

Voyant sur la table basse le plateau auquel je n'avais pas encore touché, Victor s'est redressé pour saisir un morceau de pain qu'il a englouti en deux bouchées.

— Tu as l'air affamé..., ai-je dit d'un air attendri, heureux de repartir sur un ton quotidien après ces débordements si peu « Berkeley ».

— Je crois que je n'ai rien mangé depuis trois jours..., a-t-il répondu, la bouche pleine.

Étrange image : tout semblait accompli, oublié. Victor avait perdu son air revanchard. Maintenant que j'avais pleuré dans ses bras, il retrouvait sa douceur protectrice de grand frère et, après ces larmes qui valaient requiem, mordait dans son pain avec la fougue d'un retour à la vie.

Mais il était là, il me fallait en savoir plus.

— Comment as-tu réussi à venir jusqu'ici ?

Reposant un grand verre d'eau qu'il venait de vider au risque de s'étrangler, il s'est essuyé les lèvres du revers de sa veste et m'a répondu d'un ton à la fois épuisé et résigné :

— Depuis ton départ, il y a deux ans, les choses ont beaucoup changé, sur l'île.

Alors il m'a raconté. Tout. Les débuts de la bataille de la Manche ; les centaines de navires de guerre, à l'horizon de la Coupée ; le blocus ; les maisons détruites par les raids aériens ; l'invasion nazie ; les humiliations, la peur et le chagrin.

— Tu ne reconnaîtrais plus rien, petit frère. La grisaille a envahi nos côtes et Malderney n'est plus la même... Les îles Anglo-Normandes sont les seuls territoires britanniques sous occupation allemande. Churchill n'a pas levé le petit doigt pour nous venir en aide. À Malderney, les officiers nazis ont investi la Seigneurie et nous avons été obligés de nous installer chez une cousine de Philip, dans la grange.

Arrachant le foulard de mes mains, Victor l'a brandi devant mon visage. Sa voix tremblait d'indignation :

— Maman est morte allongée dans la paille, sans même une couverture ! Les Allemands ont refusé que nous l'enterrions au cimetière de la Seigneurie et il a fallu lui creuser une tombe de fortune, au milieu de la lande. Personne de l'île n'a eu le droit de venir à l'enterrement, partout les rassemblements sont interdits... Il n'y avait que Philip et moi... Et puis le Bailli s'est laissé mourir de chagrin en moins d'un mois... Je suis seul, maintenant...

Je n'ai pu m'empêcher de poser la question qui me brûlait les lèvres depuis son arrivée :

— Et... et Pauline ?

Mon frère n'a paru ni blessé ni furieux de ma question. Haussant les épaules avec lassitude, il a dit :

— Ça fait longtemps qu'elle est partie.

— Où donc ? ai-je demandé, peinant à maîtriser mon cœur qui battait plus vite.

— Une semaine après la... *dispute* qui a provoqué ton départ, Pauline a décidé de retourner à New York.

— Et depuis ?

Visage navré mais sans haine de Victor :

— Pas un mot, pas une lettre. Cette petite grue ne valait décidément pas tout ce que son arrivée a provoqué...

J'aurais pu être peiné, mais cette nouvelle m'a étrangement soulagé. Comme si Victor effaçait un nouvel obstacle entre nous. La pomme de discorde étant repartie aux Amériques, mon frère ayant décidé de faire la paix, plus rien ne nous séparait. Mais quel avenir pouvait être le nôtre, maintenant que nous avions des vies si différentes ?

— C'est pour fuir tout ça que tu es venu me rejoindre à Paris ?

À cette question, il s'est durci et j'ai retrouvé son visage des grandes résolutions enfantines, lorsqu'il décidait de partir en mer, un jour de tempête.

— Tu ne comprends pas, Guillaume. Je ne suis pas venu te rejoindre, je suis venu te *chercher*.

— Pour revenir avec toi ? à Malderney ?

— Notre île, notre terre, est occupée par ces barbares qui sont en train de détruire toute l'Europe. Mais nous n'allons pas les laisser faire. Depuis quelques mois, des réseaux de résistance clandestine s'organisent dans les îles Anglo-Normandes, avec la complicité de Français du Cotentin. Nous devons libérer notre royaume, petit frère. Comme avant. Comme dans notre enfance !

— Mais ce n'est pas un jeu...

— Tu crois que j'aurais bravé la mer à la rame, traversé la Normandie occupée et le Paris allemand pour m'amuser ? Je sais bien que ce n'est pas un jeu. Les jeux, j'ai toujours su y jouer seul. Mais aujourd'hui j'ai besoin de toi, Guillaume. Malderney a besoin de toi.

Il ne plaisantait pas. Le regard flamboyant, il se sentait sincèrement investi d'une mission. Une mission que nous devions remplir tous deux, main dans la main.

Dieu que cette soirée était lourde de sens et de décisions abruptes !

Comment pouvais-je, en quelques heures, tourner le dos à ce que j'avais si laborieusement mis en place depuis mon arrivée à Paris ? Comment pouvais-je me jeter dans la gueule du loup – le Malderney allemand ? la Résistance ? – quand ma vie, si chaotique fût-elle, était devenue excitante et cohérente ? Les lois du sang étaient une chose, mais il y avait aussi le principe de réalité.

— En bref, tu me demandes de tout abandonner pour te suivre...

Il a opiné, avec un sourire sans ironie.

— C'est ça, petit frère...

Il ne semblait pas une seconde douter de ma bonne volonté. Et cette certitude ébranlait d'ailleurs les miennes. Face à ce regard si déterminé et si familier, j'en venais à me demander si, effectivement, il n'était pas normal, naturel, que je le suive sur-le-champ, sans me perdre à réfléchir inutilement.

— Doucement, doucement. Tu dois me laisser du temps... Je ne peux pas décider comme ça...

— Décider comme quoi ? C'est très simple : viens-tu avec moi, oui ou non ?

Il avait perdu son sourire. Il n'était plus question de regard charmeur ou de danse du ventre. Le problème était en effet très simple : étais-je prêt à tout abandonner pour partir avec lui ?

Regardant autour de moi, je n'ai pas pu me retenir de rétorquer :

— Abandonner tout ça... Je suis chez moi, maintenant... Du moins tant que Simon est aux États-Unis...

Il a croisé les bras avec une moue embarrassée.

— Je ne t'ai pas tout dit...

— À quel sujet ?

— Simon Bloch.

— Eh bien ?

Mon frère a laissé son regard se perdre par la fenêtre, comme s'il cherchait ses mots.

— Parmi mes nouveaux... *amis* de la résistance anglo-normande, il y a un réfugié espagnol, Luis, arrivé clandestinement en bateau.

Je n'osais imaginer ce qu'il allait m'apprendre.

— Il avait lui aussi essayé de partir aux États-Unis en prenant le même bateau que Bloch. Un bateau qui a été intercepté par la flotte allemande...

— Tu veux dire que...

— Je ne veux rien dire du tout. Bloch et Luis ont été faits prisonniers. Mon ami a réussi à s'échapper mais Bloch a semble-t-il été déporté vers un de ces camps où les nazis parquent les juifs, en Europe de l'Est.

Je ne parvenais pas à le croire.

— Il est mort ?

— Personne ne peut le dire. Mais il semble que personne ne revienne de ces camps. Surtout les juifs...

J'ai regardé autour de moi l'admirable collection de Simon, sentant monter une nausée : celle de la culpabilité.

Les Allemands avaient tué Simon Bloch. Et c'est pour eux que j'avais travaillé, avec eux que je dînais si souvent, grâce à eux que je vivais dans des conditions si plaisantes...

Victor a vu qu'il venait de toucher le nerf le plus sensible.

— Si tu veux venger Simon Bloch, tu dois lutter contre ces monstres, tu dois me suivre...

Le doute me tiraillait. Après un silence, j'ai demandé :

— Quand repars-tu ?

— C'est une réponse que je veux : viens-tu avec moi ?

Après un moment de terreur brute, comme si je me jetais dans le vide, j'ai murmuré :

— Oui.

Puis tout s'est apaisé, comme si on venait de retirer un poids de mes épaules.

Victor a répondu en me serrant contre lui :

— Voilà bien ce que j'espérais entendre, petit frère.

Puis il a marché avec fatigue jusqu'au bar pour se resservir un verre.

— Je t'ai pressé car je voulais connaître ta réponse. À vrai dire, je ne repars pas avant une semaine. Mon passeur est pour l'instant en zone libre. Mais d'ici jeudi prochain, j'espère bien que tu vas me faire découvrir Paris, petit frère.

26

Je l'avoue sans fausse honte : les quelques jours que Victor a passés à Paris, en ce printemps de l'année 1941, comptent parmi les plus beaux souvenirs de mes années parisiennes. Si jamais tu lis ces mots, Victor, sache que je n'ai jamais été aussi proche de toi, de ta *réalité intérieure*. Durant ces belles journées de mai, notre alchimie fraternelle est parvenue à renaître avec l'innocence d'un premier matin.

En toi, je retrouvais ma famille, mes racines, mes origines. J'en venais même à me demander comment j'avais pu à ce point tourner le dos à mon enfance, à ces souvenirs uniques, tellement plus vivaces que la morne vie d'un citadin ou d'un banlieusard.

En te voyant marcher dans Paris de ton pas à la fois décidé et boitillant, en te voyant traverser le Pont-Neuf, longer Notre-Dame, attaquer les Champs-Élysées, la Concorde, les Invalides, les escaliers de Montmartre ou de Belleville, j'ai compris combien toi et moi étions du même sang, de la même sève. Que je le veuille ou non, Malderney coulait toujours dans mes veines. J'avais eu beau me persuader du contraire, changer de vie, de nationalité, d'identité parfois, je restais Guillaume Berkeley, fils de la flamboyante et regrettée Virginia, frère du robuste Victor, aîné admiré et jalousé, mais à qui j'avais décidé d'accorder mon pardon.

Ah, Victor ! Que j'étais heureux de te faire découvrir cette ville dont nous avions tant rêvé ensemble, assis au bord de la Coupée, à l'égal de l'Atlantide ou de la ville d'Ys. Comme j'étais fier de jouer les cicérones, d'être le guide, le pilote – le grand frère. Quelle joie de voir ton regard fasciné, émerveillé, devant le dôme du Panthéon, le clocher de Saint-Germain-des-Prés, de Saint-Sulpice, les macramés de la tour Eiffel. L'espace de quelques heures, toi et moi n'étions plus dans le Paris occupé, avec ses soldats allemands, ses vélos taxis, ses panneaux en gothique et ses drapeaux à croix gammée. Nous avancions tous deux dans un Paris rêvé par et pour nous, comme la réalisation d'un rêve d'enfance. Et puis nous étions ensemble, voilà ce qui comptait. Marchant le long de la Seine, dans les ruelles du Marais, sur les Grands Boulevards, toi et moi recréions ce lien indissoluble, oubliant les querelles, les humiliations, cette sotte aventure avec Pauline. Le plus étrange, c'est que je parvenais à anesthésier mes craintes, à ne pas penser à tout ce que mon retour à Malderney risquait de provoquer.

Toi et moi, mon frère, mon modèle, profitions des joies de l'instant, des sublimes lumières du Paris de mai, comme si cet étrange voyage de noces célébrait nos retrouvailles et nous liait à jamais.

*

Cet état de grâce ne pouvait hélas pas durer. Malgré la présence de Victor et mon désir de m'occuper de lui, j'avais un métier et des obligations.

— Invente-moi une identité et emmène-moi avec toi, m'a dit Victor, tandis que je cherchais un moyen de ne pas le laisser seul à l'appartement, craignant le retour de Marco à qui je n'avais ni l'envie de présenter mon frère, ni surtout la force d'avouer mon très prochain départ.

Fouillant dans le petit bureau du salon, j'ai retrouvé une foultitude de cartes. Certaines avaient été glanées par Marco (« ça peut toujours servir... »), d'autres m'avaient été données par les services d'Abetz, à l'automne : « carte d'identité de Français », « carte de rapatrié », « carte de sinistré », « carte postale interzone », « livret généalogique individuel »...

— L'important, aujourd'hui, c'est d'avoir la bonne carte, ai-je expliqué à Victor. D'ailleurs, la dernière insulte à la mode, c'est « espèce de sans-carte ! »

J'ai alors trouvé une « autorisation temporaire de circuler » sans nom, confiée par Rebatet cet hiver.

— Ça devrait suffire, ai-je dit en écrivant « Christian Dalenc ». Le nom te convient ?

— Victor Hugo n'aurait pas trouvé mieux !

Comme moi, Victor parlait un français sans accent : il n'avait donc pas à craindre de passer pour un Anglais, et il s'est amusé de cette identité d'emprunt.

La découverte de mon « univers professionnel » a toutefois vite assombri son enthousiasme. Mon frère me savait en bonne entente avec le nouveau régime, mais il ne me pensait pas si « compromis ».

— Il était temps que je vienne t'arracher à ces vampires ! m'a-t-il dit alors que nous quittions le vernissage de l'exposition *Vingt jeunes peintres de tradition française*, à la galerie Braun.

En l'espace d'une heure, champagne en main, il venait de rencontrer la moitié de la rédaction de *Je suis partout*, certains émissaires d'Abetz et de Brinon qui m'appelaient par mon prénom et me tutoyaient, ainsi que toute une série d'inconnus qui se félicitaient des victoires de la Wehrmacht et s'horrifiaient des bombardements anglais de Crète et de Bretagne.

« Le mois dernier, ces monstres ont détruit la rade de Brest, une horreur ! C'est Hérold-Paquis qui a raison, au micro de Radio Paris : l'Angleterre, comme Carthage, doit être détruite ! » avait clamé un petit Français en veston étriqué à trois soldats allemands qui l'écoutaient d'un air ennuyé, plus intéressés par deux grisettes qui observaient les tableaux en prenant des notes pour un journal étudiant.

— Dans quelle réalité vivent donc ces gens ? s'est offusqué Victor, une heure plus tard, alors que nous attaquions une magistrale entrecôte au *Catalan*, en bas de la maison, dans un restaurant à moitié rempli de soldats vert-de-gris.

À quelques tables de là, Picasso dînait avec deux officiers SS à qui il vendait des croquis. Lorsque nous sommes entrés, il m'a fait un petit signe amical, sans pour autant se lever. Au-dessus d'eux, un portrait du maréchal Pétain posait sur la salle son œil sévère et protecteur. Peinte en lettres noires, une citation du vainqueur de Verdun en affermissait la majesté : « Français, souviens-toi ! Notre défaite est venue de notre relâchement, l'esprit de jouissance l'a emporté sur l'esprit de sacrifice. On a voulu épargner l'effort, on rencontre aujourd'hui le malheur. »

— Le relâchement, l'effort, le malheur..., a grogné Victor en contemplant cette faune gourmande qui se gobergeait. Quelle sinistre blague !

Ironie suprême, les patrons du restaurant avaient épinglé sur le cadre du portrait plusieurs feuilles volantes où des enfants du quartier, partis en vacances dans le cadre de la «Croisade de l'air pur», avaient écrit des poèmes à la gloire du vieux soldat. Les titres de ces gribouillages enfantins étaient éloquents: «L'entraide», «Le retour à la terre», «Le don à la patrie», «L'obéissance»...

Victor n'en était que plus atterré.

— À croire qu'ils sont heureux d'être occupés par les Allemands, en tous les cas soulagés...

— Tu sais, Victor, tout cela est très complexe. On ne peut pas réduire les gens à deux couleurs: les blancs, les noirs.

— C'est vrai, ils sont gris ! a-t-il grommelé en dévorant sa pièce de viande arrosée d'un chateauneuf-du-pape qui faisait la célébrité de la maison. Ici tout est gris. Cette ville, ces gens, cette ambiance. Paris est peut-être la Ville lumière, mais dès que tombe la nuit, elle retrouve sa vraie couleur: grise et fausse. Un immense mensonge grisâtre.

— En attendant, il t'a rassasié, le mensonge, ai-je dit en tentant de garder un ton léger pour désigner son assiette qu'il avait vidée en quatre robustes coups de fourchette.

Le visage sombre et préoccupé, il a repoussé ses couverts pour me prendre les mains.

— Guillaume, bien sûr que cette ville est sublime et que tu l'aimes avec une authentique passion d'esthète, mais tu vis dans un monde abstrait sans même t'en rendre compte !

— Je sais parfaitement où je vis et ce que je fais, Victor, ai-je tenté de me défendre.

— Tu n'as aucune idée de ce qui se passe en dehors de ton cocon. Une viande comme celle-là, je n'en ai pas mangé depuis deux ans. Tout comme ce vin, ce pain, ce beurre... Tu es du bon côté de la barrière, voilà tout. Mais à quel prix ?

Mon frère s'emballait, et j'ai dû lui faire signe de ne pas parler trop fort. Mais il était intarissable et semblait réciter un texte répété durant tout son voyage, comme une plaidoirie, alors qu'il m'avait jusqu'à présent complaisamment suivi dans Paris.

— Tu ne sais pas ce qui se passe ailleurs parce que votre presse est muselée, censurée, même celle dans laquelle tu travailles.

— Tu exagères... Nos informations sont toutes officielles et confirmées...

— Tout est vérolé par le prisme de l'idéologie ! Voilà le vrai danger : personne n'écrit ce qu'il voit, mais ce qu'il *croit voir*, parce qu'on le lui montre comme tel. Personne n'écrit ce qu'il pense mais ce qu'on lui intime de penser. C'est ça qu'on appelle la propagande. Du bourrage de crâne, voilà tout !

Victor avait perdu sa légèreté, et je lui retrouvais cette fougue presque innocente de notre enfance, cette passion brute, incroyablement pure et n'appelant qu'à une chose : l'action.

Il a à nouveau pris mes mains dans les siennes, le regard enflammé.

— Mais nous, à Malderney, nous sommes en dehors de tout ça. Comme si notre île était trop loin des côtes pour être contaminée par cette hypnose collective. Nous sommes pauvres comme Job, nous sommes occupés par ces fous, mais nous avons encore les moyens psychologiques, moraux, de résister.

Au mot « résister », j'ai vu quelques visages se tourner vers nous, intrigués et soupçonneux.

— Victor, parle moins fort, je t'en supplie !

— Les murs ont des oreilles, je sais, a chuchoté mon frère avec une grimace amère. Tout le monde épie tout le monde ; chacun est suspect, victime potentielle d'un règlement de comptes, d'une dénonciation, d'une loi scélérate improvisée sur le tas pour plaire aux occupants. C'est donc ça, ton Paris de rêve, ta cité idyllique ?

— Tu as pourtant eu l'air de la trouver belle, ma ville, ai-je rétorqué puérilement.

— Ah, petit frère, petit frère ! Tu as encore tant à apprendre. Le paradoxe, c'est qu'en étant au cœur même du marasme, tu as été protégé de ses horreurs. Comme dans l'œil du cyclone. Alors que moi, depuis Malderney, j'ai découvert la réalité d'un nouveau monde qui n'est pas celui dans lequel tu vis chaque jour, mais celui que connaissent désormais Simon Bloch, et *des millions* de Simon Bloch... où qu'ils soient...

Je n'ai rien trouvé à répondre.

Une fois de plus, Victor avait raison et je devais me ranger à ses arguments. Si j'avais encore des scrupules, des craintes, ce petit discours très moralisateur avait achevé de me convaincre. Ne serait-ce que quelques jours, quelques mois peut-être, je devais rentrer à Malderney, pour découvrir de mes propres yeux cet autre monde dont me parlait mon frère avec un mélange de terreur et d'espoir.

— En libérant Malderney, nous en ferons une plate-forme stratégique capitale pour la résistance anglo-française... Comme un avant-poste.

Victor semblait persuadé de la réussite de son entreprise. Je me suis pourtant cru obligé d'objecter :

— Mais si tu as pu parvenir seul jusqu'ici, rien ne dit que nous arriverons à repartir tous les deux jusqu'à Malderney...

— Avec ton aide, tout est possible...

— Comment ça, « mon aide » ?

Il a encore baissé d'un ton, tandis que le serveur nous apportait une mousse au chocolat vendue à un prix exorbitant.

— Tu connais du monde...

— Oui, mais ils sont dans l'autre camp, justement !

— Tout dépend de quel côté tu les abordes...

— Je ne comprends pas...

Picorant sa mousse avant de la dévorer avidement, il s'est expliqué :

— Tu ne peux pas te faire envoyer en reportage à Malderney, pour *Je suis partout* ?

— Mais c'est en Angleterre, chez les ennemis.

— Erreur : c'est l'Allemagne, désormais. Nous conduisons à droite et, comme à Paris, nous sommes à l'heure de Berlin. « Le seul territoire britannique occupé par les nazis », ce n'est pas un magnifique sujet de reportage, ça ?

— Mais je ne m'occupe que de culture !

— C'est donc le moment d'être un peu plus ambitieux.

— Ils vont me rire au nez...

— Choisis le bon interlocuteur.

J'ai réfléchi.

— Il faudrait que j'en parle à Brasillach, mais il risque de ne pas me prendre au sérieux. Quant à Cousteau, j'ai peur qu'il me pique l'idée.

— Et ton... Raboto ?

— Rebatet ? Lucien ? Lui seul parviendrait à convaincre l'équipe de m'envoyer là-bas, en effet...

— Eh bien, appelle-le...

— Il est injoignable en ce moment. Il prépare l'ouverture de l'Institut d'étude des questions juives.

Victor a grimacé de dégoût.

— Charmant... Et ça a lieu quand, cette « ouverture » ?

— L'inauguration est demain soir.

— Tu as des invitations ?

— Sans problèmes...

— Et tu peux y conduire *Christian Dalenc* ?

— C'est comme si c'était fait...

Victor avait retrouvé son air passionné. Il avait le même regard avide que Picasso, derrière nous, lequel échangeait un carnet de dessins contre une petite valise discrètement glissée sous la table.

— Grâce à toi, petit frère, beaucoup de choses peuvent changer !

27

— Tiens donc, Guillaume, tu es venu accompagné ?

— Lucien, je te présente mon ami Christian Dalenc. Il est monté à Paris afin de couvrir l'inauguration de l'IEQJ pour un journal toulousain...

— Bonne idée, a dit Lucien, serrant la main de Victor de façon cordiale sans se montrer soupçonneux. Soyez le bienvenu...

— Merci, monsieur Rebatet.

Toujours content de papoter avec des confrères, Lucien lui a pris le bras pour l'entraîner dans cette ancienne galerie d'art de la rue La Boétie, près des Champs-Élysées.

— Les Allemands ont mis à notre disposition les locaux de la galerie Paul Rosenberg...

— Ah oui ? a fait Victor, en se retenant de demander ce que ce Paul Rosenberg avait pu devenir.

Moi, je scrutais chaque réaction de mon frère. Il devait à tout prix garder son calme, son sang-froid, sinon il risquait d'être découvert et nous plongerions tous deux dans l'inconnu. Nous avions besoin de Rebatet, ce n'était pas le moment de le mettre en rogne.

— On aimait la peinture chez Rosenberg, a continué Lucien avec une voix nostalgique. Les Delacroix, les Corot, les Van Gogh, les Cézanne, toujours si rares et si bien choisis, ont cédé la place à cette douzaine de bavards falots et discordants.

Il a désigné un petit groupe de ronds-de-cuir qui palabraient, debout sur une estrade, de l'autre côté du hall. Ils semblaient préparer une série de discours et se chamaillaient sur l'ordre des préséances.

— Regardez-les, a gloussé Lucien, l'antisémitisme a toujours été le paravent d'une bande de ratés, de faisans à la petite semaine, de maniaques qui, à force de s'abîmer dans l'étude des juifs, ont fini par leur ressembler, portant jusque sur leur physique les marques de cette contagion. À se demander si les juifs ne les ont pas inventés pour ridiculiser leurs adversaires...

Surpris par la remarque, Victor semblait hésiter à répliquer.

Je me suis aussitôt penché à son oreille, murmurant :

— Ne dis rien, laisse-le parler...

Lucien semblait enchanté de se moquer de cette inauguration.

— Les gens ne viennent pas ici pour casser du juif, mais pour casser la croûte...

Au pied de l'estrade, les cinquante chaises en rangs serrés étaient encore toutes vides. En revanche, les nombreux invités déjà arrivés s'étaient jetés sur le buffet en chuchotant d'inévitables « Dieu que c'est mauvais », « Tu as goûté le champagne ? Il est tiède », « Et ces canapés, quelle horreur ! » sans pour autant cesser de s'empiffrer.

J'ai reconnu là des confrères de la presse, mais aussi des personnalités du cinéma, du théâtre, de la littérature.

Au dernier rang, seule personne assise, dissimulé dans sa grande carcasse et son manteau de cuir, Céline observait la salle d'un œil narquois. M'apercevant, il a esquissé un petit salut militaire très ironique et m'a fait signe d'approcher.

J'allais le rejoindre quand Victor m'a pincé le bras, chuchotant :

— Ne me laisse pas seul avec ce type, j'ai l'impression d'être à un ballet de crabes !

Je ne pensais pas qu'il serait aussi intimidé par cette manifestation, à vrai dire semblable à toutes celles où je me rendais presque quotidiennement. Dignitaires en cravate, militaires en uniforme, civils sur leur trente et un, comploteurs, opportunistes ou simples curieux, cette inauguration de l'IEQJ était un énième raoût pseudo-politique, où l'on se pressait pour gagner un repas sur ses tickets d'alimentation.

Depuis le 1er avril, la ration quotidienne de pain était tombée à 275 grammes, et ça n'allait pas s'arrêter là. C'est pourquoi toute occasion de manger gratuitement était bonne, fût-ce dans un nid d'antisémites furieux comme cet endroit.

Très en verve, Lucien n'avait pas lâché le bras de Victor. Il semblait persuadé que le journaliste Christian Dalenc était venu ici pour lui, et il lui accordait une manière d'interview impromptue, à laquelle mon frère répondait par des yeux effarés.

— Vous savez, jeune homme, je n'étais antisémite ni d'éducation ni d'instinct. J'ai côtoyé beaucoup de juifs. Dans mes jours de bohème, je ne percevais que leur exotisme et je le goûtais volontiers. J'ai aimé et loué des artistes, des écrivains juifs, j'ai subi leur influence...

— Dans ce cas, a rétorqué Victor, bien obligé de jouer le jeu pour ne pas être découvert, comment êtes-vous devenu... antijuif ?

Lucien a pris une pose d'orateur, allumant une cigarette pour en souffler les volutes vers une vieille dame qui l'a toisé avec irritation.

— Les juifs ont été les agents enthousiastes d'une guerre qui pouvait tout leur rendre, mais où mon pays avait tout à perdre. Je les ai violemment combattus, parce que je luttais pour la paix. Nous n'avons pas d'ennemis plus acharnés qu'eux.

Victor semblait frappé par l'aplomb de Lucien. Ce discours, je l'avais tant de fois entendu dans la bouche de Rebatet qu'il ne me touchait plus. Et puis, j'étais habitué à l'entendre chez Marco, qui avait pour lui l'excuse d'être juif et qui surjouait son rôle avec plus de dandysme que de réelle conviction (du moins je le croyais à l'époque...).

À vrai dire, je n'avais jamais réellement réfléchi sur l'antisémitisme. Chez Marco, il m'épuisait et je mettais fin à toute conversation à ce propos ; quant à Lucien, nous n'en parlions presque jamais ensemble, préférant bavarder cinéma, musique, peinture. Lorsqu'il abordait le sujet des juifs avec Brasillach, Cousteau ou Laubreaux, j'avais tendance à décrocher.

Mais là, entendre Lucien expliquer à mon frère ses théories si étayées, si assurées, m'ouvrait singulièrement les yeux... Comme si Victor levait un voile sur Rebatet, voile dont je l'avais commodément couvert depuis notre première rencontre, préférant ne voir en lui que le brillant critique, certes exalté, mais qu'excusaient ses passions artistiques.

En ce dimanche du mois de mai 1941, Lucien Rebatet perdait pour moi son auréole. Il m'avait fallu le recul de Malderney, la présence de mon frère, pour prendre conscience de l'hypnose dans laquelle je m'étais délibérément plongé. Jusqu'à présent, les diatribes antisémites ne me dérangeaient pas outre mesure. Elles faisaient « partie du paysage », comme on dit. Partie des meubles, de l'air du temps. Mais n'était-ce pas là l'attitude la plus dangereuse ? Une tolérance doucereuse et attentiste. Un état d'esprit et de fait, intégré à une morale consensuelle, flottante, impalpable. Tout cela devenant atrocement *normal*.

Et Lucien de continuer son petit exposé, devant un Victor de plus en plus écœuré :

— La France a été battue dans la guerre juive. Les juifs sont en fuite ou écartés des fonctions publiques. Les juifs de Londres et de New York vomissent sans doute sur nous leurs pires injures, ils mènent un vacarme infernal, ils ont juré d'armer l'univers pour leur revanche. Mais leur frénésie ne peut plus changer ce qui est et ce qui sera.

— Et qu'est-ce qui... *sera* ? a demandé Victor, dont le visage suait à grosses goutes.

Tirant une dernière bouffée de sa cigarette, Lucien a conclu d'une voix pontifiante :

— Dans l'histoire de l'humanité, Israël offre l'exemple unique d'une race pour laquelle le châtiment collectif soit le seul juste...

Abasourdi, Victor cherchait ses mots mais Lucien venait de se tourner vers l'estrade car le capitaine Sézille, un vieux militaire colonial rougi par l'alcool et le soleil, avait saisi le micro :

— Mes amis, nous allons commencer. Veuillez vous asseoir, s'ils vous plaît...

Dans un grand brouhaha joyeux, l'assistance a pris place.

— La parole est à monsieur Girard..., a repris Sézille, tandis que Victor et moi nous asseyions au fond, non loin de Céline.

— Et c'est avec des ordures comme lui que tu traînes depuis deux ans !

J'aurais pu prendre la défense de Lucien, arguer qu'il était un homme charmant, un esprit brillant, une sensibilité hors du commun. Mais je n'en avais pas le courage, et cela aurait été déplacé. Rebatet venait de montrer à Victor son côté le plus repoussant, et j'en avais moi-même été frappé.

Je me suis contenté de dire à voix basse :

— On a besoin de son appui pour rentrer à Malderney, c'est la seule chose qui compte...

— Va savoir ce qui compte, a grommelé Victor en désignant du menton l'estrade où un quinquagénaire inconnu avait sorti une pile de feuilles dactylographiées, pour en ânonner le texte avec une totale absence de charisme.

— Qu'est-ce qu'on s'emmerde..., a bientôt ricané Céline, assez fort pour que tout le fond de la salle rie sous cape.

Le fait est que ce texte fleuve était incompréhensible, tant le dénommé Girard trébuchait tous les trois mots, avalait la ponctuation, s'y reprenait à quatre fois pour lire « divination » ou « sophisme ». Il prononçait Léon Blum comme « plume », « Meyer » comme

« sommelier », et Kohn comme on peut bien l'imaginer.

— À en juger par le paquet de feuillets, l'animal en a pour une bonne heure et demie, a repris Céline.

Sa remarque fut aussitôt suivie de gloussements.

Victor et moi ne bougions pas. Mon frère était trop frappé par sa conversation avec Lucien pour écouter ce pensum. Le visage fermé, il semblait lutter pour ne pas m'en vouloir d'être ami avec ces gens. Mais nous avions enterré la hache de guerre ; un pardon réciproque avait été accordé. Désormais, seul l'avenir importait.

Au bout d'une demi-heure, une partie des journalistes a commencé à gagner la porte à petits pas, chipant au passage des reliefs du buffet.

Dans son coin, Céline n'en finissait pas de blaguer à mi-voix, sans un regard pour ses voisins, comme s'il dialoguait avec lui-même. Lorsqu'il a commencé à fredonner : « *Evenu shalom aleichem...* », la vieille dame à qui Lucien avait soufflé sa fumée au visage s'est dressée sur son siège. Promenant sur la salle un œil rond et offensé, elle a fini par glapir :

— Il y a des juifs ici !

Sur l'estrade, cramoisi, Sézille a interrompu l'orateur pour bramer à son tour :

— Qu'est-ce que c'est ? Qui se permet ?

— Oui, oui, a crié la chaisière. Des juifs ! Il y a des juifs ! Celui-là ! Regardez !

Elle a désigné un homme assis au second rang, assoupi sur son triple menton.

— Provocation ! Provocation ! a hurlé le colonial en descendant de l'estrade d'un pas lourd et menaçant.

Devant une assistance bouche bée, il a fondu sur le dormeur et lui a écrasé le nez d'un formidable coup de poing.

— Youpin ! Youpin !

Réveillé par la violence, la douleur et les hurlements du militaire, l'homme hurlait :

— Mais je... mais, nom de Dieu ! Je suis l'éditeur Baudinière !

Sézille n'en a été que plus furieux. Voilà qu'il rouait l'inconnu de coups, alternant crochets du gauche et du droit. L'agressé a bientôt riposté, avec encore plus de rage. Toute la salle était maintenant debout, affolée et hilare.

Sézille y allait du genou, Baudinière lui écrasait la gueule du poing gauche. Essayant de les arrêter, un garçon a été propulsé au milieu de la foule dans un hurlement d'effroi. Les femmes criaient, des chaises tombaient et se brisaient. Le conférencier, debout devant sa table, vociférait quelque chose que personne ne comprenait. Baudinière chancelait, Sézille cognait à toute volée.

On est enfin parvenu à séparer les combattants, fulminants et hors d'haleine. Leurs cravates et leurs cols étaient arrachés. Baudinière n'avait plus de lunettes, mais une arcade sourcilière ouverte. Le sang pissait à flots du nez de Sézille, sur sa moustache blanche et sa chemise déchirée. Le « colonial » saignait aussi de la lèvre.

Baudinière écumait :

— Salaud ! Cochon ! Fou à lier !

Les spectateurs prenaient parti à grand boucan. S'arrachant aux mains qui le retenaient, le « colonial » est reparti à la charge de son ennemi.

Pagaille générale. À présent, tout le monde s'en mêlait. Voyant que Lucien allait s'éclipser, j'ai soufflé à l'oreille d'un Victor muet et effaré :

— On file ! C'est Rebatet notre poisson, pas ces cinglés.

— Oui oui, a-t-il dit d'une voix blanche.

Tandis que nous quittions discrètement la galerie, un jeune homme est venu bouler à nos pieds. Déséquilibré, Victor s'est étalé sur le dallage, perdant dans sa chute son portefeuille, dont le contenu s'est éparpillé jusque sous les chaises.

Regard paniqué de mon frère.

— Merde, merde, merde ! J'ai toute ma vie là-dedans ! Aide-moi !

Heureusement, personne n'avait rien remarqué, trop pris par la bagarre.

Nous avons bientôt eu tout rassemblé. Mais j'ai aperçu une photo.

— Attends, il reste ça...

Alors, tout s'est figé. La bataille, les cris, les plaintes, le sang, la foule, plus rien n'existait.

Seul ce petit cliché froissé d'avoir été tant regardé me brûlait les yeux.

Cette date, tout d'abord : Malderney, 1er mars 1941.

« Il y a deux mois... »

Et puis ces visages. Ces *deux* visages.

Ils avaient l'air si heureux, si comblés, si sûrs d'eux.

Victor, sourire flamboyant, fixait l'objectif avec une assurance de vainqueur.

À son bras, dans sa longue robe blanche, Pauline semblait moins vaillante. Mais la chose est connue : le jour de ses noces, la mariée a toujours des doutes.

28

— Je... je peux t'expliquer...

Victor était blafard. La sueur coulait de son front. Moi, j'étais aussi sec et bouillant qu'un désert, sentant monter en moi des salves de rage.

— M'expliquer quoi ! Un mensonge, encore un ?

Nous faisions les cent pas de l'autre côté de la rue La Boétie, tandis que des policiers arrivaient en renfort dans la galerie pour mettre un terme à la bagarre. L'IEQJ vivait un baptême des plus pathétiques, mais je m'en moquais ! La guerre, les convictions, les haines, la Collaboration, la Résistance, les nazis, les juifs, tout cela n'avait plus aucune importance à côté de ce que je venais de découvrir et que Victor m'avait caché.

La duplicité de mon frère me donnait le vertige ! Comment avais-je pu me laisser berner à ce point ? Il avait fallu le hasard de cette bagarre pour que je découvre la vérité. Sinon... sinon quoi ? Tout semblait possible, à présent. J'aurais suivi mon frère et il m'aurait enfermé dans le cachot de la Seigneurie, comme le Masque de fer ? Peut-être m'aurait-il simplement noyé au large de l'île ?

Mon esprit s'emballait sans doute, mais je ne parvenais plus à apaiser mon imagination.

Immobile, adossé au mur, Victor me fixait d'un regard vide. J'ai fini par me calmer, m'appuyant au même mur tout en gardant une prudente distance avec cet homme dont je ne savais plus rien et que j'aurais voulu n'avoir jamais connu.

— Pauline n'a pas quitté Malderney... Vous êtes mariés depuis deux mois... Qu'est-ce que tu me caches, encore ?

— Rien d'autre, Guillaume. Je te le jure.

— Maman est vraiment morte ? Ça n'est pas un mensonge, ça ? À moins que tu ne l'aies tuée de tes propres mains ? Tout est possible, maintenant, non ?

— Guillaume ! Comment oses-tu ?

— Non ! Toi, comment oses-tu ?

Long silence. Victor et moi nous fixions, les yeux dans les yeux, pour ce duel sinistre et fatal. Combien je l'avais aimé, ce grand frère, ce modèle, ce protecteur. Combien nous avions été heureux, l'un et l'autre, l'un avec l'autre, l'un *pour* l'autre. Indissoluble fratrie, jumeaux malgré nous. Mais cette fois il était allé trop loin. À côté de ce mensonge, la querelle qui avait précipité mon départ me semblait dérisoire. Car il y avait du blasphème dans cette nouvelle fausseté. Un mensonge qui plongeait ses racines dans quelque chose de bien plus sombre, de bien plus grave.

Épuisé, Victor a pris sa tête dans ses mains.

— Tu ne vas quand même pas pleurer, ai-je raillé. Pas toi. Pas le « grand Victor ».

Il a pourtant levé vers moi un visage rouge de larmes et de honte.

— Guillaume. Me... me laisseras-tu parler ? m'expliquer ?

J'ai regardé ma montre.

— Tu as deux minutes...

Devant cette attitude bien théâtrale, Victor a grimacé de dépit avant de dire d'une voix lasse :

— Tu as raison, petit frère, je t'ai menti. Pauline n'a pas quitté Malderney. Je dirais même qu'elle n'a pas quitté sa chambre durant les mois qui ont suivi ton départ.

« Sa chambre ? » ai-je songé, sans pour autant interrompre Victor.

— Elle t'aimait, Guillaume. Sincèrement. Nous t'aimions tous. Passé le moment de la colère, nous étions prêts à tout oublier, à tout pardonner !

— J'ai déjà entendu ça ! ai-je aboyé. Mais ce n'était pas à moi d'implorer votre pardon !

Il a haussé les épaules.

— Peu importe. L'essentiel était que tu reviennes à Malderney. Maman et Philip étaient prêts à t'accorder la main de Pauline. Une Pauline qui se mourait de chagrin depuis des mois. Une Pauline qui était incapable de tenir une plume pour t'écrire tant elle souffrait de ton absence, de ton silence...

Je tentais de garder la tête froide, mais les révélations de Victor me frappaient intimement. Pauline m'aimait donc vraiment ? Notre nuit de délices aurait pu durer, devenir une vie de bonheur partagé ? Je m'étais échiné, depuis deux ans, à l'oublier. Je l'avais remisée dans mon esprit au placard des « expériences de jeunesse». Et voilà que Victor venait ébranler tout cet édifice savamment bâti. En dépit de ses larmes, de ses feints regrets, il restait très fort !

— Dans ce cas..., ai-je repris, pourquoi ne m'a-t-elle pas rejoint à Paris ?

— Et comment ? Le monde est entré en guerre les semaines qui ont suivi ton départ.

— Et un coup de téléphone ?

— Tu crois qu'elle n'a pas essayé ?

J'ai songé aux innombrables fois où le téléphone avait sonné, quai de Conti, sans que je réponde. Mais il était trop tard pour les regrets et Victor réussissait à infléchir son discours de telle sorte que je me sentais coupable.

— Mais maintenant, Pauline est la plus heureuse des femmes, n'est-ce pas ? Elle a su trouver une épaule consolatrice, qui est devenu le roc inébranlable de sa nouvelle vie ?

Mon amertume était visible. J'ai vu Victor retenir un frisson de victoire, car il avait compris qu'il venait de me toucher au cœur. Mais tel n'était pas le but de sa visite et il devait encore me ménager.

— Libre à toi de le présenter ainsi, Guillaume. Sache seulement que Pauline s'est consumée pendant près d'un an. Puis elle est lentement revenue à la vie, mais c'était dans le nouveau Malderney. Un Malderney où notre mère n'en finissait pas d'agoniser dans sa grange de fortune, un Malderney où Philip Le Sauvage allait mourir de chagrin...

— Tu veux me faire pleurer, maintenant ?

— Guillaume ! Comment peux-tu être aussi insensible !

Bien sûr que je n'étais pas insensible. Chaque mot de Victor était un coup de poignard. La souffrance de Pauline, l'agonie de ma mère. L'absence de Philip, même. Mais mon frère guettait chacune de mes faiblesses comme on guigne une brèche où s'enfoncer.

— Continue, lui ai-je dit froidement.

— Crois-moi si tu veux, mais c'est Pauline qui est venue à moi.

— C'est-à-dire ?

— Je la respectais, après les mois de souffrance dans lesquels elle s'était noyée...

Curieusement, Victor semblait sincère. Mais cela n'excusait ni ne justifiait rien.

— Vous avez fait du chemin, depuis tes honorables scrupules...

Cette ironie me déplaisait, mais elle restait mon dernier rempart.

— C'est Pauline qui a fait le chemin.

— Je ne comprends pas.

— C'est elle qui a cherché à me séduire, pour oublier le passé, pour t'oublier toi.

— Et toi, âme généreuse, tu lui as accordé tes bienfaits.

— Moque-toi comme bon te semble, mais j'ai d'abord été réticent...

— Jusqu'à un certain point.

— Tu étais parti, Guillaume ! Tu avais disparu !

— C'est amusant, ai-je ri avec tristesse, lorsque nous étions enfants, c'est plutôt moi qui mangeais tes restes.

J'ai regardé vers la galerie Rosenberg. Des policiers et des infirmiers s'affairaient à calmer les exaltés et à soigner les blessés. Le monde n'était qu'une vaste plaisanterie. Une farce sinistre et piteuse.

— Et puis, a repris Victor, je ne pouvais pas désobéir aux dernières volontés de notre mère. Ce mariage, c'était son idée. « Pour boucler la boucle », m'a-t-elle dit peu de temps avant de mourir. « Pour que la sève de Malderney trouve un sang nouveau. » Pouvais-je lui désobéir ?

— Tu as toujours été un bon fils. Tout est logique, en somme, ai-je conclu. Nous n'avons jamais été aussi proches, aussi semblables qu'aujourd'hui.

— Que veux-tu dire ?

— Deux frères, deux hommes séparés par la même femme, deux lâches, deux traîtres. Joli tableau !

— Comment oses-tu dire ça ? a-t-il hurlé en me plaquant au mur contre une affiche du maréchal Pétain, dont le regard bienveillant était d'une ironie cuisante.

— Victor, ne fais pas de bêtise...

Je sentais sa main se resserrer autour de mon cou.

— Hormis l'histoire de Pauline, tout est vrai. Je fais *vraiment* partie de la Résistance. Je suis *vraiment* venu te chercher pour que nous libérions *vraiment* Malderney.

— Et que je devienne le petit page des nouveaux seigneurs, c'est ça ?

Il a encore crispé ses doigts, les enfonçant dans ma pomme d'Adam.

— Victor, ne fais pas ça...

La douleur anesthésiait ma peur. Tout ce que je voulais, c'était respirer.

Son ton s'est fait encore plus menaçant :

— Il n'y a jamais eu qu'un traître, un lâche, un déserteur, toi... Toi qui te vautres dans cette collaboration ignoble, avec ces assassins, ces ratés, ces minables. Toi qui te complais dans les besognes les plus veules, les plus médiocres. Quand je pense que j'avais encore l'espoir de te convaincre...

Il a alors lâché son étreinte avec une brusquerie qui m'a fait perdre l'équilibre.

— Un raté, voilà ce que tu es, petit frère. Un second couteau, une pâle copie.

J'ai tenté de me relever mais je n'avais plus de force dans les jambes.

— Quand Pauline apprendra ça, elle n'aura plus aucun regret. À la limite, je te suis reconnaissant de m'avoir montré ton vrai visage. Maintenant, je peux rentrer à Malderney sans remords : mon frère a bel et bien disparu en 1939. Et à la limite, il n'a jamais existé.

— Tout va bien, monsieur Berkeley ?

Victor et moi avons sursauté.

Devant nous, un jeune officier allemand nous observait, ne comprenant pas pourquoi j'étais assis sur le trottoir, tandis qu'un inconnu à la carrure impressionnante me parlait d'un ton menaçant.

J'ai reconnu Hermann, un des sbires d'Abetz, rue de Lille. En retrait, une dizaine de soldats attendaient ses ordres.

Victor m'a alors défié du regard. « Dénonce-moi, si tu en as le courage ! » semblaient dire ses yeux flamboyants.

En une phrase, j'aurais pu l'expédier *ad patres*, puis filer à Malderney, expliquer à Pauline que Victor était mort dans des conditions étranges, et la ramener à Paris afin de reconquérir son amour.

— Tout va bien, Hermann. J'ai juste trébuché... et ce... *monsieur* essayait de m'aider.

— Ah bon, a-t-il répondu d'un ton soupçonneux en regardant les marques rouges autour de mon cou. Vous venez au cocktail de l'ambassade, jeudi ? On dit que Herr Albert Speer doit faire le voyage.

— Oui, oui. J'y serai.

Tendant le bras, il a lancé «*Heil Hitler*» avant de reprendre son chemin, suivi de ses soldats.

Victor l'a regardé s'éloigner avec un air de triste victoire.

— Tu n'auras même pas eu le courage de me dénoncer. Tu es lâche jusque dans tes trahisons... Pauline n'a vraiment plus de regrets à avoir.

— Va-t'en, ai-je dit en fuyant son regard.

Mais il était déjà parti.

29

Victor n'a jamais reparu. Pas un signe, pas un message, pas un mot glissé sous la porte : rien. Sans même repasser quai de Conti chercher ses quelques affaires, il s'est envolé dans le Paris allemand tel un brouillard au petit jour.

Durant les semaines qui ont suivi notre querelle, j'ai cru le voir à chaque coin de rue, je m'attendais à le croiser à tout instant. Je brûlais de tant de questions sans réponses, de tant d'interrogations. Si courte fût-elle, sa visite avait changé bien des choses. Dès lors, je ne pouvais plus jeter le même regard sur mon passé, sur mon histoire familiale, sur ma présence à Paris depuis deux ans. Sans doute réagissais-je avec bien trop de force à ses révélations, mais je venais d'avoir vingt ans, j'étais encore si jeune.

Que m'avait appris Victor, somme toute ? Que ma mère était morte ? Je m'en doutais depuis qu'il m'avait téléphoné pour me dire qu'elle avait été touchée par des bombes. Que Pauline m'avait aimé plus que je n'avais osé l'espérer ? Et alors ? Ma décision de partir pour Paris était un rêve bien plus ancien que ces amours qui n'auraient pas duré bien longtemps dans l'atmosphère viciée du cocon maldernais.

Non, c'était plus subtil. Sa venue avait d'une certaine manière levé le voile sur une alternative, sur la possibilité d'un ailleurs. Sur *autre chose*.

Depuis l'installation des Allemands à Paris, je vivais dans un confort délicieusement aveugle, attentif à ne jamais trop regarder ce qui se passait autour de moi, soucieux de conserver mes œillères de jeune homme qui allait non point dans le sens de l'histoire, mais dans celui du moment. J'étais l'exemple même du Parisien en pleine formation, usant de ses nouvelles relations pour que sa vie fût un savant équilibre de travail, de plaisir et d'amitiés, tout cela en tâchant d'éviter les vrais conflits, les grandes trahisons. Ce qui n'allait pas sans un attentisme circonspect et un refus de certaines réalités, fussent-elles menaçantes, criantes. Que pouvais-je faire d'autre ? Entrer dans la

Résistance, dont Victor m'avait dit faire partie à Malderney ? J'avais des ambitions, mais je n'étais pas suicidaire ! Au printemps 1941, ces réseaux n'en étaient qu'à leurs balbutiements. Ce qui deviendrait un jour une extraordinaire toile d'araignée étendue sur toute la France n'était encore que des actions isolées, souvent désespérées, toujours héroïques. Champions de l'organisation et de la clandestinité, les communistes étaient toujours les alliés placides d'Hitler. Ceux qui seraient les plus féroces épurateurs en 1944 et 1945 attendaient les ordres de Moscou et souriaient aux SS avec une courtoisie de principe. À Paris, les rares résistants étaient des personnes isolées, infimes David contre les Goliath nazis, des groupes de lycéens enflammés, des soldats pleins d'honneurs et révulsés par la défaite, et on ne parlait presque jamais d'eux.

La Résistance ? Il ne fallait pas y songer. Du moins pas pour l'instant.

Chaque matin, en me réveillant, j'éprouvais pourtant le besoin croissant et un peu puéril de ne plus être un fagot ballotté par les vents. Si elle avait eu une quelconque utilité, la visite si douloureuse de Victor avait servi à ça : elle m'avait réveillé. Et tout le jour je ruminais mes doutes, mes idées, mes contradictions, n'osant en parler à personne, craignant à la fois de me dévoiler... et de me rendre ridicule. Car mon ego jouait évidemment un grand rôle dans tout ça. J'aimais de moins en moins l'image que j'avais de moi. Guillaume Berkeley pouvait être quelqu'un d'autre. Mais je mentirais en disant que ma vie parisienne me déplaisait. Ce serait faux et hypocrite. Malgré les restrictions, j'étais du bon côté de la barrière : je mangeais à ma faim, buvais à ma soif, étanchais mes désirs de tous ordres : spectacles, musique, peinture, femmes légères et amitiés joyeuses. À Paris, dans les cabarets, on me connaissait. Lorsque j'arrivais avec mes amis de *JSP* au Tabarin, les soldats allemands nous proposaient de partager leurs tables. Et les dames aux mœurs lestes étaient enchantées de venir nous conter fleurette, tandis que nous trinquions avec un champagne souvent offert par la maison. Mais désormais, le jeu semblait faussé.

— Tu n'es plus le même, depuis un mois..., m'a dit Lucien Rebatet, alors que nous revenions en taxi de l'inauguration de l'exposition Wagner à Meudon, pour les cent trente ans de la naissance du musicien.

À son habitude, Brinon avait fait un discours caoutchouteux sur « ce monde apaisé qui se forge aujourd'hui dans la douleur et dont l'enfantement évoque l'immortelle musique de Richard Wagner ». Pauvre Wagner ! Le rapprochement était grotesque.

Mais ce n'est pas cela qui assombrissait mon humeur.

— Je crois que je suis un peu fatigué, c'est tout..., ai-je répondu.

— Tu dors, au moins ?

— Pas plus que toi. On sort beaucoup.

— C'est vrai. Mais tu devrais te reposer. Tu vis toujours avec ton juif ?

La phrase était dite sans haine réelle. Lucien s'inquiétait régulièrement de Marco, comme s'il demandait des nouvelles de mon canari.

— Avec les nouvelles lois, il est contraint de se cacher souvent. Il a un petit pavillon en banlieue où il écrit ses livres antisémites. Mais il vient à Paris de temps à autre, quand il a besoin de lumière...

Curieusement, Lucien a pris l'air navré.

— Quel gâchis. Personne n'a voulu ça. Si seulement les juifs avaient bien voulu comprendre...

Comprendre quoi ? Lucien n'a pas terminé sa phrase. Mais j'ai vu dans ses yeux un regret sincère, comme s'il reconnaissait que lui et son époque allaient trop loin dans la folie, dans la haine, entraînés par leur ivresse rhétorique et la musique de leurs propres mots.

Musique ou pas, Marco était chaque jour un peu plus menacé. Même s'il jouait les matamores, même s'il se disait enchanté du tour que prenaient les événements, les révisions constantes du statut des juifs rendaient sa situation de plus en plus intenable. Il serait bientôt sans protection, sans appui, sans rien. Il était de mon devoir de faire quelque chose pour lui. Après la trahison de Victor, qui m'avait lui-même traité de lâche, j'éprouvais le besoin de ne pas abandonner le seul être qui occupait une place étrange mais, à sa façon, familiale dans ma vie. Marco était comme un cousin. Et le fait qu'il était juif le liait à Simon Bloch, mon bon génie..., dont Victor m'avait appris la capture. Où était-il, ce malheureux Simon, aujourd'hui ? Dans un de ces camps de prisonniers où les nazis parquaient les parias du régime, qu'ils fussent ennemis raciaux ou politiques ? Je ne voulais pas que Marco eût à subir le même sort. Je m'en serais senti responsable. Ses oppresseurs étaient mes employeurs, parfois mes amis. Je n'en éprouvais aucune gêne, dès lors qu'ils ne touchaient pas à mes proches (attitude égoïste, je sais, mais terriblement humaine). En revanche, s'ils en venaient à s'attaquer à Marco Dupin, je ne me le serais jamais pardonné. D'autant que Dupin continuait à jouer les provocateurs romantiques, espérant et redoutant qu'un matin les nazis viennent l'arrêter.

Si je voulais pouvoir me regarder encore dans une glace, il me fallait trouver une porte de sortie à cet homme.

Je ne savais pas encore comment, mais j'étais décidé à sauver Marco Dupin de son propre personnage.

30

— Tu veux me sauver malgré moi, Guillaume ?

Assis sur le canapé du salon, Marco me scrutait avec ironie.

— Toi, le petit chien d'Otto Abetz, l'Élie Faure d'Hermann Göring, le jeune prodige de *Je suis partout*, celui que tutoient les officiers teutons et les émissaires de Vichy...

À l'énoncé de ce catalogue, j'ai haussé les épaules tout en songeant « tout cela est vrai... ».

— Tu as donc une conscience, Guillaume ? Mazel tov !

Malgré son cynisme, j'ai lu dans le regard de Marco un éclair d'espoir. Comme s'il attendait depuis longtemps que je lui tende la main.

Il avait son plan, depuis longtemps échafaudé, mais il attendait la validation d'un tiers. Lorsque je lui ai exposé quelques idées : faire marcher mes contacts avec l'ambassade pour lui faire changer d'identité, le faire passer en zone libre puis en Espagne, en tous les cas quitter Paris..., il a balayé mes propositions d'un geste dédaigneux.

— Je suis un traître et un lâche, Guillaume, mais je reste un Parisien...

— Tu ne veux pas partir ?

— Sûrement pas.

— Change au moins de nom.

— Je l'ai déjà fait. Marco Dupin est un pseudonyme.

— Mais tout le monde sait que tu es juif.

— Oui, et moi le premier. C'est même mon fonds de commerce. Je ne vais quand même pas brader mon seul trait de caractère ?

Le raisonnement de Marco était absurde mais je suis resté sans arguments.

Mon ami a alors pris un air conciliant et m'a fait signe de m'asseoir à côté de lui, sur le canapé. Nous étions le 21 juin, premier jour d'un été qui s'annonçait lourd de surprises.

— Guillaume, a-t-il commencé avec une affection sincère en posant sa main sur la mienne, je sais à quel point tu as raison. Le nouveau statut des juifs promulgué au début du mois nous interdit de plus en plus de choses... Ce qui n'est que justice.

— Arrête avec ça, Marco.

Il a secoué la tête de gauche à droite et ajouté avec fatalité :

— Non, je ne m'arrêterai pas. Le juif antisémite ne se taira qu'une fois mort. Du moins quand on l'aura fait taire, comme cet escroc de Denoël qui m'a fait réécrire deux livres publiés en juillet dans la même collection : un recueil de textes d'Hitler et un essai du chimiste Eugène Schueller, lesquels racontent à peu près les même délires... Et voilà maintenant que ce ruffian refuse de me payer sous prétexte que je suis juif !

— Tu récoltes ce que tu as semé, non ?

— C'est vrai, c'est vrai. C'est pourquoi j'ai un plan.

— Un plan ? Toi ?

— Ça t'étonne ?

— Tu te laisses toujours porter par le courant, Marco.

— Disons que je me suis trouvé un canot pour flotter, du moins un temps...

Dehors une petite barque de pêcheur est passée sur la Seine. Trois officiers allemands étaient assoupis devant leurs cannes, tandis que l'esquif dérivait doucement sous le soleil du solstice.

Affectant une mine de conspirateur, Marco a scruté le salon comme si les tableaux pouvaient nous entendre et m'a dit à l'oreille :

— Je vais entrer dans la clandestinité.

Je n'en revenais pas.

— Tu entres dans la Résistance ?!

Marco a éclaté de rire.

— Qui te parle de Résistance, crétinus ? Je ne vais quand même pas lutter contre les gens qui règlent enfin leurs comptes à mes... « cousins ».

— Marco, je t'en supplie.

Retrouvant un ton sérieux, Dupin a poursuivi à voix basse :

— La Résistance, ce n'est pas un métier. C'est un jeu, un coup de poker. Ça ne nourrit pas son homme… Et moi j'ai faim, tu comprends ?

Posant à nouveau sa main sur la mienne, il a ajouté : « Sans compter que j'ai charge d'âme… »

Je commençais à comprendre.

— Marché noir ?

Il a mis un index sur mes lèvres avec un « chut ! » exagérément théâtral. Puis il a opiné.

— Tu te souviens de ce type dont nous avait parlé Dodo, le premier soir ?

— Monsieur R. ?

— J'ai rendez-vous avec lui ce soir…

J'ai blêmi. Depuis plusieurs mois, ce mystérieux Monsieur R. était entouré d'une légende sordide, et on lui prêtait les actions les plus fourbes du Paris allemand.

— Je sais, on raconte tout et n'importe quoi sur ce type. Mais Dodo m'a assuré qu'il était fiable. Et j'ai confiance en elle.

— Et… et tu le vois chez elle ?

— Non. Dodo sera là mais ça se passera chez lui. Il habite un des hôtels particuliers donnant sur la place de l'Étoile. Il m'a fait savoir que je pouvais venir accompagné. Ça pourrait faire un bon sujet d'article pour toi, non ?

Sans vraiment réfléchir, j'ai répondu :

— Oui, en effet…

31

Monsieur R. vivait dans un des immeubles ceinturant la place de l'Étoile et qu'on appelle les hôtels des Maréchaux. Nous y sommes arrivés en vélo taxi à 8 heures. Les deux cyclistes (c'était un tandem) du véhicule étrangement baptisé « À la grâce de Dieu » nous ont regardés avec surprise.

— Vous êtes sûrs que c'est ici ? a demandé le premier devant ce portail hautain de la rue de Tilsitt.

— J'ai toujours pensé que ces immeubles étaient inhabités, a enchaîné le second.

Marco a sauté à terre et donné un gros pourboire aux deux chauffeurs en répondant :

— Tout est habitable, dès l'instant qu'on y met le prix...

— Mes respects, Monseigneur, ont plaisanté les cyclistes, en guettant de nouveaux clients.

J'ai éclaté de rire.

— Ils ont dû croire que tu habitais là.

— Un jour, peut-être..., a dit Marco d'un ton rêveur. Le tout est de savoir comment s'enrichir *intelligemment* ; et ce soir nous allons chez un maître ès filouteries...

Puis il a tiré une lourde chaîne.

Aussitôt, le porche s'est entrouvert sur une étrange gargouille en habit de maître d'hôtel.

— Ouiiiii ?

Dans sa tenue protocolaire, l'homme était d'une laideur repoussante. Chauve, les yeux globuleux, le menton à peine dessiné, d'immenses oreilles garnies d'un buisson d'herbes brunes, il nous fixait derrière un improbable lorgnon tout en consultant une liste de ses grosses mains velues.

— Marco Dupin, a dit mon ami d'une voix mal assurée, car lui aussi était surpris par la vision de ce troll.

— Dupin... Dupin..., a ânonné le maître d'hôtel en collant la liste contre son visage.

La scène était si singulière que j'ai cru à un canular. L'homme ressemblait au valet du vicomte Frankenstein, dans ce film américain des années 30 que j'avais vu à mon premier automne parisien. Mais il n'y avait aucune ironie chez cet être déplaisant, qui nous a scrutés de pied en cap avant de grommeler :

— J'ai bien un Dupin..., mais vous, vous êtes qui ?

J'allais trouver une excuse comme « J'ai juste accompagné mon ami à la porte, je m'en vais », mais Marco m'a pris le bras.

— Guillaume est mon ami. J'ai prévenu que je viendrais accompagné...

Le troll a levé un sourcil en faisant une nouvelle grimace de croque-mitaine. Il me rappelait certains dessins que je faisais à Malderney pour effrayer mes camarades de classe, des monstres des cavernes, les ogres des matins de brouillard...

— Vous avez *prévenu* ? a-t-il répété en imitant l'accent snob. (Puis, d'un ton menaçant :) Mais *qui* avez-vous prévenu... ?

Pour la première fois, j'ai vu Marco blêmir.

— Eh bien... euh... Dodo...

— Dodo ? Dodo Kifairt ?

Le visage du maître d'hôtel a soudain perdu toute son agressivité et il a ouvert la porte en grand.

— Il fallait le dire tout de suite, voyons. Les amis de Dodo sont les amis de Monsieur R.

Puis il s'est faufilé dans une somptueuse cour pavée en ricanant :

— Merci de me suivre...

*

Depuis mon arrivée à Paris, j'avais vu des ambassades, des grands hôtels, des ministères. J'avais visité de somptueuses villas privées. J'étais allé dans les maisons de Sacha Guitry et de Paul Morand, qui étaient de vraies merveilles. Je n'avais pourtant rien vu de tel.

Monsieur R. vivait dans un palais. Impossible de dire si l'endroit était *beau* au sens où on l'entend. Il n'y avait ici aucune unité, aucun sens de l'harmonie, aucune recherche réelle. Mais j'ai découvert une véritable malle aux trésors.

Car les trésors étaient partout : sur les murs, les sols, les plafonds. Les parois du grand hall étaient tendues de somptueuses tapisseries figurant la conquête d'une quelconque terre australe. D'immenses animaux imaginaires, aux couleurs incroyablement vives, attaquaient des soldats aux poses figées. De cette salle à vrai dire assez sobre, montait un escalier à double révolution tapissé de tableaux qui m'ont tous coupé le souffle. Bloch et même Göring en auraient glapi de jalousie : Vermeer, Breughel, Jérôme Bosch, Rembrandt, Vinci, Véronèse, Raphaël, Piero della Francesca, Watteau, Poussin, Chardin, Vélasquez, Turner, et j'en passe. J'ai réalisé avec stupeur que les peintures tenaient ici lieu de papier peint, car il n'y avait pas un seul pan de mur de cet hôtel qui ne fût couvert de toiles de maître, laissant à peine deviner les parois écaillées qu'on ne s'était pas donné la peine de repeindre avant d'y accrocher les prodigieuses merveilles de ce musée privé.

— C'est délirant !!! ai-je soufflé à l'oreille de Marco, tandis que le maître d'hôtel nous faisait traverser une enfilade de salons saturés de luxe et d'anachronismes : le mobilier médiéval y côtoyait le modern style, les fauteuils Renaissance voisinaient avec les conversations Napoléon III, les meubles contemporains étaient surplombés de lustres baroques.

L'ensemble était si composite, si ouvertement disharmonieux, qu'il en acquérait une sorte de logique intérieure qui finissait par apaiser l'esprit et le regard. Ici, on était dans le naturel brut, l'intuitif absolu. Rien n'était là au hasard, mais tout était pensé autrement. Il se dégageait même de cette décoration abracadabrantesque une certaine douceur. Comme une première fleur après l'apocalypse.

— Vous êtes les derniers, a dit le maître d'hôtel en ouvrant une porte blanche, derrière laquelle bruissaient des voix étouffées.

C'était la salle à manger.

Nous nous sommes avancés et, dans notre dos, la porte a claqué. J'ai entendu les pas du troll s'éloigner dans les couloirs, puis le silence s'est installé. Un silence visqueux, car tout le monde se taisait et douze paires d'yeux nous scrutaient avec méfiance.

— Bonjour..., me suis-je entendu dire à la cantonade.

Instant figé. Marco et moi étions à l'entrée de cette vaste salle à manger, dont les murs étaient également couverts de toiles, figurant toutes des banquets. Flamands se bâfrant de charcuterie, libations antiques, orgies romaines et autres noces de Cana offraient un étrange contraste avec les convives réels.

Ils étaient douze, chacun assis sur une chaise de velours rouge, autour d'une table couverte d'une vaisselle aussi blanche que la grande nappe de soie.

J'ai senti ma gorge se nouer, car j'avais le sentiment d'être un accusé déboulant au tribunal. J'ai alors compris que les visages étaient moins agressifs que surpris. Tandis que nous les scrutions un à un, ne sachant que faire devant cette assemblée muette, une silhouette s'est détachée.

— Ah ben vous voilà, vous deux...

Au son de cette voix, j'ai retrouvé un peu de ma contenance et j'ai senti Marco respirer.

Dodo Kifairt venait de se lever de son siège pour s'approcher de nous.

— Mes amis, a-t-elle dit à l'assistance, voici Marco Dupin et Guillaume Berkeley. Deux personnes de confiance et de qualité...

Les convives se sont détendus et ont recommencé à bavarder en buvant du vin dans leurs immenses verres de cristal.

— Vous allez bien ? a demandé Dodo à mi-voix.

Assez étourdis, nous avons hoché du chef.

— Venez vous asseoir..., a-t-elle dit en nous désignant deux places libres, de l'autre côté de la table.

Je me suis retrouvé entre un homme d'une quarantaine d'années, aux sourcils noirs et broussailleux, et un officier allemand qui vidait ses verres de bourgogne d'un coup sec, comme des rasades de schnaps.

— Et... Monsieur R. ? a fini par demander Marco.

Dodo a pris l'air évasif.

— Il n'est jamais à l'heure... Et il déteste qu'on l'attende...

Puis elle a claqué des mains en criant :

— Bazil ?

Le troll est aussitôt apparu à la porte.

— Madame Dodo ?

— Nous allons commencer à dîner...

— Bien, madame Dodo...

*

Le festin qui a suivi était à l'image du palais de l'invisible Monsieur R.

Dodo ayant donné le « coup d'envoi », une armée de maîtres d'hôtel a envahi la salle à manger avec une rigueur presque chorégraphique. Chacun portait une assiette garnie, un plat, une soupière. Les mets étaient renversants. En temps de paix ils eussent semblé d'un luxe inouï. En pleine Occupation, ils étaient tout simplement extraordinaires !

Le chef de la brigade les annonçait les uns après les autres, comme l'aboyeur de quelques royales épousailles :

— Crème de bouquets, saumon rôti sauce béarnaise, timbale de truffes et champignons, homard à l'américaine, gigot de pré-salé aux primeurs, dindonneau rôti truffé, suprême de bar bonne femme, filet de sole Marguery, fromage, soufflé Vésuve, saint-honoré crème pâtissière, tarte aux fraises...

Et puis les vins, en cascade : yquem 1906, duhart-milon 1916, château l'Évangile 1924, romanée-conti 1929, champagne Pol Roger 1928, Kummel 1912...

Sans un son, les serveurs ressemblaient à quelque escouade de patineurs, glissant d'une place à l'autre pour qu'aucun convive ne fût lésé. Les verres étaient toujours pleins, les assiettes jamais vides. L'œil aux aguets, cette brigade d'exception ne laissait rien au hasard.

— Ce sont des anciens de chez Maxim's, a remarqué mon voisin de gauche, voyant combien je m'émerveillais de leur efficacité.

— Et... vous venez ici souvent ? ai-je demandé.

Il a avalé une grosse bouchée de pré salé avant de répondre d'un ton évasif :

— Disons une ou deux fois par mois...

— Et c'est toujours comme ça ?

L'homme a plissé les yeux avec malice tout en me resservant un verre de romanée-conti.

— Aujourd'hui, c'est jour maigre...

Plaisantait-il ? Je ne le pense pas. Mais devant mon effarement, il a ajouté :

— Monsieur R. est un homme d'exception. Chaque repas chez lui doit donc être exceptionnel...

Avisant la grande pendule rococo (il était bientôt neuf heures), j'ai objecté :

— Et il est toujours *exceptionnellement* en retard ?

Mon voisin n'a pas souri. Mais pas du tout. Il m'a même fusillé du regard, sans un mot, comme si mon inconvenance ne tolérait aucune réponse.

Je me suis aussitôt senti verdir et j'ai cherché des yeux Marco, qui était en grande conversation avec un officier français. J'ai alors réalisé que tout le monde parlait, bavardait, comme si la scène était parfaitement normale. D'un convive à l'autre, rebondissaient les mots « stocks », « livraisons », « camions », « trains », « convois », « commandes », « bons », « denrées rares »...

« Je suis chez le prince du marché noir, et je viens de faire du mauvais esprit à son sujet... », ai-je songé, de plus en plus gêné, car mon voisin gardait sa mine offusquée. Je ne savais plus où me mettre. Qu'allait-il faire ? Prévenir l'affreux Bazil qui allait m'expulser manu militari ou, mieux, m'enfermer dans une des caves de cette effrayante prison d'or, attendant le verdict de Monsieur R. ?

Mon voisin s'est alors brusquement déridé. Il a même éclaté de rire en posant une main amicale sur la mienne, qu'il a senti trembler.

— Excusez-moi, j'adore faire ça...

— Faire... quoi ?

— Jouer les censeurs. Je fais ça avec mes patients, parfois, lorsqu'ils ne respectent pas mes prescriptions. C'est étonnant combien les gens sont prêts à être infantilisés...

— Vous êtes médecin ?

Il a cligné des yeux d'un air complice.

— Il n'y a pas que des barons du marché noir, chez Monsieur R. (Puis, désignant un à un les convives, il me les a présentés :) Votre voisin de droite, c'est Aloïs Brunner, un officier SS qui est en train de mettre en place un camp de prisonniers près de la gare de Drancy, en banlieue ; il est venu avec sa femme, Trudeliese. Elle-même est assise à côté de Georges Schmidt, un patron de cabaret qui est l'âme damnée de ce couple d'Allemands. On dit qu'il leur procure de la chair fraîche car ces deux Prussiens aiment à goûter de la... viande française... À côté, c'est Henri Lafont, un remarquable auxiliaire de nos amis allemands. Il a exploité ses relations dans le milieu pour venir prêter main-forte à la police.

— Le milieu ?

— Les gangsters, les bandits, les apaches... Vous sortez d'où, vous ?

— Si je vous le racontais, ça prendrait tout un repas, ai-je répondu. (Puis, désignant un petit homme rondouillard à côté d'un homme plus élégant mais au visage tout aussi rusé, j'ai demandé :) Et ces deux-là ?

— Alors ça, a repris mon voisin, ça ne prendrait pas tout un repas, mais toute une nuit.

— Comment ça ?

— Joseph Joinovici et Mandel Szkolnikoff sont les deux principaux rivaux de Monsieur R.

— Rivaux ?

— Ils sont dans les mêmes... *affaires*. Mais Monsieur R. a toujours une longueur d'avance sur eux et ils sont obligés de venir le courtiser, alors que tous trois se haïssent...

— C'est charmant, ai-je ironisé. Cette faune étrange et faussement amicale semble pourtant enchantée de venir se nourrir aux frais de la princesse.

— Chacun trouve son intérêt, ici, vous savez.

— Même vous ? ai-je demandé après un instant d'hésitation, mais le pommard me désinhibait.

— Moi ? Je ne suis que le médecin de Monsieur R. Il est asthmatique...

Encore un mensonge ? Difficile à savoir. Toujours est-il que le docteur a posé ses mains sur mon visage comme s'il s'apprêtait à m'autopsier.

— D'ailleurs, vous n'avez pas bonne mine, jeune homme. Venez donc à mon cabinet demain. Je suis à deux pas, rue Lesueur...

— Marcel ! Laissez le petit tranquille ! a grogné Dodo, depuis l'autre côté de la table, alors qu'elle négociait les faveurs « très spéciales » d'une de ses pensionnaires.

Le médecin a pris une mine de communiant.

— Je suis médecin, maîtresse Dodo, je sauve les âmes...

— C'est ça, Petiot, c'est ça... En attendant, si vous touchez à un cheveu de ce petit gars...

— Elle vous protège, dites donc, la mère Kifairt...

— Parce que vous pensez qu'à côté de vous, j'ai besoin de l'être ?

— Tout dépend ce que vous avez à me proposer, jeune homme...

Après une minute de silence, où nous nous sommes replongés dans nos assiettes, j'ai demandé :

— Mais ce... Monsieur R., qui est-il ?

Le docteur a épongé ses lèvres et affecté un ton de conspirateur pour répondre :

— Voilà bien la question que se posent tous les convives de cette table. Ainsi que tous ceux qui ont rencontré Monsieur R. ou qui ont entendu parler de lui...

— Il existe, au moins ?

— Dieu existe-t-il, jeune homme ?

— Parce que Monsieur R. est une divinité ?

— À sa façon, peut-être. Du moins est-il un de ces chats des âges païens qui avaient plusieurs vies. Étant son médecin depuis plusieurs années, j'ai pu glaner quelques informations, mais je me dois de vous les rétrocéder au conditionnel.

— Au conditionnel ?

— Monsieur R. *s'appellerait* Rufus Schrammelstein. Il *serait* né à Saint-Petersbourg un peu avant 1900. Ses parents, une vieille famille juive d'Europe de l'Est, *auraient été* les fournisseurs en tissu de la famille impériale.

Je commençais à comprendre, j'enchaînai :

— Jusqu'en 1917, quand toute la famille *aurait* fui en France ?

Petiot a fait non de la tête.

— Schrammelstein est venu en France seul, à pied. Ça, c'est une certitude. Ce qu'il a fait après est très flou : ne sachant ni lire, ni écrire, ni même parler le français, il se serait installé dans un taudis de la porte de la Chapelle où il aurait mené une vie de vagabond avant de s'improviser chiffonnier...

— Chiffonnier..., ai-je répété en regardant autour de moi ce décor de nabab.

— Oui, il a fait du chemin, depuis... Le chiffonnier a viré ferrailleur, le ferrailleur marchand de métaux, puis il est devenu fournisseur exclusif du gouvernement pour la construction de la *si efficace* ligne Maginot...

« Et voilà comment se bâtit une fortune... », ai-je songé en observant chaque détail de cette pièce.

— Et le fait qu'il soit juif ne l'a pas poussé à rassembler sa fortune pour quitter la France ?

Petiot a pris l'air étonné.

— Jeune homme, dites-vous bien une chose : Monsieur R. n'est pas juif, il est riche. Ça ne rime pas mais ça sonne pareil. Et grâce à ça, chacun y trouve son compte : Rufus, ses amis, ses collaborateurs, et même vous !

Et il m'a encore resservi du vin.

— Je vais être totalement ivre, ai-je balbutié dans un éclat de rire.

— Ce serait dommage, car la soirée ne fait que commencer.

Il venait de tourner son regard vers la porte de la pièce, qui s'est ouverte avec violence.

Une ombre courte et râblée a traversé la salle, retirant un long manteau noir et le laissant tomber sur le sol, avant de s'asseoir au bout de la table sans un regard pour ses invités.

Puis, avec un accent rocailleux, Monsieur R. s'est tourné vers le maître d'hôtel et a grondé :

— J'ai faim !!!

32

Comment décrire Monsieur R. ? Tout comme son valet Bazil, Rufus Schrammelstein semblait un troll, un nabot velu, quelque hideux tonneau mafflu au regard bistre et flamboyant. Petit, chauve par endroits, il semblait presque bossu tant il était voûté.

Il ne possédait plus que la moitié de sa denture et semblait prendre un malin plaisir à ne pas porter de prothèse, souriant aux gens de cette bouche noire où ne subsistaient qu'une canine et deux incisives. Sous son veston de prix, il était en maillot de corps et se grattait constamment le torse en tapant sur la table.

— Faim ! Faim !!

— Surpris ? m'a chuchoté Petiot en gloussant.

— Je... je ne m'attendais pas à *ça*...

— Vous n'avez encore rien vu...

L'amphitryon n'avait aucun regard pour ses convives et continuait de frapper la table en couinant, quoique entouré de nourriture et de serveurs qu'il repoussait.

— Faim ! Faim ! Faim !!

Est finalement arrivée une harpie sans âge, obèse et en sueur. Emmêlée dans ses jupons troués, elle portait un lourd plat au fumet âcre, qui nous a tous retourné le cœur.

Le visage de Monsieur R. a retrouvé une candeur presque enfantine.

— Aaah !

La servante a voulu poser le plat bouillant sur une desserte mais Monsieur R. a fait signe aux maîtres d'hôtel de dégager l'espace devant lui pour que l'énorme plat lui tienne lieu d'assiette.

En guise de justification, il a répété :

— Faim !

— Il connaît un autre mot ? ai-je demandé.

— Une fois rassasié...

Monsieur R. semblait effectivement affamé.

Alors que nous avions goûté les mets les plus délicats, bu les vins les plus raffinés, dans une vaisselle de musée, Monsieur R. s'est jeté sur ce ragoût aux tons noirâtres, sans même un regard pour les merveilles posées sur la table.

— Monsieur R. ne mange qu'un plat, le *Brummelborcht*, m'a expliqué Petiot. C'est un ragoût de tanche marinée dans du vinaigre, des betteraves, des cornichons et beaucoup d'épices.

— Et le reste du... festin ?

— C'était pour nous. Préparé uniquement pour nous, par un chef que Monsieur R. a débauché de chez Prunier. En revanche, seule Roza sait cuire le *Brummelborcht*.

— Roza, c'est sa cuisinière ?

— Non, non. Roza est la femme de Monsieur R. La maîtresse de maison.

Tout cela dépassait l'entendement ! Plusieurs fois, elle s'est penchée vers son mari pour lui souffler des choses à l'oreille, mais il l'a toujours renvoyée d'un geste dédaigneux, en marmonnant des phrases dans une langue inconnue, qui semblait mêler le russe au yiddish.

Je n'avais jamais assisté à un repas aussi théâtral. Monsieur R. était comme un souverain, un empereur, que sa cour regardait religieusement dîner, attendant qu'il eût fini pour reprendre une conversation ou même un geste.

Marco et moi avons échangé un regard, et je l'ai vu me faire un clin d'œil signifiant : « Tu ne t'attendais pas à ça, hein ? »

Mais qui pouvait s'attendre à cela ? Ainsi le mystérieux Monsieur R., le baron du marché noir, le prélat de tous les nouveaux trafics, l'être devant qui même les plus hauts dignitaires français et allemands s'inclinaient, était cette outre poilue, sans charme, aussi raffinée qu'une bête ?

Au bout d'une longue demi-heure (le plat était très copieux !), Monsieur R. a émis un rot sonore, s'est essuyé à son veston et a semblé découvrir ses convives.

— Comment allez-vous ? a-t-il dit à la cantonade, avec un accent qui n'était pas sans me rappeler certaines intonations de Simon Bloch.

Chaque convive y est alors allé de son compliment, de sa petite phrase courtoise et empruntée. Les yeux plissés d'un chat repu, Schrammelstein hochait du chef avec une satisfaction épiscopale, son regard glissant sur ses invités sans vraiment s'y arrêter. Puis il s'est redressé d'un bloc et a tapé dans ses mains.

— Bon, si nous passions aux choses sérieuses...

J'ai été soufflé. Au fond de la salle, les tableaux se sont brusquement amollis, plissés, puis ont disparu. Exit banquets et autres victuailles. Ce n'était pas un mur, mais un rideau en trompe-l'œil !

Le spectacle qui est alors apparu devant nos yeux était encore plus surprenant.

Ouvrant sur le jardin par de vastes baies vitrées, l'autre partie de la salle à manger était un nouveau monde. Souriantes, une dizaine de personnes nous y attendaient. Quelques jeunes femmes dévêtues étaient allongées sur des canapés en velours rouge dans des poses alanguies, tandis que les croupiers, raides comme des miradors, finissaient d'installer les tables de jeu.

— Baccarat, roulette, vingt et un..., a énuméré Petiot en se levant de son siège à l'invitation de Monsieur R., qui palpait déjà les seins d'une des créatures avec une douceur de maquignon.

— Ne me dis pas que tu n'es jamais entré dans un casino, a gloussé Marco en me rejoignant à l'orée de cet hallucinant tripot clandestin. Ton dîner s'est bien passé ?

— On peut dire ça comme ça, oui...

Une nymphe s'est fichée devant nous. Elle était blonde, parfaitement ravissante... et totalement nue. Accroché à ses épaules par une sangle en cuir, elle portait un panier d'osier empli de morceaux de papier.

— Bonsoir messieurs, désirez-vous jouer en Reichsmarks ou en francs ?

J'ai réalisé avec stupeur que la besace était pleine de liasses de billets de banque.

— Si vous voulez des tickets d'alimentation, il faudra voir avec ma collègue, a-t-elle ajouté en désignant une autre jeune femme nue (brune, celle-ci), dont Joinovici et Szkolnikoff vidaient le panier pour s'emplir les poches.

Les autres invités étaient déjà assis aux tables de jeu, dépensant cet argent que la prodigalité de Monsieur R. rendait abstrait.

— Amusez-vous, mes amis ! Ce qui est à moi est à vous ! bramait le maître de maison en couvant sa petit cour de regards avides.

Alors nous avons joué. Des heures durant. Je n'étais effectivement jamais entré dans un casino et je dois avouer que cette « activité » m'a procuré un plaisir infini.

Obsédé par le déterminisme, la fatalité, le destin sous toutes ces formes, je trouvais dans les hasards du jeu une forme d'étrange libération, comme si tout pouvait subitement se justifier. Rien n'est jamais écrit, tout arrive par des coups de chance ou d'infortune. Ma vie elle-même me semblait une suite de hasards et je n'avais plus à me sentir coupable d'avoir fait un choix plutôt qu'un autre. Nous sommes bel et bien ballottés par l'histoire, et l'essentiel est de rester en vie. Le reste n'est qu'héroïsme inutile.

Bien sûr, j'avais bu. L'alcool rendait ces réflexions logiques et imparables, mais si j'y repense maintenant, du fond de ma cage à poules, elles me semblent d'une indécence honteuse, d'une irresponsabilité criminelle, d'une atroce inconséquence. Mais c'est bien ainsi que nous vivions à l'époque : au jour le jour.

Que pouvais-je bien trouver chez Monsieur R., hormis des trafiquants jouisseurs et des catins en goguette ?

La réponse est venue tard dans la nuit, tandis que Marco et moi n'en finissions pas de perdre à la roulette un argent qui ne nous appartenait pas.

— Je suis toujours gagnant à ce jeu, a ricané Monsieur R. en arrivant vers nous au bras de Dodo. Je fournis la banque, mais mes invités finissent par y aller de leurs propres économies. Et lorsqu'ils ont tout perdu, je me retrouve toujours un peu plus riche que la veille... et ils sont persuadés de ma générosité !

— Vous êtes un maître, Monsieur R., a roucoulé Dodo, sans quitter le bras de cet homme qui lui arrivait à peine aux épaules.

Retrouvant son sérieux, il nous a scrutés tous les deux.

— Venez avec moi dans le jardin, nous serons plus au frais.

Marco et moi nous sommes consultés du regard et j'ai senti Dupin vaguement désemparé à l'idée de quitter la table de jeu.

— À plus tard, monsieur, a dit le croupier.

Face à lui, un officier allemand complètement ivre misait tout sur le 8 en frottant compulsivement ses galons avec superstition.

— Ces gens subissent une telle pression qu'ils viennent ici se délasser, a dit Monsieur R. d'un ton étonnamment courtois, et il a tiré des chaises pour que nous nous asseyions au pied d'un petit acacia.

Au-dessus de nous, de l'autre côté de la haie, l'ombre énorme de l'Arc de triomphe pesait comme une menace.

Schrammelstein avait perdu toute sa vulgarité. Fini le folklore crasseux et les manières de porcher. Nous avions devant nous l'homme d'affaires, un être d'une intelligence prodigieuse, qui pouvait même sembler beau. Disons que l'intensité de son regard effaçait tout le reste et que, dans la pénombre de cette nuit de juin, on ne voyait plus que ses yeux. Des yeux puissants, abyssaux.

— Dodo m'a dit le plus grand bien de vous, a-t-il commencé en se tournant vers Marco.

Celui-ci a répliqué du tac au tac :

— Si ses compliments peuvent m'enrichir...

— Excellente réponse ! a ri Schrammelstein en faisant signe à une ombre derrière nous.

S'est alors avancé celui que Petiot m'avait présenté comme le chef des gangsters parisiens, un certain Henri Lafont.

— Henri, je vous présente deux nouvelles recrues. L'un et l'autre ont beaucoup de contacts dans le nouveau Paris. Je pense que vous allez bien vous entendre...

Le visage en lame de couteau, Lafont nous a scrutés d'un air méfiant.

— Vous êtes sûr, Monsieur R. ?

— Allons, Henri ! Ne jouez pas les snobs. Il y a suffisamment à partager dans le nouveau Paris. Et n'oubliez pas que l'argent crée l'argent...

— Certes...

Lafont a sorti deux cartes de visite qu'il nous a tendues.

— Demain matin, dix heures, rue Lauriston.

Puis il a tourné les talons pour se diriger vers le tapis où se déroulait la partie de baccarat.

— Henri n'est pas un bavard, a gloussé Monsieur R., mais il s'y entend comme personne pour faire parler les gens.

Je n'ai pas cherché à comprendre le sens de cette remarque. Avais-je des doutes, des scrupules ? Pas encore. Et puis la fatigue et le vin assouplissaient le monde.

Moi qui ne voulais plus être un mol attentiste, avais-je fait le bon choix ? Ou m'étais-je à nouveau laissé porter par le hasard, comme cette boule qui n'en finissait pas de courir sur la roulette ?

Je n'en savais rien.

À six heures du matin, alors que les invités commençaient à partir, le téléphone a sonné.

— C'est pour vous, général, a dit un des serveurs en tendant un combiné à un officier de la Wehrmarcht qui était endormi entre les seins de la marchande de billets.

L'Allemand s'est instantanément mis au garde-à-vous pour répondre. Son claquement de talons a réveillé les autres convives assoupis.

Nous avons alors vu son visage rosir de joie.

— *Wunderschööön !*

Puis, raccrochant, il a frappé dans ses mains.

— Champagne, *bitte* ! !

— Que se passe-t-il, *Herr General* ? a demandé Monsieur R. avec agacement, car il n'aimait pas qu'on jouât les matamores sous son toit.

— Grande nouvelle ! a répondu l'officier. Depuis une demi-heure, les troupes allemandes ont attaqué notre ancien allié l'Union soviétique.

Levant son verre, il a clamé :

— Le pacte germano-soviétique est rompu ! Staline redevient notre ennemi ! Nous serons bientôt les maîtres du monde. *Heil Hitler !*

33

Alors qu'Hitler se prenait pour Napoléon et décidait d'attaquer cette vieille lune des conquêtes mégalomanes qu'on appelle la Grande Russie, ma vie se jouait désormais sur deux tableaux.

Le jour, je restais Guillaume Berkeley, jeune journaliste aux pages culturelles de *Je suis partout*, un hebdomadaire que l'offensive à l'Est enflammait. À la rédaction, l'annonce de ce qui était appelé l'« opération Barbarossa » avait été accueillie par des hennissements de joie, et chacun pouvait enfin laisser libre cours à sa haine du communisme sous toutes ses formes.

— Maintenant, on peut écrire ce qu'on pense, ce n'est pas trop tôt ! a exulté Rebatet, tandis que Brasillach, toujours scolaire, mitonnait un édito sur les enjeux de cette nouvelle ère.

La haine du communisme n'était plus muselée, et j'ai réalisé combien elle était latente dans les milieux que je fréquentais.

À l'instar du romancier maritime Paul Chack, qui avait déclaré au micro de Radio Paris que « le bolchevisme est le principe du mal », j'ai compris combien le mariage contre nature célébré depuis le pacte germano-soviétique entravait Allemands et collaborateurs comme un vêtement trop petit.

Maintenant, tout le monde respirait sous le vent de ces conquêtes nouvelles ! Le 5 août était créée la Légion des volontaires français et de plus en plus de jeunes gens s'improvisaient héros wagnériens pour prêter serment au Führer, prendre les armes et filer au Levant, glaive en main. Les victoires s'enchaînaient : le 6 septembre, les Allemands attaquaient Moscou ; le 9 septembre, ils entamaient le siège de Leningrad ; le 19 septembre, ils prenaient Kiev... Les blondes armées du Rhin allaient sonner le glas de cette barbarie fangeuse.

Le véritable ennemi, héréditaire, implacable, jusqu'au-boutiste, était à l'Est. Il possédait des bacchantes de morse, des pommettes rebondies et tenait un couteau entre ses dents. Du moins était-ce ainsi que le voyaient mes camarades du journal...

À vrai dire, j'y prêtais comme toujours une oreille discrète, car ces raffinements politiques n'étaient pas de mon ressort. Je l'ai dit, j'étais chargé des pages culturelles de *JSP* et m'en portais comme un charme.

Car à Paris, la vie de l'esprit n'avait jamais été si florissante. Durant l'été et l'automne 1941, je n'ai cessé d'aller de concert en exposition, de vernissage en première, de reportage en interview ; et ce malgré une tension de plus en plus grande, malgré l'instauration d'un couvre-feu à neuf heures dès le mois de septembre, malgré le début des attentats terroristes et des arrestations arbitraires qui en découlaient.

J'ai ainsi couvert la création du *Quatuor pour la fin du temps* du très prometteur Olivier Messiaen, au théâtre des Mathurins ; j'ai critiqué la sortie des obscures *Fleurs de Tarbes* de Jean Paulhan et du sémillant *Homme pressé* de Paul Morand ; j'ai suivi la polémique autour du prix Goncourt attribué à Paul Mousset en zone occupée, puis à Guy des Cars en zone libre ; j'ai commenté l'interdiction absurde des *Parents terribles* de Cocteau au Gymnase, pour des raisons de vendetta intime entre l'écrivain et certains critiques ; j'ai failli aller au voyage d'automne des artistes français en Allemagne, avec Derain, Drieu, Van Dongen, Fernandez, Chardonne et quelques autres (mais Brasillach, qui venait de publier *Notre avant-guerre*, a finalement décidé de s'y rendre) ; j'ai suivi de près l'attentat de la librairie franco-allemande Rive gauche, en novembre ; j'ai eu entre les mains cet étrange récit obscène mais fascinant intitulé *Madame Edwarda* et signé d'un mystérieux Pierre Angélique ; j'ai même assisté à la visite d'une troupe de théâtre allemande à la Comédie-Française, couronnée par cette vision flamboyante : un comédien faisant le salut hitlérien à la perruque de Molière... Bref, je n'ai pas chômé !

Je me suis également rendu aux deux plus grandes manifestations politico-culturelles de l'automne : l'inauguration du Musée permanent des sociétés secrètes et celle de l'exposition *Le Juif et la France*.

Malgré leur succès colossal (les gens y allaient moins par conviction que pour visiter quelque chose de nouveau, dans ce Paris de plus en plus oppressant) ces deux événements ressortissaient de la plus médiocre propagande.

Rebatet lui-même, *recordman* de l'antisémitisme, était le premier à moquer ces tentatives minables, qui « flattaient la bêtise et l'inculture du peuple » : « On ne peut pas réduire des questions aussi graves à des croquis et à des panneaux synoptiques. Tout cela est ridicule et d'une laideur d'ailleurs très... judaïque. »

Le raisonnement de Lucien était absurde, mais je ne cherchais plus à le comprendre. D'ailleurs, il avait l'esprit bien loin de tout ça. Il était plongé dans la rédaction de Mémoires politiques qui, une fois publiés, lui permettraient de mettre un terme à sa carrière journalistique afin de se consacrer à un grand œuvre littéraire.

— Tu verras, petit Guillaume. Quand tu liras ma *Théologie*, tu découvriras l'autre Lucien...

— L'autre Lucien ?

Mais il ne voulait jamais m'en dire plus et je devais me contenter de ces sous-entendus, qui finissaient par me lasser. Lucien avait beau se déclarer « artiste avant tout », il n'en restait pas moins l'une des plumes les plus féroces du journalisme politique. D'ailleurs, on ne sentait plus chez lui aucune retenue, comme chez mes amis, la politique les poussant à des extrémités et des coups de gueule qui finissaient par me mettre mal à l'aise.

Il y avait comme une revanche intime chez tous ces gens de grand talent. Ils semblaient régler des comptes, sans toujours se soucier des conséquences de leurs mots, qu'ils oubliaient sitôt publiés... pour en écrire de bien plus sanglants ! Ils avaient le vent en poupe, l'histoire allait dans leur sens, mais tout pouvait se retourner d'un jour à l'autre. C'est pourquoi je me gardais bien d'écrire des phrases trop définitives. Disons que dans un monde où les soi-disant responsables de la défaite de 1940 (Blum, Daladier, Mandel, Reynaud, Gamelin) étaient condamnés à perpétuité par le gouvernement, j'évitais la politique avec la plus grande prudence.

Le paradoxe était que Victor, en venant me rejoindre à Paris, avait précisément voulu me pousser vers l'engagement. Mais je n'avais pas l'âme d'un combattant, ni même d'un militant. Les premiers temps après son départ, j'avais parfois été séduit par les sirènes de la clandestinité, mais ma nouvelle double vie suffisait à combler mes « rêves romantiques ».

Je m'étais donné pour seule mission de sauver Marco de ce ballet féroce dans lequel il s'engluait avec un narcissisme suicidaire, et je crois que j'y avais d'une certaine manière réussi... Il avait beau clamer son désir de mort, son appétit de destruction, jamais il n'est allé danser le Klezmer sous les fenêtres de la Gestapo. L'instinct de survie restait le plus fort.

Mais il devenait désormais intenable pour un enfant d'Israël de vivre en France, et encore plus à Paris. En juillet était passée une loi pour « éliminer toute influence juive dans l'économie ». Au mois d'août, on interdisait aux juifs la TSF. Deux semaines plus tard, on parquait plus de 4 000 juifs du XIe arrondissement dans un nouveau camp à Drancy, en banlieue. Au mois de novembre était créée la très perverse Union générale des Israélites de France, à laquelle devaient adhérer tous les résidents juifs, et qui négociait avec la Gestapo la protection des juifs français au détriment des juifs réfugiés..., dont l'UGIF devait donner les noms et les adresses !

« Les gens de mon peuple sont en train de s'entre-dévorer ! » ricanait sombrement Marco.

*

Il convient maintenant de décrire mon autre vie : celle de la nuit. Ah, j'ai bien peu dormi en cette fin d'année 1941 ! Comment aurais-je pu, dans cette extravagante échoppe clandestine qu'était devenu mon appartement du quai de Conti ? J'écris *mon* par réflexe, car depuis deux ans que j'y vivais, je m'y croyais chez moi. Et si l'ombre de Simon Bloch voguait souvent entre les tableaux de maître et les meubles de collection, je me gardais bien de l'invoquer. Car je doute qu'il eût aimé ce que sa bonbonnière était devenue : une tour de Babel, un marché couvert, un entrepôt, un caravansérail.

De jour comme de nuit, une faune interlope composée de malfrats, de bandits et autres apaches venait apporter des colis ou prendre des livraisons.

Chaque pièce avait sa fonction. La Renoir était réservée à l'hygiène : savons, shampooings, parfums de toutes marques, produits de beauté y étaient entassés en fonction de leur taille. La Cézanne était consacrée aux denrées non périssables : sucre, huile, sel, bocaux en tous genres. Une vraie remise d'épicier. Enfin, si la Monet regorgeait de fruits et légumes qui embaumaient dans tout l'appartement, le plus étonnant restait la chambre de Simon Bloch, la Picasso. Marco avait dû l'abandonner car elle était la plus fraîche. Exposée au nord, elle servait parfois de boucherie improvisée. N'ai-je pas vu un soir, suspendu au crochet du plafond d'où le lustre avait été défait, un immense quartier de bœuf, que des bouchers clandestins découpaient à la va-vite ? Et que dire de ce cochon tué dans la baignoire, transformée en baquet sanglant l'espace d'une nuit ?

En d'autres temps, ces scènes eussent semblé surréalistes, mais à présent la poésie étrange de ces aventures était écrasée par l'ambiance lourde et poisseuse qui régnait dans l'appartement.

J'avais beau rester le maître de maison, je rentrais chaque soir dans un camp retranché, devant subir une fouille complète avant d'avoir le droit de regagner ma chambre, la seule pièce sauvée de la débâcle.

Lafont avait été formel : « Si vous voulez gagner du fric, *beaucoup* de fric, il va falloir jouer selon mes règles... »

Je n'étais pas allé au rendez-vous fixé par le chef des gangsters parisiens, rue Lauriston. Marco me l'avait fortement déconseillé : « Toi, tu as un vrai métier, une vraie vie, ne te mouille pas trop... »

Depuis, quand je rentrais épuisé d'un concert ou d'une pièce de théâtre, et que je devais enjamber des monceaux de victuailles, il m'arrivait de faire la grimace.

« Ben quoi, il est pas content de manger à sa faim, le bourgeois ? » ricanaient les sbires de Lafont, devant ma mine déconfite.

En allant dîner chez Monsieur R., je ne pensais pas que mes nuits prendraient ce tour-là. J'étais devenu le spectateur passif d'un trafic permanent, dont Marco faisait tout pour me tenir éloigné...

Dupin était conscient que la chose me dérangeait de plus en plus. Impossible d'inviter des amis chez moi ; impossible d'aborder de nombreux sujets touchant au marché noir. Je n'avais même pas le droit de rabattre des clients, car tout devait être centralisé par Lafont et son équipe surnommée « la Carlingue ». Alors que j'aurais pu trouver de nombreux clients potentiels, je devais me contenter d'assister à ce trafic sans jamais y mettre la main. Tout juste avais-je le droit de prendre un pourcentage – très honnête – sur les nourritures, additionné d'un loyer généreux que me payaient les sicaires de Lafont chaque dimanche.

Ce trafic a duré plusieurs mois.

Au début, ça allait à peu près, mais la pression montante dans le Paris de l'automne (les attentats, les arrestations, les Allemands de moins en moins amicaux, les collaborateurs de plus en plus avides) rendait l'atmosphère parfois irrespirable.

— Et si on nous dénonce ? ai-je dit à Marco, un soir de décembre, tandis que les États-Unis étaient devenus le nouvel ennemi de l'Axe.

Depuis quelques jours, je me sentais comme épié, avec l'étrange impression que quelqu'un suivait chacun de mes pas. Mais peut-être me trompais-je, car la suspicion devenait monnaie courante.

Marco aurait pu brocarder ma mauvaise foi : ne l'avais-je pas poussé dans les bras de Monsieur R. ? Mais il avait pour moi une véritable amitié et il n'a pas joué les cyniques.

— Qui nous dénoncerait ? a-t-il rétorqué. C'est précisément à des gars comme Lafont que l'on dénonce les gens...

— Pour l'instant. Mais ça peut tourner, changer de sens. Dans ce cas-là, on sera mouillés jusqu'au cou !

— Parce que tu ne l'es pas déjà dans ton canard qui hurle à la gloire d'Hitler ?

— Je ne m'occupe pas de politique, Marco, et tu le sais très bien...

Il a fini par acquiescer, en frottant son visage marqué par des cernes car cette vie devenait épuisante. Il gagnait des monceaux d'argent, mais il était bien trop épuisé pour trouver le temps de le dépenser !

— Ne t'inquiète pas, Guillaume, j'ai tout prévu...

— Prévu quoi ?

— Ton nom ne figure sur aucun papier, aucun document.

— Encore heureux, tout ça est clandestin !

— Et puis, si ça se gâte, tu pourras toujours dire que j'ai abusé de toi, que j'ai réquisitionné ton appartement, que je t'ai séquestré.

— C'est ridicule, je sors tous les soirs. Qui irait croire ça ?

— Qui donc ? Ceux-là mêmes qui occupent ton appartement en ce moment.

— Les gars de Lafont ?

— En cas de coup dur, ils seront les premiers à me faire arrêter parce que je suis juif et à m'envoyer à Drancy. Si tu veux sauver ta peau, tu auras tout à gagner à me dénoncer en bonne et due forme...

— Parce que tu me crois capable de quelque chose d'aussi ignoble ?

À cette question, Marco a perdu toute ironie et il a appuyé son front contre le mien.

— Ce n'est pas toi qui es ignoble, Guillaume, c'est l'époque ; c'est cette viande avariée sous les toiles de Picasso ; c'est cette escouade de brigands, qui campent dans ton salon, à l'ombre des Vélasquez ; c'est cet air qui flotte dans Paris et qui pue la haine, la revanche, l'humiliation et la merde. Tout est ignoble, Guillaume. Tout est pourri. Moi comme le reste. Alors, oublie tes scrupules et, si besoin est, fais ton devoir et dénonce-moi sans remords. Tu sais que j'y aspire au plus profond de moi-même. Et puis, il y va de ta survie, petit homme...

34

Mes soupçons n'étaient pas infondés : nous étions à la fin décembre et j'avais plus que jamais l'impression d'être suivi. Dès que je sortais dans ce Paris polaire, une ombre s'attachait à mes pas, disparaissant derrière un porche, un angle de rue, dès que je me retournais pour la surprendre.

« Qui êtes-vous ? Montrez-vous ! » criais-je devant les regards surpris et méfiants de passants, qui me voyaient dialoguer avec un fantôme.

Mais n'était-ce pas là une illusion provoquée par le froid ? Car cette ombre à capeline et capuche était une silhouette bien banale en cet hiver 1941-1942. Le froid était encore plus rigoureux que l'année précédente. La neige avait envahi Paris avec autant de force que les Allemands, et la Ville lumière était assommée sous une lourde chape blanchâtre, qui immobilisait tout. Paris semblait le théâtre d'une ère glaciaire. Le peuple avait froid et était prêt à tout pour lutter contre cet engourdissement mortifère. Sous leurs manteaux, les gens portaient des doublures en peau de chat fagotées à partir des innombrables félins qui rôdaient dans les rues. En jupe ou en robe, les femmes grelottaient sur leur vélo dont les roues à rayons de bois dérapaient sur la chaussée. Aux beaux jours, elles pouvaient tromper leur monde en couvrant leurs jambes du Bronzor poudré de Lesquendieu ou du 260 fin d'Elizabeth Arden. Mais le froid venu, elles souffraient mille morts de l'absence de bas. Lors, tout était bon pour créer de la chaleur. Les gens dormaient sur leur sommier, leur matelas de laine ayant été vidé pour tisser des tricots. Enfin, le charbon était illusoirement remplacé par des boulettes de papier journal qui brûlaient comme feu de paille sans avoir le temps de dégager de la chaleur...

Le soir, on se recroquevillait devant un poêle glacé, avec l'interdiction d'écouter une autre radio que les ondes collaboratrices. Sur Radio Paris, les émissions portaient des titres révélateurs: *Cuisine et restrictions*, *Le fermier à l'écoute*, *Le quart d'heure de gymnastique*... Quant à la Radiodiffusion nationale, elle diffusait des *dramatiques* qui passionnaient les foyers car elles remplaçaient souvent le cinéma. On pouvait sinon jouer à ces jeux de pure propagande diffusés par les services vichystes, comme le jeu de la francisque, la version pétainiste du jeu de l'oie, dont les cases faisaient tristement sourire: «Mouvement de jeunesse», «L'entraide», «Le retour à la terre», «Le troisième enfant»...

Le matin, après une nuit à grelotter, avant d'aller au travail, plutôt que d'avaler un ignoble ersatz de café, on préférait boire un Viandox écœurant mais bouillant, songeant avec une ironie amère à la phrase que le gouvernement avait inscrite au dos des tickets de rationnement: «Afin que ceux qui sont au front aient chaque jour le nécessaire, supprimez de vos repas tout ce qui constitue le superflu.»

Mais la chaleur est-elle un luxe? La gourmandise, un péché honteux? Le confort, une vertu superflue?

En cet hiver 1941-1942, les Parisiens semblaient prendre réellement conscience de leur malheur, car la suspicion générale s'était installée, alimentée par un instinct de survie, un égoïsme animal, qui poussait chacun à se replier sur ses besoins, ses intérêts, sa tribu.

Le voisin était un ennemi, un concurrent potentiel, et l'on s'en méfiait. On se méfiait de tout et de tout le monde. Des Allemands qui venaient de se replier devant Moscou, alors qu'on les croyait invincibles. De la police qui avait prêté serment au Maréchal pour mieux servir l'occupant. Des Anglais qui n'en finissaient pas de bombarder l'Allemagne et avaient été jusqu'à détruire les usines Renault de Billancourt, faisant plus de six cents victimes. À entendre les diatribes d'Hérold-Paquis, à Radio Paris, et de Philippe Henriot, à la Radiodiffusion nationale, je me disais que mes anciens compatriotes incarnaient un mal aussi féroce que ce « bolchevisme contre l'Europe », sur lequel une exposition faisait le plein à la salle Wagram.

Tout était douteux, rien n'était clair. La grisaille était de rigueur et la peur, réelle, impalpable, rampante, tissait peu à peu sa toile sur la grande cité.

Moi, j'arrivais à passer entre les gouttes. Mes articles à *JSP* et les « activités » de Marco nous plaçaient dans la caste des privilégiés. Mais ce n'en était parfois que plus déplaisant. Est-ce de la mauvaise foi *a posteriori* ? Disons qu'à plusieurs reprises j'ai souhaité mener une vie normale, comme ces millions de gens ordinaires qui m'entouraient. Une vie de routine et de restrictions. Une vie qui m'aurait uni à cette foule d'anonymes que je croisais chaque jour, comme si nous ne faisions finalement pas partie de la même réalité. Au vrai, si tel avait été mon désir, j'aurais pu tout envoyer balader. Mais ce n'était pas si simple. Lorsque je croisais le regard envieux du docteur Couturier, ou les visages affamés de badauds curieux qui me voyaient entrer en smoking chez Maxim's ou au cinéma Normandie, j'avais bien sûr un pincement au cœur. Mais ne devais-je pas me contenter de ma confortable position plutôt que me sentir coupable face à tous ces gens que je n'aurais, de toute façon, pas pu aider ? Ces sentiments contraires, où l'hypocrisie se mêlait à un malaise réel, ne cessaient de me tourmenter. Ils augmentaient également ma paranoïa, car j'étais de plus en plus sûr que des inconnus – espions ? jaloux ? rares victimes de mes critiques ? simples curieux ? – me suivaient pas à pas.

— Mais tu vois des ennemis partout, mon pauvre Guillaume ! a gloussé Marco, lorsque je lui en ai fait confidence, au début du mois de mars.

— Sans mentir, ça fait des mois que je me crois suivi...

— Laisse ce travers aux gens de mon espèce, par pitié, a-t-il rétorqué en saisissant un saucisson dans un grand panier, avant de le couper à même la table basse du salon avec un Laguiole. Tiens, mange plutôt ça, c'est cascher !

— Et si on me suivait pour mieux t'espionner ? ai-je répliqué, la bouche pleine.

« L'heure du marché » n'était pas encore ouverte. Marco et moi étions donc seuls dans cet immense bazar, comme les explorateurs prisonniers du tombeau d'on ne sait quel pharaon.

— Espionner qui, espionner quoi ? a répondu Dupin. Aujourd'hui, tout le monde espionne tout le monde et chacun est suspect... Alors, profite du castel et arrête de te tourmenter, ça ne te va pas bien au teint...

Ce disant, il a caressé mon visage avec une tendresse fraternelle que je n'ai pas prise comme telle.

— Et toi, arrête de me tripoter ! Tu n'as pas assez de gitons comme ça ?

Je n'avais pas voulu être désagréable mais ce sentiment d'être épié me rendait agressif. Marco a verdi et s'est renfrogné.

— C'est toi qui devrais t'amuser un peu, Guillaume. Comme tu le dis si bien : rien de tout ça ne durera. Alors, plutôt que de jouer les jésuites, profite de ces bienfaits tant qu'ils sont là...

Je n'ai rien répondu et suis monté dans ma chambre, non sans embarquer un demi-saucisson.

Pendant un long moment, je suis resté à contempler la lumière déclinante, depuis la fenêtre.

Nous étions à la mi-mars et il faisait encore froid. Durant cette fin d'hiver, Paris n'en finissait pas de dégeler. Les congères s'étaient muées en monticules noirâtres. Des blocs de glace flottaient encore dans la Seine. Mais on sentait, au fond de l'air, quelque chose de prometteur et de serein, qui passait de temps à autre entre les gifles de la bise.

Alors je l'ai vu.

L'inconnu était là, sur le pont des Arts.

Il attendait.

— Oui, c'est bien lui..., ai-je dit à mi-voix.

Mais en un clin d'œil il avait disparu.

Illusion ? Magie ? Je n'aurais su dire... Le pont était maintenant vide. Seule une colonne d'Allemands se dirigeant vers le Louvre l'empruntait.

Il m'a fallu attendre dix minutes avant de l'apercevoir à nouveau. La capeline noire était sur le quai, juste sous mes fenêtres !

Il faisait presque nuit et l'obscurité serait bientôt complète. Pourtant, il ne bougeait pas.

Après un temps d'hésitation, je me suis penché.

— Vous n'avez pas froid ?

La question était idiote, mais c'est la seule qui me fût venue.

Pas de réponse. L'ombre n'a même pas bougé. Une statue.

— Qui êtes-vous ? ai-je encore demandé, réalisant que ma voix était le seul son humain dans la rue déserte.

L'ombre s'est retournée vers la Seine, pour contempler le fleuve qui se mêlait à la nuit. Puis, de nouveau, le silence s'est installé.

N'y tenant plus, j'ai grommelé : « C'est trop bête de ne pas savoir... » et j'ai fermé ma fenêtre.

Une minute plus tard, j'étais en bas, sur le quai.

Nous venions de passer l'heure du couvre-feu et je n'étais pas censé être dans la rue, fût-ce devant mon immeuble. Si des policiers français ou allemands venaient à passer, ils avaient tout loisir de m'arrêter, car j'étais descendu sans manteau, sans carte, sans passe-droit. Je commençais à grelotter, croisant mes bras contre mon torse, arpentant ce quai sombre et vide sans oser crier : « Où êtes-vous ? »

Soudain, un claquement sec s'est fait entendre dans mon dos.

Je me suis retourné : personne.

J'ai commencé à me demander pourquoi j'étais là. Ce n'était pas de la peur, mais une sorte de sentiment raisonnable. Comme on se dit : « Guillaume, tu devrais être chez toi à cette heure-ci... »

La curiosité était pourtant la plus forte.

Maintenant, le bruit provenait de plus bas, de la berge du fleuve.

Descendant quatre à quatre les marches menant à la Seine, j'ai aperçu la capeline qui s'éloignait en courant.

— Attendez ! ai-je crié.

Le bruit de ses semelles de bois résonnait maintenant sous le Pont-Neuf, sans crainte d'attirer l'attention des policiers qui ne manqueraient pas de finir par le remarquer.

J'ai hésité. Remonter chez moi ? Poursuivre ma quête ? À quoi bon ? Cette ombre n'était-elle pas quelque nouvelle chimère que je m'étais inventée pour matérialiser mes doutes, mes scrupules, mes remords en ces temps où la morale et les valeurs étaient sens dessus dessous ?

Mais elles avaient beau jeu, les valeurs et la morale. Tout ce que je voulais, c'est savoir qui se cachait derrière cette sombre capuche. Et si c'était un fantôme, j'en serais quitte pour un bon grog et une nuit de sommeil avant d'accueillir le printemps d'un œil neuf. C'est pourquoi j'ai marché dans sa direction.

Il n'y avait plus un bruit. Sans doute l'inconnu était-il loin, maintenant. Ou peut-être m'attendait-il sous l'obscurité du Pont-Neuf...

« C'est ça, ai-je compris en arrivant près du pont, il est sous la voûte... »

J'ai alors entendu sa respiration. J'ai même cru percevoir les contours de sa cape, malgré la nuit la plus totale.

C'en était trop. Oubliant le couvre-feu, je me suis jeté dans le vide, tout étonné de découvrir l'inconnu à quelques mètres de moi.

Enserrant le lourd tissu entre mes bras, je l'ai fait trébucher. Nous avons tous deux roulé sur les pavés. L'homme a commencé à se débattre, sans un cri, comme ces animaux entravés aux derniers instants d'une chasse. Je sentais ses coudes dans mes côtes, ses talons cognant mes tibias, mais je ne bougeais pas.

J'avais même un étrange sentiment de confort et de victoire. Tenant entre mes bras cet inconnu qui me suivait depuis des mois, je n'éprouvais plus aucun besoin. À quoi bon savoir son nom, la raison de ce long espionnage ? Il y avait dans cet instant, sous la sombre voûte d'un pont parisien, dans le froid de cette fin d'hiver, une ambiance étrangement matricielle. J'étais dans un cocon, protégé de tout. Plus rien ne pouvait m'arriver. Et cet homme, qui n'en finissait pas de se débattre, prenait une figure d'ange gardien.

Alors il a parlé :

— Guillaume ! Lâche-moi !

J'ai cru que le pont s'effondrait.

J'ai vu son visage dans les moindres détails, malgré la nuit complète.

Elle me fixait avec un mélange de terreur et de soulagement, et je l'ai serrée dans mes bras sans qu'elle ne cherche plus à se débattre.

— Pauline !...

35

— Ça fait trois mois que j'ai quitté Malderney...

Sa voix avait mûri. Son timbre acidulé et parfois sentencieux s'était assombri. On y lisait des mois de douleurs, de doutes, de frustrations, d'humiliations. Et de peur. De peur, surtout. Pauline frissonnait dès que je m'approchais d'elle. Dès que je voulais prendre sa main. Dès que je tentais de me montrer tendre, maladroitement affectueux.

J'étais moi-même totalement désemparé. Alors que je m'étais appliqué à effacer le flamboyant souvenir de cette jeune femme, voilà qu'elle venait d'elle-même vers moi, tout comme mon frère l'avait fait, presque un an plus tôt.

— C'est Victor qui t'envoie ? ai-je demandé.

Son visage s'est durci. Elle s'est tournée vers la Seine et a répondu d'une voix pleine de haine et de ressentiment :

— Victor... Le « seigneur de Malderney » n'est pour *rien* dans ma présence ici... *au contraire*...

Comme si elle voulait éviter le souvenir de mon frère, elle a muselé sa rage et, un sourire forcé aux lèvres, m'a lancé :

— Je suis arrivée à Paris au milieu du mois de février.

Puis, après un silence, prenant ma main dans la sienne :

— Mais je ne savais pas comment t'aborder... J'avais trop... peur.

— Peur de quoi ?

Ma question était idiote. Elle a retenu une moue contrariée et a désigné mon immeuble, en haut du quai.

— On peut aller parler de tout ça chez toi ? Je crois que je n'ai pas pris un vrai repas depuis ma fuite de Malderney. Tout comme je n'ai pas dormi dans un vrai lit depuis Noël...

Pauline avait retrouvé un ton de petite fille abandonnée. Le même qu'elle avait eu, sur la Coupée, lorsque Victor et moi nous étions amusés à lui faire peur.

Dieu qu'il s'en était passé du temps, depuis ces jeux cruels et enfantins ! Dieu que nous avions changé, pour le meilleur ou pour le pire ! Des chemins avaient été pris ; des destinés avaient été embrassées, souvent au hasard, par le jeu des coïncidences. L'intrigante new-yorkaise était devenue une fuyarde vagabonde au corps amaigri, et le gamin des îles, la coqueluche d'une cité opprimée.

« Quelle drôle de chose que le destin ! » me suis-je entendu penser en prenant la main de Pauline pour l'accompagner jusqu'à l'appartement.

Dans la rue, sur le quai, pas âme qui vive.

En revanche, l'immeuble bruissait de murmures. Regardant l'heure à mon poignet (bientôt minuit), j'ai compris que mes « amis » de la Carlingue venaient d'arriver.

Nous voyant monter l'escalier, un sbire en faction devant la porte a braqué son petit revolver en lançant un théâtral « Qui va là ? » depuis la visière de sa casquette, avant de me reconnaître.

— Ah c'est vous, m'sieur Guillaume. Vous m'avez fait peur...

Agrippée à mon bras, j'ai senti Pauline prête à fuir à toutes jambes. Je l'ai serrée contre moi.

— C'est vous qui m'avez fait peur, Lancrenoux. Faites attention que le coup ne parte pas tout seul...

Lancrenoux m'a toisé avec désinvolture.

— J'suis un professionnel, m'sieur Guillaume.

Il a marché jusqu'à nous d'un pas vif et, du canon de son revolver, a repoussé la capuche que Pauline avait rabattue sur sa tête avant de gravir l'escalier.

— Et il semble que vous aussi vous ayez trouvé une... professionnelle...

Son rire s'est noyé dans un frisson de dégoût, car il venait de découvrir le visage épuisé, cerné, tuméfié de Pauline.

— Mais vous auriez pu en prendre une plus fraîche...

— Je... je... c'est vrai..., ai-je balbutié, pris de cours.

Pauline a lâché mon bras d'un geste sec. Elle fixait maintenant Lancrenoux avec un mélange de haine et d'effarement, mais elle était incapable de parler. Tant mieux, car elle aurait attiré l'attention, tandis que ce jeune crétin venait de nous donner la meilleure des raisons de l'amener chez moi.

Sachant qu'il y allait de la sécurité de Pauline, dont je ne savais encore rien et qui pouvait fort bien être recherchée par toutes les polices de France et d'Allemagne (comment pouvait-elle être parvenue jusqu'à moi, sans avoir enfreint quelques lois ?), j'ai répliqué avec une fausse bonhomie :

— Pour moi, les femmes sont comme les poires : je les aime un peu blettes.

Enchanté de ma saillie, Lancrenoux a explosé de rire tout en ouvrant la porte en singeant les majordomes. Puis il nous a laissés entrer non sans brailler à la cantonade :

— Les potes, m'sieur Guillaume s'est trouvé un vieux cageot !

Sans rien répondre, j'ai saisi Pauline par la taille et nous avons gagné rapidement ma petite chambre à l'étage, évitant d'écouter les remarques égrillardes des apaches.

*

— « Un peu blettes »..., a grincé Pauline, ils sont charmants, tes nouveaux amis.

De l'autre côté de la vieille porte de chêne, on entendait encore les gloussements des malfrats, dont les voix montaient par le petit escalier.

— Ce ne sont pas mes amis, me suis-je aussitôt défendu. Nous... travaillons ensemble. Disons que nous avons des... intérêts en commun.

— Alors, ce sont des collègues ? Je ne sais pas si c'est mieux...

Elle avait retrouvé son petit ton cynique. J'avais beau être rompu à la chose, une fois devant elle, je redevenais un jeune homme inexpérimenté et un peu gauche. Son œil épuisé mais piquant, ses mimiques acides malgré les mois de fuite et de peur, Pauline restait Pauline, et je comprenais à nouveau combien on n'échappe jamais à son enfance !

Elle avait pourtant bien changé, ma pauvre Pauline... Tandis qu'elle retirait sa cape avec des grimaces de douleur, j'ai voulu l'aider à s'extirper de ce vêtement râpé.

— Ne me touche pas ! a-t-elle couiné en me repoussant.

Mais elle n'a pas eu la force de me demander de détourner le regard. D'ailleurs je n'aurais pas pu...

Une fois ses vêtements amoncelés sur le sol, son corps m'est apparu : tuméfié, balafré, couvert d'égratignures, de bleus, de bosses, de cicatrices mal refermées, de plaies infectées.

J'ai retenu un haut-le-cœur, qu'elle n'a pas manqué de voir.

— On est loin de notre nuit flamboyante, n'est-ce pas, petit frère ? a-t-elle dit avec une sombre ironie.

Sa phrase était d'autant plus pénible que j'y retrouvais le ton revanchard de Victor.

— Que... que s'est-il passé ? ai-je demandé.

— Oh, je n'ai rien d'une martyre, mon pauvre Guillaume. En venant ici, je n'ai pas cherché à sauver le monde. J'ai juste obéi à mon instinct qui m'a ordonné de partir...

— De Malderney ? Je croyais pourtant que tu étais *l'heureuse* femme de Victor...

Elle s'est effondrée sur mon lit, la tête rejetée en arrière. Ses cheveux crasseux ont fait un bruit de papier contre les coussins de satin. Mon cynisme a glissé sur elle sans même l'effleurer. Elle était loin de tout ça, désormais.

— Si seulement, Guillaume... Si seulement j'avais été l'heureuse femme de Victor, comme tu dis... Si seulement on pouvait être heureux avec Victor...

Maintenant, son timbre était voilé et j'ai vu des larmes ourler ses paupières déjà rouges de fatigue.

— Tu l'as pourtant épousé...

Pauline s'est relevée d'un bloc.

— Parce que tu crois que j'ai eu le choix ?!

— On a *toujours* le choix, non ?

Elle a posé un regard sur un exemplaire de *Je suis partout*, qui traînait sur la table de nuit. Entre deux pages était coincée une invitation pour une soirée à l'ambassade d'Allemagne, le 15 avril prochain. Elle a grimacé.

— Tu crois vraiment qu'on a toujours le choix ?

— Oui, ai-je répondu fermement. Savoir ensuite si c'est le bon ou le mauvais, c'est une autre affaire.

— Si telle est maintenant ta philosophie, je ferais mieux de te laisser avec tes délicieux... collègues de travail...

J'ai senti qu'elle allait vraiment se lever et prendre ses affaires.

— Attends, lui ai-je dit en posant une main sur son épaule.

Il n'était pas un endroit de son corps qui ne fût blessé, elle s'est retenue de bouger, mais a planté ses yeux dans les miens.

— Ce mariage n'était pas un choix. On m'y a forcée. Ta mère était alitée et de plus en plus faible. Victor soutenait que c'était là sa dernière volonté. Mon père leur obéissait. C'était ça ou m'enfuir...

— Ce que tu as finalement fait...

Elle a baissé la garde.

— Oui. Mais après.

— Après quoi ?

— Après que j'ai découvert le vrai visage de Victor...

— Ne va pas tout lui mettre sur le dos, maintenant, ai-je rétorqué, surpris de me faire l'avocat de celui qui m'avait trahi de bien des façons. Tu aurais pu refuser ce mariage, nous ne sommes plus au Moyen Âge.

— Même à Malderney ?

Puis elle s'est apaisée, comme on lâche prise pour tenter de respirer.

— Je dois avouer que je me suis laissé faire. D'abord choquée par ce que je voyais comme un mariage forcé, je me suis habituée à l'idée.

— Habituée à l'idée ? Il s'agit de ta vie, Pauline. D'un engagement moral pris devant l'éternité.

— C'est ainsi que tu vois le mariage ? D'après mes renseignements, ta vie n'est pas bien *morale*, depuis quelques années...

— Je ne suis pas marié.

— Et tu aurais voulu être mon mari ?

Je n'ai pas eu la force de répondre. Ou pas le courage. Il aurait fallu un mot qui mêlât « oui » et « non ».

Devant mon silence, elle a repris son explication :

— Victor n'a pas été un mauvais mari... au début.

— C'est-à-dire ?

— Il était bien conscient de mes sentiments. Il savait qu'il avait beaucoup à faire. D'autant que nous ne vivions pas une période très romantique. Mon père et sa mère étaient morts, les Allemands occupaient toutes les îles Anglo-Normandes, nous n'avions plus le droit de vivre à la Seigneurie...

— Pourquoi ne pas avoir fui, en ce cas ?

— Pour aller où ?

— Je ne sais pas. En Angleterre, tout d'abord. Et puis à New York.

Pauline m'a toisé avec une affection condescendante.

— Guillaume, tu es à ce point confit dans ta petite vie de privilégié que tu n'as aucune idée de la réalité de cette guerre !

— Oh, pas de laïus moralisateur, par pitié !

— Je crois pourtant que c'est nécessaire. Ces nazis sont des bêtes sanguinaires. À Jersey, Guernesey, Sercq et Malderney, ils ont réduit la population en quasi-esclavage. Quant à Aurigny, ils ont tout bonnement transformé l'île en camp de prisonniers. Toi tu bois du champagne avec eux, alors que ce sont de dangereux criminels.

— Tu crois que je ne le sais pas ?

Pauline était hors d'elle. Sa pâleur et sa fatigue s'estompaient sous le coup de la colère.

— Comment peux-tu me lancer une réponse pareille, Guillaume ? Si tu sais qui ils sont, comment peux-tu rester là à te tourner les pouces ? à profiter d'un système qui ne tardera pas à te broyer ?

— C'est faux ! Je fais des choses. J'aide les gens...

Les mots sont morts dans ma gorge, car ils m'ont soudain paru dérisoires. Qu'avais-je à répondre à Pauline ? Que je prêtais mon appartement aux caciques du marché noir ? Que j'avais sauvé Marco Dupin d'une mort certaine ? Ce n'était pas là des actes bien valeureux. Je n'ai eu d'autre choix que la contre-attaque :

— Si tu veux tant que ça résister à l'occupant, pourquoi ne pas être resté auprès de ton « beau Victor » ? C'est lui le héros, le pourfendeur de Boches, le tueur d'Allemands. Il s'en est suffisamment vanté tout en me cachant que tu occupais une telle place dans sa vie.

J'ai vu Pauline se décomposer.

— C'est donc ça..., a-t-elle murmuré, en prenant son visage dans ses mains.

— C'est donc quoi ?

— Victor est venu te voir l'année dernière, n'est-ce pas ? Au printemps ?

Je ne comprenais plus.

— Comme si tu ne le savais pas...

Elle a fait non de la tête.

— Il n'a jamais voulu me dire où il était parti. Il était censé aller rencontrer de futurs grands chefs des combats clandestins, en Normandie. Il était en train de mettre en place un véritable réseau de résistance qui pouvait devenir très efficace.

— Qui « pouvait » ?

Pauline ne relevait pas la tête. Elle parlait dans ses cheveux, qui tombaient par mèches sur son visage.

— À son retour de voyage, Victor avait changé. Il y avait une hargne nouvelle en lui. Quelque chose s'était passé. Il semblait désabusé, aigri, atrocement déçu...

Je n'ai pu m'empêcher de revoir notre dernière scène, sur le trottoir de la rue La Boétie, lorsque j'ai découvert la photo. Ses épaules tombantes qui disparaissaient dans la nuit. Ce sentiment d'arrachement et de définitive libération. Mais à quel prix ?

— Après avoir lutté en secret contre les Allemands, Victor a décidé de devenir leur plus sûr allié. Il a donné aux autorités locales les noms de tous les résistants anglo-normands. Il a indiqué les caches de munitions et de matériel. D'abord soupçonneux, les nazis ont réalisé que Victor leur permettait de démanteler le système qu'il avait lui-même élaboré. « J'étais dans l'erreur et j'ai trouvé la lumière... », a-t-il dit au général en place, tandis qu'ils regardaient tous deux le bateau plein de ces nouveaux prisonniers qui étaient déportés dans l'île-bagne d'Aurigny.

Pauline pleurait et ses larmes coulaient sur ses joues sans qu'elle fît le moindre mouvement pour les essuyer.

Moi, je devais me retenir pour ne pas la prendre dans mes bras. Il me fallait d'abord connaître la fin de l'histoire.

— En remerciement de sa « loyauté », les nazis ont rendu à Victor son château, ses privilèges, ses droits. Ils lui ont même accordé un titre militaire honorifique avec un petit galon siglé du double « S » qu'il porte sur le revers de sa veste.

J'étais effaré.

— Et... et toi ?

— Moi ? J'ai tenu ce que j'ai tenu.

— C'est-à-dire ?

— Au départ, j'étais tellement abasourdie que je me suis laissé porter.

— Je connais ça...

— J'ai opté pour le silence. D'ailleurs, Victor ne s'intéressait plus à moi. Il m'avait désigné une nouvelle chambre et ne me touchait pour ainsi dire plus.

Intérieurement, je n'ai pu retenir un sourire de veule satisfaction.

— Je devais juste faire illusion, le soir, lorsque nous accueillions ses amis à dîner... Et puis une nuit, je me suis enfuie.

— À la rame ? me suis-je écrié en regardant ses mains crevassées.

Elle a fait oui de la tête, expliquant :

— J'ai volé en pleine nuit un petit canot allemand. Mais il m'a fallu ramer longtemps avant d'oser mettre en marche le moteur. Heureusement, Malderney n'est qu'à vingt kilomètres de la côte...

Je n'en revenais pas.

— Et une fois en France ?

Pauline a de nouveau fait non de la tête.

— Ne me demande pas ça, Guillaume. C'est passé. C'est fini.

— Mais tu as quitté Malderney il y a trois mois. Comment es-tu arrivée jusqu'à Paris ? Comment as-tu survécu ? Voilà des semaines que je te sens derrière moi. Qu'as-tu fait ? Où vivais-tu ? *De quoi* vivais-tu ?

Elle s'est recroquevillée sur elle-même.

— C'est du passé, je te dis. Je ne veux plus y penser. Je veux l'oublier. Oui, c'est ça, tout oublier.

Dehors, le jour commençait à se lever.

Pauline s'est alors blottie sur mes genoux comme un petit animal. Guidant ma main vers ses cheveux, elle m'a demandé de lui caresser la tête, sans un mot. Puis, tandis qu'elle s'endormait, ses lèvres articulaient encore :

— Oublier... tout oublier...

36

La présence de Pauline a tout bouleversé, mais pouvait-il en être autrement ? Mes projets, mes perspectives, mon regard sur le monde, tout était chamboulé. C'est un peu grandiloquent – et sans doute très adolescent ! – mais le fait d'avoir retrouvé cette fée de ma jeunesse changeait radicalement la donne. Par sa simple présence, elle m'a ouvert les yeux.

Oh, je vois déjà vos regards dubitatifs. Vous allez dire que je suis une girouette, que je change d'opinion comme de chemise, que l'an passé, à l'arrivée de Victor, j'ai eu les mêmes engouements, les mêmes rêves d'héroïsme, de libération, de combat. Ce n'est pas faux. Mais nous vivions en vase clos et tout prenait des proportions énormes. Et puis, avec Pauline, c'était différent.

Les premiers jours, il a fallu nous réapprivoiser.

Que comptait-elle faire ? Quels étaient ses plans ? Je n'en savais rien... et elle non plus. Après trois mois de cavale, de vagabondage, d'une vie qu'elle a toujours refusé de me décrire, Pauline était une convalescente. L'essentiel était qu'elle se retape. Elle devait manger à sa faim, dormir dans un vrai lit et soigner ce corps où se lisait la douloureuse topographie de son hiver de cauchemar.

N'osant pas lui faire traverser Paris alors qu'elle était sans papiers et citoyenne américaine (donc, depuis quelques mois, une ennemie), j'ai dû inventer une raison pour convaincre notre voisin de palier, le docteur Couturier, de l'examiner. Peu importe la raison, d'ailleurs, car je savais comment l'amadouer.

— Allongez-vous là, mademoiselle, a-t-il dit en désignant une vieille banquette de cuir, avant d'aller cacher dans son garde-manger les dix saucissons que j'avais chipés sous le canapé du salon.

— Tu es sûr qu'il est médecin ? m'a demandé Pauline à mi-voix.

— À la retraite, mais c'est plus sûr...

— Eh bien, vous êtes encore habillée ? s'est étonné Couturier en revenant dans le salon vêtu d'un tablier de cuisine. Désolé, j'ai jeté ma blouse depuis longtemps. Quant à mon matériel, il s'est dispersé au fil du temps. Mais à la guerre comme à la guerre, n'est-ce pas ?...

Il a posé à même le vieux bureau d'acajou un plateau lourd d'ustensiles en métal.

Pauline allait se rebiffer mais il lui a désigné sèchement la banquette.

— Allez, mademoiselle. Déshabillez-vous et allongez-vous...

Malgré nos craintes et nos doutes, la consultation a été rapide et efficace.

— Malnutrition, risque de déshydratation, infections multiples, brûlures musculaires, et je n'ai pas fait d'examens approfondis, a conclu Couturier. Un peu plus, et c'était l'hôpital...

Se retournant vers moi, il a grincé :

— Je ne sais pas où vous l'avez trouvée, mais cette jeune femme va avoir besoin de repos, de calme et d'une alimentation saine... Et ce n'est pas avec le tintamarre de tous vos rastaquouères qu'elle va se retaper... Je me demande si je ne devrais pas prévenir moi-même les services de l'hôpital.

— V... vous croyez ? a balbutié Pauline.

Devant son regard inquiet, il a plissé les yeux et dit d'un ton matois :

— Et puis, d'où venez-vous, mademoiselle ? Vous avez un joli petit accent qui ne sonne guère français...

J'ai coupé court à toute tentative d'intimidation en filant chercher trois belles entrecôtes.

— Deux semaines de repos complet suffiront, s'est ravisé Couturier. Et une alimentation saine : de la viande rouge, par exemple...

Puis il nous a mis à la porte pour filer en cuisine.

— Encore un joli petit Français, a dit Pauline, tandis que je lui installais une chambre pour elle seule, à côté de la mienne, à l'étage.

Je lui aurais bien proposé de partager ma bonbonnière, mais je ne voulais en rien la brusquer.

— Ne t'inquiète pas, l'ai-je rassurée en bordant le petit lit bateau de cette jolie pièce en soupente. Couturier n'est pas un mauvais bougre. Avec lui, la cohabitation sera facile...

S'il est en revanche un voisin qui a fort mal vécu l'installation de Pauline sous notre toit, c'est Marco.

— Mais tu es complètement fou, Guillaume ! m'a-t-il sermonné le soir même, lorsque je lui ai raconté ma nuit.

Il rentrait d'une virée de trois jours dans les abattoirs clandestins de la banlieue parisienne.

— Cette fille ne peut nous attirer que des ennuis. Toi qui travailles dans la presse, tu as peut-être lu les journaux : depuis quelques jours, le marché noir est officiellement considéré comme hors la loi. Et Vichy vote des décrets pour le réprimer sous toutes ses formes...

— Quel rapport avec Pauline ?

— Moins de gens seront au courant de nos affaires, mieux on se portera.

— Mais je croyais que tu rêvais d'être arrêté...

Il a haussé les épaules, agacé.

— Ce n'est pas de moi que je parle, mais de toi. Tu joues avec le feu, Guillaume. Une Américaine, en plus...

— Je vais lui procurer des papiers.

Marco ne m'écoutait pas :

— Et en plus, une fille qui t'a fait tant souffrir...

C'était donc ça.

— Tu t'inquiètes de ma vie sentimentale, maintenant ?

Il a grimacé, non sans rougir, puis il a attrapé une caisse de côtelettes pour la traîner de l'entrée jusqu'au salon.

— Comprends-moi comme tu le peux, Guillaume, mais je tiens à toi. Et je ne veux pas qu'une... péronnelle te tourne la tête et te pousse à faire des conneries...

Je me suis retenu de grogner au mot « péronnelle », car j'étais à vrai dire assez touché par son attitude protectrice. Marco le cynique, l'insensible, l'incendiaire, l'ordurier, l'érotomane, le pornographe, l'uraniste, le pédéraste, l'antisémite, l'anti-tout... était jaloux.

Je n'ai certes jamais pensé qu'il ait éprouvé un désir physique pour moi, car je n'étais pas son « type » : il aimait les dockers ou les éphèbes et je n'étais ni l'un ni l'autre. Mais depuis deux ans que nous vivions ensemble, il avait développé un instinct de protection étrangement maternel. Il avait ce regard des parents qui voient leur fils unique partir au bras d'une inconnue sans lui avoir donné leur bénédiction. Pourtant, je n'avais pas décidé de partir, de le *quitter*...

— Nous n'allons pas bouger d'ici, tu sais ? Pauline a besoin de repos ; il faudra juste qu'elle dorme le plus possible.

Marco m'a regardé avec un soupçon de nostalgie.

— Une intuition me souffle que si quelqu'un doit partir, ce sera moi...

— Ne dis pas de bêtises, voyons...

*

Marco ne disait pas de bêtises.

Certes, le « divorce » ne s'est pas fait en une nuit, il a pris un bon mois, mais il a finalement eu lieu.

Comme je le craignais, Marco a instantanément déplu à Pauline, et elle lui a été aussitôt insupportable. Difficile de faire plus différents !

Ses trois mois de course folle avaient annihilé tout cynisme chez Pauline, qui ne pouvait porter sur les «événements historiques» ce regard rigolard et bancal affecté par Dupin. Elle était à ce point frappée, bouleversée par ce qu'elle avait vu depuis sa fuite de Malderney qu'elle peinait à le formuler, se renfermant comme un ormeau lorsque je tentais de la faire parler.

— C'est qu'elle n'a rien à dire, a méchamment gloussé Marco. Elle te fait tout un cirque pour jouer les martyres. Elle a juste vagabondé pendant quelques mois et s'improvise héroïne de circonstance, voilà tout.

Je savais que Marco avait tort, et lui-même en était conscient. Ses attaques ne semblaient pas sincères. Elles étaient de pure forme, comme la plaidoirie d'un avocat qui sait sa cause perdue d'avance. Il l'avait bien compris, Pauline avait déjà regagné mon cœur.

Dès leur première rencontre, lorsque je l'ai introduit dans la chambre de Pauline, ils ont eu le regard haineux de deux cerfs qui croisent la même biche, à l'heure du brame. Ironie du sort : j'étais la proie et eux, les prédateurs.

En voyant ma petite Pauline maigre et épuisée sous l'épais édredon de satin, Marco s'est tout de suite su en péril.

— On ne lutte pas contre ses souvenirs..., m'a-t-il dit, tandis que nous redescendions l'escalier, après cette première entrevue où Pauline et moi avions évoqué, l'œil brillant, quelques souvenirs de Malderney.

Plusieurs fois, Marco avait tenté ses saillies de mauvais esprit, comme pour tester Pauline. Elle était restée de marbre, mais elle s'est carrément énervée lorsque, en dernier recours, il a attaqué son numéro du « juif antisémite ».

— Ce que vous me racontez là est navrant, lui a-t-elle dit avec son petit accent américain. Que vous souhaitiez la mort, ça vous regarde. Mais vouloir entraîner tout votre peuple derrière vous, ça fait vraiment de vous un *Untermensch*, un « sous-homme ». Vous feriez mieux de vous offrir en victime expiatoire.

— Parce que vous croyez que je désire autre chose ? a rétorqué Marco.

— Je suis fatiguée. Laissez-moi..., a-t-elle dit avant de se retourner vers le mur.

Et Marco m'a regardé avec fatalité, l'air de dire : ça ne va pas marcher.

Et ça n'a pas marché...

*

Lorsque, au bout d'une semaine, Pauline est venue prendre ses repas avec nous, dans la petite cuisine, tous deux se regardaient en chiens de faïence, se guettant, se flairant avec méfiance et dégoût.

— Ce type te tire vers le bas, Guillaume. Tu dois faire quelque chose...

— Cette fille va détruire tout ce que nous avons bâti ensemble, Guillaume, tu ne peux pas la laisser faire...

Et moi, dans tout ça ? J'étais comme toujours ballotté, indécis, refusant de faire un choix. Je préférais voir la situation s'envenimer. Je préférais entendre les diatribes de Pauline, chaque soir, à l'heure où il me fallait l'enfermer dans sa chambre tant j'avais peur qu'elle ne déboule dans le salon-entrepôt et nous conduise tous aux cachots de la Carlingue. Les sbires de Lafont avaient bien compris qu'il y avait un nouvel occupant au 22, quai de Conti. J'étais passé par les services de la rue Lauriston pour obtenir à Pauline des papiers en règle (un passeport suisse au nom de Pauline Le Sauvage). Et ils n'avaient pas posé trop de questions. En revanche, les bruits de cette inconnue, à l'étage, commençaient à les inquiéter.

— Je ne sais pas qui vous cachez là-haut, m'sieur Guillaume, m'a dit Lancrenoux d'un air soupçonneux, mais il va falloir qu'on en parle à monsieur Henri (c'est ainsi qu'ils appelaient Henri Lafont).

Marco a blêmi et pris le parti des malfrats.

— C'est vrai, Guillaume, m'a-t-il dit en m'entraînant vers son ancienne chambre.

S'appuyant à une demi-génisse qui pendait du lustre, comme on s'adosse à un réverbère, il a poursuivi à mi-voix :

— Pauline ne peut plus habiter ici. Elle risque de tous nous faire arrêter : par les Allemands ou les Français. Et si Lafont couvre nos trafics et se sucre au passage, n'oublie pas qu'il est de la police et prendra un malin plaisir à tous nous faire taire. Quant à Monsieur R., jamais il ne nous défendra...

J'allais lui rétorquer que cela allait bien avec sa logique d'autodestruction, mais il m'a devancé :

— Et ne me ressors pas que je creuse ma tombe. Je n'ai jamais voulu t'entraîner dans ma chute, alors que cette fille t'y pousse.

Était-ce la vérité ? Écorchée par la vie, par ses mois de galère et de sombre vagabondage, elle était juste d'une spontanéité absolue, redoutant plus que tout le second degré et l'ambiguïté. Le double jeu était une chose qu'elle semblait abhorrer.

— Au début, Victor était sincère, m'a-t-elle expliqué un soir. Il avait de vrais projets de résistance. Et il m'a tenu au courant de tout. C'était passionnant...

Pauline et moi tentions de comprendre ensemble ce qui avait provoqué le revirement de mon frère.

— Tu l'as déçu, a repris Pauline. Victor s'est senti trahi et a préféré pousser la trahison jusqu'au bout en se trahissant lui-même, en trahissant tout ce en quoi il croyait. Une forme de suicide, en somme.

— Mais c'est lui qui m'a trahi ! Il m'a dit que tu étais partie. Il m'a caché votre mariage.

— Parce qu'il s'était habitué à tout cacher, à tout garder secret. Il m'a même caché sa venue à Paris ; je ne l'ai compris qu'en arrivant ici. Cette obsession du secret est la première règle quand on décide de résister...

— *Résister*, ai-je répété en me rappelant combien Victor avait su me faire partager cet idéal.

Il avait su me toucher au cœur, me montrer en quoi ma vie était fausse. Et maintenant que je voyais la flamme dans les yeux de Pauline, sa volonté de fer, je me disais que ces rêves pouvaient fort bien renaître de leurs cendres. La seule femme qui ait jamais compté dans ma vie était allongée devant moi, blessée et si belle, ayant même gagné un surcroît de noblesse.

— Il y a des choses à faire, tu sais ? a commencé à me répéter Pauline, jour après jour. La Résistance, ce n'est pas seulement des bombes qui détruisent des voies de chemin de fer, c'est aussi des actions plus subtiles, comme des fausses signatures au bas de documents officiels. Et toi qui es si bien introduit auprès du pouvoir en place, tu pourrais sûrement être très utile...

Jamais Pauline ne m'avait parlé aussi franchement.

— Mais tu as des contacts ?

Aussitôt, elle s'est fermée.

— Le secret est la première des règles, n'oublie pas.

— Tu ne me fais pas confiance ?

— À toi, si... enfin je crois, a-t-elle dit en jetant un œil vers la porte de sa chambre. Mais comment veux-tu faire quoi que ce soit au milieu de tous ces bandits ?

J'ai haussé les épaules, impuissant.

— Dans ce cas, nous sommes coincés.

— Pas forcément. Mais il faut faire des sacrifices.

— Par exemple ?

Elle s'est levée et m'a pris dans ses bras. Puis elle a posé ses lèvres sur les miennes, délicatement, presque imperceptiblement. C'était la première fois depuis son arrivée, il y avait exactement un mois. Jusqu'alors, j'avais tenté de la circonscrire dans la catégorie des amis d'enfance et j'avais presque réussi à chasser tout souvenir de la seule nuit que nous ayons passée ensemble. Nous avions grandi l'un et l'autre, voilà tout. Et nous pouvions repartir sur des bases nouvelles.

Mais il a suffi d'un baiser, d'un simple frôlement de lèvres...

En une seconde, tout est revenu. Le bruit de la mer sur les falaises ; l'odeur de la lande, des bruyères ; et puis la lumière.

Le désir est monté et j'ai serré Pauline contre moi. Avec un sourire gêné, elle s'est débattue et m'a fixé d'un regard toujours aussi sombre.

— Si tu veux que nous marchions ensemble, Guillaume, la première chose à faire, c'est te débarrasser de Marco Dupin.

37

— Ainsi, tu me chasses ?

Marco était sans aigreur et sans haine. Il semblait juste incroyablement las.

Pauline, Dupin et moi étions tous trois dans le salon du quai de Conti, et il s'est allongé de tout son long sur le grand canapé.

— Il fallait qu'on en arrive là, n'est-ce pas ? a-t-il demandé à mi-voix.

Pauline et moi restions assis face à lui, sur le petit sofa vert à pompons. Elle savait que cette scène serait une épreuve et tenait ma main serrée dans la sienne.

— Comme vous êtes touchants, tous les deux, a ricané Dupin. Une vraie famille…

— Vous vous moquez de tout, Marco, a tenté de plaider Pauline, sans toutefois chercher à se montrer faussement amicale. Vous affectez une désinvolture qui n'est en rien le reflet de vos peurs les plus intimes.

— Vous me connaissez depuis si longtemps, Pauline, a ironisé Dupin. Votre analyse est renversante; que ne vous ai-je rencontrée plus tôt...

Se refusant à redoubler de cynisme, elle a insisté:

— L'exil est votre seule planche de salut.

Sans un regard pour elle, il a redressé sa grande carcasse et m'a souri avec une douce tristesse.

— Je savais bien qu'un jour ou l'autre tu me remplacerais par une femme...

Pour toute réponse, je n'ai su que glousser, l'air gêné, et fuir son regard. Dieu que je me sentais minable, à ce moment-là ! Je ne savais plus quoi dire, j'étais à court de mots. Pauline et moi étions descendus le voir au salon, je lui avais expliqué en quelques phrases qu'il devait quitter l'appartement au plus tôt, avec ses « complices », que cette vie devait cesser. Pourtant, à mesure que j'exposais mes arguments, j'en venais à douter de toutes mes convictions. Pouvais-je réduire à néant ce confort étrange mais réel ? Nous étions en période de guerre et de disette, et je jouissais d'avantages infinis. Pouvais-je tout mettre en péril pour cette femme dont je ne savais plus rien ? cette quasi-sœur qui avait épousé mon frère ? Qu'avais-je à y gagner, réellement ? Rien, sinon une conscience plus tranquille, mais pour combien de temps ?

« Et à quel prix ? » me suis-je dit en contemplant le beau visage si démuni de Marco.

Il restait beau, ce sémillant dandy, malgré ses grimaces et ses simagrées. Un être si séduisant, si enjôleur. Mais comme il me semblait piteux, tout à coup ! Si vide de sens, d'idées, de projets. Le chasser d'ici, n'était-ce pas la pire des lâchetés ? Ne devais-je pas tenter de le convaincre, de le *convertir* ? Et puis, n'était-ce pas là troquer une servitude contre une autre ? Après avoir été le petit frère de Marco, n'allais-je pas devenir le petit chien de Pauline ? Elle avait promis de donner un sens à ma vie, dans cette société vérolée, dans cette ville putréfiée. Mais Marco devait-il être brûlé en place publique pour me permettre de changer de vie ?

N'en déplaise à mes juges, je n'ai jamais eu l'âme d'un assassin. Mais c'est sans doute ce jour-là, au matin du 19 avril 1942, que j'ai commis mon premier crime.

— Bon, a dit Marco, je vais aller faire ma valise.

Il s'est levé et a jeté un œil autour de nous : piles de boîtes de conserve, bouteilles d'huile, cartons de savonnettes, fils électriques, TSF de contrebande, fausses cartes d'alimentation..., ce salon restait un invraisemblable bazar.

— J'imagine que je dois aussi nettoyer tout ça ?

Pauline a fait oui de la tête. Elle ne prenait aucun plaisir à cette tâche ; si la jeune New-Yorkaise débarquée à Malderney était pourvue d'une certaine dose de perversité, la nouvelle Pauline, celle de la guerre, était dénuée de tout sadisme. Elle avait fait l'expérience de la souffrance et ne la souhaitait à personne, fût-il son pire ennemi.

Marco était-il son ennemi ? Je ne le pense pas. Mais elle était persuadée qu'il était le mien, même si ni lui ni moi n'en étions conscients. Nous nous poussions l'un l'autre vers un point de non-retour, et si Pauline avait décidé d'en sauver un, ce n'était pas lui.

Avec sa désinvolture coutumière, Marco a décroché le téléphone sur le petit bureau. Ses yeux m'ont semblé étrangement rouges, dans la lumière de ce matin de printemps. Dehors, sur le quai, les platanes étaient persillés de pousses vert tendre. Il les a caressés du regard, tout en composant machinalement un numéro, sans même consulter le cadran.

Ses mots ont été lapidaires :

— Lancrenoux ? C'est Marco. Envoyez-moi les déménageurs...

Puis il a raccroché.

Un quart d'heure plus tard, une dizaine de gros bras en maillot de corps et casquette ont frappé à la porte.

— On vient pour le transfert, ont-ils dit à Marco en investissant le salon armés d'énormes cartons.

En une heure, tout était vidé. Le salon, les chambres, les couloirs, la cuisine, les placards.

J'aurais bien gardé quelques « provisions de bouche » ou des savons, mais je n'ai pas eu l'indécence de m'abaisser à un tel geste. Pauline et moi nous sommes contentés d'assister au ballet étrangement gracieux de ces colosses, qui jonglaient avec les carcasses de viande et les quartiers de bœuf. Je ne les connaissais pas et ils ne ressemblaient pas aux malfrats de la Carlingue.

— Et voilà le travail ! a dit Marco avec une satisfaction lasse, tandis que les déménageurs venaient de claquer la porte.

— Vous voyez que vous pouvez être efficace, cher Marco, a dit Pauline, lorsque nous nous sommes retrouvés tous les trois dans ce salon subitement si vide.

Toute cette nourriture déplacée laissait dans l'air un fumet assez écœurant. J'ai marché vers la fenêtre pour l'ouvrir à deux battants et respirer un grand coup car tout cela commençait à me nouer le ventre.

Si j'avais pu deviner la suite...

— Je suis prêt à lever le camp, a dit Marco en se servant un verre de whisky...

— Je suis contente qu'on arrive enfin à s'entendre, a répliqué Pauline.

Marco l'a regardée un instant, la toisant de bas en haut, comme s'il la jaugeait pour la première fois.

Moi, je continuais à prendre le frais à la fenêtre, adossé à la rambarde, pour échapper à l'air de plus en plus vicié du salon.

— Dans une heure je peux être parti, a repris Marco, mais j'ai une faveur, une seule, à vous demander.

Pauline n'a rien répondu, me consultant des yeux, car Marco ne s'adressait en fait qu'à moi.

Son sourire était d'une grande douceur. J'ai brusquement revu le Marco des soirs de confidences, lorsqu'il tombait le masque et me montrait combien il tenait à moi, sans ambiguïté, mais avec une affection qui n'avait cessé de grandir au fil du temps, même depuis l'arrivée de Pauline.

— Guillaume, petit Guillaume, a-t-il dit d'une voix chantante, accepteras-tu de faire une dernière chose pour moi ?

Il n'y avait plus la moindre ironie sur son visage. Pas une ombre de cynisme, de moquerie, de sous-entendu.

Je le chassais de chez moi, *de chez lui*, et il me demandait de l'aider une dernière fois.

J'ai consulté Pauline du regard, qui a haussé les sourcils comme on dit « C'est vrai que tu lui dois bien ça ».

— Bien sûr, ai-je balbutié.

Marco s'est approché de moi. Tout à coup, son corps était contre le mien. Je ne l'avais jamais senti si sensuel, si présent, si vivant. Nous étions seuls, lui et moi. Pour la dernière fois. Comme si Pauline n'était plus dans la pièce. Comme si elle n'y avait jamais été. Nous revivions ce matin de juin 40 où nous nous étions rencontrés sur la place de la Concorde. C'est-à-dire hors du monde.

J'étais comme tétanisé par son regard de méduse. Mais une méduse aimante, une méduse sans haine. Sa main a couru sur mon front, mon nez, mes joues, mes lèvres. Puis elle a glissé sur mon torse et mon ventre.

J'ai frissonné et Marco n'a pu retenir un gloussement de plaisir.

— Ah, petit Guillaume, petit Guillaume.

Puis j'ai perçu un étrange cliquetis.

La main de Marco ne caressait plus mes vêtements mais tenait le combiné du téléphone.

— Je vais partir, petit Guillaume, à la seule condition que ce soit dans un fourgon de la Gestapo.

— PARDON ?

Marco a hoché du chef sans s'émouvoir et il a composé un numéro de téléphone.

— Bonjour, a-t-il dit en imitant ma voix, je m'appelle Guillaume Berkeley, j'habite 22, quai de Conti et je viens de surprendre un juif en train de cambrioler mon appartement...

38

Son sourire.

La joie atroce de son regard ; cette jubilation absolue, presque incontrôlable, qui mêlait le soulagement à quelque chose de plus profond, de plus impalpable. L'allégresse se lisait sur son visage creusé, quand les officiers SS sont entrés dans l'appartement.

— *Shalom*, a-t-il murmuré aux militaires.

Pauline et moi étions tétanisés, incapables de réagir.

Assis sur le canapé, une petite valise de carton bouilli coincée entre les chevilles, Marco attendait comme un voyageur dans une gare. Il leur a donné sa « carte d'identité de Français » avec un regard piquant.

Lisant la mention « Juif » – qui était alors facultative mais que Marco s'était fait un point d'honneur à ajouter –, l'officier a rangé la carte dans sa poche intérieure en disant :

— En Allemagne, *ils* n'auront bientôt plus besoin de papiers d'identité...

Puis, jetant sur les tableaux au mur un regard soupçonneux, il m'a demandé :

— Le cambrioleur n'a pas cherché à s'enfuir ? Il est resté là, sachant que vous nous aviez appelés ? Il ne vous a pas menacés ?

Perdu, je n'ai rien trouvé d'autre à répondre que :

— Cet homme sait bien que vous n'allez pas le tuer...

— *Ja, ja...*, a dit l'officier en prenant des notes sur un cahier. Les juifs sont parfois des gens raisonnables.

Scrutant à nouveau l'appartement impeccable, il a objecté :

— Mais s'il n'a pas forcé la porte, c'est qu'il avait votre clé...

À ma propre horreur, je me suis entendu dire :

— Ces gens s'introduisent partout.

— *Genau.*

Marco en a rosi de satisfaction. À l'inverse, Pauline a blêmi et détourné le regard. Elle n'avait pourtant pas intérêt à attirer l'attention sur elle car ses papiers n'étaient pas encore en règle. Mais Marco avait exigé qu'elle fût aussi dans la pièce, « sinon, je la dénonce et nous partons dans le même fourgon... Il faut toujours une part de jeu, vous ne croyez pas ? ».

C'est pourquoi Pauline se contentait de jouer la jeune bourgeoise qui vient de surprendre un cambrioleur dans son salon.

— Et pourquoi avoir appelé nos services plutôt que ceux de la police française ?

Marco avait également prévu cette objection. Désignant un cliché qu'il avait à dessein laissé traîner sur la table basse (Göring, Abetz et moi dans les couloirs du Jeu de paume), il lui a expliqué :

— Parce que monsieur Berkeley fait davantage confiance à l'Allemagne...

À cette vision, le militaire s'est mis au garde-à-vous et a balbutié : « *Ja, ja...* » comme si je prenais tout à coup une autre dimension. Pauline était de plus en plus pâle alors que Marco gagnait en lumière.

Dupin jouissait, je n'ai pas d'autre mot pour décrire ce qu'il pouvait ressentir. Il prenait un plaisir brut, animal, comme ces couples qui recherchent l'orgasme en pratiquant la strangulation. À mi-chemin entre l'extase et la mort, voilà bien où se trouvait Markus Goldbrot. Et moi, j'étais à la fois son bourreau et son prisonnier. Prisonnier des rêves nihilistes de cette victime consentante, dont la folle perversité me poussait à jouer un rôle qui m'horrifiait. Je me serais giflé. J'aurais voulu m'enfoncer un clou dans la main. Moi qui étais obsédé par l'idée de la trahison, qui n'avais jamais accepté celle de mon frère, n'étais-je pas en train de devenir un traître de la pire espèce ? Pourtant, je n'avais jamais vu Marco si serein. Je ne l'avais jamais rendu aussi *heureux*.

— Goldbrot Markus ! a glapi l'officier.

Aussitôt, Marco s'est dressé, écrasant sa valise entre ses jambes.

— Vous n'en aurez pas besoin, nous avons des vêtements pour vous...

Marco a haussé les épaules et fait glisser la valise sous la table basse, devant le canapé.

Deux soldats sont alors venus l'encadrer, serrant ses épaules dans leurs poignes de fer.

— Je ne vais pas m'enfuir, vous savez, a dit Marco d'un ton exagérément mondain. Je suis un homme bien élevé, nous sommes entre gentlemen...

— Nous n'avons rien en commun, a dit l'officier en lui envoyant une gifle sonnante.

Pauline a étouffé un cri.

Déséquilibré, Marco a basculé en arrière, sa nuque cognant sur le coin de la table basse. Un instant, ses yeux se sont révulsés.

Me mordant la langue, j'ai enfoncé mes ongles dans mes paumes, jusqu'au sang.

L'officier est quant à lui resté très calme. Essuyant sa main comme s'il venait de manipuler un produit toxique, il a ricané :

— Vous voudriez peut-être qu'on vous emmène en Rolls, monsieur Goldbrot ?

Recouvrant ses esprits, Marco a épongé son nez sanglant du revers de sa veste et a affecté de retrouver son sourire radieux. J'ai pourtant lu de la peur dans son regard. Une terreur réelle. Il était en train de comprendre ce qui se passait, ce qu'il avait *irrémédiablement* mis en branle.

Je me suis tout à coup senti prêt à inventer un contre-scénario, à dire que c'était un malentendu. Après tout, nous pouvions prévenir les services d'Abetz, qui auraient bien trouvé une solution.

Mais la peur de Marco s'est presque aussitôt transformée en une joie douce et calme. Il atteignait un nouveau degré dans le détachement.

— Excusez-moi, a-t-il en se relevant.

Le sang avait dégouliné sur ses lèvres et son menton, pour couler sur sa chemise, son col, ses genoux.

Pauline a voulu lui tendre un mouchoir mais il l'a repoussé d'un geste méprisant, perdant tout sourire pour lui glisser à l'oreille :

— Si quelqu'un est coupable, ici, femelle, c'est toi...

Elle s'est figée, incapable de parler.

— Ne touche pas à un cheveu de Guillaume, ne le gâche pas comme tu m'as gâché, comme tu t'es gâchée. C'est un ange, traite-le comme tel.

Fort heureusement, l'officier n'a pas entendu ces chuchotements. Cela me rendait malade. Car Marco était sincère. Il y avait de l'amour dans ses paroles, un immense chagrin mêlé de passion et de regrets.

« Tu te détournes de moi, m'avait-il dit une heure plus tôt, après m'avoir dicté ce que je devais faire une fois que les Allemands seraient là. Donne-moi au moins le coup de grâce. Tu me dois bien ça... »

« Dont acte », me suis-je dit, tandis que Marco était poussé vers l'entrée.

— Merci de votre honnêteté, Herr Berkeley, a dit l'officier sur le pas de la porte. Si tous les Français agissaient comme vous, l'entente entre nos deux pays serait bien plus simple.

Il serrait ma main moite d'une poigne de fer, quand la silhouette de Dupin a disparu derrière la porte.

Marco a bien tenté de se retourner pour me regarder une dernière fois, mais un soldat lui a donné un violent coup sur la nuque.

— *Schnell, Jude !*

Il m'a fallu faire un effort surhumain pour me retenir de vomir.

— *Fraulein*, a encore dit l'officier en claquant les talons.

Puis les chasseurs et leur gibier ont dévalé l'escalier.

*

Combien de temps sommes-nous restés muets? Une heure, peut-être deux...

Pauline gardait le front appuyé à la fenêtre, sans un mot. Moi j'étais prostré sur le canapé, incapable de pleurer malgré mes yeux qui brûlaient de larmes sèches.

C'est bien simple, je me faisais horreur. Peu importait vers quel destin Marco s'était précipité. Je le savais suffisamment malin pour embobiner ses geôliers. Mais le fait que je l'avais laissé se rendre à la Gestapo m'empêchait de respirer.

Ironie du sort, les nouveaux papiers de Pauline nous ont été livrés tandis que nous étions en pleine prostration.

— Tu n'as fait que le laisser agir, tu sais? Il s'est comporté en... homme libre, a fini par plaider Pauline.

Dehors, la nuit s'installait. Une petite pluie fine et aigre griffait la vitre.

— Ça ne change rien, ai-je répliqué. C'est comme si je venais de tuer un homme...

— Non, un homme vient de se suicider sous tes yeux, ça n'a rien à voir.

— Quand quelqu'un se suicide, tu essayes de l'en empêcher, tu coupes la corde, tu tentes de le convaincre de ne pas sauter dans le vide. Là... j'ai l'impression de l'avoir poussé...

— Il t'a pris au piège.

— Est-ce une raison suffisante ?

— La raison n'a plus rien à voir là-dedans, a conclu Pauline. Tout est affaire d'instinct de mort, de désir de destruction.

Elle a pris mes mains moites dans ses paumes glacées et je me suis laissé faire.

— Sans compter que...

Elle n'a pas fini sa phrase car j'ai posé un doigt sur ses lèvres et me suis roulé en boule, comme un chat après l'orage, contre ses genoux.

Alors j'ai pleuré.

Longtemps.

Je hoquetais de chagrin, de dépit, de rage et d'impuissance. Oh, comme j'aurais voulu disparaître, ne plus exister, ne jamais être né. Comme j'aurais aimé ne jamais avoir rencontré Simon Bloch et ses mirages parisiens, ne jamais avoir connu Marco Dupin ; comme j'aurais aimé que Pauline Kimbell fût restée à New York. La guerre aurait été si différente pour moi. Pour nous, pour la dynastie maldernaise. Mais le destin est une marée contre laquelle nul ne peut lutter.

Recroquevillé sur le corps tremblant de Pauline, je me sentais aussi démuni qu'un nourrisson et plus vieux qu'un centenaire. Ce sentiment d'avoir déjà vécu plusieurs vies, d'être mort et ressuscité plusieurs fois. Vers quoi allait me mener ma nouvelle renaissance ?

Le monde que j'abordais était désormais centré autour de Pauline. Sans elle, rien de tout cela ne serait arrivé. Il fallait donc agir en conséquence. Elle avait su me convaincre de changer de vie, mais comment ?

Je me suis redressé. Pauline me regardait avec timidité, comme si elle découvrait un autre Guillaume. J'ai surtout lu dans ses yeux une tendresse nouvelle : malgré le dégoût que la scène avec Marco lui avait inspiré, elle savait combien cela avait été difficile pour moi. Elle savait surtout que je ne l'avais fait *que* pour elle.

— Et maintenant, ai-je demandé, quelle est la suite de nos... aventures ?

— Nous allons *résister*, a répondu Pauline.

Ce mot m'a semblé atrocement vide.

— J'ai bien peur que ça ne veuille plus rien dire...

Elle s'est raidie et son visage a retrouvé sa dureté.

— Au contraire, ça n'a jamais eu plus de sens qu'en ce moment. Si on se laisse couler, le sacrifice de ton ami Dupin sera effectivement un crime ignoble, la pire des délations. Alors que si nous commençons dès maintenant à agir, tout va prendre sens.

— Et Marco sera un martyr, c'est ça ?

— À sa façon, oui...

Mais tout semblait si flou, si insurmontable.

— Tu as des noms de contacts, dans la Résistance ?

Après un moment de silence, elle a dû m'avouer :

— Rien du tout ; mais ça se trouve, ça s'obtient...

Elle ne semblait pas douter une seule seconde de notre bonne fortune si nous nous mettions en quête pour entrer en contact avec ces réseaux clandestins dans le Paris du printemps 1942.

— Et comment comptes-tu t'y prendre ?

— Tu connais la cour et la ville. Ne me dis pas que parmi tous ces collabos il n'y en a pas quelques-uns qui pratiquent le double jeu.

Tout paraissait si simple dans sa bouche. Si bêtement naïf.

— As-tu la moindre idée de ce qu'est le Paris nazi, Pauline ?

Désignant la valise de Marco, qui gisait sous la table basse, elle a répondu d'une voix éteinte :

— Oui.

Puis, détournant les yeux vers un petit tableau de Goya, qui figurait une scène de carnage où je n'ai jamais su si les corps entremêlés s'étripaient ou s'accouplaient, elle a ajouté :

— Et n'oublie pas que je me cache dans cette ville depuis le mois de février...

— Puisque tu connais si bien le « Paris nazi », quel est ton plan ?

Elle a scruté la fenêtre où brillait la lune, avant de proposer :

— Le jour, chacun joue son rôle. La nuit, on change de visage. C'est là qu'on peut rencontrer du monde...

— Et où donc ?

— Dans les seuls endroits où les malfrats côtoient les gens normaux, où les ennemis trinquent ensemble à la victoire, sans préciser pour qui.

— Dans les cabarets ?

— Cabarets, bars, boîtes de nuit, bordels, ce que tu veux...

Pauline avait raison.

— Voilà des semaines que Marco et toi me tarabustez pour m'entraîner chez votre amie Dodo la Menteuse, est-ce que ce moment n'est pas enfin venu ?

39

— Guillaume, tu sais que Marco vient d'être arrêté par la police allemande ?

« Les nouvelles vont vite », ai-je songé, tandis que Dodo, cintrée dans un trois-pièces en tweed mauve, nous fondait dessus. Nous attendions devant le petit vestiaire à l'entrée de son cabaret et, comme toujours, il y avait un monde fou.

J'ai dû singer l'étonnement, ce qui m'a semblé une nouvelle trahison, mais je n'avais guère d'autre option :

— Tu es sûre ? ai-je répondu d'une voix tremblante. Ça fait en effet plusieurs jours qu'il n'est pas rentré à la maison...

Dodo a cligné des yeux tout en resserrant son nœud de cravate dans le reflet d'un petit miroir harnaché de rubans roses.

— Il s'est retrouvé en taule avec un de mes petits protégés, qui a été libéré une heure plus tard et qui est venu tout me raconter...

Je me suis senti blêmir. Marco avait-il claironné *comment* il était parti menottes aux poings ?

— Eh bien ? ai-je demandé, un nœud dans la gorge.

— Dupin se serait fait choper porte de Châtillon par les services de répression du marché noir, alors qu'il transportait des « produits » dans le coffre d'une grosse voiture « empruntée » aux Allemands... Il a expliqué à mon petit gars qu'il attendait son transfert vers le camp de Drancy...

Devant cette version arrangée des faits, je n'ai pu masquer mon soulagement.

— On dirait que ça te fait plaisir ! s'est offusquée Dodo en remarquant une ombre derrière moi.

Jouant les gigolettes d'un soir, Pauline restait en retrait dans ce petit boyau capitonné de rouge, bousculée par des officiers allemands et des femmes à demi nues qui filaient aux toilettes en gloussant.

— Euh... non..., ai-je balbutié, ça ne me fait absolument pas plaisir, mais... avec les relations d'Henri Lafont et de Monsieur R., Marco sera sorti demain, non ?

Dodo a retrouvé son visage soucieux et fait non de la tête.

— Même eux ne sont pas au-dessus des lois. Du moins au grand jour.

— Je ne comprends pas..., ai-je menti, car Marco m'avait précisément expliqué en quoi son arrestation serait irrévocable.

— Avec la mise en place des actions « anti-marché noir » et le retour de Laval au pouvoir, à Vichy, la coopération franco-allemande est beaucoup plus resserrée. Jusqu'alors, Lafont et ses potes pouvaient se glisser dans les brèches. Maintenant, ils doivent donner des gages de bonne volonté s'ils veulent pouvoir continuer en paix leur petit bizness.

— Et Marco est un de ces gages..., ai-je complété en voyant que Dodo semblait sincèrement peinée par la mésaventure de celui qu'elle croyait être mon mentor.

— Il paye pour tous les autres, ce pauvre ange. Et ça lui ressemble tellement...

— Et... Monsieur R. ?

Dodo a baissé d'un ton et s'est approchée de moi avec des airs de conspiratrice.

— Monsieur R. est tout aussi tenu. Il faut que les choses se tassent. Qu'elles s'assouplissent. Après, tout pourra reprendre son cours. Mais d'ici là, ceux qui ont été attrapés au mauvais moment sont les plus couillonnés de l'affaire.

Elle était navrée et tout son visage respirait la tristesse.

— Ça ne va pas, patronne ? s'est inquiétée une des filles qui passait au bras d'un homme ivre en smoking.

Dodo s'est aussitôt ressaisie. Se tapotant les joues comme un boxeur en retour de KO, elle a affecté un sourire qui ressemblait à une crampe de la mâchoire et elle a grommelé entre ses dents :

— Cet établissement est un lieu de joie et je fais une tête d'enterrement.

Puis elle a marché en direction de la grande salle.

— Allez, entrez vous deux, amusez-vous. On ne sait pas combien de temps ça durera...

Alors, Pauline a découvert Chez Dodo la Menteuse.

Elle n'en croyait pas ses yeux. L'idée qu'un tel établissement puisse exister, pendant que l'Europe était à feu et à sang, que de part et d'autre du globe des militaires s'entre-tuaient, que des populations civiles étaient massacrées, lui semblait tout bonnement abjecte.

— Ignoble..., a-t-elle fini par dire, n'osant pas avancer dans cette salle aux lumières tamisées, au centre de laquelle une scène avec musiciens et danseurs montés sur des chevaux empaillés tournait comme un plateau.

— Oh, m'sieur Guillaume ! s'est écriée une des serveuses en plaquant ses seins nus contre mon costume. Ça faisait longtemps ! Vous voulez votre table habituelle ?

— Bonjour Yvette, ai-je balbutié, gêné par le regard incendiaire de Pauline.

À quoi s'attendait-elle ? à une réunion évangélique ? à un comité d'administration bancaire ?

Retrouvant mon aplomb, j'ai glissé à Pauline : « Tu as voulu venir ici, joue le jeu », avant de répondre à Yvette :

— Oui, la table près de la scène, mais dans la pénombre...

— Mmm, coquin ! a ricané l'entraîneuse en déshabillant Pauline du regard.

Elle a ajouté à mon oreille :

— Tu ne nous fais plus confiance ? Tu viens maintenant avec tes propres gazelles ?

Lui caressant les fesses – j'étais bien décidé à jouer le jeu, moi ! –, j'ai répondu d'un ton exagérément grivois :

— À chacun sa spécialité...

— Oh, monsieur devient exigeant !

— Pas exigeant, pointilleux...

— Et monsieur le Pointilleux prendra ?

— Du champagne, grands dieux !

— Banania, un magnum de Cristal !

Derrière le vaste bar de verre et d'acier, un grand Noir en sari blanc a aussitôt débouché une bouteille, répondant avec un fort accent sénégalais :

— Bien, maîtresse Yvette !

Après avoir rempli nos deux verres, la jeune entraîneuse m'a outrageusement embrassé sur les lèvres avant de chouiner :

— Bon, je vous laisse, les amoureux. Passez une bonne soirée, et ne vous couchez pas trop tard...

Puis elle a oscillé entre les tables son petit derrière à moitié nu.

Pauline était atterrée. Fixant son verre de champagne avec hargne, elle gardait les bras croisés et affectait un mutisme presque enfantin.

— Ne me dis pas qu'à New York tu n'as pas connu ce genre d'établissement.

— Nous n'étions pas en guerre, a aboyé Pauline. Et nous n'étions pas occupés par *eux*...

Il n'y avait ce soir-là que des militaires allemands, dont les uniformes en bataille accueillaient les mains baladeuses de vaillantes petites Françaises.

— Tu l'as toi-même dit..., ai-je objecté, déjà grisé par le champagne (cette journée épuisante m'avait coupé l'appétit, et voilà que je buvais à jeun), ces *maisons* sont les plaques tournantes de tous les trafics, les points de ralliement entre résistants et collaborateurs.

Elle a secoué la tête, furieuse, sans pour autant ouvrir la bouche.

C'était pourtant à moi d'être mécontent !

— Je te rappelle que tout cela est ton idée, princesse : depuis le départ de Marco jusqu'à notre venue ici.

Pauline m'a dévisagé comme si je venais de lui cracher au visage.

— Parce que maintenant, tout est ma faute ? L'arrestation de Marco et notre présence dans cet endroit répugnant ?

Sa mauvaise foi me sidérait. Elle-même semblait de moins en moins sûre d'elle. Les mains hésitantes, elle a fini par saisir sa flûte de champagne et l'a vidée d'un coup sec en rejetant la tête en arrière, comme on avale une médecine.

— *Prosit !* a gloussé un Allemand, à la table à côté, en levant son verre de schnaps en notre direction. Voilà une femme qui sait boire ! Vous êtes de la maison ?

Les yeux tout à coup embrouillés par l'alcool, Pauline a toisé le militaire avec dégoût avant de lui répondre : « Oui, mais je suis déjà prise », et de plonger sa langue dans ma bouche.

J'en ai frissonné, mais ce n'était pas de plaisir.

— Tu voulais que je joue le jeu ? m'a-t-elle demandé en se redressant. Alors, jouons !

Sur ses mots, elle a hélé Dodo, qui traversait la salle.

La tenancière s'est avancée, les yeux froncés.

— Où a-t-elle appris ces manières, ta petite poulette ? On n'est pas dans une cour de ferme !

Pauline restait droite comme une statue, mais muette. C'était à moi de parler...

Je me suis alors penché vers Dodo et lui ai demandé si on pouvait se parler « en privé ».

— C'est grave ?

— C'est sérieux...

— Alors, venez...

Tandis que nous nous levions pour la suivre, Pauline et moi avons reconnu notre voisin allemand, celui-là même qui avait emmené Marco le matin...

Nous avait-il identifiés ? Tout du moins nous a-t-il fait un signe à la fois grivois et amical, alors que Dodo nous conduisait dans ses bureaux privés.

— Toi, la fermière, tu restes là ! a-t-elle dit à Pauline, qui n'a pas bronché et s'est adossé au mur tandis que Dodo m'introduisait dans son bureau.

— Bon, que se passe-t-il, Guillaume ? C'est lié à Marco ?

— Oui et non. Disons que ce que tu m'as dit de son arrestation me pousse à croire que les temps sont vraiment en train de changer.

Dans cette pièce étrangement neutre – un bureau d'ébène et trois chaises ; pas un tissu, pas une couleur –, je me suis lancé dans un plaidoyer funambulesque et périlleux, pour expliquer que j'avais décidé de « changer de route ».

— Toi ? a finalement répondu Dodo. Avec ta place à *Je suis partout* ? tes relations ? tes amitiés ?

Je me sentais sur le fils du rasoir. Dodo pouvait fort bien décrocher son téléphone ou simplement passer une annonce dans son cabaret ; il se trouverait toujours un soldat suffisamment zélé pour quitter sa table et venir m'arrêter. Mais j'avais une confiance instinctive en cette femme. Elle était trop intelligente pour être bornée, trop soucieuse de ses arrières pour ne pas être un brin « ficelle ».

— Le monde bouge, Dodo. Tu vois bien que l'ambiance n'est plus la même. Maintenant que les communistes sont ennemis du Reich, que les Américains sont entrés dans la guerre, l'équilibre est mis en péril...

Entrouvrant la porte, elle a jeté un regard sur ses clients.

— C'est vrai, a-t-elle concédé, ils n'ont plus leur belle gueule de vainqueurs.

Elle a aperçu Pauline, qui guettait notre sortie.

— C'est cette petite qui t'a mis ces idées en tête ?

Je n'ai pas su lui mentir.

— Pauline est une amie de longue date. Elle a beaucoup souffert de l'Occupation. Et maintenant que Marco a été capturé, je n'ai pas envie que ça m'arrive...

Dodo est restée songeuse un long moment.

— En somme, tu cherches à entrer en contact avec des résistants...

Ce mot me faisait peur.

— En tous les cas, des gens qui se livrent à des activités clandestines autres que le marché noir.

— Des activités contre le pouvoir en place ?

— Des activités qui nous permettraient d'avoir d'autres perspectives...

Dodo a souri devant mon sens de la nuance. Puis elle a retrouvé son sérieux.

— Ce que tu me demandes là est très grave, Guillaume. Car il n'y a pas de marche arrière possible. Même pour moi. Si je te « parraine », je me mouille...

— Ça veut dire que tu connais des gens ?

— Il y a beaucoup de monde qui vient chez moi. Mais qu'est-ce qui me prouve que je peux te faire confiance ?...

— Rien, absolument rien.

Elle a pourtant dû lire de la sincérité sur mon visage. Elle a décroché son téléphone et, de son gros index masculin, fait tourner le cadran.

Aussitôt, une sonnerie a retenti, toute proche, dans une pièce qui semblait être de l'autre côté du bureau, masquée par une cloison très fine. Et quand on a décroché, elle a chuchoté :

— Monsieur R., j'ai quelqu'un pour vous...

40

Monsieur R. me scrutait. Ses petits yeux mi-clos me jaugeaient avec une acuité de géomètre. Si Rufus Schrammelstein affectait le silence, l'indifférence, une sorte de mépris, c'était pour mieux épier chacune de mes réactions.

J'étais « en observation »...

Voilà dix minutes que je me trouvais assis face à lui, dans ce boudoir de chez Dodo, sur une méchante chaise d'osier. Après m'avoir introduit, la bordelière avait glissé un mot à l'oreille du nabot qui lui avait sèchement signifié de sortir, l'air mauvais, en grommelant :

— Tu sais bien que je déteste être dérangé à table...

Puis, plus un mot.

Juché sur un fauteuil trop haut, il était penché sur ce qui devait être une ancienne table de cuisine, tant elle était usée, rayée et tachée. Devant lui, deux plats immenses. Le premier était couvert d'une soixantaine d'huîtres, le second rassemblait autant d'oreilles de cochon, fumantes et carbonisées. Si on était loin de l'infect *Brummelborcht*, il régnait dans le petit « bureau » une atmosphère presque irrespirable, mais Monsieur R. n'en avait cure : il mangeait.

Je devrais plutôt dire qu'il bâfrait. Avec une rage de charognard, il alternait fruits de mer et abats, trempant parfois le bout d'une oreille dans un fond de coquille. Comme lors de notre première rencontre, le maître du marché noir ouvrait les vannes de sa gloutonnerie et avalait cet étrange festin avec autant de bruit qu'une fanfare wagnérienne. Il aspirait ses huîtres et mâchait son cartilage sans fermer la bouche, projetant des petits éclats blancs comme une pluie d'étoiles.

Cette vision est bientôt devenue si écœurante que j'ai fini par fermer les yeux, tentant de dompter ma respiration, qui était comme engluée dans les fragrances de tripaille et de ressac.

— Il faudra avoir le ventre mieux accroché que ça, vous savez ?

— Pardon ?

Sa bouche était encombrée de tant d'aliments que je ne l'ai pas vu articuler le moindre son.

— Pourquoi prendre des risques ? a-t-il répliqué avec son gros accent, en repoussant de l'autre côté de la table les soixante coquilles, toutes vides. Votre vie ne vous plaît donc plus ?...

Après ces prolégomènes nauséeux, j'ai compris que « l'entretien » commençait.

Avant de parler, j'ai repensé aux recommandations de Dodo.

« Fais attention, m'avait-elle prévenu au moment d'ouvrir la porte de Monsieur R., il va te cuisiner. Et si tu fais un seul pas de travers, c'est fini... Tu es mort pour la Résistance, et tu perds également ton ancienne vie... »

J'avais échangé un regard avec Pauline, qui m'attendait, en retrait mais confiante. Ce regard avait suffi...

Et voilà que j'étais maintenant en tête à tête avec un Charon qui pouvait m'entraîner vers une nouvelle vie... ou me rejeter dans les flots.

— Je veux découvrir autre chose, ai-je dit, pesant chacun de mes mots. Connaître l'autre rive...

Schrammelstein a levé un sourcil.

— Essayez le tricot. Ou devenez pédéraste. Les nouveautés ne manquent pas...

Mais je n'étais pas en veine de cynisme.

— Le monde bouge, Monsieur R., et je ne veux pas...

— ... manquer le train et passer de vainqueur à vaincu, c'est ça ?

— Vous avez tout compris...

Le nabot a semblé satisfait, retrouvant une mine de bourgeois repu. Il a même lâché un petit rot, avant de répliquer :

— Je préfère ça. Au départ, j'avais cru que vous veniez me voir par idéal. Mais si c'est pour sauver votre peau, nous allons nous entendre.

« Heureusement que Pauline n'est pas dans la pièce..., me suis-je dit en mimant la décontraction. Ce type roule pour lui et ne comprend que ceux qui pensent de la même manière. »

— Alors, vous pouvez m'aider ? lui ai-je demandé.

Sortant un cure-dent en or de son portefeuille, il m'a souri.

— C'est plutôt vous qui allez m'aider.

— Comment ça ?

— Vous êtes un jeune homme très lancé, Guillaume Berkeley. On vous connaît dans le Tout-Paris collabo. Alors que moi, regardez ça (il a désigné les reliefs de son repas), je ne suis qu'un rustre, un porc. (Il a ajouté, l'œil rieur :) Un paria. Un métèque.

Où voulait-il en venir ?

— Vous avez l'air surpris, c'est pourtant simple. Si vous voulez aider mes... amis de la Résistance, vous allez leur fournir – *nous fournir* – des informations de première main.

— De l'espionnage, en somme, ai-je dit, le cœur battant.

Je peinais à masquer ma joie : le rêve de Pauline était en train de se réaliser. Et Monsieur R. me l'offrait sur un plateau d'argent.

— Je vois vos yeux briller, a repris Schrammelstein sur un ton de reproche, en pointant mon visage du bout de son cure-dent. Attention, jeune homme, tout cela n'a rien d'une partie de plaisir. Des vies sont en jeu. Des vies que des hommes et des femmes mettent chaque jour en danger pour sauver le monde de la barbarie nazie...

Monsieur R. avait perdu toute son ironie.

— Moi aussi, je sais que le vent finira par tourner. La campagne de Russie, follement lancée par cette crapule d'Hitler, est une impasse. C'est de l'Ouest que viendra notre salut. Un salut dont les Allemands seront les victimes, croyez-moi... L'avenir du monde dépend de l'Amérique, de l'Angleterre, de cette France libre « inventée » par de Gaulle, et même des communistes... C'est le prix à payer pour chasser de chez nous ces monstres qui commencent à montrer leur vrai visage. Vous avez vu les mesures qu'ils nous forcent à prendre contre les juifs ? Ce sont des barbares, je vous dis. Mais grâce à l'action de gens comme vous – secrète, silencieuse, un travail de fourmi –, nous allons pouvoir démanteler l'immense toile de la tarentule nazie...

Avant même de reprendre sa respiration, il a vidé un grand verre de vin rosé.

Moi, je ne savais plus sur quel pied danser. Une minute plus tôt, il faisait l'apologie du « chacun pour soi » et crachait sur les idéaux combattants. Voilà maintenant qu'il était prêt à tout mettre en péril pour sauver l'Europe de la peste brune.

Génie ou escroc, cet homme était une énigme.

Contemplant ma stupeur, il a retrouvé son air matois.

— Que pensez-vous de mon petit numéro de résistant ? Pas mauvais, non ?

Il a tiré d'un tiroir une grosse boîte de cigares, dont le coin droit était tamponné de l'aigle à croix gammée. Il s'est servi avant de me la tendre.

— Cadeau de Heydrich. Ils viennent directement de Cuba.

— Non merci, je ne fume pas, ai-je balbutié, à la fois perdu et rassuré.

Je préférais savoir Monsieur R. totalement cynique. Mais sa tirade m'avait remué tant elle semblait pensée.

— Et hop ! a-t-il gloussé en coupant le bout de son havane.

Puis l'atmosphère déjà viciée s'est alourdie d'une épaisse fumée grise. Monsieur R. en contemplait les volutes, avec un regard d'enfant devant un aquarium.

— L'existence réserve tout de même de bien belles joies, vous ne trouvez pas ?

Ce numéro avait assez duré.

— Quand puis-je commencer ?

Le regard de Schrammelstein devint sévère.

— Qui vous dit que je vais vous prendre ?

— Dans ce cas je n'ai plus rien à faire ici, ai-je lancé, me levant de ma chaise.

— Asseyez-vous, Berkeley, a dit Monsieur R. en posant son cigare sur le bord d'un vieux cendrier de métal.

Puis il s'est penché sur la table et m'a fait signe de faire de même, parlant d'une voix presque imperceptible :

— Lorsque vous aurez passé cette porte, vous oublierez tout de cette entrevue, est-ce clair ?

— C'est-à-dire ?

— Mon rôle s'arrête ici. Vous n'êtes jamais venu me voir. Je ne suis qu'un entremetteur, comprenez-vous ?

— Mais à qui dois-je parler ?

— Ne cherchez pas à les contacter, ce sont eux qui viendront à vous.

— Mais où ? Et quand ?

— N'ayez crainte, ils sont rapides et efficaces. Dès qu'ils auront mon feu vert – je me mouille pour vous, comprenez bien ça –, un informateur prendra langue pour vous donner des instructions. Vous n'aurez qu'à obéir.

— Quel type d'instruction ?

Il a haussé les épaules d'un air évasif.

— Alors là, jeune homme, vous m'en demandez trop. N'oubliez pas que je ne suis qu'un infâme collaborateur. Ce qui se passe dans les cuisines résistantes ne me regarde pas. Je prépare juste mes arrières, voilà tout.

— En somme, je suis votre ticket de sortie.

— *Un* de mes tickets de sortie, ne soyez pas présomptueux, a-t-il répliqué assez agressivement.

Puis il a tiré une pile de papiers de son bureau et s'y est plongé avec des yeux de hibou.

Un long silence s'est installé dans la pièce, entrecoupé par les bruits de déglutition de Schrammelstein qui mâchonnait son havane.

J'étais décidé à ne pas bouger.

Relevant les yeux, il m'a toisé avec surprise.

— Vous êtes encore là ?

— Vous ne m'avez pas congédié.

Monsieur R. a semblé réellement mécontent.

— Je ne sais pas ce qui me retient de vous botter le cul, jeune homme. Si vous voulez sauver le monde, foutez-moi le camp. Et ne parlez de cet entretien à personne, vous m'entendez : PER-SONNE !

41

« Double jeu. » Tel aurait pu être mon surnom, à dater de ce mois d'avril 1942. Voilà désormais que ma vie, mes actes, mes pensées, mes paroles, comme autant de chapeaux d'illusionniste, possédaient un double fond. Ce que j'en tirais n'était pas bien spectaculaire, mais cela semblait toujours produire son effet. Dès lors, chaque renseignement que j'ai pu apporter, chaque détail que j'ai pu fournir, le moindre nom, la plus petite adresse, est venu s'additionner à une immense machine de guerre ayant pour objectif la mise à bas d'un système qui restait cependant mon seul moyen d'existence.

« Est-ce que je ne suis pas en train de me tirer une balle dans le pied ? » avais-je demandé à Pauline, tandis que nous rentrions quai de Conti à travers un Paris aussi sombre que les catacombes.

Elle m'avait attendu à la porte du petit bureau de Monsieur R. et je venais de lui faire le compte rendu de mon « entretien ».

« Sois sans scrupules, m'avait-elle rassuré. En temps de guerre, la fin justifie les moyens, et nous ne devons suivre qu'un seul but : la victoire !

— Toi qui es venue chez Dodo à reculons, toi qui te méfies de tout, toi qui grimaçais lorsque je te décrivais l'attitude de ce Schrammelstein qui est peut-être en train de me piéger, voilà que tu deviens lyrique. »

Pauline m'avait arrêté d'un geste tendre pour se blottir contre moi. Nous rentrions à la maison, et je serrais dans mes poches les autorisations de circuler la nuit. Couvre-feu oblige, nous n'étions que deux ombres dans l'obscurité.

« C'est qu'il vient de se passer quelque chose de grave et de beau, Guillaume. »

Je ne parvenais pas à voir son visage. Je sentais juste la chaleur de son corps et son souffle contre mes joues.

Après un nouveau baiser, Pauline avait chuchoté à mon oreille :

« Les choses sont en train de changer, *tu* es en train de changer ; et je suis fière de toi. »

Nouveau baiser. Encore plus doux et plus suave.

Est-ce pour ne pas la décevoir que j'ai emprunté la dangereuse voie du double jeu ? Est-ce pour retrouver la saveur de ses lèvres sur les miennes, la chaleur de son corps contre le mien ? Dans cet engagement délicat et parfois douloureux, y avait-il un autre motif que mes sentiments de plus en plus forts pour cet amour d'enfance ? Je ne le pense pas, mais peu importe. L'essentiel était d'agir, d'un côté comme de l'autre. Si Pauline avait choisi le camp opposé, me serais-je engagé davantage encore dans la Collaboration avec le même engouement ? Rien n'est impossible, mais je me suis toujours interdit de penser au conditionnel : ça brouille l'esprit, ça gâte les perspectives, ça ne sert à rien. Ce qui est fait est fait, le reste n'est que sotte spéculation.

*

Il ne s'est toutefois rien passé pendant deux semaines.

Dans la rue, je guettais les visages ; chaque matin, j'épluchais mon courrier. J'en venais à chercher un sens caché aux mots de mes confrères, au journal. Je me demandais même si je ne m'étais pas fait rouler ; pire : en me dévoilant devant cet homme si influent, n'avais-je pas brûlé toutes mes cartouches ?

Ne voulant pas alarmer Pauline, qui restait sur un nuage, persuadée que j'avais commencé à torpiller mon univers de l'intérieur, je lui ai fait croire que tout était en marche.

— Ils sont déjà venus à moi trois fois dans la rue, comme des passants qui demandent l'heure, lui ai-je dit lorsque, plusieurs jours après l'entretien, elle s'est étonnée que rien ne se fût encore passé. Mais pour ma sécurité, et pour la tienne, je ne peux rien te dire...

— Silence rime avec prudence, a-t-elle répondu avec un sourire complice, sans poser la moindre question.

C'était là un vil mensonge mais il donnait le change. Pauline était à ce point exaltée qu'elle aurait été capable de filer chez Dodo et de débouler dans le bureau de Monsieur R. pour réclamer des comptes. C'est donc pour nous protéger tous deux que j'avais inventé ce bateau.

La réalité nous a heureusement rattrapés durant la première semaine de mai.

Pauline et moi venions de longer les quais de la Seine pour rejoindre le Tout-Paris au musée de l'Orangerie, afin d'assister au vernissage de l'exposition dont la presse parlait depuis des semaines, un événement annoncé à grand renfort d'affiches, de publicités à Radio Paris, d'encarts dans la presse : la rétrospective Arno Breker.

Le « Michel-Ange d'Hitler », sculpteur officiel du IIIe Reich, avait toujours été un grand ami de la France. Il avait de nombreux soutiens à Paris et cette rétrospective s'était tout naturellement mise en place.

Singulière soirée que ce vernissage !

L'air de mai embrassait Paris et une atmosphère étrangement légère planait sur les invités, qui contemplaient avec une admiration souvent feinte ces colosses musclés tout droit sortis d'on ne sait quel péplum.

— Je vous salue, Breker..., a lancé Cocteau dans un discours lyrique et presque ironique, tandis que l'artiste se dandinait d'aise au milieu d'une délégation d'officiels.

Abel Bonnard, Fernand de Brinon, Otto Abetz, tous mes petits camarades de *Je suis partout*, et même le grand aîné Maillol étaient venus s'incliner devant ces athlètes portant flambeau, ces nymphes chastes, ces éphèbes aux muscles saillants posés sur des socles dans de vastes salles tendues de rideaux noirs.

— Que c'est laid ! a glissé Pauline entre ses dents.

Moi, je songeais aux statues du parc de la Seigneurie, qui avaient tout de même une autre allure.

La foule bruissait, les verres tintaient, les remarques allaient bon train. Lorsqu'on ne décrivait pas ces œuvres épaisses et pataudes, on commentait l'actualité :

— Les Allemands ont bien fait d'imposer Laval au gouvernement, pérorait un jeune homme en uniforme noir avec l'accent du Midi. Lui seul sait comment redresser la France.

— C'est vrai, répondait son vis-à-vis, un homme plus âgé qui ressemblait à un colonel en retraite. Tout comme était nécessaire le remplacement de Vallat par Darquier de Pellepoix, au Commissariat des questions juives. Vous avez entendu sa déclaration ?

— Je ne pense pas.

— Tout est dit : « Les Français doivent se rendre compte que le principal responsable de leur misère actuelle est le Juif. »

— Imparable, en effet...

Et de trinquer avec un sourire tranquille.

— Ce pays n'en finit pas de m'écœurer, a murmuré Pauline, qui avait suivi cet échange, les poings serrés.

Plus loin, deux mondaines caquetaient au sujet des cinq otages fusillés par les Allemands quelques jours plus tôt, en représailles d'un attentat terroriste au métro Clichy.

— Ces résistants sont irresponsables ! hululait la première. Quand comprendront-ils que ce sont eux les assassins ? Nous vivons dans l'Europe nouvelle, il faut s'y faire...

— Moi, je m'y fais très bien, a rétorqué la seconde en reprenant une pleine poignée de petits fours.

Ces palabres ne me faisaient plus aucun effet, mais Pauline regardait ces péronnelles avec haine.

— Quand je pense que tu as frayé avec ces gens...

J'ai voulu lui prendre la main mais elle l'a sèchement retirée.

— Parfois, je me demande si tout cela est utile...

— Oui, c'est utile, ai-je menti. Grâce à toi, j'ai changé de route... Mais c'est un bien long chemin...

Chaque mot plantait une aiguille dans ma conscience. Combien de temps devrais-je attendre avant d'être réellement contacté ? Pauline allait bien finir par s'apercevoir de la supercherie.

Alors, le destin a joué en ma faveur.

Penché sur le buffet, je tendais nos deux coupes de champagne. Tandis qu'il les remplissait, le serveur a lancé un coup d'œil de part et d'autre pour s'assurer qu'on ne nous écoutait pas.

— Sous le plateau, devant vous, il y a une lettre...

Je ne comprenais pas.

Sans me regarder, il a reposé sa bouteille et levé ledit plateau couvert de canapés au foie gras.

— Prenez-la vite, a-t-il dit avec un sourire figé, comme s'il demandait « Monsieur, un petit four ? ».

Je l'ai aussitôt glissée dans ma poche.

— Et ne rougissez pas..., a-t-il ajouté en reposant son plateau.

J'ai demandé :

— Qui êtes-vous ?

Il m'a regardé avec neutralité, ânonnant d'une voix plate :

— Monsieur reprendra du champagne ?

J'ai aussitôt prétexté un besoin pressant pour m'enfermer dans les toilettes.

La lettre était assez longue et ne s'adressait pas à moi en particulier. C'était plutôt une liste dactylographiée de noms, de lieux, avec des blancs.

« – secrétaire d'Otto Abetz : ...
– adresse privée d'Alain Laubreaux : ...
– ligne directe de Jean Luchaire : ..., etc. »

En haut de la page, quelqu'un avait ajouté à la main, à l'encre violette, « à compléter ».

Rien de plus.

J'étais désemparé. Était-ce un test ? une mission ? un piège ?

Je ne m'attendais pas à rendre ce type de « services ». Je ne m'attendais surtout pas à être contacté là, dans l'épicentre de la collaboration parisienne.

Mais j'étais coincé. Je ne pouvais en parler à Pauline, car j'étais tenu au secret. Et puis j'aurais été contraint de lui avouer que je mentais depuis deux semaines.

Tout cela était absurde.

Relisant la lettre, j'ai constaté que je connaissais à peu près toutes les réponses. Elles m'ont même semblé évidentes.

« Tout le monde connaît l'adresse privée de Laubreaux, non ? » me suis-demandé, prenant bien vite conscience que je vivais au cœur même du système. Ce qui relevait pour moi de l'évidence n'était en rien naturel. Ces gens avaient réellement besoin de mes informations.

Sortant mon stylo à plume, j'ai griffonné les réponses à ces quelques questions. Ça ne m'a pas pris plus de cinq minutes.

« Pas compliqué, la Résistance », ai-je songé avec un mélange de cynisme et de malaise, comme si je versais dans une nouvelle imposture.

Puis j'ai regagné le buffet.

— Que faisais-tu ? s'est étonnée Pauline, qui m'avait vu sortir, livide, des toilettes. Tu es malade ?

Je n'ai rien répondu, mais elle m'a vu blêmir.

— Tu ne te sens pas bien.

Je ne savais pas comment je me sentais.

Derrière le buffet, un nouveau serveur remplissait son office.

— Votre collègue est parti ?

— Quel collègue, monsieur ? s'est étonné le garçon aux gants blancs. Je suis seul et je n'ai pas bougé de la soirée...

Palpant l'enveloppe dans ma poche intérieure, j'ai glissé à Pauline :

— Rentrons...

*

Le lendemain après-midi, tandis que je traversais les Tuileries pour rallier les bureaux du journal, rue de Rivoli, j'ai été abordé par un inconnu.

— La lettre est sur vous ?

J'ai reconnu le serveur. Il était en tenue de ville, un chapeau sur la tête pour se protéger du soleil.

Inquiet, il jetait des regards furtifs autour de nous. À quelques mètres, sur un banc, deux soldats éclataient de rire en compagnie d'une petite Française. Plus loin, engoncés dans des costumes trop longs, un groupe de zazous effectuaient d'étranges contorsions sous les regards furieux d'un couple de vieillards.

— Alors, vous l'avez ? a grommelé le serveur d'un ton presque menaçant.

— Oui..., ai-je balbutié en tirant le papier de mon cartable.

Sans même l'ouvrir, il l'a rangé dans sa poche intérieure.

— On vous recontactera.

Puis, sans un mot, il s'est éloigné entre les tilleuls.

Était-ce donc ça, la Résistance, l'espionnage ? Des feuilles volantes, des informations sauvages arrachées à la nuit ? Des bribes de noms, des adresses, des détails ?

Tout du moins était-ce la mission qui m'avait été assignée, car, une semaine plus tard, alors que je venais de quitter Rebatet avec qui j'étais allé à une projection de cinéma, j'ai été abordé au coin de la rue Jacob.

Une ombre, un chapeau très enfoncé, une main tendue vers moi, une lettre.

— Répondez et gardez-la sur vous...

Je l'ai décachetée à l'abri d'un porche : une fois de plus, on me demandait des noms et des adresses ; une fois de plus, j'ai rempli les blancs.

Telle était désormais ma routine. Une routine qui a presque surpris Pauline, lorsque j'ai fini par m'en ouvrir à elle. Voilà plusieurs jours qu'elle me posait des questions, qu'elle faisait des sous-entendus.

— Je sais que tu es tenu au secret, mais je n'en peux plus d'être laissée à l'écart. Je pourrais même peut-être te rendre des services, tu sais ?

Quand elle a compris que mes faits de résistance étaient avant tout une sorte de secrétariat occulte, elle a peiné à masquer sa déception.

— À quoi t'attendais-tu ? ai-je rétorqué, assez vexé, en faisant de grands pas dans le salon du quai Conti.

Pauline a haussé les épaules.

— Je ne sais pas. Comme tu es toujours sorti, comme tu as des passe-droits, je pensais que...

— ... que je posais des bombes ? que je tuais des gens ?

J'avais répliqué avec tant d'agressivité qu'elle est restée muette.

— Tu as une idée bien romantique de la Résistance, ai-je repris. Ce sont ces informations qui permettent de commettre des attentats. Je n'ai pas l'arme au poing, c'est tout.

Avec une pointe de malice, j'ai ajouté :

— Et puis, si je participais à des actions armées, tu crois vraiment que je t'en parlerais ?

À cette remarque, son visage s'est éclairé. Elle n'a rien répondu, préférant le doute, et s'est approchée de moi.

— Excuse-moi, mais l'ambiance de cette ville est si lourde. Et puis, je suis encore poursuivie par des fantômes...

Regardant autour de moi, j'ai vu les ombres de Simon Bloch, de Marco Dupin et de Victor évoluer au milieu des tableaux et des meubles de prix.

— Crois-moi, Pauline, moi aussi j'ai mes spectres.

42

Si ces actes de résistance ont forcément modifié mon quotidien, ils n'ont en rien calmé ma vie de collaborateur. Malgré les restrictions, malgré les nouvelles lois, malgré les humiliations d'un occupant de plus en plus aux abois, je continuais à mener grand train, et j'entraînais Pauline dans mon sillage.

Était-ce le fait d'avoir la conscience tranquille en me sachant adepte du double jeu ? En tous les cas, Pauline s'acclimatait à sa nouvelle vie parisienne. Notre programme était même un modèle de mondanités collaborationnistes : dimanche à Longchamp dans la loge de Josée de Chambrun ; week-end à Barbizon chez le diplomate sud-américain Porfirio Rubirosa ; soirées à la fumerie d'opium de la rue de la Faisanderie avec le chroniqueur mondain Boulos Ristelhueber ; soupers à l'Opéra, après un ballet, à la table de Serge Lifar ; dîners chez Maxim's, chez Carrère, chez Laurent ; nuits blanches au Ciro's, aux incontournables Tabarin, Shéhérazade ou bien sûr chez Dodo. À la mi-juin, nous avons même réussi à aller passer quatre jours chez Danielle Darrieux, à Megève, qui y organisait une grande fête pour célébrer l'été 1942...

À tout cela, Pauline se rendait sans déplaisir, avec une sorte d'étrange détachement et parfois une joie réelle, bien que son regard ne fût jamais dupe. Elle flottait sur les choses, les gens, les idées. Elle ne se sentait pas compromise, mais extérieure.

« Je n'ai pas de rôle, me disait-elle, sans doute pour s'en persuader elle-même. Je ne suis qu'une jolie demoiselle à ton bras. Et puis, je sais que tu œuvres à détruire tout ça. Alors, ça m'amuse de contempler ce petit monde avant qu'il ne s'effondre... »

En revanche, ce que Pauline ne supportait pas, c'était les discussions politiques, car là commençaient les conflits et elle peinait à se contenir. Elle acceptait que les gens veuillent se divertir, penser à autre chose, oublier les restrictions, mais qu'ils parlent avec désinvolture des batailles allemandes ou des mesures antisémites la mettait hors d'elle.

Ainsi, comme nous étions invités à un dîner chez les Carbuccia, début juin, dans leur hôtel particulier de l'avenue Foch, Pauline s'est retrouvée assise entre un jeune officier allemand et l'écrivain Marcel Jouhandeau. Ce dernier a lourdement plaisanté en se coupant des tranches de brie coulant :

— Mademoiselle, vous qui êtes à moitié américaine, vous aimez sans doute les westerns ?

— Euh... oui..., a répondu Pauline, ne comprenant pas où il voulait en venir.

— Allez donc dans le quartier juif, maintenant ils ont tous des étoiles de shérif.

Pauline est restée sans voix. Elle a dévisagé l'écrivain, qui gloussait de sa propre boutade, vérifiant que d'autres convives l'avaient entendu, en particulier l'officier allemand, à la gauche de Pauline. Mais celui-ci restait de marbre, avec un petit rictus dégoûté. Depuis le 29 mai, le port de l'étoile jaune était en effet obligatoire. Une mesure que Pauline trouvait « atroce », mais ce n'était guère le moment de le déclarer !

La sentant bouillir, je lui ai – sous la table – donné un petit coup de pied au tibia. Elle a sursauté et m'a fusillé du regard, l'air de dire « Où m'as-tu encore emmenée ? ». Mais c'était un faux procès, car Pauline acceptait de me suivre partout ; c'était même ainsi que nous glanions ces informations si précieuses que je communiquais ensuite aux correspondants inconnus, que je croisais plusieurs fois par semaine, au hasard des rues parisiennes.

Pauline n'a heureusement pas eu le temps de faire un esclandre. Car Horace de Carbuccia a enchaîné, mi-figue, mi-raisin, non sans jauger la réaction de l'officier allemand auquel il ne voulait bien entendu pas déplaire :

— Oui, cette étoile jaune est une mesure... difficile. Mais savez-vous que certains zazous se sont amusés à coudre sur leurs vêtements leurs propres étoiles, avec les mots «papou», «zoulou», «bouddhiste»?

L'ensemble des convives, finalement satisfait de cette diversion, a éclaté de rire. Mais l'officier allemand a posé sur le maître de maison un regard de pierre pour lancer:

— Ces jeunes provocateurs ont été arrêtés, monsieur de Carbuccia. Je les ai *personnellement* fait envoyer à Drancy...

Un lourd silence est à nouveau retombé sur la table. Pauline était devenue livide, et elle n'osait se tourner vers son voisin en uniforme, qui lui-même avait rougi, tant il était conscient d'avoir ruiné le dîner.

Il a finalement fallu que notre hôtesse, Adry de Carbuccia, clame un maladroit «Sur ces bonnes paroles, passons au dessert», pour que l'atmosphère se détende un peu.

*

Tels étaient les dîners parisiens de l'Occupation. Comme en temps de paix, chaque soirée avait ses trouble-fête, si ce n'est qu'à l'heure allemande, ils avaient le pouvoir de vous jeter en prison. Et Pauline avait beau jouer les vierges effarouchées, elle s'y moulait avec de plus en plus de virtuosité.

Qu'elle était loin, l'hagarde vagabonde découverte sous le Pont-Neuf. Envolées, les douleurs de l'hiver; cicatrisées, les blessures de son périple vers Paris et de sa vie clandestine. Pauline avait même acquis une beauté plus franche, plus nette. Les épreuves l'avaient grandie. Finie, la petite Américaine délurée sortie de l'adolescence et prête à jouer les Messaline insulaires. La nouvelle Pauline – avec l'impunité de son passeport suisse – était une créature douce et affable, au charme grandissant, qui apparaissait désormais toujours à mon bras.

Piqués par la curiosité, nombreux étaient ceux qui lui tournaient autour (ce qui ne pouvait que m'enchanter : moi, le faire-valoir, l'éternel second couteau). Son aspect androgyne et sensuel plaisait tout particulièrement aux Allemands, souvent lassés des gigolettes parisiennes. Tout comme les intriguaient ses cheveux noirs et son teint de lait.

À une réception à l'ambassade, rue de Lille, Luchaire et un colonel allemand ont même cherché à jouer les jolis cœurs. Pauline et moi prenions le frais sur la terrasse fleurie, et les deux messieurs nous ont rejoints pour s'appuyer à la balustrade.

— Guillaume, vous nous aviez caché ce trésor, a roucoulé Luchaire, dont la conquête du jour butinait au buffet.

— Vous ne connaissiez pas Pauline ? me suis-je étonné.

— *Fräulein*..., a enchaîné l'officier, forcément raide, en se cassant en deux pour lui faire un baisemain.

Nous avons alors reconnu le militaire qui était présent au dîner chez Carbuccia.

— Monsieur, je crois que nous nous connaissons.

Le militaire a fait « *ja* » d'un ton sec, puis a semblé rosir en regardant Pauline. Cette impression très fugitive n'a duré qu'un instant, mais j'ai compris que ma compagne avait sur cet homme un pouvoir immédiat. À tel point que j'ai senti naître une pique de jalousie, sentiment que je n'avais pas éprouvé depuis bien longtemps.

Luchaire a continué les présentations :

— Vous connaissez donc le colonel von Gelbenzwerck, qui est rattaché à l'état-major, en poste au Majestic ?

— Nous avons déjà dîné ensemble, a dit Pauline en gardant les yeux rivés sur ceux du militaire, qui la fixait tel un boa son fakir.

Luchaire m'a fait un clin d'œil complice, comme s'il m'enjoignait de l'accompagner au buffet pour laisser Pauline seule avec l'Allemand. Mais je ne l'entendais pas ainsi.

— Nous devrions peut-être rentrer, non ? ai-je glissé à Pauline sur un ton qui ne souffrait aucune objection.

Avec une grâce étrange, elle m'a souri pour dire « Bien sûr, mon ange », puis elle a fait un petit signe au colonel, qui est resté planté là, sur la terrasse.

— À quoi joues-tu ? ai-je explosé, une fois que nous nous sommes retrouvés dans la rue de Lille.

— Je voulais voir si tu pouvais encore être jaloux..., a minaudé Pauline, que je n'avais pas connue ainsi depuis des années.

— Mais nous ne sommes pas à Malderney, bon Dieu ! Tu as entendu ce qu'a dit Luchaire : ce type travaille au plus haut de l'état-major allemand.

— Eh bien ?

— Tu veux que je te rappelle mes activités *clandestines* ?

— Au contraire, autant obtenir des informations encore plus précieuses en... cultivant une bonne entente avec cet homme.

Elle ne semblait aucunement plaisanter. Tandis que nous marchions d'un pas tonique vers les quais, elle souriait à la nuit, heureuse. Moi, je ne parvenais pas à apaiser cette absurde bouffée de jalousie.

— Et comment comptes-tu la *cultiver*, cette entente ?

Pauline s'est retournée vers moi en gloussant :

— Ce que tu es bête !

À vrai dire, cocktaileurs et salonnards pouvaient se poser des questions à notre sujet. Nous n'étions guère démonstratifs, et je ne présentais jamais Pauline comme ma compagne, mais comme une lointaine cousine américano-suisse de passage à Paris pour une durée indéterminée. On n'aurait su faire plus flou...

— Mais vous vivez ensemble ? m'a demandé Brasillach, alors que nous prenions tous deux un café, près du journal, entre deux corrections typographiques de la prochaine édition.

— Disons qu'elle vit chez moi.

— Et qu'est-ce que je dois comprendre ?

— Il n'y a rien à comprendre.

Assis au comptoir de zinc sur lequel il a bruyamment reposé sa chope de bière, Laubreaux s'est tourné vers nous.

— Robert te demande si tu la sautes, Guillaume.

— Parce que ça vous regarde ?

J'avais répondu de façon si agressive que mes deux confrères se sont regardés avec une sorte de tendresse amusée, comme on contemple les amours d'un petit neveu ou d'un cousin de province.

Si je « sautais » Pauline ? Oui. Absolument. Affirmatif, mon colonel. De plus en plus souvent, même. Dès que l'occasion se présentait : nous avions essayé toutes les pièces de l'appartement, et même certains lieux publics. Les toilettes des théâtres et music-halls parisiens n'avaient plus de secrets pour nous. Une fois de plus, tout cela était enfantin, adolescent, mais c'étaient là des fantaisies qui nous faisaient un bien fou. Mes nouvelles « activités » ajoutaient une pression supplémentaire à une vie quotidienne déjà compliquée.

Batifoler avec Pauline dans des lieux imprévus donnait à la clandestinité une teinte plaisante qui apaisait certaines angoisses. Et Dieu sait si j'en avais ! Parfois, au milieu de la nuit, je me réveillais en sursaut, persuadé qu'on avait frappé à la porte.

« Rendors-toi, me rassurait Pauline, tu as encore fait ce cauchemar. »

Le front en sueur, je tentais de retrouver le sommeil, mais les images du rêve me hantaient jusqu'à l'aube.

J'étais avec Simon Bloch, Marco Dupin et Victor. Nous étions tous les quatre dans le salon de l'appartement. Puis tout à coup il y avait là des militaires, de plus en plus de militaires, comme si la pièce risquait d'exploser. Alors ils se jetaient sur nous, comme des animaux sauvages. Ils nous déchiquetaient, ils plantaient des petites aiguilles dans nos yeux, arrachaient consciencieusement nos oreilles, décalottaient notre boîte crânienne. Et cela, sans un son. Dans un silence assourdissant, que ne venait même pas briser l'ombre d'une douleur. Car cela ne faisait pas mal. Et c'était ça le plus terrifiant. Simon, Marco, Victor et moi nous regardions avec ce qui nous restait de visage, tout étonnés et presque blasés. « Si ce n'est que ça, la mort. »

Puis, tout à coup, elle arrivait comme un cyclone.

La douleur.

Elle nous prenait en bloc, de manière brute, globale, sans se concentrer sur un nerf en particulier. Sans même agir sur notre corps. Une souffrance morale aussi atroce que la pire torture, car on la savait éternelle.

Nous comprenions alors que cette douleur ne s'arrêterait pas. Qu'elle correspondait aux tourments infernaux tels qu'on les imaginait au Moyen Âge. Que j'entrais dans une éternité de souffrance et de claustration qui ne finirait jamais...

Et puis je me réveillais, tremblant, pleurant, dans les bras d'une Pauline qui redoublait de douceur pour m'apaiser.

La raison de ce cauchemar ? sa signification ? Comment savoir ? Disons que je passais mes journées à évacuer les souvenirs de Simon, Victor et Marco. J'avais laissé partir l'un, chassé le second et dénoncé le troisième. Chacun à sa façon était une de mes croix, un de mes fantômes. Et c'est sans doute pour les fuir, pour racheter ma dette, que j'étais devenu cet agent double, ce scribouillard de la France libre, ce fournisseur de noms, ce délateur à l'envers. N'était-ce pas de la délation que ces listes de noms et d'adresses dont je m'étais fait la spécialité ? N'agissais-je pas comme ces anonymes qui envoyaient des lettres à la Kommandantur, à la police française, pour dénoncer tel voisin suspect, tel juif caché dans une soupente ?

Une fois de plus, tout était question de point de vue et il m'arrivait souvent de douter. Où se situaient le bien et le mal, le noir et le blanc ? Chez les nazis qui ravageaient l'Europe, raflaient les juifs comme ils l'avaient fait au Vélodrome d'hiver, durant l'été, rasaient la ville de Lidice, en Pologne, en représailles de l'assassinat d'Heydrich ? Ou bien chez leurs ennemis, Russes sanguinaires, Anglo-Américains bombardant le monde et détruisant les populations sans chercher à raffiner entre civils et militaires, comme les atroces bombardements de Cologne par la RAF ?

Avec le recul du temps, tout paraît aisé et confortablement évident. Mais quand vous vivez l'histoire au jour le jour, quand vous êtes plongé dedans, c'est beaucoup moins simple.

On n'est pas spectateur, encore moins analyste ; on est acteur de son temps, qu'on le veuille ou non. C'est pourquoi il m'arrivait de douter de mes choix, sans en faire part à Pauline, qui n'aurait pas compris.

Malgré ses minauderies de cocotte dans certains salons, elle restait persuadée de ses convictions : l'Axe était l'ennemi à abattre et tous les moyens étaient bons pour y parvenir.

Elle n'en a été que plus convaincue, par cette triste après-midi de novembre 1942.

Il était six heures du soir. J'étais assis dans le salon, et je l'ai vue arriver en larmes, incapable de se retenir.

Elle tenait un petit manteau d'enfant et le serrait contre sa poitrine en hoquetant :

— Il est mort... sous mes yeux... mort !...

43

Pauline a mis longtemps à reprendre sa respiration. Elle scrutait le salon comme un animal traqué qui n'en revient pas d'avoir regagné sa tanière. Elle semblait soupçonner chaque objet, guetter un ennemi derrière tous les meubles. Son visage se contractait au moindre bruit dans la rue, passants, bicyclettes, camions... Elle était en état de choc.

— Qu'est-ce qui t'est arrivé ? ai-je fini par demander, tentant de m'approcher d'elle pour lui prendre ce petit manteau.

— NE LE TOUCHE PAS ! a-t-elle crié en le serrant contre elle.

Puis elle s'est recroquevillée sur le canapé.

Très doucement, avec des gestes mesurés, au ralenti, je me suis assis sur le sofa. D'abord à l'autre extrémité. Puis, tout aussi délicatement, je me suis approché. Pauline semblait s'apaiser. Elle a même fini par esquisser un sourire triste.

— C'est bon, je me calme. Tu peux arrêter tes gestes de vaudeville...

Je l'ai prise dans mes bras et, s'agrippant à mon torse, elle a fondu en larmes.

— Il était si petit, si petit..., a-t-elle sangloté.

Bouleversé par sa douleur, je n'osais plus la questionner. Jamais je ne l'avais vue si frappée, si blessée.

Comme si toute la réalité du Paris occupé venait de lui sauter au visage.

Tandis qu'elle s'efforçait de sécher ses larmes, elle a relâché le petit manteau. Et j'ai pu le prendre sans qu'elle m'en empêche et l'ai déplié.

Alors j'ai compris...

Sur l'épaisse flanelle bleu nuit, au niveau du cœur, était grossièrement cousue une étoile jaune.

À cette vision, Pauline a senti remonter les larmes et s'est forcée à prendre une profonde inspiration.

— Je... je traversais le boulevard Saint-Michel..., a-t-elle commencé d'une voix éteinte. Il s'est mis à faire froid et j'ai accéléré le pas... C'est sans doute pour ça que je ne l'ai pas tout de suite vu.

— Un enfant ? ai-je demandé, car Pauline avait cessé de parler, croyant sans doute continuer son récit alors qu'elle le revivait dans sa tête.

— Il ne devait pas avoir huit ans et il a boulé entre mes jambes, au coin de la rue Serpente...

Petit sourire attendri de Pauline qui a pris le manteau et en a lissé la boutonnière, telle une mère au petit matin, lorsque son fils s'apprête à partir pour l'école.

— D'abord, je l'ai grondé : « Tu ne peux pas faire attention, non ? » Mais j'ai vu son regard... Il n'y avait pas de tristesse dans ses yeux. Juste de la peur. Une peur absolue et sans recours. La vraie peur...

Pauline a pâli. Cette peur de l'enfant était en train de la gagner. Le simple fait de la nommer lui prêtait vie et presque forme, au point que je me suis moi-même senti frissonner.

— Et alors ?

— Après un moment de stupeur, l'enfant s'est comme réveillé et m'a dit d'une voix de petit moineau : « Madame, je vous en supplie, sauvez-moi ! » J'ai regardé alentour, il n'y avait personne. Devinant mon incompréhension, il a repris : « Ils viennent de prendre mes parents, et maman m'a forcé à partir par la cave, parce que j'étais suffisamment petit pour passer par le soupirail ! »

J'étais si surprise que je ne parvenais pas à réagir. Alors une demi-douzaine de policiers français sont apparus à l'angle de la rue Danton. « Tenez, le voilà ! » L'enfant a poussé un cri. Un cri abominable, qui m'a vrillé les tympans. « Madame, ne le laissez pas partir ! » a crié un des flics en courant jusqu'à nous. Tétanisée, je n'ai pas su quoi faire. J'étais incapable de bouger. En cinq secondes, les six policiers nous entouraient...

Pauline était maintenant verdâtre, comme si elle devait se retenir pour ne pas vomir sur le tapis du salon.

— Celui qui était le... le chef des flics m'a souri en haletant : « Merci madame, j'ai bien cru qu'il allait nous échapper... » Tu n'imagines pas ce que j'ai ressenti ! Deux policiers ont encadré le gamin, comme s'il était un forçat évadé, et l'ont arraché à mes bras, y abandonnant son manteau. Leur chef m'a aussitôt tendu une main que je n'ai même pas eu le réflexe de refuser : « Bravo, madame, vous avez agi en vraie Française... »

» Au même instant, j'ai vu le regard de l'enfant. Il m'a toisé sans haine et sans peur ; il était au-delà, maintenant. J'ai surtout lu dans ses yeux une résignation atrocement adulte. Puis un gros camion est apparu à l'angle du boulevard et tout s'est passé en un clin d'œil. Échappant à l'emprise des policiers, il s'est précipité au milieu de la chaussée. Juste avant le choc, il s'est tourné vers nous. Il souriait...

Pauline parlait à mi-voix. Je n'osais pas lui demander de hausser le ton. J'étais assommé par son récit.

— Le... le camion n'a pas freiné à temps. Le petit a été projeté à dix mètres. Il s'est écrasé sur les pavés comme un oiseau tué en plein vol. On ne voyait plus que son dos... mais sa tête... sa tête était retournée à 180 degrés et nous regardait... il souriait toujours...

Pauline était à bout de souffle, à bout de voix, à bout de larmes. Son visage a pris une teinte minérale. Lentement, elle s'est redressée et a saisi le manteau.

— Tu te rappelles l'éditorial de ton ami Brasillach, à la fin septembre ? a-t-elle dit en posant le vêtement sur la table basse.

Tandis qu'elle le pliait avec un soin maniaque, mettant bien en évidence l'étoile jaune, j'ai senti le malaise me prendre à la gorge, car je voyais très bien où elle voulait en venir.

— Oui, je me souviens...

— Peux-tu me rappeler cette phrase que tu as eu l'audace de vouloir me justifier ?

À quoi bon ressasser tout cela ? Et puis, je ne me souvenais plus de la citation exacte.

— Je l'ai oubliée, ai-je eu la maladresse de répondre.

— Oubliée ? s'est écriée Pauline. Comment peux-tu l'avoir oubliée ? Moi je me souviens même de la date : c'était le 25 septembre 1942 !

Je n'avais rien à lui répondre. D'ailleurs, sa remarque n'appelait aucune réponse, puisqu'elle suivait le fil de sa pensée :

— Laisse-moi te la rappeler, cette phrase que tu as si commodément *oubliée* ! « Il faut se débarrasser des juifs en bloc, et ne pas garder de petits... »

Puis j'ai vu son chagrin remonter par vagues.

— De petits..., a-t-elle répété. Et toi qui m'as dit que ton « ami Robert » faisait preuve d'humanité, qu'il trouvait atroce de séparer des familles...

« Et je le croyais sincèrement », ai-je songé, mais c'était bien la dernière chose qu'il fallait répondre à ce moment-là.

Pauline a désigné un gros livre à la couverture bleue délavée, sur la table du salon.

— Quant à ton ami Rebatet, qui vend des milliers d'exemplaires de ses *Décombres*, où il appelle à la destruction globale du peuple juif, tu le trouves toujours aussi « délicieux » ?

Pauline disait vrai... Sorti depuis plusieurs mois, le torrentiel pamphlet de Lucien vomissait des cataractes de boue sur tout et tout le monde : Vichy, l'Église, la politique française et bien entendu les juifs. Ces derniers étaient même l'objet d'un chapitre à part, intitulé « Le ghetto », qui réglait leur sort de façon atroce, en quelques pages, réclamant pour eux un châtiment collectif.

« Je sais, j'y suis allé un peu fort, m'avait-il dit quand je lui avais fait remarquer que c'était très violent. Mais pour frapper les esprits, il ne faut pas avoir peur des excès... »

— Des... *excès* ? ai-je murmuré.

Pauline ne m'a pas entendu, préférant donner le coup de grâce à ce « débat » :

— Et rappelle-moi chez qui nous dînions ce soir-là...

Nous étions invités chez Jean Luchaire à une soirée en l'honneur de René Bousquet..., le chef de la police parisienne !

— « Il paraît qu'il est chârmant ! » a couiné Pauline en imitant le ton snob de Luchaire, « un vrâi sociâliste »...

Mais elle ne cherchait pas à plaisanter. Pendant des mois, elle avait pris sur elle, et elle était maintenant à bout.

— Guillaume, a-t-elle dit après un long silence.

Hésitant, je suis venu m'asseoir à côté d'elle, tentant de saisir sa main qu'elle a aussitôt éloignée.

— Je ne te demande pas de me consoler, je te demande de m'écouter...

Se redressant contre les coussins, elle s'est tournée vers moi, les yeux secs. J'ai même vu une ombre de sourire sur ses lèvres. Un sourire d'espoir.

— Tu veux que je reste ici avec toi, n'est-ce pas ?

L'avais-je jamais vue si grave, si sincère ?

— Bien sûr, Pauline.

Où voulait-elle en venir ?

— Alors, il va falloir changer.

— Changer ? Mais changer quoi ? Et comment ?

— À toi de voir. Sinon, je pars.

Soudain, je me suis senti comme un enfant perdu. Mes repères s'envolaient avec une facilité étrange, comme si le rôle que Pauline jouait dans ma vie était bien plus important que je n'osais me l'avouer depuis des mois. Je me suis pourtant cru obligé de plaider :

— Mais enfin, tu sais bien ce que je fais, je fournis des tonnes de renseignements à la Résistance ! En septembre, les attentats contre le Grand Rex et la station de métro Marbeuf ont sans doute été réalisés grâce à mes informations.

— Comme tu dis : « *sans doute* ».

— Tu sais bien que tout cela est hiérarchisé. Je n'ai pas le droit de connaître mes supérieurs. C'est une question de sécurité.

— Justement, c'est le moment de se mettre en danger...

— Qu'est-ce que tu veux dire ?

— Ce que je veux dire, c'est que j'en ai assez de cette résistance en gants blancs. De ces petits échanges de lettres. Je veux agir, voir des gens, des regards, sauver des vies...

— Mais comment ? et grâce à qui ?

— À toi de voir, Guillaume, mais si tu veux que je reste dans ta vie, il va falloir te débrouiller.

Elle a alors jeté le manteau dans l'âtre.

— Très bien, ai-je répondu en tentant de masquer ma peur et mon trouble.

Puis Pauline a pris ma main et nous avons fixé la cheminée.

Le manteau s'est vite consumé dans les flammes.

44

— Ce que vous me demandez là est beaucoup plus dangereux, monsieur Berkeley...

Monsieur R. avait perdu tout flegme. On était loin de l'amphitryon braillard du premier dîner ou du comploteur matois de chez Dodo. Le visage inquiet, les traits creusés, le regard fuyant, Rufus Schrammelstein se montrait sans masque.

— En entrant dans la Résistance active, il n'y a pas de retour possible, a-t-il repris, regardant l'Arc de triomphe par la fenêtre de son gigantesque bureau d'apparat. Sinon en cercueil...

— Nous en sommes bien conscients, Monsieur R...

Débarquer chez Rufus Schrammelstein sans crier gare était un vrai coup de poker.

C'est lui qui m'avait mis en contact avec mes correspondants fantômes, mais de là à s'inviter chez l'homme le plus introduit, le plus compromis et le plus susceptible de la place parisienne...

Pauline et moi y sommes pourtant allés au culot. Pour être honnête, c'est elle qui m'y a poussé.

« Nous n'avons pas cinquante options, avait-elle plaidé, une heure plus tôt en fixant le tas de cendres fumantes dans la cheminée. Il n'y a que lui qui puisse nous aider...

— Et s'il appelle ses amis de la Carlingue ?...

— Tout est possible, mais je t'ai dit que maintenant nous allions prendre des risques...

— Très bien », avais-je concédé, le ventre noué, mais bien décidé à ne pas la décevoir.

À la porte de l'hôtel de la rue de Tilsitt, à la tombée du jour, Bazil, le fidèle serviteur à face de troll, avait voulu faire barrage mais Monsieur R., intrigué par notre insistance, était apparu.

« Bazil, laissez-les entrer..., avait-il ordonné en me reconnaissant. Ce sont des... *amis.* »

Après avoir jeté un œil circonspect mais dénué de toute ambiguïté sur Pauline, il nous avait demandé de le suivre dans son bureau.

Mon amie était tout bonnement stupéfiée par le décor de ce palais, qui avait bien changé depuis ma première visite. Il oscillait maintenant entre l'entrepôt d'épicerie et la remise de musée. Tableaux, statues, céramiques, boîtes de conserve, cartons de livres, bicyclettes démembrées, bidons d'essence, d'huile d'olive et autres objets les plus divers s'entassaient çà et là. Il nous fallait parfois les enjamber, comme on passe un torrent à gué, sautant d'un rocher à l'autre.

« Il s'apprête à fuir ou il fait ses provisions pour l'hiver ? » m'avait chuchoté Pauline.

Je n'avais pas eu le temps de répondre, car Monsieur R. nous introduisait enfin dans son vaste bureau du premier étage. S'asseyant dans un fauteuil au faste napoléonien, il avait annoncé :

— Je vous écoute.

Je lui avais donc expliqué...

À vrai dire, Monsieur R. n'avait pas semblé si surpris que ça. Et maintenant que nous étions tous trois assis sous les lourds lambris de son bureau, Schrammelstein hochait du chef d'un air entendu.

— Ainsi, vous aussi vous voulez vous engager...

— Comment ça, nous aussi ?

Il a toisé Pauline, qui était jusqu'alors restée muette. Chez Monsieur R., les femmes ne parlaient pas.

C'est donc à moi qu'il a répondu :

— Parce que vous n'êtes pas le seul – après un regard vers Pauline, il a corrigé –, pas *les* seuls, à choisir la voie de la Résistance active...

— Le monde change, Monsieur R., est intervenue Pauline. Les éléments se précipitent. L'Allemagne semble de moins en moins assurée de remporter la victoire, n'en déplaise à Pierre Laval... En août, Rommel a été battu par Montgomery. Et ce qui se passe à Stalingrad, malgré les hennissements de joie de Radio Paris, n'est pas très encourageant pour le Reich. Il est temps de... préparer nos arrières.

Après ce petit laïus, Schrammelstein a fini par sourire.

— Parce que vous voulez vous engager par tactique, mademoiselle ?

— Je parlais pour vous, monsieur, a-t-elle rétorqué. Moi, je n'ai rien à me reprocher.

J'ai cru que j'allais m'effondrer sur mon siège. Voilà que Pauline insultait Schrammelstein en tête à tête ! Voulait-elle vraiment nous faire expédier à Drancy ?

Mais Monsieur R. a semblé s'en amuser. Cette femme avait de la moelle, et il aimait ça. Il voyait également combien il lui déplaisait, elle était pourtant décidée à le conquérir.

— Je veux m'engager pour sauver des vies, monsieur Schrammelstein, a-t-elle repris.

— Une idéaliste, il ne manquait plus que ça..., a gloussé Monsieur R. Faites attention, mon ami, ce sont les plus vénéneuses...

Pauline m'a alors lancé un regard de feu, comme on passe la balle durant un match en grognant « *À toi de jouer, ne me déçois pas* ».

— Mon amie Pauline a raison, Monsieur R. Les Allemands peuvent perdre la guerre ; et si tel est le cas, ils ne vont plus être que des bêtes sanguinaires préférant tout détruire autour d'eux plutôt que contempler le spectacle de leur propre échec...

— Vous pensez vraiment qu'ils n'épargneront personne ? Même ceux qui les ont docilement servis ? a fait Monsieur R. d'un ton étrange, comme s'il nous posait, et *se* posait, réellement la question.

À ce moment-là, l'ineffable Roza, l'épouse du trafiquant, est entrée dans la pièce à pas de souris. Le visage fermé, elle apportait un plateau avec des tasses, une théière fumante et des biscuits secs.

— C'est bon... c'est bon..., l'a houspillée son mari, tandis qu'elle s'apprêtait à faire le service.

Elle a haussé les épaules, moins vexée que désinvolte, et nous avons vu l'étoile jaune cousue sur sa poitrine.

— Eh oui, même ma propre femme, a murmuré Schrammelstein, tandis que Roza disparaissait par une porte dérobée en maugréant.

— Et pas vous ? a demandé Pauline.

Après un instant d'hésitation, Monsieur R. nous a montré la doublure de sa veste. L'étoile était cousue sur la poche intérieure.

— Je préfère la cacher, ça me donne mauvaise mine, a-t-il dit avec une ironie qui sonnait faux.

— Mais vous la portez quand même...

— Il faut donner certains gages à l'occupant, non ?

— Et si ces gages vous conduisent en prison ?

— J'aurai eu la satisfaction d'avoir mieux vécu que d'autres.

— Vous ne le pensez pas, Monsieur R.

Schrammelstein a fixé Pauline. Il n'y avait plus aucune animosité dans son regard. Mais une forme de sympathie larvée, qui atténuait sa laideur.

— Vous avez raison, mademoiselle. C'est pour ça que...

Il s'est interrompu, comme s'il hésitait à finir sa phrase, et s'est tourné vers l'Arc de triomphe, qui dominait la scène avec une majesté froide.

— C'est pour ça que ?...

Monsieur R. s'est penché sur la table, nous faisant signe de nous approcher.

— C'est pour ça que je vais vous aider, a-t-il murmuré.

J'ai échangé un regard de victoire avec Pauline, qui est restée impassible, comme si elle se méfiait encore.

— Avez-vous entendu parler du réseau Gabriel ?

— Le quoi ? ai-je demandé.

Monsieur R. a encore baissé d'un ton :

— Il a été mis en place depuis Londres par un certain colonel Chauvier...

— Ce nom ne me dit rien, a rétorqué Pauline.

— Ça ne dit rien à personne. Tous ces gens ont des pseudonymes, des prête-noms.

— Et qui serait-il ?

— Quelqu'un de très haut dans la hiérarchie de la France libre. Un homme qui serait aussi bien dans l'entourage du général de Gaulle que de Churchill...

Pauline et moi avons échangé un nouveau regard où ne subsistait plus aucun doute : Monsieur R. ne nous mentait plus. Son affreux visage était sincère, et il nous faisait une véritable confidence.

— Et ce colonel Chauvier, vous le connaissez ? ai-je demandé.

Schrammelstein s'est crispé.

— Depuis quelques mois, vous êtes bien placé pour savoir que, dans la Résistance, personne ne connaît personne...

J'ai cligné des yeux en signe d'assentiment.

— Mais je sais comment entrer en contact avec eux...

Pauline restait toutefois circonspecte.

— Mais il sert à quoi, votre réseau Gabriel ?

— *Mon* réseau, comme vous dites, organise des transferts.

— Des transferts ?

— Il fait entrer des résistants sur le territoire français, et passer des... indésirables hors de France, a dit Monsieur R. en retournant sa veste pour exhiber son étoile jaune.

— Où donc ?

— En Espagne, en Suisse. En Angleterre, parfois.

Même si tout ce qu'il nous racontait semblait logique, quelque chose m'a paru étrange.

— Dans ce cas-là, pourquoi êtes-vous encore à Paris ?

Schrammelstein a eu une moue quelque peu honteuse. Se retournant vers l'Arc de triomphe, il a avoué :

— Vous croyez que c'est facile de quitter tout ça ? tout ce que j'ai bâti à partir de rien, en vingt ans ?

— Mais les Allemands peuvent vous embarquer n'importe quand, a objecté Pauline. Rappelez-vous cette grande rafle, l'été dernier, au Vélodrome d'hiver...

— J'ai encore beaucoup de pouvoir dans le Paris nocturne, mademoiselle. Et puis surtout... le réseau a besoin de moi.

— Le réseau Gabriel ?

Schrammelstein a hoché la tête, comme s'il craignait de répéter ce nom.

— Depuis plusieurs mois maintenant, je cache des résistants étrangers dans mes nombreux entrepôts de la banlieue parisienne. Je cache également des familles, pour qu'elles échappent aux rafles...

Je n'ai pu cacher ma stupéfaction :

— Vous ? Vous faites ça *directement* ?

— Moi, ma femme et mes filles. Nous sommes même les seuls à leur apporter de la nourriture.

— Mais ces entrepôts servent aussi pour les trafics de la Carlingue, non ?

Il a retrouvé un visage presque farceur.

— C'est bien pour ça que Lafont n'ira jamais imaginer que tous ces gens se cachent sous son nez !

— Mais c'est un jeu très dangereux...

— Souvenez-vous que j'aime les casinos, monsieur Berkeley.

Pauline semblait conquise. Monsieur R. a continué :

— Vous comprenez maintenant pourquoi le réseau Gabriel a besoin de gens qui soient à la fois totalement fiables et suffisamment insoupçonnables aux yeux de Lafont et de la Gestapo...

— Des gens comme nous, ai-je enchaîné.

— Vous avez tout compris.

Comme pour sceller ce futur accord, il a sorti une bouteille de cognac de son bureau et a rempli trois verres.

— Il va de soi que vous ne parlez de tout ça à personne...

Nous avons tous deux acquiescé.

— Ne bougez pas, c'est le réseau qui viendra à vous. Prenez juste soin d'être chez vous entre onze heures du matin et deux heures de l'après-midi.

— Très bien...

Son visage s'est alors étrangement assombri. Comme s'il se perdait dans un rêve, il a semblé hypnotisé par les brunes arabesques de l'alcool.

— Vous entrez dans un autre monde, mes amis. J'espère juste que vous savez vraiment dans quoi vous vous engagez...

Pauline a répondu du tac au tac :

— C'est grâce à des gens comme nous que vous aurez la vie sauve, monsieur Schrammelstein...

45

Nos premiers *invités* sont arrivés une semaine plus tard, le 10 novembre.

C'était un jour aigre et fade, ni vraiment froid, ni vraiment chaud. Une de ces journées humides où Paris semble englué dans la grisaille, çà et là traversé d'averses violentes et glaciales, qui percent les citadins au cœur.

Pauline et moi étions assis dans le salon. Nous commencions à nous demander si Monsieur R. ne s'était pas joué de nous.

— Voilà une semaine qu'on est bloqués ici trois heures par jour, a maugréé Pauline, et toujours rien...

Elle avait raison : depuis sept jours, j'annulais mes déjeuners de travail, mes conférences de rédaction et autres projections de presse. Mais ce n'était pas très grave. Nous étions juste « assignés à résidence » entre onze heures et deux heures, ce qui n'était pas la mer à boire. Et puis l'automne de l'année 1942 était pourri.

Jetant un œil par la fenêtre, j'ai objecté :

— Tu as envie de sortir, avec ce temps ?

— Je me sens juste coincée...

— C'est toi qui as voulu changer de vie, prendre des risques.

— Ce sont des reproches ? m'a demandé Pauline avec amertume.

J'allais répondre, quand on a sonné à la porte.

Pauline a regardé l'heure avant de me demander, inquiète :

— Tu attends quelqu'un ?

Je me suis dirigé vers l'entrée en répliquant d'un ton neutre :

— Ça fait une semaine qu'on attend du monde.

J'ai ouvert la porte et me suis instinctivement reculé. Bazil était là, tout contre moi, et me fixait de son regard froid.

— Qui est-ce ? a demandé Pauline depuis le salon.

Scrutant l'entrée de l'appartement d'un œil mauvais, Bazil m'a dit à mi-voix :

— Vous êtes seul ?

J'ai fait oui de la tête en chuchotant :

— Il n'y a que... ma *femme* et moi.

— Guillaume, a repris Pauline en se tirant du canapé pour me rejoindre dans l'entrée, mais enfin, qui est là ?

Je n'ai pas eu à répondre, elle a tout de suite reconnu le majordome de Monsieur R., qui la toisait avec morgue.

— Bonjour..., a-t-elle dit en lui tendant la main, à contrecœur.

Bazil n'a pas bougé. Tout juste sa tête a-t-elle effectué un mouvement circulaire, comme s'il imprimait au plus profond de sa mémoire chaque détail de son champ de vision. Visiblement, quelque chose dans cet appartement lui déplaisait.

— C'est Monsieur R. qui vous envoie ? ai-je fini par demander.

Ignorant ma question, il a regardé sa montre en murmurant :

— Vous n'attendez personne ?

— À part vous, non, a répondu Pauline, qui commençait à se sentir mal à l'aise.

Avec le temps, les situations ambiguës lui étaient de plus en plus désagréables. Elle aimait les sentiments francs et nets. Le flou et les non-dits la rendaient agressive. À vrai dire, elle n'était guère faite pour cette vie de clandestin et de passeur, où l'on ne sait jamais qui est qui, où tout le monde est suspect, où chacun – au bout du compte – n'existe que pour lui-même.

Bazil a fini par se retourner vers le palier en claquant des doigts.

— C'est bon, venez... Il n'y a rien à craindre.

Pauline et moi nous sommes approchés de la porte pour tenter de voir à qui parlait Bazil. Mais il a fait barrière de son bras.

— Ne leur faites pas peur..., a-t-il murmuré.

— Mais à qui ?

Les visages ont alors émergé de la pénombre. Recroquevillés sur eux-mêmes comme une famille de mulots au fond d'un terrier, ils étaient tous les quatre assis sur les marches de l'escalier. Près d'eux, une triste valise ravaudée et fermée à l'aide d'une ficelle était leur seul bagage.

— Venez..., a insisté Bazil.

— Vous êtes sûr ? a fait le père en se levant.

L'homme ne devait pas avoir trente-cinq ans. Maigre, les yeux cernés, le visage mal rasé, la chevelure sombre et hirsute, une sinistre étoile jaune sur le côté gauche du torse, il a tendu la main à sa femme. Celle-ci a d'abord fait non de la tête. Alors, il l'a tirée par le bras, ce qui l'a fait à moitié trébucher sur les marches.

— Viens. Il nous dit qu'il n'y a rien à craindre. Tu ne lui fais plus confiance ?

— À Bazil, si... Mais eux ?

Elle nous regardait, Pauline et moi, avec une sorte d'effroi. Ses yeux, aussi noirs que ses cheveux, tranchaient sur la pâleur de son teint.

— Eux, a repris son mari avec une conviction que j'ai senti bien hésitante, ils vont nous cacher...

La femme a eu une moue de dépit.

— J'ai entendu ça tellement de fois...

Elle s'est pourtant levée.

— Vite ! a fait Bazil, car une porte venait de claquer dans le hall de l'immeuble.

« Il y a quelqu'un ? » avons-nous entendu, trois étages en dessous.

J'ai reconnu la voix du docteur Couturier, notre voisin...

Poussant le bras de Bazil, je me suis précipité sur le palier, avec un sourire que j'espérais accueillant, pour prendre la valise et leur faire signe d'entrer.

— Venez. Venez vite...

Les deux enfants – un jeune garçon et une toute petite fille – tremblaient, terrorisés. Leurs regards allaient et venaient entre leurs parents, comme s'ils attendaient la permission pour faire le moindre mouvement.

— Suivez ce monsieur ! a chuchoté la mère.

Se dressant d'un bloc, ils sont entrés dans l'appartement.

Il était temps ! Couturier, haletant, attaquait déjà les dernières marches.

— Tout va bien, monsieur Berkeley ? m'a-t-il demandé. En voilà une valise bien abîmée. Vous partez en voyage ?

Refermant à moitié la porte dans mon dos, j'ai balbutié :

— Non, non. J'ai juste fait quelques courses.

— Bon bon... Si vous avez encore un peu de saucisson, vous pensez à moi, n'est-ce pas ?

Ce n'était pas une faveur, mais un ordre.

— Bien entendu, docteur. Bonne journée...

— On peut dire ça comme ça, oui.

Puis, le cœur battant, j'ai regagné l'appartement en claquant la porte. Nous l'avions échappé belle !

Retrouvant son étrange raideur de domestique, Bazil a dès lors affecté une morgue d'aboyeur mondain, totalement hors de propos :

— Monsieur et madame Berkeley, je vous présente la famille Bechstein. David, Sarah, Jacob et...

— Et Judith ! a claironné la fillette, le visage tout à coup joyeux.

— Tais-toi ! a lancé sa mère, qui semblait nettement moins à son aise.

D'ailleurs, nous étions tous figés, engoncés dans nos rôles.

Rassemblés dans un coin de l'entrée, les Bechstein restaient méfiants, et c'est à nouveau la petite Judith qui a brisé la glace. Échappant aux bras de sa mère, elle a trottiné jusque dans le salon, d'où elle s'est retournée vers ses parents, émerveillée.

— Maman, viens voir tous les tableaux... il sont beaux... regarde...

— Judith ! Reviens tout de suite !

Mais la petite fille n'écoutait pas, préférant s'avancer jusque vers la fenêtre. Et lorsqu'elle a déplacé un tabouret pour y grimper afin de voir la vue, le père m'a regardé d'un air confus.

— Monsieur... je suis désolé... ma fille n'a que cinq ans...

— Cinq ans et demi ! a corrigé l'enfant. Papa, viens voir ! On voit la Seine, c'est joliii...

Personne n'a pu se retenir de sourire. Même Bazil a perdu de sa sinistre impassibilité. Posant une main amicale sur l'épaule du père, il a dit d'une voix apaisante :

— Vous serez bien ici, monsieur Bechstein. Faites-nous confiance... Vous êtes sous la protection du réseau Gabriel, désormais...

Le père de famille s'est tourné vers moi et m'a tendu la main.

— Pardonnez-nous si nous sommes méfiants, monsieur... Mais nous avons traversé tant de... tant de...

J'ai longuement serré sa main.

— Vous n'avez rien à craindre. Soyez ici chez vous.

Pauline s'est alors avancée vers Sarah Bechstein en lui offrant son visage le plus accueillant.

— Venez, je vais vous montrer votre chambre.

D'abord hésitante, la femme a fini par saisir la main de son fils.

— Vous... vous n'avez pas idée de ce que nous avons vu avant d'arriver jusqu'à chez vous, madame...

— Appelez-moi Pauline.

46

Les Bechstein sont restés trois semaines chez nous. À vrai dire, c'était la première fois que je partageais la vie d'une famille. J'entends par là d'une famille banale. Car des familles j'en ai connu : celle des bagnards, dont je fais désormais partie, n'étant pas la moindre.

Mais les Bechstein étaient une famille authentique et unie.

Ces gens avaient beau être affublés de tous les noms par le pouvoir en place, on avait beau leur prêter les intentions les plus maléfiques, les desseins les plus torves, les volontés les plus immondes, ils n'en étaient que plus ordinaires. Malgré la *délicatesse* de leur situation, il y avait chez eux une étrange sérénité, une sorte de quiète fatalité qui, les angoisses digérées, les poussait à prendre les choses comme elles venaient. Tous quatre faisaient front, avec une volonté muette, prêts à tout accueillir, même la mort : tout était par avance accepté, pourvu qu'ils restent *ensemble*. Oui, c'était bien ça : rester ensemble. Les Bechstein formaient une entité organique comme je n'en avais jamais connu jusqu'alors.

— C'est parce que vous n'avez pas de famille, Guillaume, m'a dit David, quelques jours après leur arrivée, lorsque je lui ai avoué mon admiration pour leur étonnante unité.

— Vous croyez ?

— Quand Pauline et vous aurez des enfants, vous comprendrez. Avoir des enfants change tout, et de façon radicale. Vous ne pouvez plus penser de la même manière car vous avez charge d'âmes. C'est simple et animal...

— Sans doute...

Je ne savais quoi répondre. Ma mère aurait-elle eu cette attitude, si nous nous étions retrouvés dans une situation similaire ? Ou ne fallait-il pas ces millénaires de persécutions et d'adversité traversés par les juifs ? Quant à avoir des enfants, Pauline et moi n'en avions jamais parlé. Juste une fois, quelques mois auparavant, Pauline avait énuméré ses prénoms favoris. Lorsque je lui avais demandé ceux qu'elle choisirait pour ses enfants – je n'avais osé dire *nos* enfants –, elle s'était fermée en répondant : « Donner la vie dans un monde comme celui-ci ferait de nous des criminels. »

Mais elle avait dit « nous », c'est tout ce qui m'importait. Pour le reste, elle avait sans doute raison et nous n'en avions jamais reparlé.

Avec l'arrivée des Bechstein, j'ai pourtant décelé chez elle une fibre maternelle. Il n'était qu'à la voir jouer aux échecs avec le petit Jacob (lequel à neuf ans nous battait tous), ou à toutes sortes de jeux improvisés avec Judith.

Cette enfant est très vite devenue le soleil de la maison. Sa joie de vivre, la beauté de ses traits, son regard coquin, ses saillies, ses maladresses, sa douceur, ses câlins et ses farces donnaient une nouvelle vie à cet appartement. Qu'on était loin des trafiquants et des malfrats ! Judith avait comme épuré l'atmosphère viciée de l'appartement. Le regard qu'elle posait sur les choses, les questions qu'elle lançait en rafales, jusqu'à ses bêtises : tout était désarmant. Et quand je songeais à la fameuse phrase de Robert Brasillach – je le voyais tous les jours, comme tous mes autres confrères et amis de *Je suis partout*, tel était le prix de mon double jeu –, j'étais pris d'une envie de vomir. Je devais même me retenir pour ne pas amener la petite Judith à la rédaction du journal et l'exhiber comme un trophée en criant : « Et maintenant, expliquez-*lui* pourquoi vous la préférez morte ! »

La fraîcheur de Judith remettait à leur place ces valeurs viciées et vicieuses qui étaient devenues les nôtres depuis tant de mois. C'est bien simple : un seul de ses sourires renvoyait le reste au néant. Judith embellissait tout.

— Elle ressemble tellement à sa mère..., m'a dit un jour David, tandis que nous buvions du mauvais thé dans le salon.

De l'autre côté de la pièce, assise à une table de bridge, Sarah expliquait à Pauline des points de couture – les Bechstein avaient été tailleurs au Faubourg-Saint-Antoine.

— Sarah a-t-elle toujours été aussi sombre ? ai-je fini par demander à David, en constatant combien le visage de sa femme était dur, même quand elle souriait.

— Elle n'aime pas que j'en parle, mais elle a perdu presque toute sa famille, depuis deux ans...

— Ils sont morts ?

— Allez savoir. Certains ont fui dès l'arrivée des Allemands, d'autres ont attendu plusieurs mois avant de passer en zone libre. D'autres encore ont décidé d'entrer dans la Résistance... Mais la plupart...

Il s'est tu. Il a regardé sa femme avec un amour débordant, la couvant de cette compassion sincère et vibrante que j'avais si souvent vue chez Simon Bloch et, à sa manière, chez Marco Dupin. Mais il y avait chez David une urgence dans les sentiments, un besoin de les lui prouver à chaque instant, à toute seconde. Puis, comme si l'intermède était fini, il a poursuivi sa phrase :

— Il y a eu des descentes de police, bien sûr, mais la plupart ont simplement disparu. Certains ne sont jamais revenus d'une banale promenade dans Paris, ou alors on retrouvait l'appartement des autres vide. Sans meubles, sans rien...

J'ai alors compris que nombre des amis et des proches des Bechstein avaient été arrêtés lors de la fameuse rafle du Vélodrome d'hiver, l'été précédent.

— Nous avons eu de la chance, a poursuivi David, nous étions allés passer quelques jours chez une cousine, dans le Perche. Je ne sais plus par quel miracle nous avions pu obtenir un laissez-passer. Mais c'est en revenant à Paris, fin août, que nous avons compris ce qui avait eu lieu.

— Et c'est là que vous avez décidé de vous cacher ?

— Il n'y avait plus d'autre issue.

Après deux mois d'errance et de cachettes dans les galetas les plus sordides du Paris populaire, les Bechstein avaient fini par entrer en contact avec le réseau Gabriel.

— Ils sont en train de préparer nos papiers pour nous faire passer en zone libre, puis en Espagne, puis au Portugal, puis en Amérique...

J'ai songé à Simon Bloch, dont le bateau avait été intercepté. Mais pour rien au monde je n'aurais ruiné leurs espoirs.

— Vous pouvez rester ici autant que vous voulez, David.

Il a secoué la tête de gauche à droite.

— Bazil a promis que les formalités ne prendraient pas plus de deux semaines.

Puis, prenant mes mains, il a planté ses yeux dans les miens.

— Vous savez que vous êtes un homme juste, Guillaume ? Que vous êtes un héros ?

J'ai dû dompter ma nausée pour répondre d'un air modeste :

— Ce que je fais là est normal, David. Tous les Français devraient agir comme moi.

— Tous les *bons* Français...

Les bons Français ? Faisais-je vraiment partie de cette noble caste ? de cette belle aristocratie ?

En y repensant aujourd'hui, dans la sinistre obscurité de ma prison, je m'étonne encore que les Bechstein n'aient rien su de moi. Mon métier, mes relations, mes amitiés, tout faisait de moi leur ennemi. Mais jamais ils ne me posaient de questions, tout comme ils étaient d'une discrétion absolue à l'endroit de Pauline. Leur confiance était totale. Et le fait même qu'ils me l'accordassent me plongeait dans un mal-être profond.

Un matin, alors que je quittais l'appartement pour filer à la rédaction, Judith m'a demandé :

— C'est quoi ton travail, Guillaume ?

Sa mère l'a aussitôt gourmandée en fuyant mon regard :

— Judith, laisse monsieur Berkeley tranquille.

Rougissant, je me suis contenté de poser un baiser sur sa tête en lui glissant :

— Si tu es très gentille, ce soir, je te rapporterai un cadeau, tu veux bien ?

Son visage s'est illuminé et elle a entouré mon cou de ses bras. Tandis que je la reposais, sa mère m'a soufflé d'une voix émue :

— Je sais que vous, plus que tout autre, prenez de gros risques à nous garder ici...

— Pas plus que n'importe qui, ai-je répondu.

J'avais le sentiment d'être schizophrène : le lendemain soir, nous devions aller écouter une conférence d'Alphonse de Châteaubriant à la salle Pleyel, à laquelle assisteraient nombre de dignitaires avec tout le gratin franco-allemand. Une soirée où l'écrivain à barbe de prophète déclarerait sans honte : « L'Allemagne sait ce que veut la France. Elle le sait quelquefois mieux que la France elle-même... »

Plusieurs fois, les Bechstein nous ont vus revenir tard, en smoking et robe longue. Mais jamais ils n'ont paru s'étonner de notre explication habituelle : « Nous étions au théâtre... »

« Tu crois qu'ils ont compris ? m'a demandé Pauline, tandis que nous nous déshabillions après une soirée à l'ambassade d'Allemagne, où Gelbenzwerck avait encore roucoulé autour de ma compagne.

— C'est possible. Mais ce qu'ils ont compris, c'est que nul mieux que nous ne peut les protéger... »

Et c'était vrai. À l'heure où les Allemands s'enlisaient à Stalingrad et envahissaient la zone libre pour maîtriser les côtes méditerranéennes ; à l'heure où les marins français se sabordaient dans la rade de Toulon et où les attentats et représailles allaient croissant, les Bechstein vivaient chez nous en toute sécurité.

Ils étaient dans l'œil du cyclone. Mais ils savaient qu'ils avaient moins à craindre quai de Conti. En quelques semaines, nous avons même instauré une vie familiale qu'il a été étrangement douloureux d'interrompre.

Le 1er décembre, on a sonné à la porte en plein milieu de l'après-midi. Inquiet, je suis pourtant allé ouvrir.

C'était Bazil, la mine toujours aussi déplaisante.

— Les papiers sont prêts. Un camion part cette nuit vers les Pyrénées...

Quelques minutes plus tard, nous étions tous dans l'entrée, comme au jour de l'arrivée des Bechstein.

Mais les regards n'étaient plus les mêmes. Tant de tendresse et de confiance s'étaient installées, en trois semaines.

Judith était en larmes et refusait que je la repose. Jacob restait en retrait, les yeux rouges, fixant le sol. Sarah elle-même, la sombre Sarah, serrait les mains de Pauline dans les siennes en répétant :

— Merci... merci... merci...

Quant à David, il m'a pressé dans ses bras et m'a dit dans un souffle :

— Nous ne vous oublierons jamais...

*

Deux semaines plus tard, une lettre sans timbre était glissée sous notre porte. Elle contenait deux billets.

Sur le premier, j'ai reconnu l'écriture de Sarah :

Lisbonne, le 9 décembre 1942

Cher Pauline, cher Guillaume, chers amis,

Après un voyage rocambolesque, nous venons d'arriver sains et saufs à Lisbonne.

Notre bateau part ce soir pour Buenos Aires.

Je ne sais pas si nous nous reverrons jamais. Je ne sais même pas si cette lettre vous parviendra. Sachez seulement que s'il existe des anges dans les cieux, c'est votre visage que nous leur prêtons.

Avec notre affection et notre gratitude.

Sarah, David, Jacob et Judith Bechstein

À cette lettre était joint un mot griffonné que nous avons mis du temps à déchiffrer :

Vous avez sauvé quatre vies.
Beau travail !
Colonel Chauvier

Jamais Pauline ne m'a embrassé avec tant d'amour.

47

Telle était notre nouvelle vie : notre appartement était devenu un havre où venaient se réfugier des bêtes traquées, une étape pour la liberté. Après les Bechstein sont passés les Chissin, les Dahan, les Kulp, les Grunberg, les Steiner et tant d'autres, dont les noms échappent à ma mémoire comme ils échappaient aux griffes de la Gestapo.

« Nous vous confions des familles entières, car votre appartement est grand », m'a expliqué Bazil.

Et chaque fois, pendant un petit mois, une nouvelle vie de famille se mettait en place, quai de Conti. Une existence certes sous pression, vu toutes les peurs qui hérissaient le Paris occupé, mais une existence bien réelle, où Pauline et moi apprenions à connaître des gens de tous horizons.

Les Chissin étaient pharmaciens à Strasbourg, les Dahan tailleurs à la Bastille, les Kulp banquiers à Mulhouse, les Grunberg médecins dans le VIIIe arrondissement... Tous portaient l'infamante étoile jaune, mais chacun s'acclimatait à sa façon au petit musée du quai de Conti. Certains étaient d'abord terrifiés, d'autres intimidés, d'autres encore hautains ou méprisants. Ils réagissaient à la situation de façons très diverses. Les plus modestes montraient vite leur gratitude, tandis que ceux qui menaient un train de vie semblable au nôtre – voire plus flamboyant – avaient du mal à accepter cette vie de proie poursuivie et nous traitaient en domestiques. Mais, après deux ou trois jours, les dissensions s'apaisaient et nous parvenions à mettre en place un équilibre de vie que venait immanquablement briser Bazil, lorsqu'il arrivait sans crier gare, de faux papiers en main. Et toujours quelques semaines plus tard, nous recevions de ces familles un message, que nous avions pour ordre de brûler aussitôt.

Étrange monde parallèle qui me forçait à me dédoubler sans cesse. La vie parisienne était de plus en plus délicate, et je ne devais donner aucun signe risquant de dévoiler mes « activités ». Alors, je finissais par ne plus savoir très bien qui j'étais.

— Soyez plus royaliste que le roi, m'a conseillé Monsieur R., que j'ai croisé chez Dodo au début du printemps 1943.

— C'est-à-dire ?

— Redoublez de loyauté envers l'occupant. Vous devez être irréprochable ! On ne doit rien soupçonner. Aucun doute ne doit s'installer. Vous savez combien les gens sont suspicieux. Dans notre période abjecte, le moindre voisin est un délateur en puissance : ne leur donnez pas l'occasion de vous dénoncer.

Puis il s'est approché de mon oreille pour ajouter d'un ton à la fois dur et désolé :

— Car si vous étiez pris, je ne pourrais plus rien pour vous... Au contraire...

— Comment ça, au contraire ?

Mais Dodo est arrivée et nous avons dû changer de sujet.

Malgré des scrupules de plus en plus envahissants, j'ai bien été obligé de suivre le conseil de Monsieur R. Pour protéger les dizaines de personnes qui transitaient par « mon » appartement avant de fuir, il m'a fallu constamment manifester mon allégeance au pouvoir en place et le faire savoir.

Pauline et moi devions être vus dans les salons et aux spectacles. Prenez les chroniques mondaines de l'époque, et vous lirez nos noms pour les premières des *Visiteurs du soir* de Carné, *La Reine morte* de Montherlant, *Goupi mains rouges* de Becker, *Le Corbeau* de Clouzot, *L'Éternel Retour* de Cocteau et Delannoy. On nous voit même en photo à la première des *Mouches* de Sartre, début juin 1943, en compagnie de l'auteur et de trois officiers SS, ainsi qu'à celle du *Soulier de satin* de Claudel, en novembre de la même année, ou à la grande rétrospective Georges Braque du Salon d'automne.

Tous ces documents à charge ont bien entendu été exhibés à mon procès, comme des preuves accablantes de ma culpabilité ; seule la photo avec Sartre a « miraculeusement » disparu, l'écrivain étant devenu le plus féroce des épurateurs. Mais ces photographies ne sont rien à côté des articles que je me suis forcé à signer, à côté des déclarations que je me suis contraint de prononcer à la radio. J'aurais sans doute dû savoir que je construisais pierre à pierre ma perte, mais j'avais si peur pour nos protégés, j'étais si passionné, que j'en oubliais bien souvent le sens de mes phrases.

Quand j'y repense aujourd'hui, je me fais l'effet d'un enfant immature et dangereux qui, pour se protéger du feu, déclenche un incendie. Car je n'ai pas hésité à saluer publiquement l'obligation de la mention « juif » sur les papiers d'identité, la destruction du quartier du Vieux-Port à Marseille par les Allemands, la création de la Milice et du STO. On a pu lire dans *Je suis partout* mon compte rendu enthousiaste du « Cahier jaune », cet opuscule rédigé par le docteur Montandon, qui proposait de pratiquer des opérations « défigurantes » afin d'enlaidir les « belles juives ». On m'a également vu, le 27 mai 1943, dans le jardin des Tuileries, à cet autodafé public d'œuvres d'art dites « dégénérées ». Des toiles de Léger, Klee, Ernst et Picasso ont alors disparu dans les flammes, sous le regard de passants indifférents, bien plus soucieux de se trouver de quoi manger pour le dîner, car les rations de viande venaient de tomber à 120 grammes par semaine. Et moi, rose et bien nourri, je m'affichais à côté des soldats qui jetaient joyeusement ces toiles au feu.

Même Rebatet, présent à mes côtés, était écœuré.

— On dirait que ça t'amuse ! s'est offusqué ce passionné de peinture, qui abandonnait soudain ses combats politiques lorsqu'il était question d'art.

Sous nos yeux, un portrait cubiste se consumait.

— Je trouve ça très sain, voilà tout, ai-je menti, estimant que si l'on me voyait là, personne n'irait imaginer qui je cachais sous des toiles des mêmes artistes.

J'ai même songé – sans comprendre la portée de cette pensée – qu'il valait mieux brûler des tableaux que des hommes.

Mais Lucien restait peiné.

— Parfois, tu me fais peur, Guillaume.

— Comment ça ?

— C'est si difficile de savoir ce que tu penses vraiment. Comme si tu te réinventais chaque jour, au contact des événements, de l'histoire. Comme si tu étais forgé par notre époque. Comme si tu étais, dans tes paradoxes et ta franchise, le plus pur produit de cette guerre...

— Tu as peut-être raison. Je n'ai que vingt-deux ans, rappelle-toi...

Que répondre d'autre ? Lucien disait vrai. Et le comble était que j'arrivais à troubler le plus hitlérien des écrivains français, le plus antisémite de l'équipe de *Je suis partout*, l'auteur des torrentiels *Décombres*, qui avait raté de peu le Goncourt, l'hiver précédent. C'est que je devais être bien impossible à cerner. Tous mes « amis » de la rédaction avaient beau être des ultras, ils n'en restaient pas moins des petits-bourgeois, avec des réactions et des opinions souvent assassines, voire atroces, mais que leurs origines sociales rendaient parfaitement prévisibles. Moi – en cela aussi, Lucien disait vrai –, je ne cessais de me réinventer. Né dans un milieu à la fois privilégié et hors du temps, je n'avais pas la même échelle de valeurs. D'ailleurs, je n'en avais aucune, ne cessant de la recomposer. En quelques années, j'avais si souvent changé de vues et d'objectifs.

Mais maintenant que Pauline m'avait poussé vers cette voie salvatrice et si dangereuse, ma vie avait enfin pris un sens. Chaque matin, je savais pourquoi je me levais. Je n'avais plus cette innocence de l'« époque Bloch » ou ce cynisme des « années Dupin ». J'avais bel et bien grandi, mûri. Du moins en avais-je le sentiment. Et puis, je savais que me vautrer dans la collaboration la plus effrénée permettait à des familles entières d'échapper à la mort. C'est pourquoi je n'éprouvais aucun scrupule à saluer le décret de Laval autorisant les Français à s'engager dans la Waffen SS, à me féliciter qu'Himmler soit nommé ministre de l'Intérieur du Reich et que le milicien Darnand remplace Bousquet comme « secrétaire général au maintien de l'ordre ».

— Tu en fais trop, Guillaume, s'est inquiétée Pauline, que mon zèle mettait mal à l'aise. Je ne voudrais pas que tu deviennes comme Victor...

La simple mention de mon traître de frère suffisait à me hérisser. Nous n'avions aucune nouvelle de lui, mais je pouvais bien imaginer quelle était sa vie dans le Malderney occupé. Pauline ne cherchait pas à me provoquer, tout juste voulait-elle me réveiller parce qu'elle craignait que je joue mon rôle avec trop d'application.

— Tu crois que j'ai le choix, peut-être ? ai-je rétorqué. Ce n'est pas moi qui « en fais trop », c'est l'époque qui est une immense scène de théâtre sur laquelle on ne joue que des pièces sinistres !

— Mais de là à t'abaisser à cela ! a-t-elle répliqué en prenant sur le bureau du salon ma carte de la Milice, à laquelle j'avais adhéré en même temps que Lucien.

— Tu sais bien que c'est une couverture, que c'est la meilleure façon de rester blanc à leurs yeux.

— Certes..., a fait Pauline, toujours soucieuse, en regardant au loin le petit Isaac Steiner qui jouait sur le tapis de l'entrée. Mais ce n'est pas une raison pour laisser traîner ces documents.

J'ai pris la carte et l'ai rangée dans ma veste.

— C'est vrai, mais je ne pense pas qu'ils soient dupes. Ils ont bien compris qui j'étais et ce que je faisais...

Pauline a eu une moue dubitative.

Entre nos « invités » et moi, il y avait un permanent non-dit au sujet de ma « raison sociale ». Aucun ne s'est jamais permis de me demander ce que je faisais dans la vie. Ils n'étaient pourtant pas aveugles, et beaucoup vivaient à Paris depuis des mois, voire des années. Il était donc presque impossible qu'ils n'aient jamais croisé mon nom ou ma silhouette dans la presse. Mais j'imagine que Bazil les prévenait à mon sujet. C'est pourquoi aucun d'eux, en découvrant mon visage dans l'entrée de l'appartement, ne manifestait la moindre émotion.

Pour Pauline, c'était différent. D'une nature très douce, elle apaisait les réfugiés, gagnait leur confiance, jouait un rôle de grande sœur ou de cousine parisienne. Les enfants l'aimaient presque aussitôt, et il arrivait souvent que l'un d'eux s'endorme le soir pendant qu'elle lui lisait les *Histoires comme ça* de Kipling ou *La Forêt des Lilas* de la comtesse de Ségur.

Je l'ai dit, Pauline avait aussi ses obligations mondaines et nous sortions énormément. Nous faisions même partie des jeunes couples les plus en vue du Paris mondain, et il n'était pas une fête, pas une réception, où nous ne fussions invités.

Florence Gould nous appelait ses « petits tourtereaux », Adry de Carbuccia nous surnommait « l'assiette anglaise », Josée de Chambrun, la fille de Pierre Laval, adorait nous avoir comme « bout de table ». Nous étions au mieux avec Karl Epting, de l'Institut allemand, et avec le lieutenant Heller. Jean Luchaire, Otto Abetz, Fernand de Brinon et tous les caciques de la collaboration nous appelaient par nos prénoms.

Je me souviens de ce dîner chez le pianiste Alfred Cortot, où, tandis que le musicien attaquait un nocturne de Chopin, Mgr Mayol de Luppé, aumônier de la LVF et chantre de la croisade antibolchévique, nous avait pris à part.

« Mes enfants, vous n'êtes pas mariés, n'est-ce pas ?

— Nous vivons ensemble, avais-je répondu devant ce visage mafflu et hautain, crispé par un monocle cerclé d'or.

— Laissez-moi donc sanctifier votre union. Que diriez-vous d'un petit voyage en Bavière pour une cérémonie discrète, dans une exquise église de la frontière autrichienne ? »

Pauline avait reculé d'un pas.

« Nous ne sommes pas catholiques, monseigneur... »

Sans prendre la mouche, Mayol de Luppé avait haussé un sourcil farceur avant de répondre :

« Parce que vous croyez que je le suis ? »

Cette attitude, aussi cynique que bouffonne, était de plus en plus courante dans les salons du Paris occupé. Tout le monde savait que le vent était en train de tourner, et l'humour était une façon comme une autre de faire face aux événements.

Malgré la presse à la solde du pouvoir, la rumeur publique et les ondes de la BBC diffusaient les véritables nouvelles : le 2 février 1943, les Allemands avaient capitulé à Stalingrad ; durant le printemps et l'été, villes et usines allemandes avaient été bombardées par les Alliés, lesquels avaient débarqué le 10 juillet en Sicile, provoquant la destitution de Mussolini deux semaines plus tard ; à l'automne, tandis que la Corse était libérée, les Russes avaient occupé la Roumanie et la Bulgarie ; enfin, le 28 novembre, Roosevelt, Churchill et Staline s'étaient retrouvés à Téhéran pour une conférence au sommet...

— Le monde est en train de changer, Guillaume, m'a dit Pauline aux premiers jours de décembre 1943, tandis que nous rentrions d'un dîner chez Alain Laubreaux, où tous avaient parlé des progrès de la Résistance, certains n'hésitant pas à se demander s'ils ne feraient pas mieux de changer de camp. Maintenant que nous avons sauvé seize familles, peut-être peux-tu calmer ton... « collaborationnisme » ?

Elle disait sans doute vrai, mais j'avais encore trop peur de déséquilibrer ce double jeu si savamment mis en place depuis un an et demi.

C'est que Pauline n'en pouvait plus de jouer les cocottes mondaines, de professer des opinions contre nature, de nier ses croyances intimes.

— À force de mentir à tout le monde, j'ai l'impression de *te* mentir et de *me* mentir. Je ne sais même plus exactement qui je suis...

— Tout le monde joue un jeu, mon amour, ai-je tenté de la rassurer, tandis que nous grimpions l'escalier du quai de Conti.

Comme souvent, Couturier a passé le nez dans l'embrasure de sa porte, l'air mécontent.

— Il faudra un jour m'expliquer pourquoi chez vous personne n'ouvre la porte, alors que j'entends des cris d'enfants... Je ne suis pas votre concierge, vous savez ?

Nous avions beau expliquer chaque semaine à notre voisin que des cousins de province nous rendaient régulièrement visite, il avait fini par se méfier.

Sans attendre de justification, Couturier a fait un clin d'œil à Pauline.

— Madame a reçu des fleurs...

— Encore ! a-t-elle grogné.

Alors que Couturier tendait à Pauline un magnifique bouquet de roses, nous avons tous vu le petit ruban à croix gammée qui ceignait les tiges.

— Ça fait le cinquième en quinze jours. L'Allemagne semble vous aimer, chère Pauline.

Couturier était hilare : assister à l'exaspération de Pauline et voir ma mine déconfite le comblaient d'aise.

— Généralement, c'est la femme qui rougit et le mari qui grogne. Avec vous, c'est l'inverse ! a gloussé notre voisin en refermant sa porte dans un grand geste théâtral. Les Anglais ne pourront jamais faire les choses comme tout le monde !

Tout en faisant la grimace, Pauline a retiré le ruban à croix gammée pour le cacher au fond de son sac.

— C'est vrai que c'est le cinquième...

— Ce type est amoureux de toi, que veux-tu !

Pauline est devenue écarlate.

— C'est toi qui m'as demandé d'entretenir le doute, de ne jamais le rabrouer, maintenant, tu vois où nous en sommes !

— Gelbenzwerck est un des plus hauts gradés de l'état-major allemand à Paris ! À la moindre contrariété, il a le pouvoir de tous nous envoyer à Drancy...

— C'est une raison pour me faire jouer les putes ?

Plusieurs fois déjà, nous avions eu cette conversation. Voilà en effet des semaines que ce militaire faisait une cour assidue, bien que très luthérienne, à Pauline. Après des mois de discrétion, il avait remarqué mon indifférence et ne se gênait plus pour se déclarer. C'est que j'avais ma petite idée, laquelle déplaisait souverainement à Pauline. Il me fallait donc souvent reprendre mon bâton de pèlerin pour lui expliquer combien cette trouble relation était importante à cultiver.

— Mon amour, ai-je dit en posant une main apaisante sur son épaule, ce n'est pas faire de toi une pute que de sourire un peu trop souvent à cet officier.

Pauline s'est dégagée violemment.

— Un officier qui m'envoie des fleurs *chez nous.* Qui se jette sur moi dès qu'on le croise à un cocktail, qui s'arrange toujours pour changer le plan de table lorsque nous sommes au même dîner...

— Est-ce qu'il a jamais eu le moindre geste ambigu ?

Pauline fut bien forcée d'admettre que non.

Je l'ai prise dans mes bras. Et cette fois, elle ne m'a pas repoussé.

— Mon amour, je te demande juste de rester courtoise avec lui. Qui sait, un jour ou l'autre, ça pourrait nous sauver la vie.

Et puis il y a eu le soir du 16 janvier 1944.

48

Comme tous les hivers de l'Occupation, celui de 1944 a figé Paris dans un étau glacé. S'il faisait moins froid qu'en 1941, les citadins étaient plus vulnérables. Affaiblis par quatre ans de privations, ils semblaient saisis par les frimas, comme autant de vieillards à la merci du moindre courant d'air. Les quarante mille paires de pantoufles en cheveux humains, cousues par des religieuses du Calvados, étaient déjà usées. Les semelles de bois ne tenaient pas assez chaud aux pieds. Les bas peints ne masquaient plus les mollets musclés par la marche forcée, amaigris par le rationnement et rougis par le froid. Il n'y avait même plus de boulettes de papier à mettre dans les poêles. Et puis la peur était là, la vraie peur... C'en était fini de l'entente courtoise avec l'occupant. Les Allemands montraient leur vrai visage et redevenaient les *Boches*. Il n'était plus question de les saluer dans le métro ou de leur sourire au café. Eux-mêmes, sachant leur pays bien mal engagé, redoublaient de cruauté. Le moindre attentat terroriste était suivi de représailles sanglantes. Lorsque des résistants s'attaquaient à des lieux ou à des soldats, ils raflaient des gens au hasard. On racontait l'histoire d'un père de famille parisien qui était parti chercher un médecin au milieu de la nuit, car sa femme accouchait. Arrêté par des policiers français, il avait été conduit au poste.

« Désolé, monsieur, vous n'avez pas de laissez-passer pendant le couvre-feu.

— Mais ma femme est en train d'accoucher ! »

Attendris, les policiers l'avaient autorisé à appeler un docteur depuis le commissariat.

Mais un attentat résistant commis la même nuit avait joué contre le malheureux : en représailles, toutes les personnes retenues dans ce commissariat avaient été embarquées et fusillées au mont Valérien... Le bébé naquit orphelin de père.

— Tu crois que cette histoire est vraie ? m'a demandé Pauline.

— Tout est possible, désormais.

— Et nous, on craint quelque chose ?

— Tant qu'on joue calmement notre double jeu, je ne pense pas.

Voilà que Pauline elle-même avait des doutes. Mais il faut dire que l'hiver, l'obscurité et les incertitudes politiques étaient propices à toutes les angoisses.

Depuis le 2 janvier, nous hébergions une famille d'immigrés polonais arrivés en France quelques jours avant la fin de l'été 1939, les Blauschild. Israël, Sarah et leur petit Moshe avaient prévu de partir pour l'Amérique via Cherbourg mais s'étaient retrouvés coincés à Paris. Depuis quatre ans et demi, ils vivaient d'expédients. D'abord hébergés chez des cousins, ils étaient peu à peu entrés dans la clandestinité.

Bazil me les avait amenés aux premiers jours de janvier, avec pour mission habituelle de les cacher entre deux et trois semaines. Hélas, ces invités se sont révélés moins faciles que leurs prédécesseurs.

Épuisée par ces errances infinies, Sarah était constamment malade. Durant la première semaine, elle n'a cessé de tousser, finissant même par cracher du sang dans son mouchoir.

— Docteur... docteur..., m'a supplié une nuit son époux en frappant à la porte de notre chambre.

Que pouvais-je faire ? Après un bref conciliabule, Pauline et moi avons décidé de demander l'aide du docteur Couturier : il habitait en face, pas de risque d'être raflé au hasard.

— Mais ne parlez surtout pas, vous comprenez ? les ai-je prévenus. Je dirai que vous êtes des amis polonais de passage à Paris.

— Des Polonais *catholiques*, a ajouté Pauline en suspendant un petit crucifix au cou de Sarah, allongée dans son lit sous des cataplasmes.

Son mari a regardé la croix avec une sorte de dégoût, puis m'a fait signe que je pouvais aller chercher le médecin.

— Votre amie a une belle pneumonie, a diagnostiqué Couturier, que nous avions tiré du sommeil mais qui n'a pas cherché à en savoir plus sur cette patiente de fortune.

— Il faut l'emmener à l'hôpital ? a demandé Pauline, que cette possibilité inquiétait.

Couturier s'est gratté la joue en regardant autour de lui. De l'autre côté, adossé au mur comme un enfant puni, Israël contemplait sa femme avec un mélange de passion et d'impuissance. Il se rongeait les sangs de ne pas comprendre et devait se retenir de poser la moindre question dans son étrange sabir.

— L'hôpital serait en effet la meilleure des solutions, a dit le médecin, mais avec l'hiver, toutes les salles sont pleines. Et puis, autant la garder au chaud ici...

Puis il lui a prescrit une longue liste de médicaments aux noms d'oiseaux.

— Mais nous n'allons jamais trouver tout ça ! s'est écriée Pauline.

Avec un clin d'œil ironique, Couturier a agité le jambon que je lui avais donné en échange de sa consultation.

— Quand on est dans le camp des maîtres, vous savez bien qu'on trouve tout.

— Sans doute, ai-je dit, mais...

Je n'ai pu finir ma phrase, car un hululement a retenti de l'autre côté de la chambre. Comme chaque fois que Moshe se réveillait en pleine nuit, ce petit garçon de sept ans poussait des cris d'orfraie.

Pauline et moi avons blêmi. Il était deux heures du matin et nous pensions qu'il dormait dans la pièce mitoyenne. Nos pas avaient dû le réveiller et il s'est jeté sur le lit de sa mère en glapissant une langue incompréhensible.

Couturier a eu un sourire matois.

— Pour des catholiques, vos amis parlent un excellent yiddish.

Puis il est parti, son jambon sous le bras.

*

Cette mésaventure a-t-elle conduit à la nuit du 16 janvier ? Couturier nous a-t-il dénoncés ? Je ne le saurai sans doute jamais.

Mais le 16 janvier 1944 reste le jour où tout a vraiment basculé : ma vie, mon engagement, mon rapport aux autres, à Pauline, à moi-même. Jusqu'alors, j'avais vécu en funambule, flottant entre les mondes, les univers, les milieux. J'avais pu jongler entre ces rôles improvisés, qui m'éloignaient de la réalité tout en m'y plongeant de façon presque suicidaire. Paradoxe du petit Maldernais débarqué dans la grande ville, qui garde une âme d'insulaire et se crée une île secrète, au plus profond de son esprit, de sa conscience, comme on se bâtit une forteresse intérieure pour se terrer en cas d'attaque. Mais là, en ce soir du 16 janvier 1944, mes murailles se sont effondrées. Je n'avais plus de bouclier, plus de barrière, plus rien. J'étais allé trop loin pour faire marche arrière ; et pour la première fois, j'allais devoir répondre de mes actes.

Il était huit heures du soir. Pauline était sortie dîner chez des amis du quartier, et j'avais eu la paresse de rester à la maison. D'ailleurs, je n'aimais guère laisser seuls les Blauschild. En particulier Sarah, dont l'état de santé ne s'améliorait guère et qui réclamait un traitement que son époux n'aurait pas su lui administrer, ne pouvant lire les instructions de Couturier.

Israël et moi jouions aux échecs dans le salon, devant une cheminée que j'avais pu garnir grâce à Dodo, qui m'avait fait livrer du bois « de sa campagne ».

Le petit Moshe était allongé sur le tapis, des crayons de couleur tout autour de lui, en train de griffonner de vieux cahiers que j'avais retrouvés dans les placards de Simon Bloch.

De temps à autre, nous entendions Sarah tousser depuis sa chambre. À chaque fois, Israël murmurait «*Skuz... ma femme...*» et montait s'assurer qu'elle allait bien. Il en revenait l'œil chagrin, malgré un sourire d'une profonde gentillesse, et se rasseyait devant l'échiquier.

Comment sont-*ils* arrivés ? Je ne sais pas.

Mais tout à coup, *ils* étaient là.

Tournant le dos à l'entrée, je n'ai rien vu. Mais le visage d'Israël s'est figé dans une moue atroce, il a blêmi et de ses mains tremblantes il a fait tomber les pièces une à une sur le tapis.

— Là... là..., a-t-il dit.

Moi, j'étais si absorbé par ma stratégie que je n'ai pas tout de suite réagi.

C'est le cri de l'enfant qui m'a fait sursauter. Un cri profond, abyssal.

Comme si j'étais réveillé en plein milieu de la nuit, je me suis retourné d'un bloc et j'ai vu le visage du petit garçon.

Ce n'était plus un visage, mais un hurlement. Il battait des pieds à un mètre du sol, la bouche tordue de douleur. Ses jambes valsaient dans l'air, comme s'il ne comprenait pas ce qui le soulevait en lui faisant si mal.

Son père était tétanisé. Il ne parvenait plus à articuler le moindre mot ; tout ce qu'il redoutait depuis des mois, des années, se déroulait sous ses yeux. Tout ce qui l'avait poussé à fuir la Pologne, à se cacher dans Paris, à préparer, des semaines durant, cette fuite harassante, interminable, mais qui devait sauver la vie de sa femme et celle de son fils, était sous ses yeux. Un homme, là, devant nous.

J'ai juste eu la force de balbutier :

— Qui... qui êtes-vous ?

Mais l'autre n'a pas répondu. Grand, carré, d'une blondeur presque albinos, il tenait l'enfant par les cheveux, à un mètre du sol.

Moshe avait cessé de gigoter. Ses yeux se révulsaient, et la douleur lui avait fait perdre connaissance. L'Allemand l'a alors laissé tomber comme un paquet de linge sale.

— Moshe !! a hurlé son père en se précipitant vers le petit corps.

Mais l'Allemand l'a cueilli au passage d'un violent coup de botte à la mâchoire, qui a projeté Israël en arrière.

L'articulation déboîtée, le malheureux hurlait de douleur en tentant de la remettre en place.

Cette vision m'a fait monter le cœur aux lèvres et dans le même temps m'a arraché de l'espèce de sommeil dans lequel j'étais tombé. Pour moi, tout s'effondrait. Je n'arrivais pas encore à analyser la situation

– tout s'était passé en moins d'une minute –, mais je reprenais pied.

J'ai alors vu les autres. Debout dans l'entrée, cinq hommes en imperméable de cuir noir attendaient, comme au spectacle. Le soldat allemand s'est penché sur l'enfant et l'a soulevé à nouveau en le montrant aux autres, comme on exhibe un trophée. L'un d'eux s'est avancé et a pris le petit dans ses bras, avec une étrange douceur. Mais lorsqu'il a sorti une petite lame pour lui dessiner une étoile de David sur le front, j'ai cru exploser.

Sans réfléchir, je me suis jeté sur lui. Comme ce pauvre Israël, j'ai été accueilli avec la même violence.

Le souffle coupé, je me suis senti tomber en arrière, ma tête venant cogner le coin de la table basse dans un bruit mat.

À mon cri s'est mêlé celui de l'enfant, que la douleur de la coupure au front venait de « réveiller ».

Les six Allemands ont éclaté de rire en voyant le petit garçon errer dans la pièce, se cognant aux meubles, aux objets, aveuglé par le sang qui lui coulait dans les yeux.

— Moshe ! a répété son père, qui venait de se redresser et contemplait la scène avec moins d'effroi que d'incrédulité.

Il ne parvenait pas à y croire. Il faisait un cauchemar. Un affreux cauchemar dont il allait se réveiller. Peut-être était-il aux États-Unis ? peut-être en Pologne, car cette guerre n'était qu'un mauvais rêve. Peut-être s'était-il seulement assoupi devant notre partie d'échecs.

Mais non, tout cela était vrai.

Atrocement réel.

Et lorsqu'il a vu mon visage tuméfié, il a compris que tout était fini.

Moi, j'étais hagard. Je tentais de rassembler mes esprits, de lancer des noms, des relations, mais les mots mouraient dans ma gorge. J'étais sans volonté. Une matière inerte ; morte.

C'était là la force de ces gens avec qui j'avais passé des années à boire du champagne : ils annihilaient toute résistance ; par le seul pouvoir du regard, ils vous faisaient comprendre que toute opposition était inutile et qu'il valait mieux se laisser faire. Le triomphe de la volonté.

Et, moi qui avais passé des mois à cacher ces gens, moi qui m'enorgueillissais de sauver des vies, je n'étais même pas capable de me lever pour crier ma rage, ma haine, ma colère. J'étais soumis, instantanément. Et ce sentiment était le plus abominable de tous, car il me paraissait *naturel*. Comme si tout à coup j'avais à payer pour ma conduite des années passées ; comme s'il était normal que tout ceci arrivât. Comme si les Blauschild étaient les dommages collatéraux d'une guerre dont j'étais à la fois l'assaillant et la victime. Un règlement de comptes entre moi et moi, n'ayant plus de frère pour me servir d'exutoire.

Mon esprit s'emballait et partait dans toutes les directions. Une voix m'a ramené sur terre :

— Je savais bien que tu cachais quelque chose, Guillaume...

J'ai reconnu le tout jeune sbire de Lafont, qui faisait le gué devant la porte de l'appartement, à l'époque du marché noir.

— Gilles Lancrenoux ?

Seul Français du petit groupe, il est sorti de l'obscurité de l'entrée et s'est avancé vers moi en susurrant :

— Quand je t'ai connu, tu ne cachais encore que de la viande froide...

Posant une main amicale sur l'épaule du petit Moshe, qui a tressailli mais, toujours aveuglé, s'est laissé faire, Gilles a ajouté :

— Maintenant, tu nous fournis du gibier vivant : compliment !

Puis il a tapé dans ses mains en direction des Allemands, qui ont aussitôt ligoté père et fils, dont les visages étaient maintenant exsangues.

Prenant un carnet, Lancrenoux s'est étonné.

— Ce petit a une mère, non ?

Je me suis mordu la langue pour ne pas, instinctivement, tourner la tête vers l'escalier.

Israël a lui-même compris le sens de la question, car il m'a supplié du regard de ne rien dire. Il a glissé une main entravée dans les cheveux de son fils, qui partaient en grappes noires sur le sol, puis il m'a de nouveau regardé, comme s'il implorait : « Sauvez au moins ma femme... »

Hélas, comme par malheur, Sarah est partie d'une violente quinte de toux.

— Ach sooo..., a singé Lancrenoux dans un allemand de pacotille.

Puis il a claqué dans ses mains en désignant l'escalier.

Les quinze minutes qui ont suivi restent parmi les plus atroces de ma vie. Atroces parce que je n'ai rien vu. Atroce parce que je n'ai fait qu'imaginer. Atroce parce que je voyais les yeux ronds du petit garçon, qui ne comprenait pas pourquoi sa mère criait. Atroce parce que j'avais devant moi le visage ravagé du mari, qui entendait les hurlements de sa femme mêlés à ceux des cinq soldats, lesquels étaient montés quatre à quatre à l'étage. Atroce parce que Lancrenoux n'a pas bougé, écoutant les hurlements comme on déguste une sonate. Atroce parce que Sarah Blauschild n'en est même pas morte, et qu'ils l'ont descendue comme un objet, la poussant dans l'escalier où elle a roulé jusqu'à nous, couverte de sang. Atroce parce qu'elle n'avait même pas perdu connaissance et que dans ses yeux se lisait toute la souffrance de l'innocence bafouée. Atroce parce qu'elle a réussi à se relever, prenant son mari et son fils contre elle, et que tous trois se sont mis à prier...

— Bon, a conclu Lancrenoux, je crois qu'on a fait le plein...

Il s'est tourné vers moi et a ajouté d'un ton rigolard :

— Je ne sais pas quel bon Français nous a signalé la présence de tes « amis », mais il était très précis.

Puis le petit groupe s'est ébranlé.

Alors qu'ils allaient fermer la porte, Lancrenoux est revenu dans l'appartement avec son air farceur.

— Tu ne croyais quand même pas t'en tirer comme ça ?

Et il s'est tourné vers ses complices en ordonnant :

— Lui aussi, on l'emmène !

49

Menotté, poussé par Lancrenoux qui pointait un revolver dans mon dos, j'ai descendu l'escalier sans un mot. Je ne pouvais m'empêcher de songer à Marco Dupin, qui avait quitté l'appartement de la même manière, l'année précédente. Et il semblait si heureux, ce fou ! Qu'avait-il pu devenir, depuis ? Mais cette question était bien hors de propos.

« Et moi ? Que vont-il faire de moi... ? » me suis-je demandé, un nœud d'incrédulité et de terreur dans l'estomac.

Ce n'était pourtant pas le moment de paniquer. Inutile de s'engluer dans la peur..., ce qui n'était pas chose facile ! Je venais brusquement de passer dans le camp adverse et je n'y étais absolument pas préparé...

— Tu vas nous expliquer tous tes petits trafics..., a ricané Lancrenoux, dont le regard furetait alentour.

Une seule lumière dans ma nuit : Pauline était sortie et ils ne comptaient pas attendre son retour.

« Une fois devant ses chefs, je m'expliquerai... J'imagine qu'il veut me conduire à Henri Lafont, le chef de la Carlingue, c'est un ami de Dodo et de Monsieur R. », me suis-je dit en regardant Lancrenoux, ce joli jeune homme aux traits si féminins. Il ne devait pas avoir vingt ans. Nous étions presque des enfants, tous les deux.

— Allez, marchand de juifs, a-t-il grogné en ouvrant le lourd porche donnant sur la rue.

Tout gamin qu'il était, Lancrenoux semblait pourtant sans âge dans son imperméable de cuir noir, tandis qu'il me faisait traverser le quai.

— Avance !

Un camion attendait, de l'autre côté de la chaussée. Un gros fourgon militaire bâché, dont le pot d'échappement crachait des volutes de fumée.

Au-dessus de nous, le dôme de l'Institut restait impassible. Sur le pont des Arts, un couple d'amoureux s'enlaçait dans la pénombre, sans souci du couvre-feu.

Les Allemands se réchauffaient en grillant des cigarettes et en se frottant les mains autour du véhicule. Je voyais leurs ombres éclairées par les rouges lucioles qui dansaient dans la nuit.

— Il vous reste un strapontin ? a ironisé Lancrenoux.

Un des imperméables a soulevé la bâche et allumé une lampe torche pour éclairer l'intérieur de la remorque. Des cris surpris et étouffés sont parvenus du camion, suivis de « *chhhht* » terrifiés.

— *Jawohl*, a confirmé l'Allemand en me prenant par le bras.

Puis ils m'ont jeté dans la cuve.

La cuve...

Quel autre mot pour désigner cette remorque sordide et puante, qui empestait la sueur, la maladie, le chagrin et la trouille ? Plongé dans l'obscurité, j'ai senti des mains palper mon corps, des souffles caresser mon visage, des genoux et des coudes bousculer mon torse et mon dos.

Combien étaient-ils ? Quarante, cinquante ? Écrasés dans ce fourgon aussi vaste qu'une chambre de bonne, nous étions comme ces lourds paniers que les pêcheurs exhibent fièrement, à la criée, sous le soleil levant. Mais il n'y avait pas de soleil. Il n'y avait pas de lumière. Nous étions dans un monde aveugle, un monde qui semblait s'être crevé les yeux pour ne pas contempler l'insoutenable.

Soudain, une main a agrippé la mienne.

— Gui... llaume ?

C'était le petit Moshe. Sa voix paniquée, suppliante, m'a alors paru incroyablement pure, dans cette ignoble marmite.

J'ai serré l'enfant contre moi, bousculant mes voisins d'infortune.

— Ne t'inquiète pas, tout va bien se passer, ai-je menti.

— Nous ? Mourir ? a repris l'enfant.

— Moshe ! a crié Israël, qui devait être un peu plus loin, comme si son fils venait de blasphémer.

La toux de Sarah a alors retenti, aussitôt suivie d'un concert de râclements de gorge, de toussotements, de grognements, comme dans un sanatorium.

L'air devenait irrespirable. Je sentais ces dizaines d'haleines malades, terrifiées, et je ne pouvais me retenir de songer « Je n'ai rien à voir avec ces gens... je dois sortir d'ici ».

En réalité, une panique irrépressible commençait à s'installer, occupant lentement tout l'espace. Mais mon instinct de survie était en train de reprendre le dessus, et – sans me l'avouer – je me sentais prêt à tous les sacrifier pour peu qu'on veuille bien me reconduire chez moi, dans mon douillet appartement, entre les bras de la femme que j'aimais. J'ai vite réalisé l'horreur de ce sentiment, qui m'a révulsé ; mais que pouvais-je ressentir d'autre ? Tout cela était atrocement humain. Devant la mort, chaque homme est seul. Alors, parlez-nous de partage, de solidarité : sinistre blague !

Car c'est bien la mort qui planait dans ce fourgon sans lumière, une mort crasseuse, pouilleuse. Une mort dans l'humiliation, la bassesse et le mépris.

Soudain, le camion a pilé. Déséquilibrés, nous nous sommes tous entrechoqués dans des cris de douleur.

— *Ruhe !* a fait un Allemand en soulevant la bâche.

La lumière était aveuglante. Un projecteur éclairait le visage de gens qui ne semblaient pas avoir vu le jour depuis des semaines. Cette lumière atrocement blafarde n'en soulignait que davantage la fatigue, l'épuisement, la démission. Malgré l'horreur absolue de cet instant, tandis qu'une partie de ma conscience était révoltée et ne songeait qu'à fuir, l'autre partie ne pouvait repousser un réflexe presque artistique, envisageant la scène sous l'angle d'un croquis. Car la vision était d'une grandeur atroce, d'une monstrueuse beauté : ces hommes, ces femmes, ces enfants, étaient enchevêtrés comme les suppliciés d'une peinture de Bosch, comme s'ils étaient déjà ces cadavres emmêlés qu'on découvrirait deux ans plus tard. Étais-je en train de perdre tout sens moral ? Pouvais-je accorder une valeur esthétique à cette vision ? En avais-je le droit ? Peu importe. Je crois surtout que ce point de vue, si révoltant fût-il, me permettait de prendre de la distance par rapport à la scène et de garder les pieds sur terre.

Car tout virait au cauchemar...

Comme du bétail, nous avons été arrachés un à un au camion, puis on nous a parqués dans la cour d'un immeuble haussmannien qui m'était inconnu. Autour de nous, une dizaine d'hommes en casquette et imperméable noir observaient la scène, un sourire aux lèvres. Ils étaient eux-mêmes entourés d'une vingtaine de soldats en uniforme qui ne semblaient pas partager leur ironie mais gardaient une rigidité militaire.

Tandis que Sarah descendait à son tour du camion, elle a été prise d'une irrépressible quinte de toux.

— *Ruhe!* Silence ! a aboyé le soldat qui vidait le fourgon, furieux de cette indiscipline.

Mais Sarah, prête à étouffer, est tombée à genoux.

— Sarah ! a crié Israël, qui était déjà parqué avec les autres.

Un soldat lui a donné un coup de crosse dans les tibias pour l'empêcher de rejoindre sa femme.

Lancrenoux s'est approché de Sarah et, s'adressant aux hommes qui l'avaient frappée dans l'appartement, a dit :

— Je crois que vous me l'avez rendue inutilisable.

Puis, lui caressant la nuque du bout du talon, il a ajouté d'une voix atrocement douce :

— Relève-toi, petite juive...

Comme Sarah n'en finissait pas de tousser, s'affaissant encore plus sur elle-même pour cracher des billes de sang, Lancrenoux a haussé les épaules en murmurant : « Tant pis » avant de mettre la main à sa ceinture.

Le coup a résonné dans la cour de façon assourdissante.

Le silence qui a suivi était encore plus violent.

Lancrenoux ayant tiré à bout portant, la tête avait explosé comme une grenade tombée de l'arbre.

Moi – moi qui un instant plus tôt implorais la disparition de tous ces gens pour peu qu'on me tire de cette horreur –, j'étais encore dans le camion. Je ne pouvais simplement pas y croire. Ça ne s'était pas passé. C'était juste impossible. Mes yeux me brûlaient. Le sang martelait mes tempes. Mes oreilles bourdonnaient. Tous les sons me parvenaient étouffés. Et chaque image de ce film atroce semblait défiler au ralenti.

Le cri de Moshe m'a paru si lointain. Quant à celui d'Israël, comme un écho qui ne s'éteindra jamais, il continue de me réveiller presque toutes les nuits...

J'avais la sensation d'être hors du temps et du monde. Dans une réalité qui n'était pas la mienne, mais que j'avais sans le savoir côtoyée depuis des années, me refusant à la considérer, tout heureux que j'étais de jouer les résistants en cachant ces victimes.

Tel était donc le destin de ces gens, s'ils restaient à Paris. Tel était leur avenir, s'ils ne parvenaient pas à s'enfuir, grâce à des organisations comme le réseau Gabriel.

Mais qu'allait-il devenir, ce réseau, maintenant que j'étais arrêté ?

Et puis, qu'allait-on faire de moi ? M'exécuter ? me passer à la question ? me torturer ? Si Gilles agissait ainsi, quelle serait l'attitude d'Henri Lafont ?

J'étais brisé, et comme au-delà de la peur.

Pour l'instant, la seule nécessité consistait à ne pas m'évanouir de frayeur et de dégoût.

Toujours dans le camion, je me suis jeté vers l'extérieur.

Alors que les imperméables allaient me conduire vers le groupe de juifs, lesquels m'observaient avec une frayeur épuisée, Lancrenoux a ordonné :

— Non, non. Lui, il reste avec nous. C'est un ami de la maison.

À ces mots, les juifs m'ont toisé avec un mélange de mépris et d'incompréhension. J'ai surtout vu les regards de Moshe et d'Israël, qui me fixaient en tremblant, leurs yeux faisant la navette entre le corps de Sarah et ma silhouette bien nourrie. La vision était d'autant plus révoltante que Lancrenoux a posé une main amicale sur mon épaule.

J'étais incapable de parler. D'ailleurs, il n'y avait rien à dire. Toute justification eût été absurde et indécente. Et puis, je n'étais coupable de rien ; n'avais-je pas voyagé avec eux, dans le même fourgon ?

C'est pourtant là que nos chemins se sont séparés.

— Faites le tri des vêtements et préparez le transfert vers Drancy, a conclu Lancrenoux en prenant mon bras pour m'entraîner vers le perron de l'immeuble.

— Moi, j'emmène Guillaume voir *le patron*...

50

On se figure toujours les prisons derrière de hautes murailles sombres, ou bien encore cachées par les enceintes de quelque monastère, tel celui de Clairvaux, où je me trouve en ce moment.

Pourtant, ce qui fait la qualité d'une prison, ce ne sont pas ses murs, mais ses gardiens.

J'ai vite compris que ce bel immeuble bourgeois de la rue Spontini, dans le XVIe arrondissement, était plus qu'une prison et que ses gardiens étaient bien pires que des matons... Je savais que le QG de Lafont et de sa Carlingue était rue Lauriston, mais ils avaient des antennes dans tout le quartier.

Tandis que Lancrenoux me faisait gravir le petit perron qui menait à une double porte vitrée, les juifs ont été conduits vers un autre camion, où les attendaient des soldats SS.

— Où les emmenez-vous ?

— Franchement, je n'en sais rien, m'a dit Lancrenoux en perdant un peu de son assurance. Et je ne sais pas si j'ai envie de le savoir...

J'ai lu une peur étrange sur son visage, il avait perdu de son agressivité et m'a ouvert la porte de l'immeuble comme on accueille un invité.

— Après toi...

Dans le grand hall couvert de tomettes noires et blanches, une dizaine de types étaient assis sur des chaises. J'ai réalisé avec effroi que tous ces hommes vêtus de noir astiquaient des revolvers, aiguisaient de grands couteaux, affûtaient des lames de rasoir, nettoyaient des pinces à épiler, des tire-bouchons... Lafont choisissait ses sbires parmi les petites frappes du milieu parisien. J'en avais devant moi un douteux échantillonnage.

Dans un coin de la pièce, posée sur un tabouret de bois brut, une grosse TSF branchée sur les ondes de Radio Paris diffusait de l'opérette viennoise. Le contraste entre la douceur des valses et cette « anti-chambre de torture » n'en était que plus frappant. Car c'était bien ça. Ces jeunes gens aux visages sans haine véritable, plus désœuvrés qu'assassins, attendaient qu'on les tire de leur torpeur et qu'on fasse appel à leurs *services*.

Au même instant, tous ont levé vers moi un regard morne et sinistre. Ils avaient l'air de s'ennuyer à mourir, et mon arrivée était une promesse de nouveauté.

Instinctivement, je me suis reculé. Trois d'entre eux se sont aussitôt levés.

— Vous fatiguez pas, leur a lancé Lancrenoux, ce gars-là va directement chez le patron.

Haussant les épaules, les trois hommes se sont rassis, déçus, et ont repris leur « travail manuel » en maugréant :

— Quelle soirée de merde...

J'étais donc réservé à Henri Lafont. Ils m'en auraient presque voulu d'être un gros gibier. Mais je n'ai plus prêté attention à eux... J'étais si fébrile que mes oreilles bourdonnaient.

Puis j'ai perçu des hurlements et des cris. J'avais l'impression nauséeuse d'entendre l'atroce oratorio de quelque compositeur sadique, qui aurait cherché à retrouver toutes les modalités de la voix humaine au *contact* de la souffrance et de la peur.

De part et d'autre du hall, cinq portes closes peintes en tons pastel étaient autant d'entrées vers les Enfers. Pour ne pas sombrer dans la terreur, j'ai instinctivement tenté de me concentrer sur chacune des voix. Derrière une porte, un timbre féminin hoquetait des « je ne sais pas » suppliants, tandis qu'en face, une voix de basse répétait sans doute la même phrase, mais dans une langue qui pouvait aussi bien être le yiddish qu'un dialecte allemand. Derrière les autres portes, c'était encore pire. Les victimes ne cherchaient même plus à parler, à articuler. Ce n'étaient que cris, plaintes, gémissements, qui montaient par saccades, entrecoupées de bruits de coups ou de cliquetis métalliques.

J'ai alors constaté que mes lèvres tremblaient, que tout mon corps vibrait et que ma bouche répétait compulsivement :

— C'est impossible, c'est impossible...

— Mais si, c'est possible..., a répliqué Lancrenoux d'un ton presque amusé en me poussant vers une des portes.

Au lieu de fuir à toutes jambes, j'ai perdu mes moyens et me suis plaqué contre la paroi de bois. Les tortionnaires ne m'ont même pas accordé un regard. À leurs yeux, je ne faisais plus partie de l'humanité. J'étais un objet. Un petit animal couard et sans espoir, qui venait d'être pris au piège et qu'on allait abattre, comme tant d'autres avant et après lui. Un maillon de la chaîne, rien de plus.

Quand Lancrenoux a ouvert la porte, mon propre cri m'a fait sursauter. Tous ont éclaté de rire en voyant ma mine ahurie. Pas de vision atroce, pas de torture, pas de corps supplicié : cette porte donnait sur un escalier, voilà tout.

— Monte, a dit Lancrenoux en me suivant.

Les petites marches grinçantes conduisaient à un entresol très bas de plafond, copie miniature et biscornue du hall d'entrée. J'ai senti remonter mon angoisse. Et lorsque Lancrenoux m'a introduit dans une des petites cellules, une sueur glacée m'a inondé la nuque.

— Tu... tu... tu ne vas pas me laisser là ?

Ce n'était pas une pièce, mais un cube. Un cube avec pour seul meuble un petit fauteuil fixé au sol, sous une ampoule nue.

— Pour l'instant, si..., a répondu Lancrenoux en me poussant sur le siège avant de m'y ficeler. Le temps que le patron soit libre...

— Mais je connais Lafont. Dis-lui de venir tout de suite. J'ai une explication à tout ça...

— Je m'en doute bien. Et je suis sûr que le patron va être enchanté de la connaître.

Le ton de Lancrenoux pour dire ça ! À la fois narquois et pervers.

— Dis à Lafont de venir tout de suite, je t'en supplie...

Il avait déjà refermé la porte à double tour...

*

Impossible de savoir le temps que j'ai passé dans cette cellule. Seul, dans un silence absolu, j'ai pu aussi bien rester deux heures que deux jours. Dans ce cocon stérile et sans fenêtre, qui avait sans doute été une remise ou un profond placard – sur les murs, dont les papiers peints avaient été arrachés, on voyait encore les marques laissées par des étagères –, rien ne parvenait. À la longue, la lumière crue de la lampe devenait aveuglante. Aucun son ne filtrait de l'extérieur et, lorsque j'ai cru percevoir l'écho d'une soufflerie, j'ai pris conscience que c'était le bruit de ma propre respiration.

— Calme-toi, calme-toi..., me suis-je forcé à dire à haute voix, quand l'angoisse m'a saisi à la gorge, empêchant l'air de gagner mes poumons. Tout va s'arranger. Lafont va venir. Tu vas lui expliquer. C'est un ami de Monsieur R. Il va comprendre et te relâcher aussitôt. Tu vas pouvoir rentrer à la maison, retrouver Pauline...

Pauline...

L'avaient-ils attendue ? Était-elle dans une cellule mitoyenne ? Allaient-ils lui faire subir les mêmes sévices qu'à Sarah ? Tout semblait possible. J'étais la victime de mon double jeu, et j'y avais entraîné la femme que j'aimais.

— Calme-toi, bon Dieu ! calme-toi !

Mais comment me calmer ? Comment apaiser mon esprit qui partait dans tous les sens ? Je cherchais désespérément à trouver un sens, une logique à cet enfer. Et tout dérivait, tout s'entrechoquait : les visages, les souvenirs, les silhouettes. Malderney, Victor, ma mère, Simon Bloch, Marco Dupin, Monsieur R., Lafont, Pauline : tous dansaient une gigue sinistre. Tous me montraient du doigt.

« Tu as voulu jouer, tu as perdu ! » ricanait Victor. « Tu resteras à jamais le petit frère, le second couteau... »

« Mon pauvre Guillaume, dans quoi t'es-tu encore embarqué ? » se navrait ma mère, sans même chercher à me sourire, ni à me réconforter.

« Prends tes responsabilités, me sermonnait Simon Bloch, moi qui t'avais tout donné... »

Quant à Marco, il irradiait d'une joie mauvaise. « Pense à moi, ami. Pense à tous ceux qui ont hurlé de souffrance entre ces murs... comme tu vas toi-même hurler, très vite... »

À ces mots, j'ai bel et bien hurlé. Hurlé de terreur, hurlé de colère, hurlé pour évacuer ces fantômes qui, rassemblés en face de moi, chuchotaient comme des conspirateurs.

Lorsqu'une main bien réelle s'est posée sur mon épaule, j'ai poussé un cri encore plus violent, comme si on me plantait une hache dans le ventre.

— Ne criez pas comme ça, a-t-elle dit, je n'ai même pas commencé...

51

Elle s'appelait Lucie. Du moins est-ce ainsi qu'elle s'est présentée.

— Mais connaître mon nom ne vous avancera pas à grand-chose, monsieur Berkeley.

Avec son uniforme noir et son petit calot posé sur ses jolis cheveux blonds et bouclés, elle ne devait pas avoir dix-huit ans et semblait une collégienne déguisée en militaire.

Lucie a déplié un petit tabouret pour y poser une mallette.

— Qu'est-ce que vous êtes venue faire ? ai-je balbutié.

— Laissez-moi juste sortir mon matériel, et je suis à vous, monsieur Berkeley.

La bouche soudain affreusement sèche, je l'ai vue ouvrir sa mallette qui contenait une armée de petits objets métalliques. Elle en a saisi un qu'elle a levé au-dessus de son visage, pour le scruter à la lumière de la lampe.

— Il paraît que vous avez des choses à nous dire, monsieur Berkeley...

Instinctivement, j'ai tenté de me libérer des liens qui m'entravaient, de faire bouger ce fauteuil vissé au sol.

— Tout ce que vous allez faire, c'est vous déchirer les poignets, a dit Lucie en rangeant le scalpel dans son étui, pour lui préférer une longue et fine aiguille.

— Où est Henri Lafont ? C'est lui que je dois voir ! Appelez votre patron !

— C'est précisément lui qui m'envoie ici.

Hésitant sur les mots, elle a joué un instant avec la pointe de l'aiguille, avant de préciser :

— Il m'envoie en... « reconnaissance ».

— En reconnaissance ?

— Oui, a-t-elle dit avec un franc sourire, je suis là en éclaireuse.

Puis elle a saisi ma main droite.

— Qu'est-ce que vous faites ?

Mon cœur s'emballait. À nouveau, j'avais le sentiment d'avoir changé de réalité, de vivre un cauchemar.

Mais cette scène était bien réelle : cette jolie demoiselle plaquait mon poignet contre le bras du fauteuil et y enfonçait une aiguille.

— J'ai fait un peu de couture à l'école, a-t-elle dit sans ironie. Mais avec la guerre, tout s'est arrêté... Alors, il est possible que je sois maladroite.

Puis elle a commencé.

La douleur est montée jusqu'à mon épaule et tous mes muscles se sont tendus. Je n'ai même pas pu crier.

— Pour qui travaillez-vous ? a doucement demandé Lucie, sans cesser d'enfoncer l'aiguille sous l'ongle de mon majeur.

Par à-coups, elle poussait la pointe, cherchant sans doute à décoller l'ongle pour laisser la chair à nue.

— Qui vous « fournit » ces gens ? À qui les livrez-vous ?

Nouvelle pression, qui a libéré mes poumons.

Mon cri l'a fait sursauter, ce qui a hélas fait dévier sa main et mon ongle s'est à moitié détaché.

— Je vous avais dit de rester calme, a-t-elle tancé en agitant le lambeau sanglant qui pendait maintenant de mon index.

Puis, d'un mouvement sec, elle l'a arraché.

Nouveau hurlement.

— Vous êtes conscient qu'un simple nom me fera arrêter, n'est-ce pas ?

Bien sûr que j'en étais conscient ! Bien sûr que le nom de Monsieur R. me brûlait les lèvres ! Bien sûr que je pouvais tout déballer ! Mais, alors que dans le camion j'étais prêt à tout pour regagner ma liberté, j'avais retrouvé mes esprits. Je ne pouvais pas trahir, c'était impossible, impensable. Cela aurait été détruire tout ce que j'avais entrepris depuis des mois, trahir ces malheureux que j'avais hébergés, protégés, nourris. Et puis, tous ces fantômes m'avaient paradoxalement redonné de la force. Victor qui me rabaissait ? maman qui me dédaignait ? tous ces gens qui me prenaient pour un lâche, un esprit faible, influençable ? J'allais leur prouver que je pouvais moi aussi avoir du cran. Que je pouvais supporter la douleur, la torture...

Du moins jusqu'à un certain point, car Lucie s'est attaquée à un autre doigt, enfonçant directement toute l'aiguille, dont la pointe est venue cogner contre la première phalange.

La douleur a été si forte que j'ai cru sectionner ma langue en la mordant. Un goût de sang m'a inondé la bouche.

— Un nom, monsieur Berkeley. Juste un nom...

Il m'a fallu me concentrer sur le visage de Sarah. Sur celui de Moshe et d'Israël. Sur ces ombres suppliciées, dans le camion. Si je tentais de résister à la douleur, c'était pour eux. Rien que pour eux. Pour eux et pour Pauline.

Pauline, ma Pauline, mon amour... Sa silhouette semblait presque abstraite dans cette cellule. Presque indécente. Si j'avouais quoi que ce fût, elle serait la prochaine sur la liste. Et cette idée était plus insupportable que la plus atroce des tortures.

Rangeant l'aiguille, Lucie a pris une petite pince aux extrémités fines et plates.

— Passons à l'autre main, a-t-elle dit en saisissant l'ongle de mon annulaire gauche avec son outil.

Puis elle a tiré d'un coup sec.

— Toujours rien ? a-t-elle demandé en approchant l'ongle sanguinolent de son visage, comme on observe un insecte mort.

J'étais hagard. Chaque pore de mon corps hurlait de douleur, et ma bouche restait muette.

Une idée abominable m'a alors traversé l'esprit. Une idée qui a fait vaciller toutes mes certitudes. « Pour l'instant, elle ne s'occupe que de mes ongles... »

Et cette idée a pris toute la place. À mesure que la douleur me lançait dans les mains, mes scrupules et mes doutes s'envolaient. Telle est la redoutable, la honteuse efficacité de la torture. La souffrance nous ravale à l'état d'animal. Et sous son emprise, rares sont ceux qui choisissent la mort.

Je tentais de calmer mon esprit, de retrouver ma lucidité, mais Lucie avait sorti un petit tube de verre contenant un liquide transparent...

— Qu... qu'est-ce que c'est ? ai-je balbutié.

— Du sérum de vérité, a-t-elle répondu, avant d'en aspirer quelques millilitres dans une pipette, qu'elle a approchés de mon index mis à nu.

Était-ce à dessein ? Elle en a fait tomber une goutte sur le parquet. En grésillant, le liquide a aussitôt fait un trou dans le bois, dégageant une petite fumée blanche.

« De l'acide !!! » ai-je compris, sentant tout chavirer, tandis qu'elle approchait la pipette de mon doigt sans ongle.

Alors j'ai lâché prise. Remisant toutes mes belles intentions au plus profond de ma conscience, j'ai murmuré :

— Schrammelstein...

Lucie s'est figée.

— Vous dites ?

Mes lèvres peinaient à articuler. Toutes les douleurs de mon corps semblaient accrues par la honte de trahir. Mais l'instinct de survie était le plus fort.

— R... Rufus Schrammelstein... Monsieur R...

— Je vous ai dit que j'étais là en éclaireuse.

Elle ne semblait pas comprendre.

— Monsieur R., ai-je repris d'une voix plus nette.

— Je ne suis pas sourde, monsieur Berkeley. Mais le patron viendra quand il sera disponible.

Un cliquetis a retenti contre la porte.

— Quand on parle du loup, a dit Lucie avec un grand sourire.

Une ombre s'est faufilée dans la pièce.

— Je vous l'ai bien préparé, patron, a gloussé Lucie.

— Parfait. Maintenant, laissez-nous seuls...

Cette voix !

— Bonsoir, Guillaume. Ça me désole de vous retrouver ici...

Puis Monsieur R. a saisi la pipette pour en déposer une goutte sur mon doigt supplicié.

52

— V... vous ? C... c'est vous « le patron » ?

Malgré la douleur, je parvenais encore à parler.

Monsieur R. a reposé la pipette avec précaution sur le tabouret, avant de se poster devant moi, bras croisés.

— Pour qui travaillez-vous ? a-t-il aboyé, sans bouger.

— Mais enfin, je...

Impossible de finir ma réponse. Son coup de poing m'a cueilli de plein fouet, faisant exploser ma lèvre inférieure.

— Pour qui ?!!

Alors que le sang envahissait ma bouche, il s'est collé à moi, chuchotant :

— Lucie fait sûrement le guet derrière la porte. Elle entend tout. On doit être prudents. Continuez à jouer votre rôle...

Puis, sans doute pour « jouer son rôle », il m'a donné un nouveau coup de ses petits poings noueux et velus. Ma tête a résonné comme un bourdon et j'ai cru que l'espace entre ma mâchoire et ma pommette gauche partait en poussière.

— M... mais... pourquoi faites-vous ça ? ai-je demandé d'une voix pâteuse, car dans ma tête tout fonctionnait au ralenti.

Monsieur R. ne m'écoutait plus. Trottinant jusqu'à la porte, il l'a entrebâillée pour voir s'il y avait quelqu'un dans le couloir.

— Personne, a-t-il constaté avec soulagement avec un visage tout à coup avenant et confus. Je suis désolé, Guillaume, a-t-il ajouté en me libérant de mes liens.

Mon premier réflexe a été de saisir cette ordure à la gorge. Mais cela n'a pas dépassé le stade de l'intention, car les muscles de mes bras étaient si engourdis qu'ils sont restés inertes.

— Je comprends que vous m'en vouliez, a dit Monsieur R. Mais vous ne m'avez pas laissé le choix ! Vous croyez que ça m'amuse de jouer les tortionnaires ? Comment vous êtes-vous fait prendre ?

J'étais interloqué.

Se moquait-il de moi ? Jouait-il un rôle ? Avais-je tout à perdre en relatant ma journée ? J'ai pourtant raconté :

— Ils... ils ont débarqué chez moi en début de soirée...

— Ce mois-ci, vous hébergiez les Blauschild, n'est-ce pas ?

— Ils ont tué la femme devant son mari et son fils, avant de les transférer à Drancy avec... *les autres*...

— Les autres..., a répété Monsieur R. d'une voix peinée.

Il avait blêmi. J'ai vu une vraie colère passer dans son regard. Une colère qui n'avait plus rien de feint. Une rage authentique. Mais comment croire ce type qui venait de me rouer de coups ?

— Ne me dites pas que vous n'en saviez rien, Monsieur R.

— Tout va trop vite, Guillaume. Même pour moi.

— Trop vite ?

Montrant la cellule, il a expliqué :

— Cet hôtel particulier m'appartient...

— Vous voulez dire que nous sommes chez vous ? Que tout cela se passe sous votre toit ?!

— Vous savez bien que ce double jeu est impossible à vivre, trop dangereux...

— D'un côté, vous protégez des juifs, de l'autre, vous les envoyez à l'abattoir ?

Désemparé, il s'est accroupi sur le sol.

— Rien... rien de tout cela n'était prévu.

— Que voulez-vous dire ?

— Le service installé dans cette maison était destiné à la répression du marché noir. Je l'ai mis en place il y a quelques mois avec Henri Lafont, pour réguler les trafics... et connaître les noms de mes principaux concurrents...

— En les torturant !

— Peut-être, mais nous ne tuons personne...

J'ai repensé à Sarah, gisant dans la cour gelée de cet immeuble de cauchemar.

— Menteur !

— Je me suis fait court-circuiter, Guillaume ! a-t-il repris, étrangement implorant. Depuis deux semaines, mes gars se sont acoquinés avec les gens de la Gestapo et de la Milice. Comme le marché noir est en berne, ils s'ennuyaient et ils ont décidé de livrer la chasse aux juifs...

Comme si ses propres mots le dégoûtaient, il a ajouté :

— Ça les *occupe*...

J'étais atterré.

— Et vous, dans tout ça ?

— Moi, je suis obligé de jouer le jeu.

— Et ils ne vous ont pas arrêté, vous, le juif Schrammelstein ?

Visage glacial de Monsieur R.

— Je reste leur patron... mais plus rien n'est impossible...

Un long silence s'est installé dans la cellule. Un silence poisseux. Il n'y avait plus rien à dire. Nous étions chacun coincé dans notre rôle.

— Si vous me relâchez tout de suite, j'imagine qu'ils vont vous demander des comptes ?

Il a hoché du chef, navré.

— Tout ce qui concerne les juifs dépend directement des Allemands, a-t-il répondu à contrecœur. Si je vous laisse sortir, c'est moi que la Gestapo va interroger...

Il a posé un regard inquiet sur le tabouret où se trouvaient encore les pinces, les aiguilles, la pipette d'acide.

— Des dizaines de familles juives sont en ce moment même cachées par mes soins dans Paris... Et je n'ai jamais été très... résistant à la douleur...

— Parlez-moi de *résistance*, Monsieur R.

Nouveau silence.

— Et maintenant, ai-je repris, que fait-on ?

Schrammelstein a haussé les épaules.

— On attend.

— On attend quoi ?

Se relevant en grimaçant – ses articulations ont craqué –, il m'a répondu :

— Je ne peux pas agir directement, mais je vais faire en sorte de prévenir la hiérarchie.

— Quelle hiérarchie ? Le colonel Chauvier ?

Monsieur R. est devenu écarlate et je l'ai senti prêt à me rouer à nouveau de coups.

— Ne prononcez jamais ce nom ! Je ne parle pas de cette hiérarchie-là. Le réseau Gabriel ne doit jamais être au courant de cette... *mésaventure*. Sinon, ils risquent de vous supprimer eux-mêmes. Les enjeux sont trop lourds...

— Vous voulez dire que je suis condamné des deux côtés ?

Il a tenté d'affecter un visage apaisant. Mais ce n'était guère convaincant.

— L'avantage, c'est que vous avez été capturé par « mes » hommes.

— L'avantage ?

— Ils ont confiance en moi. Je vais inventer quelque chose, étouffer la chose. Le réseau Gabriel n'aura jamais vent de l'affaire...

Était-ce censé me rassurer ?

— Et... les Allemands ?

— C'est de leur hiérarchie que je parlais. Je vais faire passer un message comme quoi vous avez été abusé par des gens qui ont caché chez vous des personnes dont vous ignoriez l'identité réelle. Mais je vais devoir jouer serré. Il y a encore quelques mois, ils n'auraient pas demandé de preuves et ils vous auraient libéré sur ma seule bonne foi. Maintenant qu'ils sont en train de perdre la guerre, ils deviennent des bêtes traquées et voient des ennemis partout.

— Bref, je dois attendre.

— J'en ai bien peur...

— Et... vous pouvez prévenir Pauline ?

— Moins elle en saura, moins elle risquera de...

— Si elle n'a pas de nouvelles de moi, elle va remuer ciel et terre...

— Dieu fasse que votre femme ne bouge pas d'un pouce. Le réseau ne peut pas s'effondrer pour une raison si... prosaïque.

— C'est pour ça qu'il faut la prévenir...

Schrammelstein semblait vraiment désemparé.

— Ah, dans quoi m'avez-vous embarqué, Guillaume ? Ai-je eu raison de vous faire confiance ?

— Nous achetons tous notre place au paradis, Monsieur R.

Il est passé derrière moi pour m'attacher de nouveau à la chaise.

— Qu'est-ce que vous faites ?

— N'oubliez pas que vous êtes un prisonnier, et que je viens de vous extorquer des aveux...

Ce disant, comme on tape du poing sur une table, il m'a écrasé la main sur le bras du fauteuil.

J'ai poussé un hurlement si puissant que la porte s'est ouverte.

— Ça va, patron ?

— Oui oui, a fait Monsieur R. en reconnaissant Lucie. Et toi, ça fait longtemps que tu attends devant la porte ?

— J'étais partie boire un café avec les autres. Je viens de revenir et j'ai entendu le cri du monsieur...

Schrammelstein a paru soulagé et il m'a fait un clin d'œil complice. Mais je n'avais plus le cœur à jouer le jeu. Cet homme venait de me briser les phalanges et j'aurais dû me réjouir ?

— Nous nous reverrons, monsieur Berkeley ! a-t-il proféré d'une voix ridiculement théâtrale, avant de rejoindre Lucie.

Puis la porte s'est refermée, me laissant avec mes doutes, mes angoisses et mes plaies.

53

Lorsque j'ai retrouvé l'air libre, jamais la lumière de Paris ne m'avait semblé aussi éblouissante. Il faisait pourtant un temps grisâtre, presque tiède pour une fin janvier. Une petite pluie picotait les Parisiens, qui se recroquevillaient sous leurs tenues de fortune pour lutter contre le vent. Cinq jours s'étaient écoulés et rien n'avait changé : le grand calme du Paris allemand était toujours le même. Le cliquetis des vélos, les bruits de pas des colonnes militaires, le son des semelles de bois, toujours pressées, jusqu'à ce chuchotement permanent d'une population qui ne s'autorisait plus à parler à voix haute.

Quittant la rue Spontini, j'ai débouché avenue Foch, dont la noble grandeur m'a étrangement frappé.

Qui m'avait libéré ? Et pourquoi ? Je n'en savais rien. Mais j'étais libre.

Libre...

Cinq jours de claustration attaché à une chaise, sans presque rien manger. J'étais moins épuisé que groggy. Tout me semblait irréel. En l'espace de quelques jours, tout s'était effondré. Mes certitudes, mes belles intentions, mes rêves. Je croyais pouvoir continuer à mener de front mes deux vies ; je croyais rester l'aimable Guillaume Berkeley, ludion des nuits parisiennes, tout en jouant sincèrement les sauveurs. Je trouvais honnête cette double vie, où j'assurais mes arrières d'un côté comme de l'autre. Surtout, je vivais cela comme un jeu. Dangereux, certes, mais qui m'avait jusqu'alors réussi, puisque toujours j'avais jonglé avec les identités, dansé d'un protecteur à un autre, de clan en clan, sans jamais y perdre mon âme. Du moins le croyais-je... Car ces cinq jours m'avaient forcé à réfléchir.

« Je ne serai plus jamais le même... », ai-je compris en découvrant mon reflet dans la vitrine vide d'une boulangerie.

Malgré l'absence de pain, huit personnes faisaient la queue en maugréant sur le rationnement. En me voyant, ils se sont poussés du coude et ont baissé d'un ton.

— Qu'est-ce qui lui est arrivé, tu crois ?

— Je sais pas. Mais il est sacrément amoché.

Alors je me suis vraiment vu...

Ma main aux articulations gonflées qui pendait au bout de mon bras comme un poisson mort. Mes doigts croûtés aux chairs à vif. Ce visage noirâtre aux cheveux filandreux et poissés de sang. Mes yeux bouffis par le manque de sommeil et les coups. Mes lèvres fendues, crevassées.

« C'est moi, ça ? » ai-je songé, tandis que les clients de la boulangerie reculaient, effrayés.

Une petite fille s'est approchée de moi avec un sourire compatissant en me tendant un morceau de réglisse.

— Tu en veux ?

Sa mère l'a aussitôt grondée :

— Et toi, tu veux une gifle ?

« Douce France... », me suis-je dit en passant mon chemin.

Mais pouvais-je leur en vouloir ? Tous ces gens ne lisaient-ils pas *Je suis partout* ? Leur méfiance viscérale n'était-elle pas entretenue par nos articles assassins, par les diatribes flamboyantes de mes camarades de presse ? Et eux, mes amis Lucien, Alain, Pierre-Antoine, comment allaient-ils m'accueillir, maintenant que j'étais fiché par les services de la Gestapo française ? Savaient-ils déjà que j'étais un « sauveur de juifs » ? Allaient-ils à leur tour me dénoncer comme tel, dans leurs colonnes ?

« Suis-je un traître ? un héros ? ou les deux à la fois ? » ai-je songé en longeant la place de l'Étoile.

De l'autre côté de l'Arc de triomphe, j'ai aperçu l'hôtel particulier de Monsieur R. « Et lui, qui est-il vraiment ? »

Jamais Schrammelstein n'était revenu me voir. Craignait-il que je le balance ? Était-il vraiment le « patron » de tous ces monstres sanguinaires ? Comment pouvait-il danser sur une corde aussi raide ?

Une heure plus tôt, lorsque Lucie était venue me dire : « Ça y est, tu peux te tirer... », je m'attendais à le voir dans la cour. Mais il n'y avait personne.

« Je suis libéré ? avais-je demandé, tandis qu'elle me déliait.

— Il paraît... »

Lucie s'en moquait. Elle était sans haine et sans passion. Je ne l'intéressais plus. Et puis, les « clients » ne manquaient pas.

Tandis que je traversais cette maison de cauchemar, j'avais à nouveau entendu des cris provenant de chaque pièce fermée...

Comme pour me prouver que j'étais en vie, j'avais réussi à faire de l'humour :

« Eux aussi, ils ont droit à une manucure ? »

Lucie avait souri à ma remarque.

« Je t'aime bien, toi, tu sais ? » avait-elle dit en m'ouvrant la porte qui donnait sur la cour.

Sur les pavés, le sang de Sarah avait séché.

« Si jamais on se recroise, après la guerre, tu m'offriras un verre ? »

Je n'avais rien répondu, il m'avait fallu serrer les dents pour ne pas lui cracher au visage.

*

Les Champs-Élysées étaient très calmes. Sur la façade du Normandie, une affiche multicolore annonçait la sortie prochaine d'un film intitulé *Les Aventures fantastiques du baron de Münchausen*. Je me suis surpris à me dire : « Tiens, je verrais bien ça... » Pour une fois qu'un film allemand me tentait.

« Et puis, j'irai le voir avec Pauline... » J'ai tressailli. Une étrange culpabilité m'a saisi au ventre. « C'est la première fois que je pense à elle depuis que je suis sorti... »

Jusqu'alors, tout ce qui m'importait, c'était rentrer chez moi, prendre un bain, me mettre au lit. Je n'avais même pas pensé à Pauline.

Pendant ces cinq jours, je l'avais instinctivement éloignée de mon esprit. Comme si je voulais la protéger. Comme si le simple fait de songer à elle ne pouvait que la blesser ou la désigner à mes tortionnaires. Avec le recul, c'était beaucoup moins clair.

Si j'avais presque fait abstraction de sa présence dans ma vie, j'imagine que c'était dans ma nature de me créer une forme d'armure pour ne pas me laisser paralyser par les sentiments, une cuirasse pour rester insensible, sans doute. Cette cuirasse qui me permettait de contempler les bombardements pour en faire des dessins.

Mais, tandis que j'arrivais au Rond-Point des Champs-Élysées, où sur une colonne Morris on annonçait *Le Bourgeois gentilhomme* à la Comédie-Française, avec Raimu, Pauline était en train de *remonter*, comme le cadavre d'un noyé refait surface.

*

Lorsque je suis arrivé quai de Conti, j'ai croisé le regard du docteur Couturier, toujours embusqué dans l'embrasure de sa porte.

Il était si ahuri de me voir qu'il n'a même pas eu le réflexe de se cacher.

— Vous... vous êtes revenu ? a-t-il balbutié, comme s'il croisait un spectre.

— Si vous vouliez qu'ils me gardent, docteur, il fallait me dénoncer avec plus de conviction...

Mine faussement offusquée du voisin, qui s'est cabré :

— Vous m'accusez de quoi, au juste ?

— Rentrez chez vous, Couturier. Vous avez sûrement plein d'autres gens à épier. Moi, je vais me coucher...

À quoi bon le rosser, l'insulter ? Moi, je voulais juste dormir.

Ayant été embarqué sans mes clés, j'ai sonné à ma porte.

Un petit brouhaha a retenti dans l'appartement.

— Pauline ? ai-je dit, tout à coup inquiet, songeant : « Elle ne cache plus personne, j'espère ? »

C'est elle qui m'a ouvert la porte. Je ne l'avais jamais vue si blafarde.

— Ah, tu es revenu..., a-t-elle dit d'un air moins paniqué que gêné.

Lorsque j'ai voulu me pencher pour l'embrasser, elle s'est reculée et m'a présenté sa joue.

— Je... je n'ai pas encore fait ma toilette...

Quel accueil !

J'ai regardé l'heure à la pendule : presque midi.

— Tu es encore au lit à cette heure-ci ?

Elle a haussé les épaules, sans répondre. Mais je la sentais fébrile. Comme si tout lui échappait.

Sa seule présence me rassurait. Elle était toujours là ! J'étais revenu à la maison. Tout pouvait s'arranger. Tout *allait* s'arranger.

— Mon amour, ai-je dit en la prenant par les épaules, c'est moi, je suis revenu ! Je suis en vie !

— Je sais.

Puis elle s'est dégagée et a ajouté avec un ton de reproche :

— Tu me fais mal...

J'ai pris conscience que mes mains s'étaient enfoncées dans ses épaules à moitié dénudées, y laissant des marques rouges.

Alors, elle a vu mes doigts et n'a pu retenir un cri :

— Oh, mon Dieu... Et ta figure, mon Dieu, ta figure... Qu'est-ce qu'ils t'ont fait ?

Après son étrange accueil, Pauline redevenait elle-même.

— Mon amour, mon amour, ai-je dit en la prenant délicatement contre moi.

Elle s'est blottie sur mon épaule et a fondu en larmes, hoquetant :

— Guillaume, si tu savais comme j'ai eu peur...

Nous sommes restés ainsi un long moment, debout dans l'entrée de l'appartement, lovés l'un contre l'autre.

Pauline a fini par relever son visage vers le mien.

— Ils t'ont relâché ce matin ?

— Oui. Et je ne sais toujours pas pourquoi...

Elle a frémi et je l'ai vue se refermer.

— Quoi ? Qu'est-ce que j'ai dit ?

Soudain, une voix a jailli de notre chambre :

— Pauline ?

J'étais abasourdi.

— Qui... qui est là-haut ? ai-je glapi en me précipitant dans l'escalier.

— Guillaume, je t'en supplie, a crié Pauline.

Mais j'étais déjà dans le couloir.

— Tu devais revenir ce soir. Tu ne devais pas l'apprendre... Guillaume, c'est toi que j'aime...

Il était dans mon lit. Un lit aux draps défaits, jetés çà et là dans la chambre. Jamais je ne lui avais vu ce petit air de victoire.

— *Guten Tag, Herr Berkeley...*

Il rayonnait de la satisfaction du vainqueur. Depuis l'été 1940, les Allemands avaient perdu cette aura que je leur avais vue au début de leurs conquêtes. Mais là, devant moi, Gelbenzwerck savourait son triomphe.

— Entrez, a-t-il dit en se redressant. Après tout, vous êtes chez vous...

J'ai remarqué qu'il n'avait pas retiré ses bottes !

— Une manie de cavalier, a-t-il dit en allant chercher sa veste d'uniforme posée sur un siège. Mais les femmes adorent ça..., n'est-ce pas, Pauline ?

Je me suis retourné en tremblant. Pauline était dans l'encadrement de la porte, et elle observait la scène avec la même incrédulité.

— Ça... ça ne devait pas se passer comme ça..., a-t-elle chuchoté.

— Rien n'est jamais prévisible, *meine Liebe*, a repris Gelbenzwerck en boutonnant sa veste. Nous ne pouvions pas prévoir que Stalingrad serait un fiasco ; l'Allemagne ne pouvait pas prévoir qu'Hitler était un fou sanguinaire... Vous ne pouviez pas prévoir que votre « mari » serait dénoncé par son voisin, puis arrêté et torturé...

Après un temps de pause, comme s'il mesurait ses effets, il a ajouté fielleusement :

— Mais vous aviez prévu que je pourrais vous aider en cas de problème, n'est-ce pas ?

Pas de réponse. Pauline et moi fixions nos pieds, piteux, gênés l'un pour l'autre, incapables de parler.

— N'est-ce pas vous, Herr Berkeley, qui avez conseillé à votre femme d'entretenir des bons rapports avec moi, « en cas de coup dur » ?

La honte me paralysait. La honte et la culpabilité.

— Et n'est-ce pas vous, Pauline, qui avez su trouver les mots *justes* pour sauver votre mari ?

— Sortez, a murmuré Pauline.

Gelbenzwerck a lentement marché vers la porte. Il semblait enchanté.

— Et en plus, elle me congédie avec mépris, a-t-il ricané. Vous êtes devenue une vraie Parisienne, vous savez ?

Passant près d'elle, il lui a caressé le menton et elle a reculé avec dégoût.

— Dommage que je parte demain matin pour le front de l'Est…

Il a alors laissé glisser son index sous ses narines en ajoutant :

— Au moins me ferai-je tuer en gardant le souvenir de votre odeur…

— SORTEZ !!

Nous avons entendu ses pas dévaler l'escalier. Lorsque la porte d'entrée a claqué, nous avons sursauté, comme si nous avions peur de ce qui allait suivre. Comme si nous étions terrifiés par les explications qu'elle allait devoir me donner, comme si l'un et l'autre étions coupables d'une impardonnable trahison.

Mais nous n'avons pas dit un mot.

Sans croiser nos regards, nous nous sommes allongés sur ce lit puant.

Puis le sommeil nous a envahis, car il ne nous restait plus que les rêves pour pleurer.

54

Alors que l'hiver faisait place au printemps 1944, la peur s'est sournoisement installée chez nous. Peur des gens, peur des voisins, peur des amis, des ennemis ; peur de nous-mêmes, aussi.

Ma captivité et le sacrifice de Pauline avaient changé la donne. Entre elle et moi, quelque chose avait été irrémédiablement brisé. Quelque chose que nous n'avions pas le courage de nommer.

L'engrenage dans lequel nous nous étions enferrés avait atteint un point de non-retour. Mes plaies cicatrisaient, je retrouvais l'usage de ma main, de mes doigts, mais je me sentais plein de haine, d'effroi et de culpabilité. Cette famille suppliciée sous mes yeux, cette maison de cauchemar où j'avais bénéficié – je m'en rendais compte *a posteriori* – d'un traitement de faveur, et puis cet officier allemand, dans mon lit. Un homme qui avait caressé le corps de Pauline, un homme qui l'avait pénétrée, un homme à qui elle s'était donnée pour me sauver, alors que je ne pensais presque plus à elle...

Guillaume Berkeley, qu'as-tu fait de ta vie ? Tu as toujours voulu trop et tout de suite. Ta gourmandise d'enfant gâté t'a mené à casser tous tes jouets. Et maintenant, te voilà seul.

Car j'étais vraiment seul, désormais.

Bien sûr, Pauline et moi vivions toujours sous le même toit, nous tentions même de maintenir un semblant de vie sociale, en allant à la première d'*Antigone* d'Anouilh ou à celle de *Huis clos* de Sartre, mais tout sonnait faux.

Oh, Pauline, si jamais tu lis un jour ce texte, si jamais tu en comprends la sincérité sans fard, sache que nous aurions pu être heureux, toi et moi. Nous aurions pu avoir une vie douce et harmonieuse. Sommes-nous juste nés à la mauvaise date ? Ou bien est-ce plus pervers qu'une simple erreur chronologique ?...

— Qu'est-ce qui nous est arrivé, Guillaume ? m'a-t-elle demandé un soir de la fin février.

Voilà un mois que j'avais subi les sévices de Lucie, mais Pauline et moi continuions d'en ressasser les conséquences.

— Le monde change de camp, ai-je répondu. Et nous sommes bloqués à la frontière...

Sur la petite table du salon, j'avais étalé quelques objets qui résumaient notre situation.

— Regarde ce journal clandestin, ai-je commencé en lui tendant un opuscule mal imprimé intitulé *Liberté*.

Pauline l'a parcouru sans comprendre.

— C'est une liste ?

— Oui. La liste de ceux qui ne seront pas *oubliés* par les vainqueurs, à la Libération... Regarde en bas à gauche...

Pauline est devenue livide. D'une voix mal assurée, elle a lu :

— « Guillaume Berkeley : traître insulaire et journaliste à l'ignoble *Je suis partout*.

« Pauline Berkeley : compagne du précédent, pute à Boches et maîtresse du bourreau Gelbenzwerck. »

Tremblante de colère, elle a froissé le journal et l'a jeté dans le feu.

— Dans ce cas-là, il faudra aussi brûler ça, ai-je dit en lui tendant un petit rectangle de bois pas plus grand qu'une boîte d'allumettes.

— Qu'est-ce que c'est ?

— Regarde ce qui est écrit dessus...

— Mais il y a nos noms ! Qu'est-ce que ça veut dire ?

Elle a alors compris ce qu'elle tenait dans ses mains.

— Oui, Pauline, c'est un cercueil. Un minuscule cercueil. *Notre* cercueil. Bien que je doute qu'on nous en accorde un après nous avoir lynchés...

Je m'en voulais presque d'en faire trop, mais – paradoxalement – jouer les Cassandre me rassurait.

Pauline scrutait le mini-cercueil sous tous les angles, comme si elle y cherchait une signature.

— Qui nous a envoyé ça ?

— La moitié de la France, ai-je répondu d'un ton lugubre. Quant à l'autre moitié – nos supposés « amis » –, regarde ce qu'elle dit de nous...

J'ai dégagé un exemplaire de *Révolution nationale* et le lui ai tendu.

Pauline me fixait sans bouger, les doigts crispés sur le cercueil.

— Tu ne veux pas savoir ?

Elle a haussé les épaules.

— Lis toujours...

J'ai lu.

À la sous-rubrique « Les traîtres de la semaine », un fielleux articulet intitulé « Les Anglais restent fourbes » dressait le portrait de quelques ex-compatriotes (j'étais français depuis plusieurs années, maintenant) qui n'allaient pas dans le sens du régime. J'ai tenté d'affecter le ton ironique et saccadé des actualités cinématographiques :

— « Quant au jeune journaliste Guillaume Berkeley, qui travaille pour nos confrères de *Je suis partout*, il serait un de ces agents doubles qui font passer des juifs hors du pays au lieu de les remettre à la police. À l'heure où il convient d'être plus que jamais patriote et solidaire de nos alliés allemands, il y a des balles qui se perdent ! » Charmant, n'est-ce pas ?

Une fois de plus, Pauline était sans voix.

Tournant les pages du journal, j'ai ajouté :

— Et écoute ce qu'écrit mon ami Brasillach, maintenant qu'il a quitté *Je suis partout* et travaille pour ce journal concurrent : « Les Français de quelque réflexion auront plus ou moins couché avec l'Allemagne, non sans querelle, et le souvenir leur en restera doux »...

— Doux ? s'est étonnée Pauline.

Dans ses yeux, j'ai vu passer l'ombre de Gelbenzwerck, à qui elle souhaitait les pires maux de la terre. Elle n'assumait pas de s'être prostituée, fût-ce pour la bonne cause, fût-ce pour me sauver la vie.

Aurait-elle préféré sauver son honneur et me perdre ? Jamais je n'ai osé le lui demander. Mais je pense qu'au fond d'elle-même, elle se croyait à jamais marquée par le sceau de l'infamie, comme les sorcières de la Nouvelle-Angleterre.

Mais nous n'en étions plus à ces controverses morales... Il nous fallait vivre et faire notre chemin dans un Paris de plus en plus dangereux.

Chaque jour davantage, nous étions les cibles des deux camps opposés, traîtres à double fond, sans savoir quel côté choisir tout en étant prisonniers d'une ville dont on ne s'échappait plus.

Impossible de revoir Monsieur R., qui m'avait fait savoir par Bazil que nous ne pouvions plus avoir le moindre contact. De même, Pauline et moi nous sommes vu refuser l'entrée de chez Dodo.

« Madame Kifairt est désolée, mais vous ne pouvez plus entrer ici, monsieur Berkeley... », m'avait dit le videur d'un air navré.

Une scène humiliante qui s'est répétée dans de nombreux restaurants, où notre simple apparition provoquait des remarques sournoises :

« Regardez, c'est Berkeley, l'Anglais qui sauve les juifs... »

Les doigts pointaient également Pauline, les femmes aimant ricaner en brodant autour de son aventure avec Gelbenzwerck :

« Tu ne connais pas la dernière ? Il paraîtrait qu'il l'a mise enceinte ! Regarde son ventre... »

Tout cela était sordide et lamentable !

« Nous sommes coincés ! Prisonniers de cette situation ! » sanglotait souvent Pauline, lorsque nous revenions d'un spectacle ou d'une simple sortie dans Paris.

Il fallait bien s'alimenter, et Pauline ne voulait pas aller faire la queue toute seule, tant elle était toujours prise à partie.

« Ça va se tasser... », tentais-je de la rassurer. Mais je n'en savais fichtre rien.

À vrai dire, rien ne se tassait. Au contraire, la France allemande était bel et bien en train de s'effondrer sous nos yeux, mais nous étions tellement terrifiés par notre situation inconfortable que nous n'y prêtions qu'une oreille distraite.

En avril, alors que 10 000 Parisiens acclamaient Pétain au balcon de l'Hôtel de Ville, les Russes chassaient les Allemands de Crimée. En juin, les Alliés débarquaient en Normandie, longeant sans doute les côtes maldernaises pour rallier le continent.

Mais j'étais si loin de Malderney. Si loin de mon enfance. Une autre vie, un autre monde. Ce qu'avait pu devenir Victor ? Je m'en moquais. Pour nous, tout se passait à Paris. Paris qui pouvait nous tuer ou nous épargner, nous détruire ou nous sauver. Paris que les troupes alliées avaient pour objectif, et dont elles approchaient chaque jour un peu plus.

Dans la capitale, l'atmosphère devenait tout bonnement irrespirable. Chaque jour réclamait désormais son tribut de sang et de revanche. Le 20 juin, la Milice tuait l'ancien ministre juif Jean Zay ; le 28, des résistants assassinaient Philippe Henriot, le présentateur vedette de la radio nationale. C'était œil pour œil dent pour dent, et plus personne n'osait parler, dire ce qu'il pensait vraiment, avoir la moindre opinion.

— Il s'agit juste d'éviter les balles, ai-je dit à Pauline.

Elle m'a regardé avec une tristesse lasse, objectant :

— Ce ne serait pourtant pas mieux comme ça ? Deux balles perdues, une pour chacun ?

— Peut-être, qui sait...

Entre nous, c'était bien la fin. Désormais, nous dormions côte à côte, sans nous toucher. Le désir était tué par la peur ; la tendresse par le ressentiment, la honte, la culpabilité. Nos gestes sonnaient faux.

« Tu m'aimes ? me demandait-elle parfois.

— Bien sûr », répondais-je, avec une conviction qui ne nous trompait ni l'un ni l'autre.

La guerre avait tué notre amour, et nous ne restions plus ensemble que par nécessité pratique. Il n'y avait même plus de jalousie entre nous. À quoi bon ? J'aurais pu la suspecter d'avoir des amants, elle aurait pu imaginer que je fréquentais des gourgandines ; mais nous savions tous deux qu'il n'en était rien. Notre couple et notre amour étaient victimes de l'époque, et nous ne pouvions rien y changer.

Paradoxalement, le seul soutien que j'aie pu trouver en cette période ambiguë est venu de mes collègues de travail.

Alors qu'elle était elle-même en péril, l'équipe de *Je suis partout* n'a jamais cherché à en savoir plus sur moi.

— Tu fais partie de la famille, Guillaume, m'a dit Pierre-Antoine Cousteau. Je me fous des ragots ! Tu es un journaliste, et tant que notre canard sera publié, tu y travailleras...

Tous avaient pourtant entendu parler de mes problèmes. Ils connaissaient Dodo, Monsieur R. Et puis, tout se savait dans le Paris du printemps 1944, qui était une usine à rumeurs.

À vrai dire, j'ai coupé court à toute déformation en prenant Rebatet à part, vers la fin mai, dans un café de la rue de Rivoli.

— Lucien, je dois t'avouer quelque chose...

Et je lui ai raconté. Tout : le réseau Gabriel, les familles juives, Monsieur R., mon arrestation, la torture, et puis Gelbenzwerck dans mon lit.

Sans chercher le moins du monde à me juger, Lucien a hélé le serveur :

— François, remets un calva au petit.

Puis, après un long silence, il a dit :

— Je t'admire, Guillaume...

J'ai levé des yeux surpris.

— Tu m'admires ?

— Oui. Tu as du courage. Un courage étrange, bancal, parfois mal placé, mais un vrai courage. Tu aurais pu rester dans ton petit cocon, tu es venu à Paris ; tu aurais pu jouer les attentistes, tu t'es engagé, même si tu ne t'en rendais pas compte. Et lorsque tu as eu des scrupules, tu as essayé de changer les choses... Moi, j'appelle ça être fidèle à soi-même...

Je n'en revenais pas d'un tel discours dans la bouche de l'auteur des *Décombres*. Ce qu'il a dit ensuite m'a tout bonnement soufflé :

— Et puis, ce que tu as fait pour ces familles est remarquable...

— Tu trouves ? Mais c'étaient des juifs...

— Je sais, a répondu Rebatet d'un ton las. Mais je n'ai moi-même jamais voulu ça. Tu sais bien que l'antisémitisme est chez moi une licence poétique. Et quand on se laisse entraîner par ses propres mots, c'est comme ça – il a levé son verre de calva et l'a vidé –, on s'en grise...

— Ça veut dire que tu aurais pu faire comme moi, cacher des juifs ?

— Là, tu m'en demandes trop. Tout d'abord, aucun n'aurait voulu se cacher chez moi, même si j'aurais volontiers sauvé bien des musiciens de génie que les Allemands ont embarqués. Et puis, il y a une chose dont j'ai toujours manqué, Guillaume. Une chose que tu sembles ignorer mais qui fait partie de ton identité, petit insulaire...

— Quoi donc ?

— Le courage.

— Moi ? Courageux ?

— À ta façon, je le répète. Ce n'est pas forcément un courage constructif, mais tu as des couilles, petit gars. Et ce n'est pas le moment de les perdre...

55

Mon histoire avec Pauline s'est terminée le 1er juillet. Le simple fait d'écrire ces mots fait trembler ma plume. Cela semble si neutre, si factuel. Mais à quoi bon être lyrique, désormais ? Est-elle lyrique, cette cellule d'où j'écris mes souvenirs ? Est-il romantique, mon bagne ? Au diable le style. Au début de l'été 1944, il n'était plus question de couvrir quoi que ce fût d'un vernis sentimental. Le pragmatisme était une question de survie et il fallait appeler les choses par leur nom. Pauline et moi avions passé trop de temps à nous mentir, avec cette tendresse factice des couples en fin d'amour. L'heure des décisions était venue.

Je l'ai dit, voilà des semaines que l'on se fuyait, qu'on se tournait autour sans se parler, sans se dire la vérité. Pauline et moi nous mentions avec lassitude et désarroi. Nous étions comme frappés d'impuissance, bien conscients que la fin de l'Occupation marquait également celle de notre amour.

Cette première journée de juillet remonte à ma mémoire d'une étrange façon : une alternance de scènes très précises et de trous noirs.

Premier souvenir : moi ouvrant les volets, tôt le matin. Le temps était sublime. Une lueur rose irisait le ciel et se reflétait dans la Seine. Un nombre incroyable d'oiseaux tenaient conseil sur les arbres du Vert-Galant, au bout de l'île de la Cité. Plus proche de nous, des mouettes volaient en rase-mottes au-dessus du fleuve. Et puis flottait une odeur atypique : âcre, presque maritime. Fermant les yeux, je me suis un instant cru à Malderney ; il s'en eût fallu de peu pour que j'oublie le vrai monde, pour que je replonge en enfance, efface ce qui s'était passé depuis mon départ. Mais ç'eût été trop simple. Trop simple et trop lâche, j'imagine... Toutefois, en ces périodes troubles et floues, que voulait dire la lâcheté ? Que signifiait ce mot, sinon l'instinct de survie ?

Pauline m'a fait retoucher terre :

— Tu vas vraiment y aller ?

Toujours au lit, elle s'était redressée sur les oreillers.

— Je pense, oui.

— Tu *penses* ?

Ce que je pensais faire ? Aller à l'enterrement de Philippe Henriot, à Notre-Dame. Assassiné quatre jours plus tôt par des résistants, le célèbre speaker de la radio collaborationniste était une gloire de l'Occupation. Et mes amis du journal m'avaient fait comprendre qu'il serait de « bon ton » que je les accompagne à ces funérailles.

« Tu es surveillé, Guillaume, m'avait dit Lucien. Moi, je m'en fous que tu viennes ou pas. Mais certains miliciens le prendraient très mal. Déjà que tu as une réputation larvée de résistant, ne leur donne pas l'occasion d'aller "embêter" Pauline... »

Voilà pourquoi j'ai répondu :

— Oui, je pense vraiment y aller. Mais j'ai le temps, c'est à onze heures...

Elle s'est levée et a tiré une valise de l'armoire. C'était la cinquième fois de la semaine.

— Pauline, tu ne vas pas recommencer...

— Je ne recommence rien, a-t-elle maugréé en entassant des vêtements sans prendre soin de les plier. Au contraire, je *commence*. Pour moi, tout commence enfin...

— Et où comptes-tu aller ?

— Je sais me débrouiller sans toi, Guillaume, tu sais ! Alors que tu vivais confortablement avec tes trafiquants et tes gitons, je te rappelle que j'ai traversé la moitié de la France...

— Et qu'est-ce que je suis censé répondre à ça ?

— Rien, comme d'habitude ! a-t-elle dit en refermant la valise d'un coup sec. Car tu ne dis jamais rien. Tu ne prends jamais aucune décision. Tu ne choisis jamais ton camp. Tu te laisses porter par les événements, par l'histoire, par ce que tu dois penser être le destin, j'imagine...

Elle devenait fébrile. Ce n'était pas la scène de ménage habituelle. Son visage était déterminé, son regard sans ironie. J'ai fermé la fenêtre et me suis adossé à la vitre, demandant :

— C'est mon procès que tu instruis ?

Sa colère s'est alors muée en une profonde tristesse.

— Tu ne crois pas si bien dire, mon cœur. C'est comme ça que tu vas terminer : devant des juges...

Elle avait prononcé cette phrase avec tant de sincérité, avec un tel effroi dans le regard, que j'ai senti mon sang se glacer.

— Je ne plaisante pas, a-t-elle repris. Si tu avais fait des choix plus fermes, si tu ne t'étais pas grisé de ce double jeu, nous n'en serions pas là...

Sa mauvaise foi m'a soufflé.

— Parce que tout est ma faute, maintenant ?

— Tu raisonnes comme un enfant, Guillaume. Il n'est pas question de faute, mais d'actes. Et de choix.

— Mais j'ai agi, bon Dieu ! Et j'ai fait des choix difficiles. Tu réalises tout ce que j'ai mis en péril en t'obéissant et en décidant de cacher ces gens ?

— Tu parles comme un gamin. Je ne te demandais pas de m'obéir, de me faire plaisir. Je te demandais d'agir avec sincérité, avec honnêteté. Il ne s'agissait pas de chercher à me plaire, mais d'être honnête avec toi-même, avec ta conscience...

J'étais perdu. Son raisonnement m'échappait.

— Mais tu m'as dit que seuls les actes comptaient. Et j'ai agi : j'ai sauvé des gens, des dizaines de gens...

— Je sais, Guillaume. Je sais...

— Alors, qu'est-ce que tu voulais de plus ?... Que je me jette sous les roues du camion qui les emmenait à Drancy ? Que je me sacrifie et te laisse seule ici, à la merci de tous ces barbares ?

Du bout du pied, elle a poussé la valise vers la porte.

— Je ne t'ai jamais demandé de jouer les martyrs, Guillaume. Ce n'est pas dans ta nature. Je te demandais juste de croire en ce que tu faisais...

— Mais j'y crois !!

Mon cri l'a fait sursauter. Mais elle a vite retrouvé une froide ironie :

— Tu y crois au point d'aller rendre un « dernier hommage » à cette ordure d'Henriot ? Un homme qui a appelé au meurtre à la radio, pendant des années...

— Tu sais bien que je n'ai pas le choix !

— Si, justement ! Et c'est ça que tu ne comprends pas. On a toujours le choix, toujours !

Son visage reprenait des couleurs. La colère lui redonnait vie. Moi, j'étais perdu. Ses arguments me giflaient et m'enferraient dans mes contradictions, sans me laisser entrevoir la moindre porte de sortie.

— Tu as tout voulu en même temps, Guillaume. La lumière et l'obscurité, la gloire et l'héroïsme, le confort et le danger. Tu as sans doute quelque part en toi voulu changer les choses, mais tu n'as jamais compris que la première chose à changer, c'était toi-même : ton regard sur le monde, ton sens de l'engagement. Tu as toujours cru pouvoir danser sur un fil entre l'enfer et le paradis. Tu te croyais au-dessus des lois. Ta mère t'a sans doute élevé dans cet état d'esprit. Tu es toujours resté le petit hobereau de la Manche, qui se sait propriétaire de son pays. Mais tu es en France, Guillaume. Avec des gens qui ne sont pas tes vassaux. Des gens qui souffrent, comme tu as souffert dans cet immeuble de la rue Spontini. Comme j'ai souffert dans ce lit, sous le corps de cet Allemand ignoble.

— TAIS-TOI !

— Tu vois, tu refuses d'affronter la réalité. Tu te caches dans tes rêves, comme tu le faisais à Malderney, dans ta petite tour... Et c'est bien ça qui m'a toujours touché chez toi, cette innocence, cette pureté. Mais la pureté conduit parfois au carnage : regarde ce que les Allemands ont fait de l'Europe, au nom de la pureté. Tu es un enfant, Guillaume. Un enfant sur la plage de Malderney. Hélas, on ne reconstruit pas le monde comme un château de sable...

J'ai bien tenté de me défendre, mais elle rejetait chacun de mes arguments avec une rigueur de juriste.

— N'essaie plus de me convaincre, Guillaume. Tu es coincé. Nous sommes coincés...

— Et qu'est-ce que tu proposes ?

J'ai senti son assurance se fissurer. Ses yeux ont rougi. Son front a pâli. Puis ses mots sont tombés :

— Je pars, Guillaume. Ce n'est plus une menace, c'est un fait...

Voilà des mois que je craignais cette décision. Si Pauline l'avait souvent laissé entendre, jamais elle n'avait mis sa menace à exécution. Mais je savais l'importance qu'elle accordait aux mots, lesquels étaient chez elle toujours suivis par des actes. Ces « actes » qui l'obsédaient.

— Alors, c'est fini ? ai-je dit.

Je n'ai même pas essayé de la prendre dans mes bras, de lui caresser le visage. Je pense qu'elle l'espérait, qu'elle l'attendait. Je n'ai pourtant pas bougé, et j'ai fondu en larmes comme un enfant.

Et c'est bien à un enfant qu'elle a dit au revoir, plus que jamais confortée dans sa décision :

— Adieu, petit Guillaume..., a-t-elle chuchoté avec une ombre de sourire, où se lisait déjà la nostalgie.

Puis elle a pris sa valise et l'a traînée jusqu'à l'entrée.

J'ai ouvert la fenêtre pour tenter de respirer. Pauline était déjà dans la rue. Elle tentait de traverser le quai avec sa grosse valise. Un soldat allemand a voulu l'aider mais elle l'a rabroué.

De l'autre côté, la foule s'amassait près de Notre-Dame. Malgré mon chagrin, je me suis demandé s'il me restait une cravate noire.

Je n'ai pu résister à jeter un dernier regard vers l'ombre de Pauline, qui s'éloignait sur le quai. Déterminée, plus belle que jamais, elle a fini par disparaître derrière l'ombre de l'Institut.

— Adieu, mon beau rêve..., ai-je dit à mi-voix, la gorge serrée.

Je ne devais plus la revoir avant mon procès.

56

Le départ de Pauline a marqué le début du chaos. Jusqu'alors, je pouvais naviguer entre les éléments, avancer à ma façon, erratique mais astucieuse.

En me laissant seul, elle m'a hélas – ou tant mieux, qui sait ? – mis face à mes contradictions, à mes souvenirs, à mes regrets, à mon impuissance. En un mot, elle m'a mis face à ma conscience.

Je m'étais toujours accommodé d'une conscience élastique, que je modelais à loisir, que j'acclimatais, à l'air du temps. Je parvenais à la faire taire. En me quittant, Pauline m'a forcé à ne plus me trouver d'excuses.

Je me suis retrouvé nez à nez avec mes fantômes, prisonnier de mes états d'âme, comme j'allais être, un an plus tard, prisonnier de l'après-guerre.

Je n'ai rien dit à personne. Lorsqu'on me demandait « Et Pauline ? », je répondais : « Elle est restée à la maison. » Rideau ! Voilà longtemps que nous ne recevions plus, nul n'allait donc vérifier. Les rares fois où j'allais encore à la rédaction de *Je suis partout*, mes camarades étaient bien trop inquiets de la situation politique pour se soucier de ma vie intime.

« Pauline, ça va ? demandait Lucien en relisant des articles aux titres suicidaires (“Fidélité au national-socialisme”).

— Ça va. Elle t'embrasse.

— C'est gentil... »

Et ce mensonge nous suffisait. Mes déconvenues sentimentales étaient bien dérisoires dans cette France où tout vacillait.

Je le voyais bien au journal : la collaboration vivait son crépuscule. Chacun se repliait sur lui-même, redoublant de violence et de haine. Dans notre « camp », si j'ose employer ce terme, chaque action semblait désespérée. Le 7 juillet, des miliciens ont assassiné Georges Mandel ; comme ça, pour le plaisir de passer leur hargne sur un homme politique qui incarnait tout ce qu'on leur avait appris à détester (l'avant-guerre, les juifs, le Front populaire). Au même moment, les Allemands anéantissaient des maquis de résistants, comme celui du Vercors. Quelques jours plus tard, c'est le fameux docteur Montandon qui était attaqué chez lui à Clamart. Blessé, on l'a envoyé en Allemagne, où il est mort à la fin de l'été.

La violence était partout ; tout le monde se soupçonnait, beaucoup s'improvisaient justiciers, se croyant investis d'une mission purificatrice. Dans Paris, les fameux résistants de la dernière heure commençaient à apparaître. Au début de l'été, ce n'étaient encore que des hâbleurs de trottoir, mais on entendait les discours les plus invraisemblables, prononcés par des gens souvent avinés, qui péroraient sur leur rôle depuis 1940 et finissaient par montrer, caché à la ceinture, un vieux pistolet hérité de leur grand-père. Pourtant, personne ne songeait à se moquer. Car Paris ne souriait plus. Plus du tout ! Le seul fait de porter une arme faisait de vous un ennemi ou un résistant. Votre parcours politique, vos convictions, cela importait peu. Le Paris de l'été 44 était une jungle où tout le monde jouait à la guerre, après avoir placidement, pendant quatre ans, joué à la paix.

Une fois de plus, j'emploie la métaphore du jeu. C'est sans doute plus fort que moi, et Pauline avait raison : j'ai toujours eu cette façon enfantine d'aborder la vie. Mais j'étais le parfait reflet de mon temps. L'époque la moins éclatante, la plus sombre de l'histoire parisienne, avait une teinte paradoxalement ludique : les gens, prisonniers d'une situation politique qui leur échappait, tentaient souvent de fuir par le jeu : jeu de rôle, jeu de séduction, jeu du corps. Pour gommer la tristesse et la dureté du quotidien, ils ne cessaient de se réinventer des vies et des trajectoires. Une façon bien naturelle de s'abstraire dans un monde imaginaire. Il s'agissait d'une sorte de créativité, car certains s'inventaient des vies remarquablement sophistiquées, déployant des trésors d'imagination. Un écrivain argentin a dit un jour que la tyrannie est la mère de la métaphore. Nous y étions ! Mais à présent que la tyrannie s'effondrait, elle laissait place à ce qui précède l'ordre nouveau : le chaos. Et ce chaos permettait à toutes ces consciences humiliées, à tous ces êtres écrasés par le poids de l'histoire, les restrictions, les bassesses, le manque..., de racheter leur honneur en s'inventant un héroïsme de pacotille.

La fuite ne m'est pas tout de suite apparue comme la seule solution envisageable. Exilé permanent, j'ai un temps adopté la formule galvaudée mais si commode de l'« exil intérieur ».

À dater de la mi-juillet, je ne suis quasiment plus sorti de mon appartement. Les derniers exemplaires du journal étant uniquement consacrés à la politique, mes amis n'avaient plus besoin de mes chroniques sur une vie artistique que les « événements » rendaient de plus en plus aléatoire.

J'avais encore quelques conserves datant de ma période faste ; les fenêtres me tenaient lieu de promenade ; et mes souvenirs suffisaient à tromper ma solitude.

Dieu que j'ai pu méditer, alors ! Disons que je méditais de façon biaisée, tentant de trouver une cohérence à tout cela, m'efforçant de ne pas m'apitoyer sur moi-même, cherchant encore à me justifier. Plus tard, en prison, je comprendrais que la gamberge est un vertige souvent destructeur et qu'il est généralement inutile de vouloir repenser sa vie au conditionnel. Mais je n'étais pas en prison. Du moins pas encore. Même si j'avais le comportement d'un proscrit, même si je n'osais plus saluer mes voisins, même si je ne répondais plus au téléphone et n'ouvrais plus jamais ma porte.

La seule chose que je m'autorisais à espérer, c'était un signe de Pauline. Mais pas un mot, pas un appel ; rien. Et c'était normal. Où était-elle ? Dans la Résistance ? à Malderney ? raflée par des Allemands ? Impossible de le savoir.

À leur balcon, parfois dans mon propre immeuble, des hommes et des femmes exhibaient fièrement des fusils, comme s'ils étaient prêts à tirer sur la foule. Collabos ? Résistants ? Sans doute les deux. Quant aux neutres (ceux qui n'étaient pas armés), ils se barricadaient derrière leurs volets et fuyaient les ouvertures de leur propre appartement.

Alors que je n'avais presque jamais croisé mes voisins, je les entendais parler depuis chez moi :

« On va faire la peau à tous ces collabos !

— T'as raison, surtout cette ordure, au troisième ?

— L'Angliche ?

— Ouais. Celui qui a volé l'appartement de monsieur Bloch. Celui qui écrit dans *Je suis partout*. Celui qui a fait du trafic de juifs. »

Ces mots étaient peut-être une invention de ma mauvaise conscience, mais ils reflétaient parfaitement les risques que je courais à rester à Paris. Que pouvais-je faire ? Fuir ? Et pour aller où ?

La ville était devenue dangereuse pour un gibier de mon acabit. Pas question de quitter ma tanière. Je n'avais pour l'instant d'autre choix que de me terrer chez moi, en espérant qu'un semblant de calme revienne. Je vivais au jour le jour, et c'était bien suffisant.

J'aurais pu écouter la radio, mais je n'en avais aucune envie. L'évolution des événements me faisait trop peur. Je préférais les imaginer depuis ma tour d'ivoire, comme si je cherchais encore à les transfigurer. D'ailleurs, pour tromper mon ennui, j'ai ressorti mon carnet de croquis.

Voilà des années que j'avais délaissé le dessin, mais il m'a suffi de saisir un crayon pour que le trait me revienne naturellement. Alors j'ai dessiné, des journées entières. J'ai dessiné ma vie, j'ai dessiné Paris, j'ai dessiné mes amours.

Comme si ma mémoire se projetait sur les pages blanches, j'ai passé les premières semaines du mois d'août à purger mon âme par le dessin. En quelques coups de crayon, presque sans réfléchir, des scènes ressortaient du passé. Mon métier au Louvre, mon déjeuner avec Göring, ma rencontre avec Dupin ; mon premier dîner chez Monsieur R. ; l'arrivée de Victor, puis notre dispute ; mes retrouvailles avec Pauline ; notre nouvelle vie, avec ces familles que nous sauvions du massacre ; et puis la chute : l'arrestation, la torture, la débâcle sentimentale, le départ de Pauline.

Je me souviens surtout de mon dernier croquis. C'était le 24 août. Un jour pluvieux, mais je ne faisais plus attention au temps. J'étais depuis des semaines plongé dans cette étrange recomposition de mon passé, et j'avais compris que je touchais à la fin. J'ai alors attaqué mon dernier dessin. C'était le plus simple, et pourtant le plus dur à exécuter.

Il me représentait, moi, à cet instant précis. J'étais là, dans le salon, carnet et crayon en main, en train de me dessiner. Comme si j'avais réussi à quitter mon corps pour figer l'instant présent. Car la scène en valait la peine...

Le matin même, j'avais ouvert la fenêtre malgré la pluie : l'air était devenu irrespirable. Voilà des semaines que je vivais cloîtré, absorbé par mes dessins, prenant une douche çà et là, lorsqu'il y avait de l'eau.

Un courant d'air s'était précipité dans le salon, éparpillant dans la pièce les dizaines de dessins que j'avais empilés avec application sur le bureau. D'abord furieux, j'ai bientôt eu une illumination :

— Le voilà, mon dernier dessin !

Depuis trois jours, je tournais en rond, comme s'il manquait une pierre à cette pitoyable petite cathédrale narcissique, dans laquelle je m'étais englué depuis le milieu de l'été.

Alors je me suis dessiné. Un artiste au centre de son œuvre.

Si ce dessin n'était pas très réussi (je n'ai jamais été très fort pour représenter les scènes figées et les natures mortes), la symbolique de la chose m'a semblé presque vertigineuse.

« Voilà, me suis-je dit en achevant mon croquis. C'est fini... La guerre est finie. »

J'ai regardé par la fenêtre : dans la rue, des FFI embusqués tiraient sur des collabos, à moins que ce ne fût le contraire.

« *Ma* guerre est finie... »

Un immense apaisement m'a envahi. Étrangement, plus rien ne me touchait. J'avais tout enfermé dans cette série de dessins, qui résumaient mes cinq dernières années et les éloignaient de moi. Je m'étais confessé...

J'aurais pu avoir honte de m'en tirer à si bon compte, car ce n'était qu'un problème avec ma conscience. Jamais je ne m'étais demandé ce qu'un tiers aurait pensé de cette solution si commode et égoïste. Mais je vivais depuis des semaines dans un tel repli que j'avais enfin l'impression d'avoir parlé à quelqu'un. En réalisant cette série, je m'étais créé un double. Un double qui ne vivait plus que par le dessin.

— C'est bon, ai-je dit à mi-voix, m'adressant sans doute à ce double imaginaire. Je suis prêt à partir...

Sur le pont des Arts, des silhouettes agitaient un grand drapeau à croix de Lorraine.

Alors on a tambouriné à la porte.

— Guillaume ! Ouvre-moi ! !

J'ai reconnu la voix de Lucien.

J'ai ouvert.

Mon ami était en nage, fébrile, ravagé de tics.

— Mais où étais-tu depuis des semaines ? Tu sais ce qui se passe, bon Dieu ? !

Voyant toutes les feuilles dispersées dans le salon, il a ouvert des yeux effarés.

— J'ai fait le ménage dans ma mémoire...

Guère sensible à la plaisanterie, il m'a poussé vers ma chambre.

— Prends quelques vêtements. Je t'ai trouvé une place dans un camion du PPF. On est en bas. Mais fais vite... Ils m'ont donné cinq minutes. Le quartier est infesté de résistants...

J'ai jeté un dernier regard sur mes dessins. Étrange façon de dire adieu à tant de souvenirs.

— Pas besoin de valise, je ne possède plus rien...

— Très bien, a-t-il dit en se précipitant dans l'escalier.

— Et on va où ?

Deux étages plus bas, il s'est arrêté et a tourné vers moi un visage fataliste.

— À l'est ! Le plus à l'est possible...

57

Le camion était garé au pied de l'Institut. Les chauffeurs avaient pris soin d'en gommer toute référence politique. Le cigle du Parti populaire français de Doriot avait été frotté à la brosse de métal au point de disparaître sous les rayures. Un véhicule banal.

Mais banal, son contenu ne l'était pas !

Rebatet s'est juché sur le marchepied, à l'arrière du camion. Après avoir joué les vigies (par chance, il n'y avait personne sur le quai), il a soulevé la bâche.

— Monte !

Sans y réfléchir à deux fois, j'ai sauté. Dieu qu'il faisait sombre à l'intérieur ! Et puis cette odeur de peur. Je revivais la scène de mon arrestation par la Gestapo !

— Il y a une place au fond, a dit Lucien.

Tandis que le camion s'ébranlait, je me suis assis et j'ai tenté d'apercevoir quelque chose dans cette atmosphère confinée où la pénombre ne me laissait distinguer que des silhouettes.

— Loucien ! a fait une voix de femme au gros accent roumain. C'est qui encore célui-là ?

— C'est Guillaume, a répondu Rebatet. Le benjamin du journal...

— C'est lé dernier, j'espère ?

— Oui, Véronique... Je te promets...

Enfin je rencontrais la fameuse Véronique Rebatet, un dragon domestique que Lucien avait épousé avant-guerre et qui le terrorisait. Mais nous étions très nombreux à l'arrière de ce camion, assis sur d'incommodes bancs de métal, nos jambes entravées par des valises, des sacs, des paniers de provisions, et même un petit chien enrobé de couvertures.

— Salut, Guillaume, a fait une voix familière. Désolé de t'entraîner là-dedans. Mais c'était ça ou la potence...

Mes yeux s'habituant à l'obscurité, j'ai reconnu le profil en lame de sabre de Pierre-Antoine Cousteau. Impassible, il était assis de l'autre côté du banc et gardait son flegme britannique.

— Salut, PAC...

Cette scène était surréelle !

Depuis des semaines, je me cloîtrais dans mon appartement, vivant au rythme de mon appétit, de mon inspiration. Je n'avais presque pas parlé pendant cette claustration volontaire. Et pour ce qui était de voir des gens...

Et voilà que je me retrouvais dans un camion brinquebalant, entassé avec neuf autres futurs proscrits, fuyant une ville qui, deux mois plus tôt, nous fêtait. Abasourdi, je n'avais pas encore peur.

— Tu connais tout le monde, ici ? a demandé Lucien, qui tentait de garder son calme mais passait son temps à observer la rue par un trou de la bâche.

— Je crois, oui...

Comme s'il n'avait pas entendu ma réponse, PAC s'est senti obligé de jouer les maîtres de maison :

— À côté de Lucien et Véronique, tu as l'honneur de partager la cavale des journalistes Maurice-Yvan Sicard, André Algarron, Claude Jeantet et Henri Lèbre.

J'ai eu droit à des « bonjour » ennuyés.

— Plus ton confrère en illustration Ralph Soupault.

— Bonjour, Guillaume...

— Et le ténor de Radio Paris, Jean Hérold-Paquis...

— Salut !

Je n'avais encore jamais vraiment rencontré cet homme. Son fameux « *l'Angleterre, comme Carthage, sera détruite* » avait été sur toutes les bouches du Paris collabo. Et derrière son monocle, il ne semblait pas trop inquiet de cette situation, comme si le spectacle de notre débâcle l'amusait.

Lucien, en revanche, était de plus en plus angoissé. Son corps ravagé de tics sursautait au moindre cahot. Sans compter les coups de feu qui retentissaient à chaque instant, certaines balles venant parfois frôler le camion (du moins le croyait-on).

Et puis ces cris, aussi : ces hennissements de joie, de revanche, qui surgissaient alentour sans qu'on puisse voir qui les poussait.

Je me rappellerai toujours ce dialogue atroce :

« Regarde ce que j'ai trouvé dans la cave...

— Mais je la connais, c'est la petite Sophie, la pute à Boches de la rue Mouffetard...

— Tu ne crois pas si bien dire. Son joli petit nazi était même caché avec elle !

— Comme c'est charmant... Allez, à genoux, tous les deux : embrassez-vous une dernière fois... »

Puis une rafale nous a tous fait sursauter. Le flegme des plus insensibles a fléchi d'un coup. Chacun pouvait imaginer la joie atroce de ces vengeurs à la petite semaine, s'ils avaient découvert qui se cachait dans ce camion. Il fallait faire un effort surhumain pour ne pas crier de terreur tout en se demandant : « Pourquoi tenter de fuir ?... »

C'est là que j'ai vraiment compris où j'étais et ce qui se passait.

— Et vous croyez qu'on va arriver à quitter Paris ? ai-je fini par chuchoter, alors qu'une autre fusillade venait de nous forcer à obliquer dans ce qui devait être une ruelle.

Mes compagnons se sont tournés vers moi avec un œil mauvais.

— On n'en sait pas plus que toi, Guillaume, a fait Lucien, de plus en plus électrique.

Toutes les trois minutes, il entrouvrait la bâche et regardait à l'extérieur. Son visage se décomposait et il se tournait vers nous, comme s'il venait d'entrevoir l'enfer.

— Loucien, arrête ! Tou vas nous faire attraper !

— Véronique a raison, a dit PAC, sans réelle conviction. Attends qu'on soit sorti de Paris. Tu nous mets tous en danger, tu sais ?

Mais Lucien n'écoutait pas. Comme un voyeur, il se plaquait à la bâche et murmurait :

— C'est... effarant...

N'y tenant plus, j'ai moi-même fini par clopiner jusqu'à lui.

Alors j'ai vu la chose la plus hideuse qui m'ait été donnée de voir jusqu'à présent.

J'ai vu les regards, j'ai vu les sourires, j'ai vu les plaies, la rage, le plaisir de la revanche. J'ai vu les hommes suppliciés, les femmes humiliées, des gens exhibant les drapeaux de la France libre comme ils avaient brandi les croix gammées et les portraits de Pétain. Tous ces héros du dernier soir qui braillaient *Le Chant des partisans* comme ils avaient beuglé *Maréchal, nous voilà*. Il y avait dans leur regard une sorte de surprise béate, de joie un peu effarée : celle d'avoir échappé au pire et choisi le bon train.

Pour les autres – les gens comme nous –, c'était la fuite, la catastrophe annoncée, la fin des haricots. Mais pour eux, le soleil se levait sur un monde nouveau dont ils avaient su prendre le pli, sans autre idéal que celui de ne pas sauter de repas. Cette humanité obscène, joyeusement opportuniste et parfaitement satisfaite, portait ses convictions au bout du fusil.

Et puis j'ai vu *les femmes*... Je devrais dire le troupeau, les bêtes.

Nous traversions ce qui devait être la place de la Nation, et elles étaient des dizaines.

Mon cœur s'est aussitôt serré.

Nues, protégeant leur poitrine avec des mains lacérées de coups de griffes, le corps couvert d'estafilades et de crachats, la plupart avaient le crâne rasé.

D'un côté, les « putes à Boches », de l'autre, les « bonnes Françaises ». Dans le regard de ces dernières, on lisait surtout la satisfaction d'une jalousie vengée. La plupart étaient laides, mal fagotées, hors d'âge ; sans doute avaient-elles souffert de n'attirer aucun regard, tandis que les autres – les tondues – avaient su séduire ces beaux Allemands si forts, si mâles, alors que toute la France masculine était encore prisonnière en Allemagne. Spectacle hideux, d'une effroyable violence !

Ce n'était pas les coups qui étaient intolérables, mais les visages. Cette haine rampante, saurienne, marécageuse.

J'ai senti Lucien se raidir.

— Guillaume. Regarde. Là...

Il me désignait un homme qui tatouait une croix gammée sur le crâne rasé d'une jeune femme.

Le cœur m'est monté aux lèvres et j'ai poussé un cri si fort, si puissant, que le chauffeur a sursauté et fait une embardée.

— Vous êtes fou ? a glapi Véronique.

Lucien s'est précipité vers le chauffeur en criant :

— Accélère...

Il avait compris que si nous ne quittions pas aussitôt cette vision d'enfer, j'allais sauter du camion. Il avait compris que j'étais prêt à tous nous mettre en péril, à tous nous dévoiler.

Et il avait raison...

Pourtant, je n'ai rien fait.

Était-ce par lâcheté ? par instinct de survie ? ou juste à cause de l'épuisement absolu qui m'est tombé dessus tandis que le camion se dirigeait vers la porte de Vincennes ?

Malgré toutes mes belles intentions, je n'ai pas fait un geste pour Pauline.

Sans doute mon destin en aurait-il été différent...

58

La suite des événements se perd dans le flou.

Le trajet que nous avons suivi ? les routes que nous avons empruntées ? Je serais bien incapable de le dire. À l'arrière du camion, nous étions les naufragés d'un radeau de fortune.

Et puis, à vrai dire, je m'en moquais... La vision de Pauline, le crâne rasé, ou de cette femme qui pouvait être Pauline, était la seule image que mon cerveau avait retenue. Elle prenait toute la place, et le reste me semblait si médiocre, si futile.

— Il faut manger quelque chose, Guillaume, m'a dit Véronique au bout de douze heures.

J'ai alors constaté que nous n'étions plus dans un camion, mais dans un train. Comment s'était fait le transfert ? Où allions-nous ? Je n'en avais cure. Seule l'image de Pauline m'importait. Tandis que la femme de Lucien me tendait un triste morceau de pain comme on tente de nourrir un chien malade, je me demandais où Pauline pouvait avoir été conduite et ce qui allait lui arriver.

Mais, je l'ai dit, ces questions n'ont pas freiné ma fuite. Jamais je n'ai regimbé, jamais je n'ai tenté de sauter du train en marche pour regagner Paris et la retrouver. Même lors des innombrables arrêts forcés à cause des attaques alliées qui pilonnaient la voie ferrée.

— Guillaume, planque-toi ! a hurlé PAC.

Effrayé, Rebatet se roulait dans un pré, arrachant de l'herbe pour s'en couvrir le corps à la façon d'un camouflage.

— Loucien, si tou n'avais pas fait dé politique ! a hurlé Véronique. Au moins, ton ami Guillaume a plous de dignité.

De la dignité ? De l'inconscience, oui ! Des balles ont ricoché sur les rails et sont venues siffler à mes oreilles, sans même que je bouge. À vrai dire, je ne les avais pas entendues.

Hagard, comme drogué, je réussissais à faire abstraction du monde. Sans doute était-ce une façon bien lâche de chercher la mort, mais PAC ne l'entendait pas ainsi.

— Obligez-le à rester assis ! a-t-il grogné à Hérold-Paquis et à Algarron en me poussant dans le compartiment, après l'attaque. Si ce petit est là, c'est à cause de nous, et je ne veux pas avoir sa mort sur la conscience...

C'est ainsi que j'ai passé le reste du voyage encadré par ces deux collaborateurs, qui ont vite compris qu'ils n'avaient pas besoin de m'entraver.

Je ne bougeais pour ainsi dire plus, les yeux perdus, regardant par la vitre, sans réellement voir ces routes détruites, ces ponts affaissés, ces colonnes d'Allemands qui se repliaient vers l'est, dans l'immense crépuscule du Reich hitlérien.

Lors de nos haltes, je devais être un boulet pour tous ces fuyards. Il y avait pourtant chez eux un sens du groupe, de l'équipe, une « fidélité » qui les forçait à me garder près d'eux, comme si ma jeunesse, ma santé et cette étrange abnégation étaient la preuve que tout était encore possible.

À Châlons-sur-Marne, à Nancy, à Baden-Baden, je me suis contenté de suivre le mouvement, sans un mot, mangeant presque à la becquée et buvant quand on me forçait.

De train en hôtel, de salle d'attente en wagon de fortune, de rue éboulée en rails explosés, j'avançais comme le dernier survivant d'une époque moribonde venu jeter un ultime regard sur un monde qu'il avait connu triomphant.

Et lorsque quelqu'un a fini par crier « Sigmaringen ! », je n'ai pas compris que s'achevait là notre cavale.

59

Jamais je n'avais connu l'ennui. L'ennui véritable. Ce sentiment doucereux, sournoisement destructeur et presque hypnotisant. L'ennui qui pousse à la folie, au crime, à l'autodestruction. Même en prison, je ne retrouverais pas cette sensation âcre et laide.

Car Sigmaringen *suait* l'ennui, Sigmaringen *était* l'ennui.

C'est dans cette petite bourgade du Bade-Wurtemberg que les décombres de la France allemande ont – un temps... – tenté de survivre à l'imminente victoire alliée.

Vaisseau amiral de l'ancienne famille princière Hohenzollern, ce village escarpé était niché au pied d'un gigantesque château d'opérette.

Au bout de quelques jours dans cette poche, où l'on tentait de maintenir un semblant de vie politique, sociale et intellectuelle, j'ai vite trouvé d'étranges analogies avec mon enfance maldernaise. Sigmaringen était une enclave française provisoire, sorte d'îlot national en terre allemande, comme nous étions une île britannique en pleine mer normande. Pour y entrer, il fallait montrer une pièce d'identité de fantaisie (ce qui était chaque jour plus ridicule !). Dans le château vivaient les seigneurs. Les plus illustres tutoyaient le ciel, puis c'était la chute.

Au septième étage du château, Pétain et sa suite menaient une vie étrangement recluse dans ce qu'on appelait l'« Olympe ». Mais Zeus avait grise mine car le vieux Maréchal ne désirait ni cet exil ni cette parodie de gouvernement. C'est pourquoi, malgré sa présence, il avait décidé de faire grève. Surnommé « l'homme invisible », il était comme ces souverains fantômes dont on ne sait s'ils sont encore vivants et qu'on aperçoit de loin, les jours fastes. Philippe Pétain passait ses journées à manger plus que de raison (par décret, il avait droit à seize cartes d'alimentation et se gavait de fromage), à picorer les Mémoires de Talleyrand et à se promener dans la région avec son médecin, le docteur Ménétrel, en Citroën 15 CV. Quelle fin de règne pathétique pour celui que des dizaines de millions de Français avaient accueilli à genoux, quatre ans plus tôt !

Plusieurs fois je l'ai vu passer, au loin, sur les collines avoisinantes. Sa petite silhouette courbée semblait porter tout le poids du monde, mais Atlas n'a jamais été un vieillard.

— Regarde, me disait Lucien en le désignant. Vieux con va faire sa crotte...

Je n'avais guère envie d'en rire. Malgré son âge, sa position, j'éprouvais une sorte d'empathie pour ce vieillard qui, comme moi, était désormais entre deux mondes. J'avais moi-même vécu dans un château en carton-pâte, prisonnier de mon statut de roitelet. J'avais donc une étrange tendresse pour cette ombre blanche, déjà un pied dans la tombe, qui se savait par avance condamnée par ceux qui l'avaient implorée de prendre le pouvoir.

N'en déplaise aux affairistes de la chose publique, il n'était plus question de *pouvoir* à Sigmaringen. Nous étions en transit. Dans l'antichambre.

Ce statut, Pierre Laval en était bien conscient, qui occupait le sixième étage du château. Usé, souffreteux, rongé par un ulcère, l'ancien garde des Sceaux socialiste fumait cigarette sur cigarette et préparait son après-guerre. Il n'avait pas la hauteur de vue et le détachement du Maréchal. Car plus que le vieux soldat, il avait été contraint de mettre les mains dans le cambouis. Obsédé par l'idée de laver son honneur, de justifier ses actes, il passait ses journées à préparer sa défense en grillant des Baltos.

« Mieux vaut faire preuve d'intelligence avec l'ennemi que de stupidité ! répétait-il à qui voulait l'entendre, avec son accent de maquignon. Je suis responsable, mais pas coupable. J'ai été un rempart aussi bien contre la menace bolchevique que contre les folies nazies. Et ça, les Français vont finir par le comprendre... »

Entendant cela, je songeais pour ma part aux visages hideux entrevus lors de notre fuite de Paris. Laval surestimait les Français. Et l'« Auvergnat du Danube » avait beau bâtir une forteresse d'arguments pour se disculper, les diatribes qu'il entendait à son sujet sur les nouvelles ondes françaises devaient le convaincre que la partie était perdue.

Tel n'était pourtant pas l'avis de l'improbable « commission gouvernementale » mise en place dans les étages inférieurs du château.

Pour pallier la double défection de Pétain et Laval, Fernand de Brinon, Joseph Darnand, Marcel Déat, Jean Luchaire et le général Bridoux avaient établi un succédané d'administration, qui croyait encore diriger le pays.

Depuis ma prison, cela semble aussi grotesque qu'illusoire, mais à l'époque beaucoup y ont cru.

Nous autres, la plèbe, qui vivions parqués entre les deux uniques hôtels du village, le Bären et le Löwen, nous avons fini par être contaminés. Avec la fougue désespérée des combattants du dernier espoir, cette commission n'avait pourtant d'autres administrés que les 1 500 habitants de cet État fantoche.

— C'est tout ce qui nous reste ! pérorait Rebatet, qui était toujours fourré avec Louis-Ferdinand Céline, à la table d'hôtes du Löwen. Autant y croire...

L'ennui aidant, nous passions nos journées dans ces pièces surchauffées qui puaient les toilettes bouchées, à nous gaver d'un brouet infect surnommé *Stammgericht*.

— Ce sont des raves bouillies, expliquait Céline en sortant un vieux chat de son grand manteau. Même Bébert trouve ça dégueulasse !

Crapotant d'ignobles cigarettes d'herbe hachée, l'auteur du *Voyage* jouait les imprécateurs et nous terrorisait en prédisant l'apocalypse imminente.

— J'invente rien ! Z'avez qu'à écouter la radio !

Céline ne parlait bien sûr pas de Radio Patrie, notre pitoyable antenne locale qui chantait encore les gloires du Reich. Il évoquait les ondes françaises, lesquelles parvenaient sans problème jusqu'à nous.

Chaque matin, lorsque nous nous retrouvions dans la salle à manger de l'hôtel, nous n'avions qu'une question à la bouche :

— Et aujourd'hui, c'est le tour de qui ?

Comme des gardiens de phare contemplant la tempête sans savoir si le bâtiment va supporter les assauts de la houle, nous observions avec une angoisse rentrée les procès en rafales qui avaient commencé de s'enchaîner en France.

Politiciens, militaires, intellectuels, artistes, tout le monde était arrêté, questionné, parfois relâché, souvent jugé, et toujours humilié. La plupart avaient beau mériter leur procès, cela tournait généralement au règlement de comptes. C'est pourquoi, même lorsque les condamnations étaient justes, je ne pouvais m'empêcher d'éprouver de la compassion pour ces gens qui, à leur façon, avaient eu le courage de rester. Mais je savais aussi que notre tour viendrait. Et c'est bien cela qui nous terrifiait tous, sans qu'on ose le dire. Notre exil était illusoire : nous n'étions pas en transit, nous étions en sursis. C'était une question de temps, voilà tout. Et nous avions beau nous saouler de mauvaise bière en ironisant sur les grandiloquences du « général » de Gaulle, les finasseries de Churchill, les fourberies de Roosevelt et les crimes de Staline, c'était une manière bien maladroite de gommer nos propres craintes... qui étaient tous les jours plus justifiées. Car, je l'ai dit, chaque matin apportait son tribut de mauvaises nouvelles.

— Tu as vu ? Ils ont arrêté Giono.

— Oui, et aujourd'hui c'est Guitry...

— Il paraît qu'ils ont foutu Arletty en tôle, et Tino Rossi !

— Moi, j'ai entendu que Louis Renault avait été tabassé à mort dans sa cellule, sans que de Gaulle lève le petit doigt...

Chaque nouvelle était accueillie avec un air faussement dégagé, comme si l'ombre du château pouvait encore nous protéger. Mais chacun savait qu'il n'en était rien. Lorsqu'ils ont commencé à exécuter des écrivains, des intellectuels, le malaise est encore monté d'un cran.

Le 5 novembre 1944, l'exécution de Georges Suarez nous a tous porté un coup. Journaliste à *Aujourd'hui*, il n'avait tué personne mais, par ses écrits, avait chanté la collaboration.

— Voilà ce qui nous attend, les amis…, a dit Lucien d'une voix funèbre, tandis que Véronique ne cessait de pérorer :

— Loucien, pourquoi tou n'as pas fait que de la littératoure ?!

Mais ce n'était rien à côté de la mort de Brasillach.

L'exécution de Robert, le 6 février 1945, a décapité tous nos espoirs et achevé de nous terrifier.

Nous savions que notre « ami » avait été arrêté. Je mets « ami » entre guillemets, car à la suite d'une absurde querelle il avait quitté *Je suis partout* dès 1943. Mais dans notre cœur à tous, il restait une espèce de grand frère un peu dogmatique, un peu donneur de leçons, toujours brillant et affectueux. Sa mère ayant été incarcérée, il s'était aussitôt constitué prisonnier.

Effarés par la mauvaise foi et l'esprit partisan des juges et des commentateurs de presse, nous avions tous suivi son procès à la radio en nous rongeant les sangs. Car ce procès, c'était le nôtre. Par procuration, par contumace. Ce dont on accusait Brasillach, c'était ce qu'on nous reprocherait, si nous étions pris. À les entendre, Robert était une bête assoiffée de sang, un assassin, un monstre. Paradoxalement, je me souvenais de lui comme d'un homme délicat et pataud, qui semblait mal à l'aise dans son corps et ne vivait que par les mots, les idées et les arts. Mais lorsque l'accusation a sorti certains articles, je me suis rappelé…

J'ai revu Pauline me montrant ces phrases redoutables, impardonnables, dans nos colonnes. Le jour même où un petit garçon juif était mort sous ses yeux, Robert écrivait que lors des rafles, il fallait « se séparer des juifs en bloc et ne pas garder de petits »…

Dans son procès, Brasillach a créé le doute sur cette phrase... Humanité ou cynisme ? Charité ou ironie ? Je ne pense pas que Robert ait jamais penché vers l'un ou l'autre. Il croyait en ses idées et n'a pas eu honte de « coucher avec l'Allemagne ». Et cela, personne ne le lui a pardonné. Surtout pas de Gaulle, qui malgré une pétition menée par Mauriac a refusé de le gracier.

Le 6 février 1945, le nouvel ordre français l'a fusillé à Montrouge.

— Le ressort est cassé, les amis, a fait Rebatet en guise de requiem.

Hérold-Paquis a aussitôt remarqué :

— Rappelez-vous ce qu'a dit Maurras la semaine dernière, à la fin de son propre procès, quand il a appris sa réclusion à perpétuité : « C'est la revanche de Dreyfus ! »

— Les juifs auront toujours gain de cause, a rebondi Céline, mi-figue, mi-raisin, tandis que son ami le comédien Le Vigan éclatait de rire en cognant sa canne sur le plancher.

— Les juifs ! Les juifs !

Tout à coup, cette hilarité m'a semblé intolérable.

— Parce que vous croyez vraiment que les juifs y sont pour quelque chose ? ai-je explosé, presque surpris de mon agressivité.

Tous m'ont regardé avec un étonnement affectueux.

— Tiens, le petit se réveille..., a dit Lucien dans un sourire.

— Mais non, c'est à vous de vous réveiller, bon Dieu ! Ce ne sont pas les juifs qu'il faut craindre, ce sont les *bons* Français, les *bons* soldats, toutes ces bonnes personnes avides de vengeance qui tondent les femmes et tuent les hommes ! Les juifs n'y sont pour rien ! Au contraire...

Dans la salle du Löwen, tout le monde s'était tu.

Lucien a pris un air embarrassé, comme s'il était responsable de moi. Buvant une grosse gorgée de mauvaise bière, il m'a désigné avec un air gêné.

— Il faut vous dire que Guillaume est un ami des juifs. Après s'être installé chez le producteur Simon Bloch, il a vécu avec le juif Dupin avant de faire passer des familles entières en zone libre...

Les regards qui ont suivi ce « portrait » m'ont paru d'une atroce ambiguïté. On y lisait à la fois du dégoût, de la jalousie et de l'admiration. En frayant avec les juifs, j'étais un traître ; mais en tentant de les sauver à la barbe de l'occupant, je faisais preuve de courage... et j'assurais mes arrières, si jamais j'étais pris.

Au fond de moi, je comptais sur cette botte secrète. Mon activité au sein du réseau Gabriel et les tortures que j'avais subies rue Spontini plaideraient en ma faveur. Restait à savoir *qui* me croirait. Restait à savoir si le réseau Gabriel comptait encore des survivants, et si le colonel Chauvier accepterait de reconnaître que, malgré mon rôle dans le Paris collaborateur, j'avais sauvé des vies... Car un événement bien plus grave, bien plus cataclysmique, venait d'être dévoilé. Un événement qui a nécessairement changé la donne.

Au début, il s'agissait de rumeurs, de bruits de couloir. Puis, bientôt on ne parla plus que de cela.

— Tu as entendu ? ai-je fini par demander à Lucien, alors qu'il arpentait les ruelles du village.

— Quoi ? Cette histoire sur les juifs ? Ces prisonniers retrouvés par les Russes et les Américains dans des camps de concentration ?

— Apparemment, il y aurait bien plus de cadavres que de survivants...

— De la propagande alliée, voilà tout...

Rebatet semblait garder la tête froide, mais peut-être était-ce un réflexe de survie. Car si ces rumeurs s'avéraient réelles, ce docteur en antisémitisme risquait de subir le même sort que Brasillach. Et on ne ferait aucune pétition en sa faveur.

— Et si c'était vrai ? ai-je insisté.

Son visage s'est figé. Il m'a pris par le bras et m'a entraîné vers un petit parapet, d'où l'on dominait toute la vallée du Danube. Les collines plongeaient vers le fleuve à la façon d'un fjord. Je n'avais jamais réalisé à quel point cette région était belle. D'une beauté romantique et presque fabriquée. D'une beauté *pensée*.

— Regarde, Guillaume. Regarde l'Allemagne...

Sous nos yeux, une petite brume montait de ce paysage glacé, et le soleil perçait à travers un ciel gris métallique.

— Pour moi, ça a commencé par un rêve. Un rêve wagnérien. Car ce pays est celui de la culture, de l'intelligence, de la réflexion. C'est aussi celui du rêve, de la fantaisie, du corps qui parle avant l'esprit...

Où voulait-il en venir ?

— J'ai plongé dans l'hitlérisme comme je suis tombé dans Wagner. J'ai vraiment cru que le Rhin cachait de l'or, que des dieux ailés nous scrutaient depuis les nuages et que le marteau de Thor était plus fort que tout... Mais je me suis trompé.

— Quel rapport avec ces camps ?

— À vrai dire, aucun. Mais si ces abominations dont on parle ont vraiment eu lieu, l'Europe entière en porte la responsabilité, car l'Europe entière était consciente du rêve hitlérien, ses partisans comme ses ennemis.

— Tu veux dire que tout le monde a laissé faire ?

— On parle de centaines de milliers de morts... Peut-être des millions. Et personne n'aurait su ça ?

— *Nous* n'en savions rien.

Lucien m'a fait un clin d'œil étrange, à la fois acide et navré.

— Comme moi tu es un artiste, Guillaume. Comme moi tu es intuitif, tu sens les choses sans qu'elles soient dites. Plonge en toi-même, Guillaume, et sois honnête.

Puis il s'est éloigné. Avant de disparaître derrière une maison à colombages, il s'est retourné vers moi et a ajouté d'un air désolé :

— Ça nous arrangeait tous de ne rien savoir...

Que voulait-il dire ? Je ne l'ai jamais vraiment compris. De nombreuses fois, par la suite, j'ai tenté de l'interroger sur ses phrases sibyllines, en vain. Pas plus tard que la semaine dernière, dans la cour de la centrale de Clairvaux où nous partageons la même bure de bagnard, j'ai essayé de percer son cœur. Mais il s'est depuis longtemps renfermé. Il rejette en bloc la responsabilité sur les autres et répète désormais « je suis un écrivain, foutez-moi la paix ! » avant de s'absorber dans ce manuscrit qu'il traîne depuis des années.

La responsabilité de l'écrivain, de l'intellectuel, du journaliste, est pourtant un vrai sujet de débat, qui ne cessera jamais de couvrir des pages et des pages de livre et d'essai. C'est une source inépuisable de polémiques et de controverses. Où s'arrête le délit d'opinion ? Où commence le crime ? La question reste entière mais – soyons honnêtes – elle était bien loin de nos préoccupations au printemps 1945.

La seule chose qui occupait alors les 1500 habitants du village, c'était de savoir comment ils allaient survivre :

— Et toi, tu comptes faire comment ?

— J'ai des amis en Italie...

— Ah, moi c'est en Suisse.

— Et tu connais des passeurs ?

— Oui, par l'Autriche.

— Mais c'est un voyage interminable !

— Je ne pense pas qu'on ait vraiment le choix...

— Et si tu es pris ?

— Plût au ciel que ce soit par les Américains.

— Oui. Il paraît que les Russes zigouillent à tour de bras...

Ce dialogue est à l'image de tant d'autres, qui fleurissaient dans les rues de la cité médiévale.

Et moi, que devais-je faire ? Quelles étaient mes options ? Ces questions ont commencé à me hanter, car je ne savais réellement pas quelle attitude adopter. Fallait-il rester à Sigmaringen ? s'engager dans la Waffen SS, comme certains le faisaient, et ce jusqu'aux derniers jours du conflit, cherchant à braver le sort ? Être tué au détour d'un chemin, tel Doriot, mitraillé sur les routes allemandes ? Vendre ses services aux nouveaux vainqueurs ? Se suicider, comme Drieu, dont la mort le 15 mars nous avait tous frappés ?

— C'est peut-être la meilleure solution..., a dit Rebatet d'un ton fataliste, aussitôt semoncé par Véronique :

— Loucien, né dis pas dé bêtises ! Si tou meurs, jé fé quoi, moi ?

Le suicide m'a, un instant, semblé une option aussi noble que commode. Mais je crois qu'à ce moment-là, je tenais encore trop à la vie. J'avais encore des comptes à rendre, des explications à donner : je voulais une dernière conversation avec mon frère ; je voulais savoir si Bloch avait été tué dans l'un de ces abominables camps.

Surtout, je voulais savoir où était Pauline...

Rien ne me prouvait que la jeune femme tondue, place de la Nation, était bel et bien ma fiancée. Mais cette vision ne cessait de me hanter. J'avais beau essayer de l'oublier, elle revenait toujours, lorsque je me prenais à caresser ces rêves d'évasion que nous fomentions tous, à nos heures perdues. Sigmaringen était devenu une agence de voyages ! Chacun préparait sa fuite en Italie, en Égypte, en Espagne, en Syrie, en Argentine, au Brésil, en Australie, même...

Illusions ? forfanteries ? Sans doute, mais ces fantasmes entretenaient la flamme et aidaient à survivre, car la vie était de plus en plus dure.

Après la mort des caciques de la collaboration, on a commencé à apprendre celle des barons du nazisme. Suicides, captures, assassinats : le Reich vivait vraiment son apocalypse, et nous étions aux premières loges.

C'est pourquoi je n'ai plus hésité...

Voilà des mois que je courais, que je fuyais, que je jouais à cache-cache avec moi-même. Champion du double jeu, j'en étais venu à ne plus savoir qui j'étais ni quelle vie était véritablement la mienne.

Ça m'a donc pris le matin du 2 avril 1945.

Il faisait doux. Le printemps était arrivé quelques jours plus tôt, et une bonne grosse odeur organique montait des arbres, des mousses, des buissons, des bosquets.

Au lever du jour, quand l'Allemagne dormait encore, la vision était enchanteresse. Il y avait une ivresse presque palpable dans l'air, quelque chose d'incroyablement enivrant. Un parfum d'après-guerre.

Lorsque je me suis retrouvé dans la rue, j'ai pourtant été saisi par le froid. L'air était d'une pureté minérale et pas un nuage ne brouillait le ciel. Puis le soleil est apparu. D'abord timide, il a jailli derrière les collines, nimbant les murailles du château d'une lueur rose et caressante. Une nuée d'oiseaux a envahi le ciel, volant d'arbre en arbre et tournoyant autour des sommets de la forteresse.

La vision m'a alors semblé si belle, si pure, que j'ai senti des larmes me monter aux yeux. L'espace de quelques instants, j'ai revécu des sensations enfouies, certains des plus beaux moments de ma vie : des images d'enfance, à Malderney ; mes promenades avec Victor ; ma découverte de Paris ; la joie sans fond de sauver des vies aux heures les plus sombres de l'Occupation ; et puis Pauline. Pauline, surtout. Notre premier baiser, nos retrouvailles, cette merveilleuse complicité, cette compréhension de chaque instant.

— Qu'est-ce que tu fous là à cette heure-ci ?

La voix de Lucien m'a ramené sur terre.

Lui aussi se levait tôt, et il devait attaquer sa promenade matinale, un traité de théologie sous le bras. Il m'a regardé avec surprise, ne comprenant pas pourquoi je portais une petite besace.

— Je... je..., ai-je balbutié.

Mais je ne savais pas comment lui dire.

Il m'observait avec cet étonnement affectueux, avec cette expression fraternelle que tant de gens avaient pour moi ici, dans ce ballet de crabes. Mais c'est précisément pour ça que j'avais pris ma décision. Fini, le petit Guillaume. Fini, la gentille mascotte, le benjamin, le « bon gars ». S'il y avait un moment pour se montrer adulte, c'était bien maintenant. Le temps de répondre de mes actes, de les expliquer, de les justifier, était venu. C'est pourquoi, plantant mon regard dans celui de Rebatet, j'ai dit simplement :

— J'ai décidé de me rendre.

60

Paradoxalement, je ne me suis jamais senti aussi serein, aussi apaisé, qu'une fois enchaîné. Et quel doux sentiment que celui de pouvoir enfin dire les choses, de pouvoir expliquer mes actions, de m'efforcer d'y trouver une logique et de les rendre acceptables. Sentiment qu'on allait enfin me regarder pour ce que j'étais, et non plus pour cette image bâtarde, bâclée, superficielle, que je donnais de moi-même depuis mes débuts parisiens.

Surtout, la fuite était finie. Plus besoin de me cacher, plus besoin de mentir. Plus besoin de peser chacun de mes mots pour éviter de déplaire à des interlocuteurs qui, toujours, soupçonnaient en moi quelque fausseté. J'étais trop ambigu pour mon époque, trop inclassable. La France aime les cadres et les cases. Sortez du carcan bon-méchant, blanc-noir, affront-vengeance, et l'on vous regarde avec méfiance, comme si vous étiez plus dangereux qu'un assassin. C'est là une maladie très française, ce besoin cartésien de mettre des étiquettes, d'inventorier, de trouver une logique. Il n'y a pourtant aucune logique dans ma vie. Juste un destin. Le destin d'un homme à cheval entre deux cultures, deux mondes, deux pays, deux rives, deux aspirations, deux familles d'esprit, deux rêves de gloire, deux amours (celui de Pauline, celui de Victor). Et cette dualité permanente, presque consubstantielle, m'avait conduit ici, sur les chemins d'un continent en déroute, tendant mes mains aux vainqueurs pour qu'ils les menottent.

*

À dire vrai, ça n'a pas été si simple de se faire arrêter.

Les armées de libération avaient de vrais combats à mener. Emprisonner tous les quidams était pour eux du temps perdu et je n'étais ni un phare du Reich ni un gros bonnet de la collaboration.

— Enfuyez-vous ! Disparaissez dans la nature ! m'a dit amicalement un officier lyonnais, lorsque j'ai fini par tomber nez à nez avec une division française à l'entrée du village de Kuhlbau, à trente-sept kilomètres de Sigmaringen.

— Mais je veux répondre de mes actes, ai-je rétorqué. Je ne veux plus fuir !

Le militaire semblait embarrassé.

Une heure plus tôt, je venais de me constituer prisonnier et il avait été bien obligé de me recevoir. Nous étions assis dans une grange, en contrebas de la route. Le ciel était traversé d'avions de la RAF, qui faisaient un bruit infernal. Le reste de la troupe attendait à la porte de la grange, adossé à des ballots de paille, suivant des yeux le trajet des aéroplanes en fumant des cigarettes.

— Écoutez, jeune homme, a repris l'officier. Si je commence à arrêter tout le monde, jamais nous n'arriverons à temps...

— Mais à temps où ?

— Nous avons des objectifs. Des objectifs *militaires*. Et il est essentiel de ne pas nous laisser doubler par les Russes ou les Américains...

J'étais effaré.

— C'est donc de ça qu'il s'agit ? Une course ? un concours ?

L'officier a haussé les épaules, agacé.

— Ce sont des enjeux qui nous dépassent, vous et moi. Mais j'ai des ordres, et je ne peux pas perdre mon temps à arrêter de vagues petites frappes de la collaboration...

Si je m'attendais à un tel dialogue !

— Des petites frappes ? Mais enfin, j'étais journaliste à *Je suis partout*. J'ai fait du marché noir ! J'arrive de Sigmaringen ! J'ai dîné avec Hermann Göring ! J'étais un protégé d'Otto Abetz. Je...

— Vous avez sûrement tous vos brevets de collaborationnisme, jeune homme. Mais je ne vais pas vous menotter, c'est compris ?

Voilà maintenant qu'il me sermonnait comme un collégien. J'avais beau m'offrir sur un plateau d'argent, l'armée française faisait la fine bouche.

Comble du paradoxe, avant de reprendre la route à bord d'une grosse voiture blindée, l'officier m'a tapoté amicalement l'épaule en me donnant ce dernier conseil :

— Essayez les Américains. Ils seront peut-être plus compréhensifs...

*

Le militaire lyonnais avait raison : les divisions américaines ont été bien plus *compréhensives*. Sitôt entendu mon accent anglais, l'officier en chef d'une troupe croisée quelques heures plus tard m'a arrêté dans les formes. Quant à mon récit, il l'a tout bonnement bluffé.

— Vous avez vraiment vécu tout ça ? m'a-t-il demandé avec une voix du Middle West et des étoiles dans les yeux.

J'ai cru sentir une forme de jalousie, car j'avais eu une vie trépidante, extravagante, à mille lieues de celle d'un troupier de l'Iowa.

— On dirait que vous m'enviez...

— Peut-être..., a-t-il dit d'un ton rêveur.

À quelques mètres de nous, trois soldats américains jouaient de la guitare. Plus loin, un autre petit groupe contait fleurette à une jeune fermière allemande qui coupait à travers champs. Il y avait tant de naturel chez ces gens. Une sorte de franche bonhomie, un peu pataude, bien loin de la rigueur somptueuse et glacée des armées du Reich.

— Mais vous, vous êtes en train de libérer le monde, ai-je rétorqué, comme si je me faisais l'avocat du diable.

L'officier yankee a pris un air fataliste.

— Ça n'aura qu'un temps. Bientôt, je serai un ancien combattant. Et ce que je raconterai sera le même récit que celui de millions d'autres soldats, tandis que vous...

Sa rhétorique m'échappait. Mais l'essentiel pour moi était d'être arrêté.

— Je sais que ça va vous paraître bizarre, ai-je insisté, mais j'ai besoin de vous...

— Comment ça ?

— Je pourrais regagner la France à pied, mais je n'ai suivi aucun entraînement militaire et je risque d'être tué à tous les carrefours. Tandis que si je suis prisonnier, je serai protégé et j'aurai toutes les chances d'être rapatrié à Paris pour y être jugé...

— Et condamné ?

— Ça ne fait aucun doute...

— On dirait que vous l'espérez.

— Je veux répondre de mes actes, c'est ce que je vous ai dit en me rendant à vous.

— *Crazy people !* a-t-il grommelé. (Puis il m'a souri avec une affection sincère en ajoutant :) Vous allez m'encombrer plus qu'autre chose, mais vous êtes trop sympathique pour que je vous abandonne sur les routes du Reich...

*

Ainsi ai-je passé deux semaines dans les «geôles» de cette division américaine. Quand je dis «geôles», je me vante. Ayant compris que je n'entendais pas leur fausser compagnie, l'officier s'est fait un plaisir de toujours me garder à ses côtés. Je voyageais dans sa jeep, dînais à sa table et nous dormions même parfois côte à côte, sous la même tente !

«Je m'ennuie tellement avec mes gars, m'avouait-il, quand je m'étonnais de ce traitement de faveur. Ils sont si lourds, si vides...»

En réalité, le major Doug Paterson était un passionné d'art et de littérature. Savoir que je connaissais Picasso, Cocteau, Renoir et tant d'autres génies le fascinait.

— À Clayton, ma petite ville de l'Arkansas, je dirige une grande librairie essentiellement consacrée à la littérature et à la peinture européennes. Autant dire que je n'ai pas un client. Mais comme mes parents avaient la plus grosse laiterie de l'État, ils m'ont laissé de quoi dilapider leur héritage en défendant des causes perdues...

— Et l'effondrement de l'Europe, ça vous fait quoi ?

— Ça me navre. Hitler a tué l'Allemagne, il a dévoyé la *culture allemande*, qui ne s'en remettra sans doute jamais. Et le plus triste, c'est qu'en réaction toute l'Europe va finir par s'américaniser.

— Vous n'aimez pas beaucoup votre pays...

— C'est l'un des plus beaux du monde... vu du ciel. Pour le reste, les esprits y sont aussi creux que les espaces infinis...

Voilà pourquoi Doug Paterson aimait tant bavarder avec cet étrange petit Maldernais croisé au détour d'un calvaire, sur une route du Bade-Wurtemberg. Il m'aurait bien emmené jusqu'à Berlin, mais il avait des ordres. Et lorsque nous avons fini par croiser une division française en route pour Paris, il m'a pris aux épaules avec un air sincèrement désolé.

— J'espère que vous ne faites pas une immense bêtise, Guillaume. Vous valez mieux que cette époque. Tâchez de rester en vie...

Puis il m'a confié à ses homologues français.

— Encore vous ! a glapi l'officier lyonnais en me reconnaissant.

Étrange chose que le hasard. Ayant atteint Sigmaringen, sa division avait découvert un village presque déserté – suivant mon exemple, les autres avaient fui – et retournait maintenant à Paris.

— Au moins, vous ne reviendrez pas bredouille, lui ai-je fait remarquer, sentant qu'il hésitait encore à m'embarquer avec eux.

— Comme tableau de chasse, vous êtes bien maigre.

— À vous de m'engraisser, mon capitaine...

De guerre lasse, le capitaine Collet m'a pris dans ses bagages, mais j'ai encore « subi » le traitement de faveur que m'avaient réservé les Américains.

Quel effet ai-je donc sur les gens pour qu'ils se comportent de si étrange façon ? En bonne logique (et en respect des règles militaires), j'aurais dû être menotté et mis au secret. Et voilà que j'étais choyé, nourri, rhabillé de pied en cap.

— Vous persistez à ne pas me prendre au sérieux, capitaine ? ai-je fini par demander, alors que nous dînions à quelques kilomètres de la frontière française.

Le visage de Collet s'est assombri.

— Je ne suis pas comme votre militaire américain, monsieur Berkeley. Vous n'incarnez pas pour moi une vague nostalgie larvée. Mais je suis un être humain...

— C'est-à-dire ?

— Vous voulez désespérément être arrêté, mais vous n'avez aucune idée de ce qui vous attend en France.

Levant son verre de vin, il a trinqué avec moi.

— Ne vous méprenez pas, ma courtoisie est une sorte de cigarette du condamné, et rappelez-vous que l'armée française – la vraie – n'est pas une horde d'abrutis, d'assassins et de tortionnaires...

Sur le moment, j'ai pris cette saillie pour une boutade. Mais une fois à Paris, quand ils m'ont eu livré aux autorités françaises, j'ai compris que j'aurais dû mieux profiter de cette ultime cigarette.

61

C'est sans doute un reliquat de mon éducation de nobliau insulaire, mais – malgré ma modestie, mon humilité, ma timidité – je me suis toujours cru de quelque importance. Et ce, de façon instinctive, presque inconsciente. Comme un état de fait indépendant de ma volonté. Pauvre Guillaume ! Triste Guillaume ! Elle était pourtant bien morne, la réalité, désormais. Bien grise, bien *démocratique*.

J'avais voulu être arrêté pour répondre de mes actes. Certes, mais dans ma puérile inconscience, je croyais que j'allais être jugé tout de suite, je pensais que mon cas si particulier passionnerait la justice et le public. J'étais persuadé que les aventures d'un Anglo-Normand débarqué à Paris tel Candide, et ayant plongé aussi bien dans la collaboration que dans la Résistance, allait intriguer les tribunaux, titiller les gazettes, amuser les foules.

Mais non, rien du tout.

— Qui c'est celui-là ? a grogné le gardien-chef de l'étage à la prison de Fresnes où j'ai été aussitôt incarcéré.

— Un type qui se dit à moitié anglais. Il paraît qu'il a bouffé à tous les râteliers : marché noir, presse collabo, trafics en tout genre.

— J'ai été résistant, aussi..., ai-je ajouté, croyant devoir affiner le portrait.

Le gardien-chef a levé vers moi des yeux vitreux.

— Ben tiens, comme tout le monde.

Puis il a regardé sa montre avant de hausser les sourcils.

— Ils sont marrants... J'ai plus de place, moi ! C'est vraiment grave, ce que vous avez fait ?

— Je crois qu'on appelle ça « intelligence avec l'ennemi », ai-je répondu.

Ma bonne mine et mon élégance juvénile jouaient contre moi.

— On dirait que vous avez envie d'être ici...

— Absolument.

— Encore un cinglé. Je n'ai plus que des fous, ici !

Puis, consultant un registre comme le portier d'un hôtel, il a fini par dire au geôlier qui m'avait conduit à son bureau :

— Allez, fous-moi ce guignol dans la cellule 17.

— Il y a de la place ? s'est étonné le gardien.

— Le lit du haut est libre. Le Corse s'est pendu cette nuit avec ses draps.

Il m'a souri sans malice avant d'ajouter :

— D'ailleurs, on ne les a pas changés, des fois que ça vous donnerait des idées...

Je n'ai rien répondu, songeant avec un nœud dans le ventre : *« Va pour la cellule 17... »*

*

En prison, le pire ennemi, c'est la bêtise.

La bêtise du lieu, la bêtise des autres, votre propre bêtise : celle qui vous guette, se niche derrière chacun de vos gestes, menaçant de vous transformer en automate, en animal. Il fallait pourtant s'acclimater à cette atmosphère confinée, viciée, qui empestait la sueur, le ressentiment, la trouille.

Je partageais la cellule 17 avec Maurice, un petit gars de dix-huit ans. Toute la journée, ce jeune Angoumois filiforme restait allongé sur le lit du dessous, où il pleurait, sans un mot.

Au début, j'ai bien essayé de lui parler, mais il ne répondait jamais. Il n'abandonnait sa position de gisant que pour manger et faire ses besoins. Même à l'heure de la promenade, il ne quittait pas la cellule.

— Il ne sort pas ? me suis-je étonné au bout de plusieurs jours.

— Jamais, a répondu l'un des geôliers. Et puis, il n'est pas causant.

— J'ai remarqué...

Le gardien m'a alors expliqué que Maurice s'était engagé dans la Milice sur un coup de tête.

— Il paraît qu'il a zigouillé de sang-froid des dizaines de résistants, avec femmes et enfants...

Je ne pouvais associer ce visage éploré et angélique à ces massacres.

— Je sais, a concédé le gardien, ça paraît pas possible. Mais on découvre des choses de plus en plus folles, maintenant que la guerre est finie...

« C'est vrai, ai-je songé, la guerre est finie... »

Cela me paraissait impensable, inconcevable, presque abstrait. Cette guerre, si atroce fût-elle, par ses enjeux, ses échecs, ses succès, ses trahisons, ses carnages, ses nécessités, avait donné du sens à la vie de millions d'individus, qu'ils fussent victimes ou bourreaux. Et maintenant qu'elle était finie, tout semblait étrangement dérisoire. Chacun se retrouvait seul face à lui-même, à ses actes, à son courage, à sa lâcheté. N'était-ce pas précisément ce que je cherchais en venant à Fresnes ?

Attendant d'être jugé, dans ma tenue de prisonnier, je portais désormais le deuil d'une époque qui m'avait d'une certaine manière *accouché*. Je portais le deuil d'Hitler, suicidé ; de Mussolini, lynché ; de Roosevelt, mort d'épuisement et de maladie ; des centaines de milliers de victimes japonaises à Hiroshima et Nagasaki ; des millions de morts juifs et tsiganes dans les camps de la mort... Je portais le deuil d'un monde, dont chaque jour me parvenaient des nouvelles, déformées par le bouche à oreille des gardiens, car nous n'avions pas droit à la presse.

Plus que les règles neuves de ce monde neuf – les Nations unies, la Sécurité sociale... –, nous voulions savoir *qui* passait aux assises et quelles étaient les peines.

De cellule en cellule, tout le monde se donnait le mot.

— Ça y est, Pétain a été condamné à mort...

— Oui, mais de Gaulle a commué sa peine en réclusion à perpète.

— Normal, le Maréchal est le parrain de son fils...

Mais le cas si complexe de Pétain – à qui l'on avait proposé de se réfugier en Suisse et qui avait refusé – ne ressemblait à aucun autre. Parmi les grandes figures de la France libérée – une France où tout anticommuniste était assimilé à un nazi –, la clémence du pouvoir n'allait pas sauver grand monde.

Le milicien Darnand ? Exécuté le 10 octobre 1945.

Mon compagnon de cavale Jean Hérold-Paquis ? Fusillé.

Tout comme Jean Luchaire ou encore le « franciste » Marcel Bucard, lequel a marché au poteau en chantant « Je suis chrétien, voilà ma gloire ! ». Chaque exécution avait sa petite anecdote, son détail grandiose ou sordide.

La palme était sans conteste remportée par Pierre Laval... Ce sombre magouilleur, mouillé jusqu'au cou dans les tractations les plus sordides de l'Occupation, croyait pouvoir défendre sa cause aux assises avec toute sa candeur radical-socialiste. On ne l'a pas écouté. On ne l'a même pas entendu, tant la salle écumait de haine. Et s'il a cru échapper à son exécution en avalant, la veille, une capsule de cyanure, l'Auvergnat du Danube a raté son coup. Les médecins l'ont sauvé en lui faisant un lavement... mais il était si faible qu'on a voulu le fusiller sur une chaise.

Écœurant...

Et moi qui pensais pouvoir exposer mes arguments, décrire mon parcours, le rendre cohérent. Chimère ! Après quatre ans de claustration, on avait rouvert la chasse et les chiens étaient à la curée. Inutile d'espérer le moindre dialogue, la plus petite once de compréhension, de compassion. Nous étions passés du côté des vaincus : malheur à nous.

C'est pourquoi j'ai pris mon mal en patience, comprenant que j'avais tout à gagner à voir mon cas repoussé *sine die*. Jugé trop tôt, j'aurais subi le même sort que Laval ou Brasillach. Le peuple réclamait du sang et des larmes, mais il finirait bien par s'en lasser.

Comprenez-moi bien : je ne redoutais pas la mort, je craignais la surdité de jurys partiaux et pipés. Jusqu'à présent, dès qu'un accusé entrait dans le box, il était déjà condamné. Les plaidoiries n'étaient que des plaidoiries de principe. Et les grandes envolées lyriques de maître Isorni n'avaient pas épargné à Pétain la peine capitale.

Les vainqueurs jugeaient les vaincus, ce qui faussait fatalement le jeu, comme pour ce grand procès international organisé à Nuremberg, afin de juger les derniers dignitaires du nazisme encore en vie. Quelle pouvait être la valeur réelle, *juridique*, d'un tel procès ? Face aux millions de morts dans les camps, comment pouvait-on même espérer en la justice ? Mais il fallait pourtant bien les juger, ces Göring, Speer et autres Hans Frank. Reste à savoir si un jugement était possible. S'il ne fallait pas juger l'Europe entière pour avoir courbé l'échine, et l'Amérique pour avoir financé la montée d'Hitler en qui elle avait vu un rempart contre le communisme. Mais maintenant que Staline et les États-Unis avaient sauvé le monde, tout était sens dessus dessous... en attendant que ces alliés de fortune se haïssent à nouveau, tout comme les nazis avaient un temps été les amis de Moscou !

Stratégie, soif de pouvoir, vengeances calculées, le monde de l'hiver 1945-1946 était un immense jeu d'échecs dont nous étions à peine des pions. Il me fallait pourtant bien préparer ma défense, car mon cas allait finir par être traité.

Avec pour seul compagnon le grand silence de Maurice, qui lui aussi attendait son procès, j'ai accumulé des dizaines de pages de notes, de souvenirs, de détails. Je restais persuadé que le temps jouait en ma faveur et que les jurés seraient bientôt rassasiés. Ils avaient dévoré les cerfs, les sangliers, les chevreuils. Que leur serait un petit lapin maldernais tel que moi ? Certes, en arrivant ici j'étais encore tout gonflé de ma supposée importance. Mais la prison m'avait remis à ma place. Pour cette justice atrocement cannibale, je n'étais que du menu fretin.

*

L'attente a duré dix mois.

Dix mois de prison, dix mois de silence, dix mois à ne pas savoir à quelle sauce je serais mangé. À plusieurs reprises, au début de ma captivité, j'ai été interrogé par des policiers, des militaires, des juges d'instruction, dans une petite salle de la prison. À chaque entretien, je répétais les mêmes histoires, j'expliquais mon double jeu, mes activités à *Je suis partout* et dans le réseau Gabriel. Je citais les noms de Monsieur R. et du colonel Chauvier. Mes interlocuteurs ne disaient rien et se contentaient de tout noter, avec froideur et précision. Lorsque je demandais : « La date de mon procès est-elle fixée ? » Je recevais pour toute réponse ces mots sibyllins : « Ne soyez pas si pressé, monsieur Berkeley... vous n'avez même pas encore d'avocat... »

En effet, j'étais pour l'instant un accusé sans défense, un condamné en puissance qui s'était emprisonné de son propre chef ! Je ne pouvais m'en prendre qu'à moi-même ! Puis, au matin du 8 avril 1946, à l'heure du quignon de pain, un gardien a entrouvert la porte en grognant :

— Berkeley, t'as une visite.

Je suis resté figé. L'espace d'un instant, des visages m'ont traversé l'esprit : Victor, Pauline, Marco, Simon... Mais je me suis aussitôt ressaisi, demandant :

— Qui est-ce ?

— Un avocat.

Nouvelle décharge d'adrénaline.

Les mains tremblantes, j'ai rassemblé les feuilles pour ma défense sur la petite table et les ai serrées contre moi.

— Tu te magnes ? a grommelé le gardien.

— Voilà, voilà...

Tandis que j'allais quitter la cellule, je me suis retourné vers Maurice.

Pour la première fois, le jeune milicien a ouvert la bouche et a murmuré avec un sourire inquiet :

— Bonne chance, Guillaume.

62

— Asseyez-vous, m'a dit le petit homme, sans même lever les yeux de ses notes.

Tout de noir vêtu, il avait un grand front bombé et d'épaisses lunettes à monture d'écaille. « Ça y est, me suis-je dit avec une excitation presque hors de propos, encore une nouvelle vie... »

Cet interminable entre-deux dans lequel je m'étais englué depuis mon arrestation allait prendre fin. J'allais pouvoir m'expliquer, tenter de faire comprendre (et de *me* faire comprendre) les raisons qui m'avaient poussé à agir comme je l'avais fait ces dernières années... J'allais expliquer au monde pourquoi Guillaume Berkeley avait dansé entre l'enfer et le paradis, sans vraiment savoir lequel de ces mondes était le plus sûr, le plus sage, le plus authentique. Bref, j'allais enfin y voir clair. Et ce, grâce à ce petit bonhomme sans âge, qui n'avait pas quitté ses notes et s'était contenté de répéter d'un ton froid et comminatoire :

— Je vous ai dit de vous asseoir, monsieur Berkeley.

Je n'avais en effet pas bougé, figé à l'orée de cette petite salle vide et sans fenêtre, comme un collégien convoqué chez le proviseur. Je me suis assis avec une pointe d'inquiétude. Rien dans la silhouette de cet homme ne semblait particulièrement amical, mais rien non plus ne laissait transparaître la moindre animosité. À peine une froideur bureaucratique.

« Ce type a été commis d'office, ai-je songé. Il n'a pas désiré défendre mon cas. Il ne m'a pas voulu, pas choisi... »

Incorrigible Guillaume, voilà déjà que je mettais du sentiment là-dedans. La justice ne doit pas être une affaire de cœur, mais de règles, de lois. Ce transparent gratte-papier serait donc parfait : il allait dépassionner les polémiques, les regarder avec recul et objectivité. J'ai senti un début de soulagement.

— Vous souriez, monsieur Berkeley ?

L'avocat avait relevé la tête et me fixait derrière ses lunettes.

En voyant ce visage impassible aux traits réguliers et pourtant coupés à la serpe, j'ai eu l'impression qu'il m'était vaguement familier. J'ai même eu l'étrange sentiment de l'avoir déjà rencontré.

— On se connaît, non ?

— Pardonnez-moi, monsieur Berkeley, a-t-il dit d'une voix plus chaleureuse, je ne me suis même pas présenté.

Il m'a tendu la main et j'ai saisi ses longs doigts aux articulations noueuses.

— Je suis maître Alexis Bloch, votre avocat.

— Bloch ?

— Oui. Je crois que vous avez... *bien connu* Simon.

— Vous êtes son frère ?

— Son cousin germain. Nos pères étaient frères... Mais nous nous voyions très peu. J'exerce à Marseille et j'ai dix ans de moins que Simon.

Je n'en revenais pas ! L'avocat a dû lire mon étonnement car il a esquissé un sourire, qui a aussitôt éclairé son visage et l'a fait encore plus ressembler à Simon.

— N'allez pas croire qu'il s'agit là d'un hasard, monsieur Berkeley. C'est moi qui me suis porté volontaire pour défendre votre dossier.

— Et... et Simon ?

Une ombre a traversé son visage.

— Je suis, à ce jour, le seul survivant de la famille Bloch. Vivant à Marseille, j'ai pu m'enfuir dès 1940 au Maroc, où j'ai passé toute la guerre...

Bêtement, j'ai répété de la même voix étranglée :

— Et Simon ?

L'avocat a secoué la tête de droite à gauche.

— Déporté..., a-t-il murmuré. Lui qui aimait tant l'originalité, il a fini comme tout le monde...

— Vous... vous êtes sûr ?

— Rien n'est plus muet qu'une pelletée de cendres, Guillaume, mais tout porte à croire qu'il a été gazé et brûlé à Auschwitz.

Cette nouvelle, je la redoutais depuis le début de la guerre. Mais nul ne me l'ayant jamais confirmée, j'avais gardé un petit espoir, comme si la survie de Bloch conditionnait celle de mon âme. Et voilà que son propre cousin venait en prison m'annoncer sa mort.

J'ai été pris de vertige et j'ai commencé à osciller sur ma chaise.

— Avalez ça..., a dit Alexis Bloch en me tendant une flasque de whisky.

Voilà plus d'un an que je n'avais pas bu d'alcool. Une forte chaleur m'a inondé le corps, et c'est avec un regard flou que j'ai vu l'avocat remettre la petite gourde de métal dans son cartable.

J'ai pourtant vite retrouvé mes esprits.

— Si vous savez mon lien avec Simon et si vous connaissez mes... *activités* pendant la guerre..., comment avez-vous pu vouloir me défendre ?

L'avocat a plissé les yeux et répondu d'un ton énigmatique :

— Parce que je suis juif, monsieur Berkeley.

— Justement, vous avez toutes les raisons de vouloir ma mort...

— Vous croyez cela, parce que vous-même n'êtes pas juif...

— Je ne comprends pas.

— C'est pourtant très simple, très logique, presque arithmétique. Pour que cette période d'une atrocité absolue ne se reproduise jamais, je dois comprendre ce qui a pu se passer dans votre tête.

— Je suis un cobaye ?

— Appelez ça comme vous voudrez. Mais ce n'est pas en vous faisant exécuter avec une rage vengeresse que je vais préserver les générations futures. L'épuration sauvage a fait suffisamment de ravages. J'ai beau être juif, la loi du Talion est une horreur : « Œil pour œil, dent pour dent », c'est la meilleure façon d'entretenir les haines séculaires. Ce que je veux, c'est comprendre *pourquoi*...

L'avocat m'observait. N'était-ce pas surtout sa manière à lui de prendre du recul par rapport à mon cas ?

— Pourquoi *quoi* ? ai-je répliqué.

— À vous de me le dire : le pourquoi de vos actes, de vos choix, de ce que vous appelez votre « double jeu ». Je veux comprendre pourquoi et comment un jeune homme né chez les heureux du monde, qui aurait pu vivre en marge de ce conflit, qui aurait pu avoir une tout autre trajectoire, s'est jeté avec tant d'inconscience dans les maux du siècle...

Je n'ai pu masquer mon ironie :

— Vous préparez ma défense ou vous écrivez une thèse ?

— Je vous croyais moins cynique, monsieur Berkeley.

— C'est la prison qui rend cynique...

— À moi de vous en tirer, a-t-il répliqué.

— Vous pensez vraiment que je peux être acquitté ? ai-je demandé, de plus en plus regonflé par la détermination manifeste de cet étrange avocat.

— Acquitté, sûrement pas, mais je peux vous éviter la peine capitale.

Comment prendre cette assurance ? Surtout, comment réagir ? Je m'étais de mon propre chef jeté dans les prisons françaises. J'avais moi-même désiré ce procès. Mais voilà des mois que je croupissais dans cette cellule, et mes rêves d'explication, d'honnêteté s'étaient éloignés. Tout ce que je voulais à présent c'était être jugé. L'incertitude me rongeait depuis trop longtemps. Mais la force d'âme d'Alexis Bloch me perturbait. Je ne devais pas me laisser influencer par son optimisme. Il fallait garder la tête froide. Et si je devais tomber sous les balles de soldats français, il ne fallait pas que je m'effondre avant ma dernière heure, question d'honneur et de dignité.

— Je vois que vous réfléchissez, monsieur Berkeley, a repris l'avocat. J'avoue aussi que si mon choix s'est tourné vers vous, c'est parce que Simon ne cessait de chanter vos louanges.

— Je croyais que vous ne vous fréquentiez pas...

— On se parlait plusieurs fois dans l'année. Par téléphone.

— Il ne m'a jamais parlé de vous...

— Il y a tant de choses que Simon a dû cacher, Guillaume...

J'allais répliquer mais Alexis a regardé sa montre et changé d'attitude.

— Bon, a-t-il dit en étalant des documents devant lui, si nous passions aux choses sérieuses ? Vous savez que votre procès est fixé au 11 mai ?

— Dans un mois ! Mais personne ne m'a jamais rien dit !

— Je l'ai moi-même appris avant-hier. Ça nous laisse quatre semaines pour préparer votre défense...

Dans ma tête, tout s'emballait. Après des mois d'isolement, tout allait maintenant trop vite.

— Mais... mais... ça va être suffisant ?

— Il faudra bien. Racontez-moi votre vie, Guillaume Berkeley. Et aidez-moi à comprendre comment vous avez pu pousser toute ma famille dans les chambres à gaz...

63

Alexis Bloch est-il devenu un ami ? Je ne saurais le dire. Un allié ? Je ne pense pas non plus. Mais il était mon défenseur, c'est certain. Il s'est même passionné pour mon cas avec une rage étrange. Comme si défendre un homme qui avait collaboré avec les assassins de son peuple était une pure question d'humanité et de tolérance... tout autant qu'un passionnant problème de rhétorique judiciaire. Comme si comprendre était plus important que juger, comme si l'écoute était le seul remède contre la haine. Et puis, il avait cette passion pour la nuance et le mot juste, une fascination presque abstraite pour le discours sous toutes ses formes, fussent-elles les plus paradoxales.

— Vous semblez persuadé de sauver ma tête, lui ai-je dit au bout de deux semaines.

— L'essentiel est que *vous*, vous en ayez la certitude...

— ... certitude que vous fissurez en disant cela !

— Je ne veux pas non plus vous mentir, Guillaume. Vous avez de sacrées casseroles. Être accusé de trafics illicites est une chose, l'« intelligence avec l'ennemi » en est une autre...

Alexis Bloch savait me décontenancer, et c'était souvent pour tester mes réactions, comme s'il me préparait psychologiquement au procès.

— Mais nous avons décidé de plaider le double jeu..., ai-je répliqué.

L'avocat a levé vers le plafond des yeux agacés.

— Double jeu ! Double jeu ! Vous n'avez que ça à la bouche, a-t-il grommelé. Vous croyez être le premier à sortir cette botte secrète ?

— Mais je croyais que...

— Tous les collaborateurs patentés ont tenté de plaider le double jeu, du moins ceux qui n'assumaient pas leurs actes.

— Mais j'assume mes actes, d'un côté comme de l'autre.

— Je ne dis pas le contraire, Guillaume. Je sais que vous ne reniez aucun de vos articles dans *Je suis partout* ; aucun dîner avec des barons du nazisme et du Paris occupé ; aucun cocktail à l'Institut d'étude des questions juives... Mais le problème est ailleurs.

— Expliquez-moi...

— Le problème vient précisément de votre double jeu.

— Mais expliquez-moi, bon Dieu !

Ce petit jeu du chat et de la souris était harassant. Mais telle était la tactique d'Alexis Bloch, comme celle d'un entraîneur sportif ou d'un sergent-chef.

— J'ai poursuivi mes recherches sur votre réseau Gabriel, votre colonel Chauvier, mais je n'ai toujours rien trouvé...

— C'est le principe même d'une organisation clandestine, ai-je rétorqué. Tout reste *oral*.

— Je sais bien. C'est pourquoi j'ai été voir du côté des autorités de la Résistance.

— Et alors ?

— Personne n'a jamais entendu parler du réseau Gabriel.

Dans la voix d'Alexis, il n'y avait plus de calcul rhétorique. Il tombait vraiment sur une énigme. Une énigme dont j'aurais dû me douter depuis longtemps. Mais j'avais vécu dans une telle négation de la réalité, depuis des années.

— Et le colonel Chauvier ?

— Autre fantôme, Guillaume. J'ai pu consulter certains registres : il y a bien un colonel Chauvier, mais il servait dans les armées de Louis XV...

— C'est un pseudonyme.

— Je veux bien vous croire. Mais personne ne semble l'avoir porté dans la Résistance.

Je sentais mon assurance se lézarder seconde après seconde.

— Il faut creuser plus loin.

— Je suis allé aussi loin que possible. J'ai même eu accès à des registres privés du général de Gaulle. Mais rien... Il n'y a pas plus de réseau Gabriel que de colonel Chauvier.

Cette phrase avait été dite avec une sorte de reproche larvé et un soupçon d'agressivité.

— Ça signifie que vous ne me croyez pas ?

Il a de nouveau eu cette moue agacée d'un père devant les pitreries de son marmot.

— Je ne suis pas là pour vous croire, Guillaume. Je suis là pour vous *défendre*. Tout cela est sérieux. Votre tête est en jeu.

Ces heurts entre nous étaient d'autant plus épuisants qu'ils étaient presque quotidiens.

— Vous pensez que je n'en suis pas conscient ? Que je ne me réveille pas chaque matin en songeant à ce procès qui approche chaque jour un peu plus ? Vous pensez que je ne suis pas mort de peur ?...

Bloch a eu un étrange sourire.

— Voilà. J'aime mieux ça.

— Vous aimez mieux quoi ?

— Soyez sincère, Guillaume. Il faut émouvoir le jury. Mais si vous jouez les enfants gâtés fiers de leurs bêtises, vous courez à votre perte. Je veux voir des larmes dans vos yeux. De l'émotion.

— Parce que ce n'est pas enfantin de pleurer ?

— Un gamin qui pleure, c'est horripilant. Un homme qui pleure, c'est tragique.

Reprenant ma respiration, j'ai tenté de retrouver le fil de ma pensée :

— Et Monsieur R., qu'est-ce qu'il vous a dit ?

Alexis a fait une grimace de dégoût.

— Rufus Schrammelstein est un homme parfaitement antipathique... mais parfaitement insoupçonnable !

— Comment ça ?

— Son réseau de résistance Honneur et Patrie a brillamment et activement participé à la libération de Paris. Plaidant le double jeu, il a prouvé combien ses complaisances à l'égard de l'occupant ont servi les intérêts de l'armée des ombres.

— Mais vous l'avez vu. Vous lui avez parlé...

— Je vous ai déjà donné ses réponses, Guillaume.

— Je ne peux toujours pas y croire. C'est pourquoi je vous ai demandé de retourner le voir...

— Il n'en démord pas, a dit Alexis avec une expression de sincère impuissance. Cet affreux personnage prétend ne vous avoir croisé que dans le cabaret Chez Dodo et ne jamais avoir entretenu aucun « commerce » avec vous. Et surtout, il vous accuse d'avoir dénoncé des juifs à la Gestapo.

Voilà qui était nouveau ! Schrammelstein était décidément une belle ordure.

— Moi, dénoncer des juifs à la Gestapo !

— Oui. Il paraît que vous leur auriez livré votre ami Marco Dupin.

Tout se retournait vraiment contre moi.

— Mais c'est Marco lui-même qui m'a demandé de...

— Ce n'est pas moi qu'il faut convaincre, Guillaume, c'est le jury, m'a interrompu l'avocat. Et ça ne va pas être facile.

— Sincèrement, ai-je fini par demander après un long silence, vous croyez que je vais m'en tirer ?

Alexis a grimacé et j'ai vu son vrai visage : inquiet, hésitant, presque effrayé.

— Franchement, je n'en sais rien, Guillaume. Mais jusqu'à présent, vous avez réussi à passer entre les gouttes. Gageons que votre ange gardien ne vous laissera pas tomber maintenant que c'est votre vie qui est en jeu...

64

Mon procès a duré trois jours, du 11 au 13 mai 1946.

Ces trois journées passées dans le box ont sans conteste été les plus longues de ma vie. Levé aux aurores, j'étais lavé, rasé de frais, habillé, cravaté, comme ces enfants qu'on force à aller à un mariage. Mais si l'on m'obligeait à retrouver une dignité d'homme civilisé, c'était pour mieux m'ôter toute dignité humaine. Sitôt dans le box des accusés, j'étais réduit à l'état de bête curieuse dans quelque cirque ambulant. Une bête redoutée, honnie, haïe. C'est bien de haine qu'il s'agissait. Il n'y avait aucune compassion, et guère plus d'impartialité dans ce tribunal. Je croyais les procès de l'épuration enfin apaisés ; je pensais sincèrement que les cas étaient désormais étudiés avec froideur, maintenant que la guerre était finie depuis plus d'un an. Mais les rancœurs ont la vie dure et la vengeance se mange froid. Et puis, mon statut de « petit dernier » jouait paradoxalement contre moi. La plupart des caciques du pouvoir avaient été jugés depuis longtemps ; les grandes figures de la presse, des lettres et des arts étaient elles aussi passées aux assises. Après moi, il n'y aurait plus grand monde et le public le savait, qui se pourléchait les babines une ultime fois. J'étais leur « dernier coup pour la route », le petit verre de calva avant d'entrer dans le grand hiver de la vie normale. Et c'est sur moi que ça tombait !

— Ne vous laissez pas impressionner par les visages, m'a prévenu Alexis Bloch, quelques minutes avant que je sois introduit dans la salle.

« Pas impressionner ? » me suis-je répété intérieurement, tandis que deux policiers me poussaient plus qu'ils ne m'accompagnaient derrière une petite balustrade dominant la vaste pièce toute de boiseries. Une pièce qui sentait l'encaustique et le ressentiment. Une pièce où chaque regard était tourné vers moi.

« Ils m'ont déjà condamné », ai-je compris en sentant une sueur glacée sur ma nuque.

Magistrats, greffiers, policiers, journalistes, témoins, simples curieux, et jusqu'aux figures peintes sur les fresques du plafond, tous me scrutaient sans la moindre compassion.

Même Alexis Bloch semblait gagné par l'agressivité ambiante. Assis devant moi, en contrebas, il s'est levé et a chuchoté à mon oreille, le visage dur :

— Ne parlez pas. Ne faites aucune remarque. Soyez le plus neutre possible et laissez-moi faire mon travail, compris ?

Puis il s'est épongé le front à l'aide d'un mouchoir, comme s'il était de moins en moins sûr de ses arguments.

— N'oubliez pas qu'on va ressortir ici le pire de vous-même...

Alors le procès a commencé.

Pendant longtemps, je n'ai gardé de ces heures sordides et humiliantes aucun souvenir véritable. Est-ce un effet de la honte éprouvée durant mon procès, une forme de rejet inconscient ? Je ne saurais dire. Mais les images de ces trois journées ont vite constitué un magma informe dans ma mémoire, comme si je m'étais appliqué à les malaxer, à les fondre les unes aux autres, à en apaiser la redoutable puissance.

Il faut bien avouer que, depuis la sentence, je me suis efforcé d'en refouler tous les souvenirs. Beaucoup tentent de refaire leur procès après coup, de le reprendre élément par élément, jouant tous les rôles :

procureur, avocat, juge, jury... Fantasmes aussi illusoires que destructeurs !

Mais à l'heure présente, tandis que je tente de reconstituer ce procès, de le raconter, j'éprouve une gêne tenace. Tout est flou, imprécis, et je ne puis décrire que des images fugaces.

Je revois ces photos exhibées devant les jurés : Guillaume Berkeley et Otto Abetz ; Guillaume Berkeley et Jean Luchaire ; Guillaume Berkeley et Robert Brasillach ; Guillaume Berkeley à l'inauguration de l'IEDQJ ; Guillaume Berkeley entre Céline, Rebatet et le docteur Montandon ; Guillaume Berkeley, hilare et passionné, dans les couloirs du musée du Jeu de Paume avec Hermann Göring ; Guillaume Berkeley dans les rues de Sigmaringen...

— Le parcours sans faute du parfait collaborateur..., a déclaré le procureur.

Je revois ces articles, qu'on a retrouvés dans les archives de *Je suis partout*. Il n'y avait à vrai dire rien de très grave dans ces chroniques de films, de livres, de pièces ou d'expositions ; aucune dénonciation, aucun appel au meurtre, aucune marque du moindre engagement politique. Mais – parfois sans que j'aie écrit ces mots moi-même, les typographes ayant des directives – on y trouvait çà et là bien trop de « youtres », de « youpins », d'« ignobles Anglais », de « répugnants bolcheviques », de « judéo-maçons », de « sous-nègres »...

Tous ces mots qui, deux ans plus tôt, étaient d'une grande banalité, devenaient aujourd'hui de redoutables armes à feu qui se retournaient maintenant contre moi.

— Et ce Marco Dupin, que vous avez dénoncé à la Gestapo !

À cette accusation, je me rappelle qu'Alexis Bloch a tenté de faire valoir mes arguments :

— C'est une demande que monsieur Dupin a faite à mon client.

— Maître, j'espère que vous plaisantez..., vous dont le propre cousin a été le mentor de ce serpent.

— Mon client n'a jamais fait aucun mal à Simon Bloch.

— Parce qu'il n'en a pas eu le temps...

Sinistre dialogue !

Et moi qui n'avais pas le droit de parler. Moi qui devais sagement écouter ces gens débattre de mon cas. Moi qui tentais de fuir les regards – comme celui de Madeleine Jacob, l'effroyable chroniqueuse judiciaire de *Libération* –, sans non plus paraître lâche. Moi qui étais le spectateur impuissant de ma propre débâcle.

Et lorsque Alexis Bloch a enfin – sans réelle conviction – sorti l'argument du « double jeu », j'ai vu l'œil du procureur noircir comme de l'encre.

Il n'a d'abord rien dit, laissant mon avocat parler du « réseau Gabriel », du « colonel Chauvier », des nombreuses familles juives que j'avais permis de sauver en les cachant chez moi.

Maintenant qu'Alexis expliquait comment j'étais devenu résistant, le témoignage de Pauline m'aurait sans doute sauvé la vie. Las, elle restait introuvable.

Le procureur a ricané :

— Hélas pour l'accusé Berkeley, monsieur le juge, impossible de mettre la main sur cette... Pauline.

— Voilà qui est fâcheux.

— En revanche, un autre témoin a accepté de venir raconter *sa* version des faits...

Alexis et moi avons sursauté.

— J'appelle à la barre Rufus Moshe Schrammelstein...

65

Dieu qu'il était replet, le trafiquant ! Dieu qu'il éclatait de bonne santé dans son costume trois-pièces à rayures tennis ! Dieu qu'il semblait heureux de vivre, d'être là, dans ce tribunal, du bon côté de la barrière ! Dieu qu'il explosait de bonhomie à singer les opprimés, les victimes ! Dieu qu'il avait admirablement mené sa barque, souriant avec la pire des fausses modesties quand le juge a dévidé ses faits de gloire :

— Rufus Moshe Schrammelstein, vous êtes à l'origine du réseau Honneur et Patrie, qui a joué un rôle capital dans la libération de Paris, voici deux ans...

— Oui, Votre Honneur.

— Au nom de la France et en mon nom propre, avant que ne commencent les questions, je tiens à vous remercier pour tout ce que vous avez fait...

Tournant son regard vers moi, le juge a repris :

— À l'heure où les coupables payent enfin pour leurs forfaits, il est bon que l'opinion se rappelle où sont les vrais héros...

Tonnerre d'applaudissements dans la salle.

Moi, j'étais sans voix. Je revoyais le tripot clandestin de Monsieur R. ; je le revoyais, trinquant au champagne avec les pontes de la SS ; je le revoyais dans cette salle de torture, rue Spontini... Et maintenant il était là, devant moi, triomphant de son abominable bonne foi, récoltant des louanges qu'il avait su génialement collecter. Sur le dos de qui ? J'allais vite le savoir...

— Monsieur Rufus Moshe Schrammelstein, jurez-vous de dire la vérité, toute la vérité, rien que la vérité ?

Monsieur R. m'a un instant jeté un regard de défi, avant de répondre :

— Je le jure !

Le procureur, quelque peu cabot, a commencé à se dandiner autour de son témoin, comme s'il lui faisait une danse du ventre.

— Monsieur Schrammelstein, connaissez-vous le supposé réseau Gabriel ?

— Oui.

J'ai tressailli.

— Connaissez-vous le supposé colonel Chauvier ?

— Oui, mais je ne l'ai jamais rencontré directement.

Je n'ai pu me retenir de poser une main fébrile et pleine d'espoir sur l'épaule d'Alexis. Aux aguets, il m'a fait signe de ne plus bouger. Contre toute attente, Monsieur R. allait-il m'offrir une porte de sortie ?

— Monsieur Schrammelstein, avez-vous eu un rôle dans ce réseau Gabriel, comme le soutient l'accusé Berkeley ?

Monsieur R. est devenu blafard, et il a tourné vers moi un visage aux yeux lourds de larmes :

— Comment Berkeley peut-il affirmer une chose pareille ?

Là, je ne comprenais plus. Il me regardait avec une haine véritable, qui a aussitôt déteint sur tout le reste de l'assistance.

— Monsieur R., avez-vous déjà rencontré Guillaume Berkeley ?

Schrammelstein a détourné la tête, fuyant mon regard, puis il a répondu :

— Hélas oui...

— Comment ça : « hélas » ?

— Monsieur Berkeley, vous n'avez pas la parole !

Les mots étaient sortis tout seuls. Alexis m'a écrasé la main en chuchotant :

— De grâce, taisez-vous !

Mais je commençais à bouillir, et ce qu'a ensuite expliqué Schrammelstein m'a tout simplement épouvanté :

— C'était à la fin de 1943, a-t-il commencé. La Gestapo arrêtait tous les juifs qui lui tombaient sous la main... Moi, je vivais avec ma femme et mes deux filles...

— Dans de très bonnes conditions, a remarqué le procureur, sans agressivité.

— Je vous mentirais en disant que nous étions pauvres... mais nous étions chaque jour un peu plus juifs...

Monsieur R. s'est alors tourné vers l'assistance, comme s'il entamait un plaidoyer. Fasciné, le public était suspendu à ses lèvres.

— Tous les matins, nous apprenions la disparition d'une famille, d'un ami. Un jour, c'était les Steiner ; le lendemain, les Grunberg. Le jour suivant, les Klein... Il ne se passait pas une journée sans qu'on apprenne que telle ou telle famille juive avait été raflée, avant d'être transférée à Drancy... puis on ne savait encore où...

Sur ces mots, tous les regards se sont tournés vers une photo des charniers d'Auschwitz, que le procureur avait fait accrocher sur un panneau à sa droite.

J'étais abasourdi, mais je ne me doutais pas encore de la fourberie prodigieuse de ce génie du mal.

— Au début, je me suis cru au-dessus des lois. Pour couvrir mon réseau Honneur et Patrie, j'étais obligé de jouer le jeu des occupants. Ce qui ne m'enchantait guère, croyez-moi...

Les jurés redoublaient d'attention, le visage compatissant.

— Lorsque je les recevais à dîner et qu'ils expliquaient comment ils traquaient les familles juives, je devais me retenir de les étriper sur place... Le double jeu est une activité très dangereuse, très douloureuse.

Il s'est à nouveau tourné vers moi.

— Du moins quand on la pratique *vraiment*...

J'allais exploser mais Alexis m'a une fois de plus supplié de ne pas bouger.

— Continuez, a dit le procureur.

— J'ai donc commencé à avoir peur pour ma famille. Moi, je devais rester à Paris pour diriger mon réseau de résistance, mais ma femme et mes filles pouvaient fort bien aller se cacher ailleurs, à l'abri des monstres nazis... Alors, je me suis renseigné...

— Sur quoi ?

— Depuis plusieurs mois, on entendait parler de ce mystérieux réseau Gabriel, dirigé par un tout aussi énigmatique colonel Chauvier, qui aidait des familles juives à fuir la France puis l'Europe...

— Vous voyez que je ne mens pas, ai-je murmuré à l'oreille d'Alexis Bloch, qui a aussitôt répondu d'une voix glaciale :

— J'ai très peur de ce qui va suivre...

« Moi aussi », ai-je songé en frissonnant, car la confession de Monsieur R. ne semblait guère tourner à mon avantage.

— Je me suis renseigné... et c'est comme ça que j'ai connu Guillaume Berkeley...

— PARDON ? ai-je explosé.

— Maître Bloch, faites taire votre client.

Les doigts de l'avocat ont écrasé mon épaule.

— Guillaume, je vous en conjure, ne dites plus un mot !

Mais j'étais outré, trahi. Et ce n'était que le début.

— Comment avez-vous connu monsieur Berkeley ?

— Par une amie commune. Une tenancière de cabaret.

— Madame Dominique Kifairt, dite « Dodo » ?

— Absolument.

— Eh bien ?

— Dodo m'a présenté monsieur Berkeley, en m'expliquant qu'il travaillait pour le réseau Gabriel et qu'il pourrait faire passer ma famille à l'étranger.

— Et vous l'avez crue ?

— Hélas oui...

Les regards de la salle allaient de l'un à l'autre.

— Continuez.

— J'ai confié à ce Monsieur Roza, Esther et Sarah au début du mois de janvier 1944. Et je ne les ai jamais revues...

— Il invente tout, ai-je chuchoté à l'oreille de l'avocat.

— Et savez-vous ce qu'elles sont devenues ?

Monsieur R. a dégluti avant de singer un malaise.

— Qu'on apporte un verre d'eau au témoin, a demandé le président du tribunal, tandis que la salle retenait son souffle.

— Si je sais ce qu'elles sont devenues ? a-t-il murmuré en désignant la photo du charnier. Je l'ai vraiment su l'été suivant, lorsqu'on a découvert ce que cachait l'appartement du quai de Conti où Guillaume Berkeley organisait son trafic.

— Mon trafic !

— Accusé, vous n'avez pas la parole !

— Oui, Guillaume, m'a répondu Monsieur R. en me fixant avec une rage vengeresse : *votre trafic.* J'ai compris que, sous couvert de protéger des familles, vous vous contentiez de les dépouiller de leurs biens avant de les livrer à la Gestapo. J'ai compris que vous aviez organisé votre sinistre trafic avec ces ordures de la Carlingue, Bony et Lafont ; que vous avez volé les biens de dizaines de familles pour mieux les envoyer dans les chambres à gaz...

J'étais tétanisé, incapable du moindre mot.

— J'ai appris tout ça en consultant les dossiers de Drancy.

Et Monsieur R. de citer toutes les familles que j'avais *effectivement* cachées sous mon toit.

En une seconde, j'ai tout compris, j'avais été manipulé. Schrammelstein disait sûrement vrai : le réseau Gabriel volait les juifs avant de les envoyer à la mort. Et j'en avais été un rouage.

Ce qu'il ne disait pas, c'est que je faisais, malgré moi, partie d'une machination... dont il était le cerveau !

Un cerveau machiavélique au point – j'étais en train de le comprendre – d'avoir *effectivement* envoyé sa femme et ses filles à l'abattoir pour sauver les apparences et survivre en héros à l'épuration. Le sacrifice de sa famille propulsait Monsieur R. dans le cercle fermé des héros martyrs alors qu'il scellait mon destin.

Couronnant son cynisme, Schrammelstein a ouvert sa veste et exhibé une étoile jaune cousue à sa doublure.

— Je la porte toujours, pour ne pas oublier. *Jamais...*

Puis il s'est affaissé sur lui-même et un policier l'a escorté jusqu'à la sortie.

J'étais effondré. Même Alexis Bloch était atterré. L'accusation lui plantait un couteau dans le dos, et je le sentais à bout d'arguments. La défense n'est-elle pas censée être prévenue des témoins qui viennent à la barre ?

Disons qu'en ces heures tragiques, la justice était bien souvent parodique. Il n'y avait pourtant pas de quoi rire... et le supplice était loin d'être terminé.

Lorsqu'une voix de stentor a annoncé : « Nous appelons à la barre le second témoin... », j'ai craint le pire.

Et quand Pauline s'est avancée, toutes mes forces m'ont abandonné.

66

— Votre Honneur, je m'insurge, a explosé mon avocat, ce témoin n'a jamais été signalé à la défense... Au contraire, elle était considérée comme *introuvable*.

— Insurgez-vous, maître Bloch, insurgez-vous, a maugréé le président du tribunal. En attendant, n'êtes-vous pas curieux d'entendre ce que cette jeune femme a à dire ?

Que sa présence fût une fourberie du procureur, qu'on nous l'eût cachée, que cette manipulation fût contraire à toutes les règles juridiques, peu m'importait. Pauline était là, à quelques mètres de moi.

Elle avait maigri et son visage s'était creusé. Cette impression d'austérité était renforcée par son tailleur gris souris et ses cheveux coupés très court.

J'ai voulu parler, juste prononcer son nom, attirer son regard, mais elle semblait se faire un point d'honneur à ne jamais croiser mes yeux.

Alexis m'a mis en garde :

— C'est un coup bas du procureur, mais il faut le prendre comme tel. Il attend sûrement une réaction démesurée, alors que la sobriété doit rester notre ligne de conduite. D'accord ?

J'ai hoché la tête, me moquant presque de ce qu'il venait de dire, trop absorbé par la vision de Pauline.

Je ne pensais pas que la revoir me ferait à ce point chavirer. Ce n'était pas de la nostalgie, encore moins des regrets, c'était autre chose. Un sentiment très secret et très enfoui. Sa présence ne justifiait guère plus mes actes qu'elle ne les excusait, mais le simple fait de la voir me redonnait de l'espoir.

— Madame Pauline Berkeley, jurez-vous de dire toute la vérité, rien que la vérité... ?

— Je le jure.

Sa voix, agrémentée de la pointe d'accent américain qui enchantait tant ses « amis » allemands, venait de retentir dans la salle...

Le procureur semblait ravi. Il faisait les cent pas autour de Pauline, souriant parfois au public comme un meneur de revue ou un potache fier de sa dernière blague. Était-il à ce point certain de sa victoire ?

— Berkeley, est-ce votre nom de jeune fille ?

— Non, c'est celui de mon mari, Victor.

— Le frère de Guillaume Berkeley ?

— Son frère aîné, oui.

Je n'ai pu me retenir de sursauter, ce qu'a remarqué aussitôt le procureur.

— Madame Berkeley, pouvez-vous nous décrire les relations entre Victor et Guillaume ?

Pauline a pris tout à coup un air découragé, comme si on lui demandait de soulever une montagne.

— Il y a toujours eu une compétition entre eux.

— Une compétition ?

— Victor était le plus fort, le plus grand, le préféré de sa mère. Guillaume a toujours été plus secret, plus artiste.

— Et quel a été votre rôle, là-dedans ?

L'espace d'un instant, elle a tourné son visage vers moi et je l'ai vue aussitôt rougir.

Mes mains sont devenues moites.

— J'ai été la pomme de discorde.

— C'est-à-dire ?

— Tous deux sont tombés amoureux de moi, et c'est pour fuir ses sentiments que Guillaume a quitté l'île de Malderney...

— Maître, a remarqué le président du tribunal, nous ne sommes pas ici pour écouter le courrier du cœur.

Le procureur a pris bonne note de la remarque et accéléré l'interrogatoire. Avec des raccourcis parfois saisissants, de moins en moins sûre d'elle, de plus en plus mal à l'aise, Pauline a raconté « sa » guerre.

Elle a décrit Malderney bombardée puis occupée par les Allemands. Elle a avoué son mariage forcé avec Victor. Elle a raconté la visite de ce dernier à Paris, où il espérait me convaincre de revenir pour nous lancer dans la libération de notre royaume d'enfance. Elle a expliqué comment Victor, déçu et humilié, avait brusquement emprunté le chemin inverse à celui qu'il avait choisi. Elle a dépeint sa propre arrivée en France, nos flamboyantes retrouvailles, sa nouvelle vie.

Malgré sa timidité, malgré son ton hésitant, je n'ai pu m'empêcher de revivre certaines scènes. Je me suis même pris à sourire à certaines évocations..., ce que n'a pas manqué de remarquer le procureur.

— Monsieur Berkeley semble goûter ces souvenirs, a-t-il souligné d'un ton exagérément outré. Madame Berkeley, pouvez-vous maintenant nous expliquer le rôle du « réseau Gabriel »... ?

Alors Pauline a menti. Elle a menti de façon éhontée, absolue, sans aucun scrupule. Je ne savais pas pourquoi, ni dans quel but, mais elle a donné une version fausse des faits.

Savait-elle qu'elle signait ainsi mon arrêt de mort ? Elle relisait toute ma vie à l'aune d'un acte d'accusation qui ne laissait aucune marge de manœuvre. Et le procureur voulait *tout* savoir.

Mon rôle dans l'arrestation de Marco Dupin ?

— C'est Guillaume qui l'a dénoncé à la Gestapo.

Monsieur R. ? Dodo ?

— Je ne savais pas qui étaient ces gens...

Ces familles que nous hébergions ?

— Je n'ai jamais su où on les emmenait, mais ce sont des Allemands qui venaient les « récupérer », tandis que leurs biens étaient entassés dans une des chambres de l'étage.

Mes amitiés nazies ? Pauline avait eu à les subir... jusqu'à l'intolérable.

— Guillaume m'a même forcée à... coucher avec un officier, afin que l'occupant lui accorde des faveurs...

Là, c'en était trop !

— Tu as couché avec Gelbenzwerk pour me faire sortir de prison ! ai-je hurlé.

Pauline a tressailli mais s'est retenue de me regarder. Je l'ai sentie blêmir, comme si le simple fait d'entendre ma voix faisait fléchir sa détermination à m'acculer au poteau.

— Monsieur Berkeley, vous n'avez pas la parole !

— Mais cette femme ment ! Elle déforme tout !

— Maître, faites taire votre client...

Alexis Bloch était fébrile. Il a tenté de me calmer. En le regardant, j'ai hélas compris que tout était perdu.

Le témoignage de Pauline mettait à bas toute sa défense ; je le soupçonnais même de croire certains faits que mon ancienne maîtresse débitait avec cette atroce bonne foi. Car elle avait repris son immonde «*confession*». Une confession où tout s'emboîtait avec une troublante virtuosité.

Rentrée à Malderney après avoir subi les humiliations des épurateurs (c'était donc bien elle, à la Nation), elle a retrouvé un Victor qui avait à nouveau retourné sa veste. Après avoir joué le jeu de l'occupant, il avait rallié les rangs de la Résistance et il était même devenu le fer de lance des réseaux anglo-normands.

— Le vrai héros, c'est mon mari, Victor..., a lancé Pauline en me défiant du regard. Il ne m'a pas fait croire, lui, qu'il sauvait des vies en envoyant des gens à l'abattoir.

— Mais je n'en savais pas plus que toi ! Le réseau Gabriel nous a trompés tous les deux...

— Berkeley, taisez-vous !

Pauline a crié :

— C'est Victor qui m'a ouvert les yeux sur ton vrai rôle pendant la guerre !

Là, je ne comprenais plus. Qu'est-ce que Victor avait à voir là-dedans ?

Le procureur a alors sorti un petit dossier bleu de son cartable.

— Madame Berkeley, connaissez-vous ce document ?

— Oui, a-t-elle répondu, le visage sombre, c'est moi qui vous l'ai apporté.

— Votre Honneur, a encore tenté l'avocat, ces procédés sont scandaleux ! Jamais nous n'avons été au courant de l'existence de ce dossier.

— C'est vrai que vous tirez un peu sur la corde, a concédé le président du tribunal, sans s'émouvoir.

Puis il a fait signe au procureur de tendre le dossier à Alexis Bloch.

J'ai voulu me pencher sur l'épaule de mon avocat, mais le président a grogné :

— Accusé, restez à votre place...

Je ne voyais que son dos, mais j'ai senti que mon défenseur perdait tous ses moyens.

— Où... où avez-vous trouvé ça ? a-t-il demandé.

Le procureur s'est tourné vers Pauline.

— Madame Berkeley, expliquez à maître Bloch l'origine de ce document.

Pauline a dégluti mais elle a gardé son calme. D'une voix glaciale, elle a dit :

— Mon mari Victor a été en contact avec des gens très haut placés dans la Résistance. C'est pourquoi une âme... bien intentionnée a fini par lui remettre ce document.

— Et pour quelle raison ?

— Parce qu'il y est question de Guillaume, son frère.

Bloch était de plus en plus fébrile.

Le procureur a repris, le visage lumineux :

— Madame Berkeley, pouvez-vous nous dire ce que contient ce dossier ?

— Ce sont les archives du réseau Gabriel.

— Les archives ?

— Oui. Il y a ici les noms et les rôles de tous les membres de ce faux réseau de résistance...

Arrachant le dossier des mains de Bloch, le procureur a lu :

— « Pierre Bony, rabatteur ; Henri Lafont, exécuteur ; Marcel Petiot, exécuteur ; Bony, Lafont, Petiot, trois des pires assassins de l'Occupation qui ont déjà été jugés et exécutés comme tels... »

Après un temps de pause, le procureur s'est tourné vers le jury en ajoutant :

« Guillaume Berkeley, hébergeur »...

Une houle offusquée a traversé la salle.

Moi, je comprenais sans comprendre. Bien sûr que j'avais hébergé ces gens, c'est même ainsi que je pensais les sauver.

— Mais je croyais vraiment les héberger, ai-je dit de façon si piteuse que personne n'a songé à me faire taire.

Tout le monde était bien trop fasciné par le procureur, lequel s'est haussé sur ses pieds, comme s'il récitait une leçon :

— Et ce fameux colonel Chauvier, regardez ce qu'on dit de lui : « Le colonel Chauvier est un personnage fictif dont l'ombre bienveillante mettra en confiance les familles juives. »

— C'est une honte ! s'est écriée une femme dans la salle, en tirant une étoile jaune de son sac à main.

— Et ce n'est pas tout ! a repris le procureur, écoutez maintenant la liste des biens, atrocement précise : « Famille Steiner, évacuée à Drancy le 12 mars : 3 colliers de perles, deux caisses de château-lafite. Famille Meyer, évacuée à Drancy le 8 juin : 6 lingots d'or, un bracelet, trois rangs de perles. Famille Kulp, évacuée à Drancy le 6 septembre », etc.

Un nouveau mouvement de colère a parcouru la salle. Tous se retournaient maintenant vers moi en hurlant « Assassin ! », « Ordure ! », « Salaud ! ». S'ils avaient eu des projectiles, ils m'auraient lapidé.

— Silence, a tonné le président, ou je fais évacuer la salle !

Moi, j'étais sans voix, à bout de forces, à bout d'idées, à bout d'espoir.

Ces noms étaient bien ceux des familles que j'avais cachées. Mais je n'avais aucune idée de ces bijoux, de ces colliers, de ces lingots qu'on disait avoir parfois retrouvés chez moi. La sueur coulait sur mon front, mes joues, mes paupières.

Bloch s'est retourné vers moi et a murmuré à mon oreille :

— Ce document semble authentique, la partie est perdue.

— Mais vous voyez bien que c'est une manipulation !

— Franchement, je ne sais plus qui croire...

Si même mon avocat me laissait tomber, tout était fini. Le procureur était désormais maître du jeu.

Désignant Pauline, il a pris un ton larmoyant :

— Regardez tous cette pauvre femme abusée, humiliée par l'homme qu'elle croyait aimer. Si quelqu'un a été manipulé, c'est elle, et seulement elle.

J'étais confondu de honte, confondu de dégoût, confondu de malaise. Le pire de tout, c'est que je n'arrivais pas à en vouloir à Pauline. Le procureur disait vrai : elle avait été manipulée, forcément. Mais par qui ? Par Monsieur R., dont il n'était jamais fait mention dans le document ? Par ce fameux colonel Chauvier, qui était pourtant présenté comme une entité fictive créée pour attirer la confiance des familles juives ?

Quelqu'un devait « tenir » Pauline, car ce parjure était lui-même un délit, surtout lorsque la vie de l'accusé était en jeu. Mais en était-elle seulement consciente, ou bien obéissait-elle à une volonté supérieure, qui la forçait à agir ainsi ? Je n'aurais su le dire, mais il y avait chez elle une froideur atroce, qui plaçait son témoignage au-delà du bien et du mal. Elle ne prenait aucun plaisir à proférer ses mensonges, mais elle ne semblait pas gênée pour autant. Elle était glaciale, sans vie. À mille lieues de la Pauline que j'avais connue et aimée. À mille lieues de notre ancienne vie.

*

Après son témoignage accablant, Pauline est allée s'asseoir au fond de la salle. Elle n'a même pas eu le courage de croiser mon regard.

Avait-elle honte ? Je ne le saurai jamais. Moi, j'étais déjà mort.

Un tel réquisitoire valait condamnation et mon avocat n'a fait qu'une plaidoirie de principe, que l'assistance a écoutée de mauvaise grâce.

De toutes les façons, la décision semblait déjà prise depuis longtemps.

— Le jury délibérera pendant le déjeuner et le verdict sera rendu en début d'après-midi..., a déclaré le président du tribunal, qui avait manifestement très faim.

On m'a laissé croupir dans une cellule sans même m'offrir un verre d'eau. Puis, vers trois heures de l'après-midi, on m'a fait revenir dans la salle d'audience.

Ce moment-là, je le redoutais depuis ma reddition. Je le redoutais et *l'attendais*.

Tous les visages étaient tournés vers moi. Des faces haineuses, joviales et repues, de bons Français sûrs de leurs choix. Ils me faisaient penser aux Romains de la décadence à l'heure des jeux du cirque. Mais je les regardais à peine. Une seule figure attirait tous mes sens, toute mon âme : celle de Pauline.

Elle n'avait pas bougé de sa petite place, au fond de la salle.

J'ai alors été pris d'une telle vague de dégoût que je n'ai pas entendu le jury pénétrer dans la salle.

Je me moquais de ces quidams qui allaient m'envoyer au poteau. Car je venais de voir *les deux autres*. Assis de part et d'autre de Pauline, l'encadrant comme les deux policiers dans le box, à mes côtés : à droite, Rufus Schrammelstein ; à gauche, Victor Berkeley.

Mon frère était dans la salle depuis le début de l'audience. Il avait entendu tout cela sans rien dire. Il n'avait jamais cherché à modifier quoi que ce fût. Bien que je n'en fusse pas surpris, j'étais écœuré. Mon propre frère allait me laisser condamner ? Il accordait du crédit à ce document qui m'accusait ? Il ne voulait pas tenter d'en savoir plus ?

Et Pauline, pourquoi ne lui disait-elle pas la vérité ? Des deux, qui avait commis la plus grande traîtrise ?

J'étais à ce point anéanti que j'ai à peine entendu la voix du président annoncer le verdict sous un tonnerre d'applaudissements et de cris de joie :

— Le jury proclame l'indignité nationale, la confiscation des biens, et la condamnation à mort.

La dernière image qui me reste avant de m'évanouir, c'est celle de mon frère fondant en larmes dans les bras de sa femme, comme s'il venait de comprendre qu'il m'avait tué.

67

Une heure après ma condamnation, j'étais reconduit à Fresnes. Comment décrire mon état d'esprit durant ces heures mortes ? Je me suis laissé porter tel un fardeau.

Après une absence de quelques minutes, on m'a fait respirer des sels qui m'ont tiré du néant.

— Allez, m'sieur Berkeley, faut vous réveiller, a dit un des policiers.

Croyant que j'étais encore inconscient, le second a ajouté, goguenard :

— Ce serait dommage de roupiller maintenant, vu que la France vous offre le repos éternel...

— *Éternel*, vraiment ? ai-je murmuré.

Le policier, rouge de honte, a grommelé :

— Allez, allez… On y va…

Les deux hommes m'ont escorté jusqu'au fourgon qui m'attendait dans la cour d'honneur du tribunal.

Les jambes flageolantes, encore groggy par ma brève absence, j'ai été ébloui par la chaude lumière de ce beau jour de mai. Sur l'île de la Cité, les arbres étaient en fleurs et une bonne odeur de pollen a envahi mes poumons.

— Qu'il fait beau, ai-je dit en levant les yeux vers le ciel.

Dans les rues, derrière les hautes grilles, une trentaine de curieux avaient attendu mon apparition. Ils ont aussitôt braillé :

— À mort !

— À bas le traître !

— Vive la France !

Face à ces insultes, je me suis contenté de hausser les épaules, tellement las et déjà si loin de tout ça. Tout juste ai-je tenté de voir si Pauline et Victor étaient mêlés à ce sinistre chœur, mais je n'ai vu que des hommes en béret et des femmes à chignon, comme j'en avais croisé durant des années dans le Paris de l'Occupation. Ceux-là mêmes qui, hier encore, me déroulaient le tapis rouge se réjouissaient maintenant de ma mort.

J'aurais pu hurler mon innocence, crier que j'avais moi aussi été trahi, qu'on se servait de moi pour couvrir des gens plus importants, plus influents, dans ce monstrueux « réseau Gabriel ». Mais à quoi bon ? Qui m'aurait cru ? Qui m'aurait même écouté ?

J'avais dépassé le stade des lamentations. C'était une question de dignité et d'amour-propre : conscient de mon destin, je n'allais pas à présent m'effondrer aux pieds de mes bourreaux, sachant très bien qu'ils ne m'épargneraient pas pour autant. Quitte à mourir, autant jouer les héros grecs et poser en martyr, comme l'avait fait avec tant de fougue mon ami Robert Brasillach. Ça vous assure au moins une postérité dans l'adversité.

Pensais-je d'ailleurs vraiment à ma « postérité », alors que l'on me faisait monter sur le marchepied du camion et que les badauds hurlaient de plus belle « Salaud ! Justice est faite ! » ?

Non... Je ne pensais à rien. J'étais encore sous le choc. Mais au fond de moi-même, je devais m'avouer assez soulagé que le massacre fût fini.

Comme ces examens que l'on redoute pendant des mois et qui, une fois passés, permettent de respirer, quand bien même le résultat est piteux.

Il ne s'agissait pourtant ni d'un concours ni d'un contrôle. C'est ma propre vie qui m'allait être arrachée, et je ne m'en rendais pas vraiment compte. Mais la simple idée de quitter ce tribunal de cauchemar, de ne plus voir ces trognes sordides qui hurlaient telle une meute de loups, a eu le don de m'apaiser.

— Je... je suis vraiment désolé, Guillaume, a balbutié Alexis Bloch, tandis que je m'asseyais dans le camion.

— Désolé pour quoi ? Chacun a fait son boulot. Et franchement, vous pensiez que j'allais m'en tirer ?

Bloch a pâli et détourné les yeux.

— Je ne sais pas, je ne sais plus...

Il semblait sincèrement désemparé.

J'ai posé une main affectueuse sur son épaule.

— Votre famille a toujours tenté de me pousser vers le meilleur, Alexis. Et vous êtes en cela parfaitement digne de votre cousin Simon...

J'ai vu des larmes perler au coin de ses paupières. Se ressaisissant, il a tenté de sourire.

— C'est le monde à l'envers. Vous allez mourir et c'est vous qui me consolez...

— Le monde s'est inversé depuis bien longtemps, ai-je tenté de philosopher. Si j'ai droit à des visites, vous viendrez me voir ?

— Bien sûr, Guillaume, bien sûr, m'a-t-il assuré en descendant.

Puis un policier a refermé la portière sur un visage que je n'ai plus jamais revu.

*

En France, les condamnés à mort ont des chaînes aux pieds. On les parque dans une cellule spéciale, sans fenêtre, éclairée nuit et jour par une unique ampoule au plafond. Un lit, une table et une chaise constituent leur unique mobilier.

C'est une cellule comme celle-ci que mon ami Brasillach avait occupée, un an et demi plus tôt. C'est là qu'il avait écrit ce poème à l'ironie douce et atroce intitulé « Les Bijoux » :

Je n'ai jamais eu de bijoux,
Ni bagues, ni chaînes aux poignets,
Ce sont choses mal vues chez nous,
Mais on m'a mis la chaîne aux pieds.

Malgré ces « bijoux » à mes chevilles, j'avais l'impression d'être en transit, au purgatoire ; sachant, comme à l'hôtel, que je n'y resterais pas.

Officiellement, les visites étaient « déconseillées », même si on pouvait toujours s'arranger. Mais personne n'a jamais demandé à venir me voir... Je me doutais bien qu'Alexis Bloch allait tenter de tourner la page (personne n'aime contempler ses échecs), mais j'avais la naïveté d'espérer que Pauline et Victor essaieraient de me faire leurs adieux.

Je sais, cela peut sembler candide, mais je n'arrivais pas à croire qu'ils fussent juste venus en France pour me plonger la tête sous l'eau, sans chercher à me donner l'ombre d'une explication.

Las, aucun d'eux n'est venu...

Les premiers jours, je demandais chaque matin à Léon, le gardien :

— Personne ne compte venir au parloir ?

L'homme – grand, affable et incroyablement amical (« Je lisais vos articles dans *Je suis partout*, vous savez ? ») – consultait une liste qu'il tirait de sa poche intérieure puis hochait la tête de gauche à droite.

— Désolé, m'sieur Guillaume. Personne pour vous aujourd'hui...

— Bien, bien...

Généralement, j'ajoutais d'une voix plus inquiète :

— Et mon... ma... enfin vous comprenez...

— Votre exécution, m'sieur Guillaume ?

— C'est ça.

— Vous savez bien que personne n'en sait rien. Ça peut tomber d'un matin à l'autre... Mais vous êtes encore là, non ? Alors, profitez...

Profiter : quelle drôle d'idée ! Profiter de quoi ? De cette cellule qui empestait la trouille et la merde ? Profiter de cette lumière artificielle, qui me faisait confondre le jour et la nuit, achevant d'égarer tous mes repères ? Profiter de cette courette où l'on nous faisait tourner en rond, et où j'ai toujours refusé d'aller ? Profiter de ces compagnons de déroute, dans les autres cellules ? Des compagnons que je ne voyais jamais, mais dont je pouvais entendre les cris et les pleurs, si souvent.

À vrai dire, j'aurais voulu être exécuté sans attendre, pour qu'on n'en parle plus. Disparaître une bonne fois pour toutes. Ne pas avoir à ressasser des idées de plus en plus noires, de plus en plus chaotiques. Privé de tout contact humain, je ne pouvais m'empêcher de remonter le temps, de plonger dans mes souvenirs. Voilà pourtant bien la dernière des compagnies dont j'eusse envie. Une mort immédiate eût été tellement plus simple, tellement plus radicale. Mais non. La République avait des charmes que je ne lui soupçonnais pas encore, au premier rang desquels cette si subtile torture qui consistait à me faire perdre le sens d'un temps que je savais pourtant compté.

Descendant aux Enfers de la prison de Fresnes, dans le carré des condamnés à mort, cette zone de plain-pied où l'on logeait les futurs cadavres de la République, je pensais être rapidement passé par les armes. Erreur ! Le matin, j'étais souvent réveillé par les gardiens qui venaient chercher un « client » et ressortaient du bâtiment sans un mot, avec pour seule musique les sanglots du condamné et les murmures du prêtre. Sinistre requiem, qui se répétait presque tous les jours, me glaçant jusqu'à la moelle.

Elle ne venait pourtant pas, cette exécution. Je l'ai dit, dès que j'entendais arriver la petite délégation funèbre, à l'aube, je frémissais de peur et d'espoir : enfin ce supplice allait prendre fin (fût-ce de la plus radicale façon). Mais non, je n'étais jamais l'élu. Était-ce normal ? Pourquoi devais-je attendre aussi longtemps ? Qui donc faisait tant traîner les choses ?

Il m'a fallu patienter cinq longs mois avant d'obtenir la réponse à ces questions. Nous devions être en octobre, aux alentours du 15, je crois.

Un matin, Léon est entré dans ma cellule et a fermé la porte, ce qu'il ne faisait jamais (personne n'avait le droit de s'isoler avec les condamnés, allez comprendre pourquoi...).

— M'sieur Guillaume, j'ai une bonne nouvelle pour vous...

— La date de mon exécution a enfin été arrêtée ?

Le regard de Léon s'est allumé et, scrutant la petite cellule comme si l'on pouvait nous espionner, il a tiré un journal de sa poche intérieure.

— Regardez..., a-t-il dit en l'étalant sur la petite table de pin.

Je me suis penché et j'ai cru défaillir.

Ce n'était pas possible ! À la page « Chronique judiciaire » du *Monde*, un entrefilet mi-figue, mi-raisin annonçait : « Un collectif d'écrivains, d'artistes et de personnalités a lancé une pétition réclamant la grâce de Guillaume Berkeley, condamné à mort le 13 mai dernier pour intelligence avec l'ennemi. Parmi les cinquante signataires, on distingue les noms de Jean Cocteau, Jean Marais, Sacha Guitry, Paul Claudel, Jean

Anouilh, Marcel Carné, Pablo Picasso, Albert Camus, François Mauriac, Marcel Aymé... »

Je n'en revenais pas ! Tous ces gens que j'avais connus durant la guerre, sur qui j'avais parfois écrit des articles élogieux, se souvenaient de moi. Ils me « renvoyaient l'ascenseur » de la façon la plus inattendue qui fût, d'ailleurs moins pour me sauver la vie que pour une question de principe : « "À l'heure où la France se remet de ses blessures, il convient de tourner la page", a déclaré François Mauriac. "Exécuter Guillaume Berkeley, c'est exécuter une certaine idée du pardon et du rachat." »

Je restais interdit. N'était-ce pas une ultime rouerie de mes tourmenteurs ? ce que Villiers appelait la « torture par l'espérance » ?

Impossible de le savoir. Mais un détail d'une redoutable ironie m'a fait bondir.

— Ah non ! Pas lui !!

— Tout va bien, m'sieur Guillaume ? s'est étonné Léon, inquiet de m'entendre crier (ce qu'il faisait était parfaitement interdit : je n'étais en aucun cas censé connaître les actualités du dehors, dussent-elles me concerner).

Non, ça n'allait pas ! Ça n'allait plus du tout ! Parmi la liste des signataires, il y avait un nom que j'aurais voulu ne plus jamais entendre : « On notera la signature inattendue du résistant Rufus Schrammelstein, qui a pourtant été témoin à charge au procès de monsieur Berkeley, ce dernier ayant contribué à la déportation de sa femme et de ses deux filles. "Il y a déjà eu trop de morts", a déclaré celui que l'on connaît sous le nom de Monsieur R. “Je ne veux plus que le sang coule, même celui des pires assassins.” »

Était-il possible de jongler à ce point avec le cynisme ? Jusqu'où ce monstre de duplicité était-il prêt à aller ? Et le pire, c'est qu'il était capable de me sauver la vie !

« Il ne fait aucun doute que la signature du chef du réseau Honneur et Patrie comptera pour beaucoup dans le destin de Guillaume Berkeley. Ami intime du paradoxal “Monsieur R.”, le président Vincent Auriol a promis de donner sa réponse dans les plus brefs délais. »

Les plus brefs délais...

Le temps qu'ils ont duré, ces plus brefs délais ? Six mois de plus. Six mois pires que les précédents, car on avait instillé dans mes veines l'affreux poison de l'espérance. On m'avait inoculé ce virus sournois qui m'a lentement coupé l'appétit et privé de sommeil.

Comment voulez-vous dormir ou manger dans de telles conditions ? Jusqu'à présent, je vivais dans l'attente d'une mort qui allait arriver. Désormais, je ne pouvais chasser l'idée que ma survie n'était plus une utopie. Qu'il me serait un jour possible de revoir Pauline et Victor et de comprendre ce qui les avait poussés à agir comme ils l'avaient fait. Je vivais avec l'angoisse constante et impuissante de savoir ma vie à la merci d'une simple signature, celle de Vincent Auriol, ce président qui avait succédé à de Gaulle.

J'en venais à regretter les heures si calmes où je savais mon sort scellé par la justice ! Comme j'en voulais au malheureux Léon, à qui je n'adressais plus un mot, et qui ne comprenait pas mon attitude.

— Mais je croyais vous faire plaisir, m'sieur Guillaume.

Le bougre était sincère. Mais en prison, dans cet effroyable galetas souterrain, la notion de plaisir semblait si dérisoire. Quel plaisir y avait-il à se tordre d'incertitude, à ne plus pouvoir respirer sans penser à cette pétition qui devait dormir dans quelque tiroir de l'Élysée ?

Comment accélérer les choses ? Comment les précipiter ? Du fond de ma cellule, je me sentais plus abandonné, plus orphelin que jamais.

Devais-je me tenir au courant de la vie du monde ? m'excuser auprès de Léon et lui demander de m'apporter la presse ? Ou cela n'aurait-il abouti qu'à aggraver mes craintes, mes rancœurs et mes insomnies ?

Mais Léon ne m'adressait plus la parole. Lorsqu'il m'apportait mon repas, il le glissait sous la chatière sans un mot. Et quand le directeur de la prison, au matin du 10 avril 1947, est venu m'annoncer « la nouvelle », il est resté en retrait, l'œil triste et déçu.

— Berkeley, je ne sais pas si je dois m'en réjouir, mais vous avez de la chance...

— De la chance ?

— Tout comme vos anciens compagnons de route Lucien Rebatet et Pierre-Antoine Cousteau, votre peine vient d'être commuée en réclusion criminelle à perpétuité. Demain matin, vous serez tous les trois transférés à la prison centrale de Clairvaux...

68

Clairvaux...

Clairvaux ma dernière île, Clairvaux mon ultime voyage. Clairvaux d'où j'écris ces lignes, depuis des nuits et des nuits, luttant contre le sommeil pour parvenir à trouver la paix, la paix avec les autres, la paix avec moi-même, la paix avec vous, Victor et Pauline, qui lisez peut-être ce texte, en ce moment même.

*

Rebatet, Cousteau, trois obscurs miliciens et moi sommes arrivés à la prison centrale de Clairvaux au matin du 11 avril 1947, après trois heures d'un trajet cahotant.

Tout comme mes amis de *Je suis partout*, j'étais encore sous le coup de la nouvelle. Étions-nous « satisfaits » de cette grâce aussi espérée que redoutée ? Quelques heures après son annonce, nous devions bien nous avouer assommés, épuisés, comme si nous venions d'achever une traversée de l'Atlantique à la rame.

Certes, nous étions en vie et allions le rester...

« Mais ici... », ai-je songé, le ventre noué, tandis que les hautes murailles de la centrale se dessinaient à l'horizon, derrière la vitre grillagée du fourgon. « Désormais, ma vie entière se passera dans cet endroit... »

Aussitôt, mon esprit s'est lancé dans un calcul effrayant : si Dieu me prêtait vie encore longtemps, je pouvais fort bien rester plus d'un demi-siècle entre ces murs.

« Cinquante, voire soixante ans ! » me suis-je dit avec effroi. Un effroi que ne semblait pas partager Cousteau, toujours aussi flegmatique.

— Il faut dire que c'est magnifique, a-t-il murmuré, alors que le camion se garait devant la gigantesque abbaye cistercienne.

— On est quand même dans un haut lieu de la pensée chrétienne, a remarqué Rebatet avec dégoût, en jetant un œil effrayé sur ces beaux bâtiments austères, qui jaillissaient de la campagne, à quinze kilomètres de Bar-sur-Aube.

L'abbaye de Clairvaux fait partie des biens de l'Église confisqués à la Révolution, et qui ont été consacrés à un usage plus *pragmatique*. Passer de monastère à prison est à vrai dire assez logique : volontaire ou non, la claustration exige l'isolement et le silence. Deux qualités que possède Clairvaux.

— Vous qui entrez ici, abandonnez tout espoir, a ironisé Cousteau.

— Allons, PAC, a rebondi Rebatet, nauséeux, tu sais bien que le travail rend libre...

Moi, je n'ai pas dit un mot, étonné qu'on puisse faire de l'humour à un instant pareil. Quant aux trois ex-miliciens, ils étaient livides. Condamnés à vingt ans de prison, ils n'avaient pas connu l'enfer de la peine capitale.

Un gardien à la mine sévère nous a fait passer sous un porche puis nous a parqués dans une salle n'ayant pour tout mobilier que trois bancs. Après une fouille de principe, on nous a remis des vêtements où était cousu un numéro matricule. Le mien est le 1724, et il est suivi du « P » des condamnés à perpétuité.

« Perpétuité, me suis-je dit, pris d'un nouveau vertige, quel mot atroce ! »

Depuis ma grâce, je n'ai cessé de me demander si la mort n'aurait pas été préférable. Mais à mon arrivée à Clairvaux, mes doutes et mes états d'âme étaient apaisés par la surprise et la nouveauté. Car ce bagne n'est en rien comparable à ce que j'avais connu auparavant. Fresnes est une ignoble mais banale prison urbaine. À Clairvaux, c'est différent. Nous sommes certes en prison, mais les bâtiments ont conservé quelque chose de leur ancien emploi : comme si les ombres des moines passaient encore dans les couloirs, comme si nous étions leurs héritiers contraints.

L'apaisement et la paix de l'âme ne sont toutefois pas de mise dans cette fourmilière, qui grouille de collaborateurs impénitents. C'est tout le gotha de la France occupée qui, après les fastes des années noires et la déroute de Sigmaringen, s'est retrouvé entre ces murs, comme la dernière étape d'une aventure ne pouvant s'achever qu'au cachot.

Quelques mois plus tôt, les mêmes individus trinquaient au champagne à la victoire de l'Allemagne, à la santé du Maréchal, à la défaite de l'Armée rouge et des Yankees.

Passés du côté des vaincus, tous ces anciens caciques portent les mêmes vêtements de bure, dorment dans les mêmes cellules grillagées surnommées cages à poules, remâchent les mêmes humiliations et les mêmes rêves brisés. Il y a un côté nostalgique chez ces rescapés d'une aventure où tant ont trouvé la mort. Laval, Darnand, Brinon, Luchaire, Brasillach, Chack, Suarez, Hérold-Paquis ont été fusillés. Quant à Pétain, il est seul face à l'Histoire, dans la prison de l'île d'Yeu. Seuls quelques-uns comme Déat, Darquier de Pellepoix, Laubreaux ou Châteaubriant ont réussi à fuir en Espagne ou ailleurs. Mais les autres, *tous* les autres sont ici, à Clairvaux. Les petits comme les grands, les obscurs comme les miliciens et les ministres.

— Regarde, m'a soufflé Rebatet, tandis que nous faisions notre première apparition au réfectoire. Tu vois cette crapule de Maurras, ainsi que Xavier Vallat, et plus loin le jeune Christian de La Mazière, qui a passé la fin de la guerre dans la Waffen SS ?

— Du beau monde, a remarqué Cousteau, devant tous ces prisonniers qui nous dévisageaient.

Logés à la même enseigne, nourris du même brouet, dormant sur les mêmes paillasses, nous faisions désormais partie d'un club étrangement démocratique, où les traitements de faveur n'existaient pas et où les haines n'en étaient que plus fortes. Comme les rescapés d'un naufrage prisonniers d'une île déserte, nous étions forcés de cohabiter les uns avec les autres, de nous laver dans les mêmes eaux, de nous croiser dans la même cour sordide, sous un ciel souvent lourd, pluvieux et glacial.

*

Durant les premiers mois, je suis resté sur la défensive. Un monde clos est toujours sujet à des rivalités, à l'esprit de clan, à des cabales. Les haines de l'Occupation se voyaient exacerbées par la claustration et trouvaient là leurs manifestations les plus médiocres et les plus piteuses.

Rebatet ne pouvait se retenir de cracher dans l'assiette de Maurras, qu'il avait insulté dans ses *Décombres*. Le vieux royaliste sourd se contentait de ruminer sa haine, rappelant qu'il appelait Lucien « le pourceau intégral ».

Moi, ces querelles m'ennuyaient et me peinaient. Tous ces grands esprits, ces fortes intelligences (non, je n'écrirai pas « ces belles âmes », car je ne le pense pas) qui se chamaillaient comme des pensionnaires étaient un spectacle désolant. Tout aussi désolantes étaient les activités que notre statut de bagnard nous forçait à exercer. Lucien et moi avions été relégués aux « chaussures ». Des heures durant, nous tournions dans l'une des cours de la prison, des souliers flambant neufs aux pieds. Ceux-ci étaient destinés aux soldats de l'armée française, et nous étions chargés de les « casser ». Trop durs, ils eussent ruiné les orteils troupiers, c'est pourquoi nous passions de longues heures à les assouplir, attrapant des ampoules et des durillons qui nous faisaient souffrir mille morts pendant la nuit.

— Au moins, ça nous maintient en forme, a dit un jour Lucien, sans chercher à être ironique.

Voilà deux heures que nous tournions en rond, et nous avions profité de l'inattention d'un gardien pour faire une pause.

— Tes ampoules ne t'empêchent pas de dormir ?

— Tu sais bien que la nuit, j'écris...

C'était vrai. Nos cages à poules étant presque mitoyennes, j'entendais Rebatet griffonner jusqu'à l'aube.

— Tu es toujours dans ton roman ?

— Ça fait près de six ans que j'y travaille.

Vérifiant que notre garde-chiourme était toujours distrait, je me suis étonné :

— Et les gardiens ne disent rien ?

— Ils sont comme tout le monde, les gardiens : ils dorment.

— Pas comme tout le monde : moi je n'arrive pas à dormir.

— Fais comme moi, écris.

— Écrire quoi ?

Lucien a haussé les épaules.

— Je ne sais pas, mon gars. Raconte ta guerre. Tu n'as pas un parcours banal, Guillaume.

— Mais ça n'intéressera personne.

— Comme la plupart des livres. Mais si on s'arrêtait à ce constat, dans les librairies, il n'y aurait plus que la Bible. Tu imagines le désastre ?

— 1724 ! 1752 ! Au boulot ! a crié le gardien, qui venait de nous surprendre.

Lucien a aussitôt accéléré le pas avec une grimace de douleur en maugréant :

— Saloperie d'ampoules, quand même...

— Et on se tait, Rebatet !!

*

La suggestion de Lucien a mis du temps à s'imposer. Écrire ? Drôle d'idée. J'avais certes pissé de la copie pendant toute la guerre, mais aurais-je le souffle, le courage d'écrire quelque chose de plus long ? Une chose était sûre : je n'en saurais rien si je n'essayais pas.

« Raconter mon parcours ? » me disais-je la nuit, tandis que mes voisins immédiats ronflaient – un franciste et un vétéran de la division SS Charlemagne.

D'avance, je me sentais découragé par cette somme de travail.

— Entraîne-toi, m'a conseillé Cousteau, à qui je m'en étais ouvert. Écris des lettres...

— Mais à qui ?

— Peu importe. Écris à tous ceux à qui tu n'as jamais pu dire certaines choses. Tu es bagnard : tu n'as plus rien à perdre. Et puis, ça t'apprendra à ouvrir ton cœur. Après, tu pourras sauter à pieds joints dans la « grande forme ».

Cette idée ne m'a pas paru mauvaise, et j'ai commencé à rédiger des lettres. Par dizaines... À qui j'écrivais ? À vous, bien sûr : Victor et Pauline.

J'avais d'autant moins de scrupules à ouvrir mon cœur que je savais que jamais vous ne liriez ces lettres. Les premiers courriers me sont revenus de Malderney, froissés et salis, sans avoir été ouverts. Aviez-vous décidé d'un commun accord de ne pas les lire ? Est-ce Victor qui les réceptionnait, sans en avertir Pauline ? Je ne le saurai jamais. Mais cette situation, étrangement, m'a donné le courage qui, jusqu'alors, m'avait fait défaut ; comme si le fait que vous ne lisiez jamais mes courriers me libérait l'âme et la mémoire. Au bout de quelques semaines, je suis même devenu d'une prolixité vertigineuse, écrivant chaque jour au moins deux lettres de cinq pages, où je me livrais à des extrapolations narcissiques aussi vaines que libératoires. Je tentais de tout transcrire, de tout expliquer, en vrac, au gré de mon inspiration : mes choix, mes engagements, mes lâchetés. Certaines pages étaient de grands cris d'amour pour toi, Pauline. D'autres étaient des chants de haine à l'endroit de Victor. Puis c'était l'inverse :

j'écumais de rage contre la seule femme de ma vie et je me confondais en excuses auprès de celui qui restera à jamais mon grand frère. Ah, qu'elles étaient lourdes de sens, ces lettres ! Qu'elles étaient fortes. Mais aussi écœurantes de sincérité, d'honnêteté, de douleur et de doutes. C'est grâce à elles que j'ai percé les abcès de mon âme. Tel un galop d'essai, ces missives m'ont permis de m'entraîner avant de me lancer dans l'écriture du texte que vous avez entre les mains.

Cette longue confession – qui reprend parfois des passages entiers de ces lettres jamais ouvertes –, je ne l'ai pas écrite tout de suite. Disons que je n'en ai pas ressenti immédiatement le besoin. Mon travail épistolaire valait toutes les psychanalyses et je n'éprouvais pas la nécessité de rédiger un texte plus long, plus architecturé, plus nourri.

Surtout, je n'étais pas encore au courant, Victor...

Oui, grand frère, modèle aimé, éternel protecteur, c'est à toi que je m'adresse. J'aurais très bien pu ne jamais savoir. J'aurais fort bien pu finir mes jours dans cette prison française, sans apprendre ce qui s'était réellement passé. Hélas – ou tant mieux ! – pour toi, une banale indiscrétion a eu raison de ta « couverture ».

Une indiscrétion venue d'un homme que je ne croyais jamais revoir, d'un homme que je pensais avoir jeté aux loups.

Cela faisait presque deux ans que je vivais à Clairvaux. Deux longues années hors du temps, passées à m'abîmer les yeux sur ces lettres envoyées à moi-même. En deux ans, on se crée une nouvelle identité ; on change – mais certaines choses sont immuables...

Nous étions au réfectoire.

— Messieurs, a ironisé le directeur de la Centrale, un retardataire nous rejoint aujourd'hui...

Un spectre s'est alors figé à l'orée de la grande salle, intimidé.

Je crois que je l'ai tout de suite reconnu.

— C'est pas vrai ! ai-je glapi.

— Tu le connais ? s'est étonné Lucien, qui plissait des yeux pour identifier ce visage creusé.

— On peut dire ça, oui, ai-je répondu, sans quitter le nouveau des yeux.

Je me suis même levé.

— Berkeley, rasseyez-vous ! a crié le gardien.

L'inconnu a tressailli.

— Berkeley ! Guillaume Berkeley ?

Puis, comme Ulysse retrouvant Pénélope, Marco Dupin s'est jeté dans mes bras.

69

— Guillaume, mon petit Guillaume, comme je suis heureux de te retrouver.

Malgré un visage couturé de toutes parts, une silhouette voutée et une démarche de vieillard boitillant, Marco Dupin avait gardé son étrange bonhomie. C'est même avec un naturel confondant qu'il m'a serré contre lui sous les yeux effarés des autres bagnards.

— 1724, rasseyez-vous ! a hurlé le surveillant du réfectoire. Et vous, 1853, trouvez donc une place !

Comprenant que c'était son matricule, Marco a désigné l'espace vide à mes côtés, sur le banc.

— Je peux ?

Sans attendre la réponse, il a pris place près de moi, à la même table que Rebatet et Cousteau. Ces derniers l'ont regardé d'un air méfiant.

— Je vois qu'on est « en famille », a ironisé Marco.

Les deux autres n'ont rien dit, toujours dubitatifs, mais j'ai enchaîné :

— Tout le monde te croyait mort, Marco.

— Apparemment non..., a grogné Rebatet, après un clin d'œil à Cousteau. Markus Goldbrodt a le cuir solide...

Fusillant du regard les deux vétérans de *Je suis partout*, Dupin a dit avec acidité :

— Messieurs, ne saviez-vous pas que le Juif errant était immortel ?

— Le Juif errant, rien que ça ! a maugréé Cousteau, méprisant.

Piqué, Marco a retroussé sa manche et désigné une suite de numéros tatoués sous son poignet.

— J'ai connu d'autres geôles avant d'arriver ici. Et Clairvaux me fait l'effet de vacances à Monte-Carlo...

Derrière son ironie cinglante, j'ai senti une plaie à vif. Ses yeux s'étaient brouillés et il a remis sa chemise, la lèvre tremblante.

Moi, je voulais en savoir plus.

— Ce numéro..., ai-je commencé, incrédule.

— Camp du Struthof-Natzweiler, à quelques kilomètres de Strasbourg...

— Un camp... de concentration ?

— *Mieux*, « d'extermination », comme on dit maintenant.

Ce mot m'a glacé, car j'ai aussitôt songé aux images des charniers et des corps squelettiques, qu'on avait pu voir après la découverte de ces bagnes atroces.

— Je croyais avoir une vague idée de l'enfer, a-t-il poursuivi. Mais les cinq mois que j'ai passés là-bas m'ont... m'ont...

Il n'a pas réussi à finir sa phrase. Je l'ai vu déglutir et passer une main tremblante sur son visage.

— Tout ce que je peux dire, a-t-il repris en affectant une fausse désinvolture, c'est que, quand ils s'y mettent, les Allemands « travaillent » bien...

Marco aurait voulu singer le cynisme, mais il n'y parvenait pas. Dans l'iris de son œil unique, j'ai vu passer des ombres décharnées, des visages crevassés, des silhouettes d'hommes, de femmes et d'enfants, qui avançaient dans la nuit et le froid. Je ne l'avais jamais vu aussi démuni.

Devant l'expression de Dupin, Rebatet lui-même a perdu de son assurance méprisante. Son regard est devenu fuyant, faisant place à une sorte de compassion.

Dupin ne nous avait pourtant rien dit ; pas un détail, pas une description. Mais à la seule lumière de son regard, on comprenait qu'il revenait de l'enfer.

Seul Cousteau restait dubitatif.

— Et comment avez-vous pu passer des geôles nazies aux geôles françaises ? a-t-il demandé.

Dupin a haussé les épaules avec un sourire las.

— Oh, mais cher monsieur, entre les deux, j'ai fréquenté bien d'autres cachots.

Il m'a alors tapoté le crâne avec une sorte d'amitié bourrue, ajoutant :

— Guillaume vous confirmera que je ne peux rien faire comme tout le monde. D'ailleurs, il me connaît mieux que personne : c'est lui qui m'a dénoncé à la Gestapo.

J'ai ri jaune, sentant que même Cousteau et Rebatet dansaient sur des œufs : le comportement de Dupin les intriguait tout en les mettant mal à l'aise.

— Bon, a-t-il repris, retrouvant un semblant de rose aux joues, puisque cela semble vous intéresser, laissez-moi vous raconter.

*

Les gardiens ont dû nous arracher à la table, puis nous forcer à regagner nos cages à poules, après la promenade du soir.

Cousteau et Rebatet étaient fascinés. Ils avaient écouté le récit de Dupin avec un intérêt croissant – oubliant qui il était, pour se laisser emporter par cette histoire extravagante.

Moi, je me sentais à la fois soulagé, effrayé et profondément coupable. Car c'était bien moi qui l'avais plongé dans cette tourmente, une tourmente dont il était revenu vivant, tant il semblait indestructible.

Je ne ferai pas ici le récit circonstancié de la folle équipée de Marco Dupin. Car ce récit serait un roman à lui seul, et je n'ai pas le droit de le lui voler. Je me contenterai d'en donner les principales étapes : après être parti menotté par la Gestapo, Marco Dupin a bel et bien été transféré à Drancy. Par un coup du sort qu'il appelle son « ange gardien » (les voies de chemin de fer ont été dynamitées par des résistants), le convoi qui devait le conduire à Auschwitz a été dévié vers l'Alsace, où mon ami s'est retrouvé prisonnier du camp du Struthof-Natzweiler. Là, il a réussi à échapper cinq mois durant à l'exécution et aux expérimentations médicales grâce à Hans, un jeune gardien strasbourgeois de dix-huit ans, que Marco a su charmer.

— Au bout de quelques semaines, a-t-il expliqué, j'ai vécu une double vie au sein même du camp : bagnard le jour, giton la nuit, je dormais dans la cahute de Hans et m'en échappais au petit matin pour retrouver ma paillasse collective !

Si la vie de Marco a toujours été guidée par la recherche du plaisir et du scandale, il n'était plus là question de cynisme, mais de survie. Grâce à lui, de nombreux prisonniers ont échappé à la mort. Hans étant un neveu du directeur du camp, il intercédait souvent auprès de son oncle pour – autant que faire se peut – adoucir certains supplices. Marco m'a soutenu avoir sauvé au moins vingt familles juives d'une mort immédiate.

— On ne peut pas dire que tu en aies fait autant, Guillaume, à ce que j'ai cru comprendre..., a-t-il d'ailleurs remarqué.

— J'ai été manipulé. Je pourrai t'expliquer...

— Après... Laisse-moi finir.

— Oui, ai-je dit, comme aimanté par son récit.

— Au bout de cinq mois, la direction du camp a changé et l'oncle de Hans a été muté en Pologne. Cette mutation aurait pu signer mon arrêt de mort, d'autant que Hans était attaché au service de son oncle.

— Mais tu as toujours eu plus d'un tour dans ton sac, c'est ça ?

— Par l'entremise de Hans, j'ai réussi à me faire enrôler dans une escouade de volontaires alsaciens pour le front de l'Est ! Aussi ahurissant que cela paraisse, sous le nom de Werner Schneider, le juif Markus Goldbrodt a passé deux mois dans un camp d'entraînement militaire de la Forêt-Noire, avant d'être envoyé en Poméranie sous l'uniforme de la Waffen SS !

— Vous ? a glapi Cousteau. Vous avez été SS ?

— Et un bon, je peux vous dire ! a rétorqué Marco. Hélas, s'ils tatouent les matricules, ils ne greffent pas les médailles. Mais j'ai plusieurs fois été décoré et j'ai même fini *Oberleutnant* !

— Effarant..., a dit Rebatet, éprouvant, malgré lui, une forme d'admiration pour cet homme.

Marco a repris le cours de ses aventures rocambolesques :

— Capturé par les Russes, j'ai été envoyé en Sibérie où j'ai passé deux ans. Là-bas, ayant à nouveau charmé un geôlier, je suis rapidement devenu l'une des éminences grises du camp. Après avoir falsifié certains documents, je suis parvenu à me faire rapatrier en Europe, via la Suisse.

— Et là ? ai-je dit, emporté par son histoire.

— J'allais fuir en Amérique du Sud, mais je me suis fait arrêter par la police française, un jour que je me promenais dans la montagne et que j'avais passé la frontière, sans même m'en rendre compte...

— C'est donc un ancien collaborateur, ancien déporté, ancien SS et ancien prisonnier russe qui s'est retrouvé dans les geôles françaises, a conclu Rebatet.

Fidèle à lui-même, Marco a dressé son propre acte d'accusation :

— Trafic, atteinte à la sûreté de l'État, intelligence avec l'ennemi, complicité de crime de guerre, etc. Craignant que l'étrange publicité de cette affaire ne perturbe l'opinion, et sous la pression de certaines autorités israélites qui craignaient que mon cas alimente le moulin antisémite, la justice a décidé que le procès se déroulerait à huis clos. J'ai refusé de prendre un avocat.

— Ta plaidoirie ressemble à un réquisitoire, ai-je avancé.

— Voilà des années que j'échappais miraculeusement à la mort, eh bien, j'ai encore raté mon coup ! Je ne sais pas si c'est le fait que je sois juif, que j'aie été au Struthof et dans les camps russes, mais j'ai été condamné à cinq ans de réclusion. Et me voilà aujourd'hui parmi vous...

— En un mot, Marco Dupin est un miraculé, ai-je dit.

Et nous pensions tous la même chose.

*

À dater de ce jour, Marco est devenu la coqueluche de Clairvaux. Rebatet et Cousteau eux-mêmes ont succombé à son charme. Et c'est avec un fatalisme potache qu'il m'a avoué à mi-voix :

— Qu'est-ce que tu veux, Guillaume, c'est le drame de ma vie : je n'ai jamais été aussi populaire qu'auprès de ceux qui réclamaient ma mort...

Je devais me rendre à l'évidence : j'étais content, heureux, même, parfois. Savoir Marco en vie allégeait mon sentiment de culpabilité.

— Tu me redonnerais presque le goût de vivre, lui-ai-je dit au bout de deux semaines, tandis qu'il venait de plaisanter pendant une bonne demi-heure avec Charles Maurras.

— Moi qui ai passé mon temps à chercher la mort, est-ce que ce n'est pas aussi drôle qu'une blague juive ?

Incroyable Dupin, qui se tirait de tous les mauvais pas avec un flegme étonnant ! Comment pouvais-je me douter que ce serait lui, qui, au détour d'une conversation, allait ruiner tous mes espoirs, toutes mes illusions ? qui allait me plonger la tête dans une cuve, dont je n'allais jamais pouvoir sortir ?

*

C'était il y a maintenant un mois, vers la mi-mars 1949. Depuis cette découverte, cette *révélation*, je n'ai cessé d'écrire. Chaque nuit, à en vaciller de sommeil. Mais *il ne peut* plus en être autrement, je ne peux plus rien faire d'autre.

Marco avait été comme moi affecté aux « chaussures ». Il y remplaçait Rebatet, lequel avait trouvé un emploi à la bibliothèque, ce qui lui permettait de travailler sur son roman. Théoriquement, nous n'étions pas censés parler, mais Marco avait réussi à convaincre le gardien que nous ne représentions pas une menace pour la marche de la Centrale.

Ce bon sens étant agrémenté d'un petit billet, le gardien a accepté de nous laisser causer. Au début, quelques minutes. Puis chaque jour un peu plus.

Nous avons même fini par passer des heures entières à refaire le monde, tournant dans cette courette sordide en évoquant nos « souvenirs de guerre ».

— Et Pauline, tu as des nouvelles ?

À cette question, j'ai tressailli. C'était la première fois que Marco évoquait celle qui m'avait poussé à le dénoncer. Il s'était montré jusqu'alors très discret sur ma vie intime. Mais je sentais que la question le brûlait.

— Tu sais sans doute qu'elle a témoigné contre moi..., ai-je répondu de mauvaise grâce, car je voulais toujours refouler le souvenir de cette ultime trahison.

— J'ai entendu dire ça, oui...

— Alors, pourquoi me parles-tu d'elle ?

Marco s'est arrêté de marcher. Il a levé vers le ciel son visage usé et a plissé les yeux.

— Ça fait des semaines que j'hésite à te raconter quelque chose...

— Me raconter quoi ? ai-je rétorqué avec un sourire, habitué à ces petits jeux de cache-cache.

Mais Marco ne plaisantait pas.

— Quelque chose qui pourrait te faire de la peine, je pense, beaucoup de peine.

Y avait-il de la perversité chez Marco ? Un esprit de vengeance qu'il tenait à assouvir depuis des années ? Je le croyais pourtant au-delà de ça, désormais. Il avait tant de fois survécu au pire : à quoi bon déterrer des cadavres qui ne demandaient plus qu'à dormir ? Mais ma curiosité était piquée.

— Explique-toi.

— Tu es sûr, Guillaume ?

— Ne me demande pas si je suis sûr, puisque tu as décidé de m'en parler. Alors, vas-y !

— Lorsque j'étais dans les geôles russes, je n'étais pas le seul Français dans mon camp...

— Eh bien ?

— Il y avait ce type. Un certain Michel. Michel Barrère.

— Ça ne me dit rien.

— À moi non plus, ça ne disait rien. Mais comme on était les deux seuls à parler la même langue, on a passé pas mal de temps ensemble...

Machinalement, Dupin a recommencé à marcher. Je l'ai arrêté.

— Où veux-tu en venir, Marco ?

Mon ami a fini par reprendre :

— Ce Michel Barrère avait eu lui aussi une trajectoire étrange. Croyant s'engager dans la Résistance, il s'était fait manipuler par un réseau qui faisait en réalité toutes sortes de trafics.

Mon cœur a bondi.

— Le nom de ce réseau ?

— Tu t'en doutes, Guillaume.

— « Gabriel » ?

Marco a cligné des yeux en serrant les dents.

— Lorsque tu m'as raconté tes « aventures », je n'ai pas tout de suite voulu t'en parler.

— Mais pourquoi ?

— Parce que je sais certaines choses...

Son petit jeu commençait à m'horripiler.

— Mais explique-toi, bon Dieu !

— Hé, oh ! a grommelé le gardien, sans pour autant nous faire taire.

Baissant d'un ton, Marco a poursuivi :

— Michel Barrère m'a raconté tout le fonctionnement du réseau Gabriel, pour lequel il a travaillé pendant six mois. Il était même en contact direct avec le colonel Chauvier...

Ce nom m'a bien sûr fait frémir.

— C'était Monsieur R., n'est-ce pas ?

Marco a fait non de la tête.

— Schrammelstein n'était qu'un rouage. Chauvier était au-dessus de lui, mais il n'était pas à Paris.

Je ne comprenais plus.

— Où était-il ? à Londres ?

— Non plus. Il était à mi-chemin entre les deux...

Il a de nouveau hésité avant de préciser :

— Sur une île de la Manche...

— Non, ce n'est pas possible !

— Le quartier général du réseau Gabriel était l'île de Malderney.

— Vic... tor ? ai-je réussi à articuler. Le colonel Chauvier était mon propre frère ?

Marco a haussé les épaules.

— Barrère n'a jamais connu le vrai nom de Chauvier, mais tout porte à croire qu'il était le maître d'une île de la Manche, où il a véritablement organisé un réseau de Résistance très puissant.

— Comment ça, *véritablement* ?

— Les fameux biens volés aux familles juives permettaient de récolter des fonds pour financer un réseau clandestin dont le rôle a été capital pour la bataille de Normandie et le débarquement allié en France...

J'ai respiré une grande goulée d'air pour ne pas vomir.

— Tu... tu veux dire que c'est Victor qui m'a manipulé ?

— Pour la bonne cause, a fait Marco avec une certaine admiration. Il a joué un double jeu redoutablement dangereux, estimant comme tant d'autres qu'en temps de guerre la fin justifie les moyens...

Je tentais toujours de rassembler mes esprits.

— Afin de financer son réseau, il a envoyé des dizaines de familles dans les camps ?...

— Ce qu'on appelle un mal pour un bien. Oui.

— Et... et Pauline ?

— Là, tu m'en demandes trop. Barrère ne m'a jamais parlé d'elle. Il a été arrêté par les Allemands début 44. Emprisonné en Pologne, il a été libéré par les Russes, que son dossier a rendu suspicieux. C'est pourquoi ils l'ont envoyé en Sibérie...

Je me moquais bien du destin de Michel Barrère. Il n'y avait qu'une personne qui m'intéressait : Victor. Un Victor qui m'avait manœuvré, piloté, téléguidé pendant des mois, des années – qui sait ? Lorsqu'il était venu à Paris, savait-il déjà qu'il allait me manipuler ? Et Pauline, avait-elle été envoyée par lui pour me séduire, pour me convaincre de renvoyer Marco et de sauver ces familles... qui étaient en fait sacrifiées ? J'étais brusquement le dindon d'une farce atroce et remarquablement huilée, mais je ne parvenais pas à savoir quand elle avait réellement commencé.

— Je suis désolé..., a fait Marco en posant sa main sur mon épaule. Je n'aurais peut-être pas dû, mais ça me rongeait de te le cacher...

Deux ans plus tôt, la justice m'avait épargné la peine capitale. Mais en ce jour maussade de mars 1949, sans même le savoir, Marco Dupin venait de signer mon arrêt de mort.

Centrale de Clairvaux,
Soir du 30 avril 1949

Ici s'achève mon récit.

J'ai commencé à rédiger ces Mémoires le soir même de la révélation de Marco Dupin. D'abord pour tenter de comprendre, pour tout remettre en perspective. Puis pour essayer de m'expliquer...

Soyons clair : ces souvenirs n'ont rien d'un plaidoyer *pro domo* ; ce ne sont pas non plus un chapelet de justifications. Je ne sollicite aucun pardon, aucune absolution. D'une certaine manière, je ne me sens pas coupable de quoi que ce soit. Tout ce que j'ai fait, je l'ai fait de bonne foi, sans haine, sans animosité, avec une candeur sans doute excessive, une naïveté de jeune insulaire, une fraîcheur que j'ai peu à peu perdue au contact d'un monde vicié. Jamais je n'ai eu le sentiment de trahir qui que ce fût. Du moins consciemment. Si j'ai commis des crimes, si j'ai plongé dans les marigots les plus saumâtres, c'est malgré moi, comme une sinistre marionnette. Ça ne me disculpe pas pour autant et – dans un sens – j'estime avoir mérité ma peine.

Maintenant que je connais la vérité sur Victor, que j'ai compris que, toutes ces années, il est resté tapi derrière mes actes, pilotant avec une virtuosité maléfique mes choix et mes gestes, je ne sais plus quoi penser. Et l'idée que Pauline l'ait épaulé, qu'elle ait cautionné ses actes, qu'elle soit venue témoigner contre moi à mon procès pour couvrir le machiavélisme fratricide de Victor Berkeley, voilà qui me plonge dans des abîmes de doute et d'amertume.

Pauline, pourquoi as-tu fait ça ? Pourquoi ne pas m'avoir avoué ton vrai rôle ? Pourquoi ce mensonge, toi qui les haïssais tant ? Je t'aimais tellement, Pauline. À ma façon, certes : envahissante, complexe, paradoxale. Mais c'était de l'amour. Un amour authentique, exclusif, que j'ai longtemps tenté de fuir – en quittant Malderney, en partant pour Sigmaringen, en chassant bien inutilement ton souvenir de ma mémoire – mais qui n'a cessé de me rattraper.

Et aujourd'hui, cet amour m'étrangle, Pauline. Cet amour me ronge de l'intérieur. Cet amour est devenu un cancer.

Je suis malade de toi, Pauline ; comme je suis malade de Victor ; comme j'ai toujours été malade de Malderney.

On n'échappe pas à son enfance, on reste à jamais victime de sa jeunesse.

Les plus vieux souvenirs sont un poison lent et sûr.

Eh bien, ces souvenirs, aujourd'hui, ils sont de retour. Tous.

Est-ce à dire que mes derniers instants sont venus ? que la mort m'attend, comme dans les représentations naïves, avec sa houppelande et sa faux ?

Depuis les premières lignes de ce récit, je savais qu'il s'achèverait par le plus absolu silence : celui de ma propre disparition. Comment survivre à une telle révélation ? Pour la première fois, je dois reconnaître que trouver une réponse à cette question est au-dessus de mes forces.

Libre, j'aurais pu noyer mes démons dans une fuite en avant. Prisonnier, je ne me sens pas le courage de survivre en tête à tête avec de tels monstres.

C'est pourquoi ma décision est prise.

Demain soir, je serai mort.

Grâce à la complicité de quelques camarades, j'aurai un dernier moment de solitude, dans une remise de la Centrale, derrière les cuisines. J'ai demandé à Lucien d'y laisser une corde qu'il a trouvée à la bibliothèque. Pierre-Antoine Cousteau a pour mission de m'en ouvrir la porte, car il travaille à la plonge. Quant à Marco, fidèle entre les fidèles, il fera le guet.

« Tu es vraiment sûr de vouloir faire ça ? » m'a-t-il encore demandé ce matin.

J'ai senti en lui une grande tristesse, redoublée par ma détermination. Il sait que ses révélations ont précipité ma décision. Il sait également qu'il va lui falloir vivre avec ce fardeau jusqu'à la fin de ses jours.

Marco a beau avoir toujours bravé la mort, il n'a jamais été aussi prêt à mourir que je le suis depuis quelques semaines.

Dieu qu'elle est douce, la perspective du repos absolu, de la disparition. De l'effacement.

Ce qu'il y a après ? Je m'en moque. Avec un peu de chance : il n'y a rien. En un instant, je n'existe plus.

Et alors, quel silence ; quel silence ! Plus de souvenirs, plus de remords, plus de regrets, plus d'amertume, plus de fantômes.

Rien.

Absolument rien.

C'est ce *rien* que je vous offre en héritage, Victor et Pauline, puisque, en ce moment même, ce récit vous est fait par la voix d'un homme que nous pensions tous avoir perdu : Simon Bloch.

Cher Simon, cher mentor...

Si vous ne m'aviez pas envoyé cette lettre voici deux semaines, je vous aurais toujours cru mort. Quelle ironie que vous ayez été enregistré comme décédé, parce que de nombreux Simon Bloch ont péri à Auschwitz. Le Juif éternel, le Juif errant, c'est vous, Simon. C'est vous, c'est toi : mon ange gardien. Ma bonne conscience. C'est en cette qualité que je vous fais dépositaire de ce texte.

Vous n'avez pas eu le droit de venir me voir, mais j'ai pu vous faire parvenir mon manuscrit. À l'heure où vous le lisez, je ne suis plus de ce monde. Et tout ce qui reste de moi, ce sont ces quelque cinq cents pages rédigées d'une écriture serrée, à la lueur blafarde de nos cages à poules.

Ce texte, Simon, j'aimerais que vous le portiez à Victor et Pauline. Et comme ils n'ont jamais voulu lire mes lettres, comme ils ont tenté de m'effacer de leur mémoire comme je vais bientôt m'effacer du monde, je vous implore de le leur lire. Oui, Simon : à voix haute, comme à des enfants. Ou à des aveugles.

Pour qu'ils comprennent ; pour qu'une fois dans leur vie ils sachent qui était vraiment Guillaume Berkeley, le petit frère, l'amant malheureux, le benjamin de Malderney.

Simon, ami Simon, vous qui avez tant fait pour moi, quand jamais je n'ai été à la hauteur de vos beaux rêves, c'est ici la dernière chose que je vous demande.

Surtout, lorsque vous verrez Victor et Pauline, rappelez-leur la seule chose qui ait jamais compté pour moi, et ce malgré les haines, les guerres, les brouilles et les trahisons. Ne leur dites pas que je leur pardonne, ce serait faux. Je quitte même cette terre avec l'image de leur lâcheté et de leur fausseté. Mais ce n'est rien à côté de ce que je ressens pour eux ; ce n'est rien à côté du sentiment profond qui m'étreint tandis que j'écris ces lignes, sachant qu'elles sont les dernières de ma vie. Simon, cher Simon, lorsque vous leur aurez fait lecture de ces souvenirs, rappelez juste à Victor et Pauline combien *je les aime*.

Je vous serre contre mon cœur en récitant ces beaux vers d'Aragon qui résonnent si fort :

Je meurs et France demeure
Mon amour et mon refus
Ô mes amis si je meurs
Vous saurez pour quoi ce fut

Guillaume

3

MALDERNEY

L'après-guerre

« Mon pays me fait mal par ses fables d'esclave,
Par ses bourreaux d'hier et par ceux d'aujourd'hui,
Mon pays me fait mal par le sang qui le lave,
Mon pays me fait mal. Quand sera-t-il guéri ? »

Robert BRASILLACH, *Poèmes de Fresnes*

2 août 1949,
6 heures et demie du matin.

Simon Bloch referme le manuscrit. Il a tant parlé, pendant si longtemps, que sa bouche est terriblement sèche. Il aurait vraiment besoin d'un verre d'eau.

Mais ce n'est pas Victor qui va le lui proposer...

Le hobereau est écrasé dans son fauteuil, immobile et blafard. Ses yeux fixent le vide avec un sentiment d'effroi, et ses doigts s'enfoncent dans les gros bras de tissu.

Pauline est atterrée, elle aussi.

— Il fait jour, dit-elle à mi-voix, comme pour se persuader de sa présence dans cette pièce.

Car tout est atrocement figé.

Puis elle ouvre la fenêtre en grand. Un courant d'air jaillit dans la chambre comme un elfe, avec un parfum de rosée et de varech. Un cri de mouette résonne sous les poutres.

Engourdi, Bloch tourne la tête vers la vue. « Dieu que c'est beau... », songe-t-il, comme si la pureté de l'aurore le lavait de l'immense récit qu'il vient d'achever.

Il a rempli sa mission. Il *devait* lire ce texte à Victor et Pauline, tel était le but de sa venue à Malderney. Et maintenant que la chose est faite, il peut s'abandonner un instant au pur plaisir de la contemplation.

— Ce paradis n'a pas changé..., dit-il en se levant pour marcher jusqu'à la fenêtre.

Le vieux parquet craque sous ses pieds. Chaque son dans la chambre est amplifié par le silence funèbre de ses occupants : la respiration saccadée de Victor, le souffle court et étouffé de Pauline, la brève cavalcade d'une souris.

Bloch appuie son corps usé au rebord de la fenêtre et Pauline recule instinctivement, comme s'il pouvait la brûler.

« *Encore un instant...* », songe Bloch en admirant le prodigieux panorama.

Sous ses yeux éblouis, le soleil commence à naître de la mer. Ses rayons se posent sur les premiers bateaux de plaisance qui croisent au large des îles Anglo-Normandes. La plupart évitent Malderney, craignant ses récifs. Depuis l'horizon, aperçoivent-ils la silhouette hautaine de la Seigneurie ? Distinguent-ils cette ombre dentelée, posée au sommet du rocher maldernais comme un défi aux vents des mers ? Savent-ils qu'en une nuit, trois êtres humains ont remonté le temps, se découvrant nez à nez avec leurs choix, leurs actes, leur courage et leur lâcheté ?

« Allons, songe Bloch en se retournant vers ses hôtes, il faut aller jusqu'au bout... »

Pourtant, il hésite.

« Et si je m'arrêtais là ? Si je les laissais ainsi, livrés à leurs remords ? »

Mais ce serait là une trahison envers le prisonnier de Clairvaux, envers l'auteur de ce texte fleuve, le protagoniste de cette aventure grandiose et navrante.

— La suite, vous la connaissez..., murmure-t-il d'une voix hésitante.

Victor ne bouge toujours pas. Les yeux de Pauline sont de plus en plus rouges et ses mains tremblent.

— Les gardiens de Clairvaux ont trouvé le corps de Guillaume pendu dans une remise. Comme souvent en prison, on a aussitôt conclu au suicide pour éviter le scandale. Guillaume Berkeley a été enterré le lendemain matin, dans le cimetière de la Centrale... Le même jour, j'ai reçu son paquet par la poste...

Après chaque phrase, Bloch fait une pause, surveillant les réactions de ses hôtes.

Victor se mâche l'intérieur des joues.

— On dirait que son suicide vous fait de la peine..., s'étonne Bloch, non sans une certaine perversité.

Pauline a commencé à pleurer, sans un son.

— N'est-ce pas vous deux qui l'avez fait condamner à mort ?

Plantant ses yeux dans ceux de Victor, Bloch insiste :

— Et vous n'avez jamais signé la pétition pour sa grâce... tout comme vous n'avez jamais répondu à ses lettres...

— *Ces lettres dont tu ne m'avais jamais parlé...*, dit Pauline en tournant vers son époux un visage lourd de reproches.

— Je voulais te protéger, Pauline.

— Me protéger de quoi ?

Victor balbutie :

— De tes souvenirs, de tes regrets, du fantôme de ta vie passée, de...

— Menteur, menteur, menteur ! Tout ce dont tu voulais me protéger, c'est de tes propres mensonges.

Ceux dans lesquels tu m'as fait vivre depuis toutes ces années...

Bloch est aux aguets. Voilà précisément où il voulait en venir. Tel était l'objectif de cet immense testament. « Enfin les masques tombent ! » se dit-il en se retenant d'exulter. Il ne risque pourtant plus d'attirer l'attention de Victor et Pauline, car les seigneurs de Malderney semblent au bord du duel.

« Je m'en doutais, se dit-il encore, Pauline ne connaissait pas le double jeu de son mari... »

— Toutes ces années à te croire, se lamente-t-elle. À avoir confiance en toi. À renoncer à tout le reste parce que j'étais persuadée que tu incarnais la vérité, la justice... la... bonté...

— La bonté n'existe pas, Pauline.

— Épargne-moi tes sentences, Victor ! Aie au moins la décence d'admettre que tu m'as menti, depuis le début. Tu as voulu faire endosser à Guillaume le fardeau de tes propres crimes. En le poussant à mener double jeu, tu t'es abrité derrière lui comme derrière un bouclier...

— Pauline, c'était la guerre !

— ET ALORS ? Est-ce que ça t'autorisait à me mentir ? Tu m'as fait haïr le seul homme que j'aimais vraiment.

— Merci pour cet aveu...

— Tu me l'as fait passer pour la pire des crapules, alors que tu étais derrière tous ses gestes, alors que tu le manipulais comme tu m'as manipulée depuis ce jour où j'ai eu la faiblesse de t'épouser.

Victor ne peut retenir sa colère :

— Ah, ils ont bon dos tes reproches ! Et qu'aurais-tu fait, si je t'avais dit la vérité ? Comment aurais-tu réagi, si je t'avais avoué que mon réseau de résistance exploitait les biens de familles sacrifiées pour financer l'une des chevilles ouvrières de la libération de l'Europe ?...

Pauline semble frappée par l'évidence :

— Je t'aurais empêché, voilà tout.

— La belle affaire ! Si des gens n'avaient pas eu le courage d'agir comme je l'ai fait, nous serions aujourd'hui encore sous la botte allemande.

— Le courage ? Tu oses me parler de courage !

— Oui, Pauline ! Tu crois vraiment que c'était facile, pour moi, de sacrifier ces hommes, ces femmes et ces enfants ? Tu crois que c'était simple de m'endormir chaque soir avec l'image de ces gens dont je devinais le destin ? Tu crois que la vie est belle, quand on sait qu'on tend le glaive à l'ennemi pour tuer des innocents ?

— En ce cas pourquoi l'as-tu fait ?

— Mais pour la liberté, Pauline. Pour sauver le monde, certaines personnes doivent plonger les mains dans le sang. On ne sauve pas la civilisation avec des belles idées et des poèmes. Il y a toujours des victimes, d'un côté comme de l'autre...

— Même quand il s'agit de ton propre frère ?

À cette question, Victor reste muet. Et Pauline profite de la brèche :

— Même si tu mélanges tes rêves de liberté avec tes vengeances personnelles ? Tu estimes donc qu'on peut profiter de ses bonnes intentions pour régler des comptes familiaux. Parmi les milliers de marionnettes possibles, tu as choisi ton propre frère, Victor. Et tu l'as tué...

— La France l'a gracié !

— Mais il s'est suicidé quand il a compris *ta* traîtrise.

— Rien ne l'y obligeait ! Il aurait pu passer le reste de sa vie en prison. Et ne va pas me dire qu'il ne méritait pas la réclusion : bien avant de travailler pour le « réseau Gabriel » il était mouillé dans la collaboration franco-allemande.

— Tu me dégoûtes ! Tu me dégoûtes parce que tu es sincère. Tu me dégoûtes parce que tu le penses vraiment..., parvient à argumenter Pauline entre deux sanglots, en se recroquevillant sur elle-même.

Victor se tourne alors vers Bloch, le visage déformé par la haine.

— Vous êtes content ? aboie-t-il. C'est ce que vous cherchiez à obtenir ? Quel besoin aviez-vous de venir nous détruire ?

Après un temps de silence, Bloch répond d'une voix neutre :

— Un besoin d'argent, sans doute.

Victor sursaute, interloqué :

— Qu'est-ce que vous voulez dire ? Vous comptez me faire chanter, maintenant ?

— Je n'irai pas jusque-là. Guillaume m'a toujours dit que vous chantiez faux.

Bloch sourit, d'un petit sourire étrangement apaisant.

— Je suis venu reprendre ce qui m'est dû...

Victor frémit et perd de son assurance.

— Je... je... je ne vois pas ce que vous voulez dire.

— Vous n'avez pas tout raconté à votre femme ?

— Quoi, encore ? dit-elle d'un ton las, comme si elle ne voulait plus rien savoir.

Bloch réplique d'un ton cinglant :

— Demandez donc à votre mari comment il subvient à vos besoins et à ceux de la Seigneurie depuis quelques années. Demandez-lui ce que sa position et ses relations de « grand résistant » lui ont permis d'obtenir...

Victor est maintenant blafard.

Pauline se tourne vers son mari, le visage figé.

— De quoi parle-t-il ?

— Je... je ne sais pas...

— Finis les mensonges, Victor ! grince Bloch. Expliquez à votre femme comment vous avez réussi à capter les biens de votre cher frère...

Victor explose de rage :

— J'étais sa seule famille !

— Vous saviez qu'en tant que condamné, ses biens revenaient à l'État. Vous avez pourtant réussi à contourner la loi.

— Encore un mensonge..., murmure Pauline.

Bloch est prêt à planter sa dernière banderille.

— Mais ce n'est pas ça qui vous gêne aujourd'hui, n'est-ce pas, Victor ?

— Que voulez-vous dire ?

— Soyons sérieux, Victor. En 1947, les seuls biens de Guillaume, quels étaient-ils ?

Le seigneur de Malderney se lève et marche vers Bloch d'un air menaçant.

— Ordure ! Vous n'avez pas le droit de faire ça !

Pauline ne comprend plus.

— Qu'as-tu fait, Victor ?

— Ce qu'il a fait ? réplique Bloch avec une rage contenue. Votre mari a vendu tout ce que Guillaume possédait de fait : ses meubles, ses tableaux..., son appartement... C'est-à-dire *mes* biens.

Pauline regarde son époux. Une nausée soudaine s'empare d'elle et lui lève le cœur.

— Mais tout le monde vous croyait mort, Bloch ! se défend-il.

— Vous n'avez pas cherché longtemps, répond Simon.

— Et puis, il y a des procédures pour récupérer vos biens, reprend-il avec morgue. Vous voulez aller au procès, Bloch ?

— Ne soyez pas comme votre frère, Victor.

— Comment ça ?

— Ne soyez pas suicidaire. Imaginez ce que penserait un tribunal de la réalité de vos activités de résistant. Ce que je ne manquerais pas d'expliquer...

Victor a rougi mais se tait.

— Il y a quelques années, on était encore dans le feu de la Libération et vous avez pu gommer des détails, arrondir des angles. Aujourd'hui, maintenant que la guerre est loin derrière nous, on oubliera la bataille de la Manche et on ne verra plus que ces dizaines de familles juives qui ont péri par votre faute... au nom de la « stratégie » que vous avez mise en place...

— Mais j'ai sauvé des millions de gens !

— Allez donc le dire aux Steiner, aux Lévy, aux Meyer, aux Chissin, tous gazés à Auschwitz. Allez donc le dire à Judith Korngold, seule rescapée parmi vos « martyrs », qui a vu sa fillette de cinq ans violée sous ses yeux par trois soldats SS. Allez donc le dire à Rosa Crémieux, dont le fils de onze ans a été énucléé avant d'être abandonné sous le soleil de l'été polonais... Allez donc le dire à...

— ASSEZ ! ASSEZ ! ASSEZ !

Le cri de Pauline les fait tous deux sursauter. Livide, le visage luisant de larmes, elle fixe Victor avec effroi.

— En deux mots, conclut Bloch, préférez-vous être ruiné... ou lynché ?

Victor ne trouve rien à répondre. Il jette un regard par la fenêtre avec une avidité étrange, comme s'il contemplait cette vue pour la dernière fois. Puis il disparaît en murmurant :

— Je reviens...

Le soleil est maintenant haut dans le ciel et le vent s'est levé, couvrant la mer bleue turquoise de petites crêtes d'écume blanche.

Les cinq minutes que Bloch et Pauline passent en tête à tête se déroulent dans un silence embarrassé, comme si cette subite intimité les dérangeait. Comme si l'absence de Victor faussait le jeu. Et lorsqu'il revient avec une lourde valise de cuir, tous deux semblent soulagés.

— Tout est là, dit le châtelain en posant la valise sur le lit.

Elle est si lourde qu'elle s'enfonce dans l'édredon. Quand Victor l'ouvre, Pauline ne peut retenir un cri.

Sous ses yeux, des liasses de bons du Trésor sont entassées avec soin. Bloch reste impassible, referme la valise avant de la soulever, puis s'avance jusqu'au seuil de la porte.

— Mon frère nous aura trahis jusqu'au bout, murmure Victor.

Bloch se raidit et se retourne vers le seigneur de Malderney.

— Je suis soulagé que vous pensiez encore cela, cher Victor. Cela efface mes derniers scrupules... Pendant un instant j'ai pensé vous laisser cet argent, mais votre obstination me force à le prendre...

Puis il disparaît par l'escalier de la tour.

*

Assis sur le quai, prenant le soleil devant son petit ferry, le capitaine Fortin reconnaît l'étranger.

— Vous partez déjà ?

— Oui, les vacances sont finies.

— Vous n'êtes pas resté longtemps.

— Vingt-quatre heures. Le temps de lire un livre...

— Vous lisez vite !

— Il est des livres aussi brefs que la vie.

À cette remarque sibylline, Fortin hausse les épaules et met en marche le moteur de son bateau.

Bloch s'est déjà posté à l'avant, lançant un dernier regard sur cette si jolie vue : le petit village au creux de l'anse naturelle ; le port et ses rares esquifs ; les quelques curieux qui viennent toujours observer les allées et venues du capitaine Fortin ; et puis ces landes abruptes, grillées par le soleil et le sel, grimpant jusqu'à la Seigneurie.

— Dire que je ne reverrai plus jamais ça, murmure-t-il.

Fortin vient de grimper sur le quai pour dénouer les cordes qui arriment le bateau à l'embarcadère. Il souffle et tousse.

— Je rouille, moi. Vivement la retraite.

Bloch esquisse un sourire devant l'extraordinaire permanence de cet endroit.

Qui croirait que cet îlot perdu a été occupé par les Allemands ? Qui penserait que Malderney a dû affronter la guerre, les restrictions, les haines ? Malgré les souffrances, cet endroit a conservé toute sa pureté, comme si la mer en lavait les malheurs.

— Malderney, mon île déserte, dit-il encore.

Les amarres sont larguées et Fortin rentre lourdement dans son bateau. Mais, au moment où il s'apprête à faire marche arrière, une silhouette débouche sur le quai.

— Attendez ! Attendez !

Bloch tressaille.

— Qu'est-ce que c'est que ça ? grommelle Fortin.

— Attendez-moi ! reprend la silhouette, qui avance en traînant avec difficulté une grosse valise.

Bloch reste interdit. Quant à Fortin, il est moins agacé que surpris.

— Ben alors, madame Pauline, vous allez où comme ça ?

Haletante, elle lâche sa valise sur le quai, devant le bateau, et reprend sa respiration.

— En... en... France...

— Avec un aussi gros bagage ? Vous partez longtemps ?

Elle est trop épuisée pour répondre, mais elle fait signe à Fortin de mettre sa valise dans le bateau.

Bloch ne dit pas un mot, mais un étrange sourire flotte sur son visage.

— Personne d'autre ? braille Fortin en mettant ses mains en porte-voix.

Son cri résonne sur les murs du petit port presque vide. Assis sur un banc, un vieillard les salue de la main. Quelques enfants qui passaient sur la place se contentent de leur tirer la langue.

— Alors, on y va ! dit le capitaine.

*

Pendant un long moment, les deux passagers n'échangent pas une parole. Ils ont retrouvé cette intimité embarrassante de la chambre, ce matin, lorsque Victor était descendu chercher la valise de bons du Trésor.

Malderney s'éloigne. Le vent, de plus en plus fort, secoue le bateau. La mer étincelle sous le soleil de midi. Quand les vagues se cassent contre la coque, des salves d'eau tombent en pluie sur le pont.

— Vous non plus, vous ne reviendrez pas ? finit par demander Pauline.

— Malderney peut enfin sortir de ma vie. J'ai fait ce que j'avais à faire.

— Moi aussi, dit-elle en désignant sa grosse valise.

Bloch lui sourit. Dans ce visage tellement marqué par le temps, Pauline lit du chagrin, du dépit, mais aussi une force étonnante. Hormis cet unique été à Malderney, en 1939, elle n'a jamais vraiment connu Simon Bloch. Et voilà que, dix ans plus tard, il lui semble plus proche que sa propre famille.

— Et Victor ? demande-t-il en se tournant vers l'horizon, où l'île a presque entièrement disparu.

— Sa guerre est finie. Il n'a plus besoin de moi.

— Vous vous êtes dit adieu ?

Pauline secoue la tête de gauche à droite, le visage fermé.

— Après votre départ, il s'est enfermé dans sa chambre, et nous ne nous sommes plus parlé qu'à travers la porte. Comment ai-je pu me tromper à ce point ?

— Il s'en remettra.

— Peu importe... Je n'éprouve plus que du dégoût. Toute cette vie avec lui me fait honte

Bloch observe cette étrange jeune femme. Elle a juste trente ans, mais paraît avoir vécu déjà tant de vies. À mesure qu'ils s'éloignent de Malderney, elle semble d'ailleurs rajeunir. Ses rides s'estompent, ses traits gagnent en vigueur, en résolution, en fermeté.

Remarquant que Bloch la scrute, elle rougit et bat des cils, subitement intimidée. Sa voix sonne presque faux :

— Vous... vous allez faire quoi, maintenant ?

— Essayer de vivre, j'imagine. Je pense aller tenter ma chance sur cette terre que les nations du monde ont donnée à mon peuple, de l'autre côté de la Méditerranée.

— Israël ?

Il opine du chef et sourit amèrement.

— J'imagine que là-bas, il n'y aura ni Hitler, ni Victor Berkeley.

Après un moment d'hésitation, il corrige :

— Du moins pour l'instant... Et vous ?

— Oh, moi... Je n'en ai aucune idée. Je voudrais d'abord aller sur la tombe de Guillaume.

— À Clairvaux ? Personne ne vous laissera entrer.

— Alors, j'irai devant les murs de la prison et je penserai à lui.

— Pour lui demander pardon ?

Pauline se raidit.

— Je n'ai rien à me faire pardonner. J'ai toujours agi de bonne foi...

— Même en témoignant à son procès ?

Pauline aurait pu gronder d'indignation, elle se contente de respirer profondément.

— Même à son procès, oui. J'étais parfaitement sincère. Hélas... Je n'ai juste jamais pu lui dire adieu. Alors, je veux le faire maintenant.

Les yeux de Bloch s'embuent. Il prend la main de Pauline et la serre dans la sienne.

— Vous l'aimez toujours, n'est-ce pas ?

— Je n'ai jamais cessé de l'aimer, répond-elle en se blottissant contre lui. Vous aussi, il vous manque ?

— Si vous saviez...

*

La voiture de Simon Bloch – une vieille Citroën d'avant-guerre – est garée au port de Diélette, en contrebas de la rue.

— Vous ne voulez vraiment pas que je vous dépose quelque part ? insiste Simon.

— J'ai décidé de prendre ma vie en main, répond Pauline. Je vais attendre le car.

— Comme vous voulez. Mais vous me permettez au moins de l'attendre avec vous, cet autocar ?

Pauline lui sourit avec tendresse.

— Rien ne me ferait plus plaisir.

Puis ils se taisent et, comme dans le bateau, contemplent l'horizon. Une véritable intimité se crée entre ces deux êtres qui ont aimé le même homme.

Pauline se sent si bien à côté de Simon. Elle doit même se retenir pour ne pas lui demander de la conduire à Paris. La vie sauvage, elle a connu ça pendant la guerre. N'avait-elle pas fait cette traversée seule à la rame ?

« Non, Pauline ! songe-t-elle. Ta nouvelle vie commence, et elle commence seule... »

Bloch est étrange, jusque dans ses silences. Il semble lui aussi bouillonner de questions et de doutes.

Pauline sent que, comme dans le bateau, il a envie de la prendre dans ses bras, de la consoler, de partager avec elle encore tant de souvenirs. Mais il a compris sa décision et la respecte.

Ainsi restent-ils près d'une heure, presque muets, dans la joyeuse atmosphère de ce port du Cotentin.

Ils entendent les éclats de rire braillards du père Fortin, qui boit des coups dans l'unique bar du port. Mais ils n'ont pas soif. Ils n'ont pas faim non plus. Ils n'éprouvent à vrai dire aucun besoin, tant ce moment leur semble suspendu, totalement aérien, d'une troublante perfection. Hors du temps.

Mais voilà que l'autocar jaillit d'une rue en cahotant.

— C'est là que nos chemins se séparent, dit Bloch, tandis que le chauffeur descend du marchepied pour ouvrir le coffre.

— Bonjour messieurs-dame, combien de bagages ?

— Deux, répond Simon en lui tendant les valises.

— Non, s'étonne Pauline, je n'en ai qu'un.

Elle voit alors le chauffeur ranger la valise contenant les bons du Trésor.

— Mais enfin, je...

Simon pose un doigt sur les lèvres de Pauline. Sentant le contact de sa peau sur son visage, la jeune femme éprouve un curieux sentiment de bien-être.

— Ne dites rien, murmure Simon, je vous en supplie.

— Mais je ne peux pas accepter !

— Vous allez recommencer votre vie, vous en aurez besoin. Guillaume aurait voulu que cet argent vous revienne.

— Mais... mais vous n'en savez rien !

— Oh que si, je sais...

Puis il marche vivement à reculons vers sa voiture.

— Guillaume n'a jamais cessé de penser à vous, vous savez ? Même au plus profond de sa détresse.

— Pourquoi me dites-vous ça ?

Bloch ferme la portière de sa voiture, allume le contact et descend la vitre.

— Parce que lui non plus n'a jamais cessé de vous aimer. Jusqu'à aujourd'hui.

— Comment ça, « aujourd'hui » ?

L'homme en face d'elle, dans la voiture, se contente de lui sourire une dernière fois en disant :

— Qui sait ? Peut-être nous retrouverons-nous, dans un autre monde, une autre vie ?

D'une voix qu'il ne cherche plus à déguiser, l'homme ajoute enfin avec douceur :

— Adieu, Pauline.

Puis il démarre en trombe et disparaît.

Alors Pauline *le* reconnaît.

Alors elle comprend l'étrange familiarité de tous ses gestes. Alors elle comprend cette voix, ces accents. Alors elle comprend que Simon Bloch n'est jamais revenu des camps. Alors elle comprend qu'un homme peut s'évader d'un bagne, même s'il doit se défigurer à vie. Alors elle comprend que la vengeance, le sacrifice et l'amour n'ont jamais été si étroitement mêlés. Alors elle comprend qu'elle peut enfin vivre sa vie, car toujours elle sera protégée par un ange gardien.

— Vous montez, madame ? grommelle le chauffeur.

— Oui, oui.

Juchée sur le marchepied, elle fait un dernier adieu à son monde. D'un côté, la pointe de Malderney à l'horizon des flots. De l'autre, les fumées de la Citroën qui s'éloigne dans les collines.

Puis elle entre dans l'autocar.

— Vous allez où, madame ? demande le chauffeur.

La gorge nouée par l'émotion, elle répond avec un étrange sourire :

— Jusqu'au bout...

REMERCIEMENTS

Ce gros roman n'aurait pu voir le jour sans quelques anges gardiens...

Merci à Gérard de Cortanze, pour sa réactivité, sa ténacité et son amitié.

Merci à Francis Esménard, pour son enthousiasme et sa gourmandise.

Merci à Florence Godfernaux, pour son sens de la famille.

Merci à Raphaël Sorin, Charlotte Liébert, Gilles Cohen-Solal et Alexandrine Duhin, pour leurs regards.

Merci à Olivier Boespflug, pour ses conseils de lecture.

Merci à mon père, qui a toujours su m'abreuver d'ouvrages incorrects.

Merci à ma mère et ma femme, irremplaçables premières lectrices.

ORIENTATIONS BIBLIOGRAPHIQUES

De nombreux ouvrages m'ont servi pour la rédaction de ce roman historique (qui reste toutefois une absolue fiction).

Témoignages

Les mémoires de Corinne Luchaire : *Ma drôle de vie*, 1949, Dualpha éditions, 2003 ; Maud de Belleroche : *Le Ballet des crabes*, Dualpha éditions, 2003 ; Josée de Chambrun : *Pierre Laval vu par sa fille d'après ses carnets intimes*, Le cherche midi, 2002 ; Adry de Carbuccia : *Du tango à Lily Marlène*, France-Empire 1987 ; Lucien Rebatet : *Les Décombres*, 1942, Denoël – *Les Mémoires d'un fasciste*, tomes 1 et 2 Pauvert, 1976 – *Lettres de prison adressées à Roland Cailleux, 1945-1952*, Le Dilettante, 1993, ainsi que les 650 pages des mémoires de guerre inédits, dont sont ouvertement tirés l'avertissement et le chapitre 27 des « souvenirs » de Guillaume Berkeley ; Pierre Drieu la Rochelle : *Journal*, Gallimard, 1992 ; Robert Brasillach, *Journal d'un homme occupé*, Les Sept Couleurs, 1955 ; Sacha Guitry : *Quatre ans d'occupation*, Éditions de l'Élan, 1947 – *Soixante jours de prison*, Éditions de l'Élan, 1949 ; de Jean Galtier-Boissière : *Mon journal pendant l'Occupation*, La Jeune Parque, 1944 – *Mon journal depuis la Libération*,

La Jeune Parque, 1945 – *Mon journal dans la drôle de paix*, La Jeune Parque, 1947 – *Mon journal dans la grande pagaïe*, La Jeune Parque, 1950 ; Paul Léautaud : *Journal littéraire*, Mercure de France, 1998.

Sur le Paris occupé

Les ouvrages d'Hervé Le Boterf (*La Vie parisienne sous l'occupation*, 2 vol., France-Empire, 1974) et de Patrick Buisson (*1940-1945, années érotiques*, 2 vol., Albin Michel, 2009).

Sur les trafics et le marché noir

Les livres de Jacques Delarue (*Trafics et crimes sous l'Occupation*, Fayard, 1968), Cyril Eder (*Les Comtesses de la Gestapo*, Grasset, 2007), et Grégory Auda (*Les Belles Années du « milieu » 1940-1944*, Michalon, 2002).

Sur les collaborateurs

Les livres de Pascal Ory (*Les Collaborateurs*, Le Seuil, 1976), et Philippe Randa (*Dictionnaire commenté de la collaboration*, Jean Picollec, 1997).

Sur Sigmaringen

Les livres d'Henry Rousso (*Pétain et la fin de la collaboration, 1980*, Complexe, 1984), d'André Brissaud (*Pétain à Sigmaringen, 1944-1945*, Perrin, 1960), de Jean Hérold-Paquis (*Des illusions, désillusions*, Bourgoin, 1948) et bien sûr de Céline (*D'un château l'autre*, Gallimard, 1957).

Sur l'épuration

Les livres d'Herbert Lottman (*L'Épuration, 1943-1953*, Fayard, 1986), de Pierre Assouline (*L'Épuration des intellectuels*, Complexe, 1996), de Jean-Pierre Abel (*L'Âge de Caïn*, Éditions nouvelles, 1947) et le hors-série d'*Historia* (*L'Épuration, la justice sommaire de l'été 44*).

Sur la presse

Je suis partout, 1930-1944 de Pierre-Marie Dioudonnat (La Table ronde, 1987) et *Les 700 rédacteurs de « Je suis partout »* de Pierre-Marie Dioudonnat (Sedopols, 1993).

Plusieurs ouvrages iconographiques m'ont également été d'une grande aide. Parmi ceux-ci l'album de Pierre Valland (*Les Français sous l'Occupation 1940-1944*, Pygmalion, 2002) et les catalogues des expositions «*Signes de la collaboration et de la résistance*» (Autrement, 2002) et «*Les Parisiens sous l'Occupation*».

Parmi les revues consultées citons avant tout *Historia*, *Le Crapouillot*, *Enquête sur l'histoire* et *La Nouvelle revue d'histoire*.

Sur les îles Anglo-Normandes : plusieurs guides touristiques (dont Le Petit futé ...).

Concernant leur rôle pendant la guerre, l'article de Jean Mabire, «L'étrange occupation des îles Anglo-Normandes» dans *Les Grandes Énigmes de l'Occupation* (Éditions de Cremille, ouvrage collectif, 3 vol., 1970), est une synthèse biaisée mais intéressante.

Du même auteur :

Romans

OTHON OU L'AURORE IMMOBILE, Les Belles Lettres, 2002.
FIN DE RACE, Flammarion, 2002.
RUE DE L'AUTRE MONDE, Le Masque, 2003.
UN ÉTÉ EN AMÉRIQUE, Flammarion, 2004.
LES ORPHELINS DU MAL, Pocket, 2009.
LES DERNIERS JOURS DE PARIS, Pocket, 2011.
L'ENFANT DU PREMIER MATIN, XO, 2011.

Nouvelles

LE SOURIRE DES ENFANTS MORTS, Les Belles Lettres, 2001.
LE REGARD DU POUSSIN, Les Belles Lettres, 2003.
LA SAINTE FAMILLE, Mille et Une Nuits, 2005.
COUP DE FOURCHETTE, Éditions du Moteur, 2010.

Essais

LES AVENTURES EXTRAORDINAIRES DE L'OPÉRA, Les Belles Lettres, 2002.
BULLETIN BLANC !, Le Rocher, 2005.
LE PETIT NÉO DE LA CONVERSATION, J.-C. Lattès, 2009.
JACQUES OFFENBACH, Actes Sud, 2010.
JE PARS À L'ENTRACTE, Nil, 2010.
LE VILLAGE DE LA FIN DU MONDE : RENDEZ-VOUS À BUGARACH, Grasset, 2012.

Le Livre de Poche s'engage pour l'environnement en réduisant l'empreinte carbone de ses livres. Celle de cet exemplaire est de :
700 g éq. CO_2
Rendez-vous sur www.livredepoche-durable.fr

PAPIER À BASE DE FIBRES CERTIFIÉES

Composition réalisée par Maury-Imprimeur

Achevé d'imprimer en mars 2014 en France pas
CPI – BRODARD ET TAUPIN
La Flèche (Sarthe)
N° d'impression : 3004501
Dépôt légal 1re publication : avril 2014
LIBRAIRIE GÉNÉRALE FRANÇAISE
31, rue de Fleurus – 75278 Paris Cedex 06

18/1109/9